MEMÓRIAS
da SEGUNDA
GUERRA
MUNDIAL

VOLUME 2 (1941-1945)

WINSTON CHURCHILL

MEMÓRIAS da SEGUNDA GUERRA MUNDIAL

••••

VOLUME 2 (1941-1945)

Condensação de *The Second World War*
Editor da condensação: Denis Kelly
Tradução: Vera Ribeiro
Tradução revista: Gleuber Vieira

Rio de Janeiro, 2017

Título original: *The Second World War*

© Winston S. Churchill, 1959

Direitos de edição da obra em língua portuguesa no Brasil adquiridos pela CASA DOS LIVROS EDITORA LTDA. Todos os direitos reservados. Nenhuma parte desta obra pode ser apropriada e estocada em sistema de banco de dados ou processo similar, em qualquer forma ou meio, seja eletrônico, de fotocópia, gravação etc., sem a permissão do detentor do copyright.

Rua da Quitanda, 86, sala 218 – Centro – 20091-005
Rio de Janeiro – RJ – Brasil
Tel.: (21) 3175-1030

CIP-Brasil. Catalogação na fonte
Sindicato Nacional dos Editores de Livros, RJ.

C488m Churchill, Winston, Sir, 1874-1965
1. ed.   Memórias da Segunda Guerra Mundial, 1941-1945 / Wins-
v. 2   ton S. Churchill; editor da condensação Denis Kelly, tradução Vera Ribeiro, tradução revista Gleuber Vieira . – 1. ed. – Rio de Janeiro: HarperCollins, 2017.
        640 p.

   Tradução de: The Second World War
   Inclui índice
   ISBN 978.85.9508.155-0

   1. Churchill, Winston, Sir, 1874-1965 – Liderança militar. 2. Guerra Mundial, 1939-1945. 3. Guerra Mundial, 1939-1945 – Grã-Bretanha. 4. Guerra Mundial, 1939-1945 – Narrativas pessoais. I. Título.

                    CDD: 940.53
                    CDU: 94(100)'1939/1945'

Nota do editor

Este livro é o 2º volume de uma condensação em dois volumes da grande obra de Sir Winston Churchill *The Second World War*, de seis volumes no original inglês: *The Gathering Storm, Their Finest Hour, The Grand Alliance, The Hinge of Fate, Closing the Ring* e *Triumph and Tragedy*, publicados entre os anos de 1948 e 1953.

Sir Winston recebeu o Prêmio Nobel de Literatura de 1953 pela sua extensa obra literária.

Excerto do prefácio de
The Gathering Storm

DEVO CONSIDERAR ESTES volumes uma continuação da narrativa da Primeira Guerra Mundial que iniciei em *The World Crisis, The Eastern Front* e *The Aftermath*. Juntos, eles cobrem o conto de outra Guerra dos Trinta Anos.

Como nos volumes anteriores, adotei, tanto quanto me é possível, o método das *Memoirs of a Cavalier*, de Defoe, em que o autor pendura a crônica e a discussão de grandes acontecimentos militares e políticos no fio das experiências pessoais de um indivíduo. Sou, talvez, o único homem a ter passado em altos postos governamentais pelos dois maiores cataclismos da história escrita. Enquanto na Primeira Guerra Mundial ocupei cargos de responsabilidade, porém subalternos, neste segundo embate com a Alemanha fui, durante mais de cinco anos, o chefe do governo de Sua Majestade. Escrevo, pois, de um ponto de vista diferente, e com mais autoridade do que era possível em meus livros anteriores. Não descrevo esta obra como história, pois isso fica a cargo de outra geração. Mas assevero, confiante, que ela é uma contribuição para a história que há de ser útil ao futuro.

Estes trinta anos de ação e de tomadas de posição abarcam e expressam o esforço de minha vida, e muito me alegra ser julgado por eles. Ative-me à minha norma de jamais criticar qualquer ação de guerra ou de política depois de ocorrida, a menos que tenha expressado pública ou formalmente, em ocasião anterior, opinião ou advertência a respeito. Na verdade, em retrospectiva, abrandei muitas das arestas da controvérsia contemporânea. Foi-me doloroso registrar essas discordâncias com tantos homens de quem eu gostava ou a quem respeitava; mas seria um erro não expor as lições do passado perante o futuro. Que ninguém escarneça dos homens honrados e bem-intencionados de cujos atos faço a crônica nestas páginas, sem vasculhar seu próprio coração, sem reexaminar seu próprio desempenho nas obrigações públicas e sem aplicar as lições do passado à sua conduta futura.

Não se vá supor que eu esperasse concordância de todos com o que digo, e menos ainda que eu escreva apenas o que será bem-aceito. Dou meu testemunho de acordo com a luz que me norteia. Todo o cuidado possível foi tomado para verificar os fatos, mas muitas coisas estão constantemente vindo à tona a partir da divulgação de documentos capturados ou de outras revelações capazes de introduzir uma nova faceta nas conclusões que extraí.

Certo dia, o presidente Roosevelt disse-me que estava pedindo sugestões, publicamente, sobre como se deveria chamar esta guerra. Retruquei de pronto: "a Guerra Desnecessária". Nunca houve guerra mais fácil de impedir do que esta que acaba de destroçar o que restava do mundo após o conflito anterior. A tragédia humana atinge seu clímax no fato de que, após todos os esforços e sacrifícios de centenas de milhões de pessoas, e após as vitórias da Boa Causa, ainda não encontramos Paz ou Segurança e estamos sujeitos a perigos ainda maiores do que aqueles que superamos. É minha ardente esperança que a ponderação sobre o passado possa servir de guia nos dias que estão por vir, possa permitir a uma nova geração reparar alguns dos erros de anos anteriores e conduzir, de acordo com a necessidade e a glória do homem, o terrível quadro que se descortina do futuro.

WINSTON SPENCER CHURCHILL

Chartwell, Westerham, Kent, março de 1948

MORAL DA OBRA

Na guerra: determinação
Na derrota: desafio
Na vitória: magnanimidade
Na paz: boa vontade

Sumário

1º Volume

Nota do editor   *5*
Excerto do prefácio de *The Gathering Storm*   *6*
Moral da obra   *8*
Mapas e diagramas   *11*

PARTE I: MARCOS DA ESTRADA PARA O DESASTRE
de 1919 a 10 de maio de 1940

1. A insânia dos vencedores, 1919-1929   *15*
2. A paz no apogeu, 1922-1931   *27*
3. Adolf Hitler   *39*
4. Os anos do gafanhoto, 1931-1933   *50*
5. A cena escurece, 1934   *64*
6. Perdida a paridade aérea, 1934-1935   *75*
7. Desafio e resposta, 1935   *84*
8. Sanções contra a Itália, 1935   *94*
9. Hitler dá o bote, 1936   *107*
10. A pausa carregada, 1936-1938   *116*
11. Mr. Eden ministro do Exterior: sua demissão   *131*
12. A violação da Áustria, fevereiro de 1938   *141*
13. Tchecoslováquia   *153*
14. A tragédia de Munique   *162*
15. Praga, Albânia e a garantia à Polônia   *172*
16. À beira   *181*
17. A "guerra imperceptível"   *196*
18. A tarefa do almirantado   *207*
19. O front na França   *225*
20. Escandinávia, Finlândia   *234*
21. Noruega   *247*
22. A queda do governo   *259*

PARTE II: SOZINHOS
de 10 de maio de 1940 a 22 de junho de 1941

23. A coalizão nacional   *269*
24. A batalha da França   *287*
25. A marcha para o mar   *305*
26. O resgate de Dunquerque   *317*
27. A corrida aos despojos   *330*
28. De volta à França, 4 a 12 de junho   *339*
29. A defesa da ilha e o aparato de contra-ataque   *349*
30. A agonia da França   *360*
31. O almirante Darlan e a esquadra francesa: Oran   *374*
32. Acuados   *385*
33. Operação "leão-marinho"   *399*
34. A batalha da Inglaterra   *410*
35. "Londres aguenta"   *422*
36. O *Lend-Lease*   *439*
37. Vitória no deserto   *447*
38. Alastra-se a guerra   *464*
39. A batalha do Atlântico   *473*
40. Iugoslávia e Grécia   *485*
41. O flanco do deserto. Rommel. Tobruk   *501*
42. Creta   *507*
43. O último esforço do general Wavell   *518*
44. A nêmesis dos soviéticos   *531*

2º Volume

Nota do editor   *539*
Excerto do prefácio de *The Gathering Storm*   *540*
Moral da obra   *542*
Mapas e diagramas   *547*

PARTE III: A GRANDE ALIANÇA
de domingo, 7 de dezembro de 1941 em diante

45. Nosso aliado soviético   *551*
46. Meu encontro com Roosevelt   *565*
47. A Pérsia e o deserto   *573*
48. Pearl Harbor!   *586*
49. Viagem em meio à Guerra Mundial   *594*
50. Os acordos anglo-americanos   *606*
51. A queda de Cingapura   *616*
52. O paraíso dos submarinos   *630*
53. Vitórias navais americanas: mar de Coral e Midway   *642*
54. "Segunda frente já!"   *657*
55. Minha segunda visita a Washington. Tobruk   *666*
56. A moção de desconfiança   *677*
57. O VIII Exército encurralado   *687*
58. Minha viagem ao Cairo: mudanças no comando   *698*
59. Moscou: o primeiro encontro   *710*
60. Moscou: criam-se relações   *720*
61. Tensão e suspense   *730*
62. A batalha de El-Alamein   *744*
63. Acende-se a *Torch*   *753*
64. A conferência de Casablanca   *763*
65. Turquia, Stalingrado e Túnis   *777*
66. A Itália é a meta   *791*

PARTE IV: TRIUNFO E TRAGÉDIA
1943 – 1945

67. A conquista da Sicília e a queda de Mussolini   *805*
68. Portos artificiais   *823*
69. A invasão da Itália   *833*
70. Impasse no Mediterrâneo   *842*
71. Os comboios do Ártico   *852*
72. Teerã: a abertura   *863*
73. Teerã: o ponto crucial e conclusões   *877*
74. Cartago e Marrakech   *889*
75. O marechal Tito. O tormento grego   *903*
76. O lance de Anzio   *911*
77. *Overlord   922*
78. Roma e o Dia D   *930*
79. Da Normandia a Paris   *936*
80. A Itália e o desembarque na Riviera   *948*
81. As vitórias Russas   *963*
82. Birmânia   *978*
83. A batalha do golfo de Leyte   *990*
84. A libertação da Europa ocidental   *1003*
85. Outubro em Moscou   *1011*
86. Paris e as Ardenas   *1020*
87. Natal em Atenas   *1027*
88. Malta e Yalta: planos para paz mundial   *1039*
89. Rússia e Polônia: a promessa soviética   *1046*
90. A travessia do Reno   *1059*
91. A cortina de ferro   *1069*
92. A rendição alemã   *1084*
93. Abre-se o abismo   *1102*
94. A bomba atômica   *1113*
95. Epílogo   *1129*
Sobre o autor   *1156*
Índice   *1157*

Mapas e Diagramas

1º Volume

1. Europa, 1921   *14*
2. As agressões hitleristas   *152*
3. A ação contra o Graf Spee no Rio da Prata   *220*
4. A linha Schelde e a linha Mosa-Antuérpia   *229*
5. Ataque russo à Finlândia   *237*
6. A campanha aliada na Noruega, 1940   *255*
7. Área de operações, maio de 1940   *268*
8. Avanços alemães em dias sucessivos, 13-17 de maio de 1940   *288*
9. Situação na noite de 18 de maio   *297*
10. Situação na noite de 22 de maio   *303*
11. Situação em 28 de maio   *311*
12. França ocidental   *338*
13. Plano alemão de invasão da Inglaterra   *402*
14. Vitória do deserto, dezembro de 1940 – janeiro de 1941   *460*
15. O avanço de Tobruk   *462*
16. Os Bálcãs   *493*
17. A invasão alemã da Grécia   *496*
18. Creta e o Egeu   *509*
19. Síria e Iraque   *520*

2º Volume

20. O ataque alemão à Rússia   *550*
21. Cirenaica   *580*
22. Os submarinos em águas americanas   *632*
23. A crise da batalha   *633*
24. O teatro do Pacífico   *643*
25. Ilhas Salomão – Nova Guiné   *646*
26. O deserto ocidental   *667*
27. El-Alamein, 23 de outubro de 1942   *747*
28. O litoral norte da África   *752*

29. O front da Rússia, abril de 1942 – março de 1943   *783*

30. Ascensão e declínio dos submarinos   *807*

31. A grande ofensiva aeronaval   *810*

32. O terceiro ataque às rotas dos comboios   *811*

33. Operações no sul da Itália, setembro-dezembro de 1943   *839*

34. Operações na Rússia, julho a dezembro de 1943   *855*

35. Itália central   *914*

36. Normandia   *937*

37. Operações na frente russa, junho de 1944 – janeiro de 1945   *969*

38. Birmânia, julho de 1944 – janeiro de 1945   *985*

39. Batalha do Golfo de Leyte, Filipinas – Aproximação e contato, 22-24 de outubro de 1944   *996*

39b. A fase decisiva, 25 de outubro de 1944   *998*

39c. A perseguição, 26-27 de outubro de 1944   *999*

40. A invasão da Alemanha   *1089*

41. Zonas de ocupação da Alemanha, conforme acordo em Quebec de setembro de 1944   *1091*

42. Perdas de navios mercantes devidos aos submarinos, janeiro de 1940 a abril de 1945   *1097*

43. O recuo dos aliados ocidentais, julho de 1945   *1111*

44. Zonas de ocupação da Alemanha e da Áustria, finalmente adotadas   *1119*

45. As fronteiras da Europa Central   *1121*

PARTE III

A grande aliança

de domingo, 7 de dezembro de 1941, em diante

Nenhum americano há de me julgar mal por proclamar que ter os Estados Unidos do nosso lado foi para mim a maior das alegrias.

45
Nosso aliado soviético

A ENTRADA DA RÚSSIA NA GUERRA foi bem-vinda, mas não nos foi imediatamente útil. Os exércitos alemães eram muito fortes. Pareciam poder sustentar durante meses a ameaça de invasão da Inglaterra e, ao mesmo tempo, mergulhar na Rússia. Quase todas as opiniões militares responsáveis afirmavam que os exércitos russos logo seriam derrotados e em sua maior parte destruídos. O governo soviético deixara sua força aérea ser surpreendida no solo e os preparativos militares russos estavam longe de concluídos, um mau começo. Danos assustadores foram sofridos pelos exércitos russos. Apesar da resistência heroica, da competente direção despótica da guerra, do completo desapreço pela vida humana e do desencadeamento de uma guerrilha implacável na retaguarda do avanço alemão, houve, em todo o front russo de 1.200 milhas para o sul de Leningrado, um recuo geral de umas quatrocentas ou quinhentas milhas. A força do governo soviético, a firmeza do povo russo, suas reservas incomensuráveis de material humano, a vasta dimensão do país e os rigores do inverno foram os fatores que acabaram por desgraçar os exércitos de Hitler. Mas nada disso se evidenciava em 1941. O presidente Roosevelt foi considerado temerário ao declarar, em setembro, que a frente russa resistiria e que Moscou não seria tomada. A força e o patriotismo gloriosos do povo russo confirmaram essa opinião.

Mesmo em agosto de 1942, depois da minha visita a Moscou e das conferências lá realizadas, o general Brooke, que me havia acompanhado, achava que as montanhas do Cáucaso seriam atravessadas e que a bacia do mar Cáspio seria dominada pelas forças alemãs, de modo que, em consonância com isso, preparamo-nos na mais ampla escala possível para uma campanha defensiva na Síria e na Pérsia. Durante todo o tempo, tive uma opinião mais otimista que a de meus assessores militares sobre o poder de resistência dos russos. Eu me pautava confiantemente na garantia de Stalin, dada a mim em Moscou, de que ele defenderia a linha do Cáucaso e de que os alemães não chegariam ao mar Cáspio com qualquer força militar. Contudo, recebíamos tão pouca informação russa sobre os recursos e as intenções, que todas as opiniões, num sentido ou noutro, mal passavam de palpites.

É verdade que a entrada da Rússia na guerra desviou os ataques aéreos alemães da Inglaterra e reduziu a ameaça de invasão. Deu-nos um alívio importante no Mediterrâneo. Por outro lado, nos impôs sacrifícios e esforços sumamente pesados. Estávamos, enfim, começando a ficar bem equipados. Nossas fábricas de material bélico escoavam sua produção de toda sorte de suprimentos. Nossos exércitos no Egito e na Líbia travavam combates acirrados e clamavam pelas armas mais modernas, sobretudo tanques e aviões. A tropa do interior da Inglaterra aguardava ansiosamente os tão prometidos equipamentos novos, que, com toda a sua complexidade cada vez maior, estavam, enfim, fluindo para ela. Pois, nesse exato momento, fomos obrigados a fazer enormes desvios de nossos armamentos e suprimentos de todos os tipos, inclusive borracha e petróleo. Sobre nós recaiu a carga de organizar os comboios de suprimentos ingleses e, mais ainda, americanos, e de transportá-los para Murmansk e Arkangel passando por todos os perigos e rigores da travessia do Ártico. O suprimento americano era uma dedução daquilo que, a rigor, fora ou seria transportado com sucesso pelo Atlântico para nós mesmos. Para fazermos esse imenso desvio e renunciar ao fluxo crescente da ajuda americana, sem prejudicar nossa campanha no deserto ocidental, tivemos que restringir todos os preparativos que a prudência exigia para a defesa da Península Malaia e de nosso Império e possessões orientais contra a crescente ameaça do Japão.

Sem questionar no mais leve grau a conclusão, que a história há de afirmar, de que a resistência russa desarticulou o poderio dos exércitos alemães e infligiu danos mortais à energia vital da nação alemã, é lícito deixar claro que, durante mais de um ano depois de a Rússia se envolver na guerra, ela se apresentou ante nossos olhos como um fardo, não uma ajuda. Não obstante, rejubilou-nos ter essa poderosa nação junto a nós na batalha e todos achamos que, ainda que os exércitos soviéticos fossem empurrados até os montes Urais, a Rússia continuaria a exercer uma influência imensa e, em última instância — se perseverasse na guerra — decisiva.

Até o momento em que foi atacado por Hitler, o governo soviético não pareceu importar-se com ninguém senão consigo mesmo. Depois, como era natural, esse estado de ânimo tornou-se mais acentuado. Até então, haviam observado com impassível compostura o colapso do front da França,

Nosso aliado soviético

em 1940, e nosso esforço inútil, em 1941, para criar um front nos Bálcãs. Haviam fornecido uma importante ajuda econômica à Alemanha nazi e tinham-na amparado de muitas formas. Aí, depois de tapeados e apanhados de surpresa, eles mesmos ficaram sob a flamejante espada alemã. Seu primeiro impulso e sua política duradoura consistiram em pedir todo o socorro possível à Inglaterra e seu Império, cuja possível partilha entre Stalin e Hitler, nos oito meses anteriores, desviara a atenção soviética do aumento da concentração de tropas alemãs no Leste. Eles não hesitaram em apelar, em estridentes termos da maior urgência, para a torturada e esforçada Inglaterra, para que esta lhes enviasse o armamento de que seus próprios exércitos tinham tamanha escassez. Instaram os Estados Unidos a desviar para eles o maior volume possível dos suprimentos com que contávamos e, acima de tudo, já no verão de 1941, clamaram por desembarques ingleses na Europa, quaisquer que fossem os riscos e os custos, para a abertura de uma Segunda Frente. Os comunistas ingleses, que até então haviam feito o pior que podiam — e que não era grande coisa — em nossas fábricas, e que haviam denunciado "a guerra capitalista e imperialista", viraram a casaca da noite para o dia e começaram a rabiscar o slogan "Segunda Frente Já!" nas paredes e nos cartazes.

Não deixamos que esses fatos meio lamentáveis e ignominiosos perturbassem nosso pensamento e fixamos os olhos no sacrifício heroico do povo russo, submetido às calamidades que seu governo fizera desabar sobre ele, e em sua apaixonada defesa da terra natal. Enquanto durasse a luta, isso compensou tudo.

Os russos nunca entenderam minimamente a natureza da operação anfíbia necessária para desembarcar e manter um grande exército num litoral inimigo bem defendido. Até os americanos, nessa época, desconheciam em grande parte essas dificuldades. Superioridade não só naval, mas também aérea, era indispensável no ponto da invasão. Além disso, havia um terceiro fator vital. Uma vasta armada de lanchas de desembarque especialmente construídas, sobretudo muitos tipos de barcaças de transporte de tanques, era a base de qualquer desembarque bem-sucedido contra uma vigorosa defesa. Eu vinha fazendo o que podia para a criação dessa armada, como já se viu e ainda se verá. Mas ela não poderia estar pronta, nem sequer em pequena escala, antes do verão de 1943, e seu poder, como hoje se reconhece em toda parte, só poderia estar na escala suficiente em 1944. No período a que agora chegamos, verão de 1941, não dominávamos o espaço aéreo inimigo na Europa, exceto no Passo de Calais, onde estavam as mais sólidas fortificações alemãs. Os navios de desembarque mal estavam em construção. Nem sequer na Inglaterra havíamos conseguido um exército tão grande, bem-treinado e bem-equipado quanto o que teríamos de enfrentar em solo francês. No entanto, Niágaras de insensatez e bobagens continuam a jorrar até hoje sobre essa questão da Segunda Frente. Certamente não havia esperança de convencermos o governo soviético, naquele momento ou em qualquer outro. Em ocasião posterior, Stalin chegou até a me dizer que, se os ingleses estivessem com medo, ele se disporia a mandar três ou quatro corpos de exército russos para fazerem o serviço. Não me foi possível pegá-lo pela palavra por falta de transporte naval e em virtude de outras realidades físicas.

Não houve resposta do governo soviético à minha fala pelo rádio dirigida à Rússia e ao mundo no dia do ataque alemão, a não ser pelo fato de que alguns de seus trechos foram publicados no *Pravda* e em outros órgãos de imprensa, e de que chegou um pedido para recebermos uma delegação militar russa. O silêncio no primeiro escalão foi opressivo, e julguei de meu dever quebrar o gelo. Entendia muito bem que eles pudessem estar envergonhados, em vista de tudo o que houvera entre os soviéticos e os aliados ocidentais desde a eclosão da guerra, e relembrando o que ocorrera, vinte anos antes, entre mim e o governo revolucionário bolchevique. Assim, em 7 de julho, dirigi-me a Stalin e expressei nossa intenção de levar ao povo russo toda a ajuda que estivesse a nosso alcance. No dia 10, fiz nova tentativa. As comunicações oficiais passavam pelos dois ministérios do exterior, mas só em 19 de julho recebi a primeira comunicação direta de Stalin.

Depois de agradecer por meus dois telegramas, ele disse:

> Talvez não seja inoportuno mencionar que a situação das forças soviéticas no front continua tensa. (...) Parece-me, portanto, que a situação militar da União Soviética, bem como a da Inglaterra, melhorariam consideravelmente, caso se criasse uma frente contra Hitler no Ocidente — no norte da França — e ao norte, no Ártico.

> Uma frente no norte da França poderia não apenas desviar forças de Hitler do Leste, mas também, ao mesmo tempo, impossibilitar Hitler de invadir a Inglaterra. A criação dessa frente seria bem-recebida pelo exército inglês e por toda a população do sul da Inglaterra.

> Bem sei das dificuldades implicadas na criação dessa frente. Creio, porém, que, apesar das dificuldades, ela deveria ser formada, não apenas no

Nosso aliado soviético

interesse de nossa causa comum, mas no interesse da própria Inglaterra. Este é o momento mais propício para a abertura dessa frente, pois agora as forças de Hitler estão desviadas para o Leste e ele ainda não teve possibilidade de consolidar as posições que ocupa nesta região.

É ainda mais fácil criar uma frente no Norte. Ali, por parte da Inglaterra, seriam necessárias apenas operações navais e aéreas, sem o desembarque de tropa ou de artilharia. Efetivos soviéticos do exército, da marinha e da força aérea participariam dessa operação. Muito nos agradaria que a Inglaterra transferisse para esse teatro de guerra algo como uma ou mais divisões ligeiras de voluntários noruegueses, a serem empregadas no norte da Noruega para organizar uma rebelião contra os alemães.

Assim, a pressão russa pela criação de uma segunda frente teve início logo no começo de nossa correspondência, e esse tema se repetiria durante todas as nossas relações subsequentes, com monótona desconsideração — exceto no tocante ao Extremo Norte — pelas realidades físicas. Esse primeiro telegrama que recebi de Stalin conteve o único sinal de arrependimento que jamais percebi na atitude soviética. Nele, Stalin defendeu espontaneamente a mudança de lado soviética e seu acordo com Hitler antes da eclosão da guerra e discorreu, como já fiz, sobre a necessidade estratégica russa de manter o desdobramento alemão o mais a oeste possível na Polônia, a fim de ganhar tempo para a plena recuperação do desgastadíssimo poderio militar russo. Nunca subestimei esse argumento e bem poderia responder a ele em amplos termos.

Desde o primeiro momento, fiz o máximo que pude para ajudar com armas e suprimentos, quer consentindo em sensíveis desvios do que vinha dos EUA, quer por sacrifícios ingleses diretos. Logo no início de setembro, o equivalente a duas esquadrilhas de aviões Hurricane foi despachado no *HMS Argus* para Murmansk, a fim de ajudar na defesa da base naval e cooperar com as forças russas naquela área. Em 11 de setembro, as esquadrilhas estavam em combate e lutaram bravamente durante três meses. Eu tinha plena consciência de que, nos primeiros dias de nossa aliança, pouco havia que pudéssemos fazer, e tentei preencher a lacuna com gestos de cortesia e criar, mediante frequentes telegramas pessoais, o mesmo tipo de relacionamento satisfatório que havia estabelecido com o presidente. Nessa longa série moscovita, muitas vezes fui malrecebido e mui raramente recebi uma palavra gentil. Em muitas ocasiões, os telegramas ficaram sem resposta, ou só foram respondidos muitos dias depois.

O governo soviético tinha a impressão de nos estar prestando um grande favor por lutar em seu próprio país por sua própria vida. Quanto mais os russos lutavam, maior se tornava nossa dívida. Essa não era uma visão equilibrada. Em duas ou três ocasiões, nessa longa correspondência, tive de protestar em linguagem ríspida, mas especialmente contra os maus-tratos conferidos a nossos marinheiros, que com tamanho perigo levavam suprimentos para Murmansk e Arkangel. Quase sempre, porém, suportei o discurso prepotente e as censuras com "um paciente dar de ombros, pois resignação é o lema"* de todos os que têm de lidar com o Kremlin. Além disso, dei sempre desconto pelas pressões a que Stalin e sua intrépida nação russa estavam submetidos.

Não será possível, nesta narrativa, expor ao leitor mais do que os traços mais salientes do novo e colossal confronto que então se iniciou entre exércitos e populações. No primeiro mês, os alemães rasgaram caminho trezentas milhas Rússia adentro, mas, no fim de julho, surgiu uma divergência de opiniões entre Hitler e Brauchitsch, o comandante em chefe. Brauchitsch disse que o Grupo de Exércitos de Timoshenko, posicionado em frente a Moscou, constituía a principal força russa e deveria ser o primeiro a ser derrotado. Essa era a doutrina ortodoxa. Depois disso, sustentava Brauchitsch, Moscou, o principal centro nervoso militar, político e industrial de toda a Rússia, deveria ser tomado. Hitler discordou vigorosamente. Queria tomar território e destruir exércitos russos na mais ampla frente possível. Ao norte, exigiu a tomada de Leningrado, e no sul da bacia industrial do Donetz, a Crimeia e o acesso ao abastecimento de petróleo caucasiano da Rússia. Enquanto isso, Moscou poderia esperar.

Após veementes discussões, Hitler prevaleceu sobre seus comandantes militares. O Grupo de Exércitos do Norte, reforçado pelo centro, recebeu ordem de intensificar as operações contra Leningrado. O Grupo de Exércitos do Centro foi relegado à defensiva. Recebeu instruções de enviar um grupo Panzer para o sul, atacar pelo flanco os russos que vinham perseguidos por Rundstedt através do Dnieper. Nessa operação, os alemães prosperaram. No início de setembro, um vasto bolsão de forças russas estava se

---

* Shylock em *O mercador de Veneza*. (N.T.)

formando em torno de Kiev e mais de meio milhão de homens foram mortos ou capturados na luta desesperada que durou todo aquele mês. No norte, não houve sucesso dessa ordem. Leningrado foi sitiada, mas não foi tomada. A decisão de Hitler não fora correta. Assim, ele voltou seu pensamento e sua determinação para o centro. Os sitiantes de Leningrado receberam ordens de deslocar forças móveis e parte de sua aviação de apoio para reforçar uma nova investida contra Moscou. O grupo Panzer que fora enviado para von Rundstedt no sul regressou para auxiliar no ataque. No fim de setembro, estava remontado o cenário para a investida central antes descartada, enquanto os exércitos do sul rumavam para leste em direção ao Baixo Don, de onde o Cáucaso lhes ficaria acessível.

Mas, a essa altura, havia outro lado da história. Apesar de suas baixas aterradoras, a resistência russa continuava inflexível e não cedia. Seus soldados lutavam até a morte e seus exércitos iam ganhando experiência e destreza. Guerrilheiros surgiam atrás dos alemães e fustigavam as linhas de comunicação em ataques implacáveis. O sistema ferroviário russo capturado estava se revelando insuficiente; sob tráfego pesado, as rodovias se desmanchavam e, fora delas, depois que chovia, o movimento era muitas vezes impossível. Os veículos de transporte davam sinais de desgaste. Mal restavam dois meses antes do temível inverno russo. Podia Moscou ser tomada nesse prazo? E, se fosse, isso bastaria? Essa era a questão crucial. Embora Hitler ainda estivesse eufórico com a vitória em Kiev, os generais alemães tinham bons motivos para achar seus temores iniciais justificados. Houvera quatro semanas de atraso no que era agora a frente decisiva. A tarefa de "aniquilar as forças do inimigo na Bielo-Rússia", atribuída ao Grupo de Exércitos do Centro, ainda não fora cumprida.

Com o outono a chegar e com a iminência da crise suprema na frente russa, as exigências soviéticas para conosco tornaram-se mais insistentes.

Lord Beaverbrook voltou dos EUA, depois de estimular as já poderosas forças que respondiam por um estupendo aumento da produção. No Gabinete de Guerra, transformou-se então no defensor da ajuda à Rússia. E prestou valiosos serviços nessa área. Quando lembramos as pressões que exerceram sobre nós os preparativos para a batalha no deserto líbio, a profunda inquietude quanto ao Japão, que pairava sobre todos os nossos interesses na Península Malaia e no Extremo Oriente, e o fato de que tudo o que se enviava à Rússia era retirado de necessidades vitais da Inglaterra, era realmente necessário que as reivindicações russas fossem defendidas com muita veemência na cúpula de nosso pensamento bélico. Eu tentava guardar em mente uma perspectiva geral equânime e partilhava minhas tensões com meus colegas. Suportamos o desagradável processo de expor nossa própria segurança e nossos projetos vitais ao fracasso, pelo bem de nosso novo aliado — ríspido, rabugento, ganancioso e, até bem pouco tempo antes, indiferente à nossa sobrevivência.

Achei que, quando Beaverbrook e Averell Harriman voltassem de Washington e pudéssemos examinar todas as perspectivas concernentes às armas e suprimentos, eles deveriam ir a Moscou oferecer tudo aquilo de que pudéssemos prescindir e que nos atrevêssemos a doar. Houve discussões prolongadas e dolorosas. Os ministérios militares achavam que isso era arrancar-lhes a pele. Entretanto, juntamos o máximo que estava ao nosso alcance e consentimos em enormes desvios americanos de tudo aquilo por que ansiávamos para nós mesmos, a fim de fazer uma contribuição efetiva à resistência dos soviéticos. Em 28 de agosto, submeti aos meus colegas a proposta de enviar Lord Beaverbrook a Moscou. O Gabinete foi muito a favor de que ele expusesse a situação a Stalin, e o presidente sentiu-se bem-representado por Harriman.

Preliminarmente a essa missão, esbocei a situação em termos gerais numa carta dirigida a Stalin e, na noite de 4 de setembro, M. Maisky visitou-me para entregar a resposta dele. Era sua primeira mensagem pessoal desde julho. Depois de nos agradecer por lhe oferecermos mais duzentos aviões de caça, o telegrama dele entrou no "x" da questão:

> (...) *A relativa estabilização no front, que conseguimos alcançar há cerca de três semanas, rompeu-se na semana passada, em virtude da transferência de trinta a 34 novas divisões de infantaria alemãs e de uma enorme quantidade de tanques e aviões para a frente oriental, bem como de um grande aumento na atividade das vinte divisões finlandesas e das 26 divisões romenas. Os alemães consideram um blefe o perigo no Ocidente e estão transferindo impunemente todas as suas forças para o Leste, convencidos de que não existe nem existirá Segunda Frente no Ocidente. Os alemães consideram perfeitamente possível esmagar seus inimigos um a um: primeiro, a Rússia; depois, os ingleses.*

> *Em decorrência disso, perdemos mais de metade da Ucrânia e, além disso, o inimigo está às portas de Leningrado. (...)*

Nosso aliado soviético

Penso que só há um meio de sair dessa situação — criar, no ano em curso, uma segunda frente em algum ponto dos Bálcãs ou da França, capaz de atrair da frente oriental trinta a quarenta divisões e, ao mesmo tempo, garantir à União Soviética trinta mil toneladas de alumínio no início de outubro próximo, e mais uma ajuda mínima mensal *equivalente a quatrocentos aviões e quinhentos tanques (de pequeno ou médio porte). (...)*

O embaixador soviético, que veio acompanhado por Mr. Eden, ficou conversando comigo por uma hora e meia. Frisou em termos cáusticos como a Rússia, nas 11 semanas anteriores, suportara praticamente sozinha o impacto da furiosa investida alemã. Os exércitos russos, naquele momento, estavam aguentando o peso de um ataque sem precedentes. Ele disse que não queria empregar uma linguagem dramática, mas aquele talvez fosse um momento decisivo da história. Se a Rússia soviética fosse derrotada, como poderíamos vencer a guerra? M. Maisky acentuou a extrema gravidade da crise na frente russa em termos pungentes que contaram com minha solidariedade. Mas quando, pouco depois, senti um tom subjacente de ameaça em seu apelo, zanguei-me. Disse ao embaixador, a quem eu conhecia havia muitos anos: "Lembre-se de que, há apenas quatro meses, nós, nesta ilha, não sabíamos se vocês não iriam entrar em guerra contra nós do lado alemão. Na verdade, achávamos bastante provável que o fizessem. Mesmo então, tínhamos certeza de vencer no fim. Nunca achamos que nossa sobrevivência dependesse de seus atos num ou noutro sentido. Haja o que houver e façam vocês o que fizerem, vocês, dentre todos, não têm o direito de nos recriminar." Quando comecei a me exaltar ao falar desse tema, o embaixador exclamou: "Mais calma, por favor, meu caro Mr. Churchill!" Mas, a partir desse momento, seu tom se alterou nitidamente.

A discussão reexaminou os temas já abordados na troca de telegramas. O embaixador pleiteou um desembarque imediato na costa da França ou dos Países Baixos. Expliquei as razões militares que impossibilitavam essa medida e que ela não daria nenhum alívio à Rússia. Disse-lhe que, naquele dia, eu havia passado quatro horas com nossos especialistas, a ver um meio de aumentar bem a capacidade da ferrovia Trans-Pérsia. Falei da missão Beaverbrook-Harriman e de nossa determinação de doar todos os suprimentos de que pudéssemos prescindir ou que conseguíssemos transportar. Finalmente, Mr. Eden e eu lhe dissemos que, de nossa parte, estávamos dispostos a deixar claro aos finlandeses que lhes declararíamos guerra, caso

Memórias da Segunda Guerra Mundial

eles avançassem além de suas fronteiras de 1918, entrando pelo território russo. M. Maisky, é claro, não conseguiu abandonar seu apelo por uma segunda frente imediata, e foi inútil continuar a discussão.

Consultei imediatamente o Gabinete sobre as questões levantadas nessa conversa e na mensagem de Stalin e, naquela noite, enviei uma resposta, da qual são pertinentes os seguintes parágrafos:

> Embora não devamos poupar nenhum esforço, não há, na verdade, a menor possibilidade de qualquer ação inglesa no Ocidente, exceto ação aérea, capaz de retirar as forças alemãs do Leste antes da chegada do inverno. Não há a menor chance de uma segunda frente nos Bálcãs sem a ajuda da Turquia. Darei, se Vossa Excelência desejar, todas as razões que levaram nossos chefes de estado-maior a essas conclusões. Elas já foram discutidas com vosso embaixador em conferência de hoje com nosso ministro do Exterior e com os chefes de estado-maior. Por bem-intencionada que seja, uma ação que só leve a fiascos dispendiosos não beneficiaria ninguém senão Hitler. (...)

> Estamos dispostos a traçar planos conjuntos convosco agora. Se os exércitos ingleses serão ou não suficientemente fortes para invadir o continente europeu durante 1942 é algo que depende de acontecimentos imprevisíveis. Talvez seja possível, no entanto, auxiliar Vossa Excelência no Extremo Norte, quando houver maior escuridão. Esperamos elevar nossos exércitos no Oriente Médio para um efetivo de 750 mil homens, até o fim do ano em curso, e, depois, para um milhão no verão de 1942. Uma vez que as forças ítalo-germânicas na Líbia tenham sido destruídas, todas essas forças ficarão disponíveis para se distribuir em vosso flanco sul, e esperamos incentivar a Turquia a manter, no mínimo, uma neutralidade confiável. Entrementes, continuaremos a bombardear a Alemanha pelo ar com intensidade cada vez maior, e a manter livres as rotas marítimas e vivos a nós mesmos. (...)

Considerei tão importante toda essa questão que, simultaneamente, enviei ao presidente o seguinte telegrama, enquanto tinha as ideias frescas na cabeça:

> O embaixador soviético (...) usou uma linguagem de implicações vagas sobre a gravidade do momento e o caráter decisivo que estaria ligado à nossa resposta. Embora nada em sua linguagem tenha justificado essa suposição, não pudemos eliminar a impressão de que eles talvez estejam pensando num acordo em separado. (...) Sinto que o momento pode ser decisivo. Só nos resta fazer o melhor possível.

Nosso aliado soviético

Em 15 de setembro, recebi outro telegrama de Stalin:

Não tenho dúvida de que o governo inglês deseja ver a União Soviética vitoriosa e está buscando meios e modos de alcançar esse fim. Se, como pensa ele, é impossível a criação de uma segunda frente no Ocidente neste momento, será possível achar outro meio de prestar à União Soviética uma ajuda militar ativa?

Parece-me que a Inglaterra poderia, sem risco, desembarcar 25 a trinta divisões em Arkangel, ou transportá-las através da Pérsia até as regiões meridionais da URSS. Dessa maneira, poderia haver uma colaboração militar de tropas soviéticas e inglesas em território da URSS. Houve uma situação semelhante durante a última guerra na França. O arranjo mencionado constituiria uma grande ajuda. Seria um sério golpe contra a agressão de Hitler. (...)

É quase inacreditável que o chefe do governo russo, com toda a orientação que recebia de seus assessores militares, pudesse comprometer-se com a afirmação de tamanhos disparates. Pareceu-me inútil discutir com um homem que raciocinava em termos da mais completa falta de realismo, sendo assim, enviei-lhe a melhor resposta que pude.

Entrementes, concluíram-se as conversas com Beaverbrook e Harriman em Londres e, em 22 de setembro, a Missão Anglo-Americana de Suprimentos zarpou de Scapa Flow no cruzador *London*, atravessando o oceano Ártico em direção a Arkangel e dali seguiu de avião para Moscou. Muita coisa dependia dela. Sua recepção foi fria, e os debates, nada amistosos. Era quase como se fôssemos culpados pelo aperto que os soviéticos estavam passando na ocasião. Os generais e oficiais soviéticos não forneceram nenhum tipo de informação aos seus colegas ingleses e americanos. Nem sequer informaram com que dados estimavam as necessidades russas de nosso precioso material bélico. Não se ofereceu à delegação nenhum tipo de entretenimento formal até quase a última noite, quando foi convidada para um jantar no Kremlin. Não se pense que tais eventos sociais entre homens preocupados com as mais graves questões não sejam úteis ao progresso dos negócios. Ao contrário, muitos dos contatos pessoais que ocorrem levam a um clima propício ao acordo. Mas houve pouco desse clima então, e foi quase como se nós é que tivéssemos ido à Rússia pedir favor.

Um incidente lembrado pelo general Ismay, de maneira apócrifa e meio jocosa, talvez possa tornar mais leve esta narrativa. Seu ordenança, um fuzileiro naval, foi conduzido por um dos guias do Serviço de Turismo Interno numa excursão pelos pontos turísticos de Moscou. "Este", disse o russo, "é o Hotel Eden, ex-Hotel Ribbentrop. Aqui é a rua Churchill, ex-rua Hitler. Ali é a estação ferroviária Beaverbrook, ex-estação ferroviária Göring. Aceita um cigarro, camarada?" O fuzileiro retrucou: "Obrigado, camarada, ex-patife." Essa historieta, embora jocosa, ilustra o estranho clima daquelas reuniões.

Por fim, chegou-se a um acordo amigável. Assinou-se um protocolo estipulando os suprimentos que a Inglaterra e os Estados Unidos poderiam pôr à disposição da Rússia no período de outubro de 1941 a junho de 1942. Isso implicou uma grande perturbação de nossos planos militares, já prejudicados pela torturante escassez de material bélico. Tudo recaiu sobre nós, porque não apenas doamos nossa própria produção, como tivemos de abrir mão de material da maior importância que, de outro modo, os americanos nos teriam enviado. Nem os americanos nem nós fizemos qualquer promessa quanto ao transporte desse suprimento pelas águas difíceis e perigosas das rotas do oceano Ártico. Em vista das censuras insultuosas proferidas por Stalin quando indicamos que os comboios não deveriam zarpar enquanto o gelo não diminuísse, convém notar que tudo o que garantimos foi que os suprimentos estariam "disponíveis nos centros de produção ingleses e americanos". O preâmbulo do protocolo assinado terminava com estas palavras: "A Inglaterra e os Estados Unidos fornecerão ajuda no transporte desses materiais para a União Soviética e auxiliarão em sua entrega." Lord Beaverbrook telegrafou-me:

> O efeito desse acordo foi um imenso fortalecimento do moral de Moscou. A manutenção desse moral dependerá da entrega. (...)
>
> Não considero segura a situação militar por aqui durante os meses de inverno. Creio, realmente, que o moral elevado possa torná-la segura.

Embora o general Ismay estivesse plenamente autorizado e habilitado a discutir a situação militar e explicá-la em todas as suas variantes aos líderes soviéticos, Beaverbrook e Harriman decidiram não complicar sua missão com questões em que não haveria acordo possível. Esse aspecto, portanto, não foi abordado em Moscou. Informalmente, os russos continuaram a pleitear a criação imediata da Segunda Frente e pareciam inteiramente impermeáveis a qualquer argumento que mostrasse sua impossibilidade. A agonia deles os desculpa. Nosso embaixador teve de aguentar o tranco.

Já era fim de outono. Em 2 de outubro, o Grupo de Exércitos do Centro de von Bock reiniciou o avanço sobre Moscou, com seus dois exércitos rumando diretamente para a capital pelo sudoeste e um grupo Panzer fazendo um amplo envolvimento pelos dois flancos. Orel, em 8 de outubro, e uma semana depois Kalinin, na estrada Moscou-Leningrado, foram capturadas. Assim, com seus flancos em perigo e sob intensa pressão do avanço central alemão, o marechal Timoshenko mandou suas forças retrocederem para uma linha situada umas quarenta milhas a oeste de Moscou, onde novamente tomou posição para lutar. A situação russa, nesse momento, era de extrema gravidade. O governo soviético, o corpo diplomático e todas as indústrias passíveis de remoção foram evacuados da cidade e deslocados para Kuibyshev, mais de quinhentas milhas a leste. Em 19 de outubro, Stalin proclamou o estado de sítio na capital e expediu uma Ordem do Dia: "Moscou será defendida até o fim." Seu comando foi fielmente obedecido. Embora o grupo blindado de Guderian, proveniente de Orel, avançasse até Tula, e embora Moscou ficasse então cercada por três lados e houvesse alguns bombardeios aéreos, o fim de outubro trouxe um acentuado endurecimento da resistência russa e uma clara interrupção no avanço alemão.

Minha mulher percebia claramente que nossa impossibilidade de dar à Rússia qualquer ajuda militar estava perturbando e afligindo cada vez mais a opinião pública, à medida que os meses se passavam e os exércitos alemães avançavam pelas estepes. Eu lhe disse que a Segunda Frente estava fora de questão e que tudo o que poderíamos fazer, durante um longo tempo, seria enviar toda sorte de suprimentos em larga escala. Mr. Eden e eu a incentivamos a sondar a possibilidade de levantar fundos de assistência médica através de subscrições voluntárias. Isso já tinha sido iniciado pela Cruz Vermelha inglesa e pela Ordem de St. John, e minha mulher foi convidada pela organização conjunta a liderar o apelo de "ajuda à Rússia". No fim de outubro, sob os auspícios desses dois órgãos, ela fez seu primeiro apelo. Houve uma resposta generosa e imediata. Durante os quatro anos subsequentes, ela se dedicou a essa tarefa com entusiasmo e responsabili-

Memórias da Segunda Guerra Mundial

dade. Ao todo, foram levantados quase oito milhões de libras esterlinas, mediante contribuições de ricos e pobres. Muitas pessoas abastadas fizeram doações magnânimas, porém o grosso do dinheiro veio das subscrições semanais da massa da nação. Assim, através da poderosa organização da Cruz Vermelha e de St. John, e apesar das perdas expressivas nos comboios do Ártico, os suprimentos médicos e cirúrgicos e toda sorte de instrumentos e aparelhos especiais seguiram caminho, num fluxo ininterrupto pelos mares gelados e mortíferos até os russos, o valente exército e o povo.

46
Meu encontro com Roosevelt

NESSE MEIO-TEMPO, muita coisa havia acontecido no mundo de língua inglesa. Em meados de julho, Mr. Harry Hopkins chegou à Inglaterra em sua segunda missão a mando do presidente. O primeiro tema que levantou comigo foi a nova situação criada pela invasão da Rússia por Hitler e a repercussão disso em todas as provisões do sistema de *Lend-Lease* que contávamos receber dos EUA. Em segundo lugar, um general americano, depois de lhe serem concedidas todas as facilidades de inspeção, fizera um relatório lançando dúvidas sobre nossa capacidade de resistir a uma invasão. Em terceiro, e como consequência disso, haviam-se aprofundado os receios do presidente quanto à conveniência de tentarmos defender o Egito e o Oriente Médio. Não iríamos perder tudo, na tentativa de fazer demais? Finalmente, havia a questão de providenciarmos um encontro entre mim e Roosevelt, de algum modo, em algum lugar, e depressa.

Hopkins, dessa vez, não viera sozinho. Estavam em Londres vários altos oficiais americanos do exército e da marinha — para todos os efeitos, ocupados do *Lend-Lease* — em especial o almirante Ghormley, que vinha trabalhando todos os dias com o almirantado para solucionar, com participação americana, o problema do Atlântico. Tive uma reunião com o grupo de Hopkins e os chefes de estado-maior na noite de 24 de julho, no 10 de Downing Street. Hopkins trouxe com ele, além do almirante Ghormley, o general de brigada* Chaney, que era chamado "observador especial", e o *brigadier general* Lee,** adido militar americano. Completava o grupo Averell Harriman, que acabara de voltar de sua viagem ao Egito, onde, por instruções minhas, tudo lhe fora mostrado.

Hopkins disse que "os homens dos EUA que ocupavam os cargos principais e tomavam as decisões sobre questões de defesa" eram de opinião que o Oriente Médio constituía uma posição indefensável para o Império Britânico e que se estavam fazendo grandes sacrifícios para mantê-la. Na opinião deles, a Batalha do Atlântico seria a batalha final e decisiva da

---

* Major-general, duas estrelas. (N.T.)
** Oficial general de uma estrela, não há no exército brasileiro. (N.T.)

guerra, e tudo se devia concentrar nela. O presidente, disse Hopkins, estava mais inclinado a apoiar a luta no Oriente Médio, porque o inimigo devia ser combatido onde quer que se encontrasse. O general Chaney situou então os quatro problemas do Império Britânico na seguinte ordem: a defesa do Reino Unido e das rotas marítimas do Atlântico; a defesa de Cingapura e das rotas marítimas para a Austrália e a Nova Zelândia; a defesa das rotas oceânicas em geral; em quarto lugar, a defesa do Oriente Médio. Eram todas importantes, mas nessa ordem. O general Lee concordou com o general Chaney. Ao almirante Ghormley inquietava a linha de suprimento do Oriente Médio, caso material bélico americano tivesse que seguir para lá em grande volume. Não iria isso enfraquecer a batalha no Atlântico?

Pedi então aos chefes de estado-maior ingleses que dessem sua opinião. O primeiro lord do mar explicou por que estava ainda mais confiante nesse ano do que no anterior em destruir qualquer exército invasor. O chefe do estado-maior da força aérea mostrou quão mais forte estava a RAF, comparada à alemã, do que em setembro do ano anterior, e falou de nossa capacidade recém-ampliada de bater os portos de invasão. O CIGS também falou em sentido tranquilizador e disse que, no momento, o exército estava imensamente mais forte do que naquele mesmo mês de setembro. Fiz intervenções para explicar as providências especiais que havíamos tomado na defesa dos campos de aviação, depois das lições de Creta. Convidei nossos visitantes a percorrer qualquer aeródromo em que estivessem interessados. E disse: "O inimigo poderia usar gás, mas, se o fizesse, seria em seu próprio prejuízo, uma vez que tomamos providências para uma retaliação imediata, e qualquer posição que ele ocupasse no litoral seria para nós um admirável alvo concentrado. A guerra com gases seria também levada até seu próprio país." Em seguida, pedi a Dill que falasse sobre o Oriente Médio. Ele fez uma forte exposição sobre algumas das razões que tornavam necessária nossa permanência lá.

Minha sensação, no fim de nossos debates, foi que nossos amigos americanos tinham-se convencido com nossas afirmações e se impressionado com a solidariedade que havia entre nós.

Não obstante, a confiança que sentíamos em relação à defesa interna não se estendia ao Extremo Oriente, caso o Japão nos declarasse guerra. Essas inquietações também perturbavam Sir John Dill. Fiquei com a impressão de que, em sua mente, Cingapura tinha prioridade sobre o Cairo.

Meu encontro com Roosevelt

Era uma questão realmente trágica, como ter de escolher entre matar um filho ou uma filha. De minha parte, eu achava que nada do que pudesse acontecer na Malásia valia um quinto da perda do Egito, do canal de Suez e do Oriente Médio. Recusava-me a tolerar a ideia de abandonar a luta pelo Egito e estava resignado a pagar o preço que fosse na Malásia. Essa opinião também era compartilhada por meus colegas.

Certa tarde, Hopkins entrou no jardim da Downing Street e nos sentamos juntos ao sol. Pouco depois, ele disse que o presidente gostaria muito de uma reunião comigo em alguma baía deserta. Respondi prontamente ter certeza de que o Gabinete me liberaria. Assim, tudo logo foi providenciado. Escolheu-se a baía de Placentia, na Terra Nova, marcou-se a data de 9 de agosto e nosso mais novo encouraçado, o *Prince of Wales,* recebeu as ordens. Eu tinha o mais intenso desejo de me encontrar com Mr. Roosevelt, com quem vinha me correspondendo com crescente intimidade por quase dois anos. Além disso, uma conferência entre nós proclamaria a associação cada vez mais estreita da Inglaterra com os Estados Unidos, deixaria nossos inimigos preocupados, faria o Japão ponderar e animaria nossos amigos. Havia também muitas questões a resolver no tocante à intervenção americana no Atlântico, à ajuda à Rússia, aos nossos próprios suprimentos e, acima de tudo, à crescente ameaça do Japão.

Levei comigo Sir Alexander Cadogan, do Foreign Office, Lord Cherwell, os coronéis Hollis e Jacob, do Ministério da Defesa, e minha equipe pessoal. Além deles, havia vários altos oficiais dos setores técnicos e administrativos e da divisão de planejamento. O presidente disse que levaria consigo os chefes de estado-maior e Mr. Sumner Welles, do Departamento de Estado. Era necessário o máximo sigilo, por causa do grande número de submarinos que infestava o Atlântico norte, de modo que o presidente, para todos os efeitos num cruzeiro de férias, passou para o cruzador *Augusta* no mar e deixou seu iate para trás à guisa de disfarce. Entrementes, Harry Hopkins, embora longe de estar bem, obteve autorização de Roosevelt para voar até Moscou, numa jornada longa, cansativa e perigosa, passando pela Noruega, Suécia e Finlândia, a fim de obter diretamente de Stalin o mais completo relato da situação e das necessidades soviéticas. Embarcaria no *Prince of Wales* em Scapa Flow.

Memórias da Segunda Guerra Mundial

O longo trem especial que transportou todo o nosso grupo, inclusive uma grande equipe de cifradores, apanhou-me na estação próxima de Chequers. Fomos num destróier até o *Prince of Wales,* em Scapa, e embarcamos. Antes do cair da noite, em 4 de agosto, o *Prince of Wales* e sua escolta de destróieres zarparam para as águas do Atlântico. Encontrei Harry Hopkins muito esgotado por suas longas viagens aéreas e suas conferências desgastantes em Moscou. Na verdade, ele chegara a Scapa em tal estado, dois dias antes, que o almirante o meteu e manteve na cama. Não obstante, ele estava alegre como sempre, recuperou lentamente as forças durante a viagem e contou-me tudo sobre a missão.

As cabines espaçosas acima das hélices, que são muito confortáveis no porto, tornam-se quase inabitáveis pela trepidação em mar encrespado quando há mau tempo, de modo que me mudei para a cabine do almirante, no passadiço, para trabalhar e dormir. Afeiçoei-me ao nosso comandante, Leach, homem encantador e amável, tudo o que um membro da marinha inglesa deve ser. Infelizmente, em quatro meses, ele e muitos de seus companheiros, bem como seu esplêndido navio, afundaram para sempre nas profundezas do mar. No segundo dia de viagem, o mar estava tão revolto que tivemos de optar entre ir mais devagar e deixar nossa escolta de contratorpedeiros para trás. O almirante Pound, primeiro Lord do mar, tomou a decisão. A partir dali, seguimos sozinhos em alta velocidade. Houve informação sobre diversos submarinos, que tivemos de evitar fazendo zigue-zagues e grandes desvios. Era preciso silêncio rádio absoluto. Podíamos receber mensagens, mas, durante algum tempo, só podíamos transmiti-las a intervalos certos. Com isso, houve uma calmaria em minha rotina diária e uma estranha sensação de lazer, que eu não experimentava desde o início da guerra. Pela primeira vez em muitos meses, pude ler um livro por prazer. Oliver Lyttelton, ministro de estado no Cairo, havia-me presenteado com o *Captain Hornblower, R.N.* [romance de C.S. Forester], que achei sumamente interessante. Quando surgiu a oportunidade, enviei-lhe uma mensagem: "Achei *Hornblower* admirável." Isso causou perturbação no QG do Oriente Médio, onde se imaginou que "Hornblower" fosse o código de alguma operação especial sobre a qual não tinham sido informados.

Chegamos ao nosso ponto de encontro marcado às nove horas de sábado, 9 de agosto. Tão logo se trocaram as cortesias navais de praxe, subi a bordo do *Augusta* e cumprimentei o presidente Roosevelt, que me recebeu com todas as honras. Ele esteve de pé, apoiado no braço de seu filho

Elliott, enquanto os hinos nacionais foram executados, e depois me deu as mais calorosas boas-vindas. Entreguei-lhe uma carta do rei e apresentei os membros de meu grupo. Iniciaram-se as conversações entre mim e o presidente, Mr. Sumner Welles e Sir Alexander Cadogan, e os oficiais de estado-maior de ambos os lados, que prosseguiram mais ou menos continuamente nos demais dias de nossa visita, às vezes em reuniões dois a dois e, às vezes, em conferências maiores.

Na manhã de domingo, 10 de agosto, Mr. Roosevelt subiu a bordo do *HMS Prince of Wales* e, com seus oficiais de estado-maior e várias centenas de representantes de todos os postos e graduações da marinha e dos fuzileiros navais americanos, assistiu ao serviço religioso celebrado no tombadilho superior. Todos sentimos nessa cerimônia uma expressão profundamente comovente da comunhão religiosa dos nossos povos, e ninguém que tenha participado dela esquecerá jamais o espetáculo apresentado naquela manhã ensolarada, no tombadilho apinhado — o simbolismo da "Union Jack" e da "Stars and Stripes" desfraldadas no púlpito, lado a lado; os capelães, um americano e um inglês, lendo juntos as preces; os mais altos oficiais da marinha, do exército e da força aérea da Inglaterra e dos Estados Unidos agrupados num só corpo atrás do presidente e de mim; e as fileiras cerradas de marinheiros ingleses e americanos, completamente misturados, dividindo os mesmos livros e unindo-se fervorosamente em orações e hinos que eram familiares a todos.

Eu mesmo escolhi os hinos — "Para os que estão em perigo no mar" e "Levantai-vos, soldados de Cristo". Encerramos com "Ó Senhor, nosso alento de todas as eras". Cada palavra parecia mexer com o coração. Foi um grande momento para se viver. Quase metade dos que cantaram logo encontrariam a morte.

Numa das primeiras conversas, o presidente Roosevelt me disse achar que seria conveniente se pudéssemos redigir uma declaração conjunta, estabelecendo alguns princípios gerais que deveriam nortear nossa política numa mesma trilha. Desejoso de acatar essa sugestão sumamente útil, entreguei-lhe, nesse mesmo domingo, um delineamento provisório dessa declaração. Após muitas discussões entre nós e debates telegráficos com o Gabinete de Guerra em Londres, produzimos o seguinte documento:

Memórias da Segunda Guerra Mundial

Declaração conjunta do presidente e do primeiro-ministro
12 de agosto de 1941

"O presidente dos Estados Unidos da América e o primeiro-ministro, Mr. Churchill, representando o governo de Sua Majestade no Reino Unido, achando-se reunidos, houveram por bem dar a conhecer alguns princípios comuns da política nacional de seus respectivos países, nos quais fundamentam suas esperanças de um futuro melhor para o mundo.

Primeiro, seus países não buscam qualquer engrandecimento territorial ou de outra natureza.

Segundo, não desejam ver nenhuma alteração territorial que não esteja de acordo com o desejo livremente expresso dos povos em questão.

Terceiro, respeitam o direito de todos os povos de escolherem a forma de governo sob a qual irão viver e desejam ver o direito de soberania e autogestão governamental restituído àqueles que dele foram privados pela força.

Quarto, estarão empenhados, com o devido respeito aos compromissos existentes, em promover o direito de todas as nações, grandes ou pequenas, vencedoras ou vencidas, de aceder em igualdade de condições ao comércio e às matérias-primas mundiais que sejam necessários para sua prosperidade econômica.

Quinto, desejam promover a mais completa cooperação entre todas as nações no campo econômico, com o objetivo de a todas assegurar melhores padrões de trabalho, avanço econômico e segurança social.

Sexto, *após a destruição final da tirania nazi,** eles esperam ver estabelecida uma paz que proporcione a todas as nações os meios de viver em segurança dentro de suas próprias fronteiras, e que contenha a garantia de que todos os homens, em todas as terras, possam viver sua vida libertos do medo e da penúria.

Sétimo, essa paz deverá facultar a todos os homens a travessia, sem obstáculos, dos mares e oceanos.

Oitavo, eles acreditam que todas as nações do mundo, por razões materiais e espirituais, devam conseguir abandonar o uso da força. Uma vez que nenhuma paz futura poderá ser mantida se os armamentos terrestres, navais ou aéreos continuarem a ser empregados por nações que ameacem ou possam ameaçar de agressão fora de suas fronteiras, acreditam, na de-

---

* Meus destaques gráficos são posteriores. WSC.

pendência da criação de um sistema mais amplo e mais permanente de segurança geral, que o desarmamento dessas nações é essencial. Do mesmo modo, auxiliarão e incentivarão todas as outras medidas viáveis que possam aliviar, para os povos amantes da paz, o fardo esmagador dos armamentos."

A profunda e vasta importância do que veio a ser conhecido como a Carta do Atlântico foi evidente. Foi espantoso o simples fato de os Estados Unidos, ainda tecnicamente neutros, aliarem-se a uma nação beligerante numa declaração dessa natureza. A inclusão de uma referência no texto à "destruição final da tirania nazi" (baseada numa expressão que constava de meu rascunho original) equivaleu a um desafio que, em circunstâncias normais, implicaria uma ação de guerra. Finalmente, um aspecto não menos impressionante foi o realismo do último parágrafo, onde havia uma clara e ousada indicação de que, passada a guerra, os Estados Unidos se aliariam a nós no policiamento do mundo, até o estabelecimento de uma ordem melhor.

Também houve conferências contínuas entre os comandantes navais e das demais forças militares, havendo-se chegado a um elevado nível de acordo entre eles. A ameaça do Extremo Oriente estava muito presente em nossos pensamentos. Havia vários meses, os governos inglês e americano funcionavam em estreita concordância no tocante ao Japão. No fim de julho, os japoneses tinham concluído sua ocupação militar da Indochina. Através desse flagrante ato de agressão, suas forças estavam em posição para atacar os ingleses na Malásia e os americanos nas Filipinas, bem como os holandeses nas Índias Orientais. Em 24 de julho, o presidente pedira ao governo japonês que, como prelúdio a um acordo geral, a Indochina fosse neutralizada e as tropas japonesas se retirassem. Para reforçar essas propostas, fora expedido um decreto de bloquear todos os ativos japoneses nos Estados Unidos. Isso paralisara todo o comércio. O governo inglês tomara providências semelhantes e, dois dias depois, os holandeses tinham feito o mesmo. A adesão dos holandeses significava que o Japão, de um só golpe, foi privado de seu abastecimento vital de petróleo.

A viagem de volta à Islândia transcorreu tranquila, embora, a certa altura, fosse necessário alterar o curso, em virtude da detecção de submarinos nas imediações. Nossa escolta incluía dois contratorpedeiros americanos, num dos quais estava o guarda-marinha Franklin D. Roosevelt Jr., filho do presidente. No dia 15, encontramos um comboio conjunto de 73 navios que voltavam para casa, todos em boa ordem e perfeitas condições, depois de uma travessia serena do Atlântico. Foi uma visão animadora, e os navios mercantes também gostaram de ver o *Prince of Wales*.

Chegamos à ilha na manhã de sábado, 16 de agosto, e ancoramos no fiorde Hvals, de onde zarpamos para Reikjavik num destróier. Na chegada ao ancoradouro, tive uma recepção singularmente calorosa e barulhenta de uma grande multidão, cujas saudações amistosas repetiram-se todas as vezes que nossa presença foi reconhecida durante nossa estada, culminando em cenas de grande entusiasmo em nossa partida à tarde, com vivas e aplausos que, como me foi assegurado, raramente tinham sido ouvidos nas ruas de Reikjavik.

Após uma curta visita ao Althingishus, para render nossas homenagens ao Regente e aos membros do ministério islandês, passei em revista, conjuntamente, as tropas inglesas e americanas. Houve um longo desfile em coluna por três, durante a qual a marcha "United States Marines" gravou-se tão fortemente em minha memória que eu não conseguia tirá-la da cabeça. Tive tempo para ver os novos aeródromos que estávamos construindo e também para visitar as esplêndidas fontes de água quente e as estufas que elas abastecem. Ocorreu-me de imediato que também deveriam ser usadas para aquecer Reikjavik e tentei promover esse projeto ainda durante a guerra. Alegra-me que, agora, ele tenha sido executado. Recebi a saudação militar tendo ao meu lado o filho do presidente, e a parada proporcionou outra demonstração notável da solidariedade anglo-americana.

Na volta ao fiorde Hvals, visitei o encouraçado *Ramillies* e falei aos representantes das tripulações dos navios ingleses e americanos que estavam no ancoradouro, inclusive os contratorpedeiros *Hecla* e *Churchill*. Ao cair da noite, depois dessa maratona longa e cansativa, zarpamos para Scapa Flow, onde aportamos sem incidentes na manhã de 18 de agosto. Cheguei a Londres no dia seguinte.

47

A Pérsia e o deserto

A NECESSIDADE DE TRANSFERIR toda sorte de armas e suprimento de todos os tipos para o governo soviético e as dificuldades extremas da rota do Ártico, ao lado das futuras possibilidades estratégicas, tornaram sumamente desejável abrir a maior comunicação possível com a Rússia através da Pérsia. Não deixei de me sentir meio angustiado por embarcar em mais uma campanha no Oriente Médio, mas os argumentos eram imperiosos. Os campos de petróleo persas eram um fator bélico primordial e, se a Rússia fosse derrotada, teríamos de estar prontos para ocupá-los nós mesmos. Além disso, havia a ameaça à Índia. A supressão da revolta no Iraque e a ocupação anglo-francesa da Síria, a que chegamos por uma estreita margem, haviam riscado o plano oriental de Hitler, mas, se os russos sucumbissem, ele poderia tentar de novo. Uma ativa e numerosa missão alemã havia-se instalado em Teerã e o prestígio alemão estava alto. Às vésperas da minha viagem a Placentia, eu criara um comitê especial para coordenar o planejamento de uma operação contra a Pérsia e, durante minha ausência no mar, seus membros me informaram por telegrama dos resultados de seu trabalho, que, nesse meio tempo, havia sido aprovado pelo Gabinete de Guerra. Estava claro que os persas não poderiam expulsar os agentes e residentes alemães de seu país e que teríamos de apelar para a força. Em 13 de agosto, Mr. Eden recebeu M. Maisky no Foreign Office, chegando a um acordo quanto aos termos de nossas respectivas notas a Teerã. Uma nota anglo-soviética conjunta, datada de 17 de agosto, recebeu uma resposta insatisfatória, e a data de entrada das tropas inglesas e russas na Pérsia foi marcada para o dia 25.

Em quatro dias, estava tudo encerrado. A refinaria de Abadan foi tomada por uma brigada de infantaria, que havia embarcado em Basra e desembarcou no alvorecer de 25 de agosto. A maioria das forças persas foi apanhada de surpresa, mas escapou em caminhões. Houve alguns combates de rua e um pequeno número de embarcações iranianas foi capturado. Ao mesmo tempo, ocupamos por terra o porto de Khorramchahr e uma força foi mandada para o norte, em direção a Ahvaz. Quando nossas tropas se aproximavam de Ahvaz, chegou a notícia da ordem de cessar-fogo, dada pelo Xá, e o general persa ordenou que seus soldados voltassem aos quartéis. No norte, os campos de petróleo foram facilmente ocupados. Nossas baixas foram de 22 mortos e 42 feridos.

Todos os arranjos com os russos foram concluídos facilmente e com rapidez. As principais condições impostas ao governo persa foram a cessação de toda a resistência, a expulsão dos alemães, a neutralidade na guerra e a utilização das linhas de comunicação iranianas pelos aliados, para o transporte de suprimentos de guerra para a Rússia. O restante da ocupação da Pérsia efetuou-se pacificamente. Ingleses e russos encontraram-se como amigos e Teerã foi conjuntamente ocupada em 17 de setembro, havendo o Xá abdicado, na véspera, em favor de seu talentoso filho de 22 anos. Em 20 de setembro, o novo xá, a conselho dos aliados, restabeleceu a monarquia constitucional e, pouco depois, seu pai seguiu para um exílio tranquilo, até morrer em Johannesburgo em julho de 1944. A maior parte das nossas forças retirou-se do país, deixando apenas alguns destacamentos para proteger as linhas de comunicação, e as tropas inglesas e russas foram evacuadas de Teerã em 18 de outubro. A partir de então, sob o comando do general Quinan, nossas forças empenharam-se em preparativos de defesa contra a possível incursão de exércitos alemães vindos da Turquia ou do Cáucaso e na elaboração de preparativos administrativos para os grandes reforços que deveriam chegar, se essa incursão parecesse iminente.

A criação de uma grande rota de suprimento para a Rússia através do golfo Pérsico tornou-se nosso objetivo primordial. Com um governo amigo em Teerã, os portos foram ampliados, abriram-se as comunicações fluviais, construíram-se estradas e reconstruíram-se ferrovias. A contar de setembro de 1941, essa iniciativa, começada e desenvolvida pelo exército inglês, e que logo seria adotada e ampliada pelos Estados Unidos, permitiu-nos enviar para a Rússia, num período de quatro anos e meio, cinco milhões de toneladas de suprimentos. Assim terminou um breve e fecundo exercício de força esmagadora contra uma nação antiga e enfraquecida. A Inglaterra e a Rússia estavam lutando pela vida. *Inter arma silent leges.* Alegra-nos que, em nossa vitória, a independência da Pérsia se tenha preservado.

Devemos agora voltar ao teatro dominante do Mediterrâneo. O general Auchinleck havia assumido o comando formal do Oriente Médio em 5 de

A Pérsia e o deserto

julho e eu iniciara minhas relações com nosso novo comandante em chefe com grandes esperanças. Mas uma troca de telegramas logo deixou claro que havia sérias divergências de opinião e de valores entre nós. Ele propôs reforçar Chipre com uma divisão, assim que fosse possível, admitiu a necessidade de recuperarmos a Cirenaica, mas não conseguia confiar em que Tobruk pudesse ser defendida depois de setembro. Disse que as características e o armamento dos novos tanques americanos introduziam modificações no manejo tático e que era preciso dar tempo para que essas lições fossem aprendidas. Concordou em que disporia, em fins de julho, de cerca de quinhentos tanques pesados, de infantaria e americanos. Para qualquer operação, porém, seria necessária uma reserva de 50% dos tanques, assim permitindo que houvesse 25% nas oficinas e 25% para reposição imediata das perdas nas batalhas. Era uma condição quase proibitiva. Generais só gozam desse conforto no Céu. E os que o exigem nem sempre chegam lá. Auchinleck frisou a importância de tempo para o treinamento individual e coletivo, para o espírito de equipe, essencial à eficiência. Achava que o Norte (isto é, um ataque alemão pela Turquia, Síria e Palestina) poderia tornar-se a frente decisiva, e não o deserto.

Tudo isso me causou um agudo desapontamento. As primeiras decisões do general também foram estarrecedoras. Depois de argumentar muito, eu finalmente conseguira que a 50ª Divisão inglesa fosse levada para o Egito. Fui sensível à propaganda inimiga de que a política inglesa consistia em combater com quaisquer outras tropas, menos as nossas, evitando assim o derramamento de sangue da Inglaterra. Na verdade, as baixas inglesas no Oriente Médio, incluindo a Grécia e Creta, tinham sido maiores que as de todas as nossas outras forças em conjunto, mas os nomes davam uma falsa impressão da realidade. As divisões indianas, um terço de cuja infantaria e a totalidade de cuja artilharia eram compostos de ingleses, não apareciam como divisões anglo-indianas. As divisões blindadas, que haviam suportado o impacto maior da luta, eram inteiramente inglesas, mas isso não aparecia em seus nomes. O fato de as tropas "inglesas" raramente serem mencionadas nos relatórios de combates dava fundamento ao sarcasmo do inimigo e provocava comentários desfavoráveis, não só nos Estados Unidos, mas também na Austrália. Eu havia ansiado pela chegada da 50ª Divisão inglesa como um meio efetivo de desmentir essas correntes caluniosas. A decisão do general Auchinleck de escolher essa divisão como a que deveria ser enviada a Chipre foi certamente infeliz, dando fundamento às censuras a que éramos injustamente submetidos. Em casa, os chefes de estado-maior ficaram igualmente atônitos, com base em argumentos militares, com o fato de que se fizesse um uso tão estranho dessa magnífica força.

Uma decisão muito mais grave do general Auchinleck foi retardar toda a ação contra Rommel no deserto ocidental, a princípio por três meses e, no final, por mais de quatro meses e meio. A prova do acerto da ação de Wavell em 15 de junho, a *Battleaxe,* está no fato de que, embora tivéssemos sido parcialmente derrotados e recuado para nossa posição original, os alemães haviam ficado inteiramente impossibilitados de avançar durante todo esse extenso período. Suas comunicações, ameaçadas por Tobruk, eram insuficientes para levar-lhes os reforços necessários de blindados ou até de munição de artilharia, para permitir que Rommel fizesse mais do que sustentar sua posição, mediante sua força de vontade e seu prestígio. O suprimento de sua força lhe impôs tamanha tensão que o tamanho dela só pôde aumentar gradualmente. Nessas circunstâncias, ele deveria ter sido continuamente atacado pelo exército inglês, que tinha amplas comunicações rodoviárias, ferroviárias e marítimas e vinha sendo reforçado, com muito maior rapidez, em homens e material.

Um terceiro erro de concepção pareceu-me ser uma preocupação exagerada com nosso flanco norte. De fato, ele exigia extrema vigilância e justificava muitos preparativos de defesa, bem como a construção de sólidas linhas fortificadas na Palestina e na Síria. A situação nessa área, entretanto, logo se tornou muito melhor do que em junho. A Síria foi conquistada. A rebelião iraquiana sufocada. Todos os pontos-chave do deserto estavam em poder de tropas nossas. Acima de tudo, a luta entre a Alemanha e a Rússia dera mais confiança à Turquia. Enquanto isso pesasse na balança, não haveria possibilidade de uma exigência alemã de que seus exércitos passassem pelo território turco. A Pérsia vinha trazida para o campo aliado pela ação inglesa e russa. Isso nos permitiria atravessar o inverno. Ao passo que a situação geral favorecia uma ação decisiva no deserto ocidental.

Em vez disso, não pude deixar de sentir na atitude do general Auchinleck uma rigidez que não era útil aos interesses a que todos servíamos. Livros escritos depois da guerra mostraram como setores subordinados, mas influentes, da seção de operações do Cairo haviam deplorado a decisão de enviar o exército para a Grécia. Não sabiam como o general Wavell havia aceito inteira e voluntariamente essa política, e menos ainda quão inquisitivamente o Gabinete de Guerra e os chefes de estado-maior lhe haviam submetido a

A Pérsia e o deserto

questão, quase pedindo uma negativa. Disseram que Wavell fora desencaminhado pelos políticos, e toda a sucessão de desastres teria decorrido de se atenderem os desejos deles. E que agora, como recompensa por sua boa índole, ele fora afastado, depois de todas as suas vitórias, no momento da derrota. Não duvido que, nesses círculos do estado-maior, houvesse um forte sentimento de que o novo comandante não deveria deixar-se pressionar a enveredar por aventuras arriscadas, mas ir com calma e trabalhar com base em certezas. É bem possível que esse estado de ânimo tenha sido do conhecimento do general Auchinleck. Ficou claro que não haveria muito progresso por correspondência, de modo que, em julho, convidei-o a vir a Londres.

Sua breve estada foi útil de muitos pontos de vista. Ele fez relações harmoniosas com membros do Gabinete de Guerra, com os chefes de estado-maior e com o Ministério da Guerra. Passou um fim de semana prolongado comigo em Chequers. À medida que fomos conhecendo melhor o distinto oficial, de cujas qualidades nossa sorte iria então depender tão largamente, e à medida que ele se familiarizou com o círculo superior da máquina de guerra inglesa e viu com que precisão e facilidade ela funcionava, cresceu nossa confiança mútua. Por outro lado, não conseguimos induzi-lo a abandonar sua decisão de um adiamento prolongado, a fim de preparar uma ofensiva bem-planejada em 1º de novembro. Ela deveria chamar-se *Crusader* e seria a maior operação lançada até então. Não há dúvida de que o general Auchinleck abalou meus assessores militares, com a argumentação pormenorizada que apresentou. Por mim, não fiquei convencido. Mas sua inquestionável capacidade, seu poder de exposição e sua personalidade altiva, digna e imponente deram-me a sensação de que, afinal, talvez ele estivesse certo; mesmo que estivesse errado, ainda era o melhor homem de que dispúnhamos. Assim, aquiesci na data da ofensiva em novembro e tratei de usar minhas energias para transformá-la num sucesso. Todos lamentamos muito não conseguir persuadi-lo a confiar a batalha, quando chegasse o momento, ao general Maitland Wilson. Ele preferia, em vez deste, o general Alan Cunningham, cuja reputação estava em alta desde as vitórias na Abissínia. Tínhamos que tirar o melhor partido daquilo de que dispúnhamos, e isso é algo que nunca vale a pena fazer pela metade. Assim, compartilhamos a responsabilidade dele ao endossar suas decisões. Devo, no entanto, registrar minha convicção de que o adiamento de quatro meses e meio para combater o inimigo no deserto, requerido pelo general Auchinleck, foi, ao mesmo tempo, um erro e uma infelicidade.

Temos agora pleno conhecimento do que pensava o Alto Comando alemão sobre a situação de Rommel. Eles tinham grande admiração por sua audácia e pelos sucessos incríveis que a haviam coroado, mas, ainda assim, consideravam-no em grande perigo. Proibiram-no estritamente de correr qualquer outro risco enquanto não fosse solidamente reforçado. Talvez, com seu prestígio, ele conseguisse blefar por algum tempo, na situação precária em que se achava, até que eles conseguissem levar-lhe o máximo de ajuda que estivesse ao seu alcance. Sua linha de comunicações arrastava-se por mil milhas até Trípoli. Benghazi era um atalho valioso, pelo menos para uma parcela de seus suprimentos e suas novas tropas, mas um tributo cada vez mais pesado era pago no transporte marítimo até essas duas bases. As forças inglesas, já em número amplamente superior, cresciam a cada dia. A superioridade alemã em tanques existia apenas em termos de qualidade e organização. Eles eram mais fracos no ar. Estavam com grande escassez de munição de artilharia e temiam consumi-la. Na retaguarda de Rommel, Tobruk afigurava-se uma ameaça letal, de onde a qualquer momento poderia ser lançada uma ofensiva, cortando suas comunicações. Porém, como permanecêssemos imóveis, eles deviam levantar mãos para o céu a cada dia que passasse.

Os dois lados usaram o verão para reforçar seus exércitos. Para nós, o recompletamento de Malta era vital. A perda de Creta privara a esquadra do almirante Cunningham de uma base de abastecimento suficientemente próxima para pôr em ação nosso poder naval de proteção. Cresciam as possibilidades de um ataque marítimo a Malta, a partir da Itália ou da Sicília, embora, como hoje sabemos, só em 1942 Hitler e Mussolini tenham aprovado esse plano. As bases aéreas inimigas, em Creta e na Cirenaica, ameaçavam tão seriamente a rota dos comboios de Alexandria para Malta, que tínhamos de depender por completo do oeste para a travessia dos suprimentos. Nessa tarefa, o almirante Sommerville, com a Força H, que saía de Gibraltar, prestou serviços destacados. A rota que o almirantado julgara mais perigosa tornou-se a única acessível. Felizmente, nessa época, as exigências da invasão russa obrigaram Hitler a retirar sua força aérea da Sicília, o que trouxe um alívio para Malta e nos devolveu o domínio do espaço aéreo sobre o canal de Malta. Isso não somente ajudou na chegada dos comboios vindos de Oeste, como também nos permitiu atacar com mais intensidade os transportes e os navios de suprimento que estavam reforçando Rommel.

A Pérsia e o deserto

Dois grandes comboios foram atacados com êxito. A passagem de cada um deles era uma grande operação naval. Em outubro, mais de 60% dos suprimentos de Rommel foram afundados na travessia. Mas meus temores não diminuíram e insisti em esforços ainda maiores por parte do almirantado. Em especial, eu desejava que uma nova força de superfície fosse baseada em Malta. Essa política foi aceita, mas era preciso tempo para pô-la em prática. Em outubro, uma força de ataque conhecida como "Força K", composta dos cruzadores *Aurora* e *Penelope* e dos contratorpedeiros *Lance* e *Lively*, formou-se em Malta. Todas essas providências tiveram seu papel na luta que ia começar.

As descrições de batalhas modernas tendem a perder o toque dramático, pois elas se espalham por espaços imensos e, muitas vezes, levam semanas para ser decididas, ao passo que, nos famosos campos de batalha da história, o destino de nações e impérios era decidido em poucas horas, numas poucas milhas quadradas de terreno. Os conflitos entre velozes forças blindadas e motorizadas no deserto demonstram de forma extremada esse contraste com o passado.

A cavalaria das guerras anteriores tinha sido substituída por uma arma muito mais poderosa e de grande alcance, os tanques, cujas manobras assemelhavam-se em muitos aspectos à guerra naval, com mares de areia em vez de água salgada. O fator decisivo era a capacidade de combate das colunas blindadas, como a das esquadras de cruzadores, mais do que a posição em que elas engajavam o inimigo ou o ponto do horizonte em que apareciam. As divisões ou as brigadas de tanques, e mais ainda as unidades menores, podiam formar frentes tão depressa, em qualquer direção, que o perigo de uma força ser flanqueada, apanhada pela retaguarda ou isolada tinha uma importância muito menor. Por outro lado, tudo dependia, em cada momento, do combustível e da munição, e o suprimento de ambos era muito mais complicado nas forças blindadas do que em navios e esquadras, autônomos no mar. Os princípios em que se fundamenta a arte da guerra, portanto, expressavam-se em termos inéditos, e cada combate ensinava suas próprias lições.

A magnitude do esforço de guerra implicado nessas batalhas no deserto não deve ser subestimada. Embora apenas noventa mil a cem mil soldados entrassem em combate em cada um dos exércitos, eles precisavam de um número duas ou três vezes maior de homens e equipamentos para mantê-los ativos em sua prova de força. Visto no todo, o combate feroz de Sidi Rezegh, que marcou o início da ofensiva do general Auchinleck, apresenta muitos dos mais vívidos aspectos da guerra. As intervenções pessoais dos dois comandantes em chefe foram tão dominantes e decisivas e os riscos de ambos os lados foram tão altos quanto os de outrora.

A tarefa de Auchinleck era, em primeiro lugar, retomar a Cirenaica, destruindo nesse processo os blindados do inimigo; em segundo lugar, se tudo corresse bem, tomar a Tripolitânia. Para esse fim, o general Cunningham recebeu o comando do recém-denominado VIII Exército, composto do 13º e do 30º Corpos de Exército, e que, com a guarnição de Tobruk, somava cerca de seis divisões, com três brigadas em reserva e 724 tanques. A força aérea do deserto ocidental totalizava 1.072 aviões de combate modernos, além de dez esquadrões que operavam a partir de Malta. Setenta milhas atrás do front de Rommel estava a guarnição de Tobruk, composta de cinco grupos de brigada e uma brigada blindada. Essa fortaleza era a preocupação constante de Rommel. Até aquele momento, ela havia impedido, por sua ameaça estratégica, qualquer avanço para o Egito. Eliminar Tobruk era o objetivo definido pelo Alto Comando alemão, e todos os

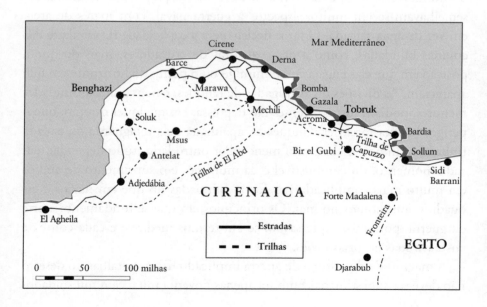

A Pérsia e o deserto

preparativos possíveis tinham sido feitos para iniciar o ataque em 23 de novembro. O exército de Rommel compreendia o imponente Afrika Korps, formado pela 15ª e 21ª Divisões Panzer e pela 90ª Divisão Ligeira, além de sete divisões italianas, uma das quais blindada. O inimigo tinha 558 tanques. Dos médios e pesados, dois terços eram alemães, com canhões mais potentes que os canhões de duas libras de nossos carros. O inimigo era marcadamente superior em armas anticarros. A força aérea do Eixo, no momento do ataque, compunha-se de 120 aviões alemães e mais uns duzentos aviões italianos em condições de emprego.

Na manhã de 18 de novembro, sob chuva pesada, o VIII Exército partiu e, durante três dias, tudo correu bem. Parte da 7ª Divisão Blindada inglesa do 30º Corpo tomou Sidi Rezegh, mas foi atacada pelo Afrika Korps, cujos blindados estavam mais concentrados. Durante os dias 21 e 22, travou-se uma batalha selvagem, principalmente ao redor e dentro do aeródromo. Para essa arena foram atraídos praticamente todos os blindados dos dois lados, arremetendo de um lado para outro em combates violentos, sob o fogo das baterias rivais. O armamento mais forte dos tanques alemães e a quantidade maior que eles levaram para os pontos de choque deram-lhes a vantagem. Apesar da liderança heroica e brilhante do *brigadier general* Jock Campbell, os alemães prevaleceram, e perdemos mais tanques do que eles. Na noite de 22 de novembro, os alemães retomaram Sidi Rezegh. Nossa força perdeu dois terços de seus blindados e recebeu ordem de recuar umas vinte milhas para se reorganizar. Foi um duro revés.

Enquanto isso, em 21 de novembro, estando os blindados inimigos engajados na batalha, o general Cunningham mandou o 13º Corpo avançar. Ele capturou o QG do Afrika Korps e, no dia 23, quase recuperou Sidi Rezegh, de onde seus companheiros da 7ª Divisão Blindada tinham acabado de ser expulsos. Em 24 de novembro, Freyberg concentrou o grosso de seus neozelandeses cinco milhas a leste do aeroporto. Uma saída fora lançada de Tobruk e estava em duro combate com a infantaria alemã, mas não rompera a linha. A Divisão da Nova Zelândia postou-se diante de Sidi Rezegh após um avanço vitorioso. As guarnições da fronteira do inimigo estavam cortadas, mas seus blindados tinham vencido a batalha contra o 30º Corpo. Ataques muito violentos e baixas pesadas houve dos dois lados, e a batalha estava equilibrada.

☆

Houve então um episódio dramático, que faz lembrar o desbordamento de "Jeb" Stuart em torno de McClellan, em 1862, na península de Yorktown, na Guerra Civil americana. Só que ele foi executado com uma força blindada que era praticamente um exército, e cuja destruição teria condenado o restante do exército do Eixo. Rommel resolveu assumir a iniciativa tática e abrir caminho para leste com seus blindados, rumo à fronteira, na esperança de criar tanta confusão e provocar tamanho sobressalto que obrigasse nosso comando a desistir da luta e bater em retirada. É bem possível que ele tenha tido em mente a sorte que havia recompensado sua incursão blindada na batalha anterior do deserto, em 15 de junho, e que levara à nossa retirada no momento crucial. Até que ponto ele quase teve êxito, dessa vez, ficará evidente na continuação da narrativa.

Rommel juntou a maior parte do Afrika Korps, que ainda era a mais poderosa unidade no campo de batalha, e, deixando de ver por um triz o QG do 30º Corpo e dois grandes depósitos de suprimento, sem os quais não teríamos podido continuar na luta, chegou à fronteira. Ali, dividiu sua força em colunas, algumas das quais evoluíram para o norte e para o sul, enquanto outras avançaram vinte milhas no território egípcio. Rommel fez uma devastação em nossas áreas de retaguarda e capturou muitos prisioneiros. Suas colunas, porém, não impressionaram a 4ª Divisão Indiana e foram perseguidas por destacamentos organizados às pressas. Acima de tudo, nossa força aérea, que a essa altura havia conquistado um alto grau de domínio do espaço aéreo sobre os exércitos em combate, fustigou ininterruptamente o inimigo o tempo todo em todo o trajeto. As colunas de Rommel, praticamente sem apoio de sua própria força aérea, sofreram as dores que nossas tropas haviam conhecido e suportado na época em que a Alemanha dominava os céus da batalha. No dia 26, todos os blindados do inimigo tomaram a direção norte e buscaram abrigo dentro de Bardia e em seus arredores. No dia seguinte, partiram às pressas para oeste, de volta a Sidi Rezegh, para onde foram chamados com urgência. O intrépido ataque de Rommel havia fracassado, mas, como veremos agora, foi apenas um homem — o comandante em chefe inimigo — que o deteve.

Os duros reveses que havíamos sofrido e a impressão de desordem atrás de nosso front, provocada pelo ataque de Rommel, tinham levado o general Cunningham a comunicar ao comandante em chefe que a continuação de nossa ofensiva poderia resultar no aniquilamento de nossa força de tanques e, com isso, pôr em risco a segurança do Egito. Isso significaria reconhecer

A Pérsia e o deserto

a derrota e o fracasso da operação toda. Nesse momento decisivo, o general Auchinleck interveio pessoalmente. A pedido de Cunningham, ele voou com o marechal do ar Tedder até o QG do deserto, em 23 de novembro, e, deu ordem, com pleno conhecimento de todos os perigos, que o general Cunningham "continuasse a insistir na ofensiva contra o inimigo". Assim, pela ação pessoal, Auchinleck salvou a batalha e comprovou suas extraordinárias qualidades de comandante em campanha.

Ao voltar ao Cairo no dia 25, ele resolveu substituir temporariamente o general Cunningham pelo general Ritchie, subchefe de seu estado-maior, "pois concluí com relutância que Cunningham, por mais admirável que tenha sido até o momento, começou agora a pensar em termos defensivos, principalmente devido a nossas grandes perdas de tanques". O ministro residente, Oliver Lyttelton, explicou e apoiou com firmeza a decisão do comandante em chefe. Telegrafei-lhe imediatamente dando nossa aprovação.

Deixarei por aqui esse incidente, tão doloroso para o bravo oficial em questão, para seu irmão, que era comandante em chefe naval, e para o general Auchinleck, que era amigo pessoal de ambos. Admirei particularmente a conduta do general Auchinleck, mantendo-se acima de todas as considerações pessoais e de todas as tentações de fazer concessões ou de retardar a ação.

Enquanto isso, Freyberg e seus neozelandeses, apoiados pela Brigada de Tanques do I Exército, fizeram intensa pressão contra Sidi Rezegh. Após dois dias de combate acirrado, tornaram a capturá-la. Ao mesmo tempo, a guarnição de Tobruk recomeçou sua investida e, na noite de 26, uniu-se à força de resgate. Algumas unidades penetraram na Tobruk sitiada. Isso fez Rommel voltar de Bardia. Ele abriu caminho até Sidi Rezegh, atacado pelo flanco pela já reorganizada 7ª Divisão Blindada, dessa vez com 120 tanques. Recapturou Sidi Rezegh e rechaçou a brigada da Nova Zelândia, impondo-lhe baixas esmagadoras. A maior parte das tropas recuou para o sudeste, para a fronteira, onde essa heroica divisão se reorganizou, depois de perder mais de três mil homens. A guarnição de Tobruk, novamente isolada, aferrou-se a todo o terreno conquistado, graças a uma decisão intrépida.

O general Ritchie reagrupou então seu exército, e Rommel fez uma investida final para resgatar suas guarnições da fronteira. Ela foi repelida.

Iniciou-se nesse momento o recuo geral do exército do Eixo para a linha de Gazala.

Em 1º de dezembro, Auchinleck foi pessoalmente ao QG avançado e ali permaneceu dez dias com o general Ritchie. Não assumiu diretamente o comando, mas supervisionou de perto seu subordinado. Isso não me pareceu constituir o melhor arranjo para nenhum dos dois. Entretanto, o poder do VIII Exército era predominante a essa altura e, em 10 de dezembro, o comandante em chefe pôde informar-me: "O inimigo, aparentemente, está em plena retirada para oeste (...) considero viável, agora, afirmar que o cerco de Tobruk foi levantado. Estamos perseguindo vigorosamente, com a total cooperação da RAF." Sabemos agora, pelos registros alemães, que as baixas inimigas na batalha foram de aproximadamente 33 mil homens e trezentos tanques. As perdas correlatas do Exército Inglês e Imperial no mesmo período corresponderam a cerca da metade, juntamente com 278 tanques. Nove décimos dessa perda ocorreram no primeiro mês da ofensiva. Chegamos então a um momento de alívio e, a rigor, de júbilo com a guerra no deserto.

Mas, nesse momento crucial, nosso poderio marítimo no Mediterrâneo oriental foi praticamente destruído por uma série de desastres. Nosso intervalo de imunidade e superioridade havia chegado ao fim. Os submarinos entraram em cena. Em 12 de novembro, quando voltava para Gibraltar depois de transportar mais aviões para Malta, o *Ark Royal* foi atingido pelo torpedo de um submarino alemão. Todas as tentativas de salvar o porta-aviões fracassaram, e esse famoso veterano, de papel tão destacado em muitas de nossas situações, afundou quando estava a apenas 25 milhas de Gibraltar. Quinze dias depois, o *Barham* foi atingido por três torpedos e emborcou no mesmo número de minutos, com a perda de mais de quinhentos homens. E viria mais. Na noite de 18 de dezembro, um submarino italiano aproximou-se de Alexandria e lançou três "torpedos humanos", cada um pilotado por dois homens. Eles penetraram no porto quando a barreira de correntes estava aberta para a passagem dos navios. Instalaram bombas-relógio, que detonaram no começo da manhã seguinte sob os encouraçados *Queen Elizabeth* e *Valiant*. Os dois navios foram seriamente avariados e se tornaram um fardo inútil por meses. Conseguimos ocultar por algum tempo os danos causados à esquadra, mas a "Força K" também foi atingida. No mesmo dia do desastre de Alexandria, chegou a Malta a notícia de um grande comboio inimigo para Trípoli. Três cruzado-

A Pérsia e o deserto

res e quatro contratorpedeiros partiram imediatamente em sua caça. Ao se aproximarem de Trípoli, nossos navios toparam com um novo campo minado. Dois dos cruzadores foram avariados, mas conseguiram escapar. O terceiro, à deriva no campo minado, bateu em mais duas minas e afundou. Apenas um homem de sua tripulação de mais de setecentos sobreviveu — e como prisioneiro de guerra, depois de passar quatro dias num bote em que morreram seu comandante, R.C. O'Connor, e 13 outros companheiros. Tudo o que restou da esquadra inglesa no Mediterrâneo oriental foram alguns contratorpedeiros e três cruzadores do esquadrão do almirante Vian.

Em 5 de dezembro, finalmente reconhecendo o perigo mortal que ameaçava Rommel, Hitler ordenou a transferência da Rússia para a Sicília e África do Norte, de todo um comando aéreo. Nova ofensiva aérea contra Malta foi lançada, sob o comando do general Kesselring. Os ataques à ilha atingiram um novo clímax e Malta nada mais fez que lutar pela sobrevivência. No fim do ano, era a Luftwaffe que detinha o controle das rotas marítimas para Trípoli, assim possibilitando o reequipamento dos exércitos de Rommel após sua derrota. Poucas vezes a interação da guerra naval, aérea e terrestre foi tão bem-ilustrada quanto nos acontecimentos desses poucos meses.

Mas, a essa altura, tudo empalideceu sob o impacto de acontecimentos mundiais.

48

Pearl Harbor!

ERA NOITE DE DOMINGO, 7 de dezembro de 1941. Winant e Averell Harriman estavam comigo à mesa, só nós, em Chequers. Liguei meu radinho de pilha logo após o início do noticiário das 21 horas. Houve algumas notícias sobre o combate na frente russa e sobre o front inglês na Líbia, ao fim das quais algumas frases sobre um ataque dos japoneses a navios americanos no Havaí, e também sobre ataques japoneses a navios ingleses nas Índias Orientais Holandesas. Seguiu-se a informação de que, após o noticiário, Mr. Fulano faria um comentário, e então começaria o programa Brains Trust, ou coisa parecida. Pessoalmente, não fiquei com uma impressão clara, mas Averell disse ter havido qualquer coisa sobre um ataque japonês aos americanos. Embora estivéssemos cansados e em repouso, todos nos empertigamos nas cadeiras. Nesse momento, o mordomo, Sawyers, que ouvira o que tinha acontecido, entrou na sala dizendo: "É verdade, sim. Nós ouvimos, lá fora. Os japoneses atacaram os americanos." Fez-se um silêncio. No almoço da Mansion House, em 11 de novembro, eu tinha dito que, se o Japão atacasse os Estados Unidos, haveria uma declaração de guerra inglesa "na mesma hora". Levantei-me da mesa e atravessei o saguão em direção ao escritório, que estava sempre em funcionamento. Pedi uma ligação para o presidente Roosevelt. O embaixador me seguiu e, imaginando que eu estivesse prestes a dar algum passo irreversível, perguntou: "O senhor não acha melhor ter primeiro uma confirmação?"

Em dois ou três minutos, Mr. Roosevelt estava na linha. "Senhor presidente, que história é essa sobre o Japão?" "É a pura verdade", respondeu ele. "Eles nos atacaram em Pearl Harbor. Agora, estamos todos no mesmo barco." Coloquei Winant na linha e os dois trocaram algumas palavras, com o embaixador dizendo, a princípio: "Muito bom" — "Bom" — e depois, em tom visivelmente mais grave: "Oh!" Tornei a entrar na linha e disse: "Isso simplifica muito as coisas. Deus vos ajude", ou alguma coisa nesse sentido. Voltamos para o saguão e tentamos ajustar nossas ideias ao supremo acontecimento mundial ocorrido, cuja natureza era tão estarrecedora que deixava estupefato mesmo quem estava tão informado. Meus dois amigos americanos receberam o choque com admirável firmeza de ânimo. Não tínhamos a menor ideia de que a Marinha dos Estados Unidos tivesse sofrido perdas graves. Eles não se queixaram nem lamentaram que seu país estivesse em guerra. Não desperdiçaram palavras em censuras ou lamúrias. Na verdade, foi quase como se estivessem livres de uma dor prolongada.

Não haveria sessão do Parlamento até terça-feira, e os membros achavam-se espalhados pela Ilha, com todas as dificuldades de comunicação existentes. Acionei o meu gabinete para que telefonasse ao presidente da Câmara, os *whips* das bancadas e as outras pessoas envolvidas, a fim de convocar uma reunião das duas Casas para o dia seguinte. Liguei para o Foreign Office, para que preparasse a fim de se implementar, sem um minuto de atraso e a tempo da reunião da Câmara, uma declaração de guerra ao Japão, acerca da qual havia algumas formalidades. Além disso, eu queria me certificar de que todos os membros do Gabinete de Guerra fossem contatados e informados, assim como os chefes de estado-maior e os ministros das forças armadas, que, como presumi, já haviam recebido a notícia.

Nenhum americano há de me julgar mal por proclamar que ter os Estados Unidos do nosso lado foi para mim a maior de todas as alegrias. Eu não podia prever o curso dos acontecimentos. Não digo que tenha avaliado de modo preciso o poderio militar do Japão, mas, naquele exato momento, eu sabia que os Estados Unidos estavam na guerra até o pescoço e até a morte. Portanto, tínhamos vencido, afinal! Sim, depois de Dunquerque; depois da queda da França; depois do terrível episódio de Oran; depois da ameaça de invasão, quando, a não ser pela força aérea e pela marinha, éramos um povo quase desarmado; depois da luta mortal da guerra submarina — a primeira Batalha do Atlântico, vencida por um triz; depois de 17 meses de luta solitária e 19 meses de minha responsabilidade, na mais terrível tensão. Tínhamos vencido a guerra. A Inglaterra sobreviveria; a Grã-Bretanha sobreviveria; a Comunidade Britânica de Nações e o Império sobreviveriam. Quanto tempo duraria a guerra ou de que maneira iria terminar ninguém sabia dizer, nem tampouco isso me importava, naquele momento. Mais uma vez, em nossa longa história insular, haveríamos de emergir a salvo e vitoriosos, mesmo que estropiados ou mutilados. Não seríamos varridos e eliminados. Nossa história não chegaria ao fim. Talvez nem tivéssemos que morrer como indivíduos. O destino de Hitler estava selado. O destino de Mussolini estava selado. Quanto aos japoneses, seriam reduzidos a pó. Tudo o mais era só uma questão do emprego adequado de força incontrastável. O Império Britânico, a União Soviética e agora os Estados Unidos, colados em cada resquício de sua vida e sua força, eram, por tudo quanto eu sabia, um poder duas ou até três vezes superior ao de seus antagonistas. Sem dúvida, levaria muito tempo. Eu esperava que se pagasse um preço terrível no Oriente; mas tudo seria apenas uma fase passageira. Juntos, poderíamos subjugar todos os outros no mundo. Muitos desastres, um custo e atribulações incalculáveis nos aguardavam, porém não havia mais dúvidas quanto ao desfecho.

Gente muito tola — e muita gente tola havia, não apenas nos países inimigos — podia mesmo desconsiderar a força dos Estados Unidos. Uns diziam que eles eram moles, outros, que nunca se apresentariam unidos. Ficariam apenas de brincadeira, a distância. Jamais entrariam no corpo a corpo. Nunca suportariam derramamento de sangue. Sua democracia e seu sistema de eleições periódicas lhes paralisaria o esforço de guerra. Nada mais seriam que um vago borrão no horizonte, para amigos ou inimigos. E então veríamos a fraqueza daquele povo numeroso, mas remoto, abastado e falastrão. Entretanto, eu havia estudado a Guerra de Secessão americana, travada até o último e desesperado centímetro. Sangue americano corria em minhas veias. Pensei numa observação que Edward Grey me fizera, mais de trinta anos antes — que os Estados Unidos são como "uma caldeira gigante: acendido o fogo embaixo dela, não há limite para a força que ela é capaz de gerar". Saturado e saciado de emoções e sensações, fui me deitar e dormi o sono dos resgatados e gratos.

Mal acordei, resolvi ir ter com Roosevelt imediatamente. Submeti o assunto ao Gabinete quando nos reunimos ao meio-dia. Havendo obtido sua aprovação, escrevi ao rei, que deu seu consentimento.

O Gabinete de Guerra autorizou a imediata declaração de guerra ao Japão, para a qual todas as providências formais tinham sido tomadas. Como Eden já houvesse partido em viagem para Moscou e eu estivesse encarregado do Foreign Office, escrevi a seguinte carta ao embaixador japonês:

Pearl Harbor!

Ministério do Exterior, 8 de dezembro

Senhor,

Na noite de 7 de dezembro, o Governo de Sua Majestade no Reino Unido tomou conhecimento de que forças japonesas, sem qualquer aviso prévio, seja sob a forma de uma declaração de guerra, seja por um ultimato condicionando uma declaração de guerra, fizeram uma tentativa de desembarque na costa da Malásia e bombardearam Cingapura e Hong Kong.

Em vista desses atos brutais de agressão não provocada, praticados em flagrante violação do Direito Internacional e, em particular, do Artigo 1º da Terceira Convenção de Haia, concernente à deflagração de hostilidades, à qual o Japão e o Reino Unido aderem, o embaixador de Sua Majestade em Tóquio foi instruído a informar ao Governo Imperial Japonês, em nome do Governo de Sua Majestade no Reino Unido, que existe um estado de guerra entre nossos dois países.

Tenho a honra de ser, com grande consideração,

Senhor,

vosso criado obrigado,

Winston S. Churchill

Alguns não gostaram desse estilo cerimonioso. Mas, afinal, quando se tem que matar um homem, não custa ser polido.

O Parlamento abriu a sessão às 15 horas e, apesar da convocação de última hora, a casa estava lotada. Nos termos da Constituição Britânica, a Coroa declara guerra a conselho dos ministros, e esse fato é apresentado ao Parlamento. Assim, fizemos mais do que cumprir nossa palavra para com os Estados Unidos e, na verdade, declaramos guerra ao Japão antes mesmo que o Congresso americano pudesse agir. O governo real da Holanda também fizera sua declaração. As duas Casas votaram unanimemente a favor da decisão.

Não fomos informados, por algum tempo, de nenhum detalhe do que ocorrera em Pearl Harbor, mas essa história já foi exaustivamente registrada. Até o início de 1941, o plano naval japonês para a guerra contra os Estados Unidos consistia em que sua esquadra principal entrasse em combate nas águas próximas às Filipinas, quando os americanos, como era de se esperar, abrissem caminho à força no Pacífico para libertar sua guarnição nesse posto avançado. A ideia de um ataque surpresa a Pearl Harbor originou-se no cérebro do almirante Yamamoto, o comandante em chefe japonês. Os preparativos para esse golpe traiçoeiro, antes de qualquer declaração de guerra, prosseguiram em absoluto sigilo e, em 11 de novembro, a força atacante, composta de seis navios-aeródromos e dos encouraçados e cruzadores da cobertura, concentrou-se num ancoradouro pouco frequentado nas ilhas Kurilas, ao norte do Japão propriamente dito. A data do ataque já fora marcada para domingo, 7 de dezembro, e, em 26 de novembro (data a leste da Linha Internacional de Data), a força suspendeu, sob o comando do almirante Nagumo. Mantendo-se bem ao norte do Havaí, em meio à neblina e aos ventos daquelas latitudes setentrionais, Nagumo aproximou-se de seu objetivo sem ser detectado. Antes do alvorecer do dia fatídico, o ataque foi lançado de uma posição a umas 275 milhas ao norte de Pearl Harbor. Trezentos e sessenta aviões participaram dele, abrangendo toda sorte de bombardeiros, escoltados por aviões de caça. Às 7h55, caiu a primeira bomba. Havia 94 navios da Marinha dos Estados Unidos no ancoradouro. Entre eles, os oito encouraçados da Esquadra do Pacífico eram os alvos prioritários. Felizmente, os porta-aviões, com grandes escoltas de cruzadores, estavam em missões em outras áreas. Às 10 horas, a batalha estava encerrada e o inimigo se retirou. Atrás dele ficaram uma esquadra desbaratada, sob um pálio de fumaça e fogo, e a promessa de vingança dos Estados Unidos. O encouraçado *Arizona* havia explodido, o *Oklahoma* soçobrara, o *West Virginia* e o *Califórnia* haviam ido a pique em seu local de fundeio, e todos os outros encouraçados, com exceção do *Pennsylvania,* que estava no dique seco, tinham sido seriamente avariados. Mais de dois mil americanos tinham perdido a vida e quase outros tantos ficaram feridos. O controle do Pacífico havia passado para as mãos dos japoneses e, temporariamente, o balanço estratégico do mundo havia sofrido uma mudança fundamental.

Nas Filipinas, onde o general MacArthur estava no comando, nossos aliados americanos sofreram outros reveses. Um alerta indicando grave reviravolta nas relações diplomáticas fora recebido em 20 de novembro. O almirante Hart, comandante da modesta Esquadra dos Estados Unidos na Ásia, já estivera em consultas com as autoridades navais inglesas e holandesas vizinhas e, em consonância com seu planejamento de guerra, começara a dispersar suas forças em direção ao sul, onde tencionava concentrar uma

Pearl Harbor!

esquadra em águas holandesas, juntamente com seus aliados em potencial. Ele dispunha apenas de um cruzador pesado e dois ligeiros, além de uma dúzia de contratorpedeiros antigos e vários navios auxiliares. Sua força residia quase inteiramente nos 28 submarinos que tinha. Às três horas de 8 de dezembro, o almirante Hart interceptou uma mensagem que dava a estarrecedora notícia do ataque a Pearl Harbor. Imediatamente, avisou a todos que as hostilidades haviam iniciado, sem aguardar a confirmação de Washington. Ao amanhecer, os bombardeiros de mergulho japoneses atacaram e, durante todos os dias seguintes, os ataques aéreos continuaram em escala cada vez maior. No dia 10, a base naval de Cavite foi completamente destruída por um incêndio e, no mesmo dia, os japoneses fizeram seu primeiro desembarque ao norte de Luzon. Os desastres sucederam-se rapidamente. A maior parte das unidades aéreas americanas foi destruída em combate ou no chão e, em 20 de dezembro, os remanescentes se haviam retirado para Port Darwin, na Austrália. Os navios do almirante Hart haviam começado a dispersar-se para o sul alguns dias antes, restando apenas os submarinos para disputar as águas com o inimigo. Em 21 de dezembro, a principal tropa de invasão japonesa desembarcou no golfo de Lingayen, ameaçando a própria Manila, e, a partir de então, a marcha dos acontecimentos não diferiu muito da que já estava em andamento na Malásia; mas a defesa foi mais prolongada. Assim, os planos longamente alimentados pelo Japão explodiram num clarão de triunfo.

Hitler e seus comandantes ficaram atônitos. Jodl conta, em seu julgamento, que Hitler "entrou no meio da noite em minha sala dos mapas [na Prússia oriental] para dar a notícia ao marechal Keitel e a mim. Foi inteiramente surpreendido". Na manhã de 8 de dezembro, entretanto, ele deu ordens para que a marinha alemã atacasse os navios americanos onde quer que eles fossem encontrados. Isso, três dias antes da declaração de guerra oficial da Alemanha aos Estados Unidos.

Convoquei uma reunião, principalmente o almirantado, para as 22 horas de 9 de dezembro, na sala de guerra do Gabinete, a fim de examinar a situação naval. Éramos cerca de 12. Tentamos avaliar as consequências dessa mudança fundamental em nossa situação de guerra contra o Japão. Havíamos perdido o domínio de todos os oceanos, com exceção do Atlântico. A Austrália e a Nova Zelândia, bem como todas as ilhas vitais em sua esfera, eram passíveis de ataque. Tínhamos uma única arma fundamental nas mãos. O *Prince of Wales* e o *Repulse* haviam chegado a Cingapura. Tinham sido mandados para aquelas águas a fim de exercer o tipo de vaga ameaça que os navios de alta qualidade, tendo seu paradeiro desconhecido, são capazes de impor a todas as maquinações navais inimigas. Como deveríamos usá-los naquele momento? Obviamente, deveriam fazer-se ao mar e sumir entre as inúmeras ilhas. Houve um acordo geral quanto a isso.

Pessoalmente, eu achava que eles deveriam atravessar o Pacífico para se juntar ao que restara da armada americana. Esse seria um gesto altivo naquele momento e uniria estreitamente o mundo de língua inglesa. Já havíamos concordado cordialmente em que a marinha americana retirasse do Atlântico seus navios de primeira linha. Assim, dentro de poucos meses, poderia existir na costa oeste da América uma esquadra capaz de travar uma batalha naval decisiva, se necessário. A existência dessa esquadra e desse fato seria o melhor escudo possível para nossos irmãos na Australásia. Todos nos sentíamos muito atraídos por essa linha de raciocínio. Mas, como a hora já fosse avançada, resolvemos dormir sobre o assunto e, na manhã seguinte, decidir o que fazer com o *Prince of Wales* e o *Repulse*.

Duas horas depois, ambos estavam no fundo do mar.

Abria eu a correspondência, no dia 10, quando tocou o telefone em minha cabeceira. Era o primeiro Lord do mar. Sua voz tinha um tom esquisito. Ele meio que tossiu e engoliu em seco e, no início, eu não consegui ouvir com muita clareza. "Senhor primeiro-ministro, tenho que lhe comunicar que o *Prince of Wales* e o *Repulse* foram afundados pelos japoneses. Pelos aviões, achamos. Tom Phillips está morto." "Tem certeza?" "Não há a menor dúvida." Desliguei o telefone. Dei graças por estar sozinho. Em toda a guerra, nunca recebi um choque mais direto. O leitor destas páginas há de perceber quantos esforços, esperanças e planos afundaram junto com esses dois navios. Enquanto eu me virava e revirava na cama, o pleno horror da notícia foi-se aprofundando em mim. Não havia nenhum navio de primeira linha inglês ou americano no oceano Índico ou no Pacífico, com exceção dos sobreviventes americanos de Pearl Harbor, que estavam voltando às pressas para a Califórnia. Em toda aquela vasta extensão marítima, o Japão era o mandante supremo, enquanto nós, por toda parte, estávamos enfraquecidos e despreparados.

Pearl Harbor!

Fui à Câmara dos Comuns assim que ela se reuniu, às 11 horas daquela manhã, para relatar pessoalmente o que havia acontecido. No dia seguinte, fiz aos deputados uma exposição completa da nova situação. Havia muita ansiedade e um bocado de descontentamento com a batalha que se arrastava na Líbia, evidentemente sem definição. Não fiz nenhum segredo da perspectiva de que um duro castigo nos aguardava nas mãos do Japão. Por outro lado, as vitórias russas haviam revelado o erro fatal da campanha de Hitler no Leste, e o inverno ainda estava por mostrar sua força. A guerra submarina ia, por ora, controlada e nossas perdas tinham-se reduzido muito. Por último, quatro quintos do mundo agora lutavam do nosso lado. A vitória final era certa. Nesse sentido discursei.

Usei a forma mais fria de narração dos fatos, evitando qualquer promessa de sucesso imediato. A Casa permaneceu muito calada e pareceu manter seu julgamento em suspenso. Eu não buscava nem esperava mais que isso.

49
Viagem em meio à Guerra Mundial

MUITAS GRAVES RAZÕES REQUERIAM minha presença em Londres naquele momento, quando tanta coisa estava se desintegrando. Mas nunca tive a menor dúvida de que o completo entendimento entre a Inglaterra e os Estados Unidos superava tudo o mais e de que eu tinha de ir a Washington imediatamente, com a mais eficiente equipe de assessores especializados que pudesse liberar. Considerou-se arriscado demais viajarmos por ar naquela estação numa direção desfavorável. Por conseguinte, rumamos para o Clyde no dia 12. O *Prince of Wales* já não existia. O *King George V* estava vigiando o *Tirpitz*. O recente *Duke of York* poderia levar-nos e, ao mesmo tempo, exercitar gradativamente sua eficiência máxima. Os principais de nosso grupo eram Lord Beaverbrook, membro do Gabinete de Guerra; o almirante Pound, primeiro Lord do mar; o marechal do ar Portal, chefe do estado-maior da RAF; e o marechal Dill, que fora substituído pelo general Brooke como Chefe do Estado-Maior Imperial — CIGS — *Chief of the Imperial General Staf*. Eu queria muito que Brooke permanecesse em Londres para enfrentar os problemas tremendos que o aguardavam. No lugar dele, solicitei a Dill, que ainda estava no centro de nossas questões de estado e era merecedor da confiança e do respeito de todos, que me acompanhasse a Washington. Ali, uma nova esfera iria abrir-se para ele.

Comigo também seguiu Lord Moran, que se tornara, durante o ano de 1941, meu médico permanente. Essa foi sua primeira viagem comigo, mas, a partir de então, ele me acompanhou em todas elas. É provável que eu deva minha vida a seus cuidados infalíveis. Embora eu não conseguisse persuadi-lo a aceitar meus conselhos quando ele adoecia e nem sempre ele pudesse contar com minha obediência implícita a todas as suas instruções, tornamo-nos amigos devotados. E além disso, ambos sobrevivemos.

Esperava-se que fizéssemos a travessia em sete dias, a uma média de 12 nós, considerando-se os zigue-zagues e desvios para evitar os submarinos localizados. O almirantado dirigiu-nos para o sul pelo Canal da Irlanda até a baía de Biscaia. O tempo estava desagradável, vento forte e mar agitado. Aqui e ali, o céu cobria-se de nuvens. Tínhamos de cruzar a rota de saída e

Viagem em meio à Guerra Mundial

chegada dos submarinos, dos portos ocidentais franceses para suas áreas de caça no Atlântico. Havia tantos deles nas imediações que nosso comandante recebeu ordem do almirantado de não deixar nossa flotilha para trás; mas a flotilha não conseguia fazer mais do que seis nós no mar encapelado, de modo que nos arrastamos nesse ritmo lento pelo sul da Irlanda durante 48 horas. Passamos a quatrocentas milhas de Brest e não pude deixar de lembrar como o *Prince of Wales* e o *Repulse* tinham sido destruídos por torpedos de aviões baseados no litoral, na semana anterior. As nuvens tinham impedido que os aviões de nossa escolta aérea nos acompanhassem, a não ser por um ou outro aparelho ocasional, mas, quando subia ao passadiço, eu tinha o desprazer de ver surgir uma grande faixa de céu azul. Mas nada aconteceu, assim, foi tudo bem. O grande navio, com sua escolta de contratorpedeiros, continuou avançando devagar. Mas estávamos ficando impacientes com a lentidão. Na segunda noite, aproximamo-nos da rota dos submarinos. O almirante Pound, que tomou a decisão, disse ser mais provável batermos num submarino do que sermos torpedeados por um deles. A noite era negra como breu. Assim, dispensamos nossos destróieres e avançamos sozinhos, com a máxima velocidade possível no mau tempo. Cerramos as escotilhas e fomos açoitados por grandes ondas no convés. Lord Beaverbrook queixou-se de que daria na mesma ter viajado num submarino.

Naturalmente, nossa imensa equipe de decodificação podia receber pelo telégrafo grande quantidade de assuntos. Podíamos responder mui limitadamente. Quando a nova escolta juntou-se a nós, a partir dos Açores, ela podia receber nossos sinais Morse em código à luz do dia, e então, afastando-se umas cem milhas, transmiti-los sem revelar nossa posição. Mesmo assim, houve a sensação de claustrofobia radiofônica — e estávamos em meio à guerra mundial.

A luta continuava em todos os teatros. Hong Kong fora atacada pelo Japão quase no mesmo instante que Pearl Harbor. Eu não tinha ilusão sobre seu destino ante o impacto esmagador do poderio japonês. Doze meses antes, eu desaprovara a ideia de reforçar nossa guarnição. Sua perda era certa e ela deveria ter sido reduzida a uma escala simbólica, mas eu me deixara desviar dessa postura e os reforços tinham sido enviados. Desde o início, esses homens foram confrontados com uma tarefa além de sua possibilidade. Aguentaram uma semana. Todos os homens aptos a pegar em armas participaram de uma resistência desesperada. Sua tenacidade teve correspondência na fortaleza moral da população civil inglesa. No dia de Natal, chegou-se ao limite do que era possível suportar e a capitulação foi inevitável. Outro conjunto de desgraças se avultava diante de nós na Malásia. Os desembarques japoneses na península foram acompanhados por bombardeios de nossos aeroportos, que avariaram seriamente nossa já enfraquecida força aérea e logo tornaram imprestáveis os campos de aviação do norte. No fim do mês, nossos soldados, que haviam lutado bravamente em várias ocasiões, já estavam em combate a 150 milhas da posição que haviam ocupado no início, e os japoneses tinham desembarcado pelo menos três divisões inteiras, inclusive sua Guarda Imperial. A qualidade dos aviões inimigos, rapidamente distribuídos pelos aeroportos capturados, ultrapassou todas as expectativas. Fomos jogados na defensiva e nossas baixas foram grandes.

Todo o nosso grupo trabalhou sem parar enquanto o *Duke of York* avançava para oeste, e todos os nossos pensamentos estavam concentrados nos novos e vastos problemas que tínhamos de solucionar. Antevíamos com interesse, mas também com certa angústia, nosso primeiro contato direto, na condição de aliados, com o presidente e seus assessores políticos e militares. Sabíamos, antes de zarpar, que o insulto de Pearl Harbor havia agitado a fundo o povo americano. Os relatos oficiais e as reportagens da imprensa que havíamos recebido davam a impressão de que toda a fúria do país se voltaria contra o Japão. Temíamos que a real proporção da guerra no conjunto não fosse compreendida. Víamos o sério perigo de os Estados Unidos travarem a guerra contra o Japão no Pacífico e nos deixarem combater a Alemanha e a Itália na Europa, na África e no Oriente Médio.

A primeira Batalha do Atlântico contra os submarinos tivera um desfecho marcantemente favorável para nós. Não tínhamos dúvidas a respeito de nossa capacidade de manter abertas nossas rotas oceânicas. Tínhamos certeza de que poderíamos derrotar Hitler se ele tentasse invadir a Ilha. Estávamos animados com o vigor da resistência russa. Estávamos indevidamente esperançosos quanto à nossa campanha líbia. Mas todos os nossos planos futuros dependiam de um vasto fluxo de toda sorte de suprimentos americanos, como os que cruzavam o Atlântico naquele momento. Em especial, contávamos com aviões e tanques e com a espetacular construção americana de navios mercantes. Até então, como não beligerante, o presidente mostrara-se disposto a desviar, e desviara, grande volume de

Viagem em meio à Guerra Mundial

equipamento das forças armadas americanas, já que elas não estavam em combate. Esse processo estava fadado a restringir-se, agora que os Estados Unidos estavam em guerra com a Alemanha, com a Itália e, acima de tudo, com o Japão. Viriam as necessidades próprias em primeiro lugar? Depois que a Rússia fora atacada, já havíamos sacrificado na ajuda aos exércitos soviéticos, justificadamente, grande parcela do equipamento e suprimento que finalmente começavam a vir de nossas fábricas. Os Estados Unidos tinham desviado para a Rússia volumes de suprimento ainda maiores do que, de outro modo, nós mesmos teríamos recebido. Déramos plena aprovação a tudo isso, em vista da esplêndida resistência que a Rússia vinha oferecendo ao invasor nazi.

Mesmo assim, fora difícil adiar o suprimento de nossas próprias forças e, em especial, reter dos armamentos vitais ao nosso exército, então em combates ferozes na Líbia. Era de presumir que "Primeiro a América" se transformasse no princípio dominante para nosso aliado. Temíamos que houvesse um longo intervalo até que as forças americanas entrassem em ação em larga escala e que, durante esse período de preparação, ficássemos num grande aperto. Isso aconteceria num momento em que nós mesmos teríamos de enfrentar um novo e terrível oponente na Malásia, no oceano Índico, na Birmânia e na Índia. Evidentemente, a partilha dos suprimentos exigiria profunda atenção e seria carregada de muitas dificuldades e aspectos delicados. Já fôramos notificados de que todas as programações de entrega feitas sob o *Lend-Lease* tinham sido suspensas, à espera de uma reformulação. Felizmente, a produção das fábricas inglesas de material bélico e aviões começava a ganhar volume e impulso, e logo seria realmente enorme. Mas uma longa fileira de "gargalos" e possíveis faltas de insumos fundamentais, que afetariam toda a gama de nossa produção, pairava diante de nossos olhos enquanto nosso encouraçado avançava em meio aos ventos incessantes. Beaverbrook, como era seu costume nos momentos difíceis, estava otimista. Declarou que os recursos americanos não tinham sequer sido arranhados até então; que eram incomensuráveis e que, tão logo toda a força do povo americano fosse canalizada para a luta, obter-se-iam resultados muito acima do que quer que se houvesse projetado ou imaginado. Além disso, ele achava que os americanos ainda não haviam reconhecido sua força no campo da produção. Todas as estatísticas atuais seriam superadas e varridas para longe pelo esforço americano. Haveria o suficiente para todos. Nesse aspecto, sua avaliação foi acertada.

Tudo isso perdia importância diante da grande questão estratégica. Conseguiríamos convencer o presidente e os chefes das forças armadas americanas de que a derrota do Japão não significaria a derrota de Hitler, mas a derrota de Hitler transformaria a liquidação do Japão em simples questão de tempo e obra? Foram muitas as longas horas que passamos remoendo essa grave questão. Os dois chefes de estado-maior e o general Dill, juntos com Hollis e seus oficiais, prepararam diversos documentos sobre todo esse tema e acentuando a visão de que a guerra era uma só. Como veremos, esses esforços e temores eram desnecessários.

A viagem de oito dias, com sua redução forçada dos assuntos diários, sem reuniões do Gabinete a que comparecer ou pessoas a receber, permitiu-me passar em revista a guerra inteira, tal como eu a via e sentia à luz de sua súbita e vasta expansão. Lembrei-me da observação de Napoleão sobre a importância de se conseguir focalizar mentalmente os objetivos por muito tempo, sem ficar cansado — *"fixer les objets longtemps sans être fatigué!"* Como de praxe, procurei fazer isso através da exposição de minhas ideias em textos ditados e datilografados. A fim de me preparar para o encontro com o presidente e para os debates com os americanos, e de me certificar de que tinha a concordância dos dois chefes de estado-maior, Pound e Portal, e do marechal Dill, e de que os dados pudessem ser verificados em tempo hábil pelo general Hollis e o secretariado, produzi três documentos sobre o curso futuro da guerra, tal como eu concebia que ela devia ser conduzida. Cada um consumiu quatro ou cinco horas, distribuídas por dois ou três dias. Como eu tinha o panorama inteiro na cabeça, tudo saía com facilidade, mas com muita lentidão. A rigor, poderia ter sido manuscrito duas ou três vezes no mesmo período. À medida que cada documento era concluído, eu o enviava, após verificação, aos meus colegas militares, como uma expressão de minhas convicções pessoais. Ao mesmo tempo, eles estavam preparando seus próprios documentos para as conferências conjuntas de estado-maior. Alegrou-me constatar que, embora meu tema fosse mais geral e o deles mais técnico, lá estava nossa harmonia de sempre quanto aos princípios e valores. Não houve nenhuma divergência que levasse a discussões, e pouquíssimos dados precisaram de correção. Assim, embora ninguém estivesse comprometido de maneira precisa ou rígida, todos che-

Viagem em meio à Guerra Mundial

gamos com um corpo de doutrina de caráter construtivo, em relação ao qual havia entre nós uma união geral.

O primeiro documento dava as razões pelas quais nosso principal objetivo na campanha de 1942, no teatro europeu, deveria ser a ocupação de todo o litoral da África e do Levante, de Dakar até a fronteira turca, por forças inglesas e americanas. O segundo versava sobre as medidas a serem tomadas para recuperar o controle do Pacífico e especificava o mês de maio de 1942 como a data em que isso poderia ser conseguido. Em particular, ele abordava a necessidade de multiplicarmos os porta-aviões, improvisando-os em grande quantidade. O terceiro declarava como objetivo final a libertação da Europa, através do desembarque de grandes exércitos anglo-americanos, na ocasião que se julgasse mais apropriada, no território conquistado pelos alemães, e fixava o ano de 1943 como a data desse golpe supremo.

Publicaram-se tantas histórias sobre minha arraigada aversão a operações em grande escala no continente que é importante estabelecer a verdade. Sempre considerei que um ataque decisivo aos países ocupados pelos alemães, na mais ampla escala possível, seria a única maneira de vencermos a guerra, e que o verão de 1943 deveria ser escolhido como data-alvo. A escala da operação contemplada por mim, já antes do fim de 1941, insistia em que quarenta divisões blindadas e um milhão de outros soldados seriam essenciais na fase inicial. Quando vejo a quantidade de livros que foram escritos com base numa falsa presunção de minha atitude ante essa questão, sinto-me na obrigação de dirigir a atenção do leitor para os documentos autênticos e responsáveis, escritos na época. Outros exemplos serão fornecidos na sequência desta narrativa. [Íntegra desses três documentos em *The Grand Alliance*, capítulo 34.]

Entreguei as três estimativas ao presidente antes do Natal. Expliquei que, embora constituíssem minhas opiniões pessoais, elas não se sobrepunham a nenhuma comunicação formal entre os estados-maiores. Preparei-as na forma de memorandos dirigidos ao Comitê de Chefes de Estado-Maior inglês. Mais ainda, declarei-lhe que não tinham sido escritos expressamente para seu conhecimento, mas que eu julgava importante ele saber o que eu tinha em mente e o que queria que fosse feito, e também o que, no que concernia à Inglaterra, eu tentaria pôr em prática. Ele os leu tão logo os recebeu e, no dia seguinte, perguntou-me se poderia conservar cópias deles. Assenti de bom grado.

Aliás, senti que o presidente tinha exatamente as mesmas ideias que eu no tocante à ação na África do Norte Francesa. Agora éramos aliados e devíamos agir em conjunto e em maior escala. Eu confiava em que ele e eu chegaríamos a uma boa dose de acordo e em que o terreno fora bem-preparado. Assim, senti-me esperançoso e, como veremos, acabei obtendo a concordância do presidente para uma expedição à África do Norte (a operação *Torch*), que foi nossa primeira grande ofensiva anfíbia conjunta.

Contudo, embora seja vital planejar o futuro e, vez por outra, seja possível prevê-lo em alguns aspectos, ninguém pode evitar que o cronograma desses eventos portentosos seja perturbado pelos atos e contragolpes do inimigo. Todos os objetivos desses memorandos foram atingidos pelas forças inglesas e americanas na ordem estipulada. Minha esperança de que o general Auchinleck limpasse a Líbia em fevereiro de 1942 frustrou-se. Ele sofreu uma série de dolorosos reveses, que serão descritos dentro em pouco. Hitler, talvez incentivado por esse sucesso, decidiu-se por um esforço em larga escala para lutar por Túnis e acabou deslocando para lá mais uns cem mil soldados, passando pela Itália e o Mediterrâneo. Com isso, os exércitos ingleses e americanos viram-se numa campanha maior e mais longa na África do Norte do que eu havia imaginado. Por essa razão, impôs-se um atraso de quatro meses ao cronograma. Os aliados anglo-americanos só tiveram o controle de todo o litoral norte-africano, de Túnis até o Egito, em maio de 1943. Assim, o plano supremo de atravessar o Canal para libertar a França, pelo qual eu esperara e trabalhara ansiosamente, não pôde ser iniciado no verão desse ano e teve de ser adiado por um ano inteiro, até o verão de 1944.

A reflexão posterior e o pleno conhecimento que hoje temos convenceram-me de que nosso desapontamento foi uma sorte. O atraso de um ano na expedição salvou-nos do que teria sido, naquela época, na melhor das hipóteses, uma iniciativa extremamente arriscada, com a probabilidade de um desastre que abalaria o mundo. Se Hitler fosse mais sábio, cortaria suas perdas na África do Norte e iria enfrentar-nos na França com o dobro da força que tinha em 1944, antes que os exércitos e comandos americanos recém-criados tivessem atingido sua plena maturidade e excelência profissional, e muito antes que as enormes armadas de lanchas de desembarque e os portos flutuantes (os "*Mulberries*") tivessem sido especialmente construídos. Hoje em dia, tenho certeza de que, mesmo que a operação *Torch* houvesse terminado em 1942, como eu esperava, ou mesmo que nunca fosse tentada, a operação de atravessar o Canal em 1943 teria levado a uma derrota sangrenta de primeira grandeza, com repercussões incomensuráveis no resultado da guerra. Conscientizei-me cada vez mais disso durante todo o ano de 1943 e, sendo assim, aceitei como inevitável o adiamento da operação *Overlord,* mesmo compreendendo plenamente a afronta e a ira de nosso aliado soviético.

Estava previsto que subiríamos o Potomac de navio e então seguiríamos de carro até a Casa Branca. Mas, depois de dez dias no mar, estávamos todos impacientes por encerrar nossa viagem. Assim, providenciamos um voo partindo de Hampton Roads e aterrissamos após o anoitecer, em 22 de dezembro, no aeroporto de Washington. Lá estava o presidente à nossa espera em seu carro. Apertei sua mão vigorosa com alívio e prazer. Logo chegamos à Casa Branca, que, em todos os sentidos, seria nossa casa nas três semanas seguintes. Ali fomos recebidos pela senhora Roosevelt, que pensou em tudo o que pudesse tornar nossa estada agradável.

Devo confessar que minha mente estava tão ocupada com o turbilhão de fatos e com as tarefas pessoais que eu tinha de executar, que, até ser refrescada, minha memória havia guardado apenas uma vaga impressão desses dias. O aspecto mais destacado, é claro, foram meus contatos com o presidente. Vimo-nos todos os dias, por várias horas, e sempre almoçávamos juntos, tendo Harry Hopkins como terceiro. Só falávamos de serviço e chegamos a um bom consenso em muitas questões, grandes e pequenas. O jantar era ocasião mais social, porém igualmente íntima e amistosa. O próprio presidente batia com esmero os coquetéis e eu o empurrava em sua cadeira de rodas da sala de estar até o elevador, em sinal de respeito, e também pensando em Sir Walter Raleigh a estender sua capa diante da rainha Elizabeth. Criei uma afeição muito intensa, que cresceu com nossos anos de camaradagem, por esse político extraordinário que impôs sua vontade durante quase dez anos no panorama americano, e cujo coração parecia bater em uníssono com muitos dos impulsos que mexiam com o meu. Como ambos, por necessidade ou por hábito, éramos forçados a fazer grande parte do nosso trabalho na cama, ele me visitava em meu quarto sempre que se sentia inclinado a isso e me incentivava a fazer o mesmo com ele. Hopkins ficava bem em frente ao meu quarto, do outro lado do corredor, e no quarto contíguo ao dele instalou-se, pouco depois, minha sala de mapas. O presidente interessou-se muito por essa instituição, que o comandante Pim havia aperfeiçoado. Gostava de entrar e estudar atentamente os grandes mapas de todos os teatros de guerra, que logo cobriram as paredes e nos quais a movimentação das esquadras e exércitos era registrada com extrema precisão e rapidez. Não muito depois, ele mandou instalar sua própria sala dos mapas, da mais alta eficiência.

Passaram-se os dias, contados hora a hora. Não demorei a perceber que, logo depois do Natal, eu teria que discursar no Congresso dos Estados Unidos e, dias depois, no parlamento canadense, em Ottawa. Essas grandes ocasiões impuseram pesadas exigências a minha vida e minhas forças e somaram-se a todos os assuntos diários e à massa de decisões corriqueiras. Na verdade, não sei como passei por tudo aquilo.

Foram simples os festejos que marcaram nosso Natal. A tradicional árvore de Natal foi montada no jardim da Casa Branca e, da sacada, o presidente e eu fizemos breves discursos para a imensa multidão aglomerada ao entardecer. Ele e eu fomos juntos à igreja no dia de Natal e usufruí a paz do serviço religioso simples, comprazendo-me em cantar os hinos conhecidos e um que eu nunca ouvira antes, "Oh, little town of Bethlehem". Certamente, havia muito com que fortalecer a confiança de todos os que acreditavam na ordenação moral do universo.

Foi com palpitações no coração que aceitei o convite para discursar perante o Congresso dos Estados Unidos. Era uma ocasião importante para o que eu tinha a certeza de ser a aliança vitoriosa dos povos de língua inglesa. Eu nunca discursara num parlamento estrangeiro até então. Para mim, porém, que podia rastrear pelo lado materno uma ascendência masculina ininterrupta, por cinco gerações, até um tenente que servira no exército de George Washington, era possível sentir um direito consanguíneo de falar aos representantes daquela grande república em nome de nossa causa comum. Era curioso, sem dúvida, que tudo tivesse saído dessa maneira, e mais uma vez tive a sensação, que me hão de perdoar por mencionar, de estar sendo usado, por mais indigno que fosse, em algum desígnio predestinado.

Passei boa parte do dia de Natal preparando meu discurso. O presidente desejou-me boa sorte quando, em 26 de dezembro, acompanhado pelos líderes do Senado e da Câmara, saí da Casa Branca para o Capitólio. Parecia haver uma grande multidão ao longo das avenidas largas, mas as precauções de segurança, que, nos Estados Unidos, vão muito além do costume inglês, mantiveram-na bem-afastada. Dois ou três automóveis circundavam-nos à guisa de escolta, cheios de policiais armados em trajes civis. Ao descer do carro, eu queria me aproximar da multidão que aplaudia, movido por um intenso sentimento de irmandade, mas isso não foi permitido. Lá dentro, o cenário era impressionante e portentoso, e o grande salão semicircular, que me era visível através de uma grade de microfones, estava repleto.

Devo confessar que me senti muito à vontade e mais seguro de mim do que estivera, algumas vezes, na Câmara dos Comuns. O que eu dizia era recebido com extrema bondade e atenção. Recebi risos e aplausos exatamente onde os havia esperado. A reação mais ruidosa veio quando, falando do ultraje japonês, perguntei: "Que tipo de gente acham eles que somos?" A sensação do poder e da vontade da nação americana chegou até mim, fluindo da augusta assembleia. Quem podia duvidar de que tudo terminaria bem? Mais tarde, os líderes me acompanharam até perto da multidão, para que eu pudesse cumprimentá-la com intimidade, e então, os homens do serviço secreto, com seus carros, fecharam uma barreira em torno de nós e me levaram de volta à Casa Branca, onde o presidente, que ouvira o discurso, disse-me que eu me saíra muito bem.

Viajei para Ottawa no trem noturno de 28-29 de dezembro, para me hospedar com Lord Athlone, o governador-geral. No dia 29, compareci a uma reunião do Gabinete de Guerra canadense. Depois disso, Mr. Mackenzie King, primeiro-ministro, apresentou-me aos líderes da oposição conservadora e me deixou com eles. Esses cavalheiros eram de uma lealdade e determinação insuperáveis, mas, ao mesmo tempo, lastimavam não ter tido a honra de travar a guerra eles mesmos e ter que ouvir tantos dos sentimentos que haviam defendido durante toda a vida serem expressos por seus oponentes liberais.

No dia 30, discursei no Parlamento canadense. A preparação dos meus dois discursos ultramarinos, transmitidos para o mundo inteiro, em meio a todo o fluxo de tarefas executivas, que não cessava nunca, foi um esforço extremamente desgastante. Discursar não é um grande fardo para um po-

Memórias da Segunda Guerra Mundial

lítico calejado, mas escolher o que dizer e o que não dizer num clima tão eletrizado é aflitivo e inquietante. Fiz o que pude. O ponto alto do discurso no Canadá disse respeito ao governo de Vichy, com o qual o país ainda mantinha relações:

> Era dever deles [em 1940], e também de seu interesse, ir para a África do Norte, onde teriam ficado à testa do Império Francês. Na África, com nossa ajuda, disporiam de um poderio marítimo esmagador. Teriam contado com o reconhecimento dos Estados Unidos e com o uso de todo o ouro que haviam acumulado no além-mar. Houvessem feito isso, talvez a Itália tivesse sido expulsa da guerra antes do fim de 1940, e a França teria conservado seu lugar como nação nos conselhos dos aliados e à mesa de conferência dos vencedores. Mas seus generais guiaram-na equivocadamente. Quando lhes disse que a Inglaterra continuaria lutando sozinha, fizessem eles o que fizessem, os generais disseram ao primeiro-ministro e ao seu dividido gabinete: "Em três semanas, a Inglaterra terá o pescoço torcido que nem uma galinha."... Tremenda galinha!... E que pescoço!*

Isso caiu muito bem. Para começar um retrospecto, citei uma canção de Sir Harry Lauder na guerra anterior, que começava dizendo:

If we all look back on the history of the past,
We can just tell where we are.

Se todos olharmos para trás a história
Saberemos dizer onde estamos.

Henry MacLennan Lauder, popular autor do teatro musical, 1870-1950

As palavras "o velho e esplêndido comediante" tinham estado em minhas notas. Mas, a caminho do Parlamento, havia-me ocorrido o termo "menestrel". Foi uma grande melhora! Regozija-me saber que ele estava ouvindo e que ficou encantado com a referência. Muito me alegra haver encontrado a palavra exata para me referir a alguém que, com suas canções inspiradoras e sua vida corajosa, prestou serviços inestimáveis à raça escocesa e ao Império Britânico.

Tive sorte na escolha do momento desses discursos em Washington e Ottawa. Eles vieram numa ocasião em que todos podíamos nos rejubilar

---

* Famosa tirada de Churchill: "*Some chicken... Some neck.*" (N.T.)

Viagem em meio à Guerra Mundial

com a criação da Grande Aliança, com seu esmagador poder potencial, e antes que desabasse sobre nós o dilúvio de infortúnios proveniente do ataque do Japão, maravilhosamente preparado. Mesmo enquanto discursava em tom confiante, eu já sentia de antemão os golpes de açoite que logo fustigariam nossa carne nua. Um preço assustador teria de ser pago, não apenas pela Inglaterra e pela Holanda, mas também pelos Estados Unidos, nos oceanos Pacífico e Índico e em todas as terras e ilhas asiáticas onde quebram suas ondas. Um período indefinido de desastres militares certamente nos aguardava. Muitos meses sombrios e desgastantes de derrotas e perdas teriam de ser suportados antes que a luz voltasse. Quando retornei de trem para Washington, na véspera do Ano-Novo, fui convidado a ir a um vagão apinhado de muitos dos principais jornalistas americanos. Foi sem ilusões que desejei a todos um glorioso Ano-Novo. "A 1942. A um ano de trabalho — um ano de lutas e perigos, e um grande passo em direção à vitória. Que todos possamos atravessá-lo em segurança e com honra!"

50
Os acordos anglo-americanos

O PRIMEIRO GRANDE PROJETO QUE ME fora apresentado por Mr. Roosevelt após minha chegada da Inglaterra tinha sido a redação de uma declaração solene, a ser assinada por todas as nações que estavam em guerra com a Alemanha e a Itália ou com o Japão. Repetindo nossos métodos de elaboração da Carta do Atlântico, o presidente e eu preparamos rascunhos da declaração e depois os combinamos. No tocante aos princípios, ao sentimento e até à linguagem, estávamos de pleno acordo. Em casa, o Gabinete de Guerra estava, a um tempo, surpreso e emocionado com a escala em que foi planejada a Grande Aliança. Houve muitas trocas rápidas de correspondência e surgiram alguns pontos espinhosos, acerca de quais governos e autoridades deveriam assinar a declaração e também de sua ordem de precedência. De bom grado concedemos o primeiro lugar aos Estados Unidos e, quando de minha volta à Casa Branca, estava tudo pronto para a assinatura do Pacto das Nações Unidas. Muitos telegramas haviam circulado entre Washington, Londres e Moscou, mas estava tudo resolvido. O presidente empenhara seus mais fervorosos esforços para persuadir Litvinov, o embaixador soviético, recém-reinstaurado nas boas graças pelo curso dos acontecimentos, a aceitar a expressão "liberdade religiosa". Litvinov foi deliberadamente convidado a almoçar conosco na sala do presidente. Depois das duras experiências por que passara em seu próprio país, ele tinha de ser cuidadoso. Mais tarde, o presidente teve uma longa conversa com ele, a sós, sobre sua alma e os perigos do fogo do inferno. Foram impressionantes os relatos que Mr. Roosevelt nos fez, em várias ocasiões, do que dissera ao russo. Certa feita, na verdade, prometi a Mr. Roosevelt recomendá-lo para o cargo de arcebispo de Canterbury, caso ele perdesse a eleição presidencial seguinte. Mas não fiz qualquer recomendação oficial ao Gabinete ou à Coroa nesse sentido e, como ele venceu a eleição de 1944, o assunto não veio à baila. Trêmulo de medo, Litvinov transmitiu a questão da "liberdade religiosa" a Stalin, que a aceitou como algo perfeitamente esperável. O Gabinete de Guerra também conseguiu introduzir

Os acordos anglo-americanos

sua cláusula sobre a "seguridade social" — como autor da primeira lei de seguro-desemprego, concordei com agrado. Depois que uma enxurrada de telegramas correu o mundo por uma semana, chegou-se a um acordo em toda a Grande Aliança.

O título "Nações Unidas" foi proposto pelo presidente em substituição a "Potências Associadas". Considerei isso uma grande melhora. Mostrei ao meu amigo os versos de *Childe Harold*, de Byron:

Here, where the sword	Aqui onde Nações Unidas
United Nations drew,	puxaram da espada,
Our countrymen were warring on that day!	Nossos compatriotas lutavam então!
And this much — and all —	E isso é muito — isso é tudo
which will not pass away.	Que jamais se esquecerá.

O presidente foi levado ao meu quarto em sua cadeira de rodas na manhã de 1º de janeiro. Saí do banho e concordei com a minuta. A declaração, por si só, não poderia vencer as batalhas, mas explicitava quem éramos e aquilo por que estávamos lutando. Naquele dia, mais tarde, Roosevelt, eu, Litvinov e Soong, representando a China, assinamos esse majestoso documento na biblioteca do presidente. O Departamento de Estado ficou encarregado de colher as assinaturas dos outros 22 países. O texto final deve ser registrado aqui.

> *Declaração Conjunta dos Estados Unidos da América, Reino Unido da Inglaterra e Irlanda do Norte, União das Repúblicas Socialistas Soviéticas, China, Austrália, Bélgica, Canadá, Costa Rica, Cuba, Tchecoslováquia, República Dominicana, El Salvador, Grécia, Guatemala, Haiti, Honduras, Índia, Luxemburgo, Holanda, Nova Zelândia, Nicarágua, Noruega, Panamá, Polônia, África do Sul e Iugoslávia.**

Os governos signatários da presente

Subscrevendo o programa comum de propósitos e princípios incorporado na Declaração Conjunta do presidente dos Estados Unidos da América e do primeiro-ministro do Reino Unido da Inglaterra e Irlanda do Norte, datada de 14 de agosto de 1941 e conhecida como Carta do Atlântico.

---

* Na ordem alfabética em inglês. (N.T.)

Convencidos de que a completa vitória sobre seus inimigos é essencial para defender a vida, a liberdade, a independência e a liberdade religiosa, e preservar os direitos humanos e a justiça em seus próprios territórios e em outras terras, e convencidos de estarem agora empenhados numa luta comum contra as forças selvagens e brutais que procuram subjugar o mundo, declaram:

(1) Que cada governo se compromete a empregar a totalidade de seus recursos, militares ou econômicos, contra os membros do Pacto Tripartite e seus aderentes com que esse governo esteja em guerra;

(2) Que cada governo se compromete a cooperar com os governos infra-assinados e a não firmar armistícios ou tratados de paz em separado com os inimigos.

A declaração acima poderá receber a adesão de outras nações que estejam prestando ou venham a prestar assistência e contribuições materiais à luta pela vitória sobre o hitlerismo.

É bem possível que os futuros historiadores considerem que o resultado mais valioso e duradouro de nossa primeira conferência de Washington — *Arcádia*, como ficou sendo seu nome em código — foi a criação do hoje famoso comitê, os "Chefes de Estado-Maior Combinados". Seu quartel-general era em Washington, mas, como os chefes de estado-maior ingleses tinham que viver perto de seu próprio governo, eram representados por oficiais de alta patente que ali ficaram residindo em caráter permanente. Esses representantes mantinham-se em contato diário — a rigor, hora a hora — com Londres e, desse modo, estavam aptos a expor e explicar a visão dos chefes de estado-maior ingleses a seus colegas dos EUA sobre todo e qualquer problema da guerra, a qualquer hora do dia ou da noite. As frequentes conferências realizadas em várias partes do mundo — Casablanca, Washington, Quebec, Teerã, Cairo, Malta e Crimeia — reuniam os líderes em pessoa, às vezes por períodos de até uma quinzena. Dentre as duzentas reuniões formais realizadas pelos Chefes de Estado-Maior Combinados durante a guerra, nada menos de 89 ocorreram nessas conferências, e foi nessas reuniões de caráter solene que se tomou a maioria das mais importantes decisões.

O procedimento habitual era que, logo pela manhã, cada lado dos Chefes de Estado-Maior Combinados se reunia. Depois, no correr do dia, as duas equipes se encontravam e fundiam-se numa só; e, muitas vezes, tinham outra reunião combinada à noite. Seus membros examinavam toda a condução da guerra e submetiam ao presidente e a mim as recomendações em que chegavam a um acordo. Entrementes, é claro, prosseguiam nossas próprias discussões diretas, através de conversas ou telegramas, e cada um de nós mantinha-se em estreito contato com sua equipe. As propostas dos assessores militares eram então examinadas em reuniões plenárias e as ordens eram consoantemente expedidas para todos os comandantes em campanha. Por mais agudos que fossem os conflitos de opinião nas reuniões dos Chefes de Estado-Maior Combinados, por mais francos e até acalorados que fossem os debates, uma sincera lealdade à causa comum prevalecia sobre os interesses nacionais ou pessoais. As decisões, uma vez tomadas e aprovadas pelos chefes de governo, eram seguidas por todos com perfeita lealdade, especialmente por aqueles cujas opiniões originais tinham sido derrotadas. Nunca se deixou de chegar a um acordo efetivo quanto à ação, nem de enviar instruções claras aos comandantes de todos os teatros de guerra. Cada oficial executivo sabia que as ordens que estava recebendo traziam em si a concepção conjunta e a autoridade especializada dos dois governos. Nunca, em nenhuma época, se estabeleceu entre aliados uma máquina de guerra mais proveitosa, e alegra-me que de fato, se não na forma, ela se mantenha até hoje.

Os russos não se fizeram representar nos Chefes de Estado-Maior Combinados. Eles tinham uma frente independente muito distante e única, e não havia necessidade nem meios de integrar as equipes de Alto Comando. Bastava que conhecêssemos a direção geral e as datas de seus movimentos e que eles conhecessem os nossos. Nessas questões, mantínhamos com eles um contato tão estreito quanto eles permitiam. No devido tempo, descreverei as visitas pessoais que fizemos a Moscou. E em Teerã, Yalta e Potsdam, os chefes de estado-maior das três nações sentaram-se em volta da mesa.

Descrevi como o marechal Dill, embora já não fosse Chefe do Estado--Maior Imperial — CIGS, havia-nos acompanhado no *Duke of York*. Ele participara plenamente de todas as discussões, não apenas a bordo, porém, mais ainda, ao nos encontrarmos com os líderes americanos. Percebi de imediato que seu prestígio e sua influência junto a eles eram do mais

Memórias da Segunda Guerra Mundial

alto nível. Nenhum oficial inglês que tenhamos feito atravessar o Atlântico durante a guerra jamais conquistou a estima e a confiança americanas em igual medida. Sua personalidade, discrição e tato granjearam-lhe, quase que de imediato, a confiança do presidente. Ao mesmo tempo, ele estabeleceu uma camaradagem verdadeira e uma amizade pessoal com o general Marshall.

Ordenaram-se ampliações imensas na esfera da produção. Em todas elas, Beaverbrook foi um impulso poderoso. A história oficial americana da mobilização industrial do país para a guerra* oferece um generoso testemunho disso. Donald Nelson, o diretor executivo da Produção Americana de Guerra, já fizera planos gigantescos. "Mas", diz o relato americano, "a necessidade de ousar fora dramaticamente inculcada em Nelson por Lord Beaverbrook". O que aconteceu encontra sua melhor ilustração nas palavras de Mr. Nelson mesmo:

> Lord Beaverbrook insistiu no fato de que deveríamos fixar nossas metas de produção muito acima das do ano de 1942, para lidar com um inimigo engenhoso e determinado. Ele assinalou que ainda não tínhamos nenhuma experiência das perdas materiais implicadas numa guerra do tipo da que estávamos travando. (...) A motivação que Lord Beaverbrook instilou na mente de Nelson também vinha sendo transmitida por ele ao presidente. Numa nota dirigida ao presidente, Lord Beaverbrook comparou a expectativa de produção dos EUA, Reino Unido e Canadá em 1942 com as necessidades inglesas, russas e americanas. A comparação expôs déficits tremendos na produção planejada para 1942. O déficit dos tanques era de 10.500 unidades; o de aviões, de 26.730; o de armamento pesado, de 22.600; e o de fuzis, de 1,6 milhão. As metas de produção tinham que ser elevadas, escreveu Lord Beaverbrook, pautando sua confiança nas "imensas possibilidades da indústria americana". (...) O resultado disso foi um conjunto de objetivos de produção cuja magnitude superava até mesmo os que Nelson havia proposto. O presidente ficou convencido de que o conceito de nossa capacidade industrial tinha de ser completamente reformulado. (...) Ele determinou o cumprimento de um programa de fabricação de armamentos que chegava a 45 mil aviões de combate, 45 mil tanques, vinte mil canhões antiaéreos, 14.900 canhões antitanque e quinhentas mil metralhadoras em 1942.

---

* *History of the War Production Board, 1940-1945.*

Essas cifras notáveis foram atingidas ou superadas no fim de 1943. Na construção naval, por exemplo, a nova tonelagem produzida nos EUA foi a seguinte:

        1942   5.339.000 t
        1943   12.384.000 t

A concentração contínua do pensamento na guerra como um todo, minhas conversas constantes com o presidente e assessores, os dois discursos que preparei e minha viagem ao Canadá, juntamente com o intenso fluxo de assuntos urgentes a exigir decisões e com todos os telegramas trocados com meus colegas que haviam ficado em casa, tornaram esse período em Washington não apenas intenso e trabalhoso, mas até exaustivo. Meus amigos americanos acharam que eu estava com a aparência cansada e precisava de repouso. Assim, Mr. Stettinius teve a grande gentileza de colocar a minha disposição sua pequena casa de praia num recanto isolado à beira-mar, perto de Palm Beach, de modo que, em 4 de janeiro, voei para lá e encontrei tempo para lidar com várias questões difíceis que estavam me atormentando. O ataque dos "torpedos humanos" italianos no porto de Alexandria, que deixara avariados o *Queen Elizabeth* e o *Valiant*, já foi descrito. Esse desastre, seguindo-se a todas as nossas outras baixas navais naquele momento, fora sumamente inoportuno e perturbador. Eu percebera sua gravidade de imediato. A esquadra de combate do Mediterrâneo tornara-se momentaneamente inexistente, e nossa capacidade naval de proteger o Egito de uma invasão marítima direta ficara em suspenso. Parecia necessário, nessa emergência, enviar para lá todos os aviões bombardeiros que pudéssemos recolher do litoral sul da Inglaterra. Isso, como veremos dentro em pouco, teve uma consequência desagradável.

Perturbaram-me também os relatórios trazidos de Moscou por Mr. Eden acerca das ambições territoriais soviéticas, especialmente nos países bálticos. Estes representavam conquistas de Pedro, o Grande, e haviam ficado sob domínio dos czares por duzentos anos. Desde a Revolução Russa, eram o posto avançado da Europa contra o bolchevismo. Constituíam o que hoje se chamam "social-democracias", mas eram nações muito ativas e truculentas. Hitler as havia descartado como peões em sua negociação com os soviéticos, antes da eclosão da guerra, em 1939. Tinha havido um duro expurgo russo e comunista. Todas as personalidades e elementos dominantes tinham sido liquidados, de um modo ou de outro. A vida desses povos vigorosos, desde então, fora um movimento de resistência. Pouco depois, como ainda veremos, Hitler havia retornado, trazendo um contraexpurgo nazi. E por fim, na vitória geral, os soviéticos reassumiram o controle. Assim, o rastelo mortal passara de lá para cá, e novamente no sentido inverso, pela Estônia, pela Letônia e pela Lituânia. Não havia dúvida, porém, sobre onde se situava o direito. As nações bálticas deviam ser povos soberanos e independentes.

Tomei um trem de volta para Washington na noite de 9 de janeiro e cheguei à Casa Branca no dia 11. Ali, constatei que grandes progressos tinham sido feitos pelos Chefes de Estado-Maior Combinados, a maioria deles em harmonia com minhas opiniões. O presidente convocou uma reunião para 12 de janeiro, na qual houve completa concordância quanto aos princípios e metas gerais da guerra. As divergências restringiram-se a questões de prioridade e ênfase, e tudo foi regido pelo duro e despótico fator que é a navegação. Diz o registro inglês: "O presidente deu grande valor à organização (...) de uma expedição anglo-americana conjunta à África do Norte. Elaborou-se um cronograma provisório para deslocar noventa mil soldados americanos e noventa mil ingleses, somados a uma considerável força aérea, para a África do Norte."

Quanto à Grande Estratégia, os estados-maiores concordaram em que *"apenas o mínimo de forças necessário à salvaguarda de interesses vitais em outros teatros deve ser desviado das operações contra a Alemanha"*. Ninguém teve mais a ver com a chegada a essa decisão fundamental do que o general Marshall.

No dia 14, despedi-me de Mr. Roosevelt. Ele parecia apreensivo com os riscos da viagem. Fazia vários dias que nossa presença em Washington era do conhecimento público no mundo inteiro, e os mapas mostravam mais de vinte submarinos em nossas rotas de volta para casa. Voamos num céu perfeito de Norfolk para as Bermudas, onde o *Duke of York*, com sua escolta de contratorpedeiros, aguardava-nos na enseada protegida pelos recifes de coral. Viajei num enorme hidroavião Boeing, que me causou uma impressão extremamente favorável. Durante a viagem de três horas, fiz amizade com o primeiro-piloto, capitão Kelly Rogers, que me pareceu

Os acordos anglo-americanos

um homem de alta qualidade e experiência. Assumi o comando por alguns momentos, para sentir no ar aquele imponente aparelho de trinta toneladas ou mais. Fiquei mais e mais afeiçoado ao hidroavião. Pouco depois, perguntei ao comandante: "Que tal voarmos das Bermudas até a Inglaterra? Ele pode carregar combustível suficiente?" Sob a aparência imperturbável, Rogers ficou visivelmente animado. "É claro que sim. A previsão do tempo neste momento nos indica ventos favoráveis de quarenta milhas horárias. Poderíamos chegar em vinte horas." Perguntei-lhe qual era a distância e ele respondeu: "Umas 3.500 milhas." Diante disso, fiquei pensativo.

Ao aterrissarmos, no entanto, submeti a ideia a Portal e Pound. Havia acontecimentos portentosos em andamento na Malásia; todos precisávamos estar de volta o mais depressa possível. O chefe do estado-maior da força aérea disse, na mesma hora, que achava o risco totalmente injustificável e não poderia responsabilizar-se por ele. O primeiro lord do mar apoiou seu colega. Lá estava o *Duke of York*, com seus contratorpedeiros, todos prontos para nós, oferecendo conforto e segurança. "E os submarinos que vocês vêm-me apontando?" —, indaguei. O almirante fez um gesto desdenhoso, mostrando a verdadeira opinião que tinha sobre essa ameaça, diante de um encouraçado rápido e bem-escoltado. Ocorreu-me que esses dois oficiais estavam achando que meu plano era voar sozinho e deixá-los voltarem no *Duke of York*, de modo que declarei: "Naturalmente, haveria espaço para todos nós." Diante disso, a expressão de ambos alterou-se visivelmente. Após uma pausa considerável, Portal disse que o assunto poderia ser examinado e que iria discuti-lo em detalhes com o comandante do hidroavião, e depois conversaria sobre a previsão do tempo com as autoridades da meteorologia. Deixei as coisas ficarem nesse pé.

Duas horas depois, os dois voltaram e Portal disse achar a ideia viável. O avião certamente poderia realizar a tarefa, em condições razoáveis; a previsão do tempo era excepcionalmente favorável, em virtude do forte vento de cauda. Sem dúvida, era muito importante chegarmos em casa depressa. Pound disse ter tido uma excelente impressão do comandante da aeronave, que decerto tinha uma experiência ímpar. É claro que havia um certo risco, mas, por outro lado, era preciso considerar os submarinos. Assim, tomamos a decisão de ir em frente, a menos que o tempo piorasse. A partida foi marcada para as 14 horas do dia seguinte. Julgou-se necessário reduzir nossa bagagem a algumas caixas de documentos vitais. Dill deveria permanecer em Washington como meu representante militar pessoal junto ao presidente. Nosso grupo seria composto apenas por mim mesmo, os dois chefes de estado-maior, Max Beaverbrook, Charles Moran e Hollis. Todos os demais seguiriam no *Duke of York*.

Acordei absurdamente cedo na manhã seguinte, com a convicção de que não conseguiria mesmo dormir. Devo confessar que me sentia bastante amedrontado. Pensei na vastidão oceânica e no fato de que em momento algum estaríamos a menos de mil milhas de terra, até nos aproximarmos das Ilhas Inglesas. Achei que talvez tivesse feito uma coisa precipitada, que aquilo era arriscar demais. Eu sempre havia encarado os voos sobre o Atlântico com assombro. Mas a sorte estava lançada. Mesmo assim, devo admitir que, no café da manhã, e mesmo antes do almoço, se me houvessem informado que o tempo tinha virado e que teríamos de ir de navio, eu me reconciliaria facilmente com a ideia de uma viagem na esplêndida embarcação que percorrera todo aquele caminho para nos buscar.

Como previra o comandante, foi uma tarefa e tanto decolar da água. Achei até que dificilmente conseguiríamos sobrevoar os morros baixos que ladeavam o porto. Mas, na verdade, não havia perigo; estávamos em boas mãos. O hidroavião alçou-se pesadamente a um quarto de milha dos recifes e houve uma sobra de várias centenas de pés de altitude. Não há como duvidar do conforto desses grandes hidroaviões. O movimento era suave, a vibração não incomodava. Passamos uma tarde agradável, seguida por um jantar animado. Esses hidroaviões têm dois andares e pode-se subir uma escada comum para chegar à cabine de comando. Havia anoitecido e todas as previsões do tempo eram boas. Voávamos em meio a uma névoa intensa, a uns sete mil pés de altitude. Era possível ver a borda dianteira das asas, com seus grandes tubos de descarga flamejantes derramando-se por sobre a superfície das asas. Nesses aparelhos, na época, usava-se um grande tubo de borracha que se expandia e se contraía a intervalos, para impedir a formação de gelo. O comandante explicou-me seu funcionamento e, vez por outra, víamos o gelo estilhaçar-se e se desprender quando o tubo se expandia. Fui-me deitar e dormi um sono profundo por várias horas.

Acordei pouco antes da aurora e fui à cabine de comando. O dia foi clareando. Abaixo de nós havia um tapete quase ininterrupto de nuvens.

Os acordos anglo-americanos

Depois de passar cerca de uma hora no assento do copiloto, percebi uma sensação de ansiedade ao meu redor. Supostamente, deveríamos aproximar-nos da Inglaterra pelo sudoeste e já deveríamos ter passado pelas ilhas Scilly, mas elas não tinham sido avistadas por nenhuma das brechas no tapete de nuvens. Como havíamos voado por mais de dez horas em meio à neblina e, durante esse período, avistáramos apenas uma única estrela, era bem possível que estivéssemos ligeiramente fora de curso. As comunicações pelo rádio, naturalmente, estavam restritas pelas normas usuais em tempo de guerra. Era evidente, pelas discussões que se travavam, que não sabíamos onde estávamos. Pouco depois, Portal, que estivera estudando nossa posição, trocou algumas palavras com o comandante e em seguida me disse: "Vamos virar para o norte agora mesmo." Fez-se isso e, passada mais meia hora, entrando e saindo das nuvens, avistamos a Inglaterra e logo sobrevoamos Plymouth, onde, evitando os balões, que estavam todos brilhando, fizemos um pouso tranquilo.

Quando saí do avião, o comandante comentou: "Nunca senti tanto alívio em minha vida quanto ao fazê-lo pousar em segurança no porto." Não avaliei a importância de seu comentário naquele momento. Mais tarde, eu soube que, se nos houvéssemos mantido no mesmo curso por mais cinco ou seis minutos, antes de virar para o norte, teríamos sobrevoado as baterias alemãs em Brest. Havíamo-nos inclinado muito para o sul durante a noite. Além disso, a correção decisiva efetuada tinha feito com que nos aproximássemos não pelo sudoeste, mas ligeiramente a sudeste — ou seja, vindo da direção do inimigo, e não daquela de onde éramos esperados. Isso resultara, como me informaram algumas semanas depois, em sermos identificados como um bombardeiro alemão proveniente de Brest. Seis Hurricanes do Comando de Caças tinham recebido ordens de nos derrubar, mas falharam em sua missão.

Ao presidente Roosevelt, telegrafei: "Chegamos aqui com um bom salto das Bermudas e um vento de trinta milhas."

51
A queda de Cingapura

Esperava-se que eu fizesse um relato completo no parlamento sobre minha missão em Washington e tudo o que havia acontecido nas cinco semanas em que eu estivera fora. Dois fatos destacavam-se em minha mente. O primeiro era que, a longo prazo, a Grande Aliança estava destinada a vencer a guerra. O segundo era que um vasto, incomensurável conjunto de desastres aproximava-se de nós com a ofensiva do Japão. Todos podiam ver, com grande alívio, que nossa vida como nação e como Império já não estava em jogo. Por outro lado, o fato de o sentimento de perigo mortal ter sido em princípio eliminado libertou todos os críticos, amistosos ou maldosos, para apontar os muitos erros que se haviam cometido. Além disso, muitos julgavam de seu dever aperfeiçoar nosso método de conduzir a guerra e, com isso, abreviar aquela história assustadora. Eu mesmo estava profundamente perturbado com as derrotas que já tínhamos sofrido, e ninguém melhor do que eu sabia que aquilo era apenas o começo do dilúvio. A conduta do governo australiano, a crítica bem-informada e afetadamente imparcial dos jornais, o cerco astuto e constante de vinte ou trinta membros competentes do parlamento e o clima dos grupos de pressão davam-me a sensação de que uma opinião pública confusa, insatisfeita e perplexa, apesar de superficial, inflava-se e crescia ao meu redor.

Por outro lado, eu tinha plena consciência da força de minha posição. Podia contar com a boa vontade do povo, pela participação que tivera em sua sobrevivência em 1940. Não subestimei a ampla e profunda onda de fidelidade nacional que me impulsionava adiante. O Gabinete de Guerra e os chefes de estado-maior mostravam-me a mais completa lealdade. Eu estava seguro de mim. Deixava claro aos que me cercavam, conforme a ocasião exigisse, que não consentiria no mais ínfimo cerceamento de minha autoridade e responsabilidade pessoais. A imprensa estava cheia de sugestões de que eu deveria continuar como primeiro-ministro e fazer os discursos, mas ceder o controle efetivo da guerra a outra pessoa. Decidi não ceder nada a nenhum setor, tomar a mim a responsabilidade pessoal direta e pedir um voto de confiança da Câmara dos Comuns. Também me lembrei do sábio ditado francês: "*On ne règne sur les âmes que par le calme.*"

Era necessário, acima de tudo, advertir a Câmara e o país sobre os infortúnios iminentes que nos ameaçavam. Não há erro pior na liderança pública do que alimentar falsas esperanças que logo serão frustradas. O povo inglês é capaz de enfrentar o perigo ou o infortúnio com ânimo e vivacidade, mas detesta intensamente ser enganado ou descobrir que os responsáveis por seus assuntos de estado vivem no mundo da lua. Considerei vital, não apenas para minha própria posição, mas para toda a condução da guerra, antecipar as futuras calamidades, descrevendo nos mais tenebrosos termos o panorama imediato. Também era possível fazê-lo, na conjuntura vigente, sem prejudicar a situação militar ou perturbar a confiança subjacente na vitória final, que, àquela altura, todos tínhamos o direito de sentir. A despeito dos choques e tensões trazidos por cada dia, não poupei as 12 ou 14 horas de concentração de ideias exigidas por dez mil palavras de composição original sobre um tema vasto e multifacetado. Enquanto as chamas da guerra adversa no deserto lambiam-me os pés, consegui preparar meu discurso e minha estimativa de nossa situação.

Antes mesmo de deixar a Casa Branca, minhas esperanças de uma vitória em que Rommel fosse destruído haviam-se desfeito. Rommel escapara. Os resultados do sucesso de Auchinleck em Sidi Rezegh e Gazala não tinham sido decisivos. O renascimento do poderio aéreo inimigo no Mediterrâneo, durante dezembro e janeiro, e o virtual desaparecimento de nosso domínio marítimo, durante vários meses, iriam privá-lo dos frutos da vitória pela qual ele tanto havia lutado e por que tanto esperara. Todos os nossos planos para um desembarque anglo-americano na África do Norte Francesa estavam definitivamente enfraquecidos e, obviamente, essa operação seria adiada por meses.

E coisas piores viriam. O espaço impede um relato pormenorizado do desastre militar que, pela segunda vez, naquela mesma área fatal e um ano depois, iria então arruinar toda a campanha inglesa no deserto de 1942. Basta dizer que, em 21 de janeiro, de sua posição em El Agheila, Rommel lançou um reconhecimento em força, composto de três colunas, cada uma com cerca de mil soldados de infantaria motorizada, apoiados por tanques.

Estes abriram caminho rapidamente pelas brechas entre nossas tropas de contato, que não tinham blindados e receberam ordens de recuar. Mais uma vez, Rommel revelou-se um mestre da tática do deserto e, suplantando nossos comandantes, recuperou a maior parte da Cirenaica. Um recuo de quase trezentas milhas acabou com nossas esperanças e nos fez perder Benghazi e todos os suprimentos que o general Auchinleck vinha acumulando para sua esperada ofensiva em meados de fevereiro. O general Ritchie tornou a reunir suas tropas desbaratadas nas imediações de Gazala e Tobruk. Ali, perseguidores e perseguidos engoliram em seco e trocaram olhares furiosos até o fim de maio, quando Rommel pôde atacar novamente.

Em 27 de janeiro, o debate teve início e fiz minha exposição à Câmara. Percebi que os parlamentares estavam irritadiços, pois quando eu havia solicitado, logo depois de regressar ao país, que meu pronunciamento vindouro fosse gravado em fita, para que pudesse ser usado em transmissões radiofônicas para o Império e os Estados Unidos, surgiram objeções baseadas em várias alegações que não tinham nenhuma relação com as necessidades do momento. Assim, retirei meu pedido, mesmo sabendo que ele não seria recusado em nenhum outro Parlamento do mundo. Foi nesse clima que me ergui para tomar a palavra.

Forneci um relato parcial da batalha do deserto, mas a Câmara, é claro, não avaliou a importância do exitoso contra-ataque de Rommel, pois não era possível dar-lhe nenhum indício dos planos mais ambiciosos que seriam inaugurados por uma rápida conquista inglesa da Tripolitânia. A perda de Benghazi e Adjedabia, que já se tornara pública, pareceu fazer parte dos súbitos altos e baixos da guerra no deserto. Além disso, eu não dispunha, naquele momento, de informações precisas sobre o que havia acontecido.

Depois, entrei na questão de nossa desproteção no Extremo Oriente:

Nunca houve um momento, nunca poderia haver um momento em que a Inglaterra ou o Império Britânico, sozinhos, pudessem lutar com a Alemanha e a Itália, travar a Batalha da Inglaterra, a Batalha do Atlântico e a Batalha do Oriente Médio e, ao mesmo tempo, manter-se perfeitamente preparados na Birmânia, na Península Malaia e no Extremo Oriente em geral para enfrentar o impacto de um vasto império militar como o Japão, com mais de setenta divisões móveis, a terceira marinha do mundo, uma

A queda de Cingapura

grande força aérea e o ímpeto de oitenta milhões ou noventa milhões de asiáticos rústicos e belicosos. Se tivéssemos começado a dispersar nossas forças por essas imensas áreas no Extremo Oriente, teríamos sido destruídos. Se tivéssemos deslocado grandes exércitos, que eram urgentemente necessários nas frentes de batalha, para regiões que talvez nunca entrassem em guerra, teríamos estado completamente errados. Teríamos jogado fora a chance, agora transformada em mais do que uma chance, de todos emergirmos em segurança da terrível aflição em que temos estado mergulhados. (...)

Tomamos a decisão de fazer nossa contribuição à Rússia, de tentar derrotar Rommel e de criar uma frente sólida desde o Levante até o mar Cáspio. Dessa decisão resultou ficar a nosso alcance estabelecer uma reserva apenas moderada e parcial, no Extremo Oriente, contra o perigo hipotético de uma ofensiva japonesa. Na verdade, sessenta mil homens foram concentrados em Cingapura, mas a prioridade em termos de aviões modernos, tanques e artilharia antiaérea e antitanque foi concedida ao Vale do Nilo.

Tive de sobrecarregar a Câmara com uma exposição de quase duas horas. Os membros aceitaram sem entusiasmo o que lhes foi oferecido. Mas tive a impressão de que não deixaram de se convencer com a argumentação. Em virtude do que eu percebia aproximar-se de nós, julguei apropriado encerrar meu discurso colocando as coisas na pior perspectiva possível e não fazendo nenhuma promessa, embora sem excluir a esperança.

O debate durou três dias. Mas o tom para comigo foi inesperadamente amistoso. Não havia dúvida do que a Câmara iria fazer. Meus colegas do Gabinete de Guerra, liderados por Mr. Attlee, defenderam a posição do governo com vigor e até ferocidade. Tocou-me concluir o debate no dia 29. Nesse momento, temi que não houvesse a divisão.* Mediante algumas provocações sarcásticas, tentei induzir nossos críticos ao "lobby do não", ao mesmo tempo sem ofender a assembleia, já então inteiramente reconciliada. Mas nada do que ousei dizer conseguiu impelir qualquer dos insatisfeitos, dos partidos Conservador, Trabalhista e Liberal, a votar uma desconfiança. Felizmente, quando se chamou a votação, a moção de confiança foi contestada pelo Partido Trabalhista Independente, que somava três membros. Dois deles foram designados "contadores de porta" e o re-

---

* O parlamento inglês vota com seus membros saindo do plenário para as antecâmaras pela porta do Sim e pela porta do Não, método a que chamam "divisão". (N.T.)

sultado foi uma aprovação da moção de confiança por 464 votos a um. Agradeci a James Maxton, líder da minoria, por ter levado o assunto a uma decisão. A imprensa fizera tamanho alarde que choveram telegramas de alívio e congratulação de todo o mundo aliado. Os mais calorosos vieram dos meus amigos americanos na Casa Branca. Eu mandara parabéns ao presidente em seu sexagésimo aniversário. "É divertido", respondera ele num telegrama, "estar na mesma década que você." Mas aos rabugentos da imprensa não faltaram recursos. Alardearam, com aquela vivacidade de esquilos a brincar: "Para que pedir um voto de confiança! Quem sonharia em questionar o governo de coalizão nacional?" Os "esganiçados", como eu os chamava, eram, sem saber, apenas arautos da catástrofe que se aproximava.

Julguei impossível instaurar uma Comissão Real para investigar a queda de Cingapura enquanto se estava em guerra. Não podíamos dispor dos homens, do tempo ou da energia para isso. O parlamento acatou essa opinião, mas eu certamente achava que, por uma questão de justiça para com os oficiais e soldados envolvidos, deveria haver uma investigação de todas as circunstâncias, tão logo cessassem os combates. Essa comissão, porém, até hoje [1951] não foi criada pelo governo. Passaram-se anos, e muitas das testemunhas estão mortas. É bem possível que nunca tenhamos uma sentença formal, proferida por um tribunal competente, sobre o pior desastre e a maior capitulação da história inglesa. Nestas páginas, não tento assumir o lugar desse tribunal ou emitir opinião sobre a conduta dos indivíduos. Registrei em outra parte [*The Hinge of Fate,* capítulo 6] os fatos mais salientes, tal como os vejo. A partir deles e dos documentos redigidos na época, o leitor deverá formar sua própria opinião.

É no mínimo discutível se não teria sido melhor concentrarmos toda a nossa força na defesa da ilha de Cingapura, apenas contendo o avanço japonês na Península Malaia com tropas móveis ligeiras. A decisão dos comandantes que estavam no local, aprovada por mim, consistiu em travar a batalha por Cingapura em Johore, mas retardando ao máximo a chegada do inimigo àquele ponto. A defesa do continente consistiu numa retirada contínua, com pesadas ações retardadoras e obstáculos pesados. A luta refletiu o alto mérito dos soldados e comandantes nela engajados. Mas toda a vantagem estava com o inimigo, que antes da guerra já fizera um minucioso es-

A queda de Cingapura

tudo do terreno e da situação. Tinha planos feitos em larga escala e infiltrara agentes secretos, incluindo nessa operação até mesmo depósitos ocultos de bicicletas para os ciclistas japoneses. Um poderio superior e grandes reservas, parte das quais nem era necessária, tinham sido concentrados. Todas as divisões japonesas eram especializadas em combate na selva.

O domínio japonês do espaço aéreo — decorrente, como já foi descrito, de nossas extremas necessidades em outros lugares, e pelo qual os comandantes locais não tiveram nenhuma responsabilidade — foi outro dado letal. Como resultado, a principal força de combate do exército que havíamos destinado à defesa de Cingapura, bem como quase todos os reforços enviados depois da declaração de guerra japonesa, foram usados numa luta corajosa na península e, depois que cruzaram o *cause way*, a via rodoferroviária sobre o mar, para o que deveria ter sido seu campo de batalha decisivo, sua energia estava esgotada. Ali, eles se uniram à guarnição local e à massa de destacamentos da base, que aumentavam nosso efetivo, mas não nosso poderio. O exército que poderia travar a batalha decisiva por Cingapura, e que fora destacado para esse supremo objetivo naquele teatro de guerra, foi desbaratado antes que o ataque japonês tivesse início. Talvez fossem cem mil homens, mas já não era um exército.

Logo ficou claro que o general Wavell, que agora era o supremo comandante aliado daquelas regiões orientais, já tinha dúvidas sobre nossa capacidade de sustentar uma defesa prolongada de Cingapura. Eu havia contado muito com a possibilidade de que a ilha e a fortaleza suportassem um cerco que exigisse o desembarque, o transporte e a montagem da artilharia pesada pelos japoneses. Antes de sair de Washington, eu ainda vislumbrava uma resistência de pelo menos dois meses. Vi com inquietação, mas sem qualquer interferência efetiva, o desgaste de nossas forças em sua retirada pela Península Malaia. Por outro lado, houve o ganho de um tempo precioso.

Mas, em 16 de janeiro, Wavell telegrafou: "Até há pouco, todos os planos baseavam-se em repelir desembarques na ilha [de Cingapura] e em deter o ataque terrestre em Johore ou mais ao norte, e pouco ou nada se fez para construir defesas no lado norte da ilha, a fim de impedir a travessia do estreito de Johore, embora tenham-se tomado providências para explodir o *causeway*. Os canhões mais pesados da fortaleza atiram em 360°, mas sua trajetória tensa os torna impróprios para o tiro longo de contrabateria. Certamente não posso dizer que garanto neutralizar as baterias do cerco inimigo com eles..."

Foi com uma sensação de dolorosa surpresa que li esse telegrama, na manhã do dia 19. Com que então, não havia fortificações permanentes para cobrir o lado da base naval e da cidade voltado para o continente! Além disso, o que era ainda mais espantoso, nenhuma providência digna de nota fora tomada por nenhum dos comandantes, desde o início da guerra e, mais especialmente, desde que os japoneses tinham se instalado na Indochina, para construir defesas de campanha. Nem sequer haviam mencionado o fato de elas não existirem.

Tudo o que eu tinha visto ou lido sobre a guerra levara-me à convicção de que, considerado o moderno poder de fogo, bastariam algumas semanas para criar sólidas defesas terrestres e para limitar e canalizar a frente de ataque do inimigo, pelo uso de campos de minas e outros obstáculos. Além disso, nunca me passara pela cabeça que nenhum círculo de fortificações avançadas de caráter permanente protegesse a retaguarda da famosa grande fortaleza. Não consigo compreender como eu não sabia disso. Mas nenhum dos oficiais no local e nenhum de meus assessores militares em casa pareceu aperceber-se dessa extrema necessidade. Pelo menos, nenhum deles a apontou para mim — nem mesmo os que viram meus telegramas baseados na falsa suposição de que seria preciso um cerco usual, um sítio. Eu havia lido sobre Plevna em 1877, onde, antes da era das metralhadoras, os turcos haviam improvisado defesas durante o próprio ataque russo; e havia inspecionado Verdun em 1917, onde um exército de campanha, em posição entre as fortificações avançadas e dentro delas, realizara um feito tão glorioso um ano antes. Eu havia posto minhas esperanças em que o inimigo seria obrigado a usar artilharia em grande escala para pulverizar nossas fortificações em Cingapura, e nas dificuldades quase proibitivas e longos atrasos que impediriam essa concentração de artilharia e essa chegada de munição ao longo das linhas de comunicação malaias. Pois, de repente, tudo isso desapareceu, e vi diante de mim o hediondo espetáculo da ilha quase desprotegida e da tropa cansada, senão exausta, recuando em direção a ela.

Não escrevo isto para me desculpar, de modo algum. Eu tinha que ter sabido. Meus assessores deveriam ter sabido e eu deveria ter sido informado, deveria ter perguntado. A razão de eu não ter indagado sobre esse as-

A queda de Cingapura

sunto, em meio às milhares de perguntas que fazia, foi que a possibilidade de que Cingapura não dispusesse de defesas terrestres passava tão longe por minha cabeça quanto a de um encouraçado ser lançado ao mar sem a quilha. Conheço as várias razões dadas para essa falha: a preocupação dos soldados com o treinamento e com a construção de linhas de defesa no norte da Península Malaia; escassez de mão de obra civil; as limitações financeiras de antes da guerra e o controle centralizado do Ministério da Guerra; o fato de que o papel do exército era proteger a base naval, situada no litoral norte da ilha, e, portanto, de que a missão era travar combate à frente desse litoral e não ao longo dele. Não considero válidas essas razões. As defesas deveriam ter sido construídas.

Minha reação imediata foi reparar essa negligência, tanto quanto o tempo o permitisse, mas, quando acordei na manhã do dia 21, o seguinte telegrama, extremamente pessimista, do general Wavell estava no topo de minha caixa de despachos:

O oficial que enviei a Cingapura para planejar a defesa da ilha acaba de retornar. Estão sendo preparados esquemas de defesa da região norte da ilha. *O número de soldados necessário para defender a ilha com eficácia é, provavelmente, igual ou maior do que o número requerido para defender Johore.* Dei ordem a Percival [o comandante em chefe] que trave a batalha em Johore, mas elabore planos para prolongar a resistência na ilha tanto quanto possível, se vier a perder a batalha em Johore. Devo adverti-lo, no entanto, de que duvido que a ilha possa ser defendida por muito tempo, depois de perdermos Johore. Os canhões da fortaleza são posicionados para emprego contra navios e, em sua maioria, dispõem de munição apenas para esse fim; muitos só podem disparar em direção ao mar.* Parte da guarnição já foi mandada para Johore e muitas das tropas que restam são de valor duvidoso. Lamento apresentar-lhe esse quadro deprimente, mas não quero que o senhor tenha uma imagem falsa da fortaleza da ilha. As defesas de Cingapura foram inteiramente construídas para enfrentar ataques do mar. Ainda tenho esperança de que Johore possa ser defendida até a chegada do próximo comboio.

Ponderei por muito tempo sobre essa mensagem. Até então, eu havia pensado apenas em estimular e, tanto quanto possível, impor uma defesa desesperada da ilha, da fortaleza e da cidade. Era essa, de qualquer modo, a atitude que se deveria manter, a menos que fosse ordenada uma mudança

---

* Isso não é exato. A maioria dos canhões podia atirar para a terra também.

decisiva da política. Nesse momento, porém, comecei a pensar mais na Birmânia e nos reforços que estavam a caminho de Cingapura. Eles poderiam ser destruídos ou desviados. Ainda havia muito tempo para virar-lhes a proa para o norte, em direção a Rangoon. Assim, preparei a seguinte minuta para os chefes de estado-maior e a entreguei ao general Ismay a tempo da reunião deles, marcada para as 11h30 do dia 21. Sinto-me à vontade para confessar, no entanto, que eu ainda não havia tomado uma decisão. Apoiei-me em meus amigos e conselheiros. Todos sofremos intensamente nessa ocasião.

Em vista desse péssimo telegrama do general Wavell, devemos reconsiderar toda a situação numa reunião do Comitê de Defesa esta noite.

Já cometemos exatamente o erro que eu temia. (...) As forças que poderiam ter composto uma sólida frente em Johore, ou, pelo menos, ao longo da linha costeira de Cingapura, foram destruídas aos poucos. Nenhuma linha defensiva se construiu no lado da ilha que dá para o continente. Nenhuma defesa foi montada pela marinha contra os movimentos de envolvimento do inimigo na costa oeste da península. O general Wavell externou a opinião de que serão necessários mais soldados para defender a ilha de Cingapura do que para vencer a batalha em Johore. É quase certo que a batalha em Johore esteja perdida.

A mensagem dele dá poucas esperanças de uma defesa prolongada. É evidente que essa defesa só se efetuaria à custa de todos os reforços que estão agora a caminho. Se o general Wavell duvida que seja possível ganhar mais do que algumas semanas de prazo, a questão é saber se não devemos explodir imediatamente as docas, as baterias e as oficinas, e concentrar tudo na defesa da Birmânia e em manter aberta a Estrada da Birmânia.

2. Quer me parecer que essa questão deve ser francamente enfrentada agora e exposta sem rodeios ao general Wavell. Qual será o valor de Cingapura [para o inimigo] a mais que os inúmeros portos no sudoeste do Pacífico, se todas as demolições militares e navais forem minuciosamente executadas? Por outro lado, a perda da Birmânia seria muito prejudicial. Cortaria nossa ligação com os chineses, cujas tropas têm sido, até agora, as mais bem-sucedidas no combate contra os japoneses. Se confundirmos as coisas e hesitarmos em tomar uma decisão desagradável, poderemos perder ambas, Cingapura e a Estrada da Birmânia. Obviamente, a decisão dependerá do tempo pelo qual for possível sustentar a defesa da ilha de Cingapura. Se forem apenas algumas semanas, certamente não valerá a pena perdermos todos os nossos reforços e aviões.

A queda de Cingapura

3. Além disso, convém considerar que a queda de Cingapura, acompanhada como será pela queda de Corregidor, será um choque tremendo para a Índia, que só a chegada de forças poderosas e uma ação bem-sucedida na frente da Birmânia permitirá suportar.

Rogo que tudo isso seja examinado esta manhã.

Os chefes de estado-maior não chegaram a nenhuma conclusão definitiva e, quando nos reunimos no Comitê de Defesa, à noite, prevaleceu uma hesitação similar em nos comprometermos com uma decisão tão grave. A responsabilidade inicial direta cabia ao general Wavell, como supremo comandante aliado. Pessoalmente, achei a questão tão difícil que não tentei impor minha nova opinião, o que eu teria feito, se estivesse decidido. Nenhum de nós podia prever o colapso da defesa que ocorreria em pouco mais de três semanas. Ao menos um ou dois dias poderiam nos ser concedidos para pensarmos melhor.

Sir Earle Page, o representante australiano, naturalmente, não esteve na reunião do Comitê dos Chefes de Estado-Maior nem tampouco o convidei para a do Comitê de Defesa. Mas, de um modo ou de outro, foi-lhe mostrada uma cópia de meu memorando aos chefes de estado-maior. Ele telegrafou imediatamente a seu governo, e, em 24 de janeiro, recebemos uma mensagem do primeiro-ministro australiano, Mr. Curtin, da qual os seguintes trechos são relevantes:

(...) Page relatou que o Comitê de Defesa tem considerado a evacuação da Malásia e de Cingapura. Depois de todas as garantias que nos foram dadas, a evacuação de Cingapura seria encarada, aqui e em outros lugares, como traição imperdoável. (...) Entendíamos que ela deveria ser tornada inexpugnável e, pelo menos, deveria ser capaz de se sustentar por um período longo, até a chegada da esquadra principal.

Mesmo numa emergência, o desvio dos reforços deveria ser feito para as Índias Orientais Holandesas, e não para a Birmânia. Qualquer coisa diferente disso causaria um profundo ressentimento e poderia forçar as Índias Orientais Holandesas a firmarem uma paz em separado.

Confiando no proposto fluxo de reforços, tomamos providências e cumprimos nossa parte do combinado. Esperamos que não frustrem toda a finalidade mediante uma evacuação. (...)

Memórias da Segunda Guerra Mundial

Há que levar inteiramente em conta o estado de espírito em que o governo australiano fora lançado pela hedionda eficiência da máquina de guerra japonesa. O domínio do Pacífico estava perdido; suas três melhores divisões estavam no Egito; a quarta, em Cingapura. Os australianos reconheciam que Cingapura estava em perigo mortal e temiam mesmo uma invasão da própria Austrália. Todas as grandes cidades, que continham mais da metade da população do país, situavam-se no litoral. Eles enfrentavam a iminência de um êxodo em massa para o interior e da organização de uma guerrilha, sem arsenais ou suprimentos. A ajuda da metrópole estava muito longe, e o poderio americano só conseguiria estabelecer-se lentamente nas águas da Australásia. Pessoalmente, eu não acreditava que os japoneses invadissem a Austrália, atravessando três mil milhas de oceano, quando tinham ao alcance da mão tantas presas atraentes nas Índias Orientais Holandesas e na Malásia. O gabinete australiano via o cenário sob um prisma diferente, e todos os seus membros estavam sob a pressão de intensos sentimentos de mau presságio. Mesmo nesse aperto, eles mantinham rigidamente suas divergências partidárias. O governo trabalhista tinha uma maioria de apenas dois membros. Opunha-se ao serviço militar obrigatório, até para a defesa interna. Embora a oposição fosse admitida no Conselho de Guerra, não se formara um governo de coalizão nacional.

O telegrama de Mr. Curtin, não obstante, foi grave e incomum. A expressão "traição imperdoável" não se compatibilizava com a verdade nem com a realidade militar. Um desastre pavoroso se aproximava. Conseguiríamos evitá-lo? Como estava a balança de lucros e perdas? Naquele momento, o destino de forças importantes ainda estava sob nosso controle. Não há "traição" alguma em examinar essas questões com uma visão realista. Além disso, o comitê de guerra australiano não tinha como avaliar a situação global. De outro modo, não teria insistido no desprezo completo pela Birmânia, que os acontecimentos comprovaram ser o único lugar que ainda tínhamos meios de salvar.

Não é verdade que a mensagem de Mr. Curtin tenha decidido a questão. Se todos estivéssemos de acordo quanto à política a adotar, certamente teríamos, como sugeri, exposto a situação a Wavell "sem rodeios". Mas eu me apercebia de um endurecimento das opiniões contrárias ao abandono daquele famoso ponto-chave no Extremo Oriente. Era terrível imaginar o efeito que um "afundamento proposital" inglês produziria no mundo inteiro, especialmente nos Estados Unidos, quando os americanos con-

A queda de Cingapura

tinuavam lutando com tanta obstinação em Corregidor. Não há dúvida quanto ao que deveria ter sido uma decisão puramente militar. No entanto, por acordo ou aquiescência geral, tudo se fez para reforçar Cingapura e manter sua defesa. A 18ª Divisão inglesa, parte da qual já havia desembarcado, continuou o seu desembarque.

O valor desse reforço, contudo, foi menor do que seu número indica. Eles precisavam de tempo para se firmar em termos táticos, mas tinham que ser lançados naquela batalha perdida tão logo desembarcavam. Depositaram-se grandes esperanças nos caças Hurricanes, dos quais uma quantidade considerável fora enviada. Ali estavam, finalmente, aviões de qualidade, à altura dos japoneses. Eles foram reunidos com toda a rapidez e levantaram voo. Por alguns dias, realmente causaram muitos estragos, mas a situação era desconhecida para os pilotos recém-chegados e, em pouco tempo, a superioridade numérica dos japoneses começou a cobrar um tributo cada vez mais alto. Nosso número decresceu com rapidez. Os japoneses contavam, a essa altura, com um total de cinco divisões. Desceram rapidamente pela costa e, em 27 de janeiro, o general Percival decidiu recuar para a ilha de Cingapura. Todos os homens e veículos, no estágio final, tiveram que cruzar do continente para a ilha o *causeway*, a via sobre o mar. A maior parte de uma brigada perdeu-se nas etapas iniciais, mas, na manhã de 31 de janeiro, o restante da força havia atravessado e o *causeway* foi explodido.

Em casa, já não tínhamos ilusões sobre uma defesa prolongada. A questão era por quanto tempo. Dos canhões pesados da defesa costeira, os que podiam disparar em direção ao norte não eram de grande utilidade, com sua munição restrita, contra o terreno coberto de mata em que o inimigo estava se concentrando. Restava apenas uma esquadrilha de aviões de caça na ilha e um único aeródromo utilizável. As baixas e perdas haviam reduzido o efetivo da guarnição, já então finalmente concentrados, dos 106 mil homens calculados pelo Ministério da Guerra para cerca de 85 mil, incluindo as unidades da base e as administrativas, e várias unidades não combatentes. Desse total, provavelmente setenta mil estavam armados. A preparação de defesas e obstáculos terrestres, embora representasse um grande esforço local, não tinha nenhuma relação com as necessidades vitais então surgidas. Não havia defesas permanentes na frente prestes a ser atacada. O ânimo do exército fora grandemente debilitado pela longa retirada e pelos combates violentos na península. Por trás de tudo ficava a cidade de

628 Memórias da Segunda Guerra Mundial

Cingapura, que, na época, abrigava uma população de aproximadamente um milhão de pessoas de várias raças e uma multidão de refugiados.

☆

Na manhã de 8 de fevereiro, as patrulhas comunicaram que o inimigo estava se concentrando em massa nas plantações a noroeste da ilha e nossas posições foram duramente bombardeadas. Às 22h45 as vanguardas da tropa de assalto cruzaram o estreito de Johore em lanchas blindadas de desembarque, levadas até os locais de lançamento por estradas, como resultado de um longo e cuidadoso planejamento. Houve combates violentos e muitas lanchas foram afundadas, mas a linha defensiva dos australianos em terra era tênue, e os grupos inimigos desembarcaram em diversos pontos. Na noite seguinte, houve um novo desembarque semelhante em volta do *causeway* e, mais uma vez, o inimigo conseguiu firmar-se em terra. O dia 11 de fevereiro foi marcado por combates confusos em todo o front. O *causeway* fora demolido perto da extremidade inimiga, mas os japoneses conseguiram repará-lo rapidamente, assim que nossa tropa de cobertura se retirou. A Guarda Imperial japonesa avançou por ele nessa noite. No dia 13, acionou-se o esquema preparado de evacuação marítima para Java de cerca de três mil indivíduos selecionados. Os que receberam ordem de partir eram pessoal-chave, técnicos, oficiais excedentes do estado-maior, enfermeiras e outros cujos serviços fossem de valor especial para a continuação da guerra.

A essa altura, a situação na cidade de Cingapura era terrível. O trabalho civil havia entrado em colapso, o corte no abastecimento de água parecia iminente e os estoques de alimento e munição da tropa estavam sendo drasticamente reduzidos pela perda de depósitos já em poder do inimigo. A essa altura, o programa de demolição organizada estava em curso. Os canhões das defesas fixas e quase todos os canhões antiaéreos e de campanha foram destruídos, juntamente com equipamentos e documentos secretos. Todo o combustível de aviação e as bombas foram queimados e explodidos. Houve certa confusão quanto às demolições na base naval. As ordens foram expedidas, foi posto a pique o dique flutuante e foram destruídos a porta estanque e o sistema de bombeamento do dique seco, porém deixou-se de concluir muita coisa que constava do plano geral. No dia 14, Wavell mandou-me a seguinte mensagem, que pareceu conclusiva:

A queda de Cingapura

Recebi radiograma de Percival informando que o inimigo está perto da cidade e que nossas tropas já não são capazes de contra-atacar. Ordenei-lhe que continue a infligir a máxima perda ao inimigo, se necessário em combate casa a casa. Temo, porém, que a resistência não dure muito.

O leitor há de estar lembrado de meu memorando de 21 de janeiro aos chefes de estado-maior, a respeito de abandonarmos a defesa de Cingapura e desviarmos os reforços para Rangoon, e de como eu não havia insistido nesse ponto de vista. Quando todo o nosso sentimento concentrou-se na ideia de combater em Cingapura, a única chance de sucesso e, a rigor, de ganharmos tempo — que era tudo o que podíamos esperar — consistia em dar ordens imperativas de lutar desesperadamente até o fim. Essas ordens foram aceitas e endossadas pelo general Wavell, que, na verdade, exerceu a mais extrema pressão sobre o general Percival. É sempre acertado, sejam quais forem as dúvidas na cúpula da direção da guerra, que o general em campanha não tenha conhecimento delas e receba instruções simples e claras. Mas, nesse momento, quando era evidente que tudo estava perdido em Cingapura, tive certeza de que seria um erro impor uma chacina desnecessária e, sem nenhuma esperança de vitória, infligir os horrores dos combates de rua à vasta cidade, com sua população numerosa, desamparada e já então tomada de pânico. Expressei minha visão ao general Brooke e constatei que ele também achava que não deveríamos continuar a pressionar o general Wavell, e sim autorizá-lo a tomar a decisão inevitável, cuja responsabilidade seria compartilhada por nós.

Domingo, 25 de fevereiro de 1942, foi o dia da capitulação. Havia estoques militares de alimentos para apenas alguns dias, a munição dos canhões estava acabando e praticamente não restava gasolina para as viaturas. Pior que tudo, a reserva de água devia durar apenas mais 24 horas. O general Percival recebeu de seus comandados superiores a opinião de que, dentre as alternativas de contra-ataque ou rendição, a primeira estava fora do alcance da tropa esgotada. Ele decidiu pela capitulação. Os japoneses exigiram e obtiveram rendição incondicional. As hostilidades cessaram às 20h30.

52

O paraíso dos submarinos

APESAR DE UMA REFORMA SUBSTANCIAL do governo, minha situação pessoal não pareceu ter sido afetada em todo esse período de tensão, mudanças políticas internas e desastres no exterior. Ocupava-me dos assuntos a serem resolvidos hora após hora e não tinha muito tempo para remoer conjecturas. Minha autoridade pessoal parecia até estar sendo favorecida pelas incertezas que afetavam vários de meus colegas ou possíveis colegas. Eu não sofria de vontade de ser liberado de minhas responsabilidades. Tudo o que queria era que cedessem à minha vontade depois de uma discussão razoável. Os infortúnios só faziam promover uma aproximação ainda maior entre mim e os chefes de estado-maior, e essa união era percebida em todos os círculos do governo. Não havia qualquer rumor de intrigas ou dissidências, nem no Gabinete de Guerra nem entre os ministros muito mais numerosos de nível de Gabinete. De fora, porém, a pressão era contínua para mudar meu modo de conduzir a guerra e obter resultados melhores do que vínhamos tendo. "Estamos todos com o primeiro-ministro, mas ele tem muito que fazer. Deveria ser aliviado de alguma carga que está sobre ele." Era a opinião persistente, com muitas teorias. Mas eu estava absolutamente decidido a manter meu poder total de dirigir a guerra. Isso só podia ser feito combinando os cargos de primeiro-ministro e ministro da Defesa. Dá muito mais trabalho ter de superar oposição e conciliar opiniões divergentes e conflitantes do que ter o direito de tomar decisões sozinho. É de suma importância que, na cúpula, haja uma só cabeça jogando no campo todo, fielmente assessorada e corrigida, mas não dividida em sua integridade. Evidente que eu não teria permanecido nem uma hora no cargo de primeiro-ministro, se fosse privado do cargo de ministro da Defesa. O fato de isso ser de amplo conhecimento repelia todas as contestações, mesmo nas situações mais desfavoráveis, e, portanto, muitas sugestões bem-intencionadas de comitês e outras formas de mecanismos impessoais ruíram por terra. Devo registrar minha gratidão a todos os que me ajudaram a ter êxito.

Mas o ano de 1942 iria trazer muitos choques duros. Nos primeiros seis meses, tudo correu mal. No Atlântico, esse período revelou-se o pior

O paraíso dos submarinos

de toda a guerra. A flotilha alemã de submarinos crescera para um total de quase 250, dos quais o almirante Doenitz podia contar com quase cem em operação e mais 15 por mês. Eles devastavam as águas americanas quase sem controle. No fim de janeiro, 31 navios, quase duzentas mil toneladas, tinham sido afundados perto da costa dos Estados Unidos e do Canadá. Logo, os ataques estenderam-se para o sul, até Hampton Roads e o cabo Hatteras, e dali para o litoral da Flórida. A grande rota marítima estava coalhada de indefesos navios mercantes americanos e aliados. Ao longo de toda ela trafegava a preciosa frota de petroleiros, numa procissão ininterrupta que ia e vinha dos portos petrolíferos da Venezuela e do golfo do México, e, tanto ali quanto no Caribe, em meio àquela riqueza de alvos, os submarinos preferiam caçar os petroleiros. Navios neutros eram atacados. A cada semana, crescia a escala do massacre. Em fevereiro, eles afundaram 71 navios no Atlântico, 384 mil toneladas, dos quais todos, com exceção de dois, na zona americana. Era o mais alto índice de perdas sofrido até então. E logo seria ultrapassado.

Toda essa destruição, que ultrapassava em muito tudo o que se havia passado nessa guerra, embora sem atingir os números catastróficos do pior período de 1917, era causada por não mais de 12 a 15 submarinos operando de cada vez naquela área. A proteção fornecida pela marinha americana foi tristemente pouca por vários meses. Na verdade, é espantoso que, nos dois anos de avanço da guerra total em direção ao continente americano, não se houvessem tomado mais providências contra esse ataque mortífero. Nos termos da política do presidente — "toda ajuda à Inglaterra, menos a guerra" —, muito se havia feito por nós. Tínhamos adquirido cinquenta contratorpedeiros antigos e dez barcos americanos de repressão ao contrabando. Em troca, fornecêramos a eles as inestimáveis bases das Índias Ocidentais. Mas, nesse momento, esses navios estavam fazendo uma dolorosa falta aos nossos aliados. Depois de Pearl Harbor, o Pacífico vinha exercendo uma forte pressão sobre a marinha americana. Mesmo assim, considerando todas as informações de que eles dispunham sobre nossas medidas de proteção, antes e durante a guerra, era impressionante que não se houvesse feito nenhum plano para formar comboios costeiros e multiplicar as pequenas embarcações. A força aérea do exército americano, que controlava quase todas as aeronaves militares baseadas em terra, não recebera treinamento para a guerra antissubmarina, enquanto a marinha, equipada com hidroaviões e carros anfíbios, não dispunha de meios para

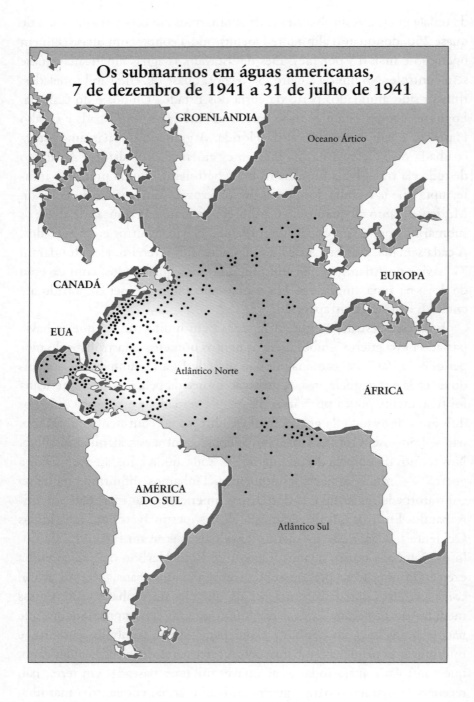

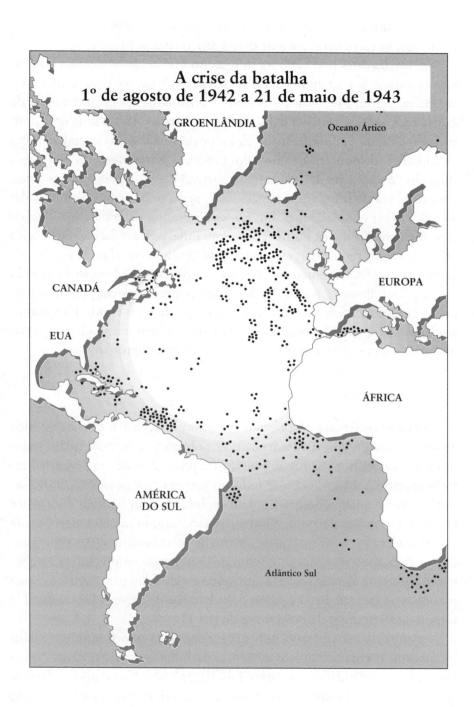

travá-la; assim, nesses meses cruciais, só a passos dolorosos e hesitantes se conseguiu um sistema efetivo de defesa americano.

Nossos desastres poderiam ter sido muito maiores se os alemães houvessem mandado seus grandes navios atacarem no Atlântico. Mas Hitler estava obcecado com a ideia de que em breve tencionávamos invadir o norte da Noruega. Com sua extrema fixidez de raciocínio, sacrificou uma oportunidade esplêndida e concentrou em águas norueguesas todas as embarcações de superfície disponíveis e muitos dos preciosos submarinos. "A Noruega", dizia ele, "é a zona predestinada nesta guerra." De fato, como sabe o leitor, realmente era de suma importância, mas, nessa ocasião, as oportunidades alemãs estavam no Atlântico. Em vão os almirantes defenderam a ideia de uma ofensiva naval. Seu Führer continuou inflexível, e a decisão estratégica que tomou foi reforçada pela escassez de combustível. Já em janeiro ele enviara o *Tirpitz*, seu único encouraçado — porém o mais forte do mundo — para Trondheim, e no dia 12 determinou que voltassem para seus portos os cruzadores *Scharnhorst* e *Gneisenau*, que tinham estado bloqueados em Brest por quase um ano. Isso levou a um incidente causador de tamanha grita e comoção na Inglaterra que requer uma digressão.

As graves perdas no Mediterrâneo e a inutilização temporária de toda a nossa Esquadra do Oriente haviam-nos obrigado a mandar quase todos os nossos aviões torpedeiros ao Egito, para protegê-lo de uma eventual invasão marítima. Mas fizeram-se todos os preparativos possíveis para vigiar Brest e atacar qualquer tentativa de rompimento com bombas e torpedos lançados por aviões e navios. Também se lançaram minas ao longo da rota presumível, tanto no Canal quanto perto da costa holandesa. O almirantado esperava que a travessia do estreito de Dover fosse empreendida à noite, mas o almirante alemão preferiu aproveitar a escuridão para fugir de nossas patrulhas na saída de Brest e passar pelas baterias de Dover à luz do dia. Ele zarpou de Brest antes da meia-noite do dia 11.

A manhã do dia 12 estava nublada e, quando os navios inimigos foram localizados, o radar de nossos aviões de patrulha entrou em pane. Nosso radar em terra também não conseguiu detectá-los. Na ocasião, achamos que isso tinha sido um acidente infeliz. Posteriormente, soubemos que o general Martini, chefe do serviço alemão de radares, fizera um plano

O paraíso dos submarinos

cuidadoso. A interferência de rádio alemã, até então relativamente ineficaz, fora aperfeiçoada pelo acréscimo de muitos equipamentos novos, mas, para que não se levantasse nenhuma suspeita, estes haviam entrado em operação gradualmente, para que a interferência apenas parecesse piorar um pouco a cada dia. Assim, nossos operadores não reclamaram demais e ninguém suspeitou de nada incomum. Em 12 de fevereiro, entretanto, a interferência intensificou-se a tal ponto que nosso radar de vigilância marítima tornou-se realmente inútil. O almirantado só recebeu a notícia às 11h25. A essa altura, os cruzadores em fuga e sua poderosa escolta aérea e de contratorpedeiros estavam a menos de vinte milhas de Boulogne. Logo depois do meio-dia, as baterias de Dover abriram fogo com seus canhões pesados, e a primeira força de ataque, com cinco lanchas torpedeiras, fez-se ao mar imediatamente e atacou. Seis aviões bombardeiros Swordfish, decolando de Manston, em Kent, sob o comando do capitão de corveta Esmonde (que liderara o primeiro ataque ao *Bismarck*), partiram sem esperar por mais de dez Spitfires para apoiá-los. Os Swordfishes, furiosamente atacados pelos caças do oponente, lançaram seus torpedos contra o inimigo, mas a um custo alto. Nenhum deles voltou e apenas cinco sobreviventes foram resgatados. Esmonde foi condecorado postumamente com a Victoria Cross.

Ondas sucessivas de bombardeiros e torpedeiros atacaram o inimigo até o anoitecer. Houve muitos combates violentos e confusos com os caças alemães, nos quais sofremos baixas mais pesadas do que o inimigo, que tinha superioridade numérica. Quando os cruzadores alemães estavam perto da costa holandesa, por volta das 15h30, cinco contratorpedeiros saídos de Harwich desfecharam um ataque, lançando seus torpedos a cerca de trezentas jardas, sob fogo cerrado. Sem ser atingida pelas baterias de Dover ou pelos torpedos, a esquadra manteve seu curso e, na manhã do dia 13, todos os seus navios haviam aportado. A notícia estarreceu o público inglês, que, como era natural, não conseguiu compreender o que lhe pareceu a prova do domínio alemão do canal da Mancha. Nossa inteligência logo constatou que o *Scharnhorst* e o *Gneisenau* tinham sido atingidos pelas minas lançadas do ar. Passaram-se seis meses antes que o *Scharnhorst* pudesse voltar ao serviço, e o *Gneisenau* nunca mais apareceu na guerra. Mas essa informação não podia ser divulgada e a ira nacional foi veemente.

Para aplacar as queixas, instaurou-se um inquérito oficial, que revelou os fatos publicáveis. Visto à luz posterior e em seus aspectos mais amplos, esse episódio foi-nos sumamente vantajoso. O presidente me telegrafou: "Quando eu falar pelo rádio na próxima segunda-feira à noite direi algumas palavras sobre as pessoas que tratam o episódio do Canal como uma derrota. Estou cada vez mais convencido de que a concentração de todos os navios alemães na Alemanha simplifica nosso problema naval conjunto no Atlântico norte." Na época, porém, o incidente afigurou-se muito ruim aos olhos de todos os membros da Grande Aliança, com exceção de nossos círculos mais secretos.

Enquanto isso, a devastação continuava a reinar na costa americana do Atlântico. Um comandante de submarino informou Doenitz de que haveria alvos abundantes para um número de submarinos dez vezes maior. Submergindo para descansar durante o dia, eles usavam sua alta velocidade de superfície, à noite, para escolher as presas mais valiosas. Quase todos os torpedos disparados faziam vítimas e, uma vez gastos os torpedos, os canhões tinham quase a mesma eficácia. As cidades da costa do Atlântico, onde, por algum tempo, a zona portuária e as áreas à beira-mar continuaram a ficar inteiramente iluminadas, ouviam noite após noite os sons da batalha, viam ao largo os navios em chamas que afundavam e resgatavam os sobreviventes e feridos. Havia uma grande revolta contra o governo, que ficou muito mal. Entretanto, é mais fácil enfurecer os americanos do que intimidá-los.

Em Londres, registrávamos esses infortúnios com angústia e tristeza. No dia 10 de fevereiro, sem sermos solicitados, oferecemos à marinha americana 24 de nossas mais bem-equipadas traineiras antissubmarinas e dez corvetas, com suas tripulações treinadas. Elas foram aceitas de bom grado por nosso aliado, e as primeiras chegaram a Nova York no início de março. Era bem pouco, mas era o máximo de que podíamos dispor. "Foi só o que ela deu — tudo o que tinha para dar" [*Lucas 21:2*]. Os comboios costeiros só poderiam começar a operar depois que se montasse uma organização e as escoltas fossem reunidas. No princípio, os navios e aviões de combate disponíveis foram usados apenas para patrulhar as áreas ameaçadas. O inimigo escapava deles com facilidade e ia caçar em outro lugar. A ênfase principal recaiu então na área entre Charleston e Nova York, enquanto submarinos isolados singravam todo o Caribe e o golfo do México com

O paraíso dos submarinos

uma liberdade e uma insolência difíceis de suportar. Os navios afundados somaram quase meio milhão de toneladas, a maioria deles a menos de trezentas milhas da costa americana, e quase metade eram petroleiros. Apenas dois submarinos foram afundados em águas americanas por aviões dos EUA, e a primeira presa de uma embarcação de superfície no litoral americano só foi destruída em 14 de abril, pelo contratorpedeiro americano *Roper*.

Na Europa, o mês de março encerrou-se com a brilhante e heroica façanha de St. Nazaire. Esse era o único lugar em toda a costa do Atlântico em que o *Tirpitz* poderia ser recolhido para reparos, se sofresse alguma avaria. Se fosse possível destruir o dique, um dos maiores do mundo, as incursões do *Tirpitz* no Atlântico, saindo de Trondheim, tornar-se-iam muito mais perigosas, e talvez os alemães julgassem que não valiam a pena. Nossas unidades de assalto ansiavam por esse embate. Ali estava um feito glorioso, de alcance estratégico. Liderada pelo comandante Ryder, da Royal Navy, e com o coronel Newman, do Regimento Essex, uma expedição de contratorpedeiros e navios ligeiros litorâneos zarpou de Falmouth na tarde de 26 de março, levando cerca de 250 comandos. Eles tinham que cruzar quatrocentas milhas de águas constantemente patrulhadas pelo inimigo e mais cinco milhas no estuário do Loire.

O objetivo era destruir os portões da enorme comporta. O *Campbeltown*, um dos cinquenta velhos contratorpedeiros americanos, levando na proa três toneladas de explosivos, avançou para a comporta, sob fogo cerrado e homicida. Ali, sob o comando do capitão de corveta Beattie, foi afundado de propósito e os detonadores de suas principais cargas de demolição preparados para explodir mais tarde. De seu convés, o major Copeland, com um grupo de desembarque, saltou para terra a fim de destruir as máquinas do dique. Os alemães os receberam com uma força esmagadora, tendo início um combate feroz. Todos os componentes do grupo de desembarque, com exceção de cinco, foram mortos ou capturados. O navio do comandante Ryder, embora alvejado por todos os lados, permaneceu miraculosamente à tona durante a fuga para alto-mar, com o que restava de sua tropa, e retornou em segurança. Mas a grande explosão ainda estava por vir. Alguma coisa saíra errado com o detonador. Somente no dia seguinte, quando um grande grupo de oficiais e técnicos alemães inspecionava o naufragado *Campbeltown*, emperrado entre os portões da comporta, foi que o navio explodiu com força devastadora, matando centenas de alemães e inutilizando a imensa comporta pelo resto da guerra. Os alemães trataram com respeito os prisioneiros, quatro dos quais receberam a Victoria Cross, mas infligiram um castigo severo aos valentes franceses que, num impulso arrebatado, acudiram de todos os lados para socorrer o que imaginaram ser a vanguarda da libertação.

Em 1º de abril, foi possível, finalmente, a marinha americana iniciar um sistema parcial de comboios. A princípio, este não pôde consistir em mais do que pequenos percursos diurnos de grupos de navios escoltados entre ancoradouros protegidos, numa extensão de umas 120 milhas. Toda a navegação era paralisada à noite. Todos os dias, mais de 120 navios precisavam de proteção entre a Flórida e Nova York. Os atrasos decorrentes disso foram outro sofrimento. Somente em 14 de maio o primeiro comboio inteiramente organizado zarpou de Hampton Roads para Key West. A partir de então, o sistema estendeu-se rapidamente para o norte, até Nova York e Halifax, e, no fim do mês, completou-se finalmente a corrente ao longo da costa leste, desde Key West até o extremo norte. O alívio foi imediato e as perdas se reduziram.

Ato contínuo, o almirante Doenitz transferiu seu ponto de ataque para o Caribe e o golfo do México, onde ainda não havia comboios em operação. Singrando distâncias mais longas, os submarinos também começaram a aparecer na costa do Brasil e no rio São Lourenço. Somente no fim do ano foi que um sistema completo e interligado de comboios, cobrindo toda essa imensa área, tornou-se plenamente eficaz. Mas o mês de junho assistiu a uma melhora, e os últimos dias de julho podem ser considerados como o término do terrível massacre no litoral americano. Em sete meses, as perdas dos aliados no Atlântico, em virtude apenas dos ataques dos submarinos, somaram mais de três milhões de toneladas, inclusive 181 navios ingleses totalizando 1,13 milhão de toneladas. Menos de um décimo dessas perdas ocorreram nos comboios. Até julho, tudo isso custou ao inimigo não mais de 14 submarinos, afundados nos oceanos Atlântico e Ártico. Dentre eles, apenas seis foram destruídos em águas americanas.

A partir dessa ocasião, recuperamos a iniciativa. Apenas no mês de julho, cinco submarinos foram destruídos na costa do Atlântico, além de mais seis alemães e três italianos em outros locais. Esse total de 14 em um mês, metade deles afundada pelas escoltas dos comboios, nos deu um incentivo. Era o melhor que havíamos conseguido até então. Mas havia um problema: o número de novas embarcações alemãs que entravam em serviço todos os meses continuava a superar as baixas provocadas por nós. Além disso, todas as vezes que começávamos a vencer, o almirante Doenitz mudava a posição de seus submarinos. Podendo brincar nos oceanos, ele sempre conseguia ganhar um breve período de imunidade numa nova área. Em maio, um comboio transatlântico perdeu sete navios a umas setecentas milhas a oeste da Irlanda. Depois disso vieram uma investida perto de Gibraltar e o reaparecimento de submarinos nas imediações de Freetown. Mais uma vez, Hitler veio em nosso socorro, ao insistir em que um grupo de submarinos ficasse a postos para rechaçar qualquer tentativa aliada de ocupar o arquipélago dos Açores ou a ilha da Madeira. Seu raciocínio nesse sentido não era de todo equivocado, mas sua exigência coincidiu com o fim dos bons tempos alemães na costa americana.

O ataque pelos submarinos era nosso maior sofrimento. Os alemães teriam feito bem em arriscar tudo nele. Lembro-me de ouvir meu pai dizer: "Na política, quando você põe a mão numa coisa boa, agarre-se a ela." Esse é também um importante princípio estratégico. Assim como, em 1940, Göring mudara repetidamente seus alvos aéreos na Batalha da Inglaterra, a guerra submarina foi parcialmente enfraquecida, nessa ocasião, em benefício de outros atrativos. Mesmo assim, constituiu um acontecimento terrível, numa época sumamente ruim.

É oportuno, neste ponto, relatar o curso dos acontecimentos em outros lugares e registrar sucintamente o progresso da Batalha do Atlântico até o fim de 1942.

Em agosto, os submarinos voltaram sua atenção para a área próxima de Trinidad e do litoral norte do Brasil, onde os alvos mais atraentes eram os navios que levavam bauxita para os Estados Unidos, para a indústria aeronáutica, e o fluxo de navios que partiam com suprimentos para o Oriente Médio. Outros ficaram em operação perto de Freetown; alguns chegaram a se deslocar para o sul, para o Cabo da Boa Esperança, e outros até mesmo penetraram no oceano Índico. Por algum tempo, o Atlântico sul nos deixou ansiosos. Ali, em setembro e outubro, foram afundados cinco grandes navios de carreira que navegavam independentemente, voltando para casa, mas todos os nossos navios-transporte de tropas que se dirigiam em comboios para o Oriente Médio saíram ilesos. Entre os grandes navios perdidos incluiu-se o *Laconia,* de quase vinte mil toneladas, que levava para a Inglaterra dois mil prisioneiros de guerra italianos. Muitos deles se afogaram.

A batalha principal voltou então a ser travada ao longo das grandes rotas de comboios no Atlântico norte. Os submarinos já haviam aprendido a respeitar o poder dos aviões e, em seus novos ataques, atuavam quase exclusivamente na área central, fora do alcance dos aviões baseados na Islândia e na Terra Nova. Dois comboios foram gravemente atingidos em agosto, um deles perdendo 11 navios, e nesse mês os submarinos afundaram 108 embarcações, num total de mais de meio milhão de toneladas. Em setembro e outubro, os alemães voltaram à prática anterior dos ataques submersos durante o dia. Com o aumento do número dos que então operavam em "alcateias" e com nossos recursos limitados, não nos foi possível impedir sérias perdas nos comboios, de modo que sentimos muito agudamente a falta de um número suficiente de aviões de longo alcance (VLR) no Comando Costeiro. A cobertura aérea ainda não alcançava mais do que aproximadamente seiscentas milhas de nossas bases costeiras e apenas quatrocentas a partir da Terra Nova, o que deixava uma grande área desprotegida no centro do oceano Atlântico, onde as escoltas de superfície não podiam receber nenhuma ajuda do ar. Nesse panorama desalentador, nossos pilotos faziam o melhor possível.

As escoltas navais nunca podiam afastar-se muito dos comboios e romper as densas concentrações nos flancos. Assim, quando as "alcateias" atacavam, elas conseguiam saturar nossa defesa. O único remédio era cercar cada comboio com aviões suficientes para detectar qualquer submarino que estivesse nas imediações, forçando-o a submergir e proporcionando dessa forma uma travessia sem incidentes. Mas nem isso bastava. Tínhamos de procurá-los e atacá-los vigorosamente onde quer que os encontrássemos, tanto por mar quanto por ar. Os aviões, as tripulações aéreas treinadas e o armamento aéreo ainda eram poucos, mas conseguimos dar a partida através da formação de um "grupo de apoio" às forças de superfície.

Fazia muito tempo que essa ideia era defendida, mas faltavam recursos. O primeiro desses grupos de apoio, que depois se tornaram um fator sumamente poderoso na guerra submarina, consistiu em duas chalupas, quatro das novas fragatas recém-saídas dos estaleiros e quatro contratorpedeiros.

O paraíso dos submarinos

Dispondo de tripulações altamente treinadas e experientes e das armas mais modernas, trabalhando independentemente das escoltas dos comboios e sem serem estorvados por outras responsabilidades, esses grupos tinham a tarefa, em cooperação com a força aérea, de localizar, perseguir e destruir. Em 1943, era frequente um avião guiar um grupo de apoio até sua presa, a perseguição de um submarino revelar outros e descobrir-se uma "alcateia".

Também se forneceram aviões para acompanhar os comboios. No fim de 1942, havia seis porta-aviões de escolta em serviço. Muitos acabaram sendo construídos na América, além de outros na Inglaterra, e o primeiro deles, o *Avenger*, zarpou com um comboio para o norte da Rússia em setembro. Em fins de outubro, eles tiveram sua primeira participação eficaz nos comboios da África do Norte. Equipados com aviões Swordfish, cumpriram as missões necessárias — o reconhecimento em profundidade, independentemente das bases terrestres, e a íntima colaboração com as escoltas de superfície. Assim, através de esforços e engenhosidade extremos, começamos a vencer; mas o poder do inimigo também aumentava, de modo que sofremos muitos reveses.

Entre janeiro e outubro de 1942, o número de submarinos mais que duplicou. Havia 196 deles em operação, e nossos comboios do Atlântico norte ficaram sujeitos a ataques maiores e mais violentos do que nunca. Nossas escoltas tiveram de ser reduzidas em favor de nossas grandes operações na África, e, em novembro, nossas perdas marítimas foram as piores de toda a guerra: 117 navios, num total superior a setecentas mil toneladas, destruídos apenas pelos submarinos, e mais cem mil toneladas perdidas por outras causas.

Tão ameaçadoras eram as condições em alto-mar que, em 4 de novembro, formei pessoalmente um novo comitê antissubmarino. Seu poder de tomar decisões de grande alcance desempenhou um papel nada pequeno no conflito. Num grande esforço de estender o alcance de nossos aviões Liberator, providos de radar, decidimos retirá-los de operação até que se fizessem os aperfeiçoamentos necessários. A meu pedido, o presidente enviou os aviões americanos adequados, equipados com o tipo mais moderno de radar, para que operassem a partir da Inglaterra. Em pouco tempo, pudemos retomar as operações na baía de Biscaia com maior força e equipamentos muito melhores. Tudo isso seria recompensado em 1943.

53
*Vitórias navais americanas: mar de Coral e Midway**

Houve então no Pacífico alguns acontecimentos de impacto, que afetaram todo o curso da guerra. No fim de março, a primeira fase do plano de guerra japonês havia alcançado tão completo êxito que surpreendeu até mesmo seus autores. O Japão dominava Hong Kong, o Sião, a Malásia e quase toda a imensa região insular que compõe as Índias Orientais Holandesas. Tropas japonesas penetravam a fundo na Birmânia. Nas Filipinas, os americanos ainda lutavam em Corregidor, mas sem esperança de ajuda.

A exultação japonesa estava no auge. O orgulho por seus triunfos militares e a confiança em sua liderança eram fortalecidos pela convicção de que as nações ocidentais não estavam dispostas a lutar à morte. Os exércitos imperiais já se postavam em fronteiras cuidadosamente escolhidas em seus planos do pré-guerra como sendo o limite prudente de seu avanço. Dentro dessa imensa área, que abrangia recursos e riquezas incomensuráveis, eles podiam consolidar suas conquistas e desenvolver seu recém-conquistado poderio. Seu projeto recomendava uma pausa nesse estágio, para recuperar o fôlego, resistir a um contra-ataque americano ou organizar uma nova ofensiva. Mas, a essa altura, na excitação da vitória, pareceu aos líderes japoneses que o cumprimento de seu destino havia chegado. Eles não deviam desmerecê-lo. Essas ideias brotaram não apenas das tentações naturais a que o sucesso estonteante expõe os mortais, mas de um sisudo raciocínio militar. Determinar se era mais sensato organizar minuciosamente seu novo perímetro ou continuar avançando, a fim de conquistar mais espaço para sua defesa, pareceu-lhes um problema estratégico de peso.

Tóquio adotou a linha mais ambiciosa. Decidiu aumentar o avanço, incluindo as Aleutas Ocidentais, a ilha de Midway, Samoa, Fiji, Nova Caledônia e Port Moresby, no sul da Nova Guiné [*mapa*]. Essa expansão ameaçaria Pearl Harbor, ainda a principal base americana. Assegurada, cortaria

---

* *Coral Sea, Midway and Submarine Actions*, comandante S.E. Morison, Marinha dos EUA.

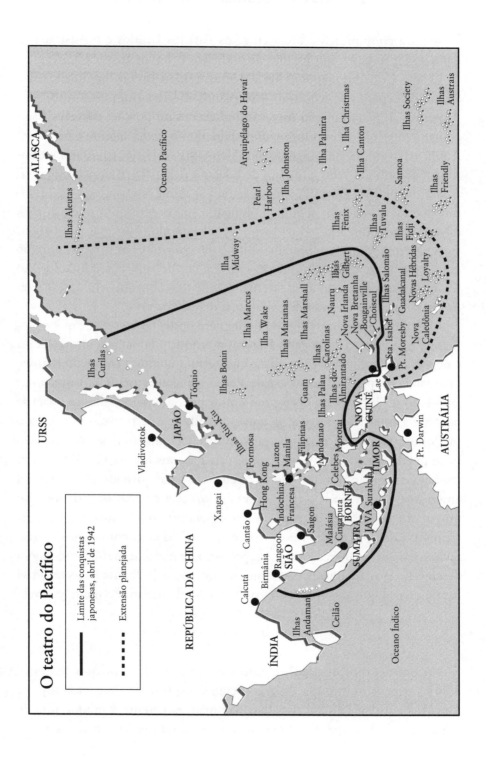

também a comunicação direta entre os Estados Unidos e a Austrália. E daria ao Japão bases apropriadas de onde lançar novos ataques.

O Alto Comando japonês havia demonstrado extrema habilidade e ousadia no preparo e execução de seus planos. Entretanto, pecou num fundamento, ao não avaliar as forças mundiais em proporções corretas. Esses comandantes militares nunca compreenderam o poder latente americano. Ainda achavam, nesse estágio, que a Alemanha de Hitler triunfaria na Europa. Sentiam nas veias o ímpeto de liderar a Ásia para conquistas imensas e para sua própria glória. Assim, deixaram-se atrair por um jogo que, mesmo que fosse vencido, apenas prolongaria seu predomínio por um ano, talvez, e, perdido, iria reduzi-lo por igual período. No final das contas, trocaram uma vantagem bastante sólida, sob controle, por uma dominação ampla e frouxa, cuja manutenção estava além de suas possibilidades. Ao serem derrotados nessa área externa, eles se descobriram sem forças para montar em sua zona interna e vital uma defesa coerente.

Mas, nesse momento da guerra, ninguém podia ter certeza de que a Alemanha não viesse a subjugar a Rússia ou empurrá-la para além dos Urais, e depois pudesse voltar e invadir a Inglaterra, ou então, como alternativa, disseminar-se pelo Cáucaso e pela Pérsia até dar as mãos às vanguardas japonesas na Índia. Para corrigir as coisas para a Grande Aliança, fazia-se necessária uma vitória naval decisiva dos EUA, que trouxesse consigo o predomínio no Pacífico, ainda que o controle completo desse oceano não fosse imediatamente tomado. Essa vitória não nos foi negada. Eu sempre confiara em que o domínio do Pacífico seria reconquistado pela marinha americana, com a ajuda que pudéssemos fornecer a partir do Atlântico ou no Atlântico, no mês de maio. Essas esperanças baseavam-se apenas na estimativa da nova construção americana e inglesa de encouraçados, porta-aviões e outras embarcações, já em processo de maturação. Podemos agora descrever, de maneira necessariamente sucinta, a brilhante e assombrosa batalha naval que afirmou esse fato majestoso de um modo incontestável.

No fim de abril de 1942, o Alto Comando japonês iniciou sua nova política expansionista. Ela deveria incluir a captura de Port Moresby e a tomada de Tulagi, no sul das ilhas Salomão, em frente à grande ilha de Guadalcanal. A ocupação de Port Moresby concluiria a primeira etapa de

Vitórias navais americanas: mar de Coral e Midway

sua dominação da Nova Guiné e daria maior segurança à sua base naval avançada de Rabaul, na Nova Bretanha. Da Nova Guiné e das ilhas Salomão, os japoneses poderiam começar a cercar a Austrália.

O sistema de inteligência americano logo tomou conhecimento de uma concentração japonesa nessas águas. Observou-se que havia tropas reunindo-se em Rabaul, provenientes de sua principal base naval, em Truk, nas ilhas Carolinas, e que um avanço para o sul era iminente. Pôde-se até prever o dia 3 de maio como sendo a data em que teriam início as operações. Os porta-aviões americanos, nessa ocasião, estavam largamente dispersos, no cumprimento de diversas missões. Dentre estas, o lançamento do arrojado e espetacular ataque aéreo do general Doolittle contra a própria cidade de Tóquio, em 18 de abril. A rigor, é até possível que isso tenha constituído um fator determinante da nova política japonesa.

Consciente da ameaça no sul, o almirante Nimitz começou prontamente a reunir a maior esquadra possível no mar de Coral. O contra-almirante Fletcher já lá estava com o porta-aviões *Yorktown* e três cruzadores pesados. Em 1º de maio, juntaram-se a ele o porta-aviões *Lexington* e mais dois cruzadores vindos de Pearl Harbor, sob o comando do contra-almirante Fitch. Três dias depois, chegou uma esquadra comandada por um oficial inglês, o contra-almirante Crace, composta dos cruzadores australianos *Australia* e *Hobart* e do cruzador americano *Chicago*. Os únicos outros porta-aviões imediatamente disponíveis, *Enterprise* e *Hornet,* haviam participado do ataque a Tóquio e, embora fossem despachados para o sul com toda a velocidade, só puderam juntar-se ao almirante Fletcher em meados de maio. Antes disso, a batalha iminente já fora travada.

Em 3 de maio, enquanto reabastecia no mar, umas quatrocentas milhas ao sul de Guadalcanal, o almirante Fletcher soube que o inimigo havia desembarcado em Tulagi, aparentemente com o propósito imediato de ali estabelecer uma base aeronaval de onde vigiaria os acessos orientais ao mar de Coral. Em vista da evidente ameaça a esse posto avançado, a pequena guarnição australiana fora retirada dois dias antes. Fletcher partiu imediatamente para atacar a ilha, contando apenas com sua própria força-tarefa; o grupo de Fitch ainda estava reabastecendo. Nas primeiras horas da manhã seguinte, os aviões do *Yorktown* atacaram Tulagi intensamente. As forças de apoio inimigas, no entanto, haviam-se retirado, restando apenas alguns contratorpedeiros e pequenas embarcações. O resultado, portanto, foi decepcionante.

Os dois dias subsequentes transcorreram sem incidentes importantes, mas era óbvio que um grande choque não poderia tardar. Os três grupos de Fletcher, depois de reabastecer, estavam todos concentrados a noroeste, em direção à Nova Guiné. O almirante sabia que a força de invasão de Port Moresby saíra de Rabaul e, provavelmente, atravessaria o estreito de Jomard, no arquipélago Louisiade, no dia 7 ou 8. Ele também sabia que havia três porta-aviões inimigos nas proximidades, mas não conhecia suas posições. A força de ataque japonesa, compreendendo os porta-aviões *Zuikaku* e *Shokaku*, com o apoio de dois cruzadores pesados, viera de Truk para o sul, mantendo-se a leste das ilhas Salomão, bem longe do alcance dos aviões de reconhecimento, e entrara pelo leste no mar de Coral na noite de 5 de maio. No dia 6, ela se aproximava rapidamente de Fletcher e, em certo momento da noite, ficou a apenas setenta milhas de distância. Mas nenhum dos lados percebeu a presença do outro. Durante a madrugada, as forças se afastaram e, na manhã do dia 7, Fletcher chegou à sua posição ao sul das Louisiades, de onde tencionava atacar a força invasora. Nesse momento, ele destacou o grupo de Crace para seguir em frente e cobrir

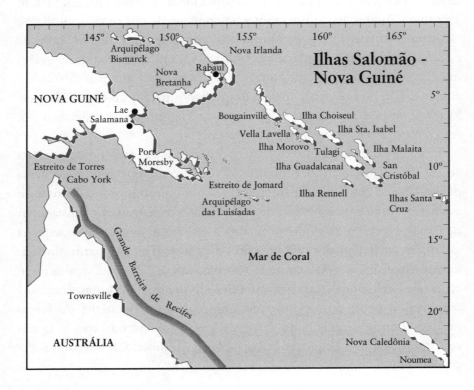

a saída sul do estreito de Jomard, onde o inimigo era esperado nesse dia. Crace foi prontamente localizado e, durante a tarde, duramente atacado por levas sucessivas de aviões torpedeiros das bases costeiras, com uma força comparável à dos que haviam afundado o *Prince of Wales* e o *Repulse*. Mediante manobras habilidosas e um bocado de sorte, nenhum dos navios foi atingido. Crace continuou em direção a Port Moresby, até que, ao saber que o inimigo invertera o rumo, retirou-se para o sul.

Enquanto isso, os porta-aviões inimigos, dos quais o almirante Fletcher ainda não tinha notícias precisas, continuaram a ser sua preocupação principal. Ao alvorecer, ele deu início a uma ampla busca e, às 8h15, foi recompensado pela localização de dois porta-aviões e quatro cruzadores ao norte das Louisiades. Na verdade, o inimigo avistado não era o grupo de caça e destruição centrado nos porta-aviões, mas uma pequena cobertura para os transportes da tropa de invasão, que incluía o porta-aviões ligeiro *Shoho*. Mesmo assim, Fletcher atacou com toda a sua força e, três horas depois, o *Shoho* foi posto a pique. Esse episódio privou a força invasora de sua cobertura aérea e a fez retornar. Assim, os navios-transporte destinados a Port Moresby nunca entraram no estreito de Jomard e permaneceram ao norte das Louisiades, até receberem ordens finais de retirada.

Com isso, a localização de Fletcher tornou-se conhecida do inimigo e ele ficou em sérios apuros. Um ataque inimigo era esperado a qualquer momento, e sua própria força de ataque só estaria rearmada e pronta para novos combates à tarde. Para sorte dele, o tempo estava ruim e piorando, e o inimigo não tinha radar. Na verdade, a força de porta-aviões japonesa a leste estava bem dentro da distância de ataque. Eles desferiram um ataque durante a tarde, mas, com as fortes rajadas de vento e a neblina espessa, os aviões erraram o alvo. Voltando de mãos vazias para seus porta-aviões, passaram perto da esquadra de Fletcher e foram detectados na tela do radar. Os caças foram despachados para interceptá-los e, numa confusa batalha em meio à noite que caía, muitos aviões japoneses foram destruídos. Poucos dos 27 bombardeiros que haviam decolado retornaram aos seus navios para participar da batalha do dia seguinte.

Sabendo quão próximos estavam, os dois lados consideraram um ataque noturno com forças de superfície e o julgaram arriscado demais. Durante a

648   Memórias da Segunda Guerra Mundial

madrugada, tornaram a se distanciar e, na manhã do dia 8, a sorte do tempo havia virado. A essa altura, eram os japoneses que contavam com a proteção das nuvens baixas, enquanto os navios de Fletcher estavam banhados pela brilhante luz do sol. Recomeçou o jogo de esconde-esconde. Às 8h38, um avião de reconhecimento do *Lexington* finalmente localizou o inimigo e, mais ou menos na mesma hora, uma transmissão interceptada deixou claro que o inimigo também avistara os porta-aviões americanos. Uma batalha em grande escala entre duas forças iguais e equilibradas estava para acontecer.

Antes das nove horas, levantou voo uma esquadrilha de ataque americana, composta de 82 aviões, e às 9h25 todos já estavam a caminho. Mais ou menos na mesma hora, o inimigo lançava um ataque similar com 69 aeronaves. O ataque americano ocorreu por volta das 11 horas, e o japonês, uns vinte minutos depois. Às 11h40, estava tudo acabado. Os aviões americanos tiveram dificuldades com as nuvens baixas que encobriam o alvo. Quando o descobriram, um dos porta-aviões inimigos correu para se proteger sob uma nuvem de chuva, e o ataque inteiro foi desfechado contra o outro, o *Shokaku*. Três bombas o atingiram e o navio pegou fogo, mas as avarias foram menores do que pareceram. Embora ficasse temporariamente fora de combate, o *Shokaku* conseguiu chegar em casa para reparos. O *Zuikaku* continuou ileso.

Enquanto isso, com o tempo claro, o ataque japonês foi desferido contra o *Yorktown* e o *Lexington*. Através de manobras sumamente habilidosas, o *Yorktown* esquivou-se de quase todos os ataques, mas muitas bombas caíram perto. O impacto de uma bomba causou sérias baixas e deu início a um incêndio. Este logo foi controlado, e a eficiência de combate do navio sofreu poucos prejuízos. O *Lexington,* menos maneável, não teve a mesma sorte, sendo atingido por dois torpedos e duas ou três bombas. No fim do engajamento, estava tomado pelas chamas, adernado para bombordo e com três das praças de caldeiras alagadas. Mediante esforços corajosos, o incêndio foi controlado, o adernamento corrigido e, em pouco tempo, o porta-aviões fazia 25 nós. As perdas de aviões de ambos os lados nesse combate feroz, o primeiro da história entre porta-aviões, foram avaliadas depois da guerra: americanos, 33; japoneses, 43.

☆

Se os acontecimentos no mar de Coral se houvessem encerrado nesse ponto, a balança teria pendido claramente a favor dos americanos. Eles

Vitórias navais americanas: mar de Coral e Midway

haviam afundado o porta-aviões ligeiro *Shoho,* avariado seriamente o *Shokaku* e repelido a tropa de invasão destinada a Port Moresby. Seus dois porta-aviões pareciam estar em boas condições e suas únicas perdas, até aquele momento, eram um navio-tanque da esquadra e o destróier que o escoltava, ambos postos a pique na véspera pelos porta-aviões japoneses. Mas então sobreveio um desastre. Uma hora depois de encerrada a batalha, o *Lexington* foi fortemente sacudido por uma explosão interna. Irromperam incêndios cobertas abaixo, que se espalharam fora de controle. Os valentes esforços para salvar o navio revelaram-se inúteis e, naquela noite, ele foi abandonado, sem maiores perdas humanas, e posto a pique por um torpedo americano. Os dois lados retiraram-se então do mar de Coral, ambos cantando vitória. A propaganda japonesa, em linguagem espalhafatosa, declarou que não apenas os dois porta-aviões do almirante Fletcher, mas também um encouraçado e um cruzador pesado, tinham sido afundados. Seus próprios atos depois da batalha foram incompatíveis com essa crença. Eles adiaram até julho o avanço em direção a Port Moresby, embora o caminho lhes estivesse aberto. Mas, àquela altura, todo o panorama se havia modificado. O ataque foi abandonado em favor de uma ofensiva terrestre a partir das bases que eles já haviam conquistado na Nova Guiné. Esses dias marcaram o limite do avanço marítimo japonês em direção à Austrália.

Do lado americano, a necessidade maior era preservar os grupos de porta-aviões. O almirante Nimitz tinha plena consciência de que maiores acontecimentos estavam por vir mais ao norte e exigiriam toda a sua força. Contentou-se em deter momentaneamente a ofensiva japonesa no mar de Coral e reconvocou de imediato a Pearl Harbor todos os seus porta-aviões, inclusive o *Enterprise* e o *Hornet,* que então se apressavam para se juntar a Fletcher. A perda do *Lexington* também foi sabiamente ocultada até depois da batalha da ilha de Midway, já que, obviamente, os japoneses não tinham certeza do verdadeiro estado de coisas e estavam em busca de informações.

Esse combate teve um efeito desproporcional a sua importância tática. Estrategicamente, foi uma bem-vinda vitória americana, a primeira contra o Japão. Nada se vira assim até aquele momento: a primeira batalha naval em que os navios não deram um único tiro. Foi também algo que elevou as chances e os riscos da guerra a um novo patamar. A notícia correu mundo com um efeito revigorante, levando um imenso alívio e estímulo à Austrália e à Nova Zelândia, bem como aos Estados Unidos. As lições táticas, duramente aprendidas ali, logo foram aplicadas com extraordinário sucesso na batalha da ilha de Midway, cujos movimentos iniciais estavam prestes a começar.

O avanço sobre o mar de Coral era apenas a fase inicial da política japonesa, mais ambiciosa. No momento mesmo em que ele progredia, Yamamoto, o almirantíssimo japonês, preparava-se para desafiar o poderio americano no Pacífico Central, tomando a ilha de Midway e sua base aérea, de onde a própria Pearl Harbor, situada outras mil milhas a leste, poderia ser ameaçada e, talvez, dominada. Ao mesmo tempo, uma esquadra deveria conquistar posições vantajosas nas Aleutas Ocidentais. Planejando cuidadosamente o momento de suas ações, Yamamoto esperava atrair a esquadra americana para o norte, para combater a ameaça às Aleutas e deixá-lo livre para lançar sua força principal contra a ilha de Midway. Quando os americanos conseguissem intervir ali com vigor, ele esperava estar de posse da ilha e pronto para enfrentar o contra-ataque com uma força esmagadora. Tamanha era a importância de Midway para os Estados Unidos, como posto avançado de Pearl Harbor, que esses movimentos acarretariam inevitavelmente um grande combate. Yamamoto confiava em que conseguiria impor uma batalha decisiva em seus próprios termos e em que, com sua grande superioridade, particularmente em matéria de encouraçados velozes, teria grande possibilidade de aniquilar seu inimigo. Foi esse o plano geral que ele transmitiu a seu subordinado, o almirante Nagumo. Tudo dependia, no entanto, de que o almirante Nimitz caísse na armadilha, e de que o próprio Yamamoto não tivesse uma surpresa inversa.

Mas o comandante americano era atento e ativo. Seu sistema de inteligência o mantinha bem-informado, inclusive quanto à data em que deveria desferir-se o golpe esperado. Embora o plano contra Midway pudesse ser um disfarce para encobrir um verdadeiro ataque à cadeia de ilhas das Aleutas e um avanço em direção ao continente americano, Midway era, sem termos de comparação, o perigo mais sério e provável, e ele não hesitou por um momento em dispor suas forças nessa direção. Sua preocupação principal era que seus porta-aviões, na melhor das hipóteses, seriam mais fracos do que os quatro de Nagumo, que haviam lutado com estrondoso sucesso desde Pearl Harbor até o Ceilão. Dois outros desse grupo tinham sido desviados para o mar de Coral e um deles fora avariado; mas Nimitz, por sua

Vitórias navais americanas: mar de Coral e Midway

vez, perdera o *Lexington*, tinha o *Yorktown* avariado, o *Saratoga* ainda longe dele, depois de causar bastante prejuízo em combate, e o *Wasp* ainda nas proximidades do Mediterrâneo, onde fora prestar socorro a Malta. Apenas o *Enterprise* e o *Hornet*, voltando às pressas do Pacífico Sul, e o *Yorktown*, se pudesse ser reparado a tempo, poderiam estar a postos para a batalha vislumbrada. O almirante Nimitz não tinha nenhum encouraçado a uma distância menor do que de São Francisco, e eles eram lentos demais para operar com os porta-aviões; Yamamoto dispunha de 11, três deles classificados entre os mais fortes e velozes do mundo. Era grande a desvantagem dos americanos, mas, a essa altura, Nimitz podia contar com um poderoso apoio aéreo costeiro da própria ilha de Midway.

Na última semana de maio, a esquadra principal japonesa começou a suspender de suas bases. O primeiro grupo a partir foi a força diversionária das Aleutas, que deveria atacar Dutch Harbor em 3 de junho e atrair a esquadra americana para aquela direção. Em seguida, tropas de desembarque deveriam tomar as ilhas de Attu, Kiska e Adak, mais a oeste. Nagumo e seu grupo de quatro porta-aviões atacariam Midway no dia seguinte e, em 5 de junho, as tropas de desembarque chegariam e tomariam a ilha. Nenhuma oposição séria era esperada. Enquanto isso, Yamamoto e sua esquadra ficariam bem para trás, a oeste, fora do raio de ação da patrulha aérea, prontos para atacar quando surgisse o esperado contra-ataque americano.

Esse foi o segundo momento supremo para Pearl Harbor. Os porta-aviões *Enterprise* e *Hornet* chegaram do sul em 26 de maio. O *Yorktown* apareceu no dia seguinte, com avarias cujo prazo de reparo era estimado em três meses; porém, mediante uma decisão à altura da crise, foi posto em condições de combate em 48 horas e rearmado com um novo grupamento aéreo. Tornou a suspender no dia 30, para ir ao encontro do almirante Spruance, que partira dois dias antes com os outros dois porta-aviões. O almirante Fletcher continuou no comando tático da força conjunta. Em Midway, o aeródromo estava coalhado de bombardeiros, e as forças de defesa terrestre da ilha encontravam-se em prontidão rigorosa. Como era imperativo que houvesse informações rápidas sobre a aproximação do inimigo, o reconhecimento aéreo contínuo teve início em 30 de maio. Os submarinos americanos ficaram em patrulha a oeste e ao norte de Midway. Quatro dias se passaram em agudo suspense. Às nove horas de 3 de junho, um hidroavião Catalina que fazia o patrulhamento mais de setecentas milhas a oeste de Midway avistou um grupo de 11 navios inimigos. Os ataques subsequentes de aviões bombardeiros e lança-torpedos não tiveram sucesso, exceto por um torpedo que atingiu um petroleiro, mas a batalha estava iniciada. Todas as incertezas sobre as intenções do inimigo desapareceram. O almirante Fletcher, através de suas fontes no sistema de inteligência, tinha boas razões para crer que os porta-aviões inimigos se aproximariam de Midway pelo noroeste e não se deixou enganar pelas informações recebidas sobre o primeiro grupo avistado, que, acertadamente, ele julgou ser apenas um grupo de navios-transporte. Guinou seus porta-aviões para a posição que havia escolhido, cerca de duzentas milhas ao norte de Midway, para que eles chegassem lá no amanhecer do dia 4, prontos para atacar os flancos de Nagumo, se e quando ele aparecesse.

O 4 de junho amanheceu claro e luminoso e, às 5h34, uma patrulha de Midway finalmente transmitiu o esperado sinal da aproximação dos porta-aviões japoneses. Os comunicados começaram a chegar, numerosos e rápidos. Avistaram-se muitos aviões rumando para Midway e localizaram-se encouraçados que davam apoio aos porta-aviões. O ataque japonês foi desfechado, com força e intensidade, às seis e meia. Deparou com uma resistência feroz, e é provável que um terço dos atacantes nunca tenha voltado. Muitos estragos foram causados e houve muitas baixas, mas o aeródromo continuou a operar. Tinha havido tempo para lançar um contra-ataque contra a esquadra de Nagumo. Sua esmagadora superioridade de caças exigiu um tributo pesado, e os resultados desse ataque destemido, no qual se haviam depositado muitas esperanças, foram desalentadores. No entanto, a desorientação causada pela destruição havida parece ter perturbado o julgamento do comandante japonês, que também foi informado por seus pilotos de que seria necessário um segundo ataque a Midway. Nagumo conservara a bordo um número suficiente de aviões para lidar com qualquer porta-aviões americano que aparecesse, mas não esperava nenhum. Sua busca foi insuficiente e, a princípio, infrutífera. Então, ele decidiu desfazer as formações que se haviam mantido em alerta para esse fim e reconfigurá-las para outro ataque a Midway. De qualquer modo, era preciso liberar os conveses de voo para o recolhimento das aeronaves que voltavam do primeiro ataque. Essa decisão o expôs a um perigo mortal. Embora Nagumo fosse posteriormente informado de que havia uma força americana a leste, que incluía um porta-aviões, era tarde demais. Ele estava condenado a receber o impacto total do

Vitórias navais americanas: mar de Coral e Midway

ataque americano, com seus conveses de voo obstruídos por bombardeiros inúteis, em processo de reabastecimento e remuniciamento.

Graças a seu sereno julgamento anterior, os almirantes Fletcher e Spruance estavam bem-posicionados para intervir nesse momento crucial. Haviam interceptado as notícias que chegavam no início da manhã e, às sete horas, o *Enterprise* e o *Hornet* desferiram um ataque com todos os aviões de que dispunham, exceto os necessários à sua própria defesa. O *Yorktown*, cujos aviões haviam feito o reconhecimento matutino, atrasou-se a esperá-los, mas sua força de ataque estava em voo logo depois das nove horas, quando as primeiras levas dos outros dois porta-aviões aproximaram-se de sua presa. O tempo estava nublado nas proximidades do inimigo e, a princípio, os bombardeiros de mergulho não conseguiram localizar seu alvo. O grupo do *Hornet*, sem saber que o inimigo fizera meia-volta para se afastar, não conseguiu encontrá-lo e não participou da batalha. Graças a esse contratempo, os primeiros ataques foram feitos apenas por aviões torpedeiros dos três porta-aviões e, apesar de desferidos com feroz destemor, não tiveram êxito diante da oposição esmagadora. Dos 41 torpedeiros que atacaram, voltaram apenas seis. Mas sua dedicação foi recompensada. Enquanto todos os olhares japoneses e todos os caças disponíveis voltavam-se para eles, os 37 bombardeiros de mergulho do *Enterprise* e do *Yorktown* entraram em cena. Quase sem encontrar resistência, suas bombas caíram com estrondo sobre a nau capitânia de Nagumo, o *Akagi*, e sobre o porta-aviões gêmeo *Kaga*, enquanto, aproximadamente na mesma hora, outra leva de 17 bombardeiros do *Yorktown* atingia o *Soryu*. Em poucos minutos, os conveses das três embarcações estavam em frangalhos, coalhados de aviões em chamas e explodindo. Irromperam incêndios tremendos cobertas abaixo e logo ficou claro que os três porta-aviões estavam condenados. Só restou ao almirante Nagumo transferir seu pavilhão para um cruzador e ver três quartos de sua bela esquadra consumidos pelo fogo.

Passava de meio-dia quando os americanos recolheram seus aviões. Haviam perdido mais de sessenta, porém era grande o prêmio conquistado. Dos porta-aviões inimigos, restara apenas o *Hiryu*, que resolveu de imediato desfechar um ataque em nome da bandeira do Sol Nascente. Quando os pilotos americanos contavam suas histórias a bordo do *Yorktown*, depois de retornarem, chegou a notícia da aproximação de um ataque. O inimigo, que, segundo as informações, teria cerca de quarenta aviões, desferiu-o com vigor e, apesar de ser duramente combatido pelos caças e pelo fogo antiaéreo, conseguiu acertar três bombas no *Yorktown*. Seriamente avariado, mas com os incêndios sob controle, ele continuou na luta, até que, duas horas depois, o *Hiryu* voltou a atacar, dessa vez com torpedos. Esse ataque acabou por se revelar fatal. Embora o porta-aviões permanecesse à tona por dois dias, foi posto a pique por um submarino japonês.

O *Yorktown* foi vingado ainda à tona. O *Hiryu* foi localizado às 14h45 e, em menos de uma hora, 24 bombardeiros de mergulho do *Enterprise* voaram em sua direção. Às 17 horas, atacaram e, em minutos, o *Hiryu* era um escombro em chamas, embora só fosse a pique de manhã. O último dos quatro porta-aviões da esquadra de Nagumo estava destruído e, juntamente com eles, perderam-se todas as suas tripulações altamente treinadas. Elas nunca poderiam ser substituídas. Assim terminou a batalha de 4 de junho, justificadamente considerada o ponto de inflexão da guerra no Pacífico.

Os vitoriosos comandantes americanos tinham outros perigos a enfrentar. O almirantíssimo japonês, com sua impressionante esquadra de guerra, ainda poderia investir contra Midway. As esquadrilhas aéreas americanas haviam sofrido baixas bastante grandes, e não havia navios pesados capazes de combater Yamamoto com sucesso, se ele decidisse continuar avançando. O almirante Spruance, que a essa altura assumira o comando da esquadra, optou por não insistir numa perseguição rumo a oeste, na impossibilidade de saber qual seria a força do inimigo e sem contar com um apoio vigoroso para seus porta-aviões. Nessa decisão, esteve incontestavelmente certo. O gesto do almirante Yamamoto, que não procurou inverter a sua sorte, é mais difícil de compreender. Ele ainda resolveu insistir e ordenou que quatro de seus mais potentes cruzadores bombardeassem Midway nas primeiras horas de 5 de junho. Ao mesmo tempo, outra poderosa força japonesa avançava para nordeste, e se Spruance houvesse optado por perseguir os remanescentes do grupo de Nagumo, poderia ter sido apanhado num desastroso combate noturno. Durante a madrugada, porém, o comandante japonês mudou de ideia ab-ruptamente e, às 2h55 de 5 de junho, ordenou uma retirada geral. Suas razões não são nada claras, mas é evidente que a derrota inesperada e a esmagadora perda de seus preciosos porta-aviões o haviam afetado profundamente. E outro desastre o atingiria. Dois dos cruzadores pesados que seguiam para bombardear Midway colidiram entre si, ao tentar evitar o ataque de um submarino americano. Ambos foram seriamente avariados e ficaram para trás quando começou a debandada geral. Em 6 de junho, esses navios foram atacados pelos pilotos de Spruance, que puseram um deles a pique e deixaram o outro aparentemente impossibilitado de manobrar. Esse navio muito avariado, o *Mogami*, acabou conseguindo voltar para casa.

Depois de tomarem as pequenas ilhas de Attu e Kiska, no grupo ocidental das Aleutas, os japoneses se foram, silenciosamente como chegaram.

Refletir sobre a liderança japonesa é instrutivo neste momento. Por duas vezes num só mês, sua força aeronaval havia entrado em combate, com habilidade e determinação agressivas. Em cada uma das vezes em que sua força aérea foi duramente recebida, eles abandonaram seu objetivo, muito embora, em todas elas, este parecesse estar ao seu alcance. Os homens de Midway, almirantes Yamamoto, Nagumo e Kondo, eram os que haviam planejado e executado as intrépidas e impressionantes operações que, no espaço de quatro meses, destruíram as esquadras aliadas no Extremo Oriente e expulsaram a esquadra oriental inglesa do oceano Índico. Yamamoto recuou em Midway porque, como demonstrou todo o curso da guerra, uma esquadra sem cobertura aérea e a várias milhas de sua base não podia correr o risco de permanecer ao alcance de uma força centrada em porta-aviões, cujos grupamentos aéreos estavam em boa parte intactos. Ele ordenou que o grupo de navios-transporte recuasse, porque seria praticamente um suicídio invadir, sem apoio aéreo, uma ilha defendida por forças aéreas e tão pequena em termos físicos que a surpresa seria impossível.

Considera-se que a rigidez do planejamento japonês e sua tendência a abandonar o objetivo, quando seus planos não saíam de acordo com o previsto, deveram-se à natureza complexa e imprecisa de sua língua, que tornava extremamente difícil improvisar através de comunicações rádio.

Outra lição se destaca. O sistema de inteligência americano conseguiu desvendar os segredos mais bem-guardados do inimigo muito antes dos acontecimentos. Assim, o almirante Nimitz, apesar de mais fraco, teve duas vezes mais capacidade de concentrar as forças de que dispunha, com poderio suficiente, na hora e lugar certos. Quando chegou o momento, isso foi decisivo. Patenteiam-se aqui a importância do sigilo e as consequências do vazamento de informações na guerra.

Essa memorável vitória americana foi da maior importância não só para os Estados Unidos, mas para toda a causa dos aliados. O efeito moral foi tremendo e instantâneo. De uma só vez, a posição dominante do Japão no Pacífico inverteu-se. A odiosa ascendência do inimigo, que havia frustrado nossos esforços conjuntos em todo o Extremo Oriente por seis meses, estava acabada para sempre. A partir desse momento, todos os nossos pensamentos voltaram-se com sóbria confiança para a ofensiva. Já não pensávamos em termos de onde os japoneses poderiam desferir o próximo golpe, mas de onde melhor poderíamos atacá-los para reconquistar os vastos territórios que eles haviam dominado em seu avanço impetuoso. O caminho seria longo e difícil e ainda havia necessidade de muita preparação para conquistar a vitória no Oriente, mas o resultado estava fora de dúvida, e as exigências do Pacífico tampouco iriam influenciar demais o grande esforço que os Estados Unidos se preparavam para exercer na Europa.

Os anais da guerra naval não apresentam embate mais intenso e assustador do que essas duas batalhas, em que as qualidades da marinha e da aviação, bem como da raça americana, brilharam com esplendor. As condições inéditas e até então absolutamente ilimitadas que a guerra aérea havia criado tornavam a rapidez de ação e as guinadas da sorte mais intensas do que jamais se vira antes. Mas a bravura e a dedicação dos pilotos e marinheiros americanos, bem como o sangue-frio e a habilidade de seus comandantes, foram a base de tudo. Quando a esquadra japonesa recuou para seus longínquos portos nacionais, os comandantes sabiam não apenas que seu poderio em matéria de porta-aviões estava irreversivelmente quebrado, mas também que estavam diante de uma força de vontade e uma paixão, no inimigo a quem haviam desafiado, equiparáveis às mais altas tradições de seus ancestrais samurais e apoiadas num desenvolvimento do poder, da quantidade numérica e da ciência para o qual não havia limite.

54
"Segunda frente já!"

Em 8 de abril, Hopkins e o general Marshall chegaram a Londres, trazendo um memorando preparado pela Junta de Chefes de Estado-Maior dos Estados Unidos e aprovado pelo presidente. A importância do texto justifica sua publicação na íntegra. (*Meus destaques gráficos são posteriores.*)

OPERAÇÕES NA EUROPA OCIDENTAL

Abril de 1942

A Europa ocidental é escolhida como o teatro principal de operações onde deve ser efetuada a primeira grande ofensiva dos Estados Unidos e da Inglaterra. Somente ali poderiam desenvolver-se plenamente seus recursos terrestres e aéreos conjuntos e dar-se o máximo apoio à Rússia.

A decisão de lançar essa ofensiva deve ser tomada de imediato, em vista dos imensos preparativos necessários em muitos sentidos. Até que seja possível lançá-la, o inimigo no Ocidente deverá ser fixado e mantido na incerteza, através de estratagemas e incursões. Estas devem fornecer também informações úteis e propiciar um treinamento valioso.

As forças conjuntas de invasão deverão consistir em 48 divisões (inclusive nove blindadas), nas quais a participação inglesa será de 18 divisões (inclusive três blindadas). A força aérea de apoio exigida importará em 5.800 aviões de combate, dos quais 2.550 ingleses.

A velocidade é a essência do problema. Os principais fatores restritivos são a escassez de lanchões de desembarque para o assalto e a de navios para transportar as tropas necessárias da América para a Inglaterra. *Sem afetar compromissos essenciais em outros teatros de guerra, essas tropas poderão ser transportadas até 1º de abril de 1943, mas somente se 60% do transporte for efetuado por navios não pertencentes aos EUA.* Se a movimentação depender apenas do transporte americano, a data do ataque deve ser adiada para o fim do verão de 1943.

Serão necessárias cerca de sete mil barcaças de desembarque, e os atuais programas de construção devem ser enormemente acelerados para atingirmos essa cifra. Em paralelo, o trabalho preparatório para acolher e operar os grandes contingentes terrestres e aéreos dos EUA deve ser acelerado.

O ataque deverá ser executado em praias selecionadas entre Havre e Boulogne, e levado a efeito por uma primeira leva de pelo menos seis divisões, suplementada por tropa aerotransportada. Ele teria que ser alimentado à razão de pelo menos cem mil homens por semana. Uma vez asseguradas as cabeças de praia, as forças blindadas se deslocariam rapidamente para tomar a linha do Oise-St. Quentin. Depois disso, o objetivo seguinte seria Antuérpia.

Uma vez que é impossível montar uma invasão nessa escala antes de 1º de abril de 1943, no mínimo, é preciso preparar e manter atualizado um plano de ação imediata por parte das forças que estiverem disponíveis de tempos em tempos. Talvez isso tenha de ser posto em prática como uma medida de emergência, seja (a) para tirar proveito de uma súbita desarticulação alemã, seja (b) "como sacrifício" para evitar um colapso iminente da resistência russa. Em qualquer desses casos, a superioridade aérea local será essencial. Por outro lado, é provável que não mais de cinco divisões poderiam ser despachadas e mantidas durante o outono de 1942. Nesse período, a carga maior recairia sobre a Inglaterra. Por exemplo, em 15 de setembro, os EUA poderiam dispor de duas divisões e meia das cinco necessárias, mas de apenas setecentos aviões de combate; de modo que a contribuição exigida da Inglaterra poderia chegar a cinco mil aeronaves.

Esgotadíssimo pela viagem, Hopkins adoeceu por dois ou três dias, porém Marshall iniciou prontamente as conversações com nossos chefes de estado-maior. Só foi possível marcar a conferência formal com o Comitê de Defesa para terça-feira, dia 14. Enquanto isso, discuti toda a situação com os chefes de estado-maior e com meus colegas. Todos serenamos com a evidente e firme intenção americana de intervir na Europa e de dar prioridade à derrota de Hitler. Essa sempre fora a base de nosso raciocínio estratégico. Por outro lado, nem nós nem nossos assessores militares éramos capazes de conceber qualquer plano prático para atravessar o Canal com um grande exército anglo-americano e desembarcar na França antes do fim do verão de 1943. Como já foi registrado, essa sempre fora minha meta e meu cronograma. Estava também, diante de nós, a nova ideia americana de um desembarque preliminar de emergência, em escala muito menor, porém ainda substancial, no outono de 1942. Estávamos perfeitamente dispostos a estudar esse e qualquer outro plano, em benefício da Rússia e também para a condução global da guerra.

"Segunda frente já!"

Na noite de 14 de abril, o Comitê de Defesa reuniu-se com nossos amigos americanos no nº 10 de Downing Street. A conversa foi crucial e a conclusão, unânime. Todos concordamos em que deveria haver uma operação de travessia do canal em 1943. Nessa ocasião, ela foi denominada, embora não por mim, de *Round-up*.

Mas, enquanto planejávamos essa gigantesca iniciativa, não nos era possível deixar de lado todos os outros deveres. Nossa primeira obrigação para com o Império era defender a Índia da invasão japonesa, pela qual já parecia estar ameaçada. Além disso, essa tarefa guardava relação decisiva com a guerra inteira. Seria um ato vergonhoso deixar que quatrocentos milhões de súditos indianos de Sua Majestade, com quem tínhamos um compromisso de honra, fossem esmagados e dominados pelos japoneses, como acontecera na China. Além disso, permitir que alemães e japoneses dessem as mãos na Índia ou no Oriente Médio implicaria um desastre incomensurável para a causa aliada. Em minha mente, isso era quase equiparável ao recuo da Rússia soviética para trás dos Urais, ou até a sua assinatura de um armistício separado com a Alemanha. Naquele momento, eu não considerava provável nenhuma dessas contingências. Tinha confiança na capacidade de que os exércitos e a nação russos lutassem para defender a terra natal. Nosso Império Indiano, entretanto, com todas as suas glórias, poderia constituir uma presa fácil. Tive que expor esse ponto de vista aos enviados americanos. Sem uma ajuda inglesa ativa, a Índia poderia ser conquistada em poucos meses. A subjugação da Rússia soviética por Hitler seria uma tarefa muito mais longa e, para ele, muito mais custosa. Antes que se consumasse, o domínio aéreo anglo-americano ter-se-ia estabelecido de maneira incontestável. Mesmo que tudo o mais falhasse, ele acabaria sendo decisivo.

Eu também estava de pleno acordo com o que Hopkins havia chamado de "ataque frontal ao inimigo no norte da França em 1943". Mas que se fazer até lá? Os principais exércitos não poderiam ficar simplesmente em preparativos por todo esse tempo. Nesse ponto, houve uma grande divergência de opinião. O general Marshall tinha feito a proposta de tentarmos tomar Brest ou Cherbourg, de preferência esta, ou até ambas, durante o início do outono de 1942. Essa operação teria de ser quase inteiramente inglesa. A esquadra, a força aérea, dois terços dos soldados e as lanchas de desembarque que houvesse deveriam ser fornecidos por nós. Apenas com duas ou três divisões americanas se poderia contar, e lembremos que elas eram muito novas. Formar soldados de primeira exige pelo menos dois anos e um quadro de profissionais muito sólido. Era, portanto, uma iniciativa em que a opinião do estado-maior inglês naturalmente prevaleceria. Ficou claro que deveria haver um profundo estudo técnico do problema.

Não obstante, de modo algum rejeitei a ideia de pronto; mas havia outras alternativas em minha mente. A primeira era o desembarque na África do Norte Francesa (Marrocos, Argélia e Tunísia), provisoriamente chamado *Gymnast* e que acabou por realizar-se como a grande operação *Torch*. Eu tinha um plano alternativo, pelo qual sempre ansiei, que julgava possível executar junto com a invasão da África do Norte Francesa. Tratava-se de *Jupiter* — a libertação do norte da Noruega. Seria uma ajuda direta à Rússia. E era o único modo de ação militar conjunta com tropa, aviação e navios russos. Garantir o extremo norte da Europa seria o meio de abrir o mais amplo canal de suprimento para a Rússia. E era uma ação que, tendo de ser empreendida nas regiões árticas, não implicaria grande número de homens nem gastos pesados com suprimentos e material bélico. Os alemães haviam conquistado a um custo muito baixo esses pontos estratégicos vitais junto ao Cabo Norte. Seria possível reconquistá-los também a um custo baixo, comparado à escala que a guerra havia atingido. Minha preferência pessoal era pela operação *Torch,* e, se as coisas pudessem ser feitas inteiramente ao meu gosto, eu teria tentado *Jupiter* também em 1942.

A tentativa de estabelecer uma cabeça de praia em Cherbourg parecia-me mais difícil, menos atraente e menos útil em termos imediatos, ou menos frutífera, em última instância. Melhor seria assentar nossa garra direita na África do Norte Francesa, arrancar com a esquerda o Cabo Norte e esperar um ano, sem arriscar a pele no front alemão fortificado do outro lado do Canal.

Essas foram minhas posições na época, e nunca me arrependi delas. No entanto, entre outras sugestões, eu estava perfeitamente disposto a propor aos comitês de planejamento um exame imparcial da operação *Sledgehammer,* como era chamado o ataque a Cherbourg. Tinha quase certeza de que quanto mais a operação fosse examinada, menos ela seria do agrado de todos. Se estivesse ao meu alcance ditar as regras, eu teria decidido em favor de *Torch* e de *Jupiter,* adequadamente sincronizadas para o outono, e deixaria *Sledgehammer* vazar à guisa de disfarce, mediante boatos e preparativos ostensivos. Mas eu tinha que trabalhar através da influência e da diplomacia, a fim de assegurar uma ação consensual e harmoniosa com

"Segunda frente já!"

nosso dileto aliado, sem a ajuda do qual nada além da destruição estaria reservado ao mundo. Assim, não mencionei nenhuma dessas alternativas em nossa reunião de 14 de abril.

No tocante à questão suprema, recebemos com alívio e alegria a proposta decisiva dos Estados Unidos de invadir em massa a Alemanha tão logo fosse possível, usando a Inglaterra como trampolim. Com a mesma facilidade, como veremos, poderíamos ter sido confrontados com planos americanos de atribuir prioridade máxima à ajuda à China e ao esmagamento do Japão. Mas, desde o primeiríssimo momento de nossa aliança iniciada após Pearl Harbor, o presidente e o general Marshall, elevando-se acima de correntes poderosas da opinião pública, viram em Hitler o primeiro e grande inimigo. Pessoalmente, eu ansiava por ver os exércitos ingleses e americanos ombro a ombro na Europa. Mas eu mesmo tinha poucas dúvidas de que o estudo dos pormenores — as barcaças de desembarque e tudo o mais — e a reflexão sobre a estratégia principal da guerra excluiriam a ideia da operação *Sledgehammer*. No fim das contas, nenhuma autoridade militar — do exército, da marinha ou da força aérea — de qualquer dos lados do Atlântico mostrou-se capaz de preparar esse plano, ou, tanto quanto eu estava informado, de assumir a responsabilidade por sua execução. O desejo e a boa vontade unidos não conseguem superar a realidade bruta.

Resumindo: sempre insisti na tese exposta em meu memorando entregue ao presidente em dezembro de 1941, a saber,

(1) que os exércitos de libertação ingleses e americanos desembarcassem na Europa em 1943. E como poderiam desembarcar com força total, a não ser partindo do sul da Inglaterra? Nada se deveria fazer que impedisse isso, antes tudo que o promovesse.

(2) Entrementes, com os russos lutando em escala gigantesca, hora após hora, contra a principal força de ataque do exército alemão, não podíamos ficar parados. Tínhamos que engajar o inimigo. Essa resolução também estava na raiz do pensamento do presidente. Nesse caso, que fazer nos 12 a 15 meses que forçosamente decorreriam antes de ser possível executar um ataque maciço através do Canal?

Evidentemente, a ocupação da África do Norte Francesa era viável e sensata em si, além de se enquadrar no esquema estratégico geral. Eu tinha esperanças de que essa ocupação pudesse ser combinada com um desembarque na Noruega e ainda creio que os dois teriam sido simultaneamente possíveis. Mas, nessas tensas discussões sobre coisas difíceis de mensurar, é um grande perigo perder a simplicidade e a unidade de propósitos. Embora eu ansiasse pelas duas operações, *Torch* e *Jupiter,* nunca tive a menor intenção de deixar que esta prejudicasse os planos daquela. Tais eram as dificuldades de concentrar e combinar numa única ofensiva contundente todos os esforços de duas nações poderosas, que não se podia permitir qualquer ambiguidade a toldar as deliberações.

(3) Assim, a única maneira de preencher a lacuna, até ser possível pôr grandes massas de soldados ingleses e americanos em combate com os alemães na Europa, em 1943, era a ocupação anglo-americana à força da África do Norte Francesa, em conjunto com o avanço inglês para oeste, através do deserto, em direção a Trípoli e Túnis.

Quando todos os demais planos e argumentos se desgastaram e ficaram pelo caminho, essa acabou sendo a decisão conjunta dos aliados ocidentais.

Em maio, tivemos outros visitantes. Molotov chegou para negociar uma aliança anglo-russa e tomar conhecimento de nossas opiniões sobre a abertura de uma Segunda Frente. A aliança foi firmada e a Segunda Frente discutida em detalhes. Nossos convidados russos haviam expressado o desejo de se hospedar fora de Londres durante sua estada, de modo que deixei Chequers à sua disposição e permaneci no anexo de Storey's Gate. Mas passei duas noites em Chequers. Ali, tive o benefício de manter longas conversas particulares com Molotov e o embaixador Maisky, que foi o melhor dos intérpretes, traduzindo com rapidez e facilidade e dotado de um amplo conhecimento das questões. Com a ajuda de bons mapas, procurei explicar o que estávamos fazendo, bem como as limitações e as características peculiares da capacidade bélica de uma potência insular. Também discorri longamente sobre a técnica das operações anfíbias e descrevi os perigos e dificuldades de manter nossa linha vital de suprimento pelo Atlântico, face ao ataque dos submarinos. Creio que Molotov se impressionou com tudo isso e reconheceu que nosso problema era muito diferente do caso de uma imensa potência continental. De qualquer modo, tornamo-nos mais próximos do que em qualquer outra ocasião.

A indefectível desconfiança com que os russos encaravam os estrangeiros mostrou-se em alguns incidentes notáveis durante a estada de Molotov em Chequers. Na chegada, eles pediram imediatamente as chaves de todos os quartos. Com certa dificuldade, elas foram fornecidas e, desde então, nossos convidados sempre mantiveram suas portas trancadas. Quando os empregados de Chequers conseguiam entrar para fazer as camas, perturbava-os encontrar pistolas debaixo dos travesseiros. Os três membros principais da delegação eram acompanhados não só por seus agentes de polícia, mas também por duas mulheres que cuidavam de sua roupa e arrumavam seus quartos. Quando os enviados soviéticos estavam ausentes, essas mulheres mantinham uma guarda constante nos quartos de seus patrões, só descendo para as refeições uma de cada vez. Todavia, podemos contar que, depois, elas se descontraíram um pouco e chegaram até a conversar com os empregados da casa, num francês de pé quebrado e através de sinais.

Houve precauções extraordinárias com a segurança pessoal de Molotov. Seu quarto foi minuciosamente vasculhado por seus agentes de polícia, cada armário e cada móvel, além de paredes e pisos, meticulosamente examinado por olhos experientes. A cama foi alvo de uma atenção especial: todo o colchão foi perfurado, à procura de algum mecanismo infernal, e os lençóis e cobertores rearrumados pelos russos, de modo a deixar no meio da cama uma abertura da qual seu ocupante pudesse saltar instantaneamente, ao invés de ficar preso nas cobertas. À noite, um revólver era posto ao lado de sua roupa de dormir e de sua pasta de despachos. É sempre acertado, especialmente em tempos de guerra, tomar precauções contra o perigo, mas convém envidar todo o esforço para avaliar sua realidade. O teste mais simples consiste em perguntar a si mesmo se o outro lado tem algum interesse em matar a pessoa em questão. De minha parte, quando visitei Moscou, depositei total confiança na hospitalidade russa.

Molotov seguiu de avião para Washington e voltou carregado dos planos para uma operação de travessia do Canal em 1942. Nós mesmos ainda a estávamos estudando ativamente, junto com o estado-maior americano, e até então nada emergira além de dificuldades. Não haveria mal algum numa declaração pública que pudesse deixar os alemães apreensivos e, consequentemente, reter no Ocidente o mais de suas tropas que fosse possível. Assim, concordamos em emitir um comunicado, dado a público em 11 de junho, contendo a seguinte frase: "No decorrer das conversações, chegou-se a um completo entendimento acerca da tarefa urgente de criar uma Segunda Frente na Europa em 1942."

Julguei da maior importância que, nesse empenho de enganar o inimigo, não enganássemos nosso aliado. Assim, no momento de rascunhar o comunicado, entreguei pessoalmente a Molotov, na sala do gabinete e na presença de alguns de meus colegas, um *aide-mémoire* deixando claro que, embora empenhássemos nossos melhores esforços na elaboração dos planos, não estávamos comprometidos com essa operação e não podíamos fazer nenhuma promessa. Nas ocasiões em que houve censuras subsequentes do governo soviético, e quando o próprio Stalin levantou essa questão comigo, pessoalmente, sempre exibimos o *aide-mémoire* e apontamos para as palavras "*Portanto, não podemos assumir qualquer compromisso...*".

AIDE-MÉMOIRE

Estamos em preparativos para um desembarque no continente em agosto ou setembro de 1942. Como já foi explicado, o principal fator limitante do tamanho da força de desembarque é a disponibilidade de barcaças especiais. É evidente, entretanto, que não favoreceria a causa russa ou a dos aliados em geral que, em nome de uma ação a qualquer preço, embarcássemos nalguma operação que resultasse num desastre e desse ao inimigo uma oportunidade de glorificação ante nosso desconcerto. É impossível dizer de antemão se a situação vigente tornará essa operação viável, quando chegar o momento. Portanto, não podemos assumir qualquer compromisso quanto ao assunto, mas, desde que tudo se afigure seguro e sensato, não hesitaremos em pôr nossos planos em prática.

Durante as semanas que se seguiram, a troca de opiniões militares continuou em andamento. Dediquei toda a minha reflexão ao problema da operação *Sledgehammer* e solicitei relatórios constantes. Suas dificuldades logo se evidenciaram. A invasão de Cherbourg por um exército desembarcado por mar, enfrentando a defesa alemã, provavelmente em números superiores e com sólidas fortificações, era uma operação arriscada. Se lograsse êxito, os aliados ficariam encurralados em Cherbourg e na ponta da península de Cotentin. Teriam que se manter por quase um ano confinados nessa armadilha de bombas e granadas, sob bombardeios e ataques incessantes. Só poderiam ser abastecidos através do porto de Cherbourg, que teria de

"Segunda frente já!"

ser defendido durante todo o inverno e a primavera contra ataques aéreos potencialmente contínuos e, vez por outra, arrasadores. O desgaste imposto por essa tarefa seria um ônus de primeira grandeza, que pesaria sobre os nossos recursos navais e aéreos, enfraquecendo todas as outras operações. Se alcançássemos êxito, teríamos que desembocar no verão, pela cintura central da península de Cotentin, depois de vencer de assalto uma sucessão de linhas fortificadas alemãs, defendidas por todos os soldados que os alemães se dessem ao trabalho de deslocar para lá. Nosso exército só poderia avançar por uma estrada de ferro, e ela certamente, nessa ocasião, teria sido destruída. Além disso, não se sabia ao certo de que modo empreitada tão pouco promissora poderia ajudar a Rússia. Os alemães haviam deixado 25 divisões móveis na França. Nós não poderíamos dispor de mais do que nove, em agosto, para a operação *Sledgehammer,* e sete delas teriam de ser inglesas. Por conseguinte, não haveria nenhuma necessidade de trazer novas divisões alemãs da frente russa.

À medida que esses e muitos outros fatos foram-se apresentando em toda a sua dureza aos estados-maiores, uma certa falta de convicção e entusiasmo manifestou-se não apenas entre os ingleses, mas também entre nossos companheiros americanos. As incessantes discussões dos chefes de estado-maior prosseguiram durante o verão, e *Sledgehammer* foi abandonada por consenso. Por outro lado, não recebi muito apoio positivo para *Jupiter,* o norte da Noruega. Todos estávamos de acordo quanto à grande invasão através do Canal em 1943. Irresistivelmente, surgiu a questão do que fazer no intervalo. Era impossível os Estados Unidos e a Inglaterra ficarem ociosos esse tempo todo, sem combater, exceto no deserto. O presidente estava decidido a fazer os americanos lutarem com alemães, na maior escala possível, durante 1942. Onde, então, seria possível fazê-lo? Onde mais, senão na África do Norte Francesa, para a qual o presidente sempre havia sorrido? Dos muitos planos, sobreviveria o mais apto.

Contentei-me em esperar pela resposta.

55
Minha segunda visita a Washington. Tobruk

O GENERAL AUCHINLECK NÃO SE CONSIDERAVA forte o suficiente para tomar a iniciativa no deserto, mas, mesmo assim, aguardava com alguma confiança o ataque inimigo. Comandando o VIII Exército, o general Ritchie havia preparado, sob a supervisão de seu chefe, uma complexa posição defensiva que se estendia de Gazala até Bir Hacheim, 45 milhas para o sul. Era composta de pontos fortificados, denominados "caixas", fortemente guarnecidos por brigadas ou forças maiores, tudo isso protegido por uma imensa extensão de campos minados. Atrás dessa linha, mantinham-se em reserva todos os nossos blindados e o 30º Corpo.

Todas as batalhas do deserto, exceto a de El-Alamein, começaram por amplos e rápidos desbordamentos do Flanco do Deserto pelos blindados. Rommel deu a partida à luz do luar, na noite de 26-27 de maio, e avançou com todos os seus blindados, visando engajar e destruir os nossos, esperançoso, hoje sabemos, de capturar Tobruk no segundo dia de seu ataque. Não conseguiu atingir esse objetivo. Em 10 de junho, depois de muitos combates acirrados e corajosos, o general Auchinleck enviou-nos uma estimativa das baixas de ambos os lados. Os números relativos aos tanques, canhões e aeronaves eram satisfatórios e também exatos. Mas, naturalmente, impressionou-me a seguinte declaração: "Nossas perdas de pessoal são estimadas, muito aproximativamente, em 10 mil homens, dos quais cerca de oito mil talvez estejam prisioneiros, mas as baixas da 5ª Divisão Indiana ainda não são conhecidas com exatidão." Essa extraordinária desproporção entre mortos e feridos, de um lado, e prisioneiros, de outro, revelava que devia ter acontecido alguma coisa de caráter desagradável. Mostrava também que o QG do Cairo era incapaz, em alguns aspectos importantes, de avaliar o acontecimento. Não abordei isso em minha resposta.

Durante os dias 12 e 13 de junho, travou-se uma batalha feroz pela posse das elevações situadas entre El Adem e "Knightsbridge". Foi o auge da batalha dos tanques; ao término dela, o inimigo era dono do campo e

Minha segunda visita a Washington. Tobruk

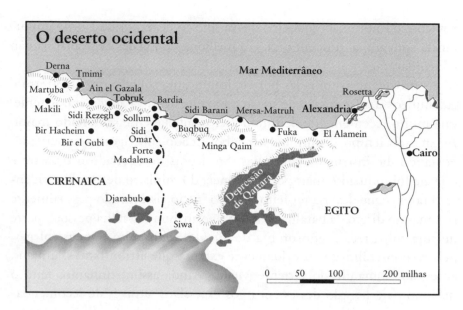

nossos blindados tinham sido gravemente reduzidos. "Knightsbridge", o centro das comunicações na região, teve de ser evacuado após uma defesa obstinada. No dia 14, ficou claro que a batalha tomara um rumo adverso. Mr. Casey, nosso ministro residente, enviou-me um telegrama que frisava as mensagens dos comandantes militares e continha o seguinte trecho:

> Quanto a Auchinleck, tenho toda a confiança possível nele, no que concerne à sua liderança e à maneira como vem conduzindo a batalha com as forças de que dispõe. Meu único desejo é que ele pudesse estar em dois lugares ao mesmo tempo, aqui, no centro da teia, e à frente, dirigindo em pessoa o VIII Exército. Nos últimos dias, cheguei até a pensar que seria bom ele avançar e se encarregar da batalha, deixando seu chefe de estado--maior temporariamente dirigindo aqui, mas ele não pensa assim e não quero pressioná-lo. Essa é a batalha de Auchinleck, e as decisões quanto aos comandos que lhe estão subordinados a ele competem.

A observação de Mr. Casey quanto à vantagem de Auchinleck assumir pessoalmente o comando da batalha no deserto confirmou o que eu mesmo havia dito ao general um mês antes. O comandante em chefe do Oriente Médio estava atrapalhado e cercado por suas responsabilidades demasiadamente extensas. Pensava na batalha, da qual dependia tudo em seu trabalho, apenas como parte de sua tarefa. Havia sempre o perigo proveniente do norte, ao qual ele julgava ser seu dever atribuir uma importância com a qual nós, em casa, em melhores condições de avaliar, já não concordávamos.

As providências tomadas por ele foram uma solução de meio-termo. Auchinleck dera a missão de travar a batalha decisiva ao general Ritchie, que muito recentemente deixara de ser o subchefe de seu estado-maior. Ao mesmo tempo, mantinha seu subordinado sob rigorosa supervisão, enviando-lhe instruções contínuas. Só depois de ocorrido o desastre é que ele foi induzido, mais por insistência do ministro de estado residente, a fazer o que deveria ter feito desde o início, assumindo pessoalmente o comando direto da batalha. É a isso que atribuo sua falha pessoal, parte de cuja culpa recai, sem sombra de dúvida, sobre mim e meus colegas, pela responsabilidade indevidamente extensa que atribuíramos, um ano antes, ao Comando do Oriente Médio. Ainda assim, tínhamos feito o máximo para livrá-lo desses encargos excessivos, através de recomendações precisas, atualizadas e sucessivas, que ele não seguiu. Pessoalmente, creio que, se ele houvesse assumido o comando desde o início e, como lhe era perfeitamente possível, deixado um representante no Cairo, para vigiar o norte e lidar com a massa de assuntos variados pertinentes ao resto do imenso teatro que comandava, Auchinleck poderia perfeitamente ter vencido a batalha; e é certo que, quando assumiu tardiamente o comando, salvou o que restava dela.

Dentro em pouco, o leitor verá que essas impressões ficaram tão profundamente gravadas em mim que, em minha instrução ao general Alexander, em 10 de agosto, deixei claro de forma inequívoca qual era sua missão principal. Vivendo e aprendendo.

Imediatamente, Tobruk ficou em destaque para nós e, tal como no ano anterior, não tivemos dúvida de que deveria ser defendida a qualquer custo. Também nessa ocasião, após o atraso desnecessário de um mês, o general Auchinleck mandou a Divisão da Nova Zelândia vir da Síria, mas não a tempo de tomar parte na batalha de Tobruk. Não ficamos satisfeitos com suas ordens ao general Ritchie, que não mandavam expressamente que ele defendesse a fortaleza. Para me certificar de que o fizessem, enviei-lhe o seguinte telegrama:

Alegra-nos receber sua garantia de que o senhor não tem intenção de abrir mão de Tobruk. O Gabinete de Guerra interpreta [seu telegrama] como significando que, se surgir a necessidade, o general Ritchie deixará em Tobruk toda a tropa que for necessária para defender firmemente a posição.

A resposta não deixou dúvidas e, diante disso, ficamos confiantes, com base na experiência do ano anterior. Ademais, pelo menos no papel, nossa situação, como foi assinalado pelo general Auchinleck, afigurava-se muito melhor do que em 1941. Tínhamos um exército em posição numa frente fortificada, em estreita proximidade de Tobruk, com uma ferrovia direta de bitola larga, recém-construída para abastecê-lo. Já não estávamos em posição num flanco e com nossas comunicações dependentes do mar, mas, sim, dentro dos princípios ortodoxos da guerra, vindo em ângulo reto desde o centro de nossa frente até nossa base principal. Nessas condições, embora lamentasse o que havia acontecido, eu ainda achava, examinando todas as forças de ambos os lados e as imensas dificuldades de suprimento de Rommel, que tudo correria bem. Com a Divisão da Nova Zelândia agora não longe dali e com reforços poderosos chegando por mar, eu não achava que a continuação dos combates violentos, com a maior força possível de ambos os lados, pudesse nos ser desfavorável a longo prazo. Assim, não cancelei os planos que fizera para uma segunda visita a Washington, onde tinham de ser tratados assuntos da mais alta importância para a estratégia global da guerra. Nesse aspecto, recebi o apoio de meus colegas.

O objetivo principal de minha viagem era chegar a uma decisão final a respeito das operações para 1942-43. As autoridades americanas em geral — especialmente Mr. Stimson e o general Marshall — estavam inquietas por tomar uma decisão imediata, que permitisse aos Estados Unidos atuarem em força contra os alemães, em terra e no ar, em 1942. Na falta disso, havia o perigo de que os chefes de estado-maior americanos considerassem seriamente uma revisão radical da estratégia de "primeiro a Alemanha". Outro assunto pesava em minha mente. Tratava-se da questão *Tube Alloys*, que era o nosso código para o que veio a ser, posteriormente, a bomba atômica. Nossas pesquisas e experiências haviam chegado a um ponto em que era preciso fazer acordos claros com os Estados Unidos, o que só se considerava possível mediante discussões pessoais entre mim e o presidente. O fato de o Gabinete de Guerra haver decidido que eu devia sair do país e de Londres no auge da batalha do deserto, acompanhado pelo Chefe do Estado-Maior Imperial — CIGS e pelo general Ismay, dá uma dimensão da importância que atribuíamos a uma decisão sobre as graves questões estratégicas que se nos apresentavam.

Em virtude da urgência e da crise de nossos negócios de estado nesses dias dificílimos, resolvi viajar de avião, e não de navio. Isso significava que mal chegaríamos a ficar isolados por 24 horas do fluxo completo das informações. Tomaram-se providências eficientes para a transmissão imediata das mensagens recebidas do Egito e para a rápida transmissão e decodificação de todos os relatórios, de modo que não se esperavam, e de fato não ocorreram, atrasos prejudiciais à tomada de decisões.

Embora eu soubesse, nesse momento, dos riscos que havíamos corrido em nosso voo de volta das Bermudas em janeiro, pedi especificamente que o comandante, capitão Kelly Rogers, fosse encarregado da missão, tamanha era minha confiança nele e em seu hidroavião Boeing. Decolamos de Stranraer na noite de 17 de junho, pouco antes da meia-noite. O tempo estava perfeito, lua cheia. Sentei-me por duas horas ou mais no assento do copiloto, apreciando o mar reluzente, ruminando meus problemas e pensando na angustiante batalha. Dormi um sono profundo na "suíte nupcial", até que, em plena luz do dia, atingimos Gander. Poderíamos ter reabastecido ali, mas isso não foi considerado necessário; depois de fazermos as saudações ao aeródromo, seguimos viagem. Como estávamos voando para oeste, o dia pareceu muito longo. Almoçamos duas vezes, com um intervalo de duas horas, na expectativa de um jantar tardio na chegada.

Nas últimas duas horas, voamos sobre extensões de terra, e eram mais ou menos 19 horas, pelo horário americano, quando nos aproximamos de Washington. Ao descermos gradualmente em direção ao rio Potomac, notei que o topo do monumento a Washington, que tem mais de 550 pés de altura, estava mais ou menos no nosso nível. Chamei a atenção do capitão Kelly Rogers para o fato de que seria especialmente lamentável se puséssemos fim à nossa história atingindo justamente aquele, dentre todos os outros objetos do mundo. Ele me garantiu que tomaria um cuidado especial para evitá-lo. E assim pousamos no Potomac, em segurança e suavemente, após uma viagem de 27 horas. Lord Halifax, o general Marshall e vários oficiais superiores americanos nos recepcionaram. Segui para a

Minha segunda visita a Washington. Tobruk

embaixada britânica para jantar. Já era muito tarde para voarmos até Hyde Park naquela noite. Lemos todos os últimos telegramas — nada havia de importante — e tivemos um jantar agradável ao ar livre. A embaixada, que fica num ponto elevado, é um dos lugares mais frescos de Washington e, nesse aspecto, se sai muito bem de uma comparação com a Casa Branca.

Na manhã seguinte, 19 de junho, segui logo cedo de avião para Hyde Park. O presidente estava no aeroporto local e nos viu fazer a aterrissagem mais cheia de solavancos por que já passei. Recebeu-me com grande cordialidade e, dirigindo ele mesmo o carro, levou-me aos majestosos penhascos que encimam o rio Hudson, onde se situa sua residência familiar. O presidente me conduziu por toda a propriedade, mostrando-me suas vistas esplêndidas. Nesse passeio, tive alguns momentos de reflexão. A enfermidade de Mr. Roosevelt o impedia de usar os pés no freio, na embreagem ou no acelerador. Um arranjo engenhoso permitia-lhe fazer tudo com os braços, que eram surpreendentemente fortes e musculosos. Ele me pediu que lhe apalpasse o bíceps, dizendo que um lutador famoso o invejara. Isso foi tranquilizador, mas confesso que, em vários momentos, quando o carro parou e deu marcha a ré na borda gramada dos precipícios acima do Hudson, torci para que os dispositivos mecânicos e os freios não tivessem problema. Falamos de negócios o tempo todo e, embora eu tomasse o cuidado de não desviar a atenção do presidente do volante, fizemos mais progressos do que teríamos conseguido numa conferência formal.

O presidente ficou muito satisfeito em saber que eu levara o Chefe do Estado-Maior Imperial — CIGS comigo. Seu campo de interesses sempre se iluminava com as recordações da juventude. Ocorre que o pai do presidente havia recebido o pai do general Brooke em Hyde Park. Assim, Mr. Roosevelt demonstrou grande interesse em conhecer-lhe o filho, que atingira posição tão elevada. Quando eles se encontraram, dois dias depois, o presidente o acolheu com extrema cordialidade, e a personalidade e o encanto do general Brooke criaram uma intimidade quase imediata, que muito contribuiu para o curso das conversas.

Falei com Harry Hopkins sobre os diferentes pontos em relação aos quais eu ansiava por decisões e ele os discutiu com o presidente. Assim se preparou o terreno, e o presidente ficou munido de ideias sobre todos os

672 Memórias da Segunda Guerra Mundial

assuntos. Dentre eles, *Tube Alloys* era um dos mais complexos e, como se constatou, de longe o mais importante. Eu tinha meus documentos comigo, mas a discussão foi adiada para o dia seguinte, 20 de junho, já que o presidente precisava de mais informações de Washington. Nossa conversa ocorreu depois do almoço, num aposento minúsculo que se projeta do andar térreo. Era escuro e protegido do sol. Mr. Roosevelt estava refestelado numa escrivaninha quase do tamanho do cômodo. Harry sentava-se ou ficava de pé ao fundo. Meus dois amigos americanos não pareciam incomodar-se com o calor intenso.

Contei ao presidente, em linhas gerais, o grande progresso que havíamos feito, e lhe disse que nossos cientistas já estavam definitivamente convencidos de que seria possível obter resultados antes do fim da guerra em curso. Ele informou que seu pessoal também estava progredindo, mas ninguém sabia dizer se haveria algum resultado prático enquanto não se fizesse uma experiência completa. Ambos intuíamos, dolorosamente, os perigos de não se fazer nada. Sabíamos do esforço em que estavam os alemães para conseguir suprimentos de água pesada — termo sinistro, misterioso, antinatural que começou a se infiltrar em nossos documentos secretos. E se o inimigo conseguisse a bomba atômica antes de nós? Por mais céticos que fôssemos em relação às declarações dos cientistas, muito controvertidas entre eles próprios e expressas num jargão incompreensível para o leigo, não podíamos correr o risco mortal de ser superados nessa esfera terrível.

Insisti firmemente em que reuníssemos de imediato todas as nossas informações, trabalhássemos juntos em igualdade de condições e partilhássemos entre nós os resultados, se existissem. Veio então a questão de onde se deveria instalar o laboratório de pesquisa. Já estávamos cientes da enorme despesa que teria de ser feita, com todo o grave desvio subsequente de recursos e dedicação mental das outras formas do esforço de guerra. Considerando-se que a Inglaterra estava sob bombardeios cerrados e constantes voos de reconhecimento do inimigo, parecia impossível construir na ilha as vastas e conspícuas instalações necessárias. Imaginávamos estar pelo menos tão adiantados quanto o nosso aliado e, evidentemente, havia a alternativa do Canadá, que tinha, ele mesmo, uma contribuição vital a fazer, através dos suprimentos de urânio que rapidamente acumulara. Era dura a decisão de gastar várias centenas de milhões de libras esterlinas — não tanto pelo dinheiro, mas pelas formas rivais de usar essa preciosa energia de guerra — num projeto cujo sucesso nenhum cientista podia garantir, nos dois lados do Atlântico. Não obstante, se os americanos não se dispusessem a correr o risco, certamente iríamos adiante com nossos próprios meios, no Canadá ou, se o governo canadense hesitasse, em algum outro lugar do Império. Fiquei muito contente quando Mr. Roosevelt disse achar que os Estados Unidos teriam de fazê-lo. Assim, tomamos essa decisão juntos e estabelecemos as bases de um acordo. Continuarei este relato num capítulo posterior. Entrementes, afirmo não ter dúvida de que foram o progresso obtido por nós na Inglaterra e a confiança de nossos cientistas no sucesso final, transmitidos ao presidente, que o levaram a essa grave e portentosa decisão.

Tarde da noite, em 20 de junho, o trem presidencial levou-nos de volta a Washington, onde chegamos por volta das oito horas da manhã seguinte. Fomos solidamente escoltados até a Casa Branca, onde novamente me foi cedido o mesmo enorme quarto refrigerado. Nele me instalei confortavelmente, uns trinta graus Fahrenheit abaixo da temperatura de quase todo o restante do prédio. Dei uma olhadela nos jornais, li os telegramas durante uma hora, tomei meu café da manhã, fiz uma rápida visita a Harry do outro lado do corredor e, em seguida, fui ter com o presidente em sua sala. O general Ismay me acompanhou. Pouco depois, um telegrama foi entregue nas mãos do presidente. Ele o passou a mim sem dizer palavra. Li-o: "Tobruk rendeu-se, com 25 mil homens tomados prisioneiros." Era tão surpreendente que não pude acreditar. Pedi a Ismay que se informasse com Londres por telefone. Em poucos minutos, ele trouxe a seguinte mensagem, que acabara de chegar do almirante Harwood, em Alexandria:*

> Tobruk caiu e a situação deteriorou-se a tal ponto que há possibilidade de um grande ataque aéreo a Alexandria em futuro próximo; com a aproximação da fase da lua cheia, estou mandando todas as unidades da Esquadra Oriental para o sul do Canal para aguardar os acontecimentos. Espero retirar o *HMS Queen Elizabeth* do dique no fim desta semana.**

---

* O almirante Harwood havia substituído o almirante Cunningham no comando do Mediterrâneo em 31 de maio.
** O almirante Harwood tomou essa decisão porque, a essa altura, Alexandria poderia ser atacada por bombardeiros de mergulho com o apoio de caças.

Foi um dos golpes mais duros de que tenho lembrança durante a guerra. Não apenas seus efeitos militares foram graves, como também ele afetou a reputação dos exércitos ingleses. Em Cingapura, 85 mil homens haviam-se rendido a um número inferior de japoneses. Agora, em Tobruk, uma guarnição de 25 mil soldados experientes (na verdade, 33 mil) depusera as armas diante de, talvez, a metade de seu número. Se isso fosse típico do moral do Exército do Deserto, seriam imensos os desastres que nos aguardavam no Nordeste da África. Não tentei esconder do presidente o choque que havia sofrido. Foi um momento amargo. Derrota é uma coisa, vergonha é outra. Nada poderia ultrapassar a solidariedade e o cavalheirismo de meus dois amigos. Não houve censuras, não se disse uma só palavra indelicada. "Que podemos fazer para ajudar?", perguntou Roosevelt. Respondi de pronto: "Dê-nos todos os tanques Sherman de que vocês puderem dispor e mande-os para o Oriente Médio o mais depressa possível." O presidente chamou o general Marshall, que chegou em poucos minutos, e lhe falou de meu pedido. Marshall respondeu:

"Senhor presidente, os Sherman estão apenas entrando em produção. As primeiras centenas foram mandadas para nossas divisões blindadas, que até agora tinham tido que se contentar com equipamento obsoleto. É terrível tirar armas das mãos de um soldado. Mesmo assim, se é tão grande a necessidade dos ingleses, eles têm de recebê-las; e também podemos mandar-lhes cem canhões de 105mm autopropulsados."

Para encerrar a história, convém dizer que os americanos fizeram mais do que cumprir sua palavra. Trezentos tanques Sherman, ainda sem os motores instalados, e cem canhões foram embarcados em seis de seus navios mais velozes e enviados para o canal de Suez. O navio que carregava os motores de todos os tanques foi afundado por um submarino, perto das Bermudas. Sem uma só palavra nossa, o presidente e Marshall mandaram embarcar outra carga de motores em outro navio veloz e o despacharam para que alcançasse o comboio. "Amigo que ajuda no aperto é que é amigo."

Em 21 de junho, quando estávamos só os dois depois do almoço, Harry me disse: "O presidente gostaria que o senhor conhecesse dois oficiais americanos, já que são muito bem-conceituados no exército, na opinião de Marshall e na dele." Assim, às 17 horas, os generais de brigada Eisenhower

Minha segunda visita a Washington. Tobruk

e Clark foram levados ao meu quarto refrigerado. Impressionei-me de imediato com esses homens notáveis, até então desconhecidos. Ambos vinham de um encontro com o presidente, com quem tinham acabado de estar pela primeira vez. Conversamos quase exclusivamente sobre a grande invasão de 1943 através do Canal — *Round-up,* como era então chamada — na qual era evidente que o pensamento deles vinha-se concentrando. Foi uma conversa muito agradável, que durou mais de uma hora. Tive certeza de que aqueles oficiais estavam fadados a desempenhar um grande papel na operação e que era essa a razão de terem sido enviados para me conhecer. Assim se iniciou uma amizade que, passando por todos os altos e baixos da guerra, conservo até hoje, com profunda satisfação.

Enquanto isso, a rendição de Tobruk repercutia no mundo inteiro. No dia 22, Hopkins e eu almoçávamos com o presidente em sua sala. Pouco depois, Mr. Elmer Davis, chefe do serviço de informação de guerra, chegou com uma pilha de jornais de Nova York que exibiam grandes manchetes: "Ira na Inglaterra" — "Queda de Tobruk pode provocar mudança de governo" — "Churchill será exposto à censura" etc. Eu fora convidado pelo general Marshall a visitar um dos acampamentos do exército americano na Carolina do Sul. Deveríamos viajar de trem com ele e Mr. Stimson na noite de 23 de junho. Mr. Davis perguntou-me se, em vista da situação política em casa, eu julgava conveniente manter a programação, que fora minuciosamente preparada. Não seria eu mal-interpretado por inspecionar tropas na América, quando havia coisas de consequências tão vitais acontecendo na África e em Londres? Retruquei que certamente faria as inspeções, como planejado, e que duvidava que eu conseguisse causar o voto contra de vinte deputados numa moção de desconfiança. Esse, na verdade, foi mais ou menos o número que os descontentes acabaram conseguindo.

Assim, parti de trem na noite seguinte rumo à Carolina do Sul. Cheguei ao Forte Jackson na manhã do outro dia. O trem parou, não numa estação, mas na campina ao ar livre, e dele saímos diretamente para o local do desfile, que fazia lembrar as planícies da Índia no calor. Primeiro, ficamos sob um toldo e assistimos ao desfile dos blindados e da infantaria americanos. Depois, assistimos aos exercícios dos paraquedistas, impressionantes e convincentes. Eu nunca tinha visto mil homens saltarem do ar ao mesmo tempo. Deram-me um "*walkie-talkie*" para carregar. Era a primeira vez que eu manejava um desses aparelhos. À tarde, vimos as divisões americanas, organizadas em massa, fazendo exercícios de campanha com munição real. No fim, perguntei a Ismay (a quem sou grato por este relato): "Que acha você?" Ele respondeu: "Pôr esses soldados contra os alemães seria um assassínio." Ao que retruquei: "Você está errado. Eles são um material maravilhoso e vão aprender muito depressa." Junto aos meus anfitriões americanos, entretanto, insisti em minha visão de que são necessários dois anos ou mais para se fazer um soldado. Sem dúvida, dois anos depois, os soldados que vimos na Carolina portaram-se como veteranos.

Voamos na tarde de 24 de junho de volta a Washington, onde recebi vários relatórios, e, na noite seguinte, parti para Baltimore, onde estava meu hidroavião. O presidente despediu-se de mim na Casa Branca, com toda a sua gentileza e cortesia. Harry Hopkins e Averell Harriman foram assistir à minha partida. O passadiço estreito e fechado que levava até a água estava fortemente guardado por policiais americanos armados. Havia como que um ar de agitação, e os oficiais pareciam sérios. Antes de decolarmos, fui informado de que um dos policiais à paisana que estavam em serviço fora apanhado manuseando uma pistola e resmungando que iria me "empacotar", e outras expressões de caráter pouco elogioso. Ele fora agarrado e detido. Depois, verificou-se que se tratava de um lunático. Os birutas são um perigo especial para os homens públicos, pois não se preocupam com o modo de "escapulir".

Pousamos em Botwood na manhã seguinte, para reabastecer, e tornamos a decolar depois de uma refeição à base de lagostas frescas. Depois disso, comi de acordo com o horário do estômago — ou seja, com o intervalo habitual entre as refeições — e dormi sempre que possível. Sentei-me na cadeira do copiloto quando, depois de sobrevoar a Irlanda do Norte, aproximamo-nos do Clyde ao amanhecer, e ali pousamos em segurança. Meu trem estava esperando, com Peck, um de meus secretários pessoais, e uma pilha de correspondência e jornais de quatro ou cinco dias. Uma hora depois, estávamos a caminho do sul. Ao que parecia, havíamos perdido uma eleição suplementar em Maldon com grande comparecimento. Esse foi um dos subprodutos de Tobruk.

Pareceu-me um mau momento. Deitei, remexi um pouco nos arquivos e depois dormi quatro ou cinco horas, até chegarmos a Londres. Que bênção é o dom do sono! O Gabinete de Guerra estava na plataforma para me cumprimentar na chegada e, pouco depois, lá estava eu, trabalhando na sala do Gabinete.

56
A moção de desconfiança

A TAGARELICE E AS CRÍTICAS DA IMPRENSA, onde as penas mais ferinas estavam atarefadas e vozes estridentes se erguiam, tiveram contrapartida na ação de uns vinte membros da Câmara dos Comuns e numa atitude taciturna da nossa imensa maioria. Um governo unipartidário bem poderia ter sido derrubado numa conjuntura como essa, por uma votação ou pela própria pressão da opinião pública, como a que levara Mr. Chamberlain a deixar o poder em maio de 1940. Mas o governo de coalizão nacional, fortalecido por uma reforma em fevereiro, era maciço e esmagador em sua força e união. Todos os seus principais ministros congregaram-se ao meu redor, sem ter jamais um pensamento que não fosse leal e sadio. Eu parecia haver preservado a confiança de todos aqueles que observavam com pleno conhecimento de causa o desenrolar da história e partilhavam das responsabilidades. Ninguém fraquejou. Não houve o menor murmúrio de intriga. Éramos um círculo forte e inquebrantável, capaz de suportar qualquer ataque político externo e de perseverar na causa comum, atravessando todas as decepções.

Sofrêramos longa sucessão de infortúnios e derrotas: Malásia, Cingapura, Birmânia; a batalha perdida de Auchinleck no deserto; Tobruk, inexplicada e, ao que parecia, inexplicável; a rápida debandada do Exército do Deserto e a perda de todas as nossas conquistas na Líbia e na Cirenaica; quatrocentas milhas de retrocesso em direção à fronteira egípcia; e mais de cinquenta mil de nossos homens transformados em baixas ou prisioneiros. Perdêramos grandes quantidades de artilharia, munições, viaturas e suprimentos de todos os tipos. Estávamos outra vez de volta a Mersa-Matruh e às antigas posições de dois anos antes, mas, dessa vez, com Rommel e seus alemães triunfantes avançando em nossos caminhões capturados, repletos de nossos suprimentos de gasolina e, em muitos casos, atirando com nossas próprias armas. Apenas mais algumas marchas, mais um sucesso, e Mussolini e Rommel entrariam juntos no Cairo ou em suas ruínas. Estava tudo em suspenso. Depois dos surpreendentes reveses que havíamos sofrido, e diante dos fatores desconhecidos em ação, quem saberia prever para que lado a balança penderia?

A situação parlamentar exigia uma definição rápida. No entanto, parecia difícil pedir à Câmara outro voto de confiança, tão pouco tempo depois do voto que havia precedido a queda de Cingapura. Assim, foi muito conveniente que, em 25 de junho, os membros descontentes decidissem entre si propor um voto de censura, incluindo-o na ordem do dia. Seu texto rezava:

> Que esta Casa, rendendo homenagens ao heroísmo e à capacidade de resistência das Forças Armadas da Coroa em circunstâncias de excepcional dificuldade, não tem confiança na direção central da guerra.

A moção foi proposta em nome de Sir John Wardlaw-Milne, um membro influente do Partido Conservador. Ele presidia o poderoso comitê de finanças suprapartidário, cujos relatórios sobre casos de desperdício e ineficiência administrativos eu sempre estudara com muita atenção. O comitê dispunha de muitas informações e tinha muitos contatos com o círculo externo de nossa máquina de guerra. Quando se anunciou que a moção seria secundada pelo almirante de esquadra Sir Roger Keyes e apoiada pelo ex-ministro da Guerra, Mr. Hore-Belisha, logo ficou evidente que um grave desafio estava em tela. Na verdade, em alguns jornais e nos lobbies, corriam rumores de que se aproximava uma crise política decisiva.

Afirmei prontamente que daríamos plena oportunidade para o debate público e fixei para ele a data de 1º de julho. Havia um anúncio que eu julgava necessário fazer, de modo que telegrafei a Auchinleck: "Quando discursar no debate da moção de desconfiança na quinta-feira, por volta das 16 horas, considero necessário anunciar que o senhor assumiu o comando, em substituição a Ritchie, a partir de 25 de junho."

A crise da batalha no Egito continuava piorando e havia a crença difundida de que o Cairo e Alexandria logo cairiam sob a espada flamejante de Rommel. De fato, Mussolini fez preparativos para voar até o QG do general alemão, com a ideia de participar da entrada triunfal em uma ou ambas as cidades. Ao que parecia, chegaríamos a um clímax nas frentes do parlamento e do deserto ao mesmo tempo. Quando nossos críticos se aperceberam de que se iriam confrontar com nosso governo de coalizão unido, parte de seu ardor evaporou-se. O signatário da moção ofereceu-se para retirá-la, caso a situação crítica no Egito tornasse inoportuna a discussão pública. Nós, entretanto, não tínhamos a menor intenção de deixá-los escapar com tanta facilidade. Considerando que, por quase três semanas, o mundo inteiro, amigo ou inimigo, estivera observando com ansiedade a crescente tensão política e militar, era impossível não levar a questão até o fim.

O debate foi aberto por Sir John Wardlaw-Milne, com um discurso competente em que formulou a questão principal. A moção não era "um ataque aos oficiais em campanha. Trata-se de um claro ataque à direção central, aqui em Londres, e espero mostrar que as causas de nosso fracasso encontram-se muito mais aqui do que na Líbia ou em outro lugar. O primeiro erro vital que cometemos na guerra foi juntar os cargos de primeiro-ministro e ministro da Defesa".

Estendeu-se sobre os "imensos deveres" impostos ao detentor dos dois cargos. "Devemos ter um líder forte e em tempo integral como chefe do Comitê dos Chefes de Estado-Maior. Quero um homem forte e independente nomeando seus generais e almirantes, e assim por diante. Um homem forte que tenha a seu cargo os três ramos das forças armadas da Coroa, (...) forte o bastante para exigir todo o armamento necessário à vitória, (...) para certificar-se de que seus generais, almirantes e marechais do ar possam trabalhar à própria maneira e não sofram uma interferência indevida de cima. Sobretudo, quero um homem que, se não conseguir aquilo que deseja, renuncie imediatamente. (...) Temos sofrido com a falta de um exame mais rigoroso, por parte do primeiro-ministro, do que vem acontecendo no país, e também com a falta da orientação que deveríamos receber do ministro da Defesa, ou de outro servidor, qualquer que seja seu título, encarregado das forças armadas. (...) Certamente está claro para qualquer civil que a sucessão de desastres dos últimos meses e, a rigor, dos últimos dois anos, deve-se a defeitos fundamentais na administração central da guerra."

Tudo isso marcava o ponto almejado, mas Sir John fez uma digressão. "Seria um gesto muito desejável — se Sua Majestade o Rei e Sua Alteza Real concordassem — que Sua Alteza Real, o duque de Gloucester, fosse nomeado comandante em chefe do exército inglês, sem deveres administrativos, é claro." Isso foi prejudicial a sua argumentação e visto como uma proposta que iria imiscuir a família real em penosas e controvertidas responsabilidades. Ademais, a nomeação de um comandante supremo da guerra, com poderes quase ilimitados, e sua conjunção com um duque real pareceram ter um certo sabor de ditadura. A partir desse momento, a longa e pormenorizada acusação pareceu perder parte de seu vigor. Sir John concluiu: "A Casa deve deixar claro que requeremos um homem que dedique todo o seu tempo à busca da vitória na guerra, inteiramente encarregado de todas as forças armadas da Coroa, e, quando o conseguirmos, possa a Casa dar-lhe força para que execute essa tarefa com poder e independência."

A moção foi secundada por Sir Roger Keyes. O almirante, que ficara melindrado ao ser afastado do comando das Operações Combinadas, e mais ainda com o fato de eu nem sempre ter podido aceitar sua orientação durante seu tempo, foi prejudicado em seu ataque por sua longa amizade pessoal comigo. Concentrou suas críticas principalmente em meus conselheiros militares — referindo-se, é claro, aos chefes de estado-maior. "É doloroso que, por três vezes na carreira do primeiro-ministro, ele tenha sido impedido — em Gallipoli, na Noruega e no Mediterrâneo — de pôr em prática ações estratégicas que poderiam ter alterado todo o curso de duas guerras, todas as vezes em virtude da recusa de seu assessor naval constitucional de dividir a responsabilidade com ele, caso a ação implicasse algum risco."

A incoerência entre essa argumentação e a do autor da moção não passou despercebida. Um dos membros do Partido Trabalhista Independente, Mr. Stephen, interrompeu para assinalar que o autor da moção havia proposto "um Voto de Censura em virtude de o primeiro-ministro haver interferido indevidamente na direção da guerra, ao passo que o outro proponente parece pedir um Voto de Censura porque o primeiro-ministro não interferiu o bastante na direção da guerra". A questão ficou patente para a Câmara.

"Apelamos ao primeiro-ministro", disse o almirante Keyes, "para que ponha a casa em ordem e torne a congregar o país em torno de sua imensa tarefa." Nesse ponto, outro socialista fez uma intervenção pertinente. "A moção é dirigida contra a direção central da guerra. Se ela for aprovada, o primeiro-ministro terá de sair; mas o nobre e honrado colega está apelando para que mantenhamos o primeiro-ministro em seu posto." "Seria um desastre deplorável", disse Sir Roger, "se o primeiro-ministro tivesse de sair." Portanto, o debate se desarticulou desde o início.

No entanto, à medida que prosseguiu, os críticos tomaram cada vez mais a dianteira. O novo ministro da Produção, capitão Oliver Lyttelton, que lidava com as reclamações feitas contra nossos equipamentos, teve uma passagem tumultuada no relato completo e pormenorizado que forneceu desse aspecto. Um vigoroso apoio conservador foi dado ao governo pelas bancadas de trás, em particular com um veemente e proveitoso discurso feito por Mr. Boothby. Lord Winterton, *the Father of the House*,* reavivou o ímpeto do ataque e o concentrou em mim.

"Quem foi o ministro do governo que praticamente controlou a operação de Narvik? Foi o atual primeiro-ministro, que era, na época, o primeiro lord do almirantado. (...) Ninguém ousa pôr a culpa no primeiro-ministro, em quem ela deve ser constitucionalmente posta. (...) Se todas as vezes que sofrermos desastres recebermos a mesma resposta — que, haja o que houver, não se deve culpar o primeiro-ministro — estaremos chegando muito perto da postura intelectual e moral do povo alemão: 'O Führer tem sempre razão.' (...) Durante os 37 anos em que tenho estado nesta Casa, nunca vi tentativas semelhantes às que estão ocorrendo atualmente para absolver um primeiro-ministro da responsabilidade ministerial. (...) Nada tivemos, na última guerra, comparável a esta série de desastres. Agora, vejam como esse governo se sai da dificuldade: porque 'o Führer tem sempre razão'. Todos concordamos em que o primeiro-ministro foi o capitão de nossa coragem e constância em 1940. Mas muita coisa aconteceu desde 1940. Se a fieira de desastres prosseguir, esse digníssimo cavalheiro, mediante um dos maiores atos de abnegação que qualquer homem é capaz de praticar, deve dirigir-se a seus colegas — e há mais de um nome adequado para o cargo de primeiro-ministro neste momento — e sugerir que um deles forme governo, e que o próprio nobre cavalheiro assuma um posto sob sua direção. Talvez possa ser o ministro do Exterior, já que sua administração de nossas relações com a Rússia e com os Estados Unidos tem sido perfeita."

Não me foi possível ouvir mais da metade dos discursos do animado debate, que durou até quase três horas da manhã. Naturalmente, eu vinha preparando minha réplica para o dia seguinte, mas meus pensamentos estavam na batalha que parecia oscilar na balança no Egito.

O debate, que mermara às primeiras horas da madrugada do primeiro dia, reiniciou-se com vigor em 2 de julho. Certamente não houve cerceamento de palavra nem palavras faltaram. Um membro chegou a dizer: "Te-

---

* O decano. (N.T.)

682 Memórias da Segunda Guerra Mundial

mos neste país cinco ou seis generais que são membros de outras nações, tchecos, poloneses e franceses, todos eles habilitados no uso dessas armas alemãs e dessa técnica alemã. Sei que isso fere nosso orgulho, mas não seria possível encarregarmos temporariamente da campanha alguns desses homens, até podermos produzir nossos próprios homens treinados? Haverá algo errado em chamarmos esses homens, de posto igual ao do general Ritchie? Por que não colocá-los em campanha, no comando de nossas tropas? Eles sabem travar essa guerra; nossa gente não sabe, e eu acho muito melhor vencer as batalhas e salvar a vida de soldados ingleses sob o comando de membros das outras nações aliadas, do que perdê-los sob a liderança de nossos oficiais ineficientes. O primeiro-ministro deve saber que corre no país, na boca de todo mundo, a piada de que se Rommel estivesse no exército inglês ainda seria sargento.* Não é verdade? É uma piada que corre por todo o exército. Há um homem no exército inglês — e isso mostra como vimos usando nossos homens treinados — que fez 150 mil homens atravessarem o Ebro, na Espanha: Michael Dunbar. No momento, ele é sargento numa brigada blindada neste país. Foi chefe de estado-maior na Espanha; venceu a batalha do Ebro, e é sargento do exército inglês. A verdade é que o exército inglês é cheio de preconceito de classe. Os senhores precisam mudá-lo, e terão de mudá-lo. Se a Câmara dos Comuns não tiver garra para fazer com que o governo o modifique, os acontecimentos o farão. Embora a Câmara possa não prestar nenhuma atenção a mim hoje, os senhores prestarão na semana que vem. Lembrem-se de minhas palavras na próxima segunda, na terça. São os acontecimentos que criticam o governo. Tudo o que estamos fazendo é lhes dar voz — inadequadamente, talvez, mas é o que estamos tentando."

A argumentação principal contra o governo foi resumida por Mr. Hore-Belisha, ex-ministro da Guerra. Ele concluiu dizendo:

"Podemos perder o Egito ou não perder o Egito — rogo a Deus que não percamos —, mas quando o primeiro-ministro, que foi quem disse que defenderíamos Cingapura, que defenderíamos Creta, que havíamos desbaratado o exército alemão na Líbia... quando li que ele disse que vamos defender o Egito, minha aflição aumentou. (...) Como é possível depositar confiança em juízos que se revelaram tão errados repetidamente? É o que a Câmara dos

---

* Isso mostrava, é claro, um completo desconhecimento da longa e destacada carreira militar de Rommel nas duas guerras.

A moção de desconfiança

Comuns tem que decidir. Pensem no que está em jogo. Em cem dias, perdemos nosso Império no Extremo Oriente. Que acontecerá nos próximos cem dias? Que cada membro vote de acordo com sua consciência."

Falei depois desse discurso vigoroso. Câmara lotada. Naturalmente, esclareci tudo o que me ocorreu. Mr. Hore-Belisha carregara sobre a deficiência dos tanques ingleses e a inferioridade do nosso equipamento blindado. Não estava em muito boas condições de fazê-lo, em vista do histórico do Ministério da Guerra antes do conflito. Assim, pude virar o feitiço contra o feiticeiro:

"A ideia do tanque foi uma concepção inglesa. O uso de forças blindadas, tal como têm sido empregadas agora, foi principalmente francês, como mostra o livro do general de Gaulle. Coube aos alemães aproveitarem essas ideias. Durante três ou quatro anos antes da guerra, eles trabalharam ativamente, com sua habitual minudência, no desenho e na fabricação de tanques, bem como no estudo e na prática da guerra blindada. Seria de se supor que, mesmo que o ministro da Guerra daquela época não pudesse conseguir verbas para a fabricação em larga escala, ele ao menos mandaria fabricar e testar muito bem os protótipos em tamanho natural, escolheria as fábricas e lhes forneceria as matrizes e os gabaritos para que pudessem iniciar a produção em massa de tanques e armas antitanque quando a guerra começasse.

"Quando se encerrou o que posso chamar de era Belisha, ficaram-nos uns 250 blindados, pouquíssimos dos quais tinham sequer um canhão de duas libras. A maioria deles foi capturada ou destruída na França.

"Aceito de bom grado — aliás, tenho obrigação de aceitar — o que o nobre lord [o conde Winterton] denominou 'responsabilidade constitucional' por tudo o que aconteceu, e considero haver exercido essa responsabilidade ao não interferir no manejo técnico dos exércitos em combate com o inimigo. Contudo, antes de iniciada a batalha, insisti com o general Auchinleck para que ele assumisse pessoalmente o comando, pois tinha certeza de que, na vasta área do Oriente Médio, nada aconteceria, no mês ou nos dois meses seguintes, que se pudesse igualar em importância com essa batalha no deserto ocidental. Achei que ele era o homem certo para lidar com isso. Ele me deu várias boas razões para não fazê-lo, e o general Ritchie travou a batalha. Como declarei à Câmara na terça-feira, o general Auchinleck substituiu o general Ritchie em 25 de junho e assumiu pessoalmente o comando. Aprovamos prontamente essa decisão, mas devo confessar, francamente, que essa não foi uma questão sobre a qual pudéssemos formar um juízo definitivo, no que concerne ao oficial substituído. Não tenho a pretensão de formar juízo sobre o que aconteceu nessa batalha. Gosto que os comandantes, em terra, no mar e no ar, sintam no governo um vigoroso anteparo entre eles e todas as formas de crítica da opinião pública. Eles têm que receber uma oportunidade justa, e mais de uma oportunidade. Homens podem cometer erros e aprender com seus erros. Podem ter azar, e sua sorte pode mudar. Mas, seja como for, é impossível fazer os generais correrem riscos quando eles não se sentem apoiados por um governo forte. Recusam-se a correr riscos até sentir que não precisam ficar espiando para trás ou preocupar-se com o que acontece em casa, até sentir que podem firmar o olhar no inimigo. E os senhores não terão, posso acrescentar, um governo que arrisque, a menos que ele se sinta escorado numa leal e sólida maioria. Observem o que nos exigem que façamos agora e imaginem os ataques que desabariam sobre nós se tentássemos fazê-lo e fracassássemos. Na guerra, quando se quer performance, tem-se que dar lealdade. (...)

"Quero dizer algumas palavras 'de grande verdade e respeito', como se usa nos documentos diplomáticos, e espero que me seja concedida a mais ampla liberdade de debate. Este Parlamento tem uma responsabilidade singular. Presidiu o início dos males que se abateram sobre o mundo. Devo muito à Câmara, e é minha esperança que ela possa assistir ao fim desses males em triunfo. Mas isso só poderá ser feito se, no longo período que talvez ainda deva ser atravessado, a Câmara proporcionar uma base sólida ao executivo responsável, empossado no poder por sua própria escolha. A Câmara deve ser um fator estabilizador sistemático no estado, e não um instrumento através do qual setores insatisfeitos da imprensa possam tentar promover uma crise após outra. Se a democracia e as instituições parlamentares pretendem triunfar nesta guerra, é de todo necessário que os governos que nelas se assentam possam agir e ousar, que os servidores da Coroa não sejam atormentados por picuinhas e recriminações, e que a propaganda inimiga não seja desnecessariamente alimentada por nossa própria mão, degradando e solapando nossa reputação pelo mundo afora. Ao contrário, a vontade de toda a Câmara deve manifestar-se nas ocasiões importantes. É importante que não apenas os que falam, mas também os que observam, escutam e julgam, pesem como fator nas questões mundiais. Afinal, ainda estamos lutando pela vida, e por causas mais preciosas do que a própria vida. Não temos o direito de presumir que a vitória está garantida; só estará garantida se não faltarmos ao nosso dever. (...) A crítica

A moção de desconfiança

sóbria e construtiva, ou a crítica em sessões secretas, é de uma elevada virtude; mas o dever da Câmara dos Comuns é apoiar o governo ou mudar o governo. Se ela não pode mudá-lo, deve apoiá-lo. Não há meio-termo em tempo de guerra. (...) Somente os discursos hostis são divulgados no exterior, muito alardeados por nosso inimigo.

"O signatário desse Voto de Censura propôs que eu seja despojado de minhas responsabilidades pela defesa, a fim de que alguma figura militar ou outro personagem não denominado assuma a condução global da guerra, detenha o controle completo das forças armadas da Coroa, seja o chefe dos chefes de estado-maior, nomeie ou exonere os generais e almirantes, esteja sempre pronto a renunciar — ou seja, a entrar em confronto com seus colegas políticos, se é que eles poderiam ser considerados colegas — caso não obtenha tudo o que quiser, tenha sob suas ordens um duque da Casa Real como comandante em chefe do exército e, finalmente, presumo eu, embora isso não tenha sido mencionado, que esse personagem sem nome encontre no primeiro-ministro um apêndice encarregado de apresentar as explicações, justificativas e desculpas necessárias ao Parlamento quando as coisas saírem erradas, como frequentemente acontece e frequentemente acontecerá. Bem, isso, pelo menos, constitui uma política. Trata-se de um sistema muito diferente do sistema parlamentarista em que vivemos. Poderia ser facilmente convertido numa ditadura. Quero deixar claro que, no que me concerne, não terei qualquer participação num sistema desses."

Nesse ponto, Sir John J. Wardlaw-Milne aparteou: "Espero que meu nobre amigo não tenha esquecido a formulação original, que era 'sujeito ao Gabinete de Guerra', pois não?"

Prossegui:

"Sujeito ao Gabinete de Guerra, contra o qual esse potentado onipotente não deve hesitar em renunciar a qualquer momento, caso não consiga impor sua vontade. Trata-se de um plano, mas não de um plano em que eu esteja pessoalmente interessado em participar, e não creio que seja um plano recomendável para esta Casa.

"A moção desse voto de censura por membros de todos os partidos é um acontecimento de realce. Não permitam, eu lhes rogo, que a Câmara subestime a gravidade do que foi feito. Isso foi anunciado aos quatro ventos pelo mundo inteiro, para nosso descrédito. Quando todas as nações, amigas e inimigas, esperam para ver qual é a verdadeira determinação e convicção da Câmara dos Comuns, ela deve ir até o fim. No mundo inteiro — em todo o território americano, como posso atestar, na Rússia, na distante China e em cada um dos países subjugados — todos os nossos amigos estão esperando para saber se existe um governo forte e sólido na Inglaterra e se sua liderança nacional deve ou não ser contestada. Cada voto é importante. Se aqueles que nos atacaram forem reduzidos a uma proporção desprezível, e se seu voto de censura ao governo de coalizão nacional for convertido num voto de censura aos seus autores, tenham a certeza de que um grito de aplauso brotará de cada amigo da Inglaterra e de cada servo fiel de nossa causa, e de que o dobre soturno do desapontamento soará nos ouvidos dos tiranos que estamos lutando por derrubar."

A Câmara procedeu à divisão, e a "Moção de Desconfiança" de Sir John Wardlaw-Milne foi derrotada por 475 votos a 25. Meus amigos americanos aguardavam o desfecho com verdadeira ansiedade, ficaram radiantes com o resultado, e acordei recebendo suas congratulações.

Um curioso aspecto histórico foi salientado no debate por Mr. Walter Elliot, ao relembrar o relato de Macaulay sobre o governo de Mr. Pitt: "Pitt chefiava uma nação empenhada numa luta de vida ou morte. (...) Mas a verdade é que, após oito anos de guerra, após um vasto dispêndio de vidas e (...) de riqueza, o exército inglês comandado por Pitt era alvo de achincalhe em toda a Europa. Não se podia gabar de uma só façanha brilhante. Nunca aparecera no continente europeu senão para ser derrotado, perseguido e forçado a reembarcar." Entretanto, Macaulay havia registrado que Pitt sempre tivera o apoio da Câmara dos Comuns. "Assim, durante um longo e calamitoso período, todos os desastres ocorridos fora das paredes do Parlamento foram sistematicamente acompanhados pelo triunfo dentro delas. No fim, ele já não tinha uma oposição com que se deparar e, no agitado ano de 1799, o maior contingente que se conseguiu reunir para votar contra o governo compôs-se de 25 membros." "É curioso", disse Mr. Elliot, "observar como a história se repete, de certa forma." Ele não tinha como saber, antes do resultado, quão verdadeiro era isso. Também eu fiquei surpreso com o fato de o total de 25 ter sido quase exatamente o que eu havia anunciado ao presidente e a Harry Hopkins quando estivera com eles na Casa Branca, no dia das notícias sobre Tobruk.

57

O VIII Exército encurralado

A TOMADA DE TOBRUK sem um cerco prolongado revolucionou os planos do Eixo. Depois que ela fosse tomada, Rommel deveria ficar na fronteira egípcia, aguardando que Malta fosse ocupada por forças aeroterrestres e marítimas. Ainda em 21 de junho, Mussolini havia reiterado essas ordens. No dia seguinte à queda de Tobruk, Rommel fez uma nova proposta: destruir as pequenas forças inglesas que haviam restado na fronteira e, desse modo, abrir caminho para o Egito. A situação e o moral de sua tropa, a grande captura de armas e suprimentos e a fragilidade da posição inglesa instigavam à perseguição "até o coração do Egito," para a qual ele pediu aprovação. Chegou também para Mussolini uma carta de Hitler insistindo nas propostas de Rommel:

> O destino ofereceu-nos uma oportunidade que nunca ocorre duas vezes num mesmo teatro de operações. (...) O VIII Exército inglês foi praticamente destruído. Em Tobruk, as instalações portuárias estão quase intactas. O senhor possui agora, Duce, uma base auxiliar cuja importância torna-se ainda maior pelo fato de os próprios ingleses haverem construído, a partir dela, uma ferrovia que leva quase até o Egito. Se, neste momento, o que resta desse exército inglês não for perseguido até o último fôlego de cada homem, acontecerá o mesmo que se deu com os ingleses, privados do sucesso quando quase chegaram a Trípoli e, de repente, pararam para enviar forças à Grécia. (...)
>
> A deusa das batalhas só visita os guerreiros uma vez. Aquele que não a segura num momento desses nunca mais chega a ela.*

O Duce não precisou ser persuadido. Radiante com a perspectiva de conquistar o Egito, adiou o ataque a Malta para o início de setembro, e Rommel — já então marechal, para certa surpresa italiana — foi autorizado a ocupar a passagem relativamente estreita entre El-Alamein e a depressão de Qattara, como ponto de partida para futura operação cujo objetivo final era o canal de Suez. Kesselring tinha uma opinião diferente. Acredi-

---

* Citado em Cavallero, *Commando Supremo*, p. 277.

tando que a situação do Eixo no deserto nunca estaria segura enquanto Malta não fosse tomada, alarmou-se com a mudança de planos. Apontou a Rommel os perigos dessa "empreitada temerária".

O próprio Hitler não tivera certeza do sucesso contra Malta, já que não confiava na capacidade dos soldados italianos que comporiam a maior parte da expedição. Era bem possível que o ataque tivesse fracassado. Contudo, hoje parece certo que a arrasadora e lamentável perda de Tobruk poupou a ilha dessa provação suprema. É um consolo que nenhum bom soldado, quer tenha estado envolvido, quer não, deve adotar. O ônus coube mais ao alto comando do que aos generais em questão, e menos ainda aos soldados.

Rommel organizou rapidamente sua perseguição. Cruzou a fronteira do Egito em 24 de junho, encontrando apenas a oposição de nossas colunas móveis ligeiras e das obstinadas e magníficas esquadrilhas de caças da RAF, que cobriram a retirada do VIII Exército para Mersa-Matruh. Ali, sua posição não era forte. Ao redor da cidade havia um sistema defensivo organizado, mas no sul havia apenas algumas linhas de campos minados não interligadas e malprotegidas. Como no caso da posição perdida na fronteira, a linha de Matruh, para ser defendida com êxito, precisava de uma força blindada poderosa para guardar seu flanco sul. A 7ª Divisão Blindada, embora já reorganizada até um total de quase cem tanques, ainda não era capaz de realizar tal tarefa.

O próprio general Auchinleck foi para Matruh em 25 de junho e resolveu assumir o comando operacional direto do exército em lugar do general Ritchie. Deveria tê-lo feito quando eu lhe pedira isso, em maio. Logo concluiu que não era possível sustentar uma defensiva final em Matruh. Já se haviam tomado providências para a preparação e ocupação da posição de El-Alamein, 120 milhas mais para trás. Providenciou-se deter o inimigo, nem que fosse por algum tempo, e a Divisão da Nova Zelândia, que chegara da Síria a Matruh em 21 de junho, foi finalmente deslocada para o combate, no dia 26, nas montanhas em torno de Minqa Qaim. Naquela noite, o inimigo penetrou na linha de frente da 29ª Brigada de Infantaria Indiana, onde o campo minado estava incompleto. Na manhã seguinte, infiltrou-se pela brecha e, em seguida, passando por trás dos neozelandeses,

O VIII Exército encurralado

cercou-os e atacou-os por três lados. O combate desesperado prosseguiu durante o dia inteiro e, no fim, a divisão pareceu condenada. O general Freyberg fora gravemente ferido. Mas teve um sucessor à altura. O *brigadier* Inglis estava decidido a romper o cerco. Logo depois da meia-noite, a 4ª Brigada da Nova Zelândia moveu-se para leste pelo deserto, com todos os seus batalhões desdobrados e baionetas caladas. Por mil jardas, não encontrou nenhum inimigo, mas então irrompeu o tiroteio. A brigada inteira fez uma carga em linha. Os alemães foram inteiramente apanhados de surpresa e dispersados numa luta corpo a corpo à luz do luar. O resto da Divisão da Nova Zelândia atacou pelo sul, por envolvimento. Eis como Rommel descreveu o episódio:

> O violento ataque que se seguiu envolveu meu próprio QG de campanha. (...) A troca de fogo entre minha tropa e os neozelandeses atingiu uma intensidade extraordinária. Em pouco tempo, meu QG estava cercado por viaturas em chamas, o que os tornou alvos para o fogo inimigo contínuo a curta distância. Depois de algum tempo, achei que era o bastante e ordenei que a tropa e o estado-maior recuassem para o sul. É difícil imaginar a confusão reinante naquela noite.*

Assim, os neozelandeses romperam o cerco e a divisão inteira voltou a se reunir, num elevado clima de disciplina e ardor, perto da posição de El-Alamein, a oitenta milhas dali. Tão bem-organizada se mantinha que foi imediatamente empregada para reforçar a defesa.

O restante do VIII Exército também foi trazido de volta em segurança, embora com dificuldade. Os soldados estavam mais atônitos do que deprimidos, mas, com a vantagem das comunicações a curta distância e com Alexandria a apenas quarenta milhas, a reorganização não tardou. Uma vez instalado no comando direto, Auchinleck parecia outro homem, diferente do estrategista pensativo, com um olho na batalha decisiva e outro nos vagos e remotos perigos provenientes da Síria e da Pérsia. Procurou recuperar imediatamente a iniciativa tática. Já em 2 de julho, fez o primeiro de uma série de contra-ataques que continuaram até meados do mês e desafiaram a precária vantagem de Rommel. Enviei minhas palavras de incentivo logo após o debate da moção de censura, que servira de acompanhamento ao canhoneio.

---

* Desmond Young, *Rommel*, p. 269.

Na verdade, as comunicações de Rommel haviam sido forçadas até o limite máximo, e seus soldados estavam exaustos. Apenas uma dúzia de tanques alemães ainda se achava em condições de combate, e a superioridade da força aérea inglesa, especialmente em caças, voltava a se tornar dominante. Rommel comunicou, em 4 de julho, que estava suspendendo os ataques e passando para a defensiva por algum tempo, a fim de reagrupar as tropas e recobrar as forças. No entanto, ainda confiava tomar o Egito, e sua opinião era compartilhada por Mussolini e por Hitler. O Führer, de fato, sem consultar os italianos ou seu próprio comando naval, adiou o ataque a Malta até que se concluísse a conquista do Egito.

Os contra-ataques de Auchinleck pressionaram Rommel duramente durante a primeira quinzena de julho. Em seguida, ele aceitou o desafio e, de 15 a 20 de julho, renovou suas tentativas de romper a linha inglesa. No dia 21, teve de comunicar que fora barrado: "A crise persiste." No dia 26, considerou um recuo para a fronteira. Queixou-se de haver recebido muito poucos reforços; faltavam-lhe homens, tanques e artilharia; a força aérea inglesa era extremamente ativa. A batalha oscilou em meio a avanços e recuos até o fim do mês, ocasião em que os dois lados em luta ficaram imobilizados. Sob o comando de Auchinleck, o VIII Exército havia atravessado a tempestade e, em sua postura obstinada, fizera sete mil prisioneiros. O Egito ainda estava seguro.

Nessa conjuntura, quando eu havia atingido meu ponto mais fraco em termos políticos e não tinha nenhum vislumbre de sucesso militar, tive de obter dos EUA a decisão que, para o bem ou para o mal, dominou os dois anos seguintes da guerra. Tratava-se de abandonar todos os planos de atravessar o canal da Mancha em 1942, e de invadir e ocupar a África do Norte Francesa, no outono ou no inverno, com uma grande expedição anglo-americana.

Fazia algum tempo que eu vinha me concentrando num estudo criterioso das ideias do presidente e de suas reações, e tinha certeza de que ele se sentia intensamente atraído pelo plano da África do Norte. Esse sempre fora meu objetivo, como está em meus documentos de dezembro de 1941. Em nosso círculo inglês, a essa altura, todos estavam convencidos de que a travessia do Canal em 1942 fracassaria. Nos dois lados do Atlântico, ne-

O VIII Exército encurralado

nhum militar se dispunha a recomendar esse plano ou a assumir a responsabilidade por ele. Expus o caso com todas as forças que pude reunir, e nos termos mais explícitos, num importante telegrama dirigido ao presidente em 8 de julho:

> Nenhum general, almirante ou marechal do ar inglês responsável se dispõe a recomendar *Sledgehammer** como operação viável em 1942. Os chefes de estado-maior concluíram que "as condições que tornariam *Sledgehammer* uma iniciativa segura e sensata têm pouquíssima probabilidade de ocorrer". No momento, eles estão enviando aos vossos chefes de estado-maior o documento que prepararam.
>
> 2. Prossegue nossa requisição de navios para fins de disfarce, embora isso implique uma perda de talvez 250 mil toneladas de importações inglesas. Muito mais grave, porém, é o fato de que, segundo Mountbatten, se interrompermos o treinamento da tropa, afora a perda das barcaças de desembarque etc., atrasaremos [nossa invasão principal da França] no mínimo dois a três meses, mesmo que a tentativa não tenha sucesso e as tropas tenham de ser retiradas após uma breve permanência.
>
> 3. Na eventualidade de se firmar pé em território inimigo, a cabeça de praia teria de ser suprida. Nesse caso, o esforço de bombardear a Alemanha teria de ser drasticamente reduzido. Toda a nossa energia ficaria voltada para a defesa da cabeça de praia. A possibilidade de montarmos uma operação em larga escala em 1943 seria prejudicada, senão anulada. Todos os nossos recursos seriam absorvidos, pouco a pouco, nessa estreitíssima frente, a única que nos seria acessível. Assim, pode-se dizer que uma ação prematura em 1942, afora provavelmente terminar em desastre, prejudicaria decisivamente a perspectiva de uma operação bem-organizada e em larga escala em 1943.
>
> 4. Pessoalmente, tenho certeza de que a África do Norte Francesa [*Gymnast*] é, de longe, a melhor maneira de levarmos socorro à frente russa em 1942. Isso está desde o começo em harmonia com suas ideias. Na verdade, essa constitui sua ideia preponderante. É essa a verdadeira Segunda Frente de 1942. Consultei o Gabinete e o Comitê de Defesa; todos estamos de acordo. Esse é o golpe mais seguro e mais frutífero que podemos desferir neste outono.

---

* Breve recapitulação dos nomes em código que aparecem neste capítulo:
Gymnast: o desembarque no noroeste da África, operação depois denominada *Torch*.
Jupiter: operações no norte da Noruega.
Round-up: a invasão da Europa, depois denominada *Operação Overlord*.
Sledgehammer: o ataque a Brest ou a Cherbourg em 1942.

5. Evidentemente, podemos ajudar em todos os sentidos, executando o deslocamento de forças de desembarque americanas ou inglesas do Reino Unido para a operação *Gymnast*, e também entrando com barcaças de desembarque, navios etc. Se preferir, o senhor poderá desferir o golpe em parte daqui e, o restante, diretamente atravessando o Atlântico.

6. Convém entendermos com clareza que não poderemos contar com um convite ou uma garantia de Vichy. Entretanto, nenhuma resistência encontrada seria comparável à que o exército alemão ofereceria no Passo de Calais. Na verdade, talvez seja apenas uma resistência simbólica. Quanto mais fortes formos, menor será a resistência e maior a possibilidade de vencê-la. É uma questão mais política do que militar. Parece-me que não devemos desperdiçar o único grande golpe estratégico que está a nosso alcance no teatro ocidental durante este ano decisivo.

7. Além do acima exposto, estamos estudando com muito empenho a possibilidade de uma operação no norte da Noruega, ou, se ela se revelar inviável, em algum outro ponto da Noruega. As dificuldades são grandes, em virtude do perigo de ataques aéreos, a partir das bases costeiras, contra nossos navios. Temos tido dificuldades assustadoras com os comboios destinados à Rússia. Torna-se ainda mais necessário tentarmos desobstruir o caminho e manter o contato com a Rússia.

Entretanto, antes que pudéssemos obter uma decisão final sobre a ação, houve uma pausa. Grandes tensões se acumularam no alto comando americano. Havia uma distância tão grande entre o general Marshall e o almirante King quanto entre a Europa e o Pacífico. Nenhum dos dois se inclinava pela incursão norte-africana. Em meio a esse impasse, a predileção do presidente pela África do Norte tornou-se cada vez maior. As qualidades do marechal Dill haviam-lhe granjeado a confiança de todas as escolas de pensamento rivais, e seu tato preservava a boa vontade delas. O presidente estava cônscio do peso dos argumentos contrários à operação *Sledgehammer*. Se a colocava no primeiro plano de suas comunicações conosco, fazia-o para convencer o general Marshall de que ela teria todas as oportunidades. Mas, se ninguém se dispusesse a tocá-la, que fazer? E havia a onda de opinião do estado-maior americano que alegava: "Se nada for possível fazer na Europa este ano, vamos nos concentrar no Japão e, com isso, unir o Exército e a Marinha dos Estados Unidos e conciliar o general Marshall e o almirante King."

O presidente descartou essa corrente de opinião fatal. Estava convencido de que o exército americano precisava combater os alemães em 1942.

O VIII Exército encurralado

E onde poderia fazê-lo, senão na África do Norte Francesa? "Essa era", no dizer de Mr. Stimson, "sua secreta menina dos olhos, na guerra." A força da argumentação e a determinação do presidente nessa direção foram implacáveis.

No sábado, 18 de julho, o general Marshall, o almirante King e Harry Hopkins aterrissaram em Prestwick e seguiram de trem para Londres. Ali, entraram imediatamente em reunião com os comandantes das forças armadas americanas então em Londres — Eisenhower, Clark, Stark e Spaatz. Reacendeu-se o debate sobre *Sledgehammer*. A opinião dos comandantes americanos ainda era fortemente favorável a que se insistisse apenas nessa operação. Só o próprio presidente parecia haver-se impressionado com meus argumentos. Ele preparara para a delegação o documento mais imponente e magistral sobre política de guerra que jamais vi redigido por sua mão.*

MEMORANDO AO HON. MR. HARRY HOPKINS,
AO GENERAL MARSHALL E AO ALMIRANTE KING

Assunto: Instruções para a Conferência de Londres de julho de 1942

16 de julho de 1942

1. Os senhores deverão seguir imediatamente para Londres, como meus representantes pessoais, a fim de conferenciar com as autoridades inglesas pertinentes sobre a condução da guerra.

2. Foram tão grandes as mudanças estratégicas, inclusive navais, desde a visita de Mr. Churchill a Washington, que se tornou necessário chegarmos a um acordo imediato sobre planos operacionais conjuntos entre os ingleses e nós, segundo duas linhas:

(a) Planos definitivos para o restante de 1942.

(b) Planos provisórios para o ano de 1943, os quais, naturalmente, estarão sujeitos a mudanças à luz das ocorrências de 1942, mas que deverão ser iniciados neste momento em todos os casos que impliquem preparativos em 1942 para operações em 1943.

3. (a) O objetivo comum das Nações Unidas deve ser a derrota das Potências do Eixo. Não pode haver transigência quanto a esse ponto.

(b) Devemos concentrar nossos esforços e evitar a dispersão.

---

* Robert Sherwood, *Roosevelt and Hopkins*, p. 603-5. Na edição brasileira, p. 615-17.

Memórias da Segunda Guerra Mundial

(c) É essencial o emprego absolutamente coordenado das forças inglesas e americanas.

(d) Todas as forças americanas e inglesas disponíveis devem entrar em ação tão logo possam ser usadas com proveito.

(e) É da máxima importância que as tropas terrestres dos EUA sejam empenhadas em combate contra o inimigo em 1942.

4. As promessas inglesas e americanas de ajuda material à Rússia devem ser cumpridas com boa-fé. Se a rota da Pérsia de suprimento for usada, deve-se dar preferência a material de combate. Essa ajuda deve continuar enquanto houver possibilidade de entrega, e a Rússia deve ser incentivada a prosseguir na resistência. Somente o colapso completo, que parece impensável, deverá alterar essa determinação de nossa parte.

5. No tocante a 1942, os senhores deverão analisar criteriosamente a possibilidade de executar *Sledgehammer*. Essa operação sustentaria decisivamente a Rússia este ano. *Sledgehammer* é de tamanha importância que todas as razões clamam por sua realização. Os senhores deverão insistir vivamente em preparativos completos e imediatos para ela, em que a operação seja levada adiante com o máximo vigor e em que seja executada, quer o colapso russo venha, quer não, a se tornar iminente. Na eventualidade de o colapso russo tornar-se provável, *Sledgehammer* passará a ser não apenas aconselhável, mas imperativa. O objetivo principal de *Sledgehammer* é o desvio positivo de forças aéreas alemãs da frente russa.

6. Só me informem de que será impossível executar *Sledgehammer* se os senhores estiverem totalmente convencidos de que não há uma probabilidade razoável de que a operação cumpra sua finalidade.

7. *Se Sledgehammer for decisiva e definitivamente descartada, quero que os senhores considerem a situação mundial, tal como se apresentar nesse momento, e que determinem outro lugar em que as tropas dos EUA possam combater em 1942.*

Minha atual visão do panorama mundial é que:

(a) Se a Rússia absorver grandes efetivos alemães contra ela, *Round-up* [a invasão da Europa] se torna possível em 1943, os planos para *Round-up* deverão ser examinados imediatamente e os preparativos feitos.

(b) Se a Rússia desmoronar e forças aéreas e terrestres alemãs ficarem liberadas, talvez seja impossível executar a operação *Round-up* em 1943.

O VIII Exército encurralado

8. O Oriente Médio deve ser tão bem-defendido quanto possível, quer a Rússia entre em colapso, quer não. Desejo que os senhores levem em conta o efeito da perda do Oriente Médio. Essa perda significa, sucessivamente:

(a) A perda do Egito e do canal de Suez.

(b) A perda da Síria.

(c) A perda dos poços de petróleo de Mosul.

(d) A perda do golfo Pérsico, por ataques vindos do norte e do oeste, bem como a perda do acesso a todo o petróleo do golfo Pérsico.

(e) O contato entre a Alemanha e o Japão e a provável perda do oceano Índico.

(f) A importantíssima probabilidade de uma ocupação alemã de Túnis, Argel, Marrocos e Dakar e da interrupção da ponte de transferência de aviões através de Freetown e da Libéria.

(g) Grave perigo para toda a navegação no Atlântico sul e grave perigo para o Brasil e toda a costa leste da América do Sul. Incluo nessas possibilidades a utilização da Espanha e de Portugal e seus territórios pelos alemães.

(h) Os senhores deverão determinar os melhores métodos de defesa do Oriente Médio. Esses métodos incluem, definitivamente, uma ou ambas das seguintes alternativas.

(1) O envio de ajuda e de forças terrestres ao golfo Pérsico, à Síria e ao Egito.

(2) *Uma nova operação em Marrocos e na Argélia, visando à retaguarda dos exércitos de Rommel A atitude das tropas coloniais francesas ainda é duvidosa.**

9. Oponho-me a um esforço global americano no Pacífico contra o Japão, com vistas a derrotá-lo o mais depressa possível. É de suma importância reconhecermos que a derrota do Japão não derrotará a Alemanha e que a concentração americana contra o Japão, neste ano ou em 1943, aumentará a probabilidade de um completo domínio alemão da Europa e da África. Por outro lado, é evidente que a derrota ou a contenção da Alemanha em 1942 ou 1943 quer dizer a derrota da Alemanha no teatro europeu e africano e no Oriente Próximo. *Derrota da Alemanha significa derrota do Japão, provavelmente sem darmos um tiro ou perdermos uma vida.***

---

* Todos os itálicos são posteriores. WSC.
** Todos os itálicos são posteriores. WSC.

Memórias da Segunda Guerra Mundial

10. Queiram lembrar-se de três princípios cardeais — rapidez de decisão quanto aos planos, unidade de planos e ataque combinado com defesa, não a defesa isoladamente. Isso influi no objetivo imediato de que as forças terrestres dos EUA entrem em combate contra alemães em 1942.

11. Espero que obtenham um acordo completo no prazo de uma semana após sua chegada.

FRANKLIN D. ROOSEVELT
Comandante em Chefe

Apesar deste último item, disse-me o general Marshall, na tarde de 22 de julho, que ele e seus colegas haviam chegado a um impasse em suas conversações com os chefes de estado-maior ingleses e teriam de reportar-se ao presidente para receber instruções.

Respondi que partilhava integralmente do ardoroso desejo do presidente e de seus assessores militares de "combater o inimigo com a máxima força possível o mais depressa possível", mas tinha certeza de que, com as forças limitadas de que dispúnhamos, não seria justificável tentarmos executar *Sledgehammer* em 1942. Assinalei as diversas possibilidades tenebrosas que pairavam diante de nós. Poderia, por exemplo, haver um colapso na Rússia, ou os alemães poderiam penetrar no Cáucaso, ou talvez derrotassem o general Auchinleck e ocupassem o delta do Nilo e o canal de Suez, ou talvez se estabelecessem na África do Norte e na África ocidental, impondo assim um esforço quase proibitivo à nossa marinha mercante. Não obstante, uma dissensão entre a Inglaterra e os Estados Unidos teria consequências muito maiores do que todas essas possibilidades. Por conseguinte, concordou-se em que os chefes de estado-maior americanos informassem ao presidente que os ingleses não se sentiam em condições de levar à frente a operação *Sledgehammer* e pedissem instruções.

Mr. Roosevelt respondeu de imediato que não estava surpreso com o desfecho decepcionante das conversações em Londres. Concordou que, diante da oposição inglesa, de nada adiantava continuar a pressionar pela operação *Sledgehammer* e instruiu sua delegação a decidir conosco por alguma operação que implicasse pôr as forças terrestres americanas em ação contra o inimigo em 1942. Assim, *Sledgehammer* ficou pelo caminho, e a operação *Gymnast* se manteve. Marshall e King, embora naturalmente desapontados, curvaram-se à decisão de seu comandante supremo e voltou a prevalecer a maior boa vontade entre todos nós.

O VIII Exército encurralado

Apressei-me então a rebatizar minha operação favorita. O termo *Gymnast* e suas variações desapareceram de nossos códigos. Em 24 de julho, numa instrução expedida por mim aos chefes de estado-maior, *Torch* tornou-se a nova e principal denominação. Em 25 de julho, o presidente telegrafou a Hopkins, dizendo que deveriam ser prontamente elaborados planos de desembarques na África do Norte, a serem executados "no máximo em 30 de outubro". Nessa noite, nossos amigos partiram de volta a Washington.

Assim, tudo foi acertado e estabelecido de acordo com minhas ideias de longa data e com as de meus colegas militares e políticos. Foi uma grande alegria para mim, especialmente por vir no que parecia ser o pior dos momentos. Em todos os aspectos, com exceção de um, os planos que eu acalentava foram adotados. Só não obtive aprovação para *Jupiter* (a operação da Noruega), embora seus méritos não fossem contestados. Não desisti do plano nessa ocasião, mas acabei não conseguindo executá-lo. Durante meses, eu havia insistido: "nada de *Sledgehammer*" e sim, em vez disso, a invasão norte-africana e *Jupiter.* A operação *Jupiter* foi abandonada. Mas eu já tinha o bastante por que me sentir grato.

O marechal Dill telegrafou de Washington:

O presidente foi para Hyde Park para um breve repouso, mas, antes de partir, deu ordens para Torch ir adiante a pleno vapor, o mais cedo possível. Pediu à Junta de Chefes de Estado-Maior que lhe diga em 4 de agosto qual a primeira data em que poderia ocorrer o desembarque. Talvez o risco da atração pelo Pacífico ainda exista, mas o presidente está inteiramente firme quanto a isso.

No pensamento americano, Round-up em 1943 fica excluída pela aceitação de Torch. Não temos por que discutir a esse respeito. A concentração de ideias em Torch é o que queremos neste momento. (...) Oxalá aquilo em que o senhor está empenhado tenha o sucesso merecido pela coragem e pela imaginação.

Essa mensagem chegou-me à meia-noite de 1º de agosto de 1942, no aeródromo de Lyneham, onde eu estava prestes a partir numa viagem que o próximo capítulo explicará e da qual fará um relato.

58
Minha viagem ao Cairo: mudanças no comando

As DÚVIDAS QUE EU TINHA sobre o Alto Comando do Oriente Médio eram constantemente alimentadas pelos relatórios que recebia de muitas fontes. Tornou-se necessário que eu fosse até lá urgentemente e resolvesse *in loco* as questões decisivas. A princípio, acertou-se que essa viagem fosse feita passando por Gibraltar e Takoradi e, de lá até a cidade do Cairo, pela África Central, o que implicaria cinco ou até seis dias de voo. Entretanto, nesse momento chegou à Inglaterra um jovem piloto americano, o capitão Vanderkloot, que acabara de voar dos EUA no avião Commando, um aparelho Liberator do qual se haviam retirado os porta-bombas, substituídos por uma espécie de acomodação para passageiros. Esse avião certamente era capaz de voar pela rota recomendada com uma boa margem de reserva em todas as etapas. Portal, chefe do Estado-Maior da RAF, entrevistou esse piloto e o submeteu a um rigoroso exame sobre o Commando. Vanderkloot, que já voara cerca de um milhão de milhas, perguntou por que era necessário dar toda aquela volta por Takoradi, Kano, Forte Lamy, El Obeid etc. Disse que poderia dar um salto de Gibraltar ao Cairo, partindo de Gibraltar para leste à tarde, dando uma guinada forte para o sul ao anoitecer, sobre o território espanhol ou de Vichy e, em seguida, retomando o rumo leste até chegar ao Nilo, nas imediações de Assiout, onde uma virada para o norte nos levaria, em cerca de mais uma hora, à aterrissagem no Cairo, a noroeste das pirâmides. Isso alterava todo o panorama. Eu poderia estar no Cairo em dois dias. Portal se convenceu.

Estávamos todos inquietos quanto à reação do governo soviético à notícia infeliz, mas inevitável, de que não haveria travessia do Canal em 1942. Ocorre que, na noite de 28 de julho, tive a honra de receber o rei num jantar com o Gabinete de Guerra, na sala devidamente escorada do jardim do número 10 de Downing Street, que costumávamos usar para jantar. Obtive em particular a aprovação de Sua Majestade para minha viagem e, tão logo ele se foi, convoquei os ministros, que estavam de bom humor, à

Minha viagem ao Cairo: mudanças no comando

sala do Gabinete, onde decidi a questão. Ficou acertado que eu iria ao Cairo de qualquer maneira e que deveria propor a Stalin seguir viagem para visitá-lo. Assim, enviei-lhe o seguinte telegrama no dia 30:

> Estamos tomando providências preliminares para outro esforço de fazer com que um grande comboio chegue a Arkangel na primeira semana de setembro.
>
> 2. Estou disposto, se o senhor me convidar, a ir pessoalmente ao seu encontro em Astrakhan, no Cáucaso ou noutro ponto de encontro similar e conveniente. Poderíamos, então, examinar a guerra juntos e tomar decisões de comum acordo. Eu poderia relatar-lhe os planos que fizemos com o presidente Roosevelt para uma ação ofensiva em 1942. Levaria comigo o Chefe do Estado-Maior Geral Imperial.
>
> 3. Parto imediatamente para o Cairo. Tenho assuntos sérios a tratar ali, como o senhor pode imaginar. De lá, se esse for seu desejo, marcarei uma data conveniente para nosso encontro, a qual, no que me diz respeito, poderia situar-se entre 10 e 13 de agosto, se tudo correr bem.
>
> 4. O Gabinete de Guerra endossou minhas propostas.

A resposta chegou no dia seguinte.

> Em nome do governo soviético, convido-o a vir à URSS conhecer os membros do Governo. (...) Creio que o ponto de encontro mais adequado seria Moscou, já que nem eu nem os membros do Governo e os chefes do Estado-Maior poderíamos deixar a capital neste momento de luta intensa contra os alemães. A presença do Chefe do Estado-Maior Geral Imperial seria extremamente desejável.
>
> Quanto à data da reunião, queira V. Exa. marcá-la ajustada ao tempo necessário para a solução de seus assuntos no Cairo. Esteja certo, de antemão, de que qualquer data me convirá.
>
> Permita-me expressar minha gratidão por sua anuência em enviar o próximo comboio com material bélico para a URSS no início de setembro. Apesar da extrema dificuldade de desviar aeronaves da frente de batalha, tomaremos todas as providências possíveis para ampliar a proteção aérea ao comboio.

Assim, tudo ficou acertado e partimos de Lyneham depois da meia-noite de domingo, 2 de agosto, no bombardeiro Commando. Foi uma viagem bem diferente do tipo de conforto proporcionado pelos hidroaviões Boeing. Nessa época, os bombardeiros não tinham aquecimento, e os ventos cortantes penetravam por inúmeras brechas. Não havia camas, porém dois beliches na cabine permitiram que eu e Lord Moran nos deitássemos. Havia uma profusão de cobertores para todos. Sobrevoamos o sul da Inglaterra a baixa altitude, a fim de sermos reconhecidos por nossas baterias, que tinham sido avisadas, mas em todo caso estavam em condições de alerta. Ao sobrevoarmos o mar, retirei-me da cabine do piloto e fui descansar, ajudado por um comprimido para dormir.

Chegamos a Gibraltar sem incidentes na manhã de 3 de agosto, passamos o dia percorrendo a fortaleza e partimos às 18 horas em direção ao Cairo, num salto de duas mil milhas ou mais, já que eram consideráveis os desvios necessários para evitar os aviões inimigos que circundavam a batalha do deserto. Para dispor de mais combustível, Vanderkloot não prosseguiu pelo Mediterrâneo até o cair da noite, mas voou diretamente pelo espaço aéreo da zona espanhola e do território quase inimigo de Vichy. Assim, considerando que até o anoitecer tínhamos uma escolta armada, composta por quatro Beaufighters, na verdade violamos abertamente a neutralidade dessas duas regiões. Ninguém nos molestou no ar e não ficamos ao alcance dos tiros de canhão de nenhuma cidade importante. Mesmo assim, alegrei-me quando a escuridão estendeu seu manto sobre a paisagem inóspita e pudemos retirar-nos para as acomodações que o Commando tinha a oferecer para dormirmos. Seria muito desgastante fazermos uma aterrissagem forçada em território neutro, e até mesmo um pouso no deserto, embora preferível, suscitaria seus próprios problemas. Todavia, os quatro motores do Commando zumbiam alegremente. Dormi um sono profundo enquanto singrávamos a noite estrelada.

Nessas viagens, era meu costume sentar-me na cadeira do copiloto antes do raiar do dia. Quando me aproximei dela nessa manhã de 4 de agosto, lá estava, no pálido e reluzente alvorecer, a interminável fita prateada e sinuosa do Nilo, a se estender diante de nós. Em muitas ocasiões, eu vira o dia amanhecer no Nilo. Na guerra e na paz, atravessara por terra ou por água quase toda a sua extensão, exceto pela "alça de Dongola", desde o lago Victoria até o mar. Mas em momento algum o brilho do sol sobre suas águas me fora tão bem-vindo.

Então, por um breve período, tornei-me "o homem no palco", Em vez de ficar sentado em casa, à espera das notícias do front, eu mesmo podia enviá-las. Era animador.

Minha viagem ao Cairo: mudanças no comando

☆

As seguintes questões tinham que ser resolvidas no Cairo: teriam o general Auchinleck ou seu estado-maior perdido a confiança do Exército do Deserto? A ser assim, conviria desligá-lo, e quem no lugar? Quando se lida com um comandante do mais elevado caráter e qualidade, de habilidade e determinação comprovadas, são decisões dolorosas. Para reforçar meu próprio julgamento, eu instara o general Smuts a viajar da África do Sul, e ele já estava na embaixada quando cheguei. Passamos a manhã juntos e eu lhe falei de todos os nossos problemas e das opções existentes. À tarde, tivemos uma longa conversa com Auchinleck, que explicou com muita clareza a situação militar. Depois do almoço do dia seguinte, o general Wavell chegou da Índia e, às 18 horas, realizei uma reunião sobre o Oriente Médio, à qual compareceram todas as autoridades — Smuts, Casey, que havia substituído Lyttelton como ministro de estado residente no Oriente Médio, o CIGS general Brooke, Wavell, Auchinleck, o almirante Harwood e Tedder, pela força aérea. Debatemos diversos pontos com grande dose de consenso, mas, durante todo o tempo, minha mente continuava girando em torno da questão fundamental do comando.

Não é possível lidar com mudanças dessa ordem sem examinar as alternativas. Nesse aspecto do problema, o CIGS, a quem competia avaliar a qualidade de nossos generais, foi meu conselheiro. Inicialmente, ofereci-lhe o Comando do Oriente Médio. Naturalmente, o general Brooke gostaria muito desse importante comando operacional, e eu sabia que nenhum outro general poderia desempenhá-lo melhor. Ele pensou no assunto e, na manhã seguinte, teve uma longa conversa com o general Smuts. Por fim, respondeu que fazia apenas oito meses que era Chefe do Estado-Maior Geral Imperial, que acreditava contar com minha plena confiança e que a máquina do Estado-Maior estava funcionando muito bem. Outra mudança, nessa ocasião, poderia causar uma perturbação temporária num momento crítico. É também bastante possível que, por uma questão de delicadeza, não quisesse ser responsável por comunicar a substituição do general Auchinleck e, em seguida, assumir ele mesmo o posto. Sua reputação era por demais elevada para esse tipo de imputações: mas tive que procurar alhures.

Tanto Alexander quanto Montgomery haviam combatido ao lado dele na batalha que nos permitira recuar até Dunquerque em maio de 1940. Ambos tínhamos grande admiração pela conduta magnífica de Alexander na desanimadora campanha para a qual ele fora designado na Birmânia. A reputação de Montgomery era alta. Se houvesse uma decisão de substituir Auchinleck, não tínhamos dúvida de que Alexander deveria receber ordens de arcar com o fardo do Oriente Médio. Mas os sentimentos do VIII Exército tinham de ser considerados. Não seria tomado como uma censura a eles e a todos os seus comandantes, de todos os postos que se enviassem dois homens da Inglaterra para substituir todos os que haviam lutado no deserto? Neste caso, o general Gott, um dos comandantes de corpo de exército, parecia atender perfeitamente à necessidade. Os soldados lhe eram dedicados, e não era à toa que o chamavam "*Strafer*", "o Metralha". Por outro lado, havia a opinião, que me fora transmitida por Brooke, de que ele estava muito cansado e precisava de repouso. Nesse momento, era cedo demais para tomar decisões. Eu viajara para tão longe a fim de ter uma oportunidade de ver e ouvir o que fosse possível no tempo que fosse necessário.

A hospitalidade de nosso embaixador, Sir Miles Lampson, foi principesca. Eu dormia em seu quarto e trabalhava em seu gabinete, ambos refrigerados. Fazia um calor intenso e esses eram os dois únicos cômodos da casa em que a temperatura era amena. Passamos mais de uma semana nesse ambiente agradável, sentindo o clima reinante, ouvindo opiniões e visitando o front ou os grandes acampamentos a leste do Cairo, na área de Kassassin, onde nossos poderosos reforços já estavam chegando regularmente.

Em 5 de agosto, visitei as posições de Alamein. Fui com o general Auchinleck, no carro dele, até o extremo flanco direito da linha situada a oeste de El Ruweisat. Dali prosseguimos margeando o front até seu QG, atrás das elevações de Ruweisat, onde nos serviram o café da manhã dentro de um cubo de arame e de tela, cheio de moscas e de personagens militares importantes. Eu tinha pedido que vários oficiais fossem chamados, mas sobretudo o general "Strafer" Gott. Dizia-se que ele estava esgotado com o trabalho estafante. Era isso que eu queria descobrir. Assim, depois de travar conhecimento com os vários comandantes de corpos e de divisões presentes, pedi que o general Gott me acompanhasse até o aeroporto, que seria minha parada seguinte. Um dos oficiais do estado-maior de Auchinleck ponderou que isso o faria desviar-se uma hora de seu trajeto, mas insisti em que ele fosse comigo. E esse foi meu primeiro e último encontro com

Minha viagem ao Cairo: mudanças no comando

Gott. Enquanto rodávamos aos solavancos pelas trilhas acidentadas, fitei seus claros olhos azuis e perguntei como se sentia. Estaria cansado, e porventura teria alguma opinião a dar? Gott disse que decerto estava cansado e nada lhe agradaria mais do que três meses de licença na Inglaterra, que ele não via fazia vários anos, mas declarou-se perfeitamente capaz para outras missões imediatas e de assumir qualquer responsabilidade que lhe fosse confiada. Despedimo-nos no aeroporto, às 14 horas de 5 de agosto. Por essa hora, dois dias depois, ele estava morto, atingido pelo inimigo quase na mesma rota aérea em que voamos nessa ocasião.

No aeroporto, fui entregue aos cuidados do vice-marechal do ar Coningham, que, sob a chefia de Tedder, comandara todos os meios aéreos que havia operado em conjunto com o exército, e sem cuja atividade a imensa retirada de quinhentas milhas nunca poderia ter-se realizado sem desastres ainda maiores do que já havíamos sofrido. Voamos em 15 minutos até seu QG, onde foi servido o almoço e onde todos os principais oficiais da força aérea, dos comandantes de grupo para cima, estavam reunidos. Percebi um ar de nervosismo em meus anfitriões desde o momento da chegada. Toda a refeição fora encomendada do Hotel Shepheard. Um carro especial deveria trazer as iguarias do Cairo, mas tinha-se perdido. Estavam em curso esforços frenéticos para localizá-lo. Por fim, ele chegou.

Essa acabou sendo uma ocasião alegre em meio às preocupações — um verdadeiro oásis num imenso deserto. Não foi difícil perceber o quanto a força aérea criticava o exército e o quanto ambos estavam perplexos com o revés sofrido por nossas forças superiores. À noite, voei de volta para o Cairo e transmiti mensagem com minhas impressões gerais a Mr. Attlee.

Passei todo o dia seguinte, 6 de agosto, com Brooke e Smuts, redigindo os telegramas necessários para o Gabinete. As questões agora a serem decididas afetavam não apenas as altas personalidades, mas também toda a estrutura de comando daquele vasto teatro. Eu sempre achara que a denominação "Oriente Médio", para fazer referência ao Egito, ao Levante, à Síria e à Turquia, era uma escolha ruim. Esse era o Oriente Próximo. A Pérsia e o Iraque eram o Oriente Médio; a Índia, a Birmânia e a Malásia, o Oriente; a China e o Japão, o Extremo Oriente. Todavia, muito mais importante do que a troca de nomes, eu julgava necessário dividir o Comando do Oriente Médio então existente, que era diversificado e extenso demais. Esse era o momento de efetuar a mudança na organização. Assim, às 20h15, telegrafei o seguinte a Mr. Attlee:

704 Memórias da Segunda Guerra Mundial

(...) Cheguei à conclusão de que uma mudança drástica e imediata é necessária no Alto Comando.

2. Assim, proponho que o Comando do Oriente Médio seja reorganizado em dois comandos separados:

(a) o "Comando do Oriente Próximo", abarcando o Egito, a Palestina e a Síria, com seu qg no Cairo, e

(b) o "Comando do Oriente Médio", abarcando a Pérsia e o Iraque, com seu qg em Basra ou Bagdá.

O VIII e o IX Exércitos incluem-se no primeiro desses comandos e o X Exército, no segundo.

3. Devemos oferecer ao general Auchinleck o posto de comandante em chefe do novo Comando do Oriente Médio. (...)

4. O general Alexander deve ser o comandante em chefe do Oriente Próximo.

5. O general Montgomery deverá substituir Alexander na *Torch*. Lamento a necessidade de retirar Alexander da *Torch*, mas Montgomery está perfeitamente qualificado para substituí-lo [nessa operação].

6. O general Gott deverá comandar o VIII Exército, subordinado a Alexander.

(...) Essas constituem as principais alterações simultâneas exigidas pela gravidade e urgência da situação aqui. Serei grato a meus colegas do Gabinete de Guerra se as aprovarem. Smuts e o CIGS pedem--me para dizer que estão de pleno acordo em que, ante as muitas dificuldades e alternativas, esta é a linha de ação a tomar. O ministro residente também está de pleno acordo. Não tenho dúvida de que as mudanças introduzirão um novo e vigoroso impulso no exército e devolverão a confiança no comando, que lamento inexistir neste momento. Neste ponto, devo frisar a necessidade de um novo começo e de uma ação vigorosa para impulsionar toda esta organização imensa, porém aturdida e meio desarticulada. O Gabinete de Guerra não deixará de reconhecer que uma vitória sobre Rommel em agosto ou setembro poderá ter um efeito decisivo sobre a atitude dos franceses na África do Norte, quando *Torch* começar.

O Gabinete de Guerra acatou minha opinião sobre as mudanças drásticas e imediatas do alto comando. Aprovou calorosamente a escolha do general Alexander e disse que ele deixaria imediatamente a Inglaterra. No entanto, seus membros não gostaram da ideia de reestruturar o Comando do Oriente Médio em dois comandos separados. Pareceu-lhes que as razões que haviam conduzido à criação do comando unificado eram mais fortes, nessa ocasião, do que na época em que se tomara a decisão de constituí-lo, em dezembro de 1941. Eles concordaram em que Montgomery assumisse o lugar de Alexander na operação *Torch* e o convocaram prontamente a Londres. Por fim, mostraram-se satisfeitos em deixar a meu encargo a decisão sobre as outras nomeações.

Na manhã seguinte, enviei outra explicação de minhas propostas. O Gabinete de Guerra retrucou que eu não havia eliminado seus receios por completo, mas, já que eu estava no local com Smuts e o CIGS — e ambos concordavam com a proposta —, dispunha-se a autorizar a ação. Os membros insistiram firmemente, entretanto, em que a manutenção do título de comandante em chefe do Oriente Médio, caso o general Auchinleck fosse nomeado para o comando na Pérsia e no Iraque, levaria a confusões e imprecisões. Reconheci que eles estavam certos e aceitei sua recomendação.

Passei todo o dia 7 de agosto em visita à 51ª Divisão da Alta Escócia, que acabara de desembarcar. Quando subia a escadaria da embaixada depois do jantar, encontrei o coronel Ian Jacob, já então Sir Ian. "Terrível essa história do Gott", disse ele. "Que aconteceu?" "Ele foi abatido essa tarde quando voava para o Cairo." Senti-me triste e empobrecido ante a perda desse esplêndido militar, a quem eu resolvera confiar a tarefa mais direta de combate na batalha iminente. Todos os meus planos se desarticularam. A retirada de Auchinleck do comando supremo deveria ser compensada com a nomeação de Gott para o VIII Exército, com toda a sua experiência no deserto e seu prestígio, tudo isso protegido pelo fato de Alexander assumir o comando do Oriente Médio. Que aconteceria agora? Não havia dúvida sobre quem deveria ser o sucessor de Gott, de modo que telegrafei a Mr. Attlee: "O CIGS decididamente recomenda Montgomery para o VIII Exército. Smuts e eu somos de opinião que esse comando deve ser imediatamente preenchido. Queiram enviá-lo por avião especial na primeira oportunidade. Informem-me quando ele chegará."

Ao que parece, o Gabinete de Guerra já estava reunido, às 23h15 de 7 de agosto, para examinar meus telegramas do dia, que tinham sido decodificados naquele momento. Estes ainda estavam em discussão quando um secretário entrou com minhas novas mensagens, informando que

Gott estava morto e pedindo que mandassem imediatamente o general Montgomery. Contam-me que esse foi um momento sumamente doloroso para nossos amigos de

Downing Street. Mas, como assinalei várias vezes, eles tinham passado por muita coisa e o enfrentaram com tenacidade. Ficaram reunidos até quase o amanhecer, concordaram em todos os aspectos essenciais com o que eu havia proposto e deram as ordens necessárias em relação a Montgomery.

Ao enviar minha mensagem ao Gabinete comunicando a morte de Gott, eu havia solicitado que não informassem ao general Eisenhower que propúnhamos dar-lhe Montgomery em vez de Alexander. Tarde demais: ele já fora informado. A nova mudança de planos implicou um consequente transtorno, de natureza embaraçosa, nos preparativos para *Torch*. Alexander fora escolhido para comandar o I Exército inglês nessa grande operação. Já havia começado a trabalhar com o general Eisenhower. Os dois estavam se dando esplendidamente bem, como sempre foi o caso. E então, Alexander fora-lhe retirado, para ir ao Oriente Médio. Ismay tinha sido encarregado de transmitir a notícia e minhas desculpas a Eisenhower por essa quebra de continuidade e pela perturbação dos contatos a que as duras exigências da guerra compeliam. Ismay discorrera longamente sobre as brilhantes qualidades de Montgomery como comandante em campanha. Montgomery chegara quase imediatamente ao QG de Eisenhower e já se haviam trocado todas as gentilezas próprias a esse tipo de encontro entre comandantes de exércitos de nações diferentes, enlaçados numa única operação. Justamente na manhã seguinte, 8 de agosto, Eisenhower teve de ser informado de que Montgomery precisaria voar naquele dia para o Cairo, para assumir o comando do VIII Exército. Essa tarefa também coube a Ismay. Eisenhower era homem de ideias largas, pragmático e prestativo, que lidava com os acontecimentos, à medida que eles iam surgindo, com sereno altruísmo. Naturalmente, no entanto, ficou desconcertado com duas mudanças em dois dias, naquele posto vital da vasta operação que lhe fora confiada. Caber-lhe-ia agora receber um terceiro comandante inglês. Não surpreende que tenha perguntado a Ismay: "Os ingleses estão realmente levando *Torch* a sério?" Não obstante, a morte de Gott era uma realidade da guerra que um bom militar era capaz de compreender. O general Anderson foi designado para ocupar o cargo e Montgomery seguiu para o aeroporto com Ismay, que então dispôs de cerca de uma hora para lhe transmitir um panorama geral dessas mudanças repentinas.

Conta-se uma história — não confirmada, uma pena — sobre essa conversa. Montgomery falava das provações e riscos da carreira militar. Dedicara a vida inteira à profissão e enfrentara longos anos de estudos e segundo plano. Enfim, a sorte sorrira; tinha havido um vislumbre de sucesso, viera uma promoção, surgira uma oportunidade, recebera um grande comando. Havia conquistado uma vitória, tornara-se mundialmente famoso e seu nome estava na boca de todos. Então, a sorte virou. De um só golpe, o trabalho da vida inteira desaparecera num lampejo, talvez não por culpa dele, e fora atirado no catálogo infindável dos fracassos militares. "Mas", protestou Ismay, "você não deve encarar as coisas de maneira tão negativa. Há um exército muito bom concentrando-se no Oriente Médio. É bem possível que você não esteja indo enfrentar um desastre." "Como?!", exclamou Montgomery, empertigando-se no assento do carro. "Que é que você quer dizer? Era de Rommel que eu estava falando!"

Coube-me então informar ao general Auchinleck que ele seria substituído no comando. Sabendo, por experiência, que esse tipo de coisa desagradável é mais fácil de se fazer por escrito do que verbalmente, mandei o coronel Jacob seguir de avião até seu QG, levando a seguinte carta:

Cairo

8 de agosto de 1942

Caro general Auchinleck:

Em seu telegrama de 23 de junho ao CIGS, o senhor levantou a questão de ser substituído nesse Comando e mencionou o nome do general Alexander como um possível sucessor. Naquele momento de crise para o exército, o governo de Sua Majestade não se quis valer de sua oferta altruísta. Ao mesmo tempo, o senhor havia assumido o comando efetivo da batalha, como era meu desejo de longa data e como eu lhe havia sugerido em meu telegrama de 20 de maio. O senhor conteve a maré de adversidade e, no momento, o front vê-se estabilizado.

2. O Gabinete de Guerra tomou agora a decisão, pelos motivos que o senhor mesmo expôs, de que é chegado o momento de uma mudança. Propõe-se desvincular o Iraque e a Pérsia do atual teatro do Oriente Médio. Alexander será designado para comandar o Oriente Médio, Montgomery irá para o comando do VIII Exército, e eu ofereço ao senhor o comando do Iraque e da Pérsia, inclusive o X Exército, com qg em Basra ou Bagdá. É verdade que, no momento, essa esfera é menor do que o Oriente Médio, mas, dentro de poucos meses, poderá tornar-se palco de operações decisivas, e já há reforços para o X Exército a caminho. Nesse teatro, do qual o senhor tem uma experiência singular, o senhor preservará suas ligações com a Índia. Espero, por conseguinte, que aquiesça ao meu desejo e a minhas instruções, com o mesmo desinteressado espírito público que tem demonstrado em todas as oportunidades. Alexander chegará quase de imediato e espero que, no começo da semana vindoura, dependendo, é claro, da movimentação do inimigo, seja possível efetuarmos a transmissão do comando da frente de batalha ocidental com a mais perfeita tranquilidade e eficiência.

3. Terei muita satisfação em recebê-lo em qualquer ocasião conveniente, se o senhor assim desejar.

Mui atenciosamente,

WINSTON S. CHURCHILL

P.S. O coronel Jacob, portador desta carta, foi também encarregado por mim de expressar minhas condolências pela súbita perda do general Gott.

À noite, Jacob retornou. Auchinleck recebera o golpe com dignidade militar. Não estava disposto a aceitar o novo comando e iria visitar-me no dia seguinte. O diário de Jacob registra:

O primeiro-ministro estava dormindo. Acordou às seis horas, e tive de lhe relatar da melhor maneira possível o que se passara entre mim e o general Auchinleck. O CIGS veio juntar-se a nós. (...) O primeiro-ministro está inteiramente fixado na ideia de derrotar Rommel e de encarregar completamente o general Alexander das operações no deserto ocidental. Ele não compreende que um homem possa permanecer no Cairo enquanto há grandes acontecimentos ocorrendo no deserto, deixando a condução deles a cargo de outra pessoa. Ficou andando de um lado para outro, discorrendo sobre esse ponto, e pretende impor sua vontade. "Rommel, Rommel, Rommel, Rommel!", exclamou. "Que mais importa, além de derrotá-lo?"

Minha viagem ao Cairo: mudanças no comando

O general Auchinleck chegou ao Cairo logo depois do meio-dia. Tivemos os dois uma conversa de uma hora, que foi simultaneamente sombria e impecável.

O general Alexander foi ver-me naquela noite e delinearam-se as providências finais para as mudanças no comando. Comuniquei a execução dessas tarefas a Londres, num telegrama do qual o seguinte trecho é crucial:

> (...) Dei ao general Alexander a seguinte Diretriz, que é de seu pleno agrado e tem o concurso do Chefe do Estado-Maior Geral Imperial — CIGS:
>
> 1. Sua missão primordial e principal será capturar ou destruir, no mais curto tempo, o exército alemão-italiano comandado pelo marechal Rommel, bem como todos os seus suprimentos e instalações no Egito e na Líbia.
>
> 2. O senhor deverá cumprir ou fazer cumprir as demais missões pertinentes a seu comando, sem prejuízo da missão fixada no parágrafo primeiro, que deve ser considerada absolutamente preponderante nos interesses de Sua Majestade.
>
> Numa fase posterior da guerra será possível alterar a ênfase desta diretriz. Porém, estou certo de que a simplicidade da missão e a unicidade do objetivo são imperativos neste momento.

A resposta de Alexander, enviada seis meses depois, será registrada no devido tempo.

59
Moscou: o primeiro encontro

TARDE DA NOITE DE IO DE AGOSTO, após um jantar com autoridades na acolhedora embaixada do Cairo, partimos para Moscou. Meu grupo, que lotava três aviões, incluía nessa oportunidade o CIGS, o general Wavell, que falava russo, o marechal do ar Tedder e Sir Alexander Cadogan. Averell Harriman chegara pouco antes da América, atendendo a especial solicitação minha ao presidente. Ele e eu viajamos juntos. Ao amanhecer, aproximamo-nos das montanhas do Curdistão. O tempo estava bom e Vanderkloot, muito animado. Ao nos acercarmos dessa região montanhosa, perguntei-lhe a que altitude ele pretendia sobrevoá-la. Ele respondeu que nove mil pés seriam o suficiente. Contudo, examinando o mapa, encontrei diversos picos de 11 mil e 12 mil pés de altitude, e um deles parecia muito elevado, com 18 mil ou vinte mil pés, embora ficasse mais distante. Desde que não se fique repentinamente envolto em nuvens, pode-se descrever em segurança um percurso sinuoso entre as montanhas. Mesmo assim, pedi que Vanderkloot subisse a 12 mil pés e começamos a usar nossas máscaras de oxigênio. Quando descíamos no aeroporto de Teerã, por volta das oito e meia, e já estávamos perto do solo, notei que o altímetro registrava 4.500 pés e, com ignorância, comentei: "É melhor você mandar consertar isso antes de decolarmos de novo." Mas Vanderkloot retrucou: "O aeroporto de Teerã fica a mais de quatro mil pés acima do nível do mar."

Sir Reader Bullard, o embaixador de Sua Majestade em Teerã, recepcionou-me na chegada. Era um inglês empedernido, com longa experiência da Pérsia e sem nenhuma ilusão.

Como estávamos atrasados demais para transpor o lado norte da cordilheira de Elburz antes do anoitecer, o xá teve a gentileza de me convidar para o almoço num palácio dotado de uma piscina encantadora, em meio a árvores frondosas, numa encosta íngreme das montanhas. O majestoso pico em que eu havia reparado pela manhã reluzia em tons brilhantes de rosa e laranja. À tarde, no jardim da representação diplomática inglesa, houve uma longa conferência com Averell Harriman e várias altas autoridades ferroviárias inglesas e americanas, havendo-se decidido que os Esta-

Moscou: o primeiro encontro

dos Unidos deveriam assumir toda a ferrovia Transpersian, desde o golfo até o mar Cáspio. Essa ferrovia, recém-terminada por uma firma inglesa, era um feito notável de engenharia, com 390 grandes pontes em seu percurso através dos desfiladeiros. Harriman disse que o presidente estava disposto a assumir toda a responsabilidade de deixá-la em plena capacidade e poderia fornecer locomotivas, material rodante e homens habilitados em unidades militares numa quantidade que a nós seria impossível. Assim, concordei com essa transferência, dependendo das estipulações relativas à prioridade para nossas necessidades militares essenciais. Em virtude do calor e do barulho de Teerã, onde cada persa parece ter um automóvel e tocar a buzina sem parar, dormi entre as árvores altas da residência de verão do embaixador inglês, uns mil pés acima da cidade.

Às seis e meia da manhã seguinte, quarta-feira, 12 de agosto, seguimos viagem, ganhando altitude ao sobrevoar o grande vale que leva a Tabriz e depois virando para o norte em direção a Enzeli, no mar Cáspio. Passamos por essa segunda cordilheira a uns 11 mil pés de altitude, evitando as nuvens e os picos. Havia agora dois oficiais russos a bordo, e o governo soviético tinha assumido a responsabilidade por nossa rota e nossa chegada em segurança. O gigante coberto de neve rebrilhava a leste. Notei que estávamos voando sozinhos. Uma mensagem pelo rádio explicou que nosso segundo avião, tendo a bordo o CIGS, Wavell, Cadogan e outros, tivera de retornar a Teerã com problemas no motor. Em duas horas, as águas do mar Cáspio reluziram a nossa frente. Mais abaixo ficava Enzeli. Eu nunca tinha visto o Cáspio, mas lembrava-me que, 25 anos antes, quando ministro da Guerra, herdara uma esquadra sobre ele que durante quase um ano dominou suas águas plácidas e claras. Baixamos para uma altitude em que o oxigênio já não era necessário. No litoral oeste, que mal podíamos avistar, ficavam Baku e seus campos petrolíferos. Os exércitos alemães já estavam tão perto do Cáspio que nosso curso foi ajustado para Kuibyshev, mantendo-nos bem longe de Stalingrado e da zona de combate. Isso nos levou para as imediações do delta do Volga. Até onde a vista alcançava estendiam-se as vastas planícies da Rússia, marrons, planas e mal exibindo algum sinal de habitação humana. Aqui e ali, recortes retilíneos de terra cultivada revelavam uma ou outra fazenda estatal. Durante um longo trecho, o poderoso Volga resplandeceu em curvas e retas, correndo entre suas largas e escuras margens pantanosas. Vez por outra, uma estrada como que traçada à régua ia de um vasto horizonte ao outro. Após cerca de uma hora dessa paisagem, refiz o difícil percurso pelo compartimento das bombas até a cabine e fui dormir.

Pus-me a refletir sobre minha missão naquele taciturno e sinistro estado bolchevique. Em outra época eu lutara bastante para matá-lo no nascedouro, e, até o aparecimento de Hitler, o havia encarado como o inimigo mortal da liberdade civilizada. Que deveria lhes dizer agora? O general Wavell, que tinha pendores literários, resumiu tudo num poema. Diversas estrofes, e o último verso de cada uma dizia: "Nada de Segunda Frente em 1942." Era como carregar um grande bloco de gelo para o Polo Norte. Mesmo assim, eu estava certo de que era meu dever dizer-lhes a verdade pessoalmente e resolver tudo com Stalin, face a face, em vez de confiar em telegramas e intermediários. Pelo menos, isso mostrava que dávamos importância ao seu destino e compreendíamos o significado de sua luta para a guerra em geral. Sempre havíamos odiado o desgraçado regime soviético, e eles, até serem açoitados pelo flagelo alemão, teriam assistido com indiferença à nossa aniquilação e dividido alegremente com Hitler nosso Império do Oriente.

Com o bom tempo, os ventos favoráveis e minha urgente necessidade de chegar a Moscou, tomaram-se providências para passarmos ao largo de Kuibyshev e rumarmos diretamente para a capital. Desconfio que com isso deixamos de lado um esplêndido banquete e uma recepção nos moldes da verdadeira hospitalidade russa. Por volta das 17 horas, avistamos as espiras e domos de Moscou. Circundamos a cidade numa rota cuidadosamente determinada, ao longo da qual todas as baterias tinham sido avisadas, e aterrissamos no aeroporto, que eu haveria de revisitar durante a guerra.

Lá estava Molotov, à frente de uma profusão de generais russos e de todo o corpo diplomático, com o imenso batalhão de fotógrafos e repórteres normais nessas ocasiões. Uma compacta guarda de honra, impecável nos uniformes e no cerimonial militar, foi passada em revista e fez seu desfile, depois que a banda executou os hinos nacionais das três grandes potências cuja união selava a condenação fatal de Hitler. Fui conduzido ao microfone e fiz um breve discurso. Averell Harriman falou em nome dos Estados Unidos. Ele ficaria hospedado na embaixada americana. Molotov levou-me em seu carro até a luxuosa residência que me fora destinada, situada a oito milhas de Moscou: a "Villa Estatal nº 7". Enquanto atravessávamos as ruas de Moscou, que me pareceram muito vazias, baixei a janela para que entrasse um pouco mais de ar e, para minha surpresa, constatei que o

Moscou: o primeiro encontro

vidro tinha mais de duas polegadas de espessura. Batia todos os recordes em minha experiência. "O ministro diz que é mais prudente", declarou o intérprete, Pavlov. Em pouco mais de meia hora, chegamos ao solar.

Tudo fora preparado com prodigalidade totalitária. Como ajudante de ordens, colocaram à minha disposição um enorme oficial de esplêndida aparência (creio que oriundo de uma família nobre, no regime czarista), que também funcionava como nosso anfitrião e era um modelo de atenção e cortesia. Uma quantidade de empregados veteranos, de jaquetas brancas e sorrisos largos, atendiam a qualquer desejo ou gesto dos hóspedes. Uma longa mesa na sala de jantar e vários aparadores estavam cobertos de toda sorte de iguarias e aperitivos que o poder supremo pode pedir. Fui levado por um espaçoso salão de recepções até um quarto e um banheiro de dimensões quase idênticas. Lâmpadas elétricas fortes, quase ofuscantes, exibiam a limpeza impecável. Água quente e fria jorrava com abundância. Eu estava ansioso por um banho quente, depois da demora e do desconforto da viagem. Tudo foi instantaneamente preparado. Reparei que as pias não eram servidas por torneiras separadas e não tinham tampas. A água quente e fria saía instantaneamente por uma só torneira, misturada na temperatura exata que se desejasse. Além disso, não se lavavam as mãos na pia, mas sob a água corrente da torneira. Em escala modesta, adotei esse sistema em casa. Não havendo escassez de água, é de longe o melhor.

Após todas as imersões e abluções necessárias, regalaram-nos na sala de jantar com a maior escolha de comida e bebida, inclusive caviar e vodca, é claro, mas também muitos outros pratos e vinhos da França e da Alemanha, que ultrapassavam em muito nosso estado de espírito e nossa capacidade de consumo. Além disso, dispúnhamos de pouquíssimo tempo antes de seguir para Moscou. Eu dissera a Molotov que estaria pronto para ver Stalin naquela noite e ele propusera um encontro às 19 horas.

Cheguei ao Kremlin e encontrei-me pela primeira vez com o grande chefe revolucionário russo, sagaz estadista e guerreiro, com quem, nos três anos seguintes, manteria uma relação íntima e estrita, mas sempre instigante e, vez por outra, até afável. Nossa conferência durou quase quatro horas. Como nosso segundo avião ainda não tinha chegado, trazendo Brooke, Wavell e Cadogan, estiveram presentes apenas Stalin, Molotov,

Voroshilov, eu mesmo, Harriman e nosso embaixador, com intérpretes. Baseei este relato no registro que fizemos, na minha própria memória e nos telegramas que mandei na época.

As primeiras duas horas foram estéreis e sombrias. Comecei logo pela questão da Segunda Frente, dizendo que desejava falar com franqueza e que gostaria de receber uma total franqueza de Stalin. Ele concordou. Eu não teria ido a Moscou se ele não estivesse certo de que poderia discutir realidades. Quando da visita de Molotov a Londres, eu lhe dissera que estávamos tentando planejar uma operação diversionista na França. Também lhe deixara claro que não podia fazer qualquer promessa a respeito de 1942 e lhe entregara um memorando nesse sentido. Desde então, um exaustivo exame anglo-americano do problema fora efetuado. Os governos inglês e americano não se sentiam aptos a empreender uma grande operação em setembro, que seria o último mês em que poderíamos contar com bom tempo. No entanto, como Stalin sabia, estávamos nos preparando para uma operação de grande envergadura em 1943. Para esse fim, estava programada para a primavera de 1943 a chegada de um milhão de soldados americanos à Inglaterra, local de concentração, formando uma força expedicionária de 27 divisões, às quais o governo inglês estava preparado para justapor 21 divisões. Quase a metade dessa força seria de blindados. Até aquele momento, apenas duas divisões e meia dos EUA haviam chegado à Inglaterra, mas o transporte maciço ocorreria em outubro, novembro e dezembro.

Declarei a Stalin estar perfeitamente cônscio de que esse plano não levaria ajuda à Rússia em 1942, mas disse achar possível que, quando o plano de 1943 ficasse pronto, os alemães muito provavelmente teriam um exército mais poderoso no Ocidente do que tinham naquele momento. Nesse ponto, o rosto de Stalin contraiu-se numa carranca, mas ele não me interrompeu. Então, eu disse ter boas razões para me opor a um ataque ao litoral francês em 1942. Tínhamos lanchas suficientes para apenas um desembarque de assalto numa costa fortificada — o bastante para soltar seis divisões nas praias e mantê-las abastecidas. Se o ataque lograsse êxito, poderíamos enviar mais divisões, porém o fator limitante eram as barcaças de desembarque, que eram construídas em grande quantidade na Inglaterra e, especialmente, nos Estados Unidos. Para cada divisão transportada aquele ano, seria possível transportarmos oito ou dez mais no ano seguinte.

Stalin, que começara a mostrar uma expressão muito desanimada, não pareceu convencer-se com minha argumentação e perguntou se não seria

Moscou: o primeiro encontro

possível atacarmos qualquer parte do litoral francês. Exibi-lhe um mapa que mostrava as dificuldades de fornecer uma cobertura aérea em qualquer ponto, exceto exatamente na área do Estreito. Ele não pareceu compreender e fez algumas perguntas sobre o alcance dos aviões de caça. Eles não poderiam, por exemplo, ficar indo e vindo o tempo todo? Expliquei que, de fato, poderiam, mas nessas condições não teriam tempo para lutar. E acrescentei que para uma cobertura aérea ter serventia, ela precisava manter-se aberta. Ele disse não haver na França uma única divisão alemã que prestasse, afirmação que contestei. Havia na França 25 divisões alemãs, nove das quais eram de primeira linha. Ele balançou a cabeça que não. Eu disse ter levado comigo o CIGS e o general Sir Archibald Wavell para que essas questões pudessem ser examinadas em detalhe com o Estado-Maior Geral russo. Havia um ponto além do qual os estadistas não podiam continuar discussões daquele tipo.

Stalin, cujo desalento, a essa altura, havia aumentado muito, disse que, da maneira como o entendia, éramos incapazes de criar uma Segunda Frente com qualquer força numerosa e não nos dispúnhamos sequer a desembarcar seis divisões. Respondi que era isso mesmo. Poderíamos desembarcar as seis divisões, mas isso seria mais nocivo do que útil, pois prejudicaria imensamente a grande operação planejada para o ano seguinte. A guerra era guerra, mas não era uma loucura, e seria loucura correr para um desastre que nada ajudaria ninguém. Eu disse temer que a notícia que estava levando não fosse boa. Se, com o emprego de 150 mil a duzentos mil homens, pudéssemos ajudá-lo, retirando da frente russa um efetivo apreciável de tropa alemã, o temor de perdas não nos afastaria desse curso. Mas, se isso não forçasse o deslocamento de nenhum soldado alemão e estragasse os projetos de 1943, seria um grande erro.

Stalin, que ficara inquieto, disse ter uma visão diferente da guerra. Quem não estivesse disposto a correr riscos não podia ganhar qualquer guerra. Por que tínhamos tanto medo dos alemães? Ele não conseguia entender. Sua experiência era de que soldados tinham de ter experiência de sangue na batalha. Quem não expunha seus soldados ao sangue não tinha ideia de seu valor. Perguntei-lhe se ele algum dia se perguntara por que Hitler não tinha invadido a Inglaterra em 1940, quando estava no auge da força e nós dispúnhamos de apenas vinte mil soldados treinados, duzentos canhões e cinquenta tanques. Pois Hitler não veio. A verdade era que Hitler tivera medo dessa operação. Não era tão fácil atravessar o Canal.

Stalin retrucou que a analogia não era boa. O desembarque de Hitler na Inglaterra teria deparado com a resistência do povo, ao passo que, no caso de um desembarque inglês na França, o povo estaria do lado dos ingleses. Apontei-lhe que, sendo assim, era ainda mais importante não expormos o povo da França à vingança de Hitler, através de uma retirada, e perdê-lo quando ele fosse necessário na grande operação de 1943.

Houve um silêncio opressivo. Finalmente, Stalin disse que, se não podíamos efetuar um desembarque na França naquele ano, ele não tinha direito de pleiteá-lo ou de insistir nele, mas sentia-se obrigado a dizer que não concordava com meus argumentos.

Abri então um mapa do sul da Europa, Mediterrâneo e África do Norte. Que vinha a ser uma "Segunda Frente"? Acaso se tratava apenas de um desembarque num litoral fortificado em frente à Inglaterra? Ou poderia assumir a forma de alguma outra grande iniciativa que fosse útil à causa comum? Achei melhor levá-lo passo a passo em direção ao sul. Se, por exemplo, pudéssemos reter o inimigo no Passo de Calais, através de nossas concentrações na Inglaterra, e ao mesmo tempo atacar em outro lugar — por exemplo, no Loire, na Gironde ou, quem sabe, no Schelde — isso seria muito promissor. Esse era, na verdade, o panorama geral da grande operação do ano seguinte. Stalin temeu que ela não fosse viável. Afirmei que seria realmente difícil desembarcar um milhão de homens, mas que teríamos de perseverar e tentar.

Passamos então para o bombardeio da Alemanha, que trouxe satisfação geral. Stalin frisou a importância de atacar o moral da população alemã. Disse atribuir extrema importância aos bombardeios e afirmou saber que nossos ataques vinham tendo um tremendo efeito na Alemanha.

Após esse interlúdio, que aliviou a tensão, Stalin observou que, com base em nossa longa conversa, parecia que tudo o que pretendíamos fazer era: nada de *Sledgehammer* e nada de *Round-up,* apenas contribuir com o bombardeio da Alemanha. Decidi terminar primeiro com a pior parte e criar um ambiente propício à exposição do projeto que eu levava comigo. Assim, não tentei aliviar de imediato o clima carregado. Na verdade, pedi especificamente que houvesse a mais completa dureza no diálogo entre amigos e companheiros em perigo. Mas a cortesia e a dignidade prevaleceram.

Moscou: o primeiro encontro

☆

Chegou, então, o momento de entrar com *Torch*. Eu disse que gostaria de voltar à questão de uma Segunda Frente em 1942, que era o que me levara até lá. Não considerava a França o único lugar para essa operação. Havia outros locais. Nós e os americanos havíamos optado por outro plano, que eu fora autorizado pelo presidente dos Estados Unidos a revelar em segredo a Stalin. Passaria a fazê-lo naquele momento. Destaquei a necessidade vital de sigilo. Stalin empertigou-se e sorriu, dizendo esperar que nada do que estávamos tratando fosse publicado na imprensa inglesa.

Expliquei então, em termos precisos, a *Operação Torch*. À medida que fui expondo o plano, Stalin foi ficando vivamente interessado. Sua primeira pergunta foi o que aconteceria na Espanha e na França de Vichy. Pouco depois, comentou que a operação era militarmente correta, mas que ele tinha dúvidas sobre seu efeito político na França. Em especial, indagou sobre a escolha do momento, e respondi que no máximo até 30 de outubro, mas que o presidente e todos nós estávamos tentando antecipar a data para 7 de outubro. Isso pareceu trazer grande alívio aos russos.

Descrevi em seguida as vantagens militares de liberar o Mediterrâneo, de onde outro front ainda poderia ser aberto. Em setembro, deveríamos vencer no Egito e, em outubro, na África do Norte, sempre retendo o inimigo no norte da França. Se conseguíssemos terminar o ano de posse da África do Norte, poderíamos ameaçar o ventre macio da Europa de Hitler, e essa operação deveria ser examinada em conjunto com a operação de 1943. Era isso que nós e os americanos havíamos decidido fazer.

Entrementes, para ilustrar minha exposição, eu havia desenhado um crocodilo e explicado a Stalin, com a ajuda dessa imagem, como tencionávamos atacar a barriga do bicho, ao mesmo tempo em que bateríamos no seu focinho duro. E Stalin, cujo interesse estava sumamente atiçado, disse: "Deus abençoe esse projeto."

Insisti que queríamos aliviar a tensão que pesava sobre os russos. Se tentássemos fazê-lo no norte da França, seríamos repelidos. Se tentássemos na África do Norte, teríamos uma boa chance de vitória e, em seguida, poderíamos ajudar na Europa. Se conquistássemos a África do Norte, Hitler teria de trazer de volta sua força aérea, caso contrário destruiríamos seus aliados — até mesmo a Itália, quem sabe — e faríamos um desembarque. Essa operação teria uma importante influência na Turquia e em todo o sul da Europa, e a única coisa que eu temia era que eles se antecipassem a nós. Se a África do Norte fosse conquistada nesse ano, poderíamos desferir um ataque mortal contra Hitler no ano seguinte. Isso marcou o ponto de inflexão de nossa conversa.

Stalin começou então a expor várias dificuldades políticas. Acaso uma conquista anglo-americana das regiões de *Torch* não seria mal-interpretada na França? Que estávamos fazendo com relação a de Gaulle? Eu disse que, nesse estágio, não queríamos que ele interviesse na operação. Era provável que os franceses de Vichy atirassem contra os gaullistas, mas não contra os americanos. Harriman corroborou isso com muita firmeza, pautando-se nos relatórios dos agentes americanos em todos os territórios da operação *Torch*, nos quais o presidente confiava, e também na opinião do almirante Leahy.

Nesse ponto, Stalin pareceu captar, subitamente, as vantagens estratégicas de *Torch*. Assinalou quatro razões principais para isso: primeiro, ela atingiria Rommel pelas costas; segundo, intimidaria a Espanha; terceiro, produziria luta entre alemães e franceses na França; e quarto, exporia a Itália a todo o peso da guerra.

Fiquei sumamente impressionado com essa declaração notável. Ela mostrou o rápido e completo domínio do ditador russo sobre um problema que até então lhe era desconhecido. Pouquíssimas pessoas conseguiriam compreender em tão breves minutos as razões com que todos tínhamos estado às voltas durante meses. Ele percebeu tudo num lampejo.

Mencionei uma quinta razão, o encurtamento da rota marítima pelo Mediterrâneo. Stalin preocupou-se em saber se conseguiríamos passar no estreito de Gibraltar. Respondi que sim. Também lhe falei da troca de comando no Egito e de nossa determinação de travar ali uma batalha decisiva, no final de agosto ou em setembro. Por fim, ficou claro que todos eles haviam gostado de *Torch*, embora Molotov perguntasse se ela não poderia ser em setembro.

Então, acrescentei: "A França está abatida e queremos animá-la." A França havia compreendido Madagascar e a Síria. A chegada dos americanos jogaria a nação francesa do nosso lado. Intimidaria Franco. Era bem possível que os alemães logo dissessem aos franceses: "Entreguem-nos sua esquadra e Toulon." Isso voltaria a acirrar os antagonismos entre Vichy e Hitler.

Moscou: o primeiro encontro

Descortinei em seguida a perspectiva de colocarmos uma força aérea anglo-americana no flanco sul dos exércitos russos, a fim de defender o mar Cáspio e as montanhas do Cáucaso e, em termos gerais, combater nesse teatro. Mas não entrei em detalhes, uma vez que, evidentemente, primeiro teríamos de vencer nossa batalha no Egito, e eu não dispunha dos planos do presidente relativos à contribuição americana. Se Stalin apreciasse a ideia, trataríamos de trabalhar nela detidamente. Ele respondeu que seu país ficaria extremamente grato por essa ajuda, mas que o detalhamento exigiria estudos. Eu tinha grande interesse nesse projeto, pois ele promoveria combates mais duros entre o poder aéreo anglo-americano e os alemães, o que contribuiria para o aumento do domínio aéreo em condições mais frutíferas do que procurarmos problemas no Passo de Calais.

Depois disso, reunimo-nos em torno de um grande globo e expliquei a Stalin as imensas vantagens de retirarmos o inimigo do Mediterrâneo. Disse-lhe que estaria disponível, se ele desejasse ver-me de novo. Stalin respondeu que era costume russo o visitante manifestar seus desejos e que estaria disposto a me receber a qualquer momento. Ele já sabia do pior, mas, ainda assim, despedimo-nos num clima de boa vontade.

A reunião havia-se estendido por quase quatro horas. Levou outra meia hora ou mais para eu chegar à Villa Estatal nº 7. Apesar de cansado, ditei meu telegrama para o Gabinete de Guerra e para o presidente e, em seguida, com a sensação de haver pelo menos quebrado o gelo e estabelecido um contato humano, dormi um sono profundo e longo.

60

Moscou: criam-se relações

ACORDEI TARDE NA MANHÃ SEGUINTE, em meus aposentos suntuosos. Era quinta-feira, 13 de agosto — para mim, sempre o "Dia de Blenheim". Eu havia combinado visitar Molotov no Kremlin ao meio-dia, para lhe explicar de maneira mais clara e completa o caráter das várias operações que tínhamos em mente. Ressaltei o quanto seria prejudicial à causa comum que, ante recriminações pelo abandono de *Sledgehammer,* fôssemos forçados a discutir publicamente contra essas iniciativas. Também expliquei de forma mais pormenorizada o quadro político de *Torch.* Ele ouviu de modo afável, mas em nada contribuiu. Propus um encontro com Stalin às 22 horas. Mais tarde, no correr do dia, recebi a informação de que 23 horas seria um horário mais conveniente. Já que seriam abordados os mesmos temas da noite anterior, talvez eu desejasse levar Harriman, pois não? Respondi que sim, e que também levaria Cadogan, Brooke, Wavell e Tedder, que, nesse meio-tempo, haviam chegado de Teerã num avião russo. Eles poderiam ter sofrido um incêndio perigosíssimo em seu Liberator.

Antes de deixar o gabinete desse diplomata polido e rígido, voltei-me para ele e disse: "Stalin cometerá um grande erro se nos tratar com rispidez, depois de termos vindo tão longe." Pela primeira vez, Molotov cedeu. "Stalin," disse, "é um homem muito perspicaz. Esteja certo de que, por mais que discuta, compreende tudo. Direi a ele o que o senhor disse."

Voltei a tempo de almoçar na Villa Estatal nº 7. Do lado de fora, o tempo estava esplêndido. Exatamente como mais gostamos na Inglaterra — quando conseguimos tê-lo. Pensei em conhecer a propriedade. O solar era uma bela e ampla casa de campo, novinha em folha, no centro de extensos gramados e jardins, num bosque de pinheiros de uns vinte acres. Trilhas aprazíveis e, no belo clima de agosto, era delicioso deitar na relva ou nos cones de pinheiro. Havia diversas fontes e um grande tanque de vidro, cheio de muitos tipos de peixes ornamentais, todos tão mansinhos que vinham comer na mão. Fiz questão de alimentá-los todos os dias. Ao redor de todo o terreno havia uma paliçada de uns 15 pés de altura, talvez, guardada de ambos os lados por um número considerável de policiais e soldados. A umas cem jardas da casa ficava um abrigo antiaéreo. Percorremo-lo, era do tipo mais moderno e de luxo. Elevadores em ambas as extremidades desciam a oitenta ou noventa pés abaixo do nível do solo. Lá embaixo, oito ou dez aposentos espaçosos se distribuíam no interior de uma caixa de concreto de espessura maciça. Os cômodos eram separados entre si por pesadas portas corrediças. As lâmpadas eram brilhantes. O mobiliário elegante, suntuoso e de cores vivas. Senti-me mais atraído pelos peixinhos.

Retornando ao Kremlin às 23 horas, fomos recebidos apenas por Stalin e Molotov, com seu intérprete. Teve início uma discussão muito tensa. Eu disse que ele precisava compreender que havíamos decidido a linha de ação a seguir e que censuras eram inúteis. Discutimos por cerca de duas horas, durante as quais ele disse muitas coisas desagradáveis: estávamos com um medo exagerado de lutar com os alemães, e se experimentássemos, como os russos, descobriríamos que não era tão difícil; havíamos quebrado nossa promessa sobre a operação *Sledgehammer* não entregáramos os suprimentos prometidos à Rússia e só lhes enviávamos sobras, depois de retirarmos tudo de que nós mesmos precisávamos. Aparentemente, essas queixas dirigiam-se tanto à Inglaterra quanto aos Estados Unidos.

Repeli todas as suas afirmações firmemente, mas sem nenhum tipo de provocação. Creio que ele não estava habituado a que o contradissessem repetidamente, mas não se aborreceu, nem tampouco se agitou. Reiterou sua opinião de que deveria ser possível aos ingleses e americanos desembarcar seis ou oito divisões na península de Cherbourg, já que tinham o domínio aéreo. Achava que, se o exército inglês estivesse lutando com os alemães tanto quanto o exército russo, não teria tanto medo deles. Os russos e, aliás, a própria RAF, haviam demonstrado que era possível derrotar os alemães. A infantaria inglesa poderia fazer o mesmo, desde que agisse ao mesmo tempo que os russos.

Interrompi-o dizendo que perdoava suas observações em virtude da bravura do exército russo. A proposta de um desembarque em Cherbourg desconhecia a existência do canal da Mancha. Por fim, Stalin disse que não podia continuar. Tinha que aceitar nossa decisão. E então, de repente, convidou-nos para jantar na noite seguinte, às vinte horas.

Memórias da Segunda Guerra Mundial

Aceitando o convite, expliquei que partiria de avião na madrugada do outro dia, 15 de agosto. Joe pareceu meio apreensivo com isso e perguntou se eu não poderia ficar um pouco mais. Respondi que certamente sim, se houvesse alguma conveniência nisso, e que esperaria pelo menos mais um dia. Exclamei então que não havia nenhum toque de camaradagem na atitude dele. Eu fizera uma longa viagem para criar uma boa relação de trabalho. Havíamos feito o máximo para ajudar a Rússia, e continuaríamos a fazer. Fôramos deixados inteiramente sozinhos, durante um ano, contra a Alemanha e a Itália. E agora que as três grandes nações haviam-se aliado, a vitória era certa, desde que não nos afastássemos, e assim por diante. Fiquei meio entusiasmado nesse trecho e, antes que ele pudesse ser traduzido, Stalin comentou que gostava do tom de minha fala. Depois disso, a conversa recomeçou num clima um pouco menos tenso.

Ele mergulhou numa longa discussão sobre dois morteiros russos que disparavam foguetes, os quais declarou surtirem efeitos devastadores. Ofereceu-se para demonstrá-los a nossos especialistas militares, se eles pudessem esperar. Disse que nos daria todas as informações sobre eles. Mas não deveria haver alguma coisa em troca? Não deveria haver um acordo para trocarmos informações sobre as invenções? Afirmei que lhes daríamos tudo, sem nenhuma barganha, excetuando apenas os dispositivos que, se transportados de avião sobre as linhas inimigas e derrubados, tornariam mais difícil nosso bombardeio da Alemanha. Ele aceitou isso. Também concordou em que suas autoridades militares se reunissem com nossos generais, o que foi marcado para as 15 horas. Afirmei que eles precisariam de pelo menos quatro horas para examinar em detalhe as várias questões técnicas implicadas nas operações *Sledgehammer*, *Round-up* e *Torch*. Em certo momento, Stalin observou que *Torch* era "militarmente correta", porém o aspecto político exigia mais delicadeza — isto é, um manejo mais cuidadoso. Volta e meia ele retornava à operação *Sledgehammer*, resmungando queixas sobre ela. Quando disse que nossa promessa não fora cumprida, retruquei: "Eu repudio essa afirmação. Todas as promessas foram cumpridas", e apontei para o *aide-mémoire* que dera a Molotov [vide página 664]. Ele meio que pediu desculpas, dizendo-me que expressava opiniões sinceras e honestas. Não havia desconfiança entre nós, apenas uma diferença de visão.

Finalmente, perguntei sobre o Cáucaso. Defenderia ele a cadeia de montanhas, e com quantas divisões? Diante disso, ele mandou trazer uma maquete em relevo e, com aparente franqueza e visível conhecimento, explicou a força dessa barreira, para a qual disse haver 25 divisões disponíveis. Apontou para os vários desfiladeiros e disse que eles seriam defendidos. Perguntei se eram fortificados e ele respondeu: "Sim, claro." A linha de frente russa, que o inimigo ainda não havia atingido, ficava ao norte da cadeia principal. Stalin disse que a tropa teria de aguentar por dois meses, quando a neve tornaria as montanhas intransponíveis. Declarou-se muito confiante na capacidade deles para tanto e também discorreu em detalhes sobre a força da Esquadra do Mar Negro, que estava concentrada em Batum.

Toda essa parte da conversa foi mais fácil. Porém, quando Harriman indagou sobre os planos para trazer aviões americanos pela Sibéria, coisa que só recentemente os russos haviam consentido, depois de uma longa pressão americana, ele respondeu secamente: "Não se ganham guerras com planos." Harriman apoiou-me o tempo todo e nenhum de nós cedeu um centímetro ou disse uma palavra rude.

Stalin fez sua continência e me estendeu a mão na saída. Eu a apertei.

Relatei ao Gabinete de Guerra em 14 de agosto:

Estivemo-nos perguntando qual seria a explicação dessa cena e da transformação havida com respeito aos bons termos a que tínhamos chegado na noite anterior. Penso que o mais provável é que o Soviete de Comissários [de Stalin] não tenha recebido tão bem quanto ele a notícia trazida por mim. É possível que eles tenham mais poder do que supomos, e menos conhecimento. Talvez ele estivesse fazendo uma exibição pública para fins futuros e para conhecimento deles, e também desabafando um pouco. Cadogan diz que houve um endurecimento similar depois do início da entrevista com Eden no Natal, e Harriman diz que essa técnica também foi usada no início da missão de Beaverbrook.

É minha impressão ponderada que, no fundo do coração, tanto quanto ele o tenha, Stalin sabe que estamos certos e que seis divisões na operação *Sledgehammer* de nada lhe adiantariam este ano. Além disso, estou certo de que seu julgamento militar, seguro e rápido, faz dele um firme defensor de Torch. Creio não ser impossível que ele volte às boas. Nessa esperança, vou perseverando. Seja como for, tenho certeza de que foi melhor brigarmos dessa maneira do que de qualquer outra. Não houve em momento algum a menor insinuação de eles não continuarem lutando e, pessoalmente, acho que Stalin tem bastante confiança em vencer. (...)

À noite, tivemos um jantar oficial no Kremlin, presentes cerca de quarenta convivas, inclusive vários comandantes militares, membros do Politburo e outros altos funcionários. Stalin e Molotov fizeram as honras com cordialidade. Esses jantares eram demorados e, desde o começo, propunham-se muitos brindes, que eram respondidos em discursos curtíssimos. Contam-se histórias tolas sobre esses jantares soviéticos transformarem-se em bebedeiras. Não há a menor veracidade nisso. O marechal e seus colegas faziam seus brindes, invariavelmente, com taças minúsculas, e bebiam apenas um pequeno gole em cada ocasião. Quanto a mim, fui bem-educado.

No jantar, Stalin conversou animadamente comigo através do intérprete, Pavlov. "Alguns anos atrás", disse ele, "recebemos a visita de Mr. George Bernard Shaw e de Lady Astor." Na ocasião, Lady Astor sugeriu que Mr. Lloyd George fosse convidado a visitar Moscou, ao que Stalin havia retrucado: "Por que iríamos convidá-lo? Ele foi o chefe da intervenção." Mas Lady Astor contrapôs: "Não é verdade. Foi Churchill que o desencaminhou." "De qualquer modo", respondeu Stalin, "Lloyd George era o chefe do governo e fazia parte da esquerda. Ele foi o responsável, e nós preferimos um inimigo franco do que um amigo falso." "Bem, Churchill acabou de vez", comentou Lady Astor. "Não tenho tanta certeza", respondeu Stalin. "Se houver uma grande crise, o povo inglês poderá se voltar para o velho veterano de guerra." Nesse ponto, interrompi-o dizendo: "Há muita verdade no que ela disse. Fui muito atuante na intervenção, e não quero que o senhor pense de outra maneira." Ele me deu um sorriso amistoso, de modo que perguntei: "O senhor me perdoou?" "Diz o premier Stalin", traduziu o intérprete Pavlov, "que tudo isso é passado, e o passado a Deus pertence."

No decorrer de uma de minhas conversas posteriores com Stalin, comentei: "Lord Beaverbrook me disse que, quando esteve em sua missão em Moscou em outubro de 1941, o senhor lhe perguntou: 'Que quis dizer Churchill ao declarar no Parlamento que me avisara sobre o ataque alemão iminente?' Eu estava me referindo, é claro", prossegui, "ao telegrama que lhe mandei em abril de 1941", e mostrei o telegrama que Sir Stafford Cripps entregara tardiamente. Quando este foi lido e traduzido para ele, Stalin deu de ombros. "Lembro-me dele. Eu não precisava de aviso nenhum. Sabia que a guerra ia chegar, mas achei que poderia ganhar mais uns seis meses." Em nome da causa comum, abstive-me de lhe perguntar o que teria acontecido a todos nós se houvéssemos desaparecido para sempre, enquanto ele dava a Hitler tanto material, tempo e ajuda valiosos.

Moscou: criam-se relações

Tão logo me foi possível, fiz um relato mais formal do banquete a Mr. Attlee e ao presidente:

O jantar transcorreu num clima muito amistoso e com as cerimônias russas habituais. Wavell fez um excelente discurso em russo. Brindei à saúde de Stalin, e Alexander Cadogan brindou à morte e à danação dos nazis. Embora eu estivesse sentado à direita de Stalin, não tive nenhuma oportunidade de falar sobre coisas sérias. Ele e eu fomos fotografados juntos e também com Harriman. Stalin fez um discurso bastante longo para elogiar o "Serviço de Inteligência", no decorrer do qual fez uma referência curiosa aos Dardanelos em 1915, dizendo que os ingleses haviam vencido e que os alemães e turcos já estavam recuando, mas não tomáramos conhecimento disso porque o serviço de inteligência havia falhado. Essa imagem, apesar de inexata, obviamente pretendeu ser um elogio a mim.

2. Retirei-me por volta de uma e meia, por medo de sermos arrastados para um filme longo e estava fatigado. Quando me despedi de Stalin, ele disse que as diferenças que porventura existissem eram apenas de método. Disse-lhe que tentaríamos eliminar inclusive essas diferenças através de atos. Depois de um aperto de mão cordial, comecei a me afastar e caminhei um pouco pelo salão repleto, mas ele se apressou a me alcançar e me acompanhou por uma distância enorme, através de corredores e escadarias, até a porta da frente, onde novamente trocamos um aperto de mão.

3. Talvez, no relatório que lhe enviei sobre a reunião de quinta-feira à noite, eu tenha tido uma visão muito pessimista. Sinto que devo dar um grande desconto pela decepção realmente lamentável que eles tiveram aqui por não podermos fazer mais nada para ajudá-los em sua imensa luta. No fim, eles engoliram essa pílula amarga. Para nós, tudo gira agora em torno de apressarmos *Torch* e derrotarmos Rommel.

Eu fora ofendido por muitas coisas ditas em nossas conferências. Dera todos os descontos pela tensão em que estavam os líderes soviéticos, com sua vasta frente flamejando e sangrando ao longo de quase duas mil milhas, e com os alemães a apenas cinquenta milhas de Moscou e avançando para o mar Cáspio. As discussões técnicas militares não haviam corrido bem. Nossos generais tinham feito todo tipo de perguntas e seus colegas soviéticos não estavam autorizados a fornecer respostas. A única solicitação soviética era "uma Segunda Frente JÁ". No fim, Brooke fora bastante ríspido e a conferência militar chegara a uma conclusão um tanto ab-rupta.

Deveríamos partir no alvorecer do dia 16. Na noite da véspera, fui me despedir de Stalin às 19 horas. Tivemos uma conversa útil e importan-

726 Memórias da Segunda Guerra Mundial

te. Perguntei, em especial, se ele conseguiria defender os desfiladeiros das montanhas do Cáucaso e também impedir que os alemães chegassem ao Cáspio, tomassem os campos petrolíferos das proximidades de Baku, com tudo o que isso significava, e depois rumassem para o sul pela Turquia ou pela Pérsia. Ele abriu o mapa e disse, com serena confiança: "Vamos detê-los. Eles não cruzarão as montanhas." E acrescentou: "Há rumores de que os turcos nos atacarão no Turquestão. Se o fizerem, poderei lidar com eles também." Eu disse que esse perigo não existia. Os turcos pretendiam ficar de fora e certamente não brigariam com a Inglaterra.

Nossa conversa de uma hora chegou ao fim e eu me levantei para dizer adeus. De repente, Stalin pareceu envergonhado e disse, no tom mais cordial que até então usara comigo: "O senhor parte ao raiar do dia. Por que não vamos até minha casa tomar uns drinques?" Respondi que, em princípio, eu era sempre favorável a essa política. Assim, ele abriu caminho por muitas passagens e cômodos até sairmos numa rua calma dentro do Kremlin e, umas duzentas jardas adiante, chegarmos ao apartamento onde ele morava. Stalin mostrou-me seus aposentos, que eram de tamanho moderado, simples, dignos e em número de quatro — uma sala de jantar, um escritório, um quarto de dormir e um banheiro amplo. Pouco depois, surgiram, primeiro, uma empregada muito idosa e, em seguida, uma bonita moça ruiva, que beijou respeitosamente o pai. Ele me olhou dando uma piscadela, como que para expressar, pensei eu: "Está vendo, até os bolcheviques têm vida familiar." A filha de Stalin começou a pôr a mesa e, pouco depois, a criada apareceu com alguns pratos. Enquanto isso, Stalin havia aberto várias garrafas, que começavam a compor um sortimento imponente. Então, disse: "Por que não chamamos Molotov? Ele está preocupado com o comunicado. Poderíamos resolver isso aqui. Há uma coisa a favor de Molotov — ele sabe beber." Percebi então que haveria um jantar. Eu tinha planejado jantar na "Villa Estatal nº 7," onde o general Anders, o comandante polonês, estava a minha espera, mas pedi a meu novo e excelente intérprete, o major Birse, que telefonasse dizendo que eu não voltaria antes da meia-noite. Pouco depois, Molotov chegou. Sentamo-nos e, com os dois intérpretes, somamos cinco pessoas. O major Birse havia morado em Moscou por vinte anos e se deu muito bem com o marechal, com quem manteve por algum tempo uma conversa fluente, da qual não pude participar.

Na verdade, estivemos sentados a essa mesa das 20h30 até as duas e meia da madrugada seguinte, o que, com minha entrevista anterior, somou um total de mais de sete horas. O jantar foi visivelmente improvisado de uma hora para outra, mas, pouco a pouco, foram chegando mais e mais pratos. Provamos e beliscamos, como parecia ser o estilo russo, uma longa sucessão de iguarias, e bebericamos uma quantidade de vinhos excelentes. Molotov mostrou seus modos mais afáveis e Stalin, para animar a situação, caçoou dele implacavelmente.

Mais tarde, falamos sobre os comboios destinados à Rússia. Isso o levou a tecer um comentário ríspido e grosseiro sobre a destruição quase total de um comboio do Ártico em junho.

"O senhor Stalin está perguntando", disse Pavlov, com certa hesitação, "se a marinha inglesa não tem nenhum senso de glória." "O senhor pode ter certeza", respondi, "que o que fizemos foi certo. Realmente entendo um bocado sobre marinha e guerra naval." "O que significa que eu não entendo nada", disse Stalin. "A Rússia é um animal terrestre", retruquei, "enquanto os ingleses são bichos marinhos." Ele ficou em silêncio e recuperou o bom humor. Voltei a conversa para Molotov. "O marechal sabia que seu ministro do Exterior, em sua recente visita a Washington, tinha dito que estava decidido a visitar Nova York inteiramente a sós, e que o atraso em sua volta não fora por causa de nenhum defeito no avião, mas porque ele estava passeando sozinho?"

Embora se possa dizer quase tudo num jantar russo, à guisa de pilhéria, Molotov pareceu ficar muito sério diante disso. Mas o rosto de Stalin se iluminou, divertido, e disse: "Não é a Nova York que ele foi. Ele foi a Chicago, onde moram os outros gângsteres."

Estando assim inteiramente restabelecidas as relações, a conversa continuou rolando. Puxei o assunto de um desembarque inglês na Noruega, com apoio russo, e expliquei de que modo, se pudéssemos tomar o cabo Norte no inverno e destruir os alemães que estavam lá, o caminho dos comboios ficaria livre a partir de então. Essa ideia, como já se viu, era um de meus planos favoritos. Stalin pareceu muito atraído por ela e, depois de falarmos sobre meios e modos, concordamos que deveríamos executá-la, se possível.

Já passava da meia-noite e Cadogan não havia aparecido com o rascunho do *communiqué*.

"Diga-me", perguntei, "as tensões desta guerra têm sido para o senhor, pessoalmente, tão ruins quanto a execução da política das fazendas coletivas?"

Esse assunto despertou imediatamente o marechal. "Oh, não!", disse ele. "A política das fazendas coletivas foi uma luta terrível."

"Achei que o senhor a teria achado ruim, porque não lidava com uns poucos milhares de aristocratas ou grandes latifundiários, mas com milhões de homens do povo."

"Dez milhões", disse ele, erguendo as mãos. "Foi assustador. Durou quatro anos. Era absolutamente necessário para a Rússia, para evitarmos os ciclos periódicos de fome, que a terra fosse arada com tratores. Precisávamos mecanizar nossa agricultura. Quando demos tratores aos camponeses, todos se estragaram em poucos meses. Só as fazendas coletivas, que tinham oficinas, conseguiam lidar com tratores. Tivemos o maior cuidado de explicar isso aos camponeses. Mas não adianta discutir com eles. Depois que você diz tudo o que pode a um camponês, ele diz que tem de ir em casa e conversar com a mulher, e que precisa consultar seu cão pastor." (Essa expressão era nova para mim nesse contexto.) "Depois de conversar com eles, ele vem e sempre responde que não quer a fazenda coletiva e prefere ficar sem os tratores."

"Isso era o que vocês chamam de *kulaks*?"

"É", disse ele, sem repetir a palavra. E, depois de uma pausa: "Foi tudo muito ruim e difícil; mas necessário."

"Que aconteceu?", perguntei.

"Ah, bem, muitos deles concordaram em se associar conosco. Alguns receberam sua própria terra para cultivar, na província de Tomsk, ou na província de Irkutsk, ou mais ao norte, mas a grande maioria era muito impopular e foi liquidada por seus trabalhadores."

Houve uma pausa considerável. E então: "Não só aumentamos largamente o abastecimento de alimentos, como também melhoramos incomparavelmente a qualidade dos grãos. Costumava-se plantar toda sorte de grãos. Agora, ninguém tem permissão de semear nada senão o grão soviético padrão, de uma ponta a outra deste país. Se não plantarem, serão tratados com severidade. Isso significa outro grande aumento no abastecimento de alimentos."

Vou registrando estas lembranças tal como me vêm à mente, bem como a vívida impressão que tive, naquele momento, de milhões de homens e

Moscou: criam-se relações

mulheres sendo eliminados ou deslocados para sempre. Por certo viria uma geração para a qual seus sofrimentos seriam desconhecidos, mas ela com certeza teria mais o que comer e bendiria o nome de Stalin. Não repeti o dito de Burke — "Se eu não puder fazer uma reforma sem injustiça, não farei reforma alguma". Com a Guerra Mundial grassando a nossa volta, pareceu-me inútil recitar moralismos.

Cadogan trouxe o rascunho do *communiqué* por volta da uma hora da manhã. Pusemo-nos a trabalhar para pô-lo em forma final. Um leitão de porte considerável foi trazido para a mesa. Até ali, Stalin havia apenas provado os pratos, mas já passava de uma e meia e essa era mais ou menos sua hora costumeira de jantar. Stalin convidou Cadogan a se juntar a ele na empreitada e, quando meu amigo recusou polidamente, nosso anfitrião abateu-se sobre a vítima sozinho. Feito isto, retirou-se ab-ruptamente para o cômodo ao lado, para receber os relatórios de todos os setores do front, que lhe eram enviados a partir das duas horas. Passaram-se uns vinte minutos antes que ele voltasse e, a essa altura, chegáramos a um acordo sobre o *communiqué*. Por fim, às duas e meia, eu disse que precisava ir. Dispunha de meia hora para chegar à *villa* e mais outra para me dirigir ao aeroporto. Estava com uma dor de cabeça de rachar, coisa incomum em mim, e ainda tinha que ver o general Anders. Insisti com Molotov que não fosse despedir-se de mim ao amanhecer, pois ele estava visivelmente esgotado. Ele me olhou com ar reprovador, como quem dissesse: "Você realmente acha que eu deixaria de estar lá?"

Decolamos às cinco e meia. Fiquei muito contente por dormir no avião e não tenho nenhuma lembrança da paisagem ou da viagem, até chegarmos à orla do mar Cáspio e começarmos a sobrevoar as montanhas de Elburz. Em Teerã, não fui para a embaixada, mas para a clareira fresca e silenciosa da residência de verão, no alto da cidade. Ali, um grande maço de telegramas me esperava. Eu havia planejado uma conferência no dia seguinte, em Bagdá, com a maioria de nossas altas autoridades da Pérsia e do Iraque, mas não achei que pudesse enfrentar o calor de Bagdá em meados de agosto e foi muito fácil trocar a jurisdição por Cairo. Nessa noite, jantei com o grupo da missão diplomática no bosque aprazível e fiquei feliz em esquecer todas as preocupações até o amanhecer.

61
Tensão e suspense

No DIA 17 DE AGOSTO, TIVE NOTÍCIA do ataque a Dieppe, que começara a ser planejado em abril, depois do brilhante e audacioso ataque a St. Nazaire. Em 13 de maio, o esboço do plano fora aprovado pelo Comitê dos Chefes de Estado-Maior, como base para o planejamento detalhado dos comandantes das forças armadas. Mais de dez mil homens das três forças deveriam ser empregados. Essa era, sem dúvida, a mais considerável iniciativa desse tipo que já havíamos tentado contra o litoral francês ocupado. Pelas informações da inteligência, Dieppe parecia ser defendida apenas por tropa alemã de menor categoria, um batalhão com unidades de apoio, não mais de 1.400 homens ao todo. O ataque foi originalmente marcado para 4 de julho e a tropa embarcou em portos da ilha de Wight. O tempo estava ruim e a data foi adiada para o dia 8. Quatro aviões alemães fizeram um ataque aos navios que se haviam concentrado. O tempo continuou ruim e a tropa desembarcou. Decidiu-se, então, cancelar por completo a operação. O general Montgomery — que, na qualidade de comandante em chefe do Sudeste, havia supervisionado os planos até então — manifestou sua firme opinião de que ele não deveria ser remontado, já que todos os soldados em questão tinham recebido instruções e, a essa altura, estavam dispersos em terra.

Entretanto, achei da maior importância que houvesse uma operação em larga escala nesse verão. Parecia unânime a opinião militar de que, até que se empreendesse uma operação nessa escala, nenhum general responsável assumiria a tarefa do planejamento da grande invasão.

Em conversa com o almirante Mountbatten, ficou claro que o tempo não permitiria que uma nova operação em larga escala fosse montada durante o verão, mas seria possível remontarmos Dieppe (cujo nome em código era *Jubilee*) dentro de um mês, desde que se tomassem providências extraordinárias para garantir o sigilo.

Por essa razão, nenhum registro foi conservado. Mas, depois de as autoridades canadenses e os chefes de estado-maior terem dado sua aprovação, examinei pessoalmente os planos com o CIGS, o almirante Mountbatten e o comandante J. Hughes-Hallett, da força naval. Estava claro que não hou-

Tensão e suspense

vera nenhuma mudança substancial entre *Jubilee* e *Rutter,* além da substituição de paraquedistas por comandos para silenciar as baterias costeiras dos flancos. Isso já era possível, pois dois outros navios de desembarque de infantaria haviam ficado disponíveis para transportar os comandos, e as chances de que as condições do tempo fizessem a operação *Jubilee* ser novamente abandonada foram consideravelmente reduzidas pela ausência de paraquedistas. A despeito de um encontro acidental entre a barcaça de desembarque que levava um dos comandos e um comboio costeiro alemão, uma das baterias foi completamente destruída e a outra ficou impedida de interferir seriamente na operação; assim, essa mudança não afetou sob nenhum aspecto o desfecho da operação.

Nosso exame dos registros dos alemães no pós-guerra mostrou que eles não receberam, por vazamentos de informação, nenhum aviso especial sobre nossa intenção de atacar. Entretanto, como decorrência de sua avaliação geral sobre a ameaça ao setor de Dieppe, intensificaram as medidas defensivas em toda a frente. Foram ordenadas precauções especiais para períodos como o de 10 a 19 de agosto, quando a lua e a maré seriam favoráveis a desembarques. A divisão responsável pela defesa do setor de Dieppe foi reforçada durante julho e agosto e estava com efetivo completo, em prontidão de rotina, no momento da incursão. Fazia muito tempo que o exército canadense na Inglaterra estava ansioso e impaciente para entrar em ação, e a maior parte da tropa de desembarque foi fornecida por ele. A história foi vividamente narrada pelo historiador oficial do exército canadense* e noutras publicações oficiais, não precisando ser repetida aqui. Embora extrema coragem e dedicação tenham sido demonstradas por todos os soldados e pelos comandos ingleses, assim como pelas barcaças de desembarque e suas escoltas, e malgrado muitas proezas esplêndidas, os resultados foram decepcionantes e nossas baixas muito pesadas. Na 2ª Divisão Canadense, 18% dos cinco mil homens embarcados perderam a vida e quase dois mil foram feitos prisioneiros.

Olhando-se para trás, as baixas dessa ação memorável talvez pareçam desproporcionais aos resultados. Mas seria um erro julgar o episódio apenas por esse parâmetro. Dieppe ocupa um lugar próprio na história da guerra, e o número sinistro das baixas não deve classificar a operação como um fracasso. Ela foi uma grande operação de reconhecimento, de

---

* Coronel C.P. Stacey, *The Canadian Army, 1939-45.*

alto custo, mas não infrutífera. Do ponto de vista tático, foi um manancial de experiências. Lançou uma luz reveladora sobre muitas falhas de nossa visão. Ensinou-nos a construir em tempo hábil vários novos tipos de embarcações e aparelhos para uso posterior. Redescobrimos o valor do apoio poderoso de canhões navais pesados nos desembarques em território inimigo e, a partir de então, nossa técnica de bombardeio naval e aéreo foi aperfeiçoada. Acima de tudo, ficou provado que a destreza e a valentia individuais, sem uma organização minuciosa e um treinamento conjunto, não conseguiriam prevalecer, e que o trabalho em equipe era a chave do sucesso. Esse trabalho só poderia ser efetuado por formações anfíbias bem-treinadas e organizadas. Todas essas lições foram bem-aprendidas.

Em termos estratégicos, o ataque serviu para deixar os alemães mais conscientes do perigo em toda a costa da França ocupada. Isso ajudou a reter tropas e recursos no Ocidente, o que contribuiu um pouco para retirar o peso de sobre a Rússia. Louvados sejam os que tombaram. Seu sacrifício não foi em vão.

Em 19 de agosto, fiz outra visita ao front do deserto. Com Alexander, no carro dele, rumei do Cairo, passando pelas pirâmides e atravessando cerca de 130 milhas de deserto, até o mar, em Abu Qir. Fiquei animado com tudo o que ele me disse. Quando caíam as sombras da noite, chegamos ao QG de Montgomery em Burg el Arab. Ali, o *trailer-caravan*, que depois ficou famoso, estava estacionado entre as dunas de areia, junto às ondas cintilantes. O general cedeu-me seu próprio trailer, dividido entre escritório e quarto de dormir. Depois de nossa longa viagem, o grupo todo foi para um delicioso banho de mar. "Todos os exércitos tomam banho de mar neste horário, em toda a costa", disse Montgomery, quando estávamos enrolados em nossas toalhas. Balançou o braço apontando para o oeste. A trezentas jardas de distância, cerca de mil soldados nossos divertiam-se na praia. Embora eu soubesse a resposta, perguntei: "Por que o Ministério da Guerra faz essa despesa de mandar calções de banho brancos para os soldados? Com certeza deveríamos economizar isso." De fato, eles estavam morenos, corpo todo bronzeado, menos onde usavam os shorts.

Como mudam as modas! Quando eu marchara para Ondurman, 44 anos antes, a teoria era de que a pele devia evitar a todo custo o sol africa-

Tensão e suspense

no. As normas eram rigorosas. Panos especiais eram presos por botões nas costas de nossas túnicas cáqui. Constituía transgressão militar aparecer sem o capacete de cortiça. Éramos instruídos a usar grossas roupas de baixo, seguindo o costume árabe ditado por mil anos de experiência. Agora, no entanto, chegando a meados do século XX, muitos dos soldados brancos cuidavam de seus afazeres diários sem chapéu e despidos, exceto pelo equivalente a uma tanga. Aparentemente, isso não lhes fazia mal algum. Embora o processo de passar do branco ao bronze levasse várias semanas, insolações e intermações eram raras. Imagino como os médicos explicariam tudo isso.

Depois de nos vestirmos para o jantar — meu macacão de fecho ecler não chega a levar um minuto para vestir — reunimo-nos no trailer de mapas de Montgomery. Ali, ele nos fez uma exposição magistral sobre a situação, mostrando que, em poucos dias, havia apreendido com clareza todo o problema. Previu com exatidão o ataque seguinte de Rommel e mostrou seu plano para enfrentá-lo. Tudo isso comprovou-se verídico e sensato. Em seguida, descreveu seus planos para partir ele mesmo para a ofensiva. Contudo, precisaria de seis semanas para pôr o VIII Exército em ordem. Reorganizaria as divisões como unidades táticas completas. Precisávamos esperar até que as novas divisões tomassem seu lugar no front e os tanques Sherman fossem apresentados. Então, haveria três corpos de exército, cada um sob o comando de um oficial experiente que ele e Alexander conheciam bem. Acima de tudo, a artilharia seria usada como nunca fora possível no deserto. Montgomery falou em fim de setembro. Fiquei decepcionado com a data, mas até isso dependia de Rommel. Nossas informações mostravam que o ataque dele era iminente. Eu mesmo já estava plenamente informado e me agradava que ele tentasse um amplo envolvimento de nosso flanco do deserto para atingir o Cairo, e que se travasse um combate de movimento contra suas linhas de comunicação.

Nessa ocasião, pensei muito na derrota de Napoleão em 1814. Também ele se havia posicionado para atacar as comunicações, mas os aliados tinham avançado diretamente para uma Paris quase aberta. Julguei da máxima importância que a cidade do Cairo fosse defendida por todos os homens de uniforme considerados aptos que não fossem necessários no VIII Exército. Só assim o exército de campanha teria plena liberdade de manobra e poderia correr riscos, deixando seu flanco ser contornado antes de atacar. Foi com grande prazer que constatei que estávamos todos de acordo. Embora eu sempre ficasse impaciente por ações ofensivas de nossa parte na primeira oportunidade possível, acolhi de bom grado a perspectiva de que Rommel se arrebentasse contra nós antes de nosso grande ataque ser lançado. Mas haveria tempo para organizarmos a defesa do Cairo? Muitos sinais apontavam para a probabilidade de que o audacioso comandante que ali estava em frente a nós, a apenas doze milhas de distância, desferisse seu golpe supremo antes do fim de agosto. De fato, a qualquer momento, disseram meus amigos, ele poderia jogar sua cartada pela manutenção da supremacia. Uma demora de duas ou três semanas nos seria altamente benéfica.

Em 20 de agosto, saímos cedo para ver o provável campo de batalha e os valentes soldados que deveriam defendê-lo. Fui levado até o ponto-chave, a sudeste das elevações de Ruweisat. Ali, em meio às duras curvas e fendas do deserto, achava-se o grosso de nossos blindados, camuflados, escondidos e dispersos, mas taticamente concentrados. Ali encontrei o jovem general Roberts, que, na época, comandava a nossa força blindada nessa posição vital. Todos os nossos melhores tanques estavam sob seu comando. Montgomery explicou-me a disposição de nossa variada artilharia. Cada fissura do deserto estava repleta de baterias camufladas e escondidas. Trezentos ou quatrocentos canhões dispariam contra os blindados alemães antes que avançássemos com os nossos.

Embora, é claro, não se pudesse permitir nenhuma reunião da tropa por causa do contínuo reconhecimento aéreo do inimigo, vi inúmeros soldados nesse dia, que me saudaram com sorrisos e vivas. Inspecionei meu próprio regimento, o 4º de Hussardos, ou tantos de seus componentes quantos eles ousaram reunir — uns cinquenta ou sessenta — perto do cemitério de campanha, onde vários de seus colegas tinham sido recentemente enterrados. Tudo isso era comovente, mas crescia o sentimento de um ardor revigorado do exército. Todos falavam da mudança ocorrida desde que Montgomery havia assumido o comando. Pude sentir a veracidade disso, com alegria e alívio.

Deveríamos almoçar com Bernard Freyberg. Minha mente retrocedeu a uma visita semelhante que eu lhe fizera em Flandres, em seu posto de combate no vale do Scarpe, um quarto de século antes, quando ele já comandava uma brigada. Na época, ele se oferecera alegremente para me levar a uma

Tensão e suspense

volta por seus postos avançados. Entretanto, conhecendo-o e conhecendo o front, eu havia declinado. Dessa vez, deu-se o inverso. Eu certamente tinha esperança de ver pelo menos um posto avançado de observação daqueles esplêndidos neozelandeses, que estavam em combate a umas cinco milhas dali. A atitude de Alexander mostrou que ele não proibiria a excursão, mas a acompanharia. Bernard Freyberg, no entanto, recusou-se terminantemente a assumir a responsabilidade, e esse não era um assunto em que se possa dar ordens, nem mesmo sendo a autoridade máxima.

Em vez disso, fomos para sua barraca abafada, onde nos foi oferecido um almoço muito mais imponente do que o que eu tivera no Scarpe. Era meio-dia de agosto no deserto. O prato principal da refeição foi uma sopa escaldante de ostras enlatadas da Nova Zelândia, diante do qual não pude fazer mais do que me impunha a cortesia. Pouco depois chegou Montgomery, que nos deixara algum tempo antes. Freyberg saiu para cumprimentá-lo e lhe disse que seu lugar fora guardado e que ele era esperado no almoço. Mas "Monty", como já era chamado, adotara como regra, ao que parece, não aceitar a hospitalidade de nenhum dos comandantes a ele subordinados. Assim, sentou-se do lado de fora, em seu carro, comendo um austero sanduíche e bebendo sua limonada com todas as formalidades. Napoleão talvez também se houvesse mantido afastado, em nome da disciplina. *Dur aux grands* era uma de suas máximas. Mas certamente teria comido uma excelente galinha assada, diretamente servida de seu próprio *fourgon*. Marlborough teria entrado e bebido um bom vinho com seus oficiais — Cromwell também, acho eu. A técnica varia, mas os resultados parecem ter sido bons em todos esses casos.

Ficamos a tarde inteira com os militares do exército. Já passava das 19 horas quando voltamos à caravana e às doces ondas de sua praia. Eu estava tão animado com tudo o que vira, que não sentia nenhum cansaço. Fiquei conversando até tarde. Antes de ir-se deitar às 22 horas, como era sua rotina, Montgomery pediu-me que escrevesse alguma coisa em seu diário pessoal. Fiz isso nessa e em várias outras ocasiões durante a longa guerra. Eis o que escrevi nessa data: "Possa o aniversário de Blenheim, que marca o início do novo comando, trazer ao comandante em chefe do VIII Exército e aos seus soldados a fama e a boa sorte que por certo merecem."

Em 22 de agosto, visitei as cavernas de Tura, perto do Cairo, onde se estavam fazendo trabalhos vitais de reparos. Dessas cavernas tinham sido cortadas as pedras das pirâmides, algum tempo atrás. Elas eram agora mui-

736 Memórias da Segunda Guerra Mundial

to úteis. Tudo tinha um aspecto muito ordeiro e eficiente no local, e um imenso volume de trabalho era feito, dia e noite, por multidões de trabalhadores qualificados. Mas eu tinha minhas tabelas de dados e números e continuava insatisfeito. A escala era pequena demais. A culpa original fora dos faraós, por não terem construído pirâmides maiores e em maior número. As outras responsabilidades eram mais difíceis de atribuir. Passamos o resto do dia voando de um campo de pouso para outro, inspecionando as instalações e conversando com as equipes de terra. A certa altura, dois mil ou três mil homens da força aérea foram reunidos. Também visitei, brigada por brigada, a Divisão da Alta Escócia, que acabara de desembarcar. Era tarde quando voltamos à embaixada.

Durante esses últimos dias de minha visita, todos os meus pensamentos concentraram-se na batalha iminente. Rommel poderia atacar a qualquer momento com uma devastadora ofensiva de blindados. Poderia entrar pelas pirâmides, praticamente sem ser detido senão por um único canal até chegar ao Nilo, que rolava serenamente ao pé do gramado da residência oficial. O filho recém-nascido de Lady Lampson sorria em seu carrinho entre as palmeiras. Olhei para as vastas planícies do outro lado do rio. Tudo estava calmo e sereno, mas insinuei à mãe que o Cairo, muito quente e abafado, poderia não fazer bem às crianças. "Por que não mandar o bebê para longe, para revigorá-lo com as brisas frescas do Líbano?" Mas ela não ouviu meu conselho, e não se pode dizer que não tenha avaliado com acerto a situação militar.

De pleno acordo com o general Alexander e o CIGS, implantei uma série de medidas extremas para a defesa do Cairo e de todos os cursos d'água que correm para o norte, em direção ao mar. Construíram-se trincheiras e ninhos de metralhadoras, as pontes foram minadas e seus acessos providos de arame farpado. A ampla frente foi inundada. Toda a população administrativa do Cairo, que somava milhares de oficiais de estado-maior e funcionários uniformizados, foi armada com fuzis e instruída a assumir seus postos, se necessário, ao longo da linha d'água fortificada. A 51ª Divisão da Alta Escócia ainda não era considerada "resistente ao deserto", mas esses esplêndidos soldados receberam ordem de ocupar o novo front do Nilo. Era uma posição de grande valor, devido ao número relativamente pequeno de pontes que cruzam a área canalizada, inundada ou inundável, do Delta. Parecia perfeitamente viável deter um avanço blindado pelas pontes. Em condições normais, a defesa do Cairo competiria ao general inglês que comandava o exército egípcio, cujas tropas também foram totalmente empregadas. Mas achei melhor dar a responsabilidade, na eventualidade de uma emergência, ao general Maitland Wilson — "Jumbo" — que fora nomeado para o comando Pérsia-Iraque mas cujo QG, nessas semanas críticas, estava-se compondo no Cairo. A ele enviei a instrução de que se inteirasse plenamente de todo o plano de defesa e assumisse a responsabilidade, a partir do momento em que o general Alexander lhe dissesse que o Cairo estava em perigo.

Cabia-me então ir para casa, às vésperas da batalha, e voltar a questões muito mais amplas, porém de modo algum menos decisivas. Eu já obtivera a aprovação do Gabinete para a diretriz ao general Alexander. Ele era, a essa altura, a autoridade máxima com quem eu lidava no Oriente Médio. Montgomery e o VIII Exército estavam sob suas ordens. Também o estariam, se isso se tornasse necessário, Maitland Wilson e a defesa do Cairo. "Alex", como eu o chamava desde longa data, já se mudara com seu QG pessoal para o deserto, junto às pirâmides. Sereno, alegre e com plena compreensão de tudo, ele inspirava uma confiança tranquila e profunda por toda parte.

Decolamos do aeródromo do deserto às 19h5 de 23 de agosto e dormi o sono dos justos até bem depois do alvorecer. Quando atravessei o compartimento de bombas até a cabine do Commando, já nos aproximávamos de Gibraltar. Devo dizer que parecia muito perigoso. Tudo estava nas brumas da manhã. Não se enxergava cem jardas à frente e não estávamos voando a mais de trinta pés acima do nível do mar. Perguntei a Vanderkloot se estava tudo bem e disse esperar que ele não batesse no rochedo de Gibraltar. Suas respostas não foram especialmente tranquilizadoras, mas ele tinha certeza suficiente de seu curso para não subir e sair para o oceano, o que, pessoalmente, me agradaria vê-lo fazer. Mantivemos o curso por mais quatro ou cinco minutos. Então, de repente, vimo-nos voando num céu límpido e brilhou o grande penhasco de Gibraltar, reluzindo sobre o istmo e a faixa neutra de terra que o liga à Espanha e ao morro chamado Cadeira da Rainha de Espanha. Após três ou quatro horas de voo em meio à neblina, Vanderkloot havia acertado. Passamos em frente ao rochedo sombrio a uma distância de algumas centenas de jardas, sem ter que alterar nosso curso, e fizemos um pouso perfeito. Ainda acho que teria sido melhor ganhar altitude e circundá-lo por uma ou duas horas. Tínhamos combustível e não estávamos com pressa. Mas foi um belo desempenho. Passamos a manhã com o governador e voamos para casa à tarde, fazendo uma larga volta pela baía de Biscaia ao cair da noite.

Quando de minha partida para as missões no Cairo e em Moscou, o comandante da operação *Torch* ainda não fora escolhido. Em 31 de julho, eu sugerira que, se o general Marshall fosse nomeado para o supremo comando da operação de travessia do Canal em 1943, o general Eisenhower deveria funcionar como seu substituto e precursor em Londres e trabalhar na *Torch*, que ele mesmo comandaria, tendo o general Alexander como adjunto. As opiniões haviam seguido essa orientação e, antes de minha partida do Cairo para Moscou, o presidente me comunicara sua concordância. Mas restava muita coisa por decidir sobre a configuração final de nossos planos. No dia seguinte ao da minha volta a Londres, os generais Eisenhower e Clark foram jantar comigo para discutir o estado da operação.

Eu estava, nessa época, em contato muito estreito e agradável com os oficiais americanos. Desde o momento em que chegaram, em 1º de junho, eu havia instituído um almoço semanal às terças-feiras, no nº 10. Ficava quase sempre a sós com eles, discutindo e repassando todas as nossas questões, como se fôssemos todos de um mesmo país. Também tivemos algumas conferências informais em nossa sala de jantar do térreo, que começavam por volta das 22 horas e, às vezes, avançavam até altas horas. Em várias ocasiões, os generais americanos passaram uma noite ou um fim de semana em Chequers, oportunidades em que nunca se falava senão de negócios. Tenho certeza de que essas relações estreitas foram necessárias à condução da guerra. Sem elas, eu não teria conseguido absorver toda a situação.

Em 22 de setembro, numa reunião dos chefes de estado-maior presidida por mim, e à qual Eisenhower compareceu, tomou-se a decisão final: *Torch* foi marcada para 8 de novembro.

Em meio a tudo isso, Rommel desfechou seu ataque decisivo — e, como se constatou, derradeiro — rumo ao Cairo. Enquanto ele não se

Tensão e suspense

encerrou, meus pensamentos concentraram-se no deserto e na prova de força ali em jogo. Eu tinha plena confiança em nossos novos comandantes e estava certo de que nossa superioridade numérica em tropas, blindados e poderio aéreo era maior do que nunca. Mas, depois das surpresas desagradáveis dos dois anos anteriores, era difícil afastar a angústia. Como eu tivesse estado muito recentemente no próprio campo em que a batalha seria travada e trouxesse vívida na memória a imagem do deserto pedregoso, com suas rugas e ondulações, suas baterias e tanques ocultos, e nosso exército agachado para dar o bote contrário, todo o cenário iluminava-se de forma ameaçadora. Um novo revés seria não apenas desastroso em si, mas derrubaria o prestígio e a influência ingleses nas discussões que vínhamos mantendo com nossos aliados americanos. Por outro lado, se Rommel fosse repelido, a confiança crescente e o sentimento de que a maré estava prestes a virar a nosso favor ajudariam a levar todas as nossas outras negociações a um acordo.

O general Alexander prometera enviar-me a palavra "Zip" (que tirei da roupa que tanto costumava usar) quando o combate efetivamente começasse. "Que acha agora", perguntei-lhe em 28 de agosto, "das probabilidades de 'Zip' nesta fase da lua? A atual opinião da inteligência militar não considera iminente. Muito boa sorte." "A partir de agora, 'Zip' tem probabilidades iguais a qualquer dia", respondeu. "Probabilidades contrárias aumentam até 2 de setembro, quando poderá ser considerado improvável." No dia 30, recebi o monossilábico "Zip" e telegrafei a Roosevelt e Stalin: "Rommel iniciou o ataque para o qual vimo-nos preparando. Agora pode travar-se uma importante batalha."

O plano de Rommel, corretamente deduzido por Montgomery, era fazer seus blindados atravessarem o maldefendido cinturão de minas na parte sul do front inglês e, em seguida, rumar norte para rolar nossa posição pelos flancos e pela retaguarda. A área crítica para o sucesso dessa manobra eram as elevações de Alam Halfa, e Montgomery tinha tomado providências para garantir que ela não caísse nas mãos do inimigo.

Durante a madrugada de 30 de agosto, as duas divisões blindadas do Afrika Korps alemão penetraram no cinturão minado e, na manhã seguinte, avançaram para a depressão de Ragil. Nossa 7ª Divisão Blindada, recuando sistematicamente à frente delas, posicionou-se no flanco de leste. Ao norte dos blindados alemães, duas divisões blindadas e uma motorizada italianas também tentaram cruzar o campo minado. Tiveram pouco sucesso.

O campo era mais profundo do que haviam esperado, o que as deixou sob fogo enfiado e contínuo da artilharia da Divisão da Nova Zelândia. A 90ª Divisão Ligeira alemã, no entanto, conseguiu penetrar para ser um pivô da virada dos blindados para o norte. No outro extremo da linha, ataques de fixação simultâneos foram desferidos contra a 5ª Divisão Indiana e a 9ª Divisão Australiana, ambos repelidos após duros combates. Da depressão de Ragil, os blindados germano-italianos tinham a alternativa de atacar para o norte, contra a ruga de Alam Halfa, ou para o nordeste, em direção a El-Hammam. Montgomery tinha esperança de que não optassem pela segunda alternativa. Ele preferia lutar no campo de batalha que havia escolhido, as elevações. Um mapa indicando um caminho fácil para tanques nessa direção e um avanço difícil mais a leste fora plantado para enganar Rommel. O general von Thoma, capturado dois meses depois, declarou que essa informação falsa surtira o efeito desejado. A batalha assumiu então a forma precisa que Montgomery desejava.

Ao cair da noite de 31, um avanço para o norte foi repelido e a massa de blindados do inimigo bivacou em círculo para pernoitar, tendo uma noite incômoda sob fogo contínuo de artilharia e violentos bombardeios aéreos. Na manhã seguinte, eles investiram contra o centro da linha inglesa, onde a 10ª Divisão Blindada estava em posição para enfrentá-los. A areia era muito mais pesada do que tinham sido levados a crer, e a resistência, muito mais intensa do que haviam esperado. O ataque, apesar de renovado à tarde, fracassou. Rommel viu-se então profundamente comprometido. Os italianos haviam falhado. Ele não tinha esperança de reforçar seus blindados avançados, e o percurso difícil consumira boa parte de seu escasso combustível. É provável que também tenha sido informado do afundamento de mais três cargueiros no Mediterrâneo. Assim, em 2 de setembro, seus blindados adotaram uma posição defensiva e aguardaram o ataque.

Montgomery não aceitou o convite e Rommel não tinha alternativa senão recuar. No dia 3, teve início o recuo, fustigado nos flancos pela 7ª Divisão Blindada Inglesa, que cobrou um tributo pesado dos veículos de transporte não blindados. Naquela noite começou o contra-ataque inglês, não sobre os blindados inimigos, mas contra a 90ª Divisão Ligeira e a Divisão Motorizada Trieste. Se fosse possível derrotá-las, as brechas do campo minado poderiam ser fechadas antes que os blindados alemães conseguissem retornar por elas. A Divisão da Nova Zelândia desferiu ataques violentos, mas deparou com uma resistência feroz, e o Afrika Korps escapou. Montgomery suspendeu a perseguição. Planejava tomar a iniciativa quando chegasse a hora certa, mas ainda não. Contentou-se em ter repelido, impondo baixas pesadas, o avanço final de Rommel pelo Egito. A um custo relativamente baixo, o VIII Exército e a Força Aérea do Deserto haviam infligido um duro golpe ao inimigo e provocado outra crise em seu suprimento. Pelos documentos posteriormente capturados, sabemos agora que Rommel ficou em grandes apuros e fez insistentes pedidos de ajuda. Também sabemos que, na ocasião, era um homem cansado e doente. As consequências de Alam Halfa, como ficou conhecida a batalha, surtiram efeito dois meses depois.

Embora nossas duas operações maiores, nos dois extremos do Mediterrâneo, já estivessem decididas e todos os preparativos para elas continuassem, o período de espera foi de extrema, porém contida, tensão. O círculo íntimo dos que estavam informados sentia-se ansioso pelo que iria acontecer. Todos os que não tinham conhecimento inquietavam-se pelo fato de nada estar acontecendo.

Fazia então 28 meses que eu estava na chefia do governo, neles havendo suportado uma sucessão quase ininterrupta de derrotas militares. Tínhamos sobrevivido à capitulação da França e ao ataque aéreo à Inglaterra. Não fôramos invadidos. Ainda tínhamos o Egito. Estávamos vivos e acuados; mas era só. Por outro lado, que enxurrada de desastres desabara sobre nós! O fiasco de Dakar, a perda de todas as nossas conquistas dos italianos no deserto, a tragédia da Grécia, a perda de Creta, os reveses constantes da guerra japonesa, a perda de Hong Kong, a invasão das Índias Orientais Holandesas, a catástrofe de Cingapura, a conquista japonesa da Birmânia, a derrota de Auchinleck no deserto, a rendição de Tobruk e o fracasso, como era julgado, de Dieppe: todos eram elos mortificantes numa cadeia de desgraça e frustração sem nenhum paralelo em nossa história. O fato de já não estarmos sozinhos, mas termos como aliadas as duas nações mais poderosas do mundo, lutando desesperadamente ao nosso lado, sem dúvida trazia a certeza da vitória final. Mas isso, afastando o sentimento de perigo mortal, só tornava as críticas mais livres. Acaso era de se estranhar que todo o caráter e sistema de direção da guerra, pelos quais eu era responsável, fosse questionado e contestado?

Na verdade, é extraordinário que, nessa lúgubre calmaria, eu não tenha sido destituído do poder ou confrontado com exigências de modificação de meus métodos — o que, sabidamente, eu nunca aceitaria. Nesse caso, eu teria desaparecido de cena com um fardo de calamidades sobre os ombros, e os frutos, finalmente prestes a serem colhidos, teriam sido atribuídos ao meu tardio desaparecimento. É que, na verdade, todo o panorama da guerra estava prestes a se transformar. Dali por diante, nosso destino seria o sucesso crescente e quase sem problemas, a não ser por um ou outro infortúnio. Embora a luta devesse ser longa e árdua, exigindo de todos os esforços mais extenuantes, havíamos chegado à saída do desfiladeiro. Nossa trilha para a vitória seria não apenas segura e certa, mas acompanhada de constantes eventos animadores. Não me foi negado o direito de participar dessa nova fase da guerra, graças à união e à força do Gabinete de Guerra, à confiança que conservei de meus colegas políticos e militares, à inabalável lealdade do Parlamento e à persistente boa vontade da nação. Tudo isso mostra o quanto há de sorte nas questões humanas e quão pouco nos devemos preocupar com o que quer que seja, exceto em fazer o melhor possível.

Entrementes, encontrei algum alívio no exame das propostas que o Foreign Office vinha elaborando, em contato com o Departamento de Estado em Washington, sobre a futura ordem mundial depois da guerra. O ministro do Exterior fez circular pelo Gabinete de Guerra, em outubro, um importante documento sobre o tema, intitulado "Plano das Quatro Potências". A direção suprema proviria de um conselho composto de Inglaterra, Estados Unidos, Rússia e China. Alegra-me ter encontrado forças para registrar minhas próprias opiniões na seguinte minuta enviada ao ministro do Exterior, datada de 21 de outubro de 1942:

> A despeito da pressão dos acontecimentos, esforço-me por redigir uma resposta. Parece muito simples selecionar essas quatro grandes potências. Mas não sabemos dizer que tipo de Rússia e que tipo de demandas russas teremos de enfrentar. Um pouco mais tarde, talvez isso seja possível. Quanto à China, não consigo encarar o governo de Chungking como representante de uma grande potência mundial. Por certo haveria um voto tendencioso e partidário por parte dos Estados Unidos favorável em qualquer tentativa de se liquidar o Império Britânico ultramarino.
>
> 2. Devo admitir que meus pensamentos estão primordialmente voltados para a Europa — para o renascimento da glória da Europa, continente--berço das nações modernas e da civilização. Seria um desastre sem me-

Tensão e suspense

didas que o barbarismo russo asfixiasse a cultura e a independência dos antigos estados europeus. Por mais difícil que seja dizê-lo neste momento, confio em que a família europeia possa agir unida num só bloco, sob o comando de um Conselho Europeu. Anseio por Estados Unidos da Europa, em que as barreiras entre as nações sejam de fato mínimas e em que seja possível viajar sem restrições. Espero ver a economia da Europa estudada como um todo. Espero ver um conselho composto talvez de dez unidades, inclusive as antigas Grandes Potências, com várias confederações — escandinava, danubiana, balcânica etc. — que tenham uma polícia internacional e se encarreguem de manter a Prússia desarmada. Naturalmente, teremos de trabalhar com os americanos sob muitos aspectos e da melhor maneira possível, mas a Europa é nosso interesse primordial. Certamente não desejamos ser confinados com russos e chineses, quando suecos, noruegueses, dinamarqueses, holandeses, belgas, franceses, espanhóis, poloneses, tchecos e turcos terão suas questões prementes, seu desejo de nossa ajuda e seu imenso poder de fazer ouvir sua voz. Seria fácil estender-me sobre esses temas. Infelizmente, a guerra tem prioridade sobre sua atenção e a minha.

E assim chegamos ao grande clímax militar em que tudo seria jogado.

62
A batalha de El-Alamein

NAS SEMANAS SEGUINTES à mudança no comando, planejamento e treinamento foram ininterruptos no Cairo e no front. O VIII Exército foi reforçado numa medida até então impossível. A 51ª e a 44ª divisões haviam chegado da Inglaterra e se tornado "aptas para o deserto". Nosso poderio em blindados elevou-se para sete brigadas, com mais de mil tanques, quase metade dos quais Grants e Shermans chegados dos EUA; tínhamos uma superioridade numérica de dois para um e pelo menos um equilíbrio de qualidade. Uma artilharia poderosa e bem-treinada reuniu-se pela primeira vez no deserto ocidental, para dar apoio no ataque iminente.

A Força Aérea do Oriente Médio estava subordinada às concepções do exército e aos requisitos do comandante em chefe. No entanto, sob o comando do marechal do ar Tedder, não havia necessidade de precedentes rígidos. As relações entre o comando aéreo e os novos generais eram agradáveis sob todos os aspectos. A Força Aérea do Deserto Ocidental, sob a chefia do marechal do ar Coningham, alcançara um poder de combate equivalente a 550 aeronaves. Havia dois outros grupos, além dos aviões sediados em Malta, num total de 650 aeroplanos cuja tarefa era fustigar os portos e as rotas de suprimento do inimigo no Mediterrâneo e no deserto. Ao lado de cem caças e bombardeiros de médio porte dos EUA, nosso poderio total somava cerca de 1.200 aeronaves em serviço.

Alexander nos disse em vários telegramas que uma data em torno de 24 de outubro fora escolhida para *Lightfoot,* nome que teria a operação. "Como não há flanco aberto", disse ele, "a batalha deve ser preparada de maneira que se rompa uma brecha na linha inimiga." Por essa brecha, o 10º Corpo de Exército, composto dos principais blindados e que seria a ponta de lança de nosso ataque, avançaria à luz do dia. Esse Corpo não teria todas as suas armas e equipamentos antes de 1º de outubro. Precisaria então de quase um mês de treinamento para sua missão. "É essencial", disse Alexander, "que o ataque inicial de rompimento da linha seja lançado na fase da lua cheia. Será uma grande operação, que consumirá algum tempo, e é preciso que se abra uma fenda adequada nas linhas do inimigo para

A batalha de El-Alamein

que nossas forças blindadas disponham de um dia inteiro para tornar sua operação decisiva. (...)"

Passaram-se as semanas e a data se aproximou. A força aérea já havia iniciado sua batalha, atacando tropas, aeródromos e comunicações do inimigo, a cujos comboios prestou-se atenção especial. Em setembro, 30% dos navios do Eixo que supriam a África do Norte foram afundados, sobretudo por ataques da força aérea. Em outubro, essa cifra subiu para 40%. A perda de gasolina foi de 60%. Nos quatro meses do outono, mais de duzentas mil toneladas de embarques do Eixo foram destruídas. Foi um grave prejuízo para o exército de Rommel. Finalmente, chegou a notícia. O general Alexander telegrafou: "Zip!"

Sob a lua cheia de 23 de outubro, quase mil canhões abriram fogo contra as baterias inimigas durante vinte minutos e, em seguida, assestaram para as posições da infantaria. Sob essa concentração de fogo aprofundada por bombardeios aéreos, os corpos de exército 30º (general Leese) e 13º (general Horrocks) avançaram. Atacando numa frente de quatro divisões, todo o 30º Corpo buscou abrir dois corredores nas fortificações do inimigo. As duas divisões blindadas do 10º Corpo (general Lumsden) seguiram-no para explorar o êxito. Fizeram-se investidas vigorosas sob fogo cerrado e, ao amanhecer, tinham-se realizado profundas incursões. Os contingentes de engenharia haviam desmontado as minas por trás da tropa de choque. Mas a penetração obtida no sistema de campos minados não fora profunda, e não havia perspectiva rápida de passagem de nossos blindados. Mais ao sul, a 1ª Divisão Sul-Africana abriu caminho para proteger o flanco sul da ofensiva e a 4ª Divisão Indiana lançou incursões da elevação de Ruweisat, enquanto a 7ª Divisão Blindada e a 44ª Divisão, ambas do 13º Corpo, penetraram a linha de defesa inimiga que as confrontava. Isso atingiu o objetivo, que era induzir o inimigo a reter suas duas divisões blindadas por três dias atrás dessa parte do front, enquanto a batalha principal desenrolava-se ao norte.

Até esse momento, porém, nenhuma brecha fora aberta no amplo sistema de campos minados e defesas do inimigo. Nas primeiras horas do dia 25, Montgomery teve uma conferência com seus principais comandantes, na qual ordenou que os blindados tornassem a atacar antes do amanhecer, de acordo com suas instruções originais. Durante o dia, após combates acirrados, de fato se conquistou mais terreno; mas o local conhecido como monte Kidney foi o foco de um intenso combate com duas divisões blindadas inimigas, a 15ª Panzer e a Ariete, que fizeram uma série de violentos contra-ataques. Nosso ataque não prosseguiu no front do 13º Corpo, a fim de manter a 7ª Divisão Blindada intacta para o clímax.

Graves transtornos haviam ocorrido no comando inimigo. Rommel fora hospitalizado na Alemanha em fins de setembro e em seu lugar estava o general Stumme. Vinte e quatro horas após o início da batalha, Stumme morreu de um ataque cardíaco. Rommel, a pedido de Hitler, deixou o hospital e reassumiu o comando no fim do dia 25.

O combate acirrado continuou em 26 de outubro, em todo o "bolsão" nas linhas inimigas, especialmente, de novo, no monte Kidney. A força aérea inimiga, que estivera imóvel nos dois dias anteriores, fez seu desafio decisivo à nossa superioridade aérea. Houve muitos combates, a maioria terminando a nosso favor. Embora não conseguissem impedi-la, os esforços do 13º Corpo haviam retardado a movimentação dos blindados alemães em direção ao que, a essa altura, eles sabiam ser o setor decisivo de seu front. Esse movimento, porém, foi duramente atingido por nossa força aérea.

Nesse momento, novo e bom avanço foi feito pela 9ª Divisão Australiana do general Morshead. Ela atacou para o norte do bolsão em direção ao mar. Montgomery tratou de explorar esse sucesso notável. Segurou os neozelandeses em seu avanço para oeste e ordenou que os australianos continuassem avançando para o norte. Isso ameaçou a retirada de parte da divisão de infantaria alemã do flanco norte. Ao mesmo tempo, ele achou que o ímpeto de seu ataque principal estava começando a esmorecer, em meio aos campos minados e aos canhões antitanque solidamente posicionados. Assim, voltou a concentrar suas forças e reservas para um novo e vigoroso ataque.

Por todo o dia 27 e dia 28, travou-se um combate feroz pelo monte Kidney, opondo-se aos ataques reiterados das 15ª e 21ª Divisões Panzer, que haviam chegado do setor sul. O general Alexander descreveu a batalha nestes termos [telegrama datado de 9 de novembro enviado a mim depois da batalha]:

> Em 27 de outubro veio um grande contra-ataque blindado, no velho estilo. Eles atacaram cinco vezes com todos os tanques disponíveis, alemães e italianos, mas não ganharam terreno e sofreram baixas pesadas e, o que é pior, desproporcionais, pois nossos tanques, lutando na defensiva, pouco sofreram. Em 28 de outubro, [o inimigo] apareceu outra vez, [após] um prolongado e cuidadoso reconhecimento durante toda a

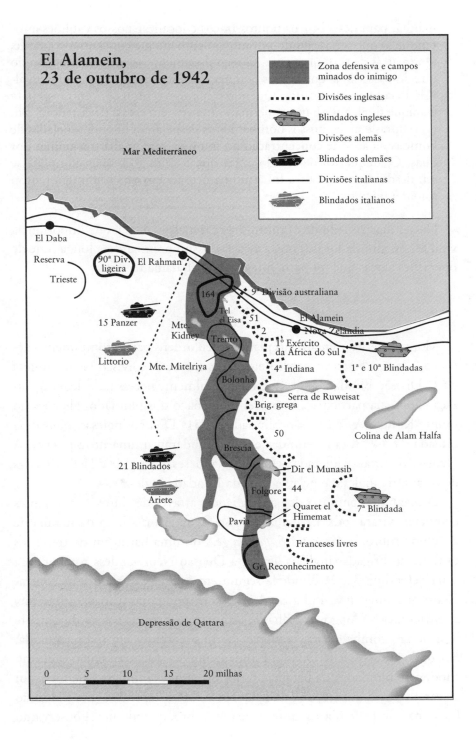

manhã, para descobrir os pontos fracos e localizar nossos canhões antitanque, o que seria seguido por um violento ataque concentrado à tarde, tendo atrás de si o sol poente. O reconhecimento teve menos sucesso do que no passado, já que nossos tanques e canhões antitanque puderam alvejá-lo com maior alcance. Quando o inimigo tentou concentrar-se para o ataque final, a RAF interveio mais uma vez, em escala devastadora. Em duas horas e meia, nossos bombardeiros despejaram oitenta toneladas de bombas na área de concentração do inimigo, que media três milhas por duas. O ataque foi derrotado antes que o inimigo sequer completasse seu desdobramento. Essa foi a última ocasião em que o inimigo tentou tomar a iniciativa.

Nesses dias 26 e 28 de outubro, três cargueiros alemães de importância vital foram afundados por nossa aviação, assim premiando a longa série de operações aéreas que foi parte integrante da batalha terrestre.

Montgomery fez então seus planos e deu ordens para o rompimento decisivo (*Operação Supercharge*). Retirou da linha a 2ª Divisão Neozelandesa e a 1ª Divisão Blindada inglesa, esta especialmente necessitada de reorganização após sua participação notável no rechaço dos blindados alemães no monte Kidney. A 7ª Divisão Blindada e a 51ª Divisão inglesas, mais uma brigada da 44ª, foram reunidas e se consolidaram numa nova reserva. A ofensiva deveria ser liderada pelos neozelandeses, pela 151ª e 152ª Brigadas de Infantaria inglesas e pela 9ª Brigada Blindada inglesa.

O magnífico empuxo dos australianos, através de duros e incessantes combates, virara toda a batalha a nosso favor. À uma hora da manhã de 2 de novembro, começou a *Supercharge*. Sob uma barragem de trezentos canhões, as brigadas inglesas ligadas à Divisão Neozelandesa romperam a zona defendida e a 9ª Blindada seguiu em frente. Contudo, elas constataram que uma nova linha de defesa, com poderosas armas antitanque, as enfrentava ao longo da trilha de Rahman. A brigada sofreu duramente num longo combate, mas manteve aberto o corredor em sua retaguarda, por onde avançou a 1ª Divisão Blindada inglesa. Ocorreu então o último choque de blindados da batalha. Todos os tanques inimigos que restavam atacaram nosso avanço nos dois flancos e foram repelidos. Era a decisão final; mas ainda no dia seguinte, 3 de novembro, quando nossa observação

A batalha de El-Alamein

aérea indicava que a retirada do inimigo havia começado, sua força de retaguarda na trilha de Rahman continuou a segurar a massa principal dos nossos blindados. Veio uma ordem de Hitler proibindo qualquer recuo, mas a questão já não estava *A batalha de El-Alamein* na mão dos alemães. Faltava forçar apenas mais uma brecha. Logo nas primeiras horas de 4 de novembro, cinco milhas ao sul de Tel el Aggagir, a 5ª Brigada Indiana lançou um rápido ataque montado às pressas, que foi um sucesso completo. A batalha estava vencida, e o caminho fora finalmente aberto para que nossos blindados saíssem em perseguição pelo deserto.

Rommel estava em plena retirada, mas só havia transporte e combustível para uma parte de sua força. Apesar de haverem lutado com bravura, os alemães deram prioridade a si mesmos nos caminhões. Muitos milhares de homens de seis divisões italianas foram abandonados no deserto, com pouca comida e água e sem nenhum futuro senão o de serem recolhidos aos campos de prisioneiros. Segundo seus próprios registros, as divisões blindadas alemãs, que haviam iniciado a batalha com 240 tanques em boas condições, tinham apenas 38 em 5 de novembro. A força aérea alemã desistira da inglória tarefa de combater nossa força aérea superior, que já operava quase sem empecilhos, atacando com todos os seus recursos as grandes colunas de homens e viaturas que se moviam com esforço para oeste. O próprio Rommel prestou uma homenagem notável ao grande papel desempenhado pela RAF.* Seu exército fora decisivamente derrotado, e seu substituto, o general von Thoma, estava em nosso poder, junto com nove generais italianos.

Parecia haver esperança de transformar o desastre do inimigo em aniquilação. A Divisão da Nova Zelândia foi mandada para Fuka, mas, ao chegar lá, em 5 de novembro, o inimigo já havia passado. Ainda havia uma chance de cortá-lo em Mersa-Matruh, para onde a 1ª e a 7ª Divisões Blindadas inglesas tinham sido despachadas. Ao anoitecer de 6 de novembro, elas se aproximaram do objetivo, enquanto o inimigo ainda tentava escapar da armadilha iminente. Mas veio a chuva, e o combustível para o avanço foi escasso. Durante todo o dia 7, nossa perseguição foi interrompida. O alívio de 24 horas impediu o cerco completo. Mesmo assim, quatro divisões alemãs e oito divisões italianas haviam deixado de existir como formações de combate. Fizeram-se trinta mil prisioneiros, com uma

---

* Desmond Young, *Rommel*, p. 258.

enorme massa de equipamento. Rommel deixou registrada sua opinião sobre o papel desempenhado por nossos artilheiros em sua derrota: "A artilharia inglesa demonstrou, mais uma vez, sua conhecida excelência. Especialmente dignas de nota foram sua grande mobilidade e sua rapidez de atendimento aos pedidos da tropa de assalto."*

A Batalha de El-Alamein diferiu de todos os combates anteriores no deserto. A frente era pequena, densamente fortificada e solidamente defendida. Não havia flanco a contornar. Quem fosse mais forte e quisesse tomar a ofensiva tinha que abrir uma brecha. Isso nos faz lembrar as batalhas na frente ocidental da Primeira Guerra Mundial. Vimos repetir-se no Egito o mesmo tipo de prova de força apresentado em Cambrai no fim de 1917 e em muitas das batalhas de 1918, ou seja, comunicações curtas e boas para quem atacasse, uso da artilharia em sua mais densa concentração, a "barragem contínua", e avanço dos tanques.

Por experiência, estudo e reflexão, o general Montgomery e seu superior, Alexander, eram profundamente versados em tudo isso. Montgomery era um grande artilheiro. Achava, como disse Bernard Shaw sobre Napoleão, que canhões matam os homens. Sempre o veríamos tentando pôr trezentos ou quatrocentos canhões em ação sob um comando único, em vez da dispersão de baterias, que era o acompanhamento inevitável dos ataques de blindados nos vastos espaços do deserto. É claro que tudo teve uma escala muito menor do que na França e em Flandres. Perdemos mais de 13.500 homens em El-Alamein em 12 dias, mas eles tinham sido quase sessenta mil no primeiro dia no Somme. Por outro lado, o poder de fogo de quem estava na defensiva aumentara assustadoramente desde a guerra anterior e, nessa época, sempre se considerava necessária uma razão de dois ou três para um, não apenas na artilharia, mas também em efetivos, para penetrar e romper uma linha bem-fortificada. Não tínhamos essa superioridade em El-Alamein. O front inimigo consistia não apenas em pontos fortes e postos de metralhadoras em linhas sucessivas, mas de toda uma extensa área desse sistema defensivo. E à frente de tudo isso, o tremendo escudo dos campos minados, com uma qualidade e densidade nunca vistas. Por essas

* Desmond Young, *op. cit.*, p. 279.

A batalha de El-Alamein

razões, a Batalha de El-Alamein será para sempre uma página gloriosa nos anais militares ingleses.

Há outra razão pela qual ela será lembrada. Ela marcou, na verdade, a virada da "balança da sorte". Pode-se quase dizer: "Antes de El-Alamein, nunca tivemos uma vitória. Depois de El-Alamein, nunca tivemos uma derrota."

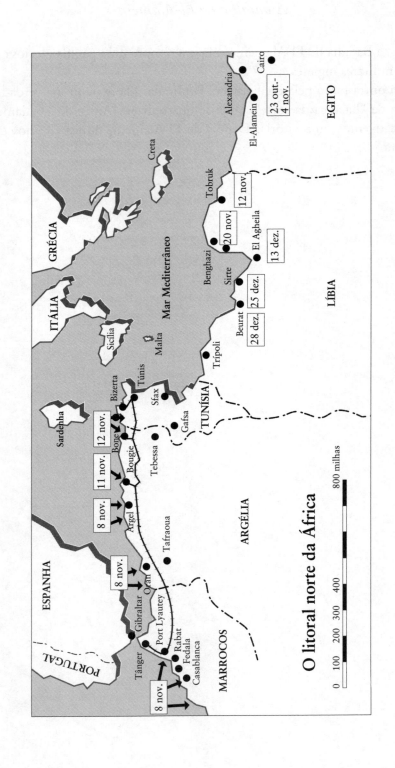

63
Acende-se a Torch

Os PRECONCEITOS DO PRESIDENTE Roosevelt contra o general de Gaulle, seus contatos em Vichy através do almirante Leahy e nossa lembrança do vazamento sobre Dakar, dois anos antes, levaram à decisão de ocultar dos Franceses Livres toda a informação sobre *Torch*. Não contestei essa decisão. Não obstante, estava preocupado com nossas relações inglesas com de Gaulle e de como seria grave a afronta que ele sofreria por ser deliberadamente excluído de qualquer participação no projeto. Planejei contar-lhe imediatamente antes que o golpe fosse desferido. Como meio de abrandar essa desconsideração em relação a ele e seu movimento, tomei providências para lhe confiar a administração de Madagascar. Todos os dados a nosso dispor nos meses de preparação e tudo de que tomamos conhecimento posteriormente justificam a opinião de que introduzir de Gaulle nessa questão teria sido profundamente prejudicial às reações francesas na África do Norte.

Mas a necessidade de ter uma figura francesa de destaque era evidente. Aos olhos dos ingleses e americanos, ninguém parecia mais apropriado do que Giraud, o combativo general mais antigo, que numa história célebre fugira de forma dramática e audaciosa de uma prisão na Alemanha. Mencionei meu encontro com Giraud em Metz, em 1937, quando eu visitara a Linha Maginot, cujo principal setor ele comandava. Ele me falara de suas aventuras na Primeira Guerra Mundial como prisioneiro foragido atrás das linhas alemãs. Na qualidade de irmãos de fuga, isso nos dera algo em comum. Agora, como comandante de um exército, ele havia repetido sua façanha da juventude de maneira ainda mais sensacional. Os americanos tiveram contatos secretos com o general e fizeram planos de levá-lo da Riviera a Gibraltar no momento decisivo. Muitas esperanças eram depositadas no "Kingpin", como ele era chamado em nosso código. Não sem alguns riscos navais, Giraud e seus dois filhos foram transportados em segurança.

☆

Memórias da Segunda Guerra Mundial

Enquanto isso, nossas grandes esquadras aproximavam-se da cena. A maioria dos comboios que zarparam de portos ingleses tiveram de atravessar a baía de Biscaia e todas as rotas de submarinos. Precisaram de escoltas pesadas e, de algum modo, tínhamos de esconder não só a concentração de navios, que começaram a apinhar o Clyde e outros portos ocidentais a partir de outubro, mas também a partida efetiva dos comboios. Conseguimos. Os alemães foram induzidos por seu próprio sistema de inteligência a acreditar que Dakar era novamente nosso objetivo. No fim do mês, cerca de quarenta submarinos alemães e italianos coalhavam o sul e o leste dos Açores. Causaram sérios danos a um grande comboio que voltava de Serra Leoa e afundaram 13 navios. Nas circunstâncias, essa perda pôde ser tolerada. O primeiro dos comboios de *Torch* zarpou do Clyde em 22 de outubro. No dia 26, todos os velozes navios de tropas estavam a caminho, e as forças americanas rumavam a Casablanca, diretamente dos EUA. A expedição inteira, com cerca de 650 navios, estava então na empreitada. Eles atravessaram a baía de Biscaia ou o Atlântico sem ser avistados pelos submarinos ou pela Luftwaffe.

Todos os nossos recursos foram empregados. No extremo norte, nossos cruzadores vigiavam o estreito da Dinamarca e as saídas do mar do Norte, para prevenir a interferência de embarcações de superfície inimigas. Outros cobriam o acesso americano perto dos Açores, enquanto bombardeiros anglo-americanos atacavam as bases de submarinos ao longo do litoral francês no Atlântico. Os primeiros navios começaram a entrar no Mediterrâneo na noite de 5-6 de novembro, ainda sem serem detectados. Somente no dia 7, quando o comboio para Argel estava a menos de 24 horas de seu destino, é que ele foi avistado e, mesmo assim, apenas um navio foi atacado.

Em 5 de novembro, num voo arriscado, Eisenhower chegou a Gibraltar. Eu pusera a fortaleza a seu comando, como QG temporário dessa primeira ofensiva anglo-americana de larga escala. Ali se fez a grande concentração de aviões para *Torch*. O istmo lotou de aparelhos; 14 esquadrilhas de caças foram reunidas para a hora do ataque. Toda essa atividade ocorreu, necessariamente, bem diante dos olhos dos observadores alemães, só nos restando esperar que eles considerassem um reforço de Malta. Fizemos todo o possível para levá-los a acreditar nisso, e, ao que parece, acreditaram.

Em suas memórias, o general Eisenhower fez um relato vívido de suas angustiantes experiências na noite de 7-8 de novembro e em todos os dias que se seguiram. Ele sempre foi muito bom para suportar esse tipo de tensão. A imensidão do que estava sendo posto em jogo, a incerteza quanto às condições do tempo, que poderiam estragar tudo, as notícias fragmentadas que chegavam, as extraordinárias complicações da atitude francesa, o perigo proveniente da Espanha, tudo isso, à parte o combate efetivo, deve ter feito desse episódio uma prova duríssima para o comandante, cujas responsabilidades eram enormes e diretas.

Sobre tudo isso baixou o general Giraud. Chegou com a ideia de que seria nomeado comandante supremo na África do Norte e de que os exércitos americanos e ingleses, de cujo poderio não tinha nenhum conhecimento prévio, seriam colocados sob sua autoridade. Insistiu vivamente num desembarque na França, em vez da África ou além dela, e, durante algum tempo, pareceu imaginar que esse projeto tinha algum realismo. As discussões, estendendo-se por mais de 48 horas, prosseguiram entre ele e o general Eisenhower, até que esse bravo francês fosse convencido da proporção dos fatos. Todos havíamos contado exageradamente com o "Kingpin", mas ninguém se decepcionaria mais do que ele próprio no tocante a sua influência junto aos governadores, aos generais e ao oficialato francês na África do Norte.

Ocorreu então uma complicação curiosa, mas, no frigir dos ovos, muito favorável. O almirante Darlan, depois de viagem de inspeção pela África do Norte, retornara à França. Mas seu filho fora atingido por paralisia infantil e hospitalizado em Argel. A notícia da perigosa doença fez o almirante voltar de avião em 5 de novembro. Assim, sucedeu estar em Argel na véspera do desembarque anglo-americano. Coincidência estranha e impressionante. Mr. Robert Murphy, representante político americano na África do Norte, tinha esperança de que ele partisse antes de o ataque atingir as praias. Mas Darlan, absorto na doença do filho, ficou mais um dia, hospedando-se na residência de um oficial francês, o almirante Fénard.

Nossa maior esperança em Argel, nas semanas precedentes, fora o general Juin, o comandante militar francês. Suas relações com Mr. Murphy tinham sido estreitas, embora a data efetiva não lhe houvesse sido revelada. Pouco depois da meia-noite de 8 de novembro, Murphy visitou Juin para lhe dizer que a hora havia chegado. Um poderoso exército anglo-americano, apoiado por forças navais e aéreas esmagadoras, estava se aproximando e começaria a desembarcar na África em poucas horas. O general Juin, embora profundamente comprometido com essa iniciativa e fiel a ela, ficou atordoado com a notícia. Ele havia imaginado ter pleno comando da situação em Argel, mas sabia que a presença de Darlan minaria completamente sua autoridade. Estavam ao seu dispor algumas centenas de ardorosos jovens franceses. Juin sabia perfeitamente que todo o controle do governo militar e político havia passado de suas mãos para as do almirante-ministro. A essa altura, certamente não seria obedecido. Por que, perguntou, não fora informado antes sobre a hora zero? As razões eram óbvias, e esse fato não teria feito nenhuma diferença quanto à sua autoridade. Darlan estava lá, e Darlan era o senhor de todas as fidelidades da França de Vichy. Murphy e Juin resolveram pedir-lhe, por telefone, que fosse ter com eles imediatamente. Antes das duas horas da madrugada, despertado pela mensagem urgente do general Juin, Darlan chegou. Ao ser informado do ataque iminente, ficou roxo de raiva e disse: "Sei há muito tempo que os ingleses são burros, mas sempre achei que os americanos fossem mais inteligentes. Começo a acreditar que vocês cometem tantos erros quanto eles."

De muito tempo, Darlan, cuja aversão à Inglaterra era notória, havia-se comprometido com o Eixo. Em maio de 1941, concordara com facilidades aos alemães em Dakar e na passagem de suprimentos para os exércitos de Rommel pela Tunísia. Na época, esse gesto traiçoeiro fora impedido pelo general Weygand, que comandava na África do Norte e persuadiu Pétain a rejeitar o pedido alemão. Hitler, voltado só para a iminente campanha russa, não insistira no assunto, apesar da opinião contrária de seu alto comando naval. Em novembro do mesmo ano, Weygand, considerado indigno de confiança pelos alemães, fora destituído de seu comando. Embora nada mais se ouvisse sobre planos do Eixo de usar Dakar contra nós, os portos tunisianos foram depois abertos aos navios do Eixo e tiveram papel no suprimento dos exércitos de Rommel durante o verão de 1942. Agora, a situação havia mudado e, com ela, a atitude de Darlan. Mas, quaisquer que fossem as ideias que ele alimentava a respeito de prestar auxílio numa ocupação anglo-americana da África do Norte, o almirante ainda estava comprometido com Pétain de direito e de fato. Sabia que, se passasse para o lado dos aliados, tornar-se-ia pessoalmente responsável pela invasão da França não ocupada pela Alemanha. Assim, o máximo que se conseguiu convencê-lo a fazer foi solicitar a Pétain, por telegrama, que lhe desse liberdade de ação. No terrível apuro em que ele fora envolvido pela implacável cadeia de acontecimentos, essa era sua única saída.

Acende-se a Torch

Logo depois da uma da manhã de 8 de novembro, começaram os desembarques ingleses e americanos em muitos pontos a leste e a oeste de Argel, sob a direção do contra-almirante Burrough, da Royal Navy. Tinham-se feito preparativos cuidadosos para guiar as barcaças de desembarque para as praias escolhidas. No oeste, as primeiras unidades da 11ª Brigada inglesa tiveram pleno sucesso, porém, mais a leste, os navios e barcaças que levavam os americanos foram arrastados por uma correnteza inesperada para algumas milhas das posições planejadas. Na escuridão, houve certa confusão e demora. Felizmente, contamos com a surpresa, e em parte alguma da costa houve séria oposição. O domínio logo foi completo. Um avião da força aeronaval, observando sinais amistosos de terra, aterrissou no aeroporto de Blida e, com a cooperação do comandante francês local, defendeu-o até a chegada das tropas aliadas provenientes das praias.

O combate mais duro ocorreu no próprio porto de Argel. Ali, os contratorpedeiros ingleses *Broke* e *Malcolm* tentaram forçar a entrada e desembarcar tropas de assalto americanas no molhe, para que elas tomassem o porto, ocupassem as baterias e impedissem o afundamento de navios. Isso os colocou sob fogo direto das baterias defensivas e terminou num desastre. O *Malcolm* logo foi avariado, mas o *Broke* penetrou no porto na quarta tentativa e desembarcou seus soldados. Depois, foi seriamente avariado quando se retirava e acabou afundando. Muitos soldados ficaram encurralados no porto e tiveram de se render.

Às 17 horas, Darlan enviou um telegrama a seu superior, dizendo: "Tropas americanas entraram na cidade, apesar de nossa ação de retardamento; autorizei o general Juin, comandante em chefe, a negociar apenas a rendição da cidade de Argel." A rendição de Argel efetivou-se às 19 horas. A partir desse momento, o almirante Darlan ficou em poder dos americanos e o general Juin reassumiu seu comando, sob a direção dos aliados.

Em Oran, houve oposição maior. Unidades francesas que haviam lutado contra os ingleses na Síria, e homens do comando naval com lembranças amargas de nosso ataque à esquadra francesa, em 1940, travaram combate com uma força-tarefa americana. Um batalhão de paraquedistas americanos que partira da Inglaterra para tomar os aeroportos dispersou-se pela Espanha em meio a uma tempestade. Os elementos principais seguiram adiante, mas sua navegação foi falha e eles saltaram a algumas milhas do alvo.

Duas pequenas belonaves inglesas tentaram desembarcar um grupo de soldados americanos no porto de Oran. Seu objetivo, como em Argel, era impedir os franceses de sabotarem as instalações ou afundarem os navios, de modo a transformar o porto numa base aliada, o mais depressa possível. Sob o comandante F.T. Peters, da Royal Navy, o *Walney* e o *Hartland*, dois antigos navios guarda-costas americanos, transferidos para nós nos termos do *Lend-Lease,* depararam com um fogo mortal à queima-roupa e foram destruídos, levando consigo a maioria dos que estavam a bordo. O capitão Peters sobreviveu milagrosamente, apenas para encontrar a morte dias depois, num desastre de avião, quando voltava para a Inglaterra. Foi postumamente condecorado com a Victoria Cross e com a Cruz do Mérito Militar americana. Havia contratorpedeiros e submarinos franceses agindo na baía de Oran ao amanhecer, mas eles foram afundados ou dispersados. As baterias costeiras foram atacadas com bombas e granadas pelas forças navais inglesas, que incluíam o *Rodney.* A luta continuou até a manhã do dia 10, quando os americanos desferiram seu ataque final contra a cidade. Ao meio-dia, os franceses capitularam.

A "força-tarefa ocidental" chegou ao litoral do Marrocos antes do alvorecer de 8 de novembro. O assalto principal foi próximo a Casablanca, com ataques pelos flancos ao norte e ao sul. O tempo estava bom, mas com neblina, e a rebentação nas praias era menos violenta do que se havia temido. Mais tarde, as ondas pioraram, mas, a essa altura, já se fincara pé firme em terra. Durante algum tempo, houve duros combates. No mar, travou-se uma batalha feroz. Em Casablanca estava o novo encouraçado *Jean Bart,* ainda não concluído e incapaz de se movimentar, mas apto a usar seus canhões de 15 polegadas. Ele entrou rapidamente em duelo com o couraçado americano *Massachusetts,* enquanto a flotilha francesa, apoiada pelo cruzador *Primauguet,* zarpou para impedir o desembarque, deparando-se com toda a esquadra americana. Sete navios e três submarinos franceses foram destruídos, deixando mil baixas. O *Jean Bart* foi internamente consumido pelo fogo. Somente na manhã de 11 de novembro é que Noguès, o general francês residente, sob as ordens de Darlan, capitulou. "Perdi", comunicou ele, "todos os nossos navios e aviões de combate, após três dias de luta violenta." O comandante Mercier, do *Primauguet,* ansiava pela vitória dos aliados, mas morreu na ponte de seu navio, no cumprimento de suas ordens. Todos podemos dar graças pelo fato de nossas vidas não terem sido destroçadas por esses problemas terríveis e essas lealdades conflitantes.

☆

Acende-se a Torch

Notícias fragmentárias sobre tudo isso começaram a chegar ao QG do general Eisenhower em Gibraltar, e ele se viu diante de uma grave situação política. Concordara com Giraud em dar-lhe o comando das forças francesas que se juntassem à causa aliada. E então, de um modo repentino e acidental, surgira no centro da cena um homem que de fato poderia decidir se alguma delas se aliaria ordeiramente. A esperança de que elas se congregassem em torno de Giraud ainda não fora posta à prova, e as primeiras reações não tinham sido animadoras. Assim, na manhã de 9 de novembro, o general Giraud e, pouco depois, o general Clark, agindo como representante pessoal do general Eisenhower, voaram para Argel. A recepção dos principais comandantes franceses a Giraud foi gélida. A organização local da Resistência, fomentada por agentes americanos e ingleses, já havia entrado em colapso. A primeira conferência de Clark com Darlan não produziu nenhum acordo. Era evidente que ninguém de peso aceitaria Giraud como supremo comandante francês. Na manhã seguinte, o general Clark marcou um segundo encontro com o almirante. Disse a Eisenhower pelo rádio que a negociação com Darlan era a única solução possível. Não havia tempo para discussões telegráficas com Londres e Washington. Giraud não estava presente. Darlan hesitou, alegando falta de instruções de Vichy. Clark deu-lhe meia hora para se decidir. Finalmente, o almirante concordou em ordenar um cessar-fogo geral em toda a África do Norte. "Em nome do marechal", assumiu completa autoridade sobre todos os territórios franceses norte-africanos e ordenou a todos os funcionários que permanecessem em suas funções.

Na Tunísia, Darlan ordenou que o residente-geral francês, almirante Esteva, se juntasse aos aliados. Esteva, um fiel servidor de Vichy, acompanhou a avalanche de acontecimentos com crescente confusão e sobressalto. Como estava mais próximo do inimigo na Sicília e em sua fronteira oriental, sua situação era pior que a de Darlan ou Noguès. Seus principais subordinados equipararam-se a ele na indecisão. Já em 9 de novembro, unidades da força aérea alemã ocuparam o importante aeroporto de El Aouina. No mesmo dia, chegaram tropas alemãs e italianas. Deprimido e hesitante, Esteva agarrou-se a uma fidelidade formal a Vichy, enquanto as forças do Eixo na Tripolitânia vinham chegando do leste e os aliados avançavam de oeste. O general francês Barré — inicialmente boquiaberto ante um problema, caro leitor, diferente de tudo o que você possa ter sido chamado a resolver — finalmente deslocou o grosso da guarnição francesa para o oeste e se pôs sob as ordens do general Giraud. Em Bizerta, porém, três lanchas torpedeiras e nove submarinos renderam-se ao Eixo.

Em Alexandria, onde a esquadra francesa estava imobilizada desde 1940, houve conversas sem resultado. O almirante Godefroy persistiu em sua lealdade a Vichy e se recusou a reconhecer a autoridade de Darlan. Na opinião dele, enquanto os aliados não conquistassem a Tunísia, não poderiam afirmar que estavam em condições de libertar a França. Assim, seus navios continuaram ociosos, até que, no tempo, conquistamos Túnis. Em Dakar, o governador-geral de Vichy, Boisson, acatou a ordem de Darlan de suspender a resistência em 23 de novembro, mas as unidades da marinha francesa que se encontravam no local recusaram-se a se juntar aos aliados. O encouraçado *Richelieu* e seus três cruzadores só se uniram à nossa causa depois de concluída a nossa conquista de toda a África do Norte.

O desembarque anglo-americano na África do Norte trouxe uma sequela imediata na França. Já em dezembro de 1940, os alemães haviam traçado planos detalhados para a ocupação da zona livre da França. Agora, foram executados. O grande objetivo de Hitler era capturar as principais unidades da esquadra francesa, ancorada em Toulon. O general Eisenhower estava igualmente ansioso por colocar as mãos nessa grande presa, mas, enquanto ele negociava com Darlan e Darlan enviava mensagens a Vichy, os alemães marcharam rapidamente para a costa do Mediterrâneo e ocuparam a França inteira. Isso simplificou a situação do almirante. Agora ele podia afirmar, e sua palavra seria aceita pelos funcionários e comandantes locais, que o marechal Pétain já não era um agente livre. O gesto alemão também atingiu a menina dos olhos de Darlan. Como em 1940, o destino da esquadra francesa estava novamente em jogo. Ele era o único homem capaz de salvá-la. E agiu. Na tarde de 11 de novembro, telegrafou à França metropolitana dizendo que a esquadra de Toulon deveria fazer-se ao mar, caso ameaçada de captura iminente pelos alemães.

O almirante Auphan, ministro da marinha em Vichy, quis dar respaldo a Darlan, mas ficou impotente diante de Laval e da atitude dos comandantes franceses em Toulon. O almirante De Laborde, comandante da esqua-

Acende-se a Torch

dra francesa do Mediterrâneo, era fanaticamente anti-inglês. Ao ter notícia dos desembarques, quis fazer-se ao mar e atacar os comboios aliados. Rejeitou os apelos de Darlan de que fosse juntar-se a ele e, quando os alemães chegaram ao perímetro da base naval francesa, fez-se um acordo mediante o qual uma zona livre em torno do porto seria guardada por soldados franceses. Houve tentativas de colocar o porto em total estado de defesa, mas, em 18 de novembro, os alemães exigiram a retirada de todos os soldados franceses da área. No dia seguinte, Auphan demitiu-se.

Os alemães planejaram então um *coup de main* contra a esquadra. A operação teve lugar em 27 de novembro. A coragem e a habilidade de alguns oficiais, inclusive Laborde, finalmente reunidos, possibilitaram o afundamento geral da esquadra. Um couraçado, dois cruzadores pesados, 29 contratorpedeiros e torpedeiros e 16 submarinos estavam entre as 73 embarcações que afundaram no porto.

Menos de um mês depois, o almirante Darlan foi assassinado. Na tarde de 24 de dezembro, ele fora de casa para seu gabinete no Palais d'Été. Na porta do gabinete, foi alvejado por um rapaz de vinte anos, chamado Bonnier de la Chapelle. O almirante morreu em menos de uma hora, na mesa de operação de um hospital das proximidades. O jovem assassino, sob muita persuasão, entrou num estado exaltado de consciência, tomando-se por aquele que salvaria a França de uma liderança perversa. Foi julgado pela corte marcial, por ordem de Giraud, e, para sua grande surpresa, executado por um pelotão de fuzilamento logo depois do amanhecer do dia 26.

Poucos homens pagaram mais caro por seus erros de julgamento e sua falta de caráter do que o almirante Darlan. Ele era uma figura competente e uma personalidade forte. A obra de sua vida consistira em recriar a marinha francesa, que ele elevara a uma posição que ela nunca havia alcançado desde os tempos dos reis de França. Detinha a fidelidade não só do oficialato naval, mas de toda a marinha. De acordo com suas promessas reiteradas, deveria, em 1940, ter despachado as esquadras para a Inglaterra, os Estados Unidos, os portos africanos ou qualquer outro lugar fora do domínio alemão. Darlan não estava sujeito a nenhum compromisso que o obrigasse a isso, a não ser pelas garantias que dera voluntariamente. Mas essa tinha sido sua determinação até ele aceitar das mãos do marechal Pétain, naquele fatídico 20 de junho de 1940, o cargo de ministro da Marinha. Talvez influenciado por motivos de natureza ministerial, entregara então sua lealdade ao governo de Pétain. Ao deixar de ser um homem do mar e se transformar num político, trocou uma esfera da qual tinha profundo conhecimento por outra em que era predominantemente guiado por seus preconceitos anti-ingleses, datados, como já mencionei, da Batalha de Trafalgar, na qual seu bisavô havia tombado.

Nessa nova situação, Darlan mostrou-se um homem de força e decisão que não compreendia plenamente o significado moral de muito do que fazia. A ambição estimulou seus erros. Sua visão como almirante não fora além de sua marinha, nem foi, como ministro, além das vantagens locais ou pessoais imediatas. Durante um ano e meio, ele foi uma grande força na França despedaçada. Na ocasião em que desembarcamos na África do Norte, era o herdeiro indubitável do idoso marechal. E então, de repente, uma enxurrada de acontecimentos espantosos desabou sobre ele.

Narramos as tensões por que Darlan passou. Toda a África Francesa do Norte e Ocidental voltou os olhos para ele. A invasão da França de Vichy por Hitler deu-lhe o poder e, talvez, o direito de tomar uma nova decisão. Ele deu aos aliados anglo-americanos exatamente aquilo de que precisavam, ou seja, uma voz francesa a que todos os oficiais e servidores franceses, naquele vasto teatro então mergulhado na guerra, obedeceriam. Darlan desfechou seu golpe final em nosso favor, e não cabe aos que se beneficiaram imensamente de sua passagem para nosso lado aviltar-lhe a memória. Um juiz severo e imparcial talvez dissesse que ele deveria ter recusado qualquer conversação com os aliados, a quem havia prejudicado, e tê-los desafiado a fazerem com ele o pior que pudessem. Todos podemos alegrar-nos de que tenha tomado o rumo inverso. Isso lhe custou a vida, mas não restava muita coisa na vida para ele. Era óbvio, na ocasião, que Darlan havia errado em não zarpar com a esquadra francesa para portos aliados ou neutros em junho de 1940, mas ele acertou nessa segunda e assustadora decisão. É provável que sua dor mais aguda tenha sido a impossibilidade de resgatar a esquadra de Toulon. Darlan sempre havia declarado que ela jamais cairia nas mãos dos alemães. Nessa iniciativa, ele não falhou perante a história. Que descanse em paz, e que todos nos sintamos gratos por nunca ter tido de enfrentar as provações sob o peso das quais ele desmoronou.

64
A conferência de Casablanca

A OPINIÃO MILITAR AMERICANA, não apenas nos altos círculos, estava convencida de que a opção por *Torch* eliminava toda a perspectiva de uma grande travessia do Canal para a França ocupada em 1943. Eu ainda não via assim. Tinha esperança de que a África do Norte Francesa, inclusive a ponta tunisiana, pudesse cair em nossas mãos após alguns meses de luta. Nesse caso, a grande invasão da França ocupada a partir da Inglaterra ainda seria possível em julho ou agosto de 1943. Assim, junto com *Torch*, eu queria muito que continuasse na Inglaterra a maior acumulação de forças americanas que nossa capacidade de navegação permitisse. A ideia de podermos usar tanto nosso punho esquerdo quanto nosso direito, bem como o fato de que o inimigo teria de se preparar para golpes vindos de qualquer dos lados, pareciam estar em perfeito acordo com a melhor economia de guerra. Os acontecimentos decidiriam se deveríamos partir através do Canal ou explorar nossa sorte no Mediterrâneo, ou ambos. Parecia imperativo, a bem da guerra como um todo e especialmente da ajuda à Rússia, que os exércitos anglo-americanos penetrassem na Europa pelo oeste ou pelo leste no ano seguinte.

Mas havia o perigo de não podermos fazer nenhuma das duas coisas. Mesmo que nossa campanha na Argélia e na Tunísia andasse com rapidez, talvez tivéssemos que nos contentar em tomar a Sardenha ou a Sicília, ou ambas, e adiar a travessia do Canal para 1944. Isso significaria um ano perdido para os aliados ocidentais, com resultados que talvez fossem fatais — não para nossa sobrevivência, mas para uma vitória decisiva. Não poderíamos continuar indefinidamente perdendo quinhentas mil ou seiscentas mil toneladas de cargas marítimas por mês. Um empate era a última esperança da Alemanha.

Antes de sabermos o que aconteceria em El-Alamein ou com *Torch* e enquanto a assustadora luta no Cáucaso parecia indefinida, os chefes de estado-maior ingleses pesavam todas essas questões. A equipe de planejamento subordinada também estava ativa. Seus relatórios, em minha opinião, eram descabidamente negativos. De ambos os lados do Atlântico, estávamos chegando a uma espécie de impasse conjunto. Os estados-maiores ingleses eram favoráveis ao Mediterrâneo e a um ataque à Sardenha e à Sicília, tendo a Itália como meta. Os especialistas americanos haviam abandonado qualquer esperança de atravessar o Canal em 1943, mas preocupavam-se muito em não se enredar no Mediterrâneo a ponto de que isso impedisse seu grande projeto em 1944. "Parece", escrevi em novembro, "que a soma de todos os temores americanos tem de ser multiplicada pela soma de todos os temores ingleses, fielmente alimentados por cada uma das forças armadas."

Hão de dizer que o curso dos acontecimentos provou que eu tinha uma visão por demais otimista das perspectivas na África do Norte, e que os estados-maiores americanos estavam certos em achar que a decisão em favor de *Torch,* tomada por nós em julho, eliminara a possibilidade de atravessarmos o Canal em 1943. Sim, foi o que aconteceu. Ninguém podia prever, na época, que Hitler faria um imenso esforço de reforçar a extremidade tunisiana, mandando para lá, de avião e de navio, apesar de pesadas baixas, quase cem mil de seus melhores soldados. Embora tenha adiado nossa vitória na África por vários meses, essa decisão foi um grave erro estratégico. Se ele houvesse conservado as forças que ali foram capturadas ou destruídas em maio, poderia ter reforçado sua frente russa em retirada ou concentrado na Normandia forças capazes de impedir-nos, mesmo que estivéssemos decididos a fazê-lo, de tentar desembarcar em 1943. Praticamente ninguém questiona, hoje em dia, o acerto da decisão de esperar até 1944. Tenho a consciência tranquila de que não iludi nem enganei Stalin. Tentei o que pude. Por outro lado, desde que invadíssemos o continente europeu pelo Mediterrâneo na campanha seguinte e que os exércitos anglo-americanos estivessem em pleno combate com o inimigo, não me desagradava a decisão que os Fados e os fatos iriam impor.

Na verdade, vieram então um contratempo e um revés claros na África do Norte. Embora tivéssemos a iniciativa e a vantagem da surpresa, nosso crescimento de forças foi inevitavelmente lento. O transporte marítimo impôs seus rígidos limites. A descarga foi prejudicada por ataques aéreos a Argel e Bone. Não havia transporte rodoviário. A ferrovia costeira de uma só linha, com quinhentas milhas de extensão, estava em condições precárias, com centenas de pontes e bueiros passíveis de sabotagem. Com a chegada a Túnis de um grande efetivo de tropas alemãs por via aérea, começou uma obstinada e violenta resistência. As forças francesas que se haviam

A conferência de Casablanca

aliado à nossa causa somavam mais de cem mil homens. A maioria era formada por soldados naturais da região, de boa qualidade, porém ainda mal-equipados e sem organização. O general Eisenhower mandou para o front todas as unidades americanas em que conseguiu pôr a mão. De nossa parte, contribuímos com tudo o que podíamos. Em 28 de novembro, uma brigada inglesa de infantaria, com parte da 1ª Divisão Blindada americana, quase chegou a Djedeida, a apenas 12 milhas de Túnis. Esse foi o auge da campanha de inverno.

Veio a estação das chuvas. Choveu torrencialmente. Nossos aeródromos improvisados viraram lodaçais. A força aérea alemã, embora ainda não fosse muito numerosa, operava a partir de aeroportos operacionais para todas as condições climáticas. Em 1º de dezembro, ela contra-atacou, frustrando o avanço que havíamos planejado. Em poucos dias fomos forçados a recuar para Medjez. O suprimento às tropas avançadas só conseguia chegar por mar e em pequena escala. Mal era possível alimentá-la, que dirá acumular estoques. Só na noite de 22 de dezembro um novo ataque pôde ser lançado. Obteve algum sucesso inicial, mas, ao amanhecer, iniciaram-se três dias de chuva torrencial. Nossos campos de aviação ficaram inutilizados e as viaturas só tinham para deslocar-se estradas precárias.

Numa conferência na noite de Natal, o general Eisenhower decidiu abandonar o plano de tomada imediata de Túnis e, até que a campanha pudesse recomeçar, defender seus aeródromos avançados na linha geral já conquistada. Embora os alemães sofressem baixas importantes no mar, sua força na Tunísia continuou a crescer, atingindo, no fim de dezembro, cerca de cinquenta mil homens.

Entrementes, o VIII Exército cobriu distâncias imensas. Rommel conseguiu retirar suas forças esfaceladas de El-Alamein. Sua retaguarda foi intensamente atacada, mas a tentativa de interceptá-lo ao sul de Benghazi fracassou. Ele fez uma parada em El Agheila, enquanto Montgomery, depois de seu longo avanço, deparou com as mesmas dificuldades de transporte e suprimento em que seus predecessores haviam tropeçado. Em 13 de dezembro, Rommel foi pressionado e quase interceptado por um amplo envolvimento da 2ª Divisão da Nova Zelândia. Passou por maus pedaços, e a força aérea do deserto cobrou um tributo pesado de seus transportes na rodovia costeira. Montgomery, a princípio, só conseguiu segui-lo com forças ligeiras. O VIII Exército avançara 1.200 milhas desde El-Alamein. Depois de ocupar Sirte e suas pistas de pouso no dia de Natal, nossos sol-

766   Memórias da Segunda Guerra Mundial

dados aproximaram-se da principal posição seguinte de Rommel, perto de Buerat, no fim do ano.

☆

Enquanto isso, o comitê de chefes de estado-maior produziu para o Gabinete de Guerra dois textos que resumiam seus pontos de vista sobre a estratégia futura. Nas conclusões, mostraram uma grave divergência de opiniões — divergência de ênfase e prioridade, não de princípios — entre eles e seus colegas americanos. Os chefes de estado-maior ingleses achavam que a melhor política era dar vigoroso seguimento à operação *Torch*, acompanhando-a da maior preparação possível para atravessar o Canal em 1943. Os chefes de estado-maior americanos eram favoráveis a investirmos nosso principal esforço europeu na travessia do Canal e nos aguentarmos firmes na África do Norte. Era uma questão crucial. Só poderia ser resolvida pelo presidente e por mim e, após debates consideráveis, decidimos nos encontrar e resolvê-la em Casablanca.

Para lá voei em 12 de janeiro de 1943. Uma viagem meio angustiante. Para aquecer o Commando, instalaram em seu interior um motor a gasolina que produzia fumaça e fazia vários pontos de calefação atingirem temperaturas altíssimas. Fui acordado às duas horas da manhã, quando voávamos sobre o Atlântico a quinhentas milhas de qualquer lugar, pela sensação de que um desses calefatores queimava meus dedos do pé, parecendo-me prestes a se inflamar e incendiar os cobertores. Desci de meu beliche, acordei Peter Portal, que dormia sentado em sua cadeira no vão de baixo, e chamei sua atenção para a peça quentíssima. Percorremos a cabine e encontramos mais dois que também pareciam a ponto de entrar em incandescência. Descemos então para o compartimento de bombas (o avião era um bombardeiro adaptado) e lá encontramos dois homens, diligentemente empenhados em manter vivo o aquecedor a gasolina. De todos os pontos de vista, isso me pareceu sumamente perigoso. Os calefatores poderiam provocar uma conflagração, e o ar carregado de gasolina tornaria iminente uma explosão. Portal concordou comigo. Achei que era melhor congelarmos do que arder em chamas e mandei que todo o aquecimento fosse desligado. Voltamos então ao nosso descanso, tiritando de frio no gélido ar de inverno, a cerca de oito mil pés de altitude a que tínhamos de voar para ficar acima das nuvens. Sou forçado a dizer que foi um momento mui desagradável.

A conferência de Casablanca

Ao chegarmos a Casablanca, encontramos esplêndidas providências. Havia um grande hotel no subúrbio de Anfa, com amplas acomodações para toda a equipe inglesa e americana e espaçosos salões de conferência. Em torno desse hotel espalhavam-se algumas mansões extremamente confortáveis, destinadas ao presidente, a mim, ao general Giraud e também ao general de Gaulle, caso ele comparecesse. O conjunto inteiro estava circundado de arame farpado e bem-vigiado por soldados americanos. Eu e o estado-maior ali passamos dois dias antes da chegada do presidente. Fiz boas caminhadas com Pound e os outros chefes de estado-maior pelos rochedos e pela praia. As ondas imponentes que quebravam na areia e as imensas nuvens de espuma causavam grande assombro, quando imaginávamos como teria sido o desembarque ali. Não houve um dia de calmaria. Ondas de 15 pés de altura subiam com estrondo por rochedos terríveis. Não era de surpreender que tantas barcaças de desembarque e tantos botes dos navios houvessem emborcado com todos os seus ocupantes. Meu filho Randolph chegara, vindo da frente tunisiana. Havia muito em que pensar e os dois dias passaram depressa. Enquanto isso, os chefes de estado-maior reuniam-se todos os dias em longas conferências.

O presidente chegou na tarde do dia 14. Tivemos um encontro muito amistoso e foi com imenso prazer que vi meu grande companheiro ali, em território conquistado ou libertado, que ele e eu havíamos garantido, a despeito da assessoria que lhe fora dada por todos os seus especialistas militares. No dia seguinte chegou o general Eisenhower, após um voo muito arriscado. Estava extremamente preocupado em saber que linha seria adotada pelos Chefes de Estado-Maior Combinados, e também por manter contato com eles. O nível de comando destes era bem superior ao dele. Um ou dois dias depois, Alexander chegou e fez a mim e ao presidente um relatório sobre os progressos do VIII Exército. Causou uma impressão muito favorável em Roosevelt, que ficou encantado com ele e com suas notícias: o VIII Exército tomaria Trípoli num futuro próximo. Alexander explicou como Montgomery, que tinha dois fortes corpos de exército, havia apeado um deles e usado todas as viaturas para levar apenas o outro adiante, e esclareceu que essa força seria suficiente para empurrar Rommel de volta através de Trípoli até a linha fronteiriça de Mareth, que era um obstáculo de porte. Todos ficaram muito animados com essa notícia, e a cortesia desenvolta e sorridente de Alexander conquistou a todos. Sua confiança tácita era contagiante.

Após dez dias de trabalho sobre as questões principais, os Chefes de Estado-Maior Combinados chegaram a um acordo. O presidente e eu nos mantínhamos diariamente a par do trabalho deles e chegávamos a nossos próprios acordos. Ficou acertado que deveríamos concentrar tudo na captura de Túnis, tanto com a tropa do deserto quanto com todas as forças que os ingleses pudessem reunir e as de Eisenhower. Alexander seria o subcomandante de Eisenhower e ficaria virtualmente encarregado de todas as operações. Quanto à outra providência imediata, ou seja, decidir se deveríamos atacar a Sicília ou a Sardenha, também chegamos a um acordo. As divergências não foram de caráter nacional, mas ocorriam principalmente entre os chefes de estado-maior e a equipe conjunta de planejamento. Pessoalmente, eu tinha certeza de que a Sicília deveria ser o objetivo seguinte, e os Chefes de Estado-Maior Combinados eram da mesma opinião. A equipe conjunta de planejamento, por outro lado, assim como Lord Mountbatten, achava que deveríamos atacar a Sardenha em vez da Sicília, pois julgava que isso poderia ser feito três meses antes. Mountbatten insistiu nessa visão junto a Hopkins e outros. Mantive-me inflexível e, com o sólido apoio dos Chefes de Estado-Maior Combinados, insisti na Sicília. Respeitosa, mas persistente, a equipe conjunta de planejamento disse então que isso só poderia ser feito em 30 de agosto. Nessa etapa, examinei pessoalmente com ela todos os dados e, depois disso, o presidente e eu demos ordens de que o Dia D ocorresse durante a fase lunar favorável de julho, ou, se possível, na fase lunar favorável de junho. No caso da Sicília, os paraquedistas desceram na noite de 9 de julho e os desembarques começaram na manhã de 10 de julho.

Entrementes, a questão de de Gaulle foi levantada. O assassinato de Darlan, criminoso não obstante, livrara os aliados da vergonha de trabalhar com ele. Sua autoridade se transferira tranquilamente para a organização criada de comum acordo com os americanos nos meses de novembro e dezembro. Giraud preencheu a vaga. Estava aberto o caminho para que as forças francesas agrupadas no norte e noroeste da África se ligassem ao Movimento da França Livre, centrado em de Gaulle e que abrangia todos os franceses do mundo que estavam fora do controle alemão. A essa altura, eu ansiava pela vinda de de Gaulle, e o presidente concordou em linhas

A conferência de Casablanca

gerais com essa opinião. Pedi também a Mr. Roosevelt que lhe telegrafasse para convidá-lo. O general era muito altivo e recusou o convite várias vezes. Então, mandei que Eden aplicasse a máxima pressão sobre ele, a ponto de dizer que, se ele não comparecesse, insistiríamos em que fosse substituído por outro na chefia do Comitê Francês de Libertação em Londres. Finalmente, em 22 de janeiro, ele chegou. Foi levado à *villa* que lhe fora reservada, vizinha à de Giraud. Recusou-se a visitar Giraud, havendo-se passado algumas horas até que conseguíssemos convencê-lo a ter um encontro com ele. Tive uma entrevista muito fria com de Gaulle, e deixei claro que, se continuasse a ser um obstáculo, não hesitaríamos em romper com ele em definitivo. Ele foi muito formal e retirou-se da *villa* cruzando o jardinzinho empertigado, de cabeça erguida. Acabou sendo convencido a ter uma conversa com Giraud, que durou duas ou três horas e deve ter sido extremamente agradável para ambos. À tarde, foi ter com o presidente e, para meu alívio, os dois se deram inesperadamente bem. O presidente sentiu-se atraído pelo "ar espiritual de seu olhar", mas pouquíssimo se pôde fazer para levá-los a algum acordo.

Nestas páginas, há várias afirmações severas, baseadas em acontecimentos da época, a respeito do general de Gaulle, e é certo que tive dificuldades contínuas e muitos antagonismos acirrados com ele. Mas houve um elemento dominante em nossas relações. Eu não conseguia encará-lo como um representante da França cativa e prostrada, nem tampouco, a rigor, da França que tinha o direito de decidir livremente seu futuro. Sabia que ele não era amigo da Inglaterra. Mas sempre reconheci em de Gaulle o espírito e o conceito que, através das páginas da história, a palavra "França" sempre há de proclamar. Eu compreendia e admirava sua postura arrogante, embora ressentido dela. Ali estava ele — um refugiado, exilado de seu país, sentenciado à morte, numa situação inteiramente dependente da boa vontade do governo inglês e também, a essa altura, dos Estados Unidos. Os alemães haviam conquistado sua pátria. Ele não tinha sustentação real em parte alguma. Mas pouco importa: ele desafiava tudo. Mesmo quando se portava da pior maneira possível, sempre parecia expressar a personalidade da França — uma grande nação, com todo o seu orgulho, autoridade e ambição. Dizia-se, a título de pilhéria, que ele se julgava o representante vivo de Joana d'Arc, a quem um de seus ancestrais teria supostamente servido como adepto fiel. Isso não me parecia tão absurdo assim. Clemenceau, com quem diziam que ele também se comparava, foi um estadista muito mais sensato e experiente. Mas os dois davam a mesma impressão de franceses indomáveis.

☆

Outro assunto requer menção. Num relatório ao Gabinete de Guerra, fiz a seguinte sugestão:

(...) Propomos redigir um informe sobre o trabalho da conferência, a ser comunicado à imprensa no momento oportuno. Eu gostaria de saber o que o Gabinete de Guerra pensaria de incluirmos nesse informe uma declaração da firme intenção dos Estados Unidos e do Império Britânico de dar seguimento implacável à guerra, até promover a "rendição incondicional" da Alemanha e do Japão. A omissão da Itália visaria a incentivar uma cisão nessa área. O presidente gostou da ideia, que seria um estímulo para nossos amigos de todos os países. (...)

O leitor deve atentar para esse telegrama, já que, na reunião subsequente com a imprensa, o uso das palavras "rendição incondicional" por parte do presidente levantou questões que reaparecerão neste relato e certamente hão de ser debatidas por muito tempo. Tanto na Inglaterra quanto nos Estados Unidos, há quem afirme que essa expressão prolongou a guerra e favoreceu os ditadores ao levar seus povos e exércitos ao desespero. Pessoalmente, não concordo com isso, por razões que o curso desta narrativa irá mostrar. Não obstante, já que minha memória revelou-se falha em alguns pontos, convém expor os fatos tal como meus arquivos os revelam.

As atas do Gabinete de Guerra mostram que esse texto lhe foi submetido na reunião vespertina de 20 de janeiro. A discussão parece haver girado não em torno do princípio da "rendição incondicional", mas da exceção que favorecia a Itália. Assim, em 21 de janeiro, Mr. Attlee e Mr. Eden enviaram-nos a seguinte mensagem:

O Gabinete manifestou a opinião unânime de que o balanço das vantagens e desvantagens opõe-se à exclusão da Itália, em virtude das suspeitas que seriam inevitavelmente geradas na Turquia, nos Bálcãs e em outros locais. Tampouco estamos convencidos de que o efeito nos italianos fosse bom. Saber de toda a adversidade que os espera certamente terá mais probabilidade de surtir o efeito desejado no moral italiano.

A conferência de Casablanca

Não há dúvida, portanto, de que a expressão "rendição incondicional" na proposta declaração conjunta que estava sendo redigida, foi menciona-da por mim ao Gabinete de Guerra e não foi desaprovada. Ao contrário, o único desejo dos membros foi que a Itália não fosse excluída de seu âmbito. Não me recordo nem tenho qualquer registro de nada que tenha ocorrido entre mim e o presidente a esse respeito, depois de eu ter recebido a men-sagem do Gabinete, e é bem possível que, na premência das negociações, e especialmente das discussões sobre o relacionamento entre Giraud e de Gaulle e das conversas com eles, o assunto não tenha voltado à baila entre nós. Nesse meio-tempo, a declaração conjunta oficial estava sendo prepa-rada por nossos assessores e pelos chefes de estado-maior. Tratava-se de um documento cuidadoso e redigido com as formalidades de praxe, que o presidente e eu examinamos e aprovamos. Como não me agradasse apli-car a rendição incondicional à Itália, é provável que eu não tenha voltado a levantar essa questão com o presidente, e é certo que ambos havíamos aprovado o *communiqué* decidido com nossos assessores. Neste, não há menção à "rendição incondicional". O texto foi submetido ao Gabinete de Guerra, que o aprovou nessa formulação.

Foi com um certo sentimento de surpresa que ouvi o presidente dizer, na conferência de imprensa de 24 de janeiro, que imporíamos a "rendi-ção incondicional" a todos os nossos inimigos. Era natural supor que o comunicado aprovado suplantasse qualquer coisa dita em conversa. O general Ismay, que sabia exatamente como funcionava minha mente no dia a dia e que também estivera presente a todas as discussões dos chefes de estado-maior quando da preparação do *communiqué*, ficou igualmen-te surpreso. Em meu discurso, que se seguiu ao do presidente, é claro que o apoiei e corroborei o que ele dissera. Qualquer divergência entre nós, mesmo por omissão, numa ocasião e num momento como aqueles, seria prejudicial ou até perigosa para nosso esforço de guerra. Decerto assumo minha parcela da responsabilidade, juntamente com o Gabinete de Guerra inglês.

O relato do presidente a Hopkins, no entanto, parece conclusivo:

Tivemos tanta amolação para pôr aqueles dois generais franceses lado a lado, que pensei com meus botões que aquilo era tão difícil quanto ar-ranjar um encontro entre Grant e Lee — e então, de repente, começou a conferência de imprensa e Winston e eu não tivemos tempo de nos preparar. Aí, veio-me à cabeça a ideia de que costumavam chamar Grant de "Velho Rendição Incondicional". Antes que me desse pela coisa, já havia falado.*

Não creio que essa declaração franca seja minimamente enfraquecida pelo fato de que a expressão consta das anotações com base nas quais Roosevelt discursou.

As lembranças de guerra podem ser vívidas e verídicas, mas nunca se deve confiar nelas sem verificação, mormente quanto à sequência dos acontecimentos. Sem dúvida, fiz várias afirmações errôneas sobre o incidente da "rendição incondicional", pois eu dizia o que pensava e em que acreditava no momento, sem verificar os registros. Minha memória não foi a única a falhar. Na Câmara dos Comuns, em 21 de julho de 1949, Mr. Ernest Bevin fez um relato sinistro das dificuldades que tivera de enfrentar para reconstruir a Alemanha depois da guerra, em virtude da política da "rendição incondicional", sobre a qual declarou que nem ele nem o Gabinete de Guerra jamais tinham sido consultados na época. Retruquei no calor do momento, com igual imprecisão e boa-fé, que a primeira vez que eu ouvira essas palavras fora da boca do presidente, na conferência de imprensa de Casablanca. Somente quando cheguei em casa e vasculhei meus arquivos foi que descobri os fatos tal como os expus aqui. Isso me lembra o professor a quem, nas suas horas finais, os discípulos fiéis pediram um último conselho. Ele respondeu: "Conferi vossas citações."

O uso da expressão "rendição incondicional", embora largamente aclamado na época, tem sido descrito por várias autoridades, desde então, como um dos grandes erros da política de guerra anglo-americana. Afirma-se que ela prolongou a luta e tornou mais difícil a recuperação posterior. Na verdade, minha principal razão para me opor, como sempre fiz, a uma declaração alternativa sobre os termos de um armistício, pela qual tantas vezes se clamou, foi que uma declaração das condições efetivas em que os três grandes aliados insistiriam, e em que seriam forçados pela opinião

---

* *Grant a exigiu de um forte, na Guerra de Secessão. Chamando-se Ulysses S., U.S., pegou o apelido de Old Unconditional Surrender Grant.* (N.T.)
Robert Sherwood, *Roosevelt e Hopkins*, ed. bras. UNB, UniverCidade, Nova Fronteira, p. 704.

A conferência de Casablanca

pública a insistir, seria muito mais repulsiva para qualquer gesto de paz alemão do que a expressão genérica "rendição incondicional". Lembro-me de serem feitas várias tentativas de redigir condições de paz que satisfizessem a ira dos vencedores contra a Alemanha. Elas pareciam tão terríveis postas no papel, e excediam tanto o que de fato se fez, que sua publicação só teria estimulado a resistência alemã. Na verdade, bastaria que fossem escritas para serem retiradas.

Em diversas declarações públicas, deixei claro o que o presidente e eu tínhamos em mente.

Em 22 de fevereiro de 1944, afirmei na Câmara dos Comuns: "O termo 'rendição incondicional' não significa que o povo alemão será escravizado ou destruído. Significa, porém, que os aliados não se comprometerão com ele, no momento da rendição, por nenhum pacto ou obrigação. (...) Rendição incondicional significa que os vencedores terão liberdade de ação. Não significa que estejam autorizados a se portar de maneira bárbara, nem que desejem riscar a Alemanha de entre as nações da Europa. Se temos um compromisso, é o compromisso de nossa própria consciência com a civilização. Não nos comprometeremos com os alemães como resultado de uma barganha. É esse o sentido da 'rendição incondicional'."

Não se pode alegar que, nos últimos anos da guerra, tenha havido qualquer erro de interpretação na Alemanha.*

Cabia-nos então encerrar nossos assuntos. Nossa última reunião formal e plenária com os chefes de estado-maior ocorreu em 23 de janeiro, quando eles nos apresentaram seu relatório final sobre "A Conduta da Guerra em 1943". Ele pode ser sintetizado como se segue:

A derrota dos submarinos deve continuar uma incumbência primordial, no que diz respeito ao uso dos recursos das Nações Unidas. As forças soviéticas devem ser apoiadas pelo máximo volume possível de suprimentos que possa ser transportado para a Rússia.

As operações no teatro europeu serão conduzidas com o objetivo de derrotar a Alemanha em 1943 com o máximo de forças que possam ser empregadas contra ela pelas Nações Unidas.

---

* Para um aprofundamento deste assunto, *The Hinge of Fate*, capítulo 38.

As linhas principais da ação ofensiva serão:

No Mediterrâneo

a. A ocupação da Sicília, com o objetivo de:

(i) Tornar mais segura a linha de comunicações do Mediterrâneo.

(ii) Desviar pressão alemã da frente russa.

(iii) Intensificar a pressão sobre a Itália.

b. Criar uma situação em que a Turquia possa ser arrolada como aliada ativa.

(...) As operações no Pacífico e no Extremo Oriente prosseguirão, com o objetivo de manter pressão sobre o Japão e em prol de uma ofensiva em larga escala contra o Japão tão logo a Alemanha seja derrotada. Essas operações devem ser mantidas dentro de limites que, na opinião dos Chefes de Estado-Maior Combinados, não ponham em risco a capacidade das Nações Unidas de aproveitar de qualquer momento favorável para uma derrota decisiva da Alemanha em 1943. (...)

Por fim, na manhã do dia 24, comparecemos à entrevista coletiva, onde de Gaulle e Giraud foram obrigados a sentar-se numa fila de cadeiras, alternando-se com o presidente e comigo, e onde os forçamos a trocar um aperto de mão em público, diante de todos os jornalistas e fotógrafos. Eles o fizeram, e é impossível olhar as fotos desse evento, mesmo no contexto daquele período trágico, sem rir. O fato de o presidente e eu estarmos em Casablanca tinha sido um segredo bem-guardado. Quando os repórteres nos viram, mal conseguiram acreditar em seus olhos, ou, ao ouvir que estivéramos ali por quase uma quinzena, em seus ouvidos.

Depois do casamento compulsório ou "na polícia" (como é chamado nos Estados Unidos) entre a noiva e o noivo, para o qual se haviam feito tamanhos esforços, o presidente fez sua declaração aos repórteres e eu o apoiei.

☆

O presidente estava se preparando para partir. Mas eu lhe disse: "O senhor não pode fazer todo esse percurso até a África do Norte sem conhecer Marrakech. Tenho que estar a seu lado quando o senhor vir o pôr do sol iluminando a neve dos montes Atlas." Também trabalhei Harry Hopkins nesse sentido. Havia em Marrakech uma *villa* muito aprazível, da qual

A conferência de Casablanca

eu não tinha nenhum conhecimento, que fora emprestada ao vice-cônsul americano, Mr. Kenneth Pendar, por uma dama americana, a senhora Taylor. Essa residência acomodaria o presidente e a mim, e havia muitos aposentos externos para nossas comitivas. Decidiu-se, então, que iríamos todos a Marrakech. Roosevelt e eu percorremos juntos as 150 milhas pelo deserto — que já me parecia começar a ficar mais verde — e chegamos ao famoso oásis. Minha descrição de Marrakech era "a Paris do Saara", onde todas as caravanas chegavam havia séculos da África central, sendo duramente taxadas no caminho pelas tribos das montanhas e, depois disso, trapaceadas nos mercados de Marrakech, recebendo como recompensa altamente valorizada a vida alegre da cidade, que incluía adivinhos, encantadores de serpentes, montanhas de comida e bebida e, de um modo geral, os maiores e mais bem-organizados bordéis do continente africano. Todas essas instituições eram de larga e antiga reputação.

Ficou acertado entre nós que eu levaria o almoço. O presidente e eu percorremos juntos todo o trajeto de cinco horas, falamos um bocado de negócios, mas também tocamos em assuntos mais leves. Muitos milhares de soldados americanos foram postados ao longo da estrada para nos proteger de qualquer perigo, e os aviões nos sobrevoavam ininterruptamente em círculos. À noitinha, chegamos à *villa*, onde fomos recepcionados de modo muito hospitaleiro e adequado por Mr. Pendar. Levei o presidente ao alto da torre da casa. Ele foi transportado numa cadeira e sentou-se para desfrutar o maravilhoso pôr do sol batendo nas neves do Atlas. Tivemos um jantar muito animado, com 15 ou 16 participantes, e todos cantamos. Eu cantei e o presidente uniu-se ao coro e, em dado momento, estava prestes a arriscar um solo. Mas alguém interrompeu e nunca pude ouvi-lo.

Meu ilustre colega deveria partir logo depois do amanhecer do dia 25 em seu longo voo por Lagos, Dakar e assim por diante, até o Brasil, e de lá para Washington. Havíamo-nos despedido na noite anterior, mas ele foi ver-me de manhã, a caminho do avião, para dizer adeus outra vez. Eu estava deitado, mas me recusei a deixá-lo ir sozinho para o aeroporto, de modo que saltei da cama, vesti meu "zip" e nada mais, exceto pelos chinelos. Nesses trajes informais dirigi-me com ele ao aeroporto, entrei no avião e o vi ser confortavelmente instalado, admirando-lhe imensamente a coragem, em meio a todas as suas limitações físicas, e sentindo-me muito inquieto pelos riscos que ele teria de correr. Essas viagens de avião tinham de ser aceitas como rotina durante a guerra. Mesmo assim, eu sempre as encarava como excursões perigosas. Mas tudo correu bem. Voltei então para a Villa Taylor, onde passei mais dois dias, correspondendo-me com o Gabinete de Guerra sobre meus movimentos futuros e, do alto da torre, pintando o único quadro que jamais tentei produzir durante a guerra.

65
Turquia, Stalingrado e Túnis

A OCUPAÇÃO ALIADA DA ÁFRICA DO NORTE havia alterado o panorama estratégico no Mediterrâneo. Com a conquista de uma base sólida em seu litoral sul, tornou-se possível um movimento de avanço contra o inimigo. Fazia muito que o presidente e eu ansiávamos por abrir uma nova rota para a Rússia e atacar o flanco sul da Alemanha. A Turquia era a chave de todos esses planos. Introduzi-la na guerra, ao nosso lado, tinha sido nosso objetivo por muitos meses. Nesse momento, ele adquiria uma nova esperança e urgência.

Stalin estava de pleno acordo com Mr. Roosevelt e comigo e, a essa altura, eu quis decidir a questão através de um encontro pessoal com o presidente Inönü em solo turco. Também havia muitos negócios a resolver no Cairo. No caminho de volta, eu esperava visitar o VIII Exército em Trípoli, se ela fosse tomada, e ainda parar em Argel. Muitas coisas eu poderia resolver no local, e outras precisava ver com meus próprios olhos. Assim, em 20 de janeiro, telegrafei de Casablanca ao vice-primeiro-ministro e ao ministro do Exterior, dizendo que propunha voar de Marrakech para o Cairo, ali permanecer dois ou três dias e, em seguida, entrar em contato direto com os turcos.

O Gabinete de Guerra achou que uma aproximação direta da Turquia seria prematura e insistiu em que eu retornasse diretamente a Londres, para fazer um relato ao Parlamento sobre meu encontro com Mr. Roosevelt; entretanto, após algumas discussões telegráficas, aquiesceu em meu plano. Por conseguinte, na tarde de 26, decolamos no Commando e, após o excelente jantar que nos fora oferecido por Mr. Pendar na Villa Taylor, dormi um sono profundo até voltar ao assento do copiloto e sentar-me ao lado do capitão Vanderkloot, vendo com ele, pela segunda vez, o brilho do alvorecer sobre as águas do Nilo. Dessa vez, não tivemos que desviar tanto para o sul, porque a vitória de El-Alamein varrera nossos inimigos 1.500 milhas mais para oeste. Chegamos ao aeroporto a dez milhas das pirâmides e recebemos as boas-vindas do embaixador, Lord Killearn, sendo recepcionados pelo Comando do Cairo. Dirigimo-nos então à embaixada.

Ali reuniu-se comigo Sir Alexander Cadogan, subsecretário permanente do Foreign Office, enviado da Inglaterra pelo Gabinete a meu pedido. Todos pudemos contrastar a situação com o que ela fora em agosto de 1942, com sentimentos de alívio e satisfação.

Chegaram então mensagens dizendo que o presidente turco, Ismet Inönü, estava radiante com a ideia do encontro proposto. Tomaram-se providências para que ele ocorresse em Adana, no litoral próximo à fronteira turco-síria, em 30 de janeiro. Parti no Commando ao encontro dos turcos. Era um voo de apenas quatro horas sobrevoando o Mediterrâneo, a maior parte dele à vista da Palestina e da Síria; levei comigo, noutro avião, Cadogan e os generais Brooke, Alexander e Wilson, além de outros oficiais. Aterrissamos, não sem alguma dificuldade, no pequeno aeroporto turco, e mal havíamos concluído as saudações e o cerimonial quando um trem, tal qual longuíssima lagarta esmaltada, apareceu vindo em direção a nós pelas encostas da montanha, trazendo o presidente, todo o governo turco e o marechal Chakmak. Eles nos receberam com a máxima cordialidade e entusiasmo. Diversos vagões de primeira classe tinham sido acrescentados ao trem para nos servir de hospedagem, já que não havia nenhuma outra nas imediações. Passamos duas noites no trem, tendo longas discussões diárias com os turcos e conversas muito agradáveis às refeições com o presidente Inönü.

A discussão global girou basicamente em torno de duas questões: a estrutura do mundo do após guerra com as providências para uma organização internacional; e as futuras relações da Turquia com a Rússia. Cito apenas alguns exemplos das observações que, segundo os registros, fiz aos líderes turcos. Eu disse que estivera com Molotov e Stalin e que era minha impressão que os dois desejavam uma associação pacífica e amistosa com a Inglaterra e os Estados Unidos. Na esfera econômica, as duas nações ocidentais tinham muito a oferecer à Rússia e poderiam ajudar na reparação das perdas russas. Eu não conseguia enxergar vinte anos adiante, mas, mesmo assim, fizéramos um tratado por vinte anos. Achava que a Rússia se concentraria na reconstrução nos dez anos seguintes. Provavelmente, haveria mudanças: o comunismo já se havia modificado. Achava que viveríamos em bom relacionamento com a Rússia e que, se a Inglaterra e os Estados Unidos agissem juntos e mantivessem uma potente força aérea, conseguiriam assegurar um período de estabilidade. A Rússia poderia até beneficiar-se disso. Ela possuía vastas áreas não desenvolvidas — na Sibéria, por exemplo.

Turquia, Stalingrado e Túnis

O primeiro-ministro turco observou que eu externara a opinião de que a Rússia poderia tornar-se imperialística. Isso tornava necessário que a Turquia fosse muito prudente. Retruquei que haveria uma organização internacional, mais forte do que a Liga das Nações, para garantir a paz e a segurança. Acrescentei que não temia o comunismo. M. Saracoglu comentou que esperava algo mais tangível. A Europa inteira estava cheia de eslavos e comunistas. Se a Alemanha fosse derrotada, todos os países derrotados se tornariam bolcheviques e eslavos. Afirmei que as coisas nem sempre saíam tão mal quanto se imaginava, mas que, se isso acontecesse, melhor seria a Turquia estar fortalecida e estreitamente associada com a Inglaterra e os Estados Unidos. Se a Rússia, sem nenhum motivo, viesse a atacá-la, toda a organização internacional de que eu havia falado se empenharia em favor da Turquia. Depois da presente guerra, as garantias seriam muito mais severas, não só no tocante à Turquia, mas com respeito à Europa inteira. Eu não seria amigo da Rússia se ela imitasse a Alemanha. Se o fizesse, providenciaríamos a melhor combinação possível contra ela, e eu não relutaria em dizer isso a Stalin.

Durante essas discussões políticas gerais, houve conversações militares conduzidas pelo CIGS e nossos outros oficiais do alto comando. Os dois aspectos principais a serem considerados eram o fornecimento de equipamentos às forças turcas, antes e depois de qualquer gesto político da Turquia, e a preparação de planos para seu reforço por unidades inglesas, na eventualidade de ela entrar na guerra. Os resultados dessas conversações foram incorporados num acordo militar.

Minhas conversas com a Turquia tencionavam preparar o terreno para que ela entrasse na guerra no outono de 1943. O fato de isso não haver ocorrido, após a capitulação da Itália e os novos avanços russos contra a Alemanha ao norte do mar Negro, deveu-se a acontecimentos lastimáveis no mar Egeu no fim daquele ano, que serão descritos no local apropriado.

Retornei de Adana para o Cairo, fazendo uma parada em Chipre no caminho, e dali segui para Trípoli. A cidade fora tomada pelo VIII Exército, pontualmente, em 23 de janeiro. Constatou-se que seu porto tinha sido seriamente avariado. A entrada estava totalmente bloqueada por navios afundados, e os acessos, profusamente semeados de minas. Isso já fora previsto, de modo que o primeiro navio de suprimentos entrou no ancoradouro em 2 de fevereiro. Uma semana depois, duas mil toneladas já eram descarregadas por dia. Embora o VIII Exército ainda tivesse grandes distâncias a percorrer, seu abastecimento durante o avanço de 1.500 milhas a partir de El-Alamein, coroado pela rápida abertura de Trípoli, fora um feito administrativo cujos méritos cabiam ao general Lindsell, no Cairo, e ao general Robertson, no próprio VIII Exército. No fim do mês, o VIII Exército recebeu a adesão do general Leclerc, que havia comandado uma força mista de franceses livres, com cerca de 2.500 homens, numa travessia de 1.500 milhas pelo deserto, partindo da África Equatorial Francesa. Leclerc colocou-se irrestritamente sob as ordens de Montgomery. Ele e seus soldados iriam desempenhar um papel valioso no restante da campanha tunisiana.

O VIII Exército atravessou a fronteira da Tunísia em 4 de fevereiro, assim concluindo a tomada do Império Italiano pela Inglaterra. Conforme as decisões tomadas na Conferência de Casablanca, esse exército passou então ao comando do general Eisenhower, ficando o general Alexander como seu subcomandante no comando executivo das operações terrestres. O leitor há de estar lembrado da instrução que eu dera a Alexander, ao sair do Cairo, seis meses antes [pp. 214-215]. Ele então me enviou a seguinte resposta:

Sir,

As ordens que me deu em [10 de] agosto de 1942 foram cumpridas. Os inimigos de Sua Majestade, bem como seus equipamentos, foram completamente eliminados do Egito, da Cirenaica, da Líbia e da Tripolitânia. Aguardo agora suas novas instruções.

Após dois dias longos e animados, parti com minha comitiva para visitar Eisenhower e todos os demais em Argel. Ali, era aguda a tensão. O assassinato de Darlan ainda impunha muitas precauções a todas as figuras proeminentes. O Gabinete continuou a se mostrar preocupado com minha segurança, e era evidente que me queria em casa o mais depressa possível. Isso, pelo menos, era um elogio. Na noite de domingo, 7 de fevereiro de 1943, decolamos num voo direto e seguro para casa. Esse foi meu último voo no Commando, que posteriormente foi destruído com todos os seus homens, embora com um piloto e uma tripulação diferentes.

☆

Turquia, Stalingrado e Túnis

Minha primeira tarefa, ao chegar à Inglaterra, foi fazer uma exposição completa à Câmara dos Comuns sobre a Conferência de Casablanca, minha viagem pelo Mediterrâneo e a situação geral. Levei mais de duas horas, em 11 de fevereiro, para fazer meu discurso. Mais cansado das viagens do que me apercebi na ocasião, devo ter-me resfriado. Dias depois, uma gripe e uma dor de garganta obrigaram-me a ficar de cama. Na noite de 16 de fevereiro, quando eu estava a sós com minha mulher, minha temperatura subiu repentinamente. Lord Moran, que me observava, fez um exame minucioso e disse que eu estava com uma inflamação na base de um dos pulmões. Seu diagnóstico levou-o a receitar o medicamento chamado M. & B. No dia seguinte, fizeram-se radiografias complexas, que confirmaram o diagnóstico. O dr. Geoffrey Marshall, do Guy's Hospital, foi chamado para uma consulta. Todo o meu trabalho vinha me chegando hora após hora no Anexo, e eu havia mantido minha produção habitual, embora estivesse longe de me sentir bem. Nesse momento, porém, percebi uma redução acentuada do número de papéis que chegavam até minhas mãos. Quando protestei, os médicos, apoiados por minha mulher, disseram que eu deveria abandonar o trabalho por completo. Recusei-me a concordar. Que haveria de fazer o dia inteiro? Eles me disseram que eu estava com pneumonia, ao que retruquei: "Bem, vocês certamente hão de saber lidar com isso. Não confiam em seu novo remédio?" O dr. Marshall disse que chamava a pneumonia de "amiga dos velhos". "Por quê?", perguntei. "Porque ela os leva muito serenamente." Dei uma resposta à altura, mas chegamos a um acordo nos seguintes termos: eu mandaria que apenas os papéis mais importantes e interessantes me fossem enviados e leria um romance. Escolhi *Moll Flanders*, sobre o qual ouvira excelentes informações, sem ter encontrado tempo para confirmá-las. Com base nisso, passei a semana seguinte com febre e indisposto e, em alguns momentos, senti-me muito mal. Há um hiato em meu fluxo de memorandos dos dias 19 a 25. Em pouco tempo, o presidente, o general Smuts e outros amigos que tomaram conhecimento de minha doença enviaram-me telegramas reiterados, insistindo em que eu obedecesse às ordens médicas. Cumpri fielmente minha parte do acordo. Quando terminei *Moll Flanders,* dei-o ao dr. Marshall para animá-lo. O tratamento teve êxito.

☆

Nessa ocasião, Stalin mandou-me um filme da vitória de Stalingrado, retratando maravilhosamente toda a sua luta desesperada. Este é o momento de contar, ainda que muito sucintamente, a história da batalha magnífica e decisiva dos exércitos russos.

O avanço alemão para o Cáucaso havia culminado e estancado durante o verão e o outono de 1942. A princípio, tudo transcorrera exatamente conforme planejado, embora não com tanta rapidez quanto esperavam. O Grupo de Exércitos do Sul expulsou os russos da área aquém da curva do Baixo Don. Dividira-se então no Grupo de Exércitos A, sob o comando de List, e no Grupo de Exércitos B, comandado por Bock, e em 23 de julho Hitler lhes dera suas missões. O Grupo A deveria capturar toda a costa leste do mar Negro e os campos de petróleo adjacentes, enquanto o Grupo B, depois de estabelecer um flanco defensivo ao longo do rio Don, deveria avançar para Stalingrado, "destroçar as forças inimigas que estão sendo concentradas lá e ocupar a cidade". As tropas em frente a Moscou realizariam operações de fixação e Leningrado, ao norte, seria tomada no começo de setembro.

O I Exército Panzer do general von Kleist, com 15 divisões, liderou a ofensiva rumo ao Cáucaso. Uma vez cruzado o Don, eles fizeram um grande avanço, encontrando pouca oposição. Chegaram aos campos petrolíferos de Maikop em 9 de agosto, encontrando-os totalmente destruídos. Não conseguiram chegar aos campos de petróleo de Grozny. Os de Baku, os maiores de todos, ainda ficavam a trezentas milhas de distância, e as ordens de Hitler de tomar todo o litoral do mar Negro não puderam ser cumpridas. Reforçados por novas tropas, enviadas de trem pela costa ocidental do mar Cáspio, os russos mantiveram firmemente suas posições em toda a frente. Kleist, debilitado pelos desvios em prol do esforço contra Stalingrado, continuou lutando até novembro nos contrafortes das montanhas do Cáucaso. E então chegou o inverno. A disparada dele acabou.

No front do Grupo de Exércitos B houve coisa pior que o fracasso. A sedução de Stalingrado fascinava Hitler; o próprio nome da cidade era um desafio. Ela era um centro industrial considerável e um ponto forte do flanco defensivo que protegia seu avanço principal para o Cáucaso. Transformou-se num ímã que atraiu para si o supremo esforço do exército e da força aérea alemães. A resistência tornou-se mais dura a cada dia. Somente em 15 de setembro, depois de árduos combates entre o Don e o Volga, foi que se chegou aos arredores de Stalingrado. Os ataques frontais do mês

784   Memórias da Segunda Guerra Mundial

seguinte fizeram algum progresso, ao preço de uma matança terrível. Nada conseguia suplantar os russos, que lutavam com devoção apaixonada entre as ruínas de sua cidade.

Os generais alemães, inquietos havia muito tempo, tiveram então boas razões para sua ansiedade. Após três meses de luta, os objetivos principais da campanha — o Cáucaso, Stalingrado e Leningrado — ainda estavam em poder dos russos. As baixas tinham sido pesadíssimas e os reforços eram insuficientes. Hitler, em vez de mandar novos contingentes ao front para substituir as perdas, fazia-os formarem divisões novas e não treinadas. Na opinião dos militares, era mais do que hora de fazer uma parada, mas o "Morde-tapete"* recusou-se a lhes dar ouvidos. No fim de setembro, Halder, chefe do Estado-Maior de Hitler, finalmente se opôs a seu chefe e foi demitido. Hitler açoitou seus exércitos para diante.

Em meados de outubro, a situação alemã havia piorado acentuadamente. O Grupo de Exércitos B estendia-se por um front de setecentas milhas. O VI Exército, do general Paulus, esgotara seus esforços e jazia prostrado, com seus flancos precariamente protegidos por aliados de qualidade duvidosa. Aproximava-se o inverno, quando os russos certamente desfechariam seu contra-ataque. Se a frente do Don não pudesse ser mantida, a segurança dos exércitos no front do Cáucaso ficaria minada. Mas Hitler não quis saber de nenhuma sugestão de retirada. Em 19 de novembro, os russos lançaram seu cerco, longa e bravamente preparado, investindo ao norte e ao sul de Stalingrado contra os flancos alemães maldefendidos. Quatro dias depois, as pontas da pinça russa se encontraram e o VI Exército ficou preso entre o Don e o Volga. Paulus propôs bater em retirada. Hitler lhe ordenou que ficasse onde estava. Com o passar dos dias, o exército foi sendo espremido num espaço cada vez menor. Em 12 de dezembro, em meio a um tempo inclemente, os alemães fizeram uma tentativa desesperada de romper o cordão russo e libertar seus companheiros sitiados. Fracassaram. Depois disso, embora Paulus e seu exército resistissem por mais sete semanas aterradoras, estavam certamente condenados.

Envidaram-se grandes esforços aéreos para abastecê-los, mas pouca coisa conseguiu chegar, à custa de graves perdas na aviação alemã. O frio era intenso, a comida e a munição eram escassas e um surto de tifo veio agravar os sofrimentos dos soldados. Em 8 de janeiro, Paulus rejeitou um

---

* *Teppichfresser*, chamavam Hitler pelos piques de fúria.

ultimato de que se rendesse e, no dia seguinte, iniciou-se a última fase, com violentos ataques russos vindos do oeste. Os alemães lutaram com vigor, de modo que apenas cinco milhas foram conquistadas em igual número de dias. Mas, por fim, começaram a ceder e, no dia 17, os russos estavam a menos de dez milhas da própria Stalingrado. Paulus jogou no combate todos os homens aptos a pegar em armas, mas foi inútil. Em 22 de janeiro, os russos tornaram a atacar, até que os alemães foram repelidos para os arredores da cidade que em vão tinham tentado capturar. Ali, os restos de um exército antes grandioso foram comprimidos numa faixa de apenas quatro milhas de largura por oito de comprimento. Sob fogo intenso de artilharia e bombardeios aéreos, os sobreviventes defenderam-se em violentas lutas de rua, mas sua situação era desesperadora. À medida que os russos pressionavam, as unidades esgotadas começaram a se render em massa. Paulus e seu estado-maior foram capturados e, em 2 de fevereiro, o marechal Voronov comunicou que toda a resistência havia cessado; noventa mil homens tinham sido feitos prisioneiros. Eram os sobreviventes de 21 divisões alemãs e uma romena. Assim terminou o prodigioso esforço de Hitler de tomar a Rússia à força e de destruir o comunismo por uma forma igualmente odiosa de tirania totalitária.

A primavera de 1943 marcou o ponto de inflexão da guerra no Front do Leste. Antes mesmo de Stalingrado, a maré montante russa já empurrara o inimigo de volta ao longo de toda a linha. O exército alemão do Cáucaso conduziu uma hábil retirada, mas os russos empurraram o inimigo do Don de volta para além do rio Donetz, a linha de partida da ofensiva de Hitler no verão anterior. Também mais ao norte os alemães perderam terreno, até ficarem a mais de 250 milhas de Moscou. O investimento feito em Leningrado foi perdido. Os alemães e seus satélites sofreram perdas imensas de homens e material. O terreno conquistado no ano anterior foi-lhes arrancado. Eles já não eram superiores aos russos em terra. No ar, tinham que se haver com o poderio crescente da força aérea inglesa e americana, operando a partir da Inglaterra e da África.

A vitória, entretanto, não tornou Stalin mais cordato. Se lhe tivesse sido possível ir a Casablanca, os três aliados poderiam ter elaborado um plano conjunto, face a face. Mas não era para ser assim e as discussões continuaram por telegrama. Transmitimos-lhe nossas decisões militares e, quando de minha volta a Londres, com a autorização do presidente, eu lhe enviara explicações adicionais sobre nossos planos: libertar a Tunísia em abril, tomar a Sicília e levar até o limite nossos preparativos para cruzar o Canal em agosto ou setembro. Ele respondeu prontamente:

(...) É evidente que, contrariando vossas estimativas anteriores, o término das operações em Túnis é esperado em abril, em vez de fevereiro. Não preciso dizer-lhe quão decepcionante é essa demora. (...) [Também] é evidente, por sua mensagem, que a criação da Segunda Frente, em particular na França, só é prevista para agosto-setembro. Parece-me que o quadro atual exige a máxima aceleração possível da linha escolhida — isto é, a abertura da Segunda Frente no Oeste em data consideravelmente anterior à indicada. Para não dar ao inimigo nenhum descanso, é extremamente importante desfechar o golpe no Ocidente na primavera ou no início do verão, e não adiá-lo para o segundo semestre do ano. (...)

E um mês depois (em 15 de março):

Compreendendo plenamente a importância da Sicília, devo assinalar, no entanto, que ela não pode substituir a Segunda Frente na França. (...) Julgo meu dever adverti-lo, da maneira mais vigorosa possível, sobre quão perigoso seria, do ponto de vista de nossa causa comum, um novo adiamento da abertura da Segunda Frente na França. É por essa razão que a incerteza de suas declarações concernentes à pretendida ofensiva anglo-americana através do Canal desperta-me grave ansiedade, sobre a qual creio não poder silenciar.

Era evidente que a ajuda mais eficaz que podíamos oferecer aos russos consistia na rápida expulsão das forças do Eixo que estavam na África do Norte e na intensificação da guerra aérea contra a Alemanha. Mas era preciso levar em conta que, embora a velocidade de nosso avanço do leste houvesse ultrapassado as expectativas, fazia algum tempo que a situação dos aliados era inquietante. É verdade que Malta fora ressuprida, rearmada e entrara novamente em plena atividade. De nossas novas bases na Argélia e na Cirenaica, nossas forças navais e aéreas cobriam grandes distâncias, protegendo os navios aliados e impondo um tributo pesado aos suprimentos e reforços do inimigo. Além de bloquear Túnis, onde a força aérea alemã ainda era potente, estávamos atingindo até os portos da Itália continental. Palermo, Nápoles e Spezia tinham sentido o aumento de nossa força, e bombardeiros da RAF, decolando da Inglaterra, haviam assumido os ataques contra o norte da Itália. A esquadra italiana não fizera nenhuma tentativa de interferir. Além da presença da esquadra inglesa, a falta de petróleo era aguda. Havia dias em que não achavam uma só tonelada de combustível em toda a Sicília para os navios de escolta que protegiam o envio de suprimentos a Túnis.

Mas nada disso conseguia disfarçar o fato de que, depois do fracasso na conquista da Tunísia em dezembro, nossa impulsão inicial havia-se esgotado. Recusando-se a reconhecer que não podia proteger por meios navais ou aéreos nem mesmo o curto trajeto que partia da Sicília, Hitler mandou criar um novo exército para enfrentar os ataques aliados iminentes do leste e do oeste. Rommel, promovido para o comando de todas as tropas do Eixo, concentrou duas divisões blindadas alemãs a leste de Faid, para repelir o ataque das tropas dos EUA e impedir que elas se aproximassem de seu flanco e sua retaguarda enquanto ele enfrentava a dura pressão do VIII Exército. O ataque começou em 14 de fevereiro. Havia-se esperado, erroneamente, que o golpe principal viesse através de Fondouk, e não de Faid. Consequentemente, a 1ª Divisão Blindada dos EUA, sob as ordens do general Anderson, dispersou-se muito. No dia 17, Kasserine, Feriana e Sbeitla estavam em poder dos alemães. Então, Rommel atacou ao norte. Seguiu-se um combate feroz. Mas, ao meio-dia de 22 de fevereiro, ele iniciou uma retirada geral bem-conduzida e nossa linha original acabou sendo restabelecida. Quatro dias depois, ele começou uma série de ataques intensos ao front do 5º Corpo inglês. Ao sul de Medjez, o inimigo foi repelido sem avanços significativos; ao norte, conquistou várias milhas, deixando a própria cidade num incômodo "bolsão". Perto da costa, nossas tropas foram obrigadas a recuar vinte milhas, mas depois se mantiveram firmes.

Na última semana de fevereiro, o general Alexander assumiu o comando de todo o front. Ao mesmo tempo, nos termos do acordo de Casablanca, o marechal do ar Tedder assumiu o controle das forças aéreas aliadas. A batalha na Tunísia chegou ao auge. Em 6 de março, Rommel fez quatro grandes ataques contra o avanço do VIII Exército, usando as três divisões Panzer alemãs. Todos os ataques repelidos com pesadas baixas. É provável que esse tenha sido o mais duro rechaço de Rommel em todas as suas proezas africanas. Além disso, foi seu último combate na região. Pouco depois, ele baixou hospital na Alemanha e von Arnim o substituiu.

Em seguida, o VIII Exército avançou para atacar a principal posição do inimigo, a Linha Mareth. Tratava-se de um sistema defensivo altamente organizado, com vinte milhas de extensão, construído pelos franceses antes da guerra para impedir incursões italianas na Tunísia. Agora, os italianos a ocupavam contra os ingleses! Foram precisos 15 dias para preparar um assalto decisivo contra defesas tão fortemente guardadas. O golpe foi desferido na terceira semana de março, o inimigo foi flanqueado e, em 7 de abril, depois de árduos e complicados combates, uma patrulha da 4ª Divisão Indiana encontrou-se com outra do 2º Corpo dos EUA. A saudação americana — *Hello, Limey* —, embora não entendida [*apelido dado na marinha americana aos marinheiros ingleses, noutros tempos, devido ao uso de limão nos navios ingleses contra o escorbuto*], foi acolhida com a maior cordialidade. Os dois exércitos, que haviam partido de pontos situados a quase 2 mil milhas de distância, finalmente juntavam-se. No dia 18, um grande comboio aéreo inimigo com cem aeronaves foi atacado por nossos Spitfires e pelos Warhawks americanos, sobre o cabo Bon. O comboio dispersou-se na confusão, e mais de cinquenta aviões foram derrubados. No dia seguinte, os Kittyhawks sul-africanos destruíram 15 de um total de 18; e por fim, em 22 de abril, outros trinta, inclusive muitos carregados de gasolina, caíram em chamas no mar. Isso praticamente pôs fim à obstinada tentativa de Hitler, que a Alemanha não tinha como aguentar. Nenhuma outra aeronave de transporte atreveu-se a voar durante o dia. Eles haviam conseguido um grande feito. Em quatro meses, de dezembro a março, haviam transportado mais de quarenta mil homens e 14 mil toneladas de suprimentos para a África.

Em 6 de maio, Alexander desferiu seu ataque culminante. As forças aéreas aliadas fizeram um esforço supremo, realizando 2.500 saídas naquele dia. O Eixo havia-se desgastado gradualmente e, nessa crise, só conseguiu retrucar com sessenta saídas. Aproximava-se o clímax. Um bloqueio implacável, por mar e por ar, foi plenamente estabelecido. A movimentação naval inimiga foi paralisada e seu esforço aéreo terminou. O 9º Corpo inglês abriu uma nova brecha no front inimigo. As duas divisões blindadas passaram pela infantaria e chegaram a Massicault, a meio caminho de Túnis. No dia seguinte, 7 de maio, continuaram a avançar. A 7ª Divisão Blindada penetrou em Túnis e, em seguida, defletiu para o norte para ir ao

Turquia, Stalingrado e Túnis

encontro das tropas americanas. A resistência na principal frente americana fora simultaneamente rompida e sua 9ª Divisão de Infantaria chegou a Bizerta. Assim, três divisões alemãs ficaram presas entre as tropas aliadas e se renderam em 9 de maio.

A 6ª Divisão Blindada, seguida pela 4ª Divisão inglesa e tendo à sua direita a 1ª Divisão Blindada, rumou para leste, atravessou Túnis e seguiu em frente. Foi detida por uma resistência organizada às pressas num desfiladeiro à beira-mar, poucas milhas a leste da cidade, mas seus tanques avançaram pelas areias molhadas da praia e, ao anoitecer de 10 de maio, chegaram a Hammamet, no litoral leste. Atrás deles, a 4ª Divisão varreu a península do cabo Bon sem encontrar oposição. Todos os inimigos restantes foram apanhados na rede ao sul. Em 11 de maio, o general Alexander telegrafou:

> (...) Espero um colapso de toda a resistência organizada nas próximas 48 horas e a liquidação final de todas as forças do Eixo nos próximos dois ou três dias. Calculo que os prisioneiros, até o momento, ultrapassam cem mil, mas isso ainda não foi confirmado e eles continuam a chegar. Ontem, vi uma carroça puxada a cavalo, repleta de alemães que iam para a prisão. Quando eles passaram, não pudemos deixar de rir, e eles também riram. A coisa toda mais parecia o Dia do Derby...

O almirante Cunningham, que fizera preparativos completos para a capitulação final, ordenou que todas as forças navais disponíveis patrulhassem os estreitos e impedissem uma retirada do Eixo à moda de Dunquerque. O código apropriado dessa operação foi *Retribution* [Desforra]. No dia 8, ele transmitiu a mensagem: "Afundem, queimem e destruam. Não deixem passar nada." Mas apenas algumas balsas tentaram escapar e quase todas foram capturadas ou afundadas. No dia 12, fechou-se o cerco, e o inimigo depôs suas armas.

Às 14h15 de 13 de maio, Alexander enviou-me um comunicado: "Sir: Cumpre-me informar que a campanha da Tunísia está encerrada. Toda a resistência inimiga cessou. Somos senhores do litoral norte-africano."

Ninguém pôde duvidar da magnitude da vitória de Túnis. Ela ficou à altura de Stalingrado. Quase 250 mil homens foram feitos prisioneiros. Uma perda pesadíssima de vidas humanas foi infligida ao inimigo. Um terço de seus navios de suprimentos foi afundado. A África estava livre de nossos inimigos. Um continente fora resgatado. Em Londres, pela primeira vez na guerra, houve uma verdadeira elevação dos ânimos. O Parlamen-

Memórias da Segunda Guerra Mundial

to recebeu os ministros com entusiasmo e registrou seu agradecimento aos comandantes nos termos mais calorosos. Eu havia pedido que os sinos de todas as igrejas soassem. Lamentei não ouvir seu toque, mas eu tinha um trabalho mais importante a fazer do outro lado do Atlântico.

66
A Itália é a meta

UMA VEZ QUE A DECISÃO NA ÁFRICA se tornou coisa certa, as razões que me levaram a seguir às pressas para Washington eram sérias. Que faríamos com nossa vitória? Seriam seus frutos colhidos apenas na extremidade tunisiana, ou deveríamos expulsar a Itália da guerra e introduzir a Turquia do nosso lado? Perguntas fatídicas, que só poderiam ser respondidas por uma conferência pessoal com o presidente. Eu sabia de sérias divergências abaixo da superfície, as quais, se não fossem resolvidas, levariam a graves dificuldades e a uma ação debilitada durante o resto do ano. Estava decidido a ter uma conversa no mais alto nível possível.

Os médicos não quiseram que eu voasse na enorme altitude exigida pelos bombardeiros, de modo que ficou decidido irmos por mar. Saímos de Londres na noite de 4 de maio e subimos a bordo do *Queen Mary*, no Clyde, no dia seguinte. O navio fora admiravelmente equipado para atender às nossas necessidades. Toda a delegação foi acomodada no convés superior, isolado do restante do navio. Escritórios, salas de conferência e, é claro, a sala dos mapas estavam prontos para ser usados. Desde o momento em que embarcamos, nosso trabalho prosseguiu sem intervalo. Batizada de *Trident,* a conferência deveria durar pelo menos uma quinzena e pretendia cobrir todos os aspectos da guerra. Nossa comitiva, portanto, teve de ser grande. Os "regulares" lá estavam com força total: os chefes de estado-maior, com um bom número de oficiais de estado-maior; Lord Leathers e altos funcionários do Ministério dos Transportes de Guerra; e Ismay, com membros de meu gabinete da Defesa. Os comandantes em chefe da Índia, marechal Wavell, almirante Somerville e marechal do ar Peirse, também estavam conosco. Eu os havia convocado porque tinha certeza de que nossos amigos americanos estariam muito ansiosos de que fizéssemos todo o possível — e até o impossível — à guisa de operações imediatas a partir da Índia. A conferência deveria ouvir em primeira mão as opiniões dos homens que teriam de executar qualquer tarefa que fosse decidida.

Havia muito a ser acertado entre nós antes de chegarmos a Washington e, nesse momento, estávamos todos disponíveis. As equipes do planejamento conjunto e do sistema de inteligência ficaram quase em sessão permanente. Os chefes de estado-maior reuniam-se diariamente, em alguns casos duas vezes por dia. Aderi à minha prática habitual de lhes entregar minhas ideias todas as manhãs, sob a forma de minutas e instruções, e em geral tinha uma discussão com eles a cada tarde ou noite. Esses processos de investigação, triagem e discussão continuaram durante toda a viagem, havendo-se chegado passo a passo a graves decisões.

Tínhamos que pensar em todos os teatros ao mesmo tempo. No tocante às operações na Europa, depois da vitória na África, estávamos em completo acordo. Em Casablanca, havia-se decidido atacar a Sicília, e todos os preparativos estavam bastante adiantados. Os chefes de estado-maior ingleses estavam convencidos de que um ataque à Itália continental deveria seguir-se, ou até superpor-se, à tomada da Sicília. Propunham a conquista de uma cabeça de praia no bico da bota da Itália, acompanhada por outro ataque ao salto da bota, como prelúdio a um avanço contra Bari e Nápoles. Um documento expondo essas opiniões e os argumentos que levavam a elas foi preparado a bordo e entregue aos chefes de estado-maior americanos, como base para as discussões, em nossa chegada a Washington.

Prevíamos mais dificuldades para chegar a um acordo com nossos amigos americanos quanto à segunda grande esfera de ação militar inglesa, isto é, as operações a partir da Índia. Muitos planos tinham sido postos no papel, mas pouco tínhamos a mostrar de fato. O presidente e seu círculo ainda tinham ideias exageradas sobre o poder militar que a China exerceria, se lhe fossem dadas armas e equipamentos suficientes. Também sentiam um medo descabido da iminência de uma capitulação da China, caso ela não recebesse apoio. Desagradava-me por completo a ideia de reconquistar a Birmânia através de um avanço pelas linhas de comunicação paupérrimas de Assam. Eu detestava as selvas — que ficam com o vencedor, de qualquer maneira — e raciocinava em termos de poderio aéreo, poderio naval, operações anfíbias e pontos-chaves. Mas, para todas as nossas grandes negociações, era essencial que nossos amigos não achassem que havíamos descuidado do cumprimento de nossa parte e se convencessem de que estávamos dispostos a fazer o máximo esforço para atender a seus desejos. O que aconteceu na Birmânia será narrado adiante.

A Itália é a meta

Em 11 de maio, chegamos a Staten Island. Lá estava Harry Hopkins para nos receber e embarcamos imediatamente no trem para Washington. O presidente estava na plataforma para me saudar e me levou para meus velhos aposentos na Casa Branca. Na tarde seguinte, 12 de maio, às 14h30, todos nos reunimos em seu gabinete oval para examinar e planejar nosso trabalho na conferência.

Mr. Roosevelt pediu-me que iniciasse a discussão. Segundo os registros, a essência de minhas ideias foi a seguinte:

> "(...) Nunca devemos esquecer que havia 185 divisões alemãs na frente russa. Destruímos o exército alemão na África, mas, dentro em breve, não estaremos em combate com ele em parte alguma. O esforço dos russos foi prodigioso e nos deixou em débito com eles. A melhor maneira de tirarmos o peso da frente russa em 1943 seria retirar ou expulsar a Itália da guerra, assim forçando os alemães a enviarem um grande número de soldados para defender os Bálcãs. (...) Temos um grande exército e a aviação de combate baseada na Inglaterra. Temos nossos melhores e mais experientes soldados no Mediterrâneo. Os ingleses, sozinhos, têm 13 divisões no noroeste da África. Supondo-se que a Sicília esteja concluída no fim de agosto, que farão essas tropas entre esse momento e a data [em 1944], daqui a sete ou oito meses, em que será possível montar pela primeira vez a operação de travessia do Canal? É impossível que fiquem ociosas, e um período tão prolongado de aparente inação teria um grave efeito na Rússia, que carrega um fardo tão desproporcional."

Mr. Roosevelt concordou em que, para aliviar a Rússia, deveríamos estar em combate com os alemães. Mas questionou a ocupação da Itália, que liberaria soldados alemães para lutar em outros lugares. Ele achava que a melhor maneira de obrigarmos a Alemanha a lutar seria lançarmos uma operação através do Canal.

Retruquei que, como havíamos concordado em que não poderíamos fazer isso antes de 1944, parecia imperativo usarmos nossos grandes exércitos para atacar a Itália. Eu não achava que fosse necessária uma ocupação de toda a península. Se a Itália caísse, os aliados ocupariam os portos e aeroportos necessários para outras operações nos Bálcãs e no sul da Europa. Um governo italiano poderia controlar o país, sujeito à supervisão dos aliados. Todas essas graves questões deveriam ser esgotadas por nossos estados-maiores combinados e seus especialistas.

A princípio, as divergências pareceram incontornáveis, e era como se houvesse uma ruptura irremediável. Durante esse período, houve vazamentos de informação de altos oficiais americanos para senadores democratas e republicanos, levando a um debate no Senado. Com paciência e perseverança, nossas dificuldades foram gradualmente superadas. O fato de o presidente e eu estarmos vivendo lado a lado, encontrando-nos em qualquer horário, de estarmos sabidamente em estreito acordo e de o próprio presidente tencionar tomar as decisões sobre as questões essenciais, tudo isso, e mais o inestimável trabalho de Hopkins, exerceu durante todo o tempo uma influência apaziguadora e dominante sobre o curso das discussões de estado-maior. Após uma grave crise de opiniões, simultânea com as mais agradáveis relações pessoais entre os militares, chegou-se a um acordo quase completo sobre a invasão da Sicília.

Embora tantas coisas houvessem corrido bem, eu estava extremamente preocupado por não ter havido nenhuma recomendação definitiva dos Chefes de Estado-Maior Combinados no sentido de fazermos acompanhar a conquista da Sicília por uma invasão da Itália. Eu sabia que o pensamento do estado-maior americano estivera voltado para a Sardenha. Eles achavam que esse deveria ser o único objetivo adicional das poderosas forças concentradas no Mediterrâneo durante todo o resto de 1943. Por todas as razões militares e políticas, eu deplorava essa perspectiva. Os russos estavam lutando todos os dias em seu imenso front e seu sangue jorrava em torrentes. Acaso deveríamos manter mais de 1,5 milhão de excelentes soldados, além de todo o seu impressionante poderio aéreo e naval, ociosos por quase um ano?

O presidente não me parecera disposto a pressionar seus assessores para que fossem mais precisos quanto à invasão da Itália, mas, como esse fora o principal objetivo de minha travessia do Atlântico, eu não podia deixar o assunto de lado. Hopkins me disse em particular: "Se o senhor quiser fazer prevalecer seu ponto de vista, terá de ficar aqui mais uma semana e, mesmo assim, não é certo que consiga." Fiquei profundamente desanimado diante disso e, em 25 de maio, apelei pessoalmente ao presidente para que deixasse o general Marshall ir a Argel comigo. Expliquei à conferência que me sentiria embaraçado, discutindo essas questões com o general Eisenhower sem a presença de um representante dos Estados Unidos do mais alto nível. Caso fosse tomada alguma decisão, era possível que se achasse, posteriormente, que eu havia exercido uma influência indevida. Assim,

A Itália é a meta

fiquei muito satisfeito ao saber que o general Marshall me acompanharia, e tive certeza de que então seria possível providenciar para que um relatório fosse enviado de volta aos Chefes de Estado-Maior Combinados para sua consideração.

Logo nas primeiras horas do dia seguinte, o general Marshall, o CIGS, Ismay e o restante de minha comitiva decolamos do rio Potomac num hidroavião. Tivemos algumas conversas muito agradáveis durante o longo voo e aproveitamos o lazer para despachar parte dos papéis acumulados. Ao nos aproximarmos de Gibraltar, procuramos nossa escolta. Não havia escolta. Todos tiveram a atenção atraída por um avião desconhecido, que, a princípio, julgamos estar interessado em nós. Como ele não se aproximasse, concluímos que era um avião espanhol, mas todos pareceram muito preocupados até ele desaparecer. Ao pousarmos, por volta das 17 horas, fomos recebidos pelo governador. Como era muito tarde para seguirmos viagem para Argel naquela noite, ele nos levou para o Convento, residência oficial do governo, as freiras tendo sido retiradas dali dois séculos antes.

Só partimos de Gibraltar para Argel na tarde seguinte. Assim, houve oportunidade de mostrar o Rochedo ao general Marshall e todos fizemos uma peregrinação de algumas horas, inspecionando a nova destilaria, que assegurava à fortaleza abastecimento permanente de água potável, bem como vários canhões importantes, alguns hospitais e um grande número de soldados. Por fim, desci para ver a menina dos olhos do governador, a nova galeria do Rochedo, cavada a fundo na pedra, com sua bateria de oito canhões automáticos que dominavam o istmo e a região neutra entre a Inglaterra e a Espanha. Um imenso volume de trabalho fora investido nela e, quando a percorremos, certamente me pareceu que, fossem quais fossem os perigos a ser temidos por Gibraltar, um ataque vindo do continente já não era um deles. O orgulho do governador por sua realização foi compartilhado por seus visitantes ingleses. Somente ao nos despedirmos, já no hidroavião, foi que o general Marshall observou, com certa relutância: "Admirei sua galeria, mas tínhamos uma dessas em Corregidor. Os japoneses dispararam sua artilharia sobre a rocha, alvejando uma altitude de algumas centenas de pés, e, em dois ou três dias, bloquearam-na com uma imensa pilha de escombros." Agradeci-lhe pela advertência, mas o governador pareceu ter sido fulminado por um raio. Todos os sorrisos desapareceram de seu rosto.

Decolamos no começo da tarde, com uma dúzia de Beaufighters voando em círculos muito acima de nós. Ao entardecer chegamos ao aeroporto de Argel, onde os generais Eisenhower e Bedell Smith, o almirante Andrew Cunningham, o general Alexander e outros amigos estavam a nossa espera. Dirigi-me diretamente à residência do almirante Cunningham, vizinha à do general Eisenhower, que ele colocou a minha disposição.

Não tenho lembrança mais agradável da guerra do que os oito dias passados em Argel e Túnis. Telegrafei a Eden para que fosse a meu encontro, de modo a me certificar de que tínhamos a mesma opinião sobre a reunião que havíamos providenciado entre Giraud e de Gaulle, além de todos os nossos outros assuntos.

Eu estava decidido a obter, antes de sair da África, a decisão de invadir a Itália, caso a Sicília fosse tomada. Brooke e eu transmitimos nossas opiniões ao general Alexander, ao almirante Andrew Cunningham, ao marechal do ar Tedder e, mais tarde, a Montgomery. Todas essas figuras de destaque nas batalhas recentes inclinavam-se para uma ação em escala máxima e viam na conquista da Itália a fruição natural de toda a nossa série de vitórias desde El-Alamein. Contudo, tínhamos que obter a concordância de nosso grande aliado. Eisenhower mostrou-se muito reservado. Ouviu todos os nossos argumentos e, tenho certeza, concordou com o propósito deles. Mas Marshall permaneceu silencioso ou enigmático quase até o último momento.

As circunstâncias de nossa reunião eram favoráveis aos ingleses. Comparados aos americanos, tínhamos o triplo dos soldados, quatro vezes mais navios de guerra e um número quase igual de aviões disponíveis para operações efetivas. Desde El-Alamein, para não falar nos anos anteriores, perdêramos oito vezes mais homens e três vezes mais navios no Mediterrâneo do que nossos aliados. Mas o que garantia a esses dados poderosos a consideração mais imparcial e atenta dos líderes americanos era que, a despeito de nossa imensa preponderância de força, continuáramos a aceitar o supremo comando do general Eisenhower e a preservar para toda a campanha o caráter de operação dos Estados Unidos. Os líderes americanos não gostam de ser suplantados em sua generosidade. Nenhum povo reage mais espontaneamente ao jogo limpo. Se você tratar bem os americanos, eles

A Itália é a meta

sempre quererão tratá-lo melhor. Ainda assim, considero que o argumento que os convenceu tinha méritos esmagadores.

Realizamos nossa primeira reunião na *villa* do general Eisenhower em Argel, às 17 horas de 29 de maio. Na qualidade de anfitrião, ele assumiu a presidência, tendo Marshall e Bedell Smith como os duelantes. Sentei-me em frente a ele, juntamente com Brooke, Alexander, Cunningham, Tedder, Ismay e alguns outros. Marshall disse que os chefes de estado-maior americanos consideravam impossível tomar qualquer decisão sobre a invasão da Itália enquanto não se conhecesse o resultado do ataque à Sicília e a situação da Rússia. A abordagem lógica consistiria em criar duas forças, cada qual com seu próprio comando, em locais separados. Uma delas treinaria para uma operação contra a Sardenha e a Córsega, e a outra, para uma operação na Itália continental. Quando a situação estivesse suficientemente clara para permitir que se fizesse a escolha, as forças aéreas necessárias, barcaças de desembarque e todo o resto seriam transferidas para a força encarregada de implementar o plano escolhido. Ike disse imediatamente que, se a Sicília fosse um trabalho rápido, ele se disporia a ir direto para a Itália. O general Alexander concordou.

O Chefe do Estado-Maior Geral Imperial fez então seu pronunciamento. Era iminente um duro combate entre russos e alemães, e deveríamos fazer tudo o que estivesse a nosso alcance para ajudar. Deveríamos fazer os alemães dispersarem suas forças. Elas já estavam largamente espalhadas e não poderiam ser reduzidas nem na Rússia nem na França. O local onde poderiam fazer isso mais convenientemente seria a Itália. Se o pé da bota italiana se mostrasse repleto de tropas, deveríamos tentar em outro local. Se a Itália fosse expulsa da guerra, a Alemanha teria que substituir as 26 divisões italianas nos Bálcãs e reforçar o Passo de Brenner, a Riviera e as fronteiras espanhola e italiana. Essa dispersão era exatamente do que precisávamos para atravessar o Canal, e deveríamos fazer tudo o que estivesse ao nosso alcance para aumentá-la.

Eisenhower declarou então que a discussão parecera simplificar seu problema. Se a Sicília fosse um sucesso — digamos, a ocupação exigisse uma semana —, ele cruzaria imediatamente o estreito de Messina e criaria a cabeça de praia. Externei minha visão pessoal de que a Sicília estaria acabada em 15 de agosto. Se assim fosse, e se o esforço não tivesse sido grande demais, deveríamos partir de imediato para o dedão da Itália, desde que não houvesse um deslocamento muito grande de divisões alemãs para lá.

Os Bálcãs representavam um perigo maior para a Alemanha do que a perda da Itália, já que a Turquia poderia reagir favoravelmente a nós.

Em seguida, Brooke descreveu toda a nossa força no Mediterrâneo. Descontadas as sete divisões a serem mandadas de volta para a operação de travessia do Canal e duas para atender aos compromissos ingleses com a Turquia, 27 divisões aliadas ficariam disponíveis na área do Mediterrâneo. Com tamanha força em nossas mãos, seria realmente negativo que nada acontecesse entre agosto ou setembro e o mês de maio do ano seguinte.

Embora ficassem muitas coisas na balança, fiquei bastante satisfeito com essa discussão inicial. O desejo de todos os comandantes de ir em frente da maneira mais ousada era claro, e senti comigo mesmo que as restrições feitas por conta de algum fator desconhecido seriam solucionadas pelos acontecimentos, consoante minhas esperanças.

Voltamos a nos reunir na tarde de 31 de maio. Mr. Eden chegou a tempo de comparecer. Tentei definir as questões: meu coração estava com a invasão do sul da Itália, mas as vicissitudes da batalha poderiam exigir um curso diferente. De qualquer modo, a alternativa entre o sul da Itália e a Sardenha implicava a diferença entre campanha gloriosa e mera conveniência. O general Marshall não era absolutamente hostil a essas ideias, mas não queria que uma decisão clara fosse tomada naquele momento. Melhor seria decidir o que fazer depois de havermos iniciado o ataque à Sicília. Ele julgava que seria necessário conhecermos um pouco as reações alemãs para determinar se haveria alguma resistência real no sul da Itália, se os alemães recuariam para o Pó e se, por exemplo, saberiam organizar e influir nos italianos com alguma habilidade; e para saber que preparativos teriam sido feitos na Sardenha, na Córsega ou nos Bálcãs, e que readaptações eles fariam na frente russa. Havia duas ou três maneiras diferentes pelas quais a Itália poderia cair; muita coisa poderia acontecer entre aquele momento e julho. Ele, o general Eisenhower e os Chefes de Estado-Maior Combinados estavam plenamente cientes de meus sentimentos sobre a invasão da Itália, mas seu único desejo era escolher a alternativa "pós-Sicília" que desse melhores resultados.

Afirmei que eu queria apaixonadamente ver a Itália fora do caminho e Roma em nosso poder. Eu não conseguia suportar a visão de um gran-

A Itália é a meta

de exército ocioso, quando ele poderia estar empenhado em tirar a Itália da guerra. O parlamento e o povo ficariam impacientes se o exército não agisse, e eu estava disposto a tomar providências quase desesperadas para impedir essa calamidade.

Ocorreu então um incidente que deve ser relatado, pois tem relação com questões que se tornaram objeto de mal-entendidos e controvérsias depois da guerra. Mr. Eden, a meu pedido, comentou a situação turca e disse que tirar a Itália da guerra muito contribuiria para a entrada dos turcos. Eles ficariam muito mais amistosos "quando nossas tropas alcançassem a área dos Bálcãs". Eden e eu estávamos de pleno acordo quanto à política de guerra, mas temi que a formulação de sua frase confundisse nossos amigos americanos. Diz o registro: "O primeiro-ministro interveio para observar enfaticamente que não estava advogando o envio de um exército aos Bálcãs, agora ou no futuro próximo." Mr. Eden concordou em que não seria necessário colocar um exército nos Bálcãs, já que os turcos começariam a mostrar reações favoráveis tão logo pudéssemos constituir uma ameaça imediata aos Bálcãs.

Antes de nos separarmos, pedi ao general Alexander que desse sua opinião. Ele o fez num discurso extremamente marcante. Obter uma cabeça de praia no território italiano deveria fazer parte do plano. Seria impossível lograrmos uma grande vitória se não pudéssemos explorá-la mediante um movimento de avanço, preferivelmente Itália adentro. Tudo isso, porém, seria esclarecido à medida que se desenrolasse a operação na Sicília. Não era impossível, embora parecesse improvável, que o dedão da Itália estivesse tão fortemente guardado a ponto de exigir que reformulássemos por completo as etapas das nossas operações, e deveríamos estar prontos para continuar avançando, sem nenhuma parada, tão logo começasse o ataque à Sicília. A guerra moderna permitia avanços muito rápidos, com o controle das tropas por rádio a grandes distâncias e a proteção e apoio fornecidos pela força aérea sobre vastas áreas. O avanço poderia tornar-se mais difícil à medida que nos deslocássemos pelo território italiano, mas isso não constituía um argumento contra avançarmos tanto quanto possível, com base no impacto da investida contra a Sicília. Na guerra, o inacreditável muitas vezes acontecia. Poucos meses antes, ter-lhe-ia sido impossível acreditar no que efetivamente acontecera a Rommel e seu Afrika Korps. Poucas semanas depois, ele acharia difícil acreditar que trezentos mil alemães desmoronassem numa semana. A força aérea inimiga fora tão completamente varrida dos céus que poderíamos, se quiséssemos, fazer um desfile de todas as nossas forças na África do Norte, num único campo de parada na Tunísia, sem qualquer perigo de aviões inimigos.

Alexander recebeu o apoio imediato do almirante Cunningham: se tudo corresse bem na Sicília, deveríamos cruzar diretamente o estreito. Eisenhower encerrou o encontro, expressando seu reconhecimento pela viagem que o general Marshall e eu tínhamos feito para lhe esclarecer o que fora realizado pelos Chefes de Estado-Maior Combinados. Entendia ser sua responsabilidade obter informações sobre as primeiras fases da invasão da Sicília e enviá-las aos Chefes de Estado-Maior Combinados a tempo de eles decidirem que plano executar em seguida, sem interrupção. Ele enviaria não apenas informações, mas vivas recomendações, com base na situação do momento. Esperava que seus três principais comandantes (Alexander, Cunningham e Tedder) tivessem oportunidade de tecer um comentário mais formal sobre essas questões, embora estivesse de pleno acordo com o que os três tinham dito até aquele momento.

Nos dois dias seguintes, viajamos de avião e de automóvel para alguns belos lugares que se tornaram históricos em decorrência das batalhas do mês anterior. O general Marshall partiu num rápido périplo com os próprios americanos e, posteriormente, viajou com o general Alexander e comigo, encontrando-se com todos os comandantes e vendo cenas empolgantes das tropas. O sentimento de vitória estava no ar. Toda a África do Norte fora libertada do inimigo. Duzentos e cinquenta mil prisioneiros na gaiola. Todo o nosso pessoal estava orgulhoso e radiante. Não há dúvida de que é muito bom vencer. Discursei para muitos milhares de soldados em Cartago, nas ruínas de um imenso anfiteatro. Certamente, a hora e o local prestavam-se à oratória. Não tenho ideia do que eu disse, mas a plateia inteira aplaudiu e soltou vivas, como sem dúvida terão feito seus predecessores de dois mil anos atrás, quando assistiam aos combates dos gladiadores.

☆

A Itália é a meta

Senti que se haviam feito grandes avanços em nossas discussões e que todos queriam lutar pela conquista da Itália. Assim, ao fazer a síntese em nossa última reunião, em 3 de junho, expus as conclusões de maneira bastante moderada e prestei minhas homenagens ao general Eisenhower.

Eden e eu retornamos juntos por Gibraltar. Como minha presença na África do Norte fora amplamente noticiada, os alemães estavam excepcionalmente vigilantes, o que levou a uma tragédia que muito me entristeceu. O avião comercial de carreira estava prestes a decolar do aeroporto de Lisboa quando um homem corpulento, fumando um charuto, aproximou-se e foi considerado como um passageiro. Espiões alemães enviaram a mensagem de que eu estava a bordo. Embora esses aviões de passageiros houvessem transitado durante muitos meses entre Portugal e a Inglaterra, sem serem molestados, um avião de guerra alemão recebeu ordens imediatas de atacar, e a aeronave indefesa foi implacavelmente abatida. Treze passageiros morreram, entre eles o famoso ator inglês Leslie Howard, cuja elegância e talento ainda nos são preservados pelos arquivos dos tantos filmes encantadores de que ele participou. A brutalidade dos alemães só encontrou paralelo na estupidez de seus agentes secretos. Como alguém poderia imaginar que tendo ao meu dispor todos os recursos da Inglaterra, eu comprasse uma passagem num avião desarmado e sem escolta, saindo de Lisboa, e voasse para casa em plena luz do dia? Nós, é claro, descrevemos uma ampla curva durante a noite, de Gibraltar para o oceano, e chegamos em casa sem nenhum incidente. Foi para mim um choque doloroso saber o que havia acontecido com outras pessoas, nas insondáveis manobras do destino.

PARTE IV

Triunfo e tragédia

1943-1945

*A esmagadora vitória da Grande Aliança não
conseguiu, até hoje, trazer a paz geral a este
nosso angustiado mundo.*

67

A conquista da Sicília e a queda de Mussolini

CHEGAMOS AGORA AO PONTO DE INFLEXÃO da Segunda Guerra Mundial. A entrada dos Estados Unidos no conflito, depois do ataque japonês a Pearl Harbor, havia garantido que a causa da liberdade não seria rejeitada. Tanto na Europa quanto na Ásia, os agressores tinham sido forçados à defensiva. Stalingrado, em fevereiro de 1943, foi a virada da maré na Rússia. Em maio, todas as forças alemãs e italianas no continente africano tinham sido eliminadas ou capturadas. As vitórias americanas no mar de Coral e na ilha de Midway, um ano antes, haviam detido a expansão japonesa no oceano Pacífico. A Austrália e a Nova Zelândia estavam livres da ameaça de invasão, e os líderes do Japão já tinham consciência de que passara o auge de sua ofensiva. Hitler ainda teria que pagar todo o preço por seu erro fatal de tentar vencer a Rússia pela invasão. Ainda iria desperdiçar a imensa força restante da Alemanha em muitos teatros que não eram vitais para o resultado supremo. A nação alemã logo estaria sozinha na Europa, cercada pelo enfurecido mundo em armas.

Entre a sobrevivência e a vitória, porém, há muitas etapas. Mais de dois anos de luta intensa e sangrenta estavam diante de nós. Dali por diante, no entanto, o perigo não era mais Destruição, mas Impasse. Os exércitos dos americanos teriam que amadurecer e sua vasta construção naval precisaria efetivar-se para que o poder total da grande república pudesse ser jogado na batalha; e os aliados ocidentais jamais conseguiriam atingir o alvo na Europa de Hitler — e, com isso, levar a guerra a um fim decisivo — se não ocorresse outra grande mudança favorável. O "poder marítimo" anglo-americano, termo moderno para expressar o poderio conjunto das forças aéreas e navais, adequadamente combinadas, conquistou a supremacia acima e abaixo da superfície dos mares e oceanos durante 1943. Sem ele, nenhuma das operações anfíbias teria sido factível na imensa escala exigida para libertar a Europa. A Rússia Soviética ver-se-ia deixada a enfrentar toda a força restante de Hitler, cujo punho manteria em sujeição a maior parte da Europa.

A luta solitária da Inglaterra contra os submarinos, as minas magnéticas e os ataques de surpresa na superfície, durante os primeiros dois anos e meio da guerra, já foi descrita. O tão esperado evento supremo da aliança americana, decorrente do ataque japonês a Pearl Harbor, pareceu a princípio aumentar nossos perigos no mar. Em 1940 e 1941, perdemos quatro milhões de toneladas de navios mercantes por ano. Em 1942, depois que os Estados Unidos se tornaram nossos aliados, essa cifra quase dobrou. Os submarinos afundavam mais navios do que os aliados conseguiam construir. Durante 1943, graças ao imenso programa de construção naval americano, a nova tonelagem finalmente superou as perdas navais advindas de todas as causas. Ao mesmo tempo, as perdas de submarinos ultrapassaram no segundo trimestre, pela primeira vez, sua própria taxa de reposição. Logo viria o momento em que mais submarinos do que navios mercantes seriam afundados no Atlântico. Mas, antes disso, haveria uma longa e dura peleja.

A Batalha do Atlântico foi um fator dominante por toda a guerra. Nunca, por um momento sequer, pudemos esquecer que tudo quanto ocorria alhures, fosse em terra, no mar ou no ar, dependia, em última instância, do desfecho dessa batalha. Em meio a todas as outras preocupações, acompanhávamos dia a dia suas venturas e desventuras com esperança ou apreensão. A história da labuta árdua e incessante, amiúde em condições de extremo desconforto e frustração, e sempre na presença de perigos invisíveis, é cheia de incidente e drama. Entretanto, para cada marinheiro ou aviador, havia poucos momentos de ação estimulante para quebrar a monotonia de uma sucessão interminável de dias angustiantes e rotineiros. A vigilância nunca podia ser relaxada. A qualquer momento, uma crise medonha podia irromper em cena com brilhante sucesso ou abater-se como tragédia mortal. Muitos combates incríveis e intrépidas proezas de resistência ficaram registrados, mas os feitos dos que pereceram jamais serão conhecidos. Nossos marinheiros mercantes mostraram suas mais altas qualidades, e a fraternidade do mar nunca se manifestou de modo mais impressionante do que em sua determinação de derrotar os submarinos.

Em abril de 1943, pudemos ver a balança virar. As "alcateias" de submarinos eram mantidas em mergulho e continuamente acossadas, enquanto a escolta aérea e naval dos comboios engajava os agressores. Já estávamos suficientemente fortalecidos para formar grupos de flotilhas independen-

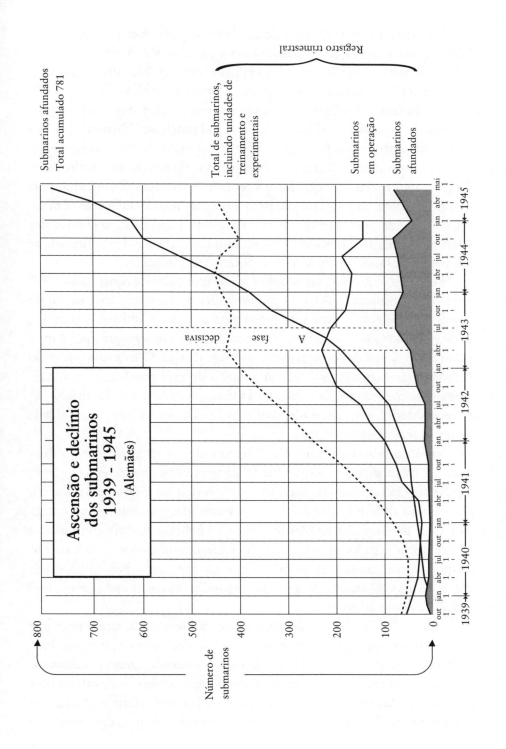

tes, que atuavam como divisões de cavalaria, sem obrigação de dar escolta. Fazia muito tempo que eu desejava ver isso. Havia 235 submarinos em ação, o maior número jamais atingido pelos alemães. Mas suas tripulações começavam a fraquejar. Nunca podiam sentir-se seguras. Seus ataques, mesmo em condições favoráveis, já não atingiam o alvo, e nossas perdas no Atlântico diminuíram em quase trezentas mil toneladas. Quarenta submarinos foram destruídos no oceano, apenas em maio. Tensa e atentamente, o almirantado alemão examinava seus mapas e, no fim do mês, o almirante Doenitz deu ordem de regresso aos remanescentes de sua esquadra, para que ficassem em repouso ou lutassem em águas menos arriscadas. Em junho, os afundamentos caíram para a cifra mais baixa desde a entrada dos EUA na guerra. Os comboios passaram intactos, a linha de suprimento se manteve segura. A batalha decisiva fora travada e vencida.

Nossos exércitos puderam então ser lançados por mar contra a área vulnerável da Europa de Hitler. O fim do poder do Eixo na África do Norte abriu a nossos comboios a rota direta para o Egito, a Índia e a Austrália, protegidos de Gibraltar a Suez por forças navais e aéreas que operavam a partir das bases recém-conquistadas ao longo da rota. O trajeto ao redor do Cabo, que nos custara tão caro em tempo, esforço e tonelagem, logo seria abandonado. A economia média de 45 dias, em cada comboio dirigido ao Oriente Médio, aumentou magnificamente e de um só golpe a fertilidade de nosso transporte marítimo.

Como a derrota dos submarinos afetou todos os acontecimentos subsequentes, cabe-nos agora levar a história adiante. Por algum tempo, eles se espalharam pelas remotas vastidões do Atlântico sul e do oceano Índico, onde nossas defesas eram relativamente fracas mas oferecíamos um número menor de alvos. Nossa ofensiva aérea no golfo de Biscaia continuou a ganhar força. Em julho, 37 submarinos foram afundados, a maioria por ataques aéreos, quase metade deles destruídos no golfo. Nos últimos três meses do ano, 53 submarinos foram destruídos, enquanto perdíamos apenas 47 navios mercantes.

Durante todo o tempestuoso outono, os submarinos lutaram em vão e com resultados precários para recuperar sua ascendência no Atlântico norte. Embora, diante da realidade dos fatos, fosse forçado a recuar, o almirante Doenitz continuou a manter nas águas o mesmo número de submarinos de sempre. Mas seus ataques eram neutralizados; eles raramente tentavam romper nossas defesas. Doenitz, contudo, não desanimou. Em janeiro de

1944, declarou: "O inimigo conseguiu conquistar a vantagem na defesa. Há de chegar o dia em que oferecerei a Churchill uma guerra submarina de primeira classe. A arma submarina não foi derrotada pelos reveses de 1943. Ao contrário, ficou mais forte. Em 1944, que será um ano de sucesso, mas difícil, destroçaremos [a linha de] suprimento da Inglaterra com uma nova arma submarina."

Essa confiança não era de todo infundada. Fazia-se um esforço gigantesco, na Alemanha, para criar um novo tipo de submarino, capaz de maior velocidade submerso e de cobrir distâncias muito mais longas. Ao mesmo tempo, muitos dos submarinos mais antigos foram recolhidos, para ser equipados com o "schnorkel" e operar nas águas costeiras inglesas. Esse novo dispositivo permitia-lhes recarregarem suas baterias submersos, ficando apenas um pequeno tubo para a entrada de ar acima da superfície. Desse modo, suas probabilidades de escapar à detecção aérea aumentaram. Logo ficou patente que os submarinos equipados com "schnorkel" pretendiam impedir a travessia do Canal quando a invasão aliada fosse lançada. O que aconteceu será narrado no devido tempo. Agora, é hora de voltarmos ao palco do Mediterrâneo e ao mês de julho de 1943.

O general Eisenhower considerava que a Sicília só deveria ser atacada se nosso objetivo fosse o de limpar a rota marítima do Mediterrâneo. Se nossa verdadeira meta fosse invadir e derrotar a Itália, achava que nossos objetivos iniciais adequados seriam a Sardenha e a Córsega, "já que essas ilhas situam-se no flanco da longa bota italiana e forçariam uma dispersão muito maior das forças inimigas na Itália do que a mera ocupação da Sicília, localizada ao largo da extremidade montanhosa da península".* Essa, sem dúvida, era uma opinião militar altamente abalizada, embora eu dela não pudesse compartilhar. Mas forças políticas têm seu papel. A conquista da Sicília e a invasão direta da Itália trariam resultados de natureza muito mais rápida e de muito maior alcance.

Husky, como se chamou em nosso código a tomada da Sicília, foi uma empreitada de primeira grandeza. Embora tenha sido obscurecida pelos acontecimentos da Normandia, sua importância e suas dificuldades não

---

* Dwight D. Eisenhower, *Cruzada na Europa*, ed. bras. Biblioteca do Exército, p. 159.

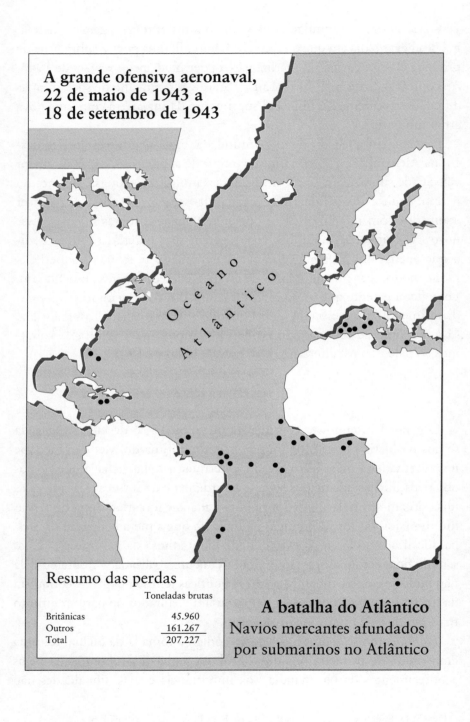

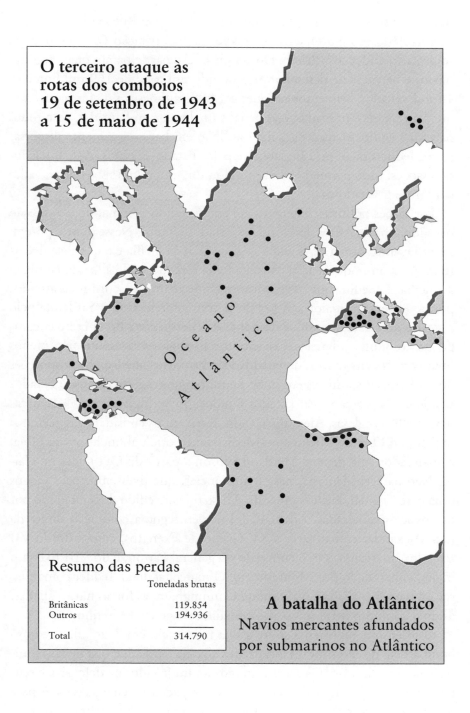

devem ser subestimadas. O desembarque pautou-se na experiência adquirida na África do Norte, e os que planejaram a operação *Overlord* tiveram muito a aprender com *Husky*. Do ataque inicial participaram quase três mil navios e barcaças de desembarque, levando um total de 160 mil homens, 14 mil veículos, seiscentos tanques e 1.800 canhões. Essas forças tiveram que ser reunidas, treinadas, equipadas e finalmente embarcadas, com todos os vastos equipamentos da guerra anfíbia, em bases largamente dispersas pelo Mediterrâneo, pela Inglaterra e pelos Estados Unidos. Apesar das inquietações, tudo correu bem e se revelou um exemplo notável de trabalho conjunto de estado-maior.

Por razões políticas, havíamos até então cedido o comando e a direção da campanha na África do Norte aos Estados Unidos. Nesse ponto, porém, ingressávamos numa nova etapa — a invasão da Sicília e o que dela decorreria. Acertou-se que a ação contra a Itália seria decidida à luz do combate na Sicília. À medida que os americanos começaram a se sentir mais atraídos por essa aventura maior, em vez de se contentarem com a Sardenha pelo resto do ano, e enquanto se desdobrava a perspectiva de uma nova campanha conjunta, julguei necessário que os ingleses tivessem pelo menos uma parceria em termos de igualdade com nossos aliados. As proporções dos exércitos disponíveis em julho eram: Inglaterra, oito divisões; Estados Unidos, seis. Força aérea: Estados Unidos, 55%; Inglaterra, 45%. Forças navais: 80% inglesas. Além disso tudo, restavam os consideráveis exércitos ingleses no Oriente Médio e no Mediterrâneo oriental, inclusive na Líbia, comandados pelo general Maitland Wilson a partir do QG inglês no Cairo. Não pareceu demasia, nas circunstâncias, que tivéssemos pelo menos uma parcela igual do alto comando. E isso foi concedido de bom grado por nossos leais camaradas. Ademais, foi-nos entregue a condução direta da luta. Alexander comandaria o XV Grupo de Exércitos, composto do VII Exército americano, sob o comando do general Patton, e do VIII Exército inglês, comandado por Montgomery. O marechal do ar Tedder comandaria a força aérea aliada e o almirante Cunningham, as forças navais aliadas. Todo o conjunto ficou sob o alto comando do general Eisenhower.

O intenso ataque aéreo sobre a ilha teve início em 3 de julho, com o bombardeio de aeródromos localizados ali e na Sardenha, que deixou muitos deles inutilizados. Os caças inimigos foram jogados na defensiva e seus bombardeiros de longo alcance viram-se obrigados a recuar suas bases para o território continental italiano. Quatro das cinco balsas de transporte de

A conquista da Sicília e a queda de Mussolini

vagões de carga que operavam no estreito de Messina foram afundadas. Quando nossos comboios começaram a se aproximar da ilha, a superioridade aérea já fora firmemente estabelecida, de modo que os navios e aviões de guerra do Eixo não fizeram grande esforço para interferir no ataque marítimo. Conforme nossos planos de simulação, o inimigo fora mantido na dúvida, até o último instante, sobre o local onde se daria nosso ataque. Nossa movimentação naval e nossos preparativos militares no Egito davam a entender uma expedição à Grécia. Desde a queda de Túnis, os alemães tinham enviado mais aviões para o Mediterrâneo, porém as esquadrilhas adicionais não tinham ido para a Sicília, e sim para o Mediterrâneo oriental, para o noroeste da Itália e para a Sardenha. O dia marcado era 10 de julho. Na manhã de 9 de julho, as grandes armadas vindas do leste e do oeste convergiam para o sul de Malta e chegou a hora de todos rumarem para as praias da Sicília. A caminho de Chequers, onde eu deveria aguardar o resultado, passei uma hora na sala de guerra do almirantado. O mapa cobria uma parede inteira e mostrava os enormes comboios, escoltas e destacamentos de apoio deslocando-se para suas praias de desembarque. Era a maior operação anfíbia até então empreendida na história. Mas tudo dependia das condições do tempo.

A manhã foi boa, mas, por volta do meio-dia, um vento noroeste frio e fora de tempo começou a soprar. Durante a tarde, o vento aumentou. Ao anoitecer, o mar encrespou muito, o que tornaria arriscados os desembarques, particularmente nas praias ocidentais do setor americano. Os comboios de barcaças de desembarque saídos de Malta e de muitos portos africanos entre Bizerta e Benghazi para o norte estavam tendo uma viagem difícil.

Haviam-se tomado providências para adiar o desembarque, caso fosse necessário, mas essa decisão teria que ser tomada, no máximo, até o meio-dia. Observando ansiosamente no almirantado, o primeiro Lord do mar indagou pelo rádio sobre as condições do tempo. O almirante Cunningham respondeu às vinte horas: "Tempo desfavorável, mas operação prossegue." No dizer dele, "era obviamente tarde demais para um adiamento, mas houve uma inquietação considerável, em especial com respeito aos comboios de pequenas embarcações que enfrentavam o mar". De fato, eles foram muito retardados e se dispersaram. Muitos barcos se atrasaram, mas, felizmente, não houve grandes prejuízos em decorrência disso. "Misericordiosamente", disse Cunningham, "o vento diminuiu durante a madrugada e, na manhã do dia 10, já havia cessado, deixando apenas um cansativo encapelamento e rebentação nas praias ocidentais."

O mau tempo contribuiu para nos dar a vantagem da surpresa. Prossegue o almirante Cunningham: "O plano muito eficiente de dissimulação e o traçado enganoso das rotas dos comboios cumpriram seu papel. Além disso, a vigilância do inimigo foi sem dúvida relaxada, em virtude da fase desfavorável da lua. Por fim, surgiu aquele vento perigosamente intenso, que era o bastante para tornar impraticáveis alguns dos desembarques, se não todos. Esses fatores aparentemente desfavoráveis tiveram, na verdade, o efeito de levar os italianos já exaustos, que tinham estado em alerta por muitas noites, a se virar na cama, agradecidos, dizendo: 'Esta noite, pelo menos, eles não podem vir.' mas vieram."

As forças aerotransportadas tiveram pouca sorte. Mais de um terço dos planadores que levavam nossa 1ª Brigada Aerotransportada foram soltos cedo demais pelos aviões americanos que os rebocavam, e muitos dos homens transportados se afogaram. Os demais espalharam-se pelo sudeste da Sicília e só 12 planadores chegaram à importante ponte que era seu alvo. Dos oito oficiais e 65 soldados que a tomaram e defenderam até a chegada de ajuda, 12 horas depois, apenas 19 sobreviveram. Foi uma trágica façanha de guerra. Na frente americana, os desembarques aéreos também se dispersaram demais, porém muitos grupos pequenos, provocando prejuízos e confusão no interior, causaram preocupação às divisões costeiras italianas.

Os desembarques do mar, sob contínua proteção dos caças, foram muito bem-sucedidos por toda parte. Doze aeródromos caíram logo em nossas mãos e, em 18 de julho, havia apenas 25 aeronaves alemãs em uso na ilha. Mil e cem aviões, mais da metade alemães, foram destruídos ou avariados. O inimigo, uma vez refeito da surpresa inicial, lutou com obstinação. Eram grandes as dificuldades do terreno. Estradas estreitas e movimentação pelo interior amiúde impossível, exceto para os soldados a pé. No front do VIII Exército, a imponente elevação do monte Etna bloqueou a passagem e permitiu que o inimigo vigiasse nossos movimentos. Quando nossos homens se achavam nas terras baixas da planície de Catânia, a malária fez um estrago entre eles. Mesmo assim, tão logo nos firmamos no terreno em segurança e nossas forças aéreas começaram a operar a partir dos aeródromos capturados, nunca houve dúvidas quanto ao desfecho. Ao

A conquista da Sicília e a queda de Mussolini

contrário de nossas esperanças anteriores, a maior parte dos alemães conseguiu retirar-se pelo estreito de Messina, mas, passados 38 dias de combate, o general Alexander telegrafou: "Às dez horas desta manhã, 17 de agosto de 1943, o último soldado alemão foi expulso da Sicília e a ilha inteira está agora em nossas mãos."

O passo estratégico seguinte ainda estava em suspenso. Deveríamos atravessar o estreito de Messina e tomar a ponta da bota da Itália, tomar o salto da bota, em Taranto, ou desembarcar mais acima, na costa oeste, no golfo de Salerno, e conquistar Nápoles? Ou seria o caso de nos restringirmos à ocupação da Sardenha? O avanço então feito esclareceu o panorama. Em 19 de julho, um grande efetivo de bombardeiros americanos havia atacado os pátios de manobras ferroviários e o aeroporto, em Roma. Houve grandes estragos e o choque fora cruel. A rápida capitulação da Itália tornara-se provável. Mas os americanos insistiam em que nenhuma das operações em outros locais, especialmente a operação *Overlord,* fosse prejudicada por uma ação mais vigorosa no Mediterrâneo. Essa restrição iria causar muita ansiedade durante o desembarque em Salerno. Mas, enquanto progrediam as discussões um tanto acaloradas, o cenário foi completamente transformado pela queda de Mussolini.

O Duce teve de suportar o peso dos desastres militares a que, após tantos anos de dominação, havia levado seu país. Tendo exercido um controle quase absoluto, não podia jogar a responsabilidade na monarquia, nas instituições parlamentares, no partido fascista ou no estado-maior. Tudo recaiu sobre ele. No momento em que se espalhou por todos os círculos bem-informados da Itália o sentimento de que a guerra estava perdida, a culpa recaiu sobre o homem que havia tão imperiosamente jogado a nação para o lado errado e perdedor. Essas convicções se formaram e difundiram amplamente nos primeiros meses de 1943. O ditador solitário ficou postado no topo do poder, enquanto a derrota militar e a matança italiana na Rússia, em Túnis e na Sicília compunham um evidente prelúdio da invasão direta.

Em vão ele fez mudanças entre os políticos e os generais. Em fevereiro, o general Ambrosio substituiu Cavallero como chefe do estado-maior italiano. Ambrosio e o duque de Acquarone, ministro da Corte, eram assessores especiais do rei e contavam com a confiança do círculo real. Durante meses, haviam esperado derrubar o Duce e pôr fim ao regime fascista. Mas Mussolini ainda circulava pelo cenário europeu como se fosse um fator dominante. Ficou ofendido quando seu novo chefe militar propôs a

816 Memórias da Segunda Guerra Mundial

retirada imediata das divisões italianas dos Bálcãs. Ele encarava essas forças como contraponto ao predomínio alemão na Europa. Não percebia que as derrotas no exterior e a desmoralização interna haviam-lhe reduzido o status como aliado de Hitler. Acalentava uma ilusão de poder e influência que a realidade mostrava já haver desaparecido. Assim, resistiu ao impressionante pedido de Ambrosio. Mas tão duradouros eram a impressão de sua autoridade e o medo de seus atos pessoais em situações extremas, que houve uma longa hesitação em todas as forças da sociedade italiana quanto à maneira de depô-lo. Quem poria "o guizo no gato"? E assim transcorreu a primavera, com a aproximação cada vez maior da invasão por um inimigo portentoso, dotado de um poderio superior em terra, no mar e no ar.

Veio então o clímax. Desde fevereiro, o rei constitucional, sisudo e cauteloso, estivera em contato com o marechal Badoglio, que fora dispensado após os desastres na Grécia em 1940. O rei enfim encontrou nele uma figura a quem poderia confiar a condução do estado. Traçou-se um plano. Ficou resolvido que Mussolini deveria ser preso em 26 de julho. O general Ambrosio concordou em encontrar os agentes e criar a situação para esse golpe. O general foi inadvertidamente auxiliado por elementos da Velha Guarda fascista, que estavam em busca de um renascimento do partido, mediante o qual, em muitos casos, não saíssem perdedores. Eles viam na convocação do mais alto órgão partidário, o Gran Conselho Fascista, que não se reunia desde 1939, o meio de confrontar o Duce com um ultimato. Em 16 de julho, fizeram uma visita a Mussolini e o induziram a convocar uma sessão formal do Conselho para 24 de julho. Esses dois movimentos parecem ter sido separados e independentes, mas a estreita coincidência de suas datas é significativa.

No dia 19 de julho, acompanhado pelo general Ambrosio, Mussolini voou ao encontro de Hitler numa *villa* em Feltre, perto de Rimini. "Havia um belíssimo parque, fresco e cheio de sombras", escreveu Mussolini em suas memórias, "e um prédio labiríntico que alguns achavam quase sobrenatural. Parecia um desenho de palavras cruzadas cristalizado numa casa." Todos os preparativos tinham sido feitos para recepcionar o Führer por pelo menos dois dias, mas ele se foi na mesma tarde. "O encontro", diz Mussolini, "como de hábito, foi cordial, mas a comitiva e a atitude dos oficiais superiores da força aérea e dos soldados foi fria."*

---

* Mussolini, *Memoirs* (ed. inglesa), Weidenfeld & Nicolson, 1949, p. 50.

A conquista da Sicília e a queda de Mussolini

O Führer discorreu longamente sobre a necessidade de um esforço supremo. As novas armas secretas, disse ele, estariam prontas para emprego contra a Inglaterra no inverno. A Itália precisava ser defendida, "para que a Sicília possa tornar-se para o inimigo o que foi Stalingrado para nós".*
Os italianos deveriam entrar com os homens e a organização. A Alemanha não poderia fornecer os reforços e equipamentos solicitados pela Itália, em virtude da pressão na frente russa.

Ambrosio exortou seu chefe a dizer francamente a Hitler que a Itália não podia continuar na guerra. Não se sabe ao certo que benefício teria advindo disso, mas o fato de Mussolini ter parecido perplexo acabou levando Ambrosio e os outros generais italianos presentes a decidirem que já não era possível esperar dele nenhuma liderança.

No meio do discurso de Hitler sobre a situação, um agitado funcionário italiano entrou na sala com a notícia: "Neste momento, Roma está sofrendo um violento bombardeio aéreo inimigo." Afora uma promessa de novos reforços alemães para a Sicília, Mussolini voltou a Roma sem o que mostrar. Quando se aproximava, seu avião cruzou uma imensa nuvem negra de fumaça, que vinha de centenas de vagões em chamas na estação ferroviária Littorio. Ele teve uma audiência com o rei, a quem encontrou "de cenho franzido e nervoso". "É uma situação tensa," disse o rei. "Não podemos continuar por muito mais tempo. A Sicília passou para o Ocidente, agora. Os alemães vão nos trair. A disciplina das tropas está destruída. (...)" Mussolini respondeu, segundo os registros, que esperava liberar a Itália da aliança com o Eixo em 15 de setembro. A data mostra quanto ele havia perdido o contato com a realidade.

Surgiu então em cena o principal ator do drama final. Dino Grandi, um veterano fascista, ex-ministro do Exterior e embaixador na Inglaterra, homem de grande determinação pessoal, que havia abominado a declaração de guerra italiana à Inglaterra, mas até então se submetera à força dos acontecimentos, chegou a Roma para liderar a reunião do Gran Conselho. Visitou seu antigo líder em 22 de julho e lhe disse rudemente que tencionava propor a formação de um governo de coalizão nacional, com a devolução do comando supremo das forças armadas ao rei.

---

* Vittorio Zincone, ed., *Hitler e Mussolini: Lettere e Documenti,* Rizzoli, 1946, p. 173.

Memórias da Segunda Guerra Mundial

Às 17 horas do dia 24, reuniu-se o Gran Conselho. O chefe de polícia parece haver tomado providências para que seus membros não fossem perturbados por alguma violência. Os mosqueteiros de Mussolini, seus guarda-costas pessoais, foram liberados de suas funções para guardar o Palazzo Venezia, que também estava repleto de policiais armados. O Duce expôs a situação, e o Conselho, cujos membros estavam todos trajados em seu uniforme preto fascista, começou o debate. Mussolini encerrou dizendo: "A guerra é sempre partidária — a guerra do partido que a deseja; e é sempre a guerra de um homem só — do homem que a declarou. Se esta é hoje chamada a guerra de Mussolini, a de 1859 poderia ter sido chamada a guerra de Cavour. Agora é o momento de segurar as rédeas e assumir a responsabilidade necessária. Não terei nenhuma dificuldade de substituir homens, apertar os parafusos, empregar forças que ainda não foram utilizadas, em nome de nosso país, cuja integridade territorial está hoje sendo violada."

Grandi apresentou então uma resolução pedindo à Coroa que assumisse maior poder, e pedindo ao rei que saísse da obscuridade e assumisse suas responsabilidades. Fez o que Mussolini descreveu como "uma violenta filípica", "o discurso de um homem que dava, enfim, vazão a um rancor longamente acalentado". Os contatos entre os membros do Gran Conselho e a Corte ficaram evidentes. O genro de Mussolini, Ciano, apoiou Grandi. Todos os presentes conscientizaram-se então de que era iminente uma convulsão política. O debate prosseguiu até a meia-noite, quando Scorza, secretário do Partido Fascista, propôs um adiamento para o dia seguinte. Mas Grandi pôs-se de pé num salto, gritando: "Não, eu sou contra essa proposta! Começamos essa história e temos de acabá-la esta noite mesmo!" Passava das duas horas da manhã quando houve a votação. "A posição de cada membro do Gran Conselho", escreveu Mussolini, "era discernível antes mesmo da votação. Havia um grupo de traidores que já tinha negociado com a Coroa, um grupo de cúmplices e um grupo de desinformados, que provavelmente não se aperceberam da gravidade da votação, mas votaram assim mesmo." Dezenove responderam "sim" à moção de Grandi e sete disseram "não". Dois se abstiveram. Mussolini ergueu-se. "Vocês provocaram uma crise do regime. Tanto pior. Está encerrada a sessão." Todos se retiraram em silêncio. Em casa, ninguém dormiu.

Enquanto isso, a prisão de Mussolini era armada em sigilo. O duque de Acquarone, ministro da Corte, mandou instruções para Ambrosio, cujos

A conquista da Sicília e a queda de Mussolini

representantes e homens de confiança na polícia e nos *carabinieri* entraram prontamente em ação. As principais centrais telefônicas, o QG da polícia e os gabinetes do ministério do Interior foram tomados em silêncio e com discrição. Uma pequena tropa de policiais militares foi posicionada fora do campo visual, mas nas imediações da residência real.

Mussolini passou em seu gabinete a manhã de domingo, 25 de julho, e visitou alguns pontos de Roma que haviam sofrido com o bombardeio. Pediu para ver o rei e foi-lhe concedida uma audiência às 17 horas.

Achei que o rei retiraria a delegação de autoridade que concedera em 1º de junho de 1940, concernente ao comando das forças armadas, um comando do qual eu vinha pensando em abrir mão havia algum tempo. Assim, entrei na villa com a mente inteiramente livre de qualquer mau presságio, num estado que, olhando para trás, poder-se-ia realmente chamar de total insuspeição.

Ao chegar à residência real, notou que havia reforços de *carabinieri* por toda parte. O rei, em uniforme de marechal, estava à porta. Os dois entraram na sala de estar. O rei disse:

Meu caro Duce, não adianta mais. A Itália está em frangalhos. O moral do exército está no fundo do poço. Os soldados não querem mais lutar. (...) A votação do Gran Conselho foi terrível — 19 votos para a moção de Grandi e, dentre eles, quatro detentores da Ordem da Anunciação! (...) Neste momento, você é o homem mais odiado da Itália. Já não pode contar com mais do que um amigo. Resta-lhe um único amigo, e esse amigo sou eu. É por isso que lhe digo que você não precisa temer por sua segurança pessoal, a qual eu garantirei. Tenho pensado que o homem para o cargo, agora, é o marechal Badoglio.

Mussolini respondeu:

O senhor está tomando uma decisão extremamente grave. Uma crise, neste momento, significaria levar o povo a pensar que a paz estaria à vista, uma vez demitido o homem que declarou a guerra. Seria um sério golpe para o moral do exército. A crise seria considerada um triunfo para o duo Churchill-Stalin, especialmente para Stalin. Reconheço o ódio do povo. Não tive dificuldade em reconhecê-lo na noite passada, em meio ao Gran Conselho. Não se pode governar por tanto tempo e impor tantos sacrifícios sem provocar ressentimentos. Seja como for, desejo boa sorte ao homem que tomar nas mãos a situação.

Memórias da Segunda Guerra Mundial

O rei acompanhou Mussolini até a porta. "Seu rosto", disse Mussolini,

estava lívido, e ele parecia menor do que nunca, quase um anão. Apertou minha mão e tornou a entrar. Desci os degraus e me dirigi a meu carro. De repente, um capitão dos carabinieri me deteve e disse: 'Sua Majestade encarregou-me da proteção de sua pessoa.' Eu ia continuando em direção ao meu carro, quando o capitão me disse, apontando uma ambulância que se achava ali perto: 'Não. Devemos ir naquela.' Entrei na ambulância com meu secretário. Um tenente, três *carabinieri* e dois policiais à paisana entraram junto com o capitão e se postaram à porta, armados de metralhadoras. Quando a porta se fechou, a ambulância partiu em alta velocidade. Ainda achei que tudo aquilo estava sendo feito, como dissera o rei, para proteger minha pessoa.

Nessa mesma tarde, Badoglio foi encarregado pelo rei de formar um novo gabinete, com chefes das forças armadas e servidores civis. À noite, o marechal divulgou a notícia para o mundo. Dois dias depois, por ordem do marechal Badoglio, o Duce foi internado na ilha de Ponza.

Assim terminaram os 21 anos de ditadura de Mussolini na Itália, durante os quais ele alçou o povo italiano do bolchevismo, em que poderia ter afundado, em 1919, para uma situação que a Itália nunca tivera antes na Europa. Um novo impulso fora dado à vida nacional. Construiu-se o Império Italiano na África do Norte. Muitas obras públicas importantes foram completadas na Itália. Em 1935, com determinação, o Duce havia derrotado a Liga das Nações — "cinquenta nações lideradas por uma" — e conseguido fechar sua conquista da Abissínia. Seu regime havia custado caro demais ao povo italiano, mas não há dúvida de que, durante sua fase de sucesso, atraíra um imenso número de adeptos. Mussolini era, como eu me dirigira a ele na época da capitulação da França, "o legislante italiano". A alternativa a sua dominação bem poderia ter sido uma Itália comunista, que teria trazido perigos e desgraças de caráter diferente ao povo italiano e à Europa. Seu erro fatal foi a declaração de guerra à França e à Inglaterra, após as vitórias de Hitler em junho de 1940. Se não o fizesse, bem poderia ter mantido a Itália numa posição de equilíbrio, cortejada e recompensada pelos dois lados, extraindo uma riqueza e prosperidade incomuns da luta dos outros países. Mesmo quando o desfecho da guerra ficou claro, Mussolini teria tido boas-vindas dos aliados. Teria muito com que contribuir para abreviar o curso da guerra. Poderia programar com arte e cuidado o momento de seu ato de declaração de guerra a Hitler. Em vez disso, tomou o rumo errado. Ele nunca compreendeu a força da Inglaterra, nem as qualidades duradouras da resistência e do poder naval da Ilha. Assim, marchou para a ruína. Suas grandes rodovias permanecerão como um monumento a seu poder pessoal e longo reinado.

Nessa ocasião, Hitler cometeu um portentoso erro de estratégia e conduta da guerra. A defecção iminente da Itália, o avanço vitorioso da Rússia e os evidentes preparativos para um ataque através do Canal, por parte da Inglaterra e dos Estados Unidos, deveriam tê-lo levado a concentrar e desenvolver o mais poderoso exército alemão como reserva central. Só desse modo ele poderia usar as elevadas qualidades do comando e das tropas de combate alemães e, ao mesmo tempo, beneficiar-se plenamente da posição central que ocupava, com suas linhas interiores e suas esplêndidas comunicações. Como disse o general von Thoma quando estava em nosso poder como prisioneiro de guerra, "nossa única chance é criar uma situação em que possamos usar o exército". Hitler, como assinalei anteriormente nesta narrativa, de fato construiu uma teia de aranha, mas se esqueceu da aranha. Tentou preservar tudo o que tinha conquistado. Desperdiçaram-se nos Bálcãs e na Itália grandes forças que não puderam participar das decisões principais. Uma reserva central, com trinta ou quarenta divisões da mais alta qualidade e mobilidade, ter-lhe-ia permitido atacar qualquer oponente que avançasse contra ele e travar uma grande batalha, com boas perspectivas de êxito. Ele poderia, por exemplo, ter enfrentado os ingleses e americanos no quadragésimo ou quinquagésimo dia após seu desembarque na Normandia, daí a um ano, com forças renovadas e imensamente superiores. Não havia necessidade de consumir seu poderio na Itália e nos Bálcãs, e o fato de ter sido induzido a fazê-lo deve ser considerado como o desperdício de sua última oportunidade.

Sabendo que essas escolhas estavam ao seu dispor, eu também queria ter as opções de fazer pressão pela direita, na Itália, ou pela esquerda, através do Canal, ou as duas coisas. Os planos equivocados que ele fez permitiram-nos empreender o grande ataque direto em condições que ofereciam boas perspectivas, e alcançar êxito.

Hitler havia retornado do encontro de Feltre convencido de que a Itália só poderia ajudar na guerra mediante expurgos no Partido Fascista e

822 Memórias da Segunda Guerra Mundial

uma pressão crescente dos alemães sobre os líderes fascistas. O sexagésimo aniversário de Mussolini caía em 29 de julho, e Göring foi escolhido para fazer-lhe uma visita oficial nessa ocasião. Mas, no correr de 25 de julho, começaram a chegar notícias alarmantes de Roma ao quartel-general de Hitler. À noite, ficou claro que Mussolini havia renunciado ou fora destituído, e que Badoglio estava nomeado seu sucessor pelo rei. Finalmente, decidiu-se que qualquer grande operação contra o novo governo italiano exigiria a retirada de mais divisões da frente oriental do que se poderia prescindir, na eventualidade da esperada ofensiva russa. Traçaram-se planos para resgatar Mussolini, ocupar Roma e apoiar o fascismo italiano onde quer que fosse possível. Para o caso de Badoglio assinar um armistício com os aliados, traçaram-se outros planos para tomar a esquadra italiana e ocupar posições-chave em toda a Itália, bem como para intimidar as guarnições italianas nos Bálcãs e no Egeu.

"Temos que agir", disse Hitler a seus assessores, em 26 de julho, "caso contrário, os anglo-saxões levarão vantagem sobre nós, ocupando os aeroportos. No momento, o Partido Fascista está apenas atordoado, e se recuperará atrás de nossas linhas. O Partido Fascista é o único que tem disposição de lutar ao nosso lado. Portanto, temos que restaurá-lo. Todas as razões que advogam esperar mais estão erradas; com isso, corremos o risco de perder a Itália para os anglo-saxões. Essas são questões que um militar não consegue compreender. Somente um homem de visão política consegue enxergar o caminho com clareza."

——68——
Portos artificiais

As PERSPECTIVAS DE VITÓRIA NA SICÍLIA, a situação italiana e o progresso da guerra fizeram-me sentir necessidade, em julho, de um novo encontro com o presidente e de outra Conferência Anglo-Americana. Para nosso agrado, Roosevelt sugeriu que o palco fosse Quebec. Mr. Mackenzie King recebeu bem a proposta. Seria impossível escolher um cenário mais esplêndido para um encontro dos que dirigiam a política de guerra do mundo ocidental, nesse momento fundamental, do que a antiga cidadela de Quebec, nos portais do Canadá, encimando o majestoso rio São Lourenço. O presidente, conquanto aceitasse de bom grado a hospitalidade canadense, não julgou possível que o Canadá participasse formalmente da conferência, já que receava demandas semelhantes do Brasil e de outros parceiros americanos nas Nações Unidas. Também tínhamos que pensar nas reivindicações da Austrália e dos outros Domínios. Por meu turno, eu estava decidido a que nós e os Estados Unidos reservássemos a conferência para nós, em vista de todas as questões vitais que tínhamos em comum. Uma tríplice reunião dos chefes das três grandes potências era um grande objetivo para o futuro; naquele momento, deviam ser apenas a Inglaterra e os Estados Unidos. Conferimos-lhe o nome de *Quadrant*.

Deixei Londres na noite de 4 de agosto, em direção ao Clyde — onde nos aguardava o *Queen Mary* — num trem que levava as enormes equipes de que precisávamos. Éramos, creio eu, mais de duzentos, além de uns cinquenta taifeiros dos Reais Fuzileiros Navais. O escopo da conferência abrangia não apenas a campanha do Mediterrâneo, então em seu primeiro clímax, mas também preparativos ainda maiores para o projeto de travessia do Canal em 1944, toda a conduta da guerra no teatro indiano e nossa participação na luta contra o Japão. Ligados à travessia do Canal, levamos conosco três oficiais do general F.E. Morgan, chefe do estado-maior do supremo comandante aliado ainda a ser escolhido. Com sua equipe anglo--americana, ele havia concluído o esboço de nosso plano conjunto. Como todos os nossos assuntos nos teatros indiano e do Extremo Oriente esti-

824 Memórias da Segunda Guerra Mundial

vessem em exame, levei comigo o chefe da seção de operações do general Wavell, vindo especialmente da Índia.

Levei também um jovem *brigadier* de nome Wingate, que já deixara sua marca como líder de irregulares na Abissínia e se distinguira grandemente nos combates na selva da Birmânia. Essas novas e brilhantes façanhas granjearam-lhe, em alguns círculos do exército em que ele servira, o título de "Clive da Birmânia". Eu ouvira falar muito nisso, e também sabia que os sionistas haviam proposto que ele assumisse, no futuro, o comando de qualquer exército israelita que viesse a ser formado. Chamara-o de volta para poder dar uma espiada nele antes de partir para Quebec. Estava prestes a jantar sozinho na noite de 4 de agosto, em Downing Street, quando me foi trazida a notícia de que ele chegara de avião e estava, aliás, na casa. Convidei-o imediatamente para jantar comigo. Ainda não havíamos conversado meia hora quando senti estar na presença de um homem da mais alta qualidade. Ele mergulhou prontamente em sua tese de como seria possível dominar os japoneses na guerra na selva, usando grupos de penetração de longo alcance, lançados de avião atrás das linhas inimigas. Isso me interessou vivamente. Eu queria ouvir mais sobre o assunto e também deixar que ele contasse sua história aos chefes de estado-maior.

Decidi levá-lo comigo na viagem. Disse-lhe que nosso trem partiria às dez da noite. Eram quase nove. Wingate havia chegado exatamente como estava, após três dias de voo, diretamente da frente de combate, e sem nenhuma roupa além das que estava usando. Declarou-se, é claro, muito disposto a ir, mas lamentou ficar impossibilitado de ver sua mulher, que se achava na Escócia e nem sequer tivera notícia de sua chegada. Os recursos de meu gabinete particular mostraram-se à altura da situação. A senhora Wingate foi acordada em casa pela polícia e levada a Edimburgo, a fim de embarcar em nosso trem nesse local e seguir conosco para Quebec. Ela não tinha a menor ideia do que era aquilo tudo, até que, nas primeiras horas da manhã, encontrou-se com o marido numa plataforma da estação Waverley. Os dois juntos fizeram uma viagem muito feliz.

Como eu sabia quanto o presidente gostava de conhecer jovens figuras heroicas, também havia convidado o comandante de ala aérea Guy Gibson, recém-chegado da chefia do ataque que havia destruído as represas do Möhne e do Eder. Elas abasteciam as indústrias do Ruhr e alimentavam uma vasta área de campos, rios e canais. Um tipo especial de mina fora inventado para sua destruição, mas precisava ser lançado à noite, de uma altitude não superior a sessenta pés. Após meses de exercícios contínuos e concentrados, 16 Lancaster da esquadrilha 617 da RAF fizeram o *raid* na noite de 16 de maio. Metade deles se perdera, mas Gibson ficara até o fim, voando em círculos acima do alvo, sob fogo cerrado, para guiar sua esquadrilha. Agora, ele portava uma fita interessante de passadeiras — a Victoria Cross, uma DSO — Distinguished Service Order com barra, uma Distinguished Flying Cross, também com barra — e mais nenhuma outra passadeira. Coisa singular.

Minha mulher me acompanhou, e minha filha Mary, então tenente em uma bateria antiaérea, foi minha ajudante de ordens. Zarpamos em 5 de agosto, dessa vez rumo a Halifax, na Nova Scotia, em vez de Nova York.

O *Queen Mary* singrou as ondas e vivemos a bordo no extremo conforto, com uma dieta dos tempos de antes da guerra. Como sempre nessas viagens, trabalhávamos o dia inteiro. Nossa grande equipe de comunicação em código, com cruzadores ao alcance para despachar nossas mensagens, mantinha-nos a par dos acontecimentos, hora a hora. Todos os dias, eu estudava com os chefes de estado-maior os vários aspectos dos problemas que discutiríamos com nossos amigos americanos. O mais importante deles, claro, era a operação *Overlord*.

Certa manhã de nossa viagem, a meu pedido, o *brigadier* K.G. McLean, com dois outros oficiais do estado-maior do general Morgan, foi encontrar-me deitado em minha cama na cabine espaçosa e, depois de abrir um mapa em grande escala, expôs, num estilo tenso e persuasivo, o plano preparado para a invasão da França através do canal da Mancha. O leitor talvez esteja familiarizado com todos os debates de 1941 e 1942 sobre essa aguda questão, em todas as suas variações, mas essa foi a primeira vez que ouvi todo o plano conjunto apresentado em detalhes exatos de números e tonelagem, como resultado de longos estudos feitos por oficiais das duas nações.

A escolha reduzia-se ao Passo de Calais ou à Normandia. O primeiro nos dava a melhor cobertura aérea, mas as defesas eram as mais portentosas. Embora oferecesse uma viagem marítima mais curta, essa vantagem era apenas aparente. Dover e Folkstone ficam muito mais perto de Calais e Boulogne do que se acha a ilha de Wight em relação à Normandia, mas seus portos seriam pequenos demais para sustentar o esforço de uma invasão. A maioria dos nossos navios teria de zarpar de portos ao longo de todo o litoral sul da Inglaterra e do estuário do Tâmisa, cruzando muita água salgada, de qualquer modo. O general Morgan e seus assessores recomendavam a Normandia, opção de Mountbatten desde o início. Não há dúvida, hoje em dia, de que essa foi uma decisão sensata. A Normandia nos dava a máxima esperança. As defesas não eram tão fortes quanto no Passo de Calais. *Grosso modo*, mares e praias eram adequados e, até certo ponto, protegidos do vento oeste pela península de Cotentin. O interior favorecia o desdobramento rápido de grandes efetivos e ficava suficientemente afastado das forças principais do inimigo. O porto de Cherbourg poderia ser isolado e tomado logo no início da operação. Brest poderia ser cercada pelos flancos e tomada mais tarde.

Todo o litoral entre Le Havre e Cherbourg, naturalmente, era defendido por fortes e casamatas de concreto, mas, como nenhum porto fosse capaz de sustentar um grande exército nessa meia-lua de praias arenosas, com cinquenta milhas de extensão, acreditava-se que os alemães não teriam grande tropa para apoio imediato à frente marítima. Seu alto comando decerto teria dito a si mesmo: "Esse é um bom setor para ataques-surpresa com até dez mil ou vinte mil homens, mas, a menos que Cherbourg seja prontamente tomada, nenhum exército minimamente à altura da tarefa de uma invasão poderá ser desembarcado ou suprido. É um litoral apropriado para um *raid*, mas não para operações maiores." Se pelo menos houvesse portos aptos a abastecer grandes exércitos, esse seria o front certo onde atacar.

Naturalmente, como terá visto o leitor, eu estava bem a par de todas as ideias concernentes às barcaças de desembarque e aos navios para desembarque de tanques. Também fazia muito tempo que era partidário de molhes cuja ponta do mar flutuasse. Já se fizera um bocado de trabalho a respeito deles, desde uma minuta que, no decorrer de nossas discussões, eu enviara a Lord Louis Mountbatten, comandante de Operações Combinadas, ainda em 30 de maio de 1942.

> Eles *têm de* flutuar oscilando com a maré. O problema da ancoragem deve ser resolvido. É preciso soldar uma plataforma ao longo das bordas dos navios e instalar uma prancha rebatível suficientemente longa para ultra-

passar os cabeços do píer. Mande-me a melhor solução. Não questione o assunto. As dificuldades falarão por si mesmas.

Posteriormente, as ideias se deslocaram para a criação de uma grande área de águas protegidas por um quebra-mar, baseado em cascos de bloqueio levados ao local por sua própria força motriz e depois afundados em posições previamente determinadas. Essa ideia viera do comodoro J. Hughes-Hallett em junho de 1943, quando ele servia como chefe do estado-maior naval na organização do general Morgan. A imaginação, a engenhosidade e a experimentação tinham sido incessantes, até que, em agosto de 1943, havia um projeto minucioso para construir dois portos temporários completos, que poderiam ser rebocados e postos em funcionamento poucos dias depois do desembarque original. Esses portos artificiais foram chamados de *Mulberries,* nome em código que certamente não induzia ["amoreiras"] sua natureza ou finalidade.

O projeto inteiro era grandioso. Nas praias em si ficariam os grandes píeres, com suas extremidades em direção ao mar flutuando e abrigadas. Nesses píeres, os navios costeiros e as barcaças de desembarque poderiam descarregar em qualquer maré. Contra ventos e ondas traiçoeiros, seriam dispostos quebra-mares como um grande arco no sentido do mar, circundando uma grande área de águas abrigadas. Assim abrigados, os navios de grande calado poderiam ancorar e descarregar, e toda sorte de barcaças de desembarque poderia navegar livremente o trajeto de ida e volta na direção da praia. Esses quebra-mares seriam compostos de estruturas de concreto e cascos afundados de navios usados para bloqueio. Como já descrevi, estruturas similares poderiam ter sido usadas na Primeira Guerra Mundial para criar ancoradouros artificiais na baía de Heligoland. Agora, elas iriam compor uma parte fundamental do grande plano.

As discussões adicionais dos dias subsequentes levaram a detalhes mais técnicos. As marés do Canal têm uma variação de mais de vinte pés, com rebentações correspondentes ao longo das praias. O tempo é sempre instável e, em poucas horas, os ventos e vendavais podem fustigar com força irresistível as frágeis estruturas construídas pelo homem. Os tolos ou velhacos que havia dois anos vinham rabiscando "Segunda Frente Já!" em nossos muros não tinham que fundir os miolos com esses problemas. Quanto a mim, fazia muito tempo que eu ponderava sobre eles.

Nessa ocasião, convenci-me das enormes vantagens de atacar o setor de Le Havre-Cherbourg, desde que os ancoradouros inesperados pudessem entrar em uso desde o começo e, com isso, viabilizar o desembarque e o avanço contínuo de exércitos de um milhão, chegando a dois milhões de homens, com todo o seu imenso e moderno material mais equipamento pessoal. Isso significaria a possibilidade de descarregarmos, no mínimo, 12 mil toneladas por dia.

Três pressupostos foram adotados pelos arquitetos do plano e pelos chefes de estado-maior ingleses. Eu estava de pleno acordo com eles e, como veremos adiante, eles foram aprovados pelos americanos e aceitos pelos russos.

1. Que tinha de haver uma redução substancial do poderio da aviação de caça alemã no noroeste da Europa antes de a invasão ter lugar.

2. Que não houvesse mais de 12 divisões móveis alemãs no norte da França no momento em que a operação fosse lançada, e que não fosse possível aos alemães concentrar mais de 15 divisões nos dois meses subsequentes.

3. Que fosse resolvido o problema de manter na praia grandes efetivos através das marés do Canal, por um período prolongado. Para assegurar isso, era essencial que conseguíssemos construir pelo menos dois portos artificiais eficientes.

Fiquei feliz com a perspectiva de ter esse projeto apresentado ao presidente com meu total apoio. Pelo menos, isso convenceria as autoridades americanas de que não estávamos sendo insinceros a respeito da operação *Overlord* e não havíamos poupado reflexão ou tempo para prepará-la. Providenciei uma reunião em Quebec entre os melhores especialistas de Londres e Washington nessa matéria. Juntos, eles poderiam concentrar seus recursos e encontrar as melhores soluções para os inúmeros problemas técnicos.

Tive também muitas discussões com os chefes de estado-maior sobre nossos problemas nos teatros indiano e do Extremo Oriente. Não era muito boa a história que tínhamos para contar. No fim de 1942, uma divisão havia avançado pela costa de Arakan, na Birmânia, a fim de retomar o

Portos artificiais

porto de Akyab. Apesar de reforçada — chegou a haver um corpo de exército completo na batalha — a operação havia fracassado e nossos soldados tinham sido empurrados de volta pela fronteira da Índia.

Embora houvesse muito a dizer como explicação, eu achava que toda a visão do alto comando inglês contra o Japão deveria ser questionada. Novos métodos e novos homens seriam necessários. Fazia muito tempo que eu considerava um mau arranjo que o comandante em chefe da Índia chefiasse as operações na Birmânia, acrescentando-as a suas outras extensas responsabilidades. Parecia-me que operações em larga escala contra os japoneses, no Sudeste Asiático, exigiam a criação de um Supremo Comando Aliado distinto. Os chefes de estado-maior estavam de pleno acordo e prepararam um memorando dentro dessa linha para ser discutido com seus colegas americanos em Quebec. Restava a questão do comandante do novo teatro, e não tínhamos dúvida de que ele deveria ser inglês. Dentre os vários nomes propostos, eu tinha comigo mesmo a certeza de que o almirante Mountbatten possuía qualificações superiores para esse grande comando. Decidi formular essa proposta ao presidente na primeira oportunidade. A indicação de um oficial da expressiva patente de *Captain, Royal Navy,* para o supremo comando de um dos principais teatros de guerra era uma medida incomum, mas, havendo preparado cuidadosamente o terreno de antemão, não me surpreendeu que o presidente concordasse amistosamente.

É espantosa a rapidez com que pode transcorrer uma viagem, quando se tem o bastante com que se ocupar durante cada minuto de vigília. Eu havia ansiado por um intervalo de repouso e uma mudança de ares em relação ao perpétuo alarido da guerra. Mas, à medida que nos aproximamos de nosso destino, as férias pareceram encerrar-se antes de começar.

Atingimos Halifax em 9 de agosto. O grande navio aportou no cais e seguimos diretamente para nosso trem. Apesar de todas as precauções com o sigilo, havia uma grande multidão. Quando minha mulher e eu nos acomodamos em nosso vagão, no final do trem, o povo aglomerou-se em volta para nos dar boas-vindas. Antes de partirmos, fiz com que cantassem "The Maple Leaf" e "Oh, Canada". Temi que não conhecessem "Rule, Britannia", embora esteja certo de que o hino lhes teria agradado, se tivéssemos uma banda. Após uns vinte minutos de apertos de mão, fotografias e autógrafos, partimos para Quebec. Em 17 de agosto, o presidente e Harry Hopkins chegaram. Eden e Brendan Bracken vieram de avião da Inglaterra. À medida que as delegações foram chegando, recebemos notícias de

Memórias da Segunda Guerra Mundial

gestos de paz italianos, e foi sob a impressão de uma rendição iminente da Itália que transcorreram nossas conversações.

A primeira sessão plenária realizou-se em 19 de agosto. Deu-se máxima prioridade estratégica, "como um pré-requisito para a operação *Overlord*", ao bombardeio ofensivo conjunto contra a Alemanha. As longas discussões sobre a operação *Overlord* foram então resumidas, à luz do planejamento conjunto feito em Londres pelo general Morgan. Os chefes de estado--maior disseram em sua apresentação:

OPERAÇÃO "OVERLORD"

Overlord será o principal esforço terrestre e aéreo dos EUA e da Inglaterra contra o Eixo na Europa. Data-meta, 1º de maio de 1944. (...)

Entre a operação *Overlord* e as operações no Mediterrâneo, quando houver escassez de recursos, os recursos disponíveis serão distribuídos e empregados com o objetivo principal de garantir o sucesso de *Overlord*. As operações no teatro do Mediterrâneo serão executadas com as forças alocadas em *Trident* [a conferência anterior, realizada em Washington em maio], exceto na medida em que forem alteradas por decisão dos Chefes de Estado-Maior Combinados. (...)

Esses parágrafos produziram certa discussão em nossa reunião. Assinalei que o sucesso da operação *Overlord* dependia do atendimento de algumas condições no tocante à relação de forças. Frisei que era vivamente favorável a *Overlord* em 1944, embora não houvesse apoiado a tentativa de um ataque a Brest ou Cherbourg em 1942 ou 1943. As objeções que eu fizera à operação pelo canal da Mancha, no entanto, não tinham sido eliminadas. Eu considerava necessário fazermos todos os esforços para aumentar em pelo menos 25% o ataque inicial. Isso significaria arranjar mais barcaças de desembarque. Ainda nos restavam nove meses, e muita coisa poderia ser feita nesse período. As praias escolhidas eram boas, e seria melhor que, na mesma ocasião, fizéssemos um desembarque nas praias internas da península de Cotentin. "Acima de tudo", declarei, "a ocupação inicial da cabeça de praia deve ser muito forte."

Como os EUA tinham o comando da África, havíamos acertado anteriormente, o presidente e eu, que o comandante da operação *Overlord* seria inglês. Para esse fim, com a concordância do presidente, eu propusera o general Brooke, Chefe do Estado-Maior Geral Imperial, que, como se há de lembrar, havia comandado um corpo de exército na batalha decisiva no caminho para Dunquerque, tendo Alexander e Montgomery como seus subordinados. Eu já informara o general Brooke dessa intenção no começo de 1943. Essa operação deveria se iniciar com contingentes ingleses e americanos iguais e, uma vez que teria sua base na Inglaterra, parecera acertado fazer esse acordo. Contudo, com o correr do ano e à medida que o imenso plano da invasão começou a tomar forma, eu fora ficando cada vez mais impressionado com a enorme preponderância de soldados americanos que seriam empregados depois de se lograr êxito no desembarque original, e no prosseguimento, se a invasão fosse bem-sucedida, e assim, em Quebec, eu mesmo tomei a iniciativa de propor ao presidente que um comandante americano fosse indicado para a expedição à França. Ele ficou satisfeito com a sugestão, e eu diria até que seu pensamento vinha rumando nesse sentido. Assim, concordamos em que um oficial americano comandasse a operação *Overlord* e em que o Mediterrâneo fosse confiado a um comandante inglês. A data efetiva da mudança ficaria na dependência do progresso da guerra. Informei o general Brooke, que contava com toda a minha confiança, sobre essa alteração e as razões dela. Ele suportou o grande desapontamento com dignidade militar.

Quanto ao Extremo Oriente, a principal divergência entre os chefes de estado-maior ingleses e americanos referia-se à questão de a Inglaterra exigir um lugar efetivo e justo na guerra contra o Japão, a partir do momento em que a Alemanha fosse derrotada. A Inglaterra queria parte dos aeródromos, parte das bases para a Marinha Real e uma atribuição adequada de missões compatível com o número de divisões que lhe fosse possível transportar para o Extremo Oriente, depois de encerrada a questão de Hitler. Meus amigos do comitê de chefes de estado-maior tinham sido pressionados por mim a lutar por esse ponto até o fim, uma vez que, nesse estágio da guerra, o que eu mais temia era que os críticos americanos dissessem: "A Inglaterra, depois de tirar de nós tudo o que pôde para ajudá-la a derrotar Hitler, ficou fora da guerra contra o Japão e vai nos deixar na chuva." Entretanto, na Conferência de Quebec, essa impressão realmente se desfez. Não se chegou a nenhuma decisão sobre as operações efetivas a serem empreendidas, embora se decidisse que o esforço principal seria empenhado em operações defensivas, com o objetivo de "estabelecer comunicações terrestres com a China e aperfeiçoar e assegurar a rota aérea". No "conceito estratégico geral" da guerra com o Japão, seriam traçados planos para promover a derrota japonesa num prazo de 12 meses após a queda da Alemanha.

Por fim, havia o teatro do Mediterrâneo. Em 10 de agosto, Eisenhower fez uma reunião com seus comandantes para escolher, dentre uma variedade de propostas, o meio pelo qual se deveria prosseguir a campanha para a Itália. Ele tinha que levar especialmente em conta a disposição das tropas inimigas nessa ocasião. Oito das 16 divisões alemãs na Itália estavam no norte, sob as ordens de Rommel, duas achavam-se perto de Roma e seis estavam mais ao sul, sob o comando de Kesselring. Elas poderiam ser reforçadas por outras vinte que tinham sido retiradas da frente russa para se reequipar na França. Nada do que pudéssemos reunir, durante muito tempo, conseguiria equiparar-se a essa força, mas os ingleses e americanos tinham o domínio marítimo e aéreo, além da iniciativa. O ataque para o qual todas as mentes estavam voltadas nesse momento era uma decisão arrojada. Esperava-se conquistar os portos de Nápoles e Taranto, cujas instalações conjuntas eram proporcionais à escala dos exércitos que teríamos de empregar. A tomada precoce de aeródromos era um objetivo primordial. Os que se situavam perto de Roma ainda estavam fora de nosso alcance, mas havia em Foggia um grupo importante, que era adaptável aos bombardeiros pesados, e nossa força aérea tática saiu à procura de outros no salto da bota da Itália e em Montecorvino, perto de Salerno.

O general Eisenhower decidiu iniciar a ofensiva no começo de setembro, através de um ataque pelo estreito de Messina, com desembarques subsidiários no litoral da Calábria. Isso seria o prelúdio da tomada de Nápoles (operação *Avalanche*) por um corpo de exército anglo-americano que desembarcaria nas boas praias do golfo de Salerno. O golfo estava no limite do alcance máximo da cobertura de caças saídos dos aeródromos sicilianos capturados. Depois dos desembarques, as forças aliadas rumariam tão logo possível para o norte, a fim de capturar Nápoles.

O comitê dos Chefes de Estado-Maior Combinados recomendou ao presidente e a mim que aceitássemos esse plano e autorizássemos a tomada da Sardenha e da Córsega como segunda prioridade. Assentimos com entusiasmo; a rigor, era exatamente por isso que eu havia esperado e lutado. Mais tarde, propôs-se lançar uma divisão aeroterrestre para capturar os aeródromos ao sul de Roma. Também concordamos. As circunstâncias em que essa providência foi cancelada serão narradas no devido tempo.

69
A invasão da Itália

A CONFERÊNCIA DE QUEBEC ENCERROU-SE em 24 de agosto. Nossos eminentes colegas partiram e dispersaram-se voando em todas as direções, como fragmentos de uma bomba. Após todos os estudos e debates, havia um desejo generalizado de alguns dias de descanso. Um de meus amigos canadenses, o coronel Clarke, que fora designado pelo governo do Domínio para me assistir nas reuniões, possuía um rancho a umas 75 milhas dali, entre as montanhas e florestas de pinheiros onde os jornais conseguem a polpa com que nos guiam na estrada da vida. Lá ficava o lago das Neves, uma imensa extensão de águas represadas que se dizia ser repleta de trutas enormes. Brooke e Portal eram ardorosos e habilíssimos pescadores de caniço e fizeram-se planos, entre tantos planos da Conferência, para eles terem sua chance. Prometi juntar-me a eles mais tarde, se pudesse, mas eu me havia comprometido a fazer um discurso pelo rádio no dia 31 e isso pairava sobre minha cabeça como um abutre no céu. Permaneci alguns dias na Citadel, percorrendo compassadamente suas rampas durante uma hora, todas as tardes, e meditando sobre o glorioso panorama do São Lourenço e todas as histórias de Wolfe e Quebec. Eu prometera percorrer a cidade de carro e tive uma recepção encantadora de toda a sua população. Compareci a uma reunião do gabinete canadense e disse a seus membros tudo o que eles ainda não sabiam sobre a Conferência e a guerra. Tive a honra de prestar juramento como Conselheiro Privado do gabinete do Domínio. Essa honraria me foi concedida por sugestão de meu velho amigo de quarenta anos e meu colega de confiança, Mr. Mackenzie King.

Havia tanto a dizer e não dizer no discurso radiofônico que eu não conseguia pensar em nada, de modo que minha mente voltava-se constantemente para o lago das Neves, sobre cujo esplendor já me haviam chegado relatos dos que lá se encontravam. Considerei que poderia combinar pescarias diurnas com a preparação do discurso depois do anoitecer. Resolvi pegar o coronel Clarke pela palavra e me dirigi para lá com minha mulher. Eu havia notado que o almirante Pound não fora para o lago com os outros dois chefes de estado-maior e sugeri que nos acompanhasse nessa ocasião. Seu ajudante de ordens me disse que ele tinha muita papelada para despachar depois da Conferência. Eu havia ficado surpreso com a participação discreta que ele tivera nas extensas discussões navais, mas, quando ele disse que não poderia ir pescar, temi que nem tudo estivesse correndo bem. Havíamos trabalhado juntos na mais estreita camaradagem desde os primeiros dias da guerra. Eu conhecia seu valor e sua coragem. Sabia também que, em casa, sempre que tinha a mais ínfima possibilidade, ele costumava levantar-se às quatro ou cinco horas da manhã para pescar por algumas horas antes de voltar ao almirantado. Mas ele se manteve em seus aposentos e não o vi antes de viajar.

Fizemos uma esplêndida viagem de um dia inteiro pelo vale do rio. Depois de dormir numa hospedaria situada no trajeto, minha mulher e eu chegamos à espaçosa cabana de madeira junto ao lago. Brooke e Portal partiriam no dia seguinte. Não fazia mal. Cada um havia pescado uma centena de peixes por dia, e era só continuarem nesse ritmo para reduzir apreciavelmente o nível do lago. Minha mulher e eu saímos em barcos separados durante várias horas e, embora nenhum de nós fosse perito, certamente pescamos um bocado de belos peixes. Às vezes, davam-nos caniços com três anzóis separados e, certa feita, pesquei três peixes ao mesmo tempo. Não sei se isso era justo. Não tínhamos nenhuma escassez de trutas frescas nas excelentes refeições. O presidente mostrara desejo de vir, mas outros deveres o chamaram. Mandei para ele, em Hyde Park, o maior peixe que pesquei. O discurso progrediu, mas composição original é coisa mais cansativa do que debater ou pescar.

Voltamos a Quebec para pernoitar no dia 29. Compareci a outra reunião do gabinete canadense e, na hora combinada, no dia 31, antes de seguir para Washington, dirigi-me ao povo canadense e ao mundo aliado. Uma citação é pertinente a este relato:

> A contribuição feita pelo Canadá para o esforço conjunto da Comunidade e o Império Britânicos, nestes tempos aterradores, comoveu profundamente o coração da Pátria-mãe e de todos os outros membros de nossa vasta família de estados e raças.

> Desde os dias mais sombrios, o exército canadense, fortalecendo-se ano a ano, desempenhou um papel indispensável na defesa de nossa pátria inglesa contra a invasão. Agora, luta com distinção em campos vastos e cada vez maiores. A Organização de Treinamento Aéreo do Império, que tem sido um esplêndido sucesso, encontrou sua sede no Canadá e tem acolhido a nata da juventude da Inglaterra, da Austrália e da Nova Ze-

A invasão da Itália

lândia em seus espaçosos campos de aviação e na camaradagem com seus próprios filhos intrépidos.

O Canadá tornou-se, no decorrer desta guerra, uma importante nação marítima, construindo muitas toneladas de navios de guerra e mercantes, alguns deles a milhares de milhas da água salgada, e os enviando com tripulações de valorosos marinheiros canadenses para proteger os comboios do Atlântico e nossa linha vital de suprimento através do oceano. As indústrias de material bélico do Canadá têm desempenhado um papel importantíssimo em nossa economia de guerra. Por fim, mas não menos significativo, o Canadá livrou a Inglaterra do que, de outro modo, seria uma dívida não inferior a dois bilhões de dólares por esse material.

Nada disso, é claro, foi ditado por lei alguma. Não proveio de qualquer tratado ou obrigação formal. Brotou, com perfeita liberdade, dos sentimentos e da tradição, e de uma generosa determinação de servir ao futuro da humanidade. Alegra-me prestar minha homenagem, em nome do povo da Inglaterra, a este grande Domínio, e prestá-la em solo canadense. Na verdade, eu gostaria apenas que meus outros deveres, que são rigorosos, me permitissem viajar a terras ainda mais distantes e dizer pessoalmente aos australianos, neozelandeses e sul-africanos como nos sentimos a seu respeito, por tudo o que têm feito e estão decididos a fazer. (...)

Cheguei à Casa Branca no dia seguinte. O presidente e eu nos sentamos para conversar em seu gabinete depois do jantar, e o almirante Pound foi nos ver a respeito de uma questão naval. O presidente fez várias perguntas sobre os aspectos gerais da guerra e doeu-me constatar que meu fiel amigo da marinha havia perdido a extraordinária precisão natural que o caracterizava. O presidente e eu tivemos certeza de que ele estava muito doente. Na manhã seguinte, Pound veio falar comigo em meu amplo quarto e me disse sem rodeios: "Senhor primeiro-ministro, estou aqui para dar demissão. Tive um derrame e meu lado direito está praticamente paralisado. Achei que isso iria passar, mas está piorando a cada dia. Já não estou apto para a função." Aceitei prontamente a demissão do primeiro Lord do mar, expressando minha profunda solidariedade por sua perda de saúde. Disse-lhe que ele estava liberado de qualquer responsabilidade a partir daquele momento e insisti em que descansasse alguns dias e depois voltasse comigo no *Renown*. Ele manteve um completo autodomínio, toda a sua postura de perfeita dignidade. Tão logo ele saiu do quarto, telegrafei ao almirantado, pondo o vice-almirante Syfret interinamente no cargo, a partir daquele momento, até a nomeação de um novo primeiro Lord do mar.

Durante todas as conversações em Quebec, os acontecimentos haviam continuado a progredir na Itália. Nesses dias críticos, o presidente e eu havíamos norteado o curso das negociações secretas do armistício com o governo de Badoglio, além de acompanhar de perto e ansiosamente as providências militares para um desembarque em solo italiano. Prolonguei de propósito minha permanência nos Estados Unidos, para estar em estreito contato com nossos amigos americanos nesse momento crucial das questões italianas. No dia de minha chegada a Washington, recebemos a primeira notícia clara e oficial de que Badoglio concordara em capitular aos aliados. Em 3 de setembro, num olival próximo de Siracusa, o general Castellano assinou os termos militares da rendição da Itália. Antes do alvorecer do mesmo dia, o VIII Exército inglês atravessou o estreito de Messina para entrar no continente italiano.

Restava então coordenar os termos da rendição italiana com nossa estratégia militar. O general americano Taylor, da 82ª Divisão Aeroterrestre, foi enviado a Roma em 7 de setembro. Sua missão secreta era providenciar junto ao estado-maior italiano para que os aeródromos em torno da capital fossem tomados na noite do dia 9. Mas a situação havia mudado radicalmente desde que o general Castellano pedira a proteção dos aliados. Os alemães tinham à mão efetivos poderosos e pareciam estar de posse dos aeródromos. O exército italiano estava desmoralizado e com falta de munição. Opiniões divergentes agitavam-se em torno de Badoglio. Taylor pediu para vê-lo. Tudo estava em suspenso. Os líderes italianos temiam que qualquer anúncio da rendição, que já fora assinada, levasse à imediata ocupação de Roma pelos alemães e ao fim do governo Badoglio. Às duas horas da madrugada de 8 de setembro, o general Taylor avistou-se com Badoglio, que, considerando os aeródromos perdidos, rogou por um adiamento na divulgação dos termos do armistício. Na verdade, ele já havia telegrafado a Argel informando que a segurança dos aeródromos de Roma não poderia ser garantida. Por conseguinte, o desembarque dos paraquedistas foi cancelado.

Eisenhower teve então que tomar uma decisão rápida. O ataque a Salerno estava previsto para ser lançado em menos de 24 horas. Ele rejeitou o pedido de Badoglio e, às 18 horas, divulgou pelo rádio o anúncio do armistício e o texto da declaração, que o próprio marechal Badoglio anunciou de Roma cerca de uma hora depois. A rendição da Itália estava efetivada.

A invasão da Itália

Durante a noite de 8-9 de setembro, tropas alemãs deram início ao cerco de Roma. Badoglio e a família real instalaram-se, sob um estado de sítio, no prédio do Ministério da Guerra. Houve discussões apressadas, num clima de crescente tensão e pânico. Nas primeiras horas após a meia-noite, um comboio de cinco veículos passou pelos portões orientais de Roma, tomando a estrada para o porto adriático de Pescara. Ali, duas corvetas receberam a bordo o grupo composto pela família real italiana, juntamente com Badoglio, seu ministério e seus funcionários superiores. Eles chegaram a Brindisi no começo da manhã de 10 de setembro, ali estabelecendo rapidamente os serviços essenciais de um governo italiano antifascista, em território ocupado por forças aliadas.

Após a partida dos fugitivos, o veterano marechal Caviglia, vencedor de Vittorio Veneto na Primeira Guerra Mundial, chegou a Roma para tomar a si a responsabilidade de negociar com as forças alemãs que cercavam a cidade. Já havia lutas dispersas ocorrendo nos portões. Algumas unidades regulares do exército italiano e grupos de guerrilheiros formados por cidadãos romanos combatiam os alemães nos arredores. Em 11 de setembro, a oposição foi suspensa, mediante a assinatura de uma trégua militar, e as divisões nazis ficaram livres para se locomover pela cidade.

Enquanto isso, após o anoitecer de 8 de setembro, de acordo com instruções dos aliados, o grosso da esquadra italiana zarpou de Gênova e de Spezia numa ousada viagem de rendição rumo a Malta, sem proteção aérea aliada ou italiana. Na manhã seguinte, quando descia pela costa oeste da Sardenha, a esquadra foi atacada por aviões alemães provenientes de bases na França. O capitânia *Roma* foi atingido e explodiu, com grandes perdas de vidas humanas, inclusive do comandante em chefe, almirante Bergamini. O encouraçado *Italia* também foi avariado. Deixando para trás algumas pequenas embarcações para resgatar os sobreviventes, os demais navios da esquadra seguiram sua dolorosa viagem. No dia 10, encontraram-se no mar com forças inglesas, inclusive o *Warspite* e o *Valiant,* que tantas vezes os haviam perseguido em diferentes circunstâncias, e foram escoltados até Malta. Uma esquadra de Taranto, incluindo dois encouraçados, também zarpara no dia 9. Na manhã de 11 de setembro, o almirante Cunningham informou ao almirantado que "a esquadra italiana de batalha está agora ancorada sob os canhões da fortaleza de Malta".

☆

De modo geral, portanto, as coisas haviam corrido muito bem para os aliados até então. Depois de cruzar o estreito de Messina, o VIII Exército não tivera praticamente nenhuma oposição. Reggio fora rapidamente tomada e o avanço pelas estradas estreitas e íngremes da Calábria começou. Alexander telegrafara em 6 de setembro:

> Os alemães estão executando sua ação retardadora mais pelas demolições do que pelo fogo. (...) Já em Reggio, esta manhã, não se ouvia uma única sirene de alarme nem se avistava um só avião inimigo. Ao contrário, neste dia encantador de verão, toda sorte de embarcações singrava de um lado para outro entre a Sicília e o continente, levando homens, provisões e armamentos. Neste ambiente animado, mais parecia uma regata em tempos de paz do que uma séria operação de guerra.

Houve poucos combates, mas o avanço foi muito retardado pelas dificuldades físicas do terreno, pelas demolições executadas pelo inimigo e pela ação de sua retaguarda, pequena, mas habilmente empregada.

Mas na noite do dia 8, Alexander me enviou sua mensagem "Zip". Havia-se planejado que eu e os membros de nossa comitiva que ainda não tivessem voado para a Inglaterra deveríamos retornar por mar, e o *Renown* estava à nossa espera em Halifax. Eu interrompera a viagem de trem para me despedir do presidente, de modo que estava com ele em Hyde Park quando começou a Batalha de Salerno. Reiniciei minha viagem de trem na noite de 12 de setembro, chegando a Halifax na manhã de 14. Os vários relatórios que me chegaram durante a viagem, assim como os jornais, deixaram-me profundamente inquieto. Era evidente que uma luta realmente crucial e longa estava em andamento. Minha preocupação era ainda maior por eu sempre haver insistido vivamente nesse desembarque marítimo; por isso, eu sentia uma responsabilidade especial por seu sucesso. Surpresa, violência e velocidade são a essência de todos os desembarques anfíbios. Passadas as primeiras 24 horas, a vantagem do poder naval, para atacar onde quer que se deseje, pode muito bem desaparecer. Onde havia dez homens, logo há dez mil. Meu pensamento recuou a anos antes. Pensei no general Stopford, esperando quase três dias na praia, na baía de Suvla, em 1915, enquanto Mustafa Kemal fazia duas divisões turcas marcharem das linhas de Bulair para o campo de batalha, até então indefeso. Eu tivera uma experiência mais recente, quando o general Auchinleck havia permanecido em seu QG no Cairo, supervisionando de forma ortodoxa, do topo e do

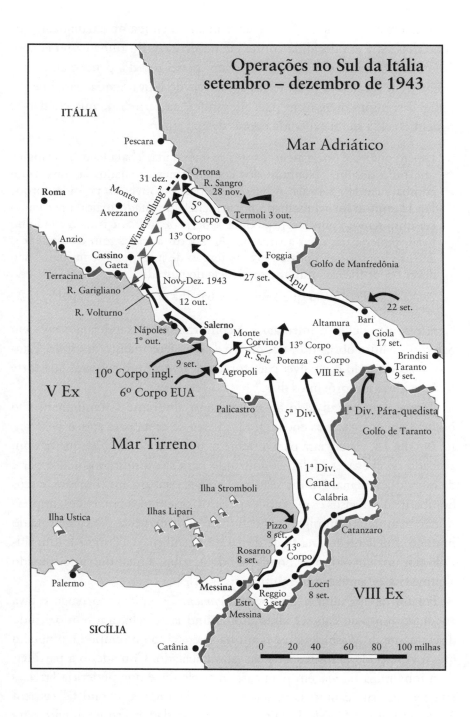

centro, a vasta e variada esfera de seu comando, enquanto a batalha de que tudo dependia era decidida contra ele no deserto. Eu tinha extrema confiança em Alexander, mas, mesmo assim, passei um dia penoso enquanto nosso trem sacolejava pelas terras aprazíveis de Nova Scotia. Finalmente, redigi a seguinte mensagem para Alexander, na certeza de que ele não se ressentiria. Ela só foi expedida depois de eu zarpar:

> Espero que você esteja atento, antes de mais nada, à batalha de Avalanche, que tudo domina. Nenhum dos comandantes engajados já travou um combate em larga escala. A batalha da baía de Suvla foi perdida porque Ian Hamilton foi aconselhado por seu chefe de estado-maior a permanecer num remoto ponto central onde saberia de tudo. Se tivesse estado no local, poderia ter salvo a situação. A essa distância e com as diferenças de fuso horário, não posso ter a pretensão de julgar, mas considero meu dever expor-lhe essa minha experiência do passado.
>
> 2. *Nada* se deve negar que alimente a batalha decisiva por Nápoles. (...)

A resposta dele foi imediata e reconfortante. Alexander já estava em Salerno. "Muito obrigado", respondeu, "pelo oferecimento de ajuda. Estamos fazendo todo o possível para tornar *Avalanche* um sucesso. Sua sorte será decidida nos próximos dias."

Também fiquei aliviado ao saber que o almirante Cunningham não hesitara em arriscar seus encouraçados perto da costa para apoiar o exército. No dia 14, ele enviara para a frente o *Warspite* e o *Valiant*, que haviam acabado de chegar a Malta, conduzindo para sua rendição a maior parte da esquadra italiana. No dia seguinte, ambos estavam em combate, e seus bombardeios precisos com canhões pesados, orientados por aviões, impressionaram amigos e inimigos, contribuindo enormemente para a derrota do inimigo. Infelizmente, na tarde de 16 de setembro, o *Warspite* foi inutilizado por um novo tipo de bomba voadora, sobre a qual tínhamos ouvido alguma coisa e ouviríamos muito mais.

Foi um alívio subir a bordo do *Renown*. O esplêndido navio estava ancorado junto ao cais. O almirante Pound já se achava a bordo, vindo diretamente de Washington. Mantinha-se ereto como sempre, e ninguém que o visse poderia sonhar que ele estava abalado. Convidei-o a partilhar de minha mesa na viagem para casa, mas ele disse que preferiria fazer as refeições em sua cabine, com seu ajudante de ordens. Pound faleceu em 21 de outubro, o Dia de Trafalgar. Fora um verdadeiro companheiro para

A invasão da Itália

mim, tanto no almirantado quanto no comitê de Chefes de Estado-Maior Combinados. Foi sucedido no cargo de primeiro Lord do mar pelo almirante Sir Andrew Cunningham.

Enquanto ziguezagueávamos pelo oceano, fez-se um ataque notável a Taranto, pelo qual não apenas Alexander, mas também o almirante Cunningham, sobre quem recaiu o maior peso da execução, merecem o mais alto crédito pelos riscos acertadamente corridos. O porto, de primeira classe, era capaz de servir a um exército inteiro. A rendição italiana pareceu a Alexander justificar a ousadia. Não havia aviões de transporte para levar a 1ª Divisão Aerotransportada inglesa, nem qualquer navio comum para transportá-la por mar. Seis mil desses seletos soldados foram embarcados em belonaves inglesas e, em 9 de setembro, dia do desembarque nas praias de Salerno, a Royal Navy entrou ousadamente no porto de Taranto e os deixou em terra, sem encontrar oposição. Um de nossos cruzadores, que bateu numa mina e afundou, foi nossa única perda naval.*

A batalha de Salerno prosseguia. Os telegramas chegavam aos montes. Alexander teve a gentileza de me manter plenamente informado, e suas mensagens vívidas abrangem todo o acontecimento. O desfecho ficou em suspenso por três dias cruciais, mas, depois de combates acirrados em que sofremos momentos de grave risco, os alemães não conseguiram nos rechaçar para o mar. Kesselring reconheceu que não poderia ter sucesso. Fazendo pivô à sua direita nas montanhas acima de Salerno, começou a recuar toda a sua linha. O VIII Exército, sob a espora de Montgomery, avançou até se juntar ao V Exército, que estava sob intensa pressão. O 10º Corpo de Exército inglês, tendo à direita o 6º Corpo de Exército americano, empurrou a retaguarda do inimigo ao redor do Vesúvio, marchou pelas ruínas de Pompeia e Herculano e entrou em Nápoles em 1º de outubro. Vencêramos.

---

* Tenho em minha casa um presente do general Alexander, a bandeira inglesa que foi hasteada em Taranto, uma das primeiras bandeira aliadas a tremular na Europa desde nossa expulsão da França.

70
Impasse no Mediterrâneo

Dias depois de minha volta de Halifax, eu enviara ao general Eisenhower um telegrama que se deve ter em mente ao ler minha narrativa do outono e do inverno. O segundo parágrafo procurava estabelecer as proporções do esforço que deveria ser dedicado a nossas várias iniciativas, especialmente no tocante aos seus pontos de estrangulamento. Essas proporções não devem ser desprezadas pelos que desejem compreender as controvérsias sobre as quais versa este capítulo. A guerra levanta o problema do emprego correto dos meios disponíveis e não pode ser sintetizada em "uma coisa de cada vez".

1. Como tenho pressionado pela ação em várias direções, penso que devo expor-lhe as prioridades que atribuo em minha própria mente a esses diversos objetivos desejáveis.

2. Quatro quintos de nosso esforço devem ir para acumulação na Itália. Um décimo deve ser empenhado em nos assegurarmos da Córsega (que logo terminará) e no Adriático. O décimo restante deve ser concentrado em Rhodes. Isso, é claro, aplica-se apenas aos fatores limitantes. Estes, segundo presumo, são em princípio as barcaças de desembarque e a navegação de assalto, com embarcações ligeiras.

3. Envio-lhe isto como um roteiro geral de meu pensamento, apenas por não querer levá-lo a achar que estou fazendo pressão por tudo em todos os sentidos, sem compreender quão difíceis são suas limitações.

Eisenhower respondeu no dia seguinte:

Estamos examinando cuidadosamente os recursos para dar ao Oriente Médio o apoio necessário nesse projeto, e temos certeza de poder atender a suas exigências mínimas.

Quando Montgomery conseguir avançar o grosso de sua tropa e apoiar a direita do V Exército, as coisas começarão a andar mais depressa na frente de Nápoles. Como sempre acontece após as etapas iniciais de uma operação combinada, fomos bastante exigidos em termos táticos e administrativos. Temos trabalhado com afinco para melhorar a situação e o senhor terá boas notícias em breve.

Impasse no Mediterrâneo

Essa resposta não se referiu tão especificamente quanto eu esperava ao que eu julgava ser a parte realmente importante de minha mensagem, isto é, à pequena proporção de tropas necessárias para as operações subsidiárias. Havia muitas delas.

A rendição da Itália nos dava a oportunidade de capturar presas importantes no Egeu a baixo custo e com esforço muito pequeno. As guarnições italianas obedeciam às ordens do rei e do marechal Badoglio e passariam para o nosso lado, se conseguíssemos alcançá-las antes que fossem intimidadas e desarmadas pelos alemães nas ilhas. Estes eram em número muito inferior, mas era provável que viessem suspeitando há algum tempo da fidelidade de seus aliados e tivessem traçado seus planos. Rhodes, Leros e Cos eram fortalezas insulares que havia muito constituíam para nós objetivos estratégicos de primeira grandeza, na esfera secundária [mapa p. 636 do 1º volume], e sua ocupação fora especificamente aprovada pelos Chefes de Estado-Maior Combinados, em seu resumo final das decisões de Quebec, datado de 10 de setembro. Rhodes era a chave do grupo, pois tinha bons aeródromos de onde poderíamos defender qualquer outra ilha que pudéssemos ocupar, assim completando nosso domínio naval nessas águas. Além disso, a força aérea inglesa no Egito e na Cirenaica poderia proteger o Egito igualmente bem, ou até melhor, se parte dela se deslocasse para Rhodes. Parecia-me um desperdício da sorte não capturar esses tesouros. O domínio aéreo e marítimo do Egeu estava ao nosso alcance. O efeito dele poderia ser decisivo na Turquia, profundamente impressionada, nessa ocasião, com a queda da Itália. Se pudéssemos usar o Egeu e os Dardanelos, o atalho naval para a Rússia estaria estabelecido. Não mais haveria necessidade dos perigosos e caros comboios pelo Ártico, nem da longa e desgastante linha de abastecimento que passava pelo golfo Pérsico.

O general Wilson estava ansioso por entrar em combate, e os preparativos para a captura de Rhodes tinham sido aperfeiçoados no Comando do Oriente Médio ao longo de vários meses. A Divisão Indiana fora treinada e ensaiada nessa operação em 8 de agosto, estando pronta para zarpar em 1º de setembro. Mas foi muito intensa a pressão americana para que dispersássemos do Mediterrâneo nossos navios de assalto treinados, quer em direção oeste, para os preparativos de uma ainda remota operação *Overlord,* quer para o teatro indiano. Os acordos firmados antes da capitulação italiana e apropriados a uma situação totalmente diferente foram invocados com rigor, pelo menos no segundo escalão, e, em 26 de agosto, em cumprimento a uma pequena decisão da Conferência de Washington realizada em maio, o comitê dos Chefes de Estado-Maior Combinados ordenou o despacho para o Extremo Oriente, para uma operação contra o litoral da Birmânia, dos navios que poderiam transportar a divisão para Rhodes. Assim, os planos tão bem-traçados de Wilson para uma ação rápida no Dodecaneso foram ab-ruptamente derrubados. Com grande presteza, ele enviara pequenos grupos por mar e por ar para várias outras ilhas, mas, uma vez que Rhodes nos foi negada, nossas conquistas em todo o Egeu tornaram-se precárias. Somente o uso poderoso de forças aéreas poderia dar-nos aquilo de que precisávamos. Isso lhes tomaria pouquíssimo tempo, se tivesse havido acordo. O general Eisenhower e seu estado-maior pareciam desconhecer o que estava ao alcance de nossas mãos, embora tivéssemos voluntariamente colocado todos os nossos consideráveis recursos inteiramente na mão deles.

Sabemos agora quão profundamente alarmados ficaram os alemães ante a ameaça fatal com a qual esperavam defrontar-se em seu flanco sudeste. Numa conferência no quartel-general do Führer, em 24 de setembro, os representantes do exército e da marinha insistiram firmemente na evacuação de Creta e de outras ilhas do Egeu, enquanto ainda havia tempo. Assinalaram que essas bases avançadas tinham sido tomadas com vistas a operações ofensivas no Mediterrâneo oriental, mas que, a essa altura, a situação estava inteiramente mudada. Frisaram a necessidade de evitar a perda de soldados e de material, que seriam de importância decisiva para a defesa do continente. Hitler os rejeitou. Insistiu em que não podia ordenar a retirada, especialmente de Creta e do Dodecaneso, pelas repercussões políticas que se seguiriam. Disse: "A atitude de nossos aliados no Sudeste e a atitude da Turquia são exclusivamente determinadas pela confiança deles em nossa força. O abandono das ilhas daria uma impressão sumamente desfavorável." Nessa decisão de lutar pelas ilhas do Egeu, os acontecimentos o justificaram. Obteve grandes lucros num teatro de operações secundário, a um pequeno custo para a posição estratégica principal. Nos Bálcãs, ele estivera errado. No Egeu, acertou.

Por algum tempo, nossa situação prosperou nas pequenas ilhas mais afastadas. No fim de setembro, Cos, Leros e Samos foram ocupadas, cada

Impasse no Mediterrâneo

qual por um batalhão, e alguns destacamentos ocuparam várias outras ilhas. As guarnições italianas, quando encontradas, eram bastante amistosas, mas suas decantadas defesas costeiras e antiaéreas revelaram-se em más condições, e o transporte de nossas próprias armas e veículos mais pesados quase não foi possível com as embarcações a nosso dispor.

Excetuada Rhodes, a ilha de Cos era a mais importante em termos estratégicos. Só ela dispunha de um aeródromo de onde nossa aviação de caça poderia operar. Este foi rapidamente posto em operação, e 24 canhões Bofors foram desembarcados para sua defesa. Naturalmente, ele se tornou o objetivo do primeiro contra-ataque inimigo. No amanhecer de 3 de outubro, paraquedistas alemães desceram no campo de pouso central e dominaram a companhia solitária que o defendia. O restante do batalhão, no norte da ilha, foi isolado por um desembarque marítimo do inimigo, que a marinha, por uma ocorrência infeliz, não pudera interceptar. A ilha capitulou.

Em 22 de setembro, Wilson transmitiu suas necessidades mínimas e modestas para uma nova tentativa contra Rhodes. Usando a 10ª Divisão Indiana e parte de uma brigada blindada, ele precisava apenas de escolta naval e aviões de bombardeio, três LSTs (barcaças de desembarque, tanques), alguns navios de transporte de viaturas, um navio-hospital e aviões de transporte suficientes para levar um batalhão de paraquedistas. Fiquei imensamente inquieto por nossa impossibilidade de respaldar essas operações e telegrafei ao general Eisenhower pedindo ajuda. O pequeno auxílio necessário parecia muito pouco a ser solicitado de nossos amigos americanos. As concessões que eles haviam feito a minhas pressões incessantes, nos três meses anteriores, tinham sido recompensadas por um sucesso espantoso. Com barcaças de desembarque para uma única divisão e alguns dias de assistência da grande força aérea aliada, Rhodes seria nossa. Os alemães, que haviam retomado o controle da situação, haviam deslocado muitos de seus aviões para o Egeu, a fim de frustrar justamente o propósito que eu tinha em mente. Em 7 de outubro, também expus a questão ao presidente em toda a sua extensão, mas tive o desprazer de receber um telegrama que praticamente equivaleu a uma recusa e que me deixou — já comprometido, e com a aprovação dele e dos chefes de estado-maior americanos — sozinho para enfrentar o golpe iminente. As forças negativas, até então superadas por uma margem muito estreita, realmente haviam reassumido o controle. Eis o que disse Mr. Roosevelt:

Memórias da Segunda Guerra Mundial

Não quero forçar Eisenhower a diversionárias que limitem as perspectivas do desenvolvimento rápido e bem-sucedido das operações italianas até uma linha segura ao norte de Roma.

Oponho-me a qualquer desvio que, na opinião de Eisenhower, ponha em risco a segurança de sua situação atual na Itália, cuja consolidação tem sido extremamente lenta, dadas as conhecidas características de seu oponente, que conta com uma superioridade acentuada em tropas terrestres e divisões Panzer.

É minha opinião que nenhuma diversão de tropas ou equipamentos deve prejudicar *Overlord*, como planejada. Os chefes de estado-maior americanos concordam. Estou transmitindo uma cópia desta mensagem a Eisenhower.

Reparei, em particular, na frase: "É minha opinião que nenhuma diversão de tropas ou equipamentos deve prejudicar *Overlord*, como planejada." Alegar que um atraso de seis semanas no retorno de nove barcaças de desembarque para a operação *Overlord* — dentre as mais de quinhentas previstas e que, de qualquer modo, teriam seis meses pela frente — iria comprometer a grande operação de maio de 1944 era negar qualquer senso de proporção. Assim, em 8 de outubro, fiz novo apelo insistente. Relembrando os grandes resultados favoráveis que haviam decorrido de minha viagem a Argel com o general Marshall, em junho, da qual havia brotado toda a nossa maré de sorte, achei que poderia adotar o mesmo método. Fiz todos os preparativos para voar imediatamente a Túnis, onde os comandantes em chefe estavam se reunindo para uma conferência.

Mas a resposta de Mr. Roosevelt liquidou minhas últimas esperanças. Ele julgou que meu comparecimento seria impróprio. Por conseguinte, cancelei o voo proposto. No momento crucial da conferência, recebeu-se a informação de que Hitler havia decidido reforçar seu exército na Itália e travar uma grande batalha ao sul de Roma. Isso fez a balança pender contra o pequeno reforço solicitado para o ataque a Rhodes.

Embora eu pudesse compreender como a opinião dos generais empenhados em nossa campanha italiana tinha sido afetada na nova situação, continuei — e continuo — intimamente não convencido de que fosse impossível encaixar a captura de Rhodes no processo. Não obstante, submeti-me, embora ao preço de uma das mais agudas dores que sofri durante a guerra. Se alguém tem de se submeter, é inútil não fazê-lo com a maior elegância possível. Quando havia tantas questões graves em suspenso, eu não podia arriscar nenhum pequeno abalo em minhas relações pessoais com o presidente.

Não se ganhou nada com todo o excesso de cautela. A captura de Roma revelou estar a oito meses de distância. Vinte vezes a quantidade de navios que teriam ajudado a tomar Rhodes numa quinzena foi empregada, durante o outono e o inverno, para deslocar as bases anglo-americanas de bombardeiros pesados da África para a Itália. Rhodes continuou a ser um tormento constante. A Turquia, testemunhando a extraordinária inércia dos aliados perto de seu litoral, tornou-se muito menos receptiva e nos recusou seus aeródromos.

O estado-maior americano havia imposto seu ponto de vista; o preço teve então de ser pago pelos ingleses. Embora nos esforçássemos por manter nossa posição em Leros, o destino da pequena força que tínhamos no local foi praticamente selado. A guarnição foi ampliada até atingir a força de uma brigada — três esplêndidos batalhões de infantaria ingleses, que haviam suportado todo o cerco e a fome de Malta* e ainda estavam recuperando seu peso e sua força física. O almirantado fez o que pôde e o general Eisenhower despachou dois grupos de caças de longo alcance para o Oriente Médio, como medida temporária. Eles logo fizeram sentir sua presença. Mas, em 11 de outubro, foram retirados. A partir de então, o inimigo teve o domínio aéreo, e somente à noite nossos navios podiam operar sem perdas devastadoras. Nas primeiras horas de 12 de novembro, as tropas alemãs desembarcaram e, à tarde, seiscentos paraquedistas cortaram a defesa em duas. Nos estágios finais, a guarnição de Samos, o 2º Batalhão Real de West Kent, foi despachada para Leros, mas estava tudo acabado. Viram-se presa fácil. Com pouco apoio aéreo e duramente atacados pelos aviões inimigos, os batalhões continuaram combatendo até a noite de 16 de novembro, quando, exaustos, não mais puderam lutar. Assim, esse esplêndido contingente de soldados caiu nas mãos do inimigo. Nossas esperanças no Egeu acabaram, para todos os efeitos. Tentamos imediatamente retirar as pequenas guarnições de Samos e outras ilhas e

---

* 4º Batalhão do Royal East Kent Regiment, *The Buffs*; 2º Batalhão dos Royal Irish Fusiliers; 1º Batalhão do King's Own Regiment.

resgatar os sobreviventes de Leros. Mais de mil soldados ingleses e gregos foram retirados, mas nossas baixas navais voltaram a ser graves. Seis contratorpedeiros e dois submarinos foram afundados por aviões ou minas, e quatro cruzadores e quatro contratorpedeiros avariados. Essas provações foram compartilhadas pela marinha grega, que desempenhou um valoroso papel em toda a operação.

Narrei com alguns detalhes o episódio doloroso de Rhodes e Leros. Foi, felizmente em pequena escala, a mais aguda divergência que jamais tive com o general Eisenhower. Durante muitos meses, enfrentando resistências intermináveis, eu havia preparado o terreno para sua campanha vitoriosa na Itália. Em vez de conquistarmos apenas a Sardenha, havíamos instalado um grande grupo de exércitos no território continental italiano. A Córsega fora um bônus em nossas mãos. Havíamos retirado uma importante parcela das reservas alemãs de outros teatros de operação. O povo e o governo italianos haviam passado para o nosso lado. A Itália declarara guerra à Alemanha. Sua esquadra somara-se à nossa. Mussolini estava foragido. A libertação de Roma não parecia muito distante. Dezenove divisões alemãs, abandonadas por seus parceiros italianos, dispersavam-se pelos Bálcãs, onde não havíamos usado sequer mil oficiais e soldados. A data da operação *Overlord* não fora decisivamente afetada.

Eu tinha dado todo apoio à retirada de quatro divisões de primeira classe das forças inglesas e imperiais no Egito, acima e além das que se haviam considerado possíveis. Não somente havíamos ajudado o alto comando anglo-americano do general Eisenhower em sua carreira vitoriosa, como também lhe fornecêramos recursos substanciais e inesperados, sem os quais bem poderia ter havido um desastre. Aborreceu-me que as pequenas solicitações que fiz, para fins estratégicos quase tão elevados quanto os já obtidos, fossem tão obstinadamente antagonizadas e rejeitadas. Naturalmente, quando se está vencendo uma guerra, quase tudo o que acontece pode ser considerado como acertado e sensato. Mas teria sido fácil, não fossem as recusas pedantes na esfera menor, acrescentar o controle do Egeu e, muito provavelmente, a adesão da Turquia a todos os frutos da campanha italiana.

Ao mesmo tempo, a conselho de Kesselring, Hitler mudou de ideia sobre sua estratégia italiana. Até então, ele havia pretendido recuar suas for-

Impasse no Mediterrâneo

ças para trás de Roma e conservar apenas o norte da Itália. Nessa ocasião, ordenou que elas lutassem o mais ao sul que pudessem. A linha escolhida, a chamada *Winterstellung* ["posição de inverno"], passava por trás do rio Sangro, no lado adriático, atravessava a espinha dorsal montanhosa da Itália e atingia a foz do Garigliano, a oeste. As características naturais do país, suas montanhas íngremes e seus rios velozes tornavam imensamente forte essa posição, com várias milhas de profundidade. Passado um ano de recuos quase ininterruptos na África, na Sicília e na Itália, os soldados alemães ficaram contentes em dar meia-volta e combater. Dispunham agora de 19 divisões na Itália, e os aliados, do equivalente a 13. Seriam precisos grandes reforços e muita consolidação para conservar nossas rápidas e brilhantes conquistas. Tudo isso sobrecarregava nossa navegação. As primeiras tentativas de romper a linha alemã tiveram pouco sucesso. Nossos homens vinham combatendo arduamente havia dois meses, o tempo estava pavoroso e os soldados precisavam de repouso e reagrupamento. Lançaram-se cabeças de ponte do outro lado do rio, mas as principais defesas inimigas ficavam em áreas montanhosas mais adiante. O mau tempo, trazendo chuvas, lama e rios com o volume aumentado, adiou o ataque do VIII Exército para 28 de novembro, mas ele fez bons progressos nessa ocasião. Após uma semana de duros combates, estávamos instalados dez milhas além do Sangro. Mas o inimigo ainda se mantinha firme e chegaram-lhe mais reforços do norte da Itália. Ganhou-se um pouco mais de terreno durante dezembro, mas nenhum objetivo vital foi tomado. O tempo de inverno levou a uma suspensão das operações ativas. O V Exército dos EUA (que incluía o 10º Corpo de Exército inglês), comandado pelo general Clark, esfalfou-se para galgar a estrada até Cassino e atacou as defesas mais avançadas das principais posições alemãs. O inimigo estava solidamente posicionado nas montanhas que dominavam a estrada de ambos os lados. O impressionante maciço de Monte Cassino, a oeste, foi atacado e finalmente libertado, após um duro combate. Mas somente no começo do novo ano o V Exército alinhou-se por completo ao longo do rio Garigliano e seu afluente, o Rapido, ficando de frente para as montanhas de Cassino e o famoso mosteiro.

Assim, a situação na Itália passou por uma grande mudança, desfavorável a nós. Os alemães foram muito reforçados e receberam ordens de resistir, em vez de recuar. Os aliados, ao contrário, reenviaram oito de suas melhores divisões da Itália e do Mediterrâneo à Inglaterra, para o ataque pelo Canal em 1944. As quatro divisões extras que eu estava reunindo ou tinha enviado não repararam essa perda. Sobreveio um impasse que só se desfez ao longo de oito meses de árduos combates.

Não obstante, apesar dessas decepções, a campanha italiana havia atraído para si vinte boas divisões alemãs. Eu a chamara de Terceira Frente. Se somarmos as guarnições mantidas nos Bálcãs por medo de um ataque, quase quarenta divisões foram retidas para enfrentar os aliados no Mediterrâneo. Nossa Segunda Frente, no noroeste da Europa, ainda não havia desencadeado a batalha, mas sua existência era real. Cerca de trinta divisões foram o menor número que jamais se opôs a ela, tendo-se elevado para sessenta à medida que a invasão se aproximou. Nosso bombardeio estratégico, partindo da Inglaterra, forçou o inimigo a desviar grande número de homens e massas de material para defender sua pátria. Essas contribuições não foram nada desprezíveis para os russos, no que eles tinham todo o direito de chamar de Primeira Frente.

Devo encerrar este capítulo com um resumo.

Nessa fase da guerra, todas as grandes combinações estratégicas das potências aliadas eram limitadas e distorcidas pela falta de barcaças de desembarque de tanques — não tanto para o transporte de tanques, mas de toda sorte de veículos. As letras "LST" (Landing Ship, Tanks) estão gravadas na mente de todos os que lidaram com questões militares nesse período. Invadíramos a Itália em força, e força maciça. Tínhamos ali um exército que, se não fosse apoiado, poderia ser inteiramente liquidado, dando a Hitler seu maior triunfo desde a queda da França. Por outro lado, não se cogitava de não realizarmos o ataque da *Overlord* em 1944. O máximo que solicitei foi um diferimento, se necessário, de dois meses — isto é, de algum momento em maio de 1944 para algum momento em julho. Isso resolveria o problema das barcaças de desembarque. Em vez de terem que retornar à Inglaterra no fim do outono de 1943, antes das ventanias hibernais, elas poderiam partir pelo início da primavera de 1944. No entanto, caso se insistisse estreitamente no mês de maio e se interpretasse a data como sendo 1º de maio, o perigo para o exército aliado na Itália parecia irremediável. Caso se permitisse que parte das barcaças de desembarque selecionadas para a operação *Overlord* permanecesse no Mediterrâneo durante o inverno, não haveria nenhuma dificuldade de fazer da

Impasse no Mediterrâneo

campanha italiana um sucesso. Havia massas de soldados que não estavam em combate no Mediterrâneo: três ou quatro divisões francesas, duas ou três divisões americanas e pelo menos quatro inglesas ou controladas pelos ingleses (inclusive as polonesas). A única coisa que se interpunha entre elas e as operações efetivas na Itália eram os LSTs, e o principal obstáculo que se erguia entre nós e os LSTs era a insistência numa data próxima para seu retorno à Inglaterra.

O leitor desta narrativa não se deixe levar pela ideia de que eu (a) queria abandonar a operação *Overlord*, (b) queria privar *Overlord* de forças vitais, ou (c) contemplava uma campanha de exércitos operando na península balcânica. Isso são lendas. Tal desejo jamais me passou pela cabeça. Se me fosse concedido um adiamento de seis semanas ou dois meses, a contar de 1º de maio, na data da operação *Overlord*, eu poderia usar por vários meses os navios de desembarque que se achavam no Mediterrâneo para empregar forças realmente eficazes na Itália e, desse modo, não apenas conquistar Roma, mas retirar divisões alemãs das frentes russa e normanda, ou de ambas. Todos esses assuntos foram discutidos em Washington sem levar em consideração o caráter limitado das questões a que minha argumentação dizia respeito.

Como veremos dentro em pouco, no fim das contas, tudo o que eu havia solicitado foi feito. As barcaças de desembarque não apenas foram postas à disposição para apoiar operações no Mediterrâneo, como até lhes foi permitido atuar em uma latitude maior em prol da operação de Anzio, em janeiro. Isso em nada impediu lançar com êxito a *Overlord* em 6 de junho, com forças suficientes. O que aconteceu, entretanto, foi que a longa luta concernente à tentativa de obter esses pequenos adiamentos e impedir a fragmentação de uma vasta frente, em nome da conformidade com uma data rígida em outra, levou a operações prolongadas e insatisfatórias na Itália.

71
Os comboios do Ártico

NAS ÁGUAS DO ÁRTICO, O ANO DE 1942 havia-se encerrado com um vigoroso ataque de contratorpedeiros ingleses que escoltavam um comboio para o norte da Rússia. Esse acontecimento levara a uma crise no Alto Comando alemão e à destituição do almirante Raeder do controle dos assuntos navais. Entre janeiro e março, nos meses restantes de quase perpétua escuridão, dois outros comboios de 42 navios e mais seis navios singrando independentemente partiram para essa viagem arriscada. Quarenta chegaram. Nesse mesmo período, 36 navios foram trazidos em segurança dos portos russos e cinco foram perdidos. A volta da luz do dia facilitou os ataques do inimigo aos comboios. O que restava da esquadra alemã, incluindo o *Tirpitz*, foi então concentrado em águas norueguesas, impondo uma ameaça portentosa e contínua a uma grande parte da rota. A batalha contra os submarinos no Atlântico estava chegando a um ponto crítico. O esforço imposto aos nossos contratorpedeiros era mais do que podíamos suportar. O comboio de março teve de ser adiado e, em abril, o almirantado propôs, e eu concordei, que os suprimentos enviados à Rússia por essa rota fossem suspensos até que chegasse a escuridão do outono.

Essa decisão foi tomada com grande pesar, em virtude das tremendas batalhas na frente russa durante a campanha de 1943. Passado o degelo da primavera, os dois lados se concentraram para uma luta momentosa. Os russos, tanto em terra quanto no ar, agora estavam levando a melhor, e os alemães hão de ter tido poucas esperanças de uma vitória final. Não conseguiram nenhuma vantagem para compensar suas baixas pesadas. Os novos tanques Tiger, com que haviam contado para lograr êxito, foram massacrados pela artilharia russa. Seu exército, reduzido pelas campanhas anteriores na Rússia, estava diluído pela inclusão de aliados de segunda categoria. Assim, quando os golpes russos começaram a ser desferidos, os alemães não conseguiram detê-los. Três batalhas imensas, em Kursk, Orel e Kharkov,

Os comboios do Ártico

todas ao longo de dois meses, marcaram a destruição do exército germânico na frente leste. Por toda parte, ele foi vencido e superado. Não foi apenas em terra que os russos provaram sua nova superioridade. No ar, cerca de 2.500 aviões alemães esbarraram na oposição de pelo menos o dobro de aeronaves russas, cuja eficiência fora muito aperfeiçoada. A força aérea alemã, nesse período da guerra, estava no auge de seu poderio, somando um total de uns seis mil aviões. O fato de menos da metade deles poder ser destinada ao apoio a essa campanha crucial é prova suficiente do valor que tiveram para a Rússia nossas operações no Mediterrâneo e o crescente bombardeio aliado saindo de bases na Inglaterra. Em matéria de aviões de combate, em especial, os alemães comeram o pão que o diabo amassou. Embora já estivessem em número inferior na frente leste, em setembro eles tiveram que reduzi-lo ainda mais para se defender no Ocidente, onde, no inverno, quase 3/4 de toda a sua aviação de caça estavam atuando. Os golpes russos, rápidos e sucessivos, não deram aos alemães nenhuma oportunidade de tirar proveito máximo de seus recursos aéreos. As unidades aéreas eram frequentemente deslocadas de uma área de batalha para outra, a fim de enfrentar uma nova crise, e onde quer que fossem, deixando uma lacuna atrás de si, deparavam com os aviões russos em quantidade preponderante.

Em setembro, os alemães bateram em retirada em todo seu front sul, de Moscou até o mar Negro. Os russos saíram em seu encalço. No pivô do norte, o avanço russo tomou Smolensk em 25 de setembro. Os alemães certamente esperavam postar-se no Dnieper, a grande linha fluvial subsequente, mas, no início de outubro, os russos o atravessaram ao norte de Kiev e ao sul de Pereyaslav e Kremenchug. Ainda mais ao sul, Dnepropetrovsk foi tomada em 25 de outubro. Somente perto da foz do Dnieper é que os alemães ainda se encontravam na margem ocidental; todo o resto se fora. A retirada da sólida guarnição alemã da Crimeia foi interceptada. Kiev, cercada pelos dois flancos, caiu em 6 de novembro, com muitos prisioneiros. Em dezembro, após uma perseguição de três meses, os exércitos alemães no centro e no sul da Rússia tinham sido empurrados de volta por mais de duzentas milhas e, impossibilitados de defender a linha do rio Dnieper, ficaram desprotegidos e vulneráveis a uma campanha de inverno, na qual, como sabiam por amarga experiência, seus inimigos se destacavam. Tal foi a grandiosa história russa de 1943.

☆

Memórias da Segunda Guerra Mundial

Era natural que o governo soviético reprovasse a suspensão dos comboios, dos quais seus exércitos estavam sedentos. Na noite de 21 de setembro, Molotov mandou chamar nosso embaixador em Moscou e pediu que os embarques fossem reiniciados. Assinalou que a esquadra italiana fora eliminada e que os submarinos haviam abandonado o Atlântico norte em favor da rota do sul. A ferrovia iraniana não conseguia transportar o suficiente. Durante três meses, a União Soviética havia empreendido uma vasta ofensiva muito desgastante e, no entanto, em 1943, recebera menos de um terço dos suprimentos do ano anterior. Portanto, o governo soviético "insistia" na urgente retomada dos comboios e esperava que o governo de Sua Majestade tomasse todas as providências necessárias em poucos dias.

Quando nos encontramos em Londres para discutir tudo isso, na noite de 29 de setembro, havia um agradável fato novo diante de nós. O *Tirpitz* fora inutilizado pelo ataque audacioso e heroico de nossos submarinos pequenos. Dos seis barcos que haviam participado, dois haviam rompido todas as complexas defesas. Seus comandantes, o tenente Cameron, da reserva da Marinha Real, e o tenente Place, da Marinha Real, resgatados pelos alemães, sobreviveram como prisioneiros de guerra e receberam a Victoria Cross. Posteriormente, o reconhecimento aéreo mostrou que o encouraçado fora seriamente danificado e precisaria de reparos num estaleiro para entrar novamente em condições de combate. O *Lützow* já havia partido para o Báltico. Assim, teríamos um alívio, provavelmente de alguns meses, nas águas do Ártico.

Mas Mr. Eden tinha sérias queixas sobre o tratamento dado pelos russos aos nossos homens. Por conseguinte, enviei o seguinte telegrama a Stalin:

> (...) É para mim um enorme prazer dizer-lhe que estamos planejando despachar uma série de quatro comboios para o norte da Rússia em novembro, dezembro, janeiro e fevereiro, cada um composto por aproximadamente 35 navios ingleses e americanos. (...)

Incluí um parágrafo como salvaguarda para evitar novas acusações de quebra de promessa por parte dos soviéticos, caso nossos esforços para ajudá-los se revelassem inúteis:

> Contudo, devo deixar registrado que isso não constitui um contrato ou acordo comercial, mas, antes, uma declaração de nossa solene e sincera determinação. Nessa base, ordenei que sejam tomadas as providências necessárias para o envio desses quatro comboios de 35 navios.

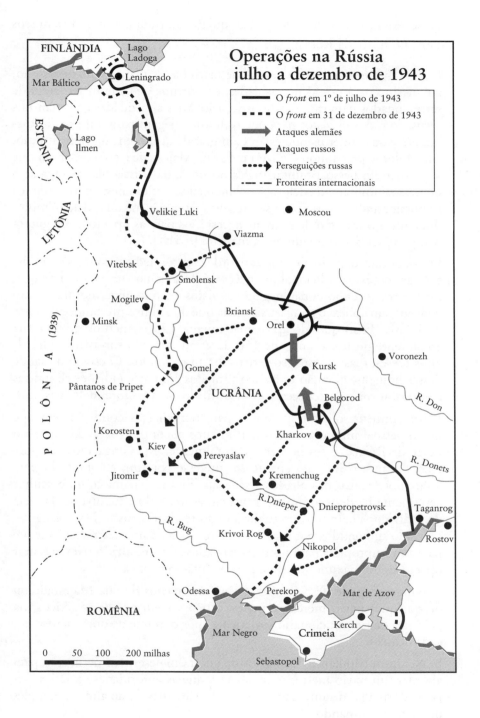

Passei então a nossa lista de queixas quanto ao tratamento dado a nossos homens no norte da Rússia:

(...) Os números atuais do pessoal de marinha estão abaixo do necessário, até mesmo para nossas necessidades, em virtude de os homens terem de ser mandados para casa sem substituição. Suas autoridades civis têm-nos recusado todos os vistos para que os homens sigam para o norte da Rússia, até para render os que estão com grande atraso em sua substituição. M. Molotov pressionou o governo de Sua Majestade a concordar em que o número do pessoal militar inglês no norte da Rússia não ultrapasse o do pessoal militar e da delegação comercial soviéticos neste país. Estamos impossibilitados de aceitar essa proposta, já que o trabalho deles é muito diferente e o número de homens necessários para as operações de guerra não pode ser determinado dessa maneira inviável. (...)

Devo, portanto, pedir-lhe que concorde com a imediata concessão de vistos para o pessoal adicional ora necessário e solicitar sua garantia de que, no futuro, os senhores não negarão os vistos quando julgarmos necessário pedi-los, em conexão com a assistência que lhes vimos prestando no norte da Rússia. Friso que, de aproximadamente 170 elementos de marinha atualmente no norte, mais de 150 deveriam ter sido substituídos há alguns meses, mas os vistos soviéticos foram recusados. O estado de saúde desses homens, que não estão acostumados com as condições climáticas e outras, torna muito necessário substituí-los sem maiores delongas. (...)

Devo também solicitar sua ajuda para remediar as condições em que nosso pessoal militar e nossos marinheiros encontram-se atualmente no norte da Rússia. Esses homens, naturalmente, estão engajados em operações contra o inimigo em nosso interesse comum, e sobretudo para levar suprimentos dos aliados a seu país. Eles se acham, como o senhor certamente há de reconhecer, numa situação totalmente diversa daquela de indivíduos comuns que se dirijam ao território russo. Não obstante, têm sido submetidos por suas autoridades às seguintes restrições, que me parecem impróprias para homens enviados por um aliado para executar operações do máximo interesse para a União Soviética:

a. Ninguém pode desembarcar de um dos navios de Sua Majestade ou de qualquer navio mercante inglês, a não ser em barcos soviéticos, na presença de um funcionário soviético e após o exame de documentos em cada ocasião.

b. Nenhum tripulante dos navios de guerra ingleses tem permissão para abordar um navio mercante inglês sem que as autoridades soviéticas sejam informadas de antemão. Isso se aplica até mesmo ao almirante inglês que está no comando.

Os comboios do Ártico

c. Exige-se que os oficiais e marinheiros ingleses obtenham passes especiais para desembarcar ou circular entre dois postos ingleses em terra. É frequente esses passes serem muito demorados, com uma consequente perturbação do trabalho a ser feito.

d. Nenhuma provisão, bagagem ou correspondência para essa força operacional pode ser desembarcada senão na presença de um funcionário soviético, e numerosas formalidades são exigidas para o embarque de todas as provisões e correspondência.

e. A correspondência particular dos militares é submetida à censura, embora, em se tratando de uma força operacional desse tipo, a censura devesse, a nosso ver, ficar a cargo das autoridades militares inglesas.

A imposição dessas restrições causa aos oficiais e marinheiros uma impressão que é ruim para as relações anglo-soviéticas e que seria profundamente lesiva, caso o Parlamento viesse a tomar conhecimento dela. O efeito cumulativo dessas formalidades tem sido prejudicial ao desempenho eficiente dos deveres dos marinheiros e, em mais de uma ocasião, a operações urgentes e importantes. Nenhuma restrição similar é imposta ao pessoal soviético aqui. (...) Realmente confio, M. Stalin, em que o senhor considerará possível fazer com que essas dificuldades sejam sanadas, dentro de um espírito de amizade, para que possamos ajudar uns aos outros e à causa comum no limite máximo de nossas forças.

Tratava-se de requisitos modestos, considerando-se os esforços que estávamos prestes a fazer. Só recebi a resposta de Stalin quase 15 dias depois. Ei-la:

Recebi sua mensagem de 1º de outubro, informando-me da intenção de enviar quatro comboios à União Soviética, pela rota do norte, em novembro, dezembro, janeiro e fevereiro. Contudo, essa comunicação perde seu valor, em vista de sua afirmação de que essa intenção de enviar comboios pelo norte à URSS não constitui uma obrigação nem um acordo, mas apenas uma declaração, que, como se pode entender, é algo a que o lado inglês pode renunciar a qualquer momento, independentemente da influência que isso possa ter sobre os exércitos soviéticos no front. Devo dizer que não posso concordar com essa forma de colocar a questão. Os suprimentos do governo inglês para a URSS, armamentos e outros artigos militares não podem ser considerados senão como uma obrigação, com a qual, mediante um acordo especial entre nossos países, o governo inglês se comprometeu em respeito à URSS, que vem suportando em seus ombros, já pelo terceiro ano, o imenso fardo da luta contra o inimigo comum dos aliados, a Alemanha hitlerista. (...) Como tem mostrado a experiência, o fornecimento de armas e provisões militares à URSS pelos portos iranianos não consegue compensar, de maneira alguma, os suprimentos que não são fornecidos pela rota norte. (...) É impossível considerar essa forma de colocar a questão como outra coisa senão uma recusa do governo inglês a cumprir as obrigações que assumiu, e como uma espécie de ameaça dirigida à URSS.

No que concerne à sua menção de pontos controvertidos, supostamente contidos na declaração de M. Molotov, devo dizer que não encontro nenhum fundamento para tal comentário. (...) Não vejo necessidade de aumentar o número de soldados ingleses no norte da URSS, uma vez que a grande maioria dos que já se encontram ali não é suficientemente empregada e, durante muitos meses, fica condenada ao ócio, como já foi apontado diversas vezes pelo lado soviético. (...) Há também fatos lamentáveis, ligados ao comportamento inadmissível de soldados ingleses isolados, que, em diversos casos, mediante suborno, tentaram recrutar alguns cidadãos soviéticos para obter informações secretas. Tais casos, ofensivos aos cidadãos soviéticos, naturalmente deram margem a incidentes que levaram a complicações indesejáveis.

No que concerne à sua menção de formalidades e algumas restrições existentes nos portos nortistas, é necessário ter em mente que tais formalidades e restrições são inevitáveis nas zonas próximas do front e no front, não se esquecendo o estado de guerra que existe na URSS. (...) Não obstante, as autoridades soviéticas concederam muitos privilégios nesse aspecto aos soldados e marinheiros ingleses, sobre os quais a embaixada inglesa foi informada já em março último. Portanto, sua referência a muitas formalidades e restrições baseia-se em informações incorretas.

No que concerne à questão da censura e da perseguição aos soldados ingleses, não faço objeção a que a censura da correspondência particular destinada ao pessoal inglês nos portos do norte seja feita pelas próprias autoridades inglesas, sob a condição de que haja reciprocidade. (...)

Comentei com o presidente:

Acabo de receber um telegrama de Stalin que, segundo creio, o senhor julgará não ser exatamente tudo o que se esperaria de um cavalheiro em cujo benefício estamos em vias de fazer um esforço inconveniente, extremo e dispendioso. (...) Penso, ou pelo menos espero, que essa mensagem tenha vindo da máquina, e não de Stalin, já que levou 12 dias para ser preparada. A máquina soviética está inteiramente convencida de que pode conseguir tudo pela intimidação, e estou certo de que há alguma importância em lhe mostrar que isso nem sempre é necessariamente verdade.

Os comboios do Ártico

☆

No dia 18, pedi ao embaixador soviético que fosse ter comigo. Como essa era a primeira ocasião em que eu encontrava M. Gousev, que havia substituído Maisky, ele me apresentou os cumprimentos do marechal Stalin e de Molotov e eu lhe falei da boa reputação que ele construíra para si junto a nós, no Canadá. Falei-lhe francamente do grande desejo que tínhamos de trabalhar com a Rússia e fazer amizade com ela, de como percebíamos que ela teria um grande papel no mundo depois da guerra, de como acolheríamos isso de bom grado. Também faríamos todo o possível para promover boas relações entre ela e os Estados Unidos.

Comentei então o telegrama de Stalin sobre os comboios. Disse, muito sucintamente, não acreditar que aquela mensagem contribuísse para a situação, que ela me havia causado bastante pesar, que eu temia que qualquer resposta que pudesse enviar só fizesse piorar as coisas, que o ministro do Exterior estava em Moscou e eu o deixara encarregado de solucionar a questão lá mesmo, e que, portanto, eu não desejava receber a mensagem. Entreguei então ao embaixador um envelope. Gousev o abriu para ver o que continha e, reconhecendo a mensagem, disse ter sido instruído a entregá-la a mim. Retruquei então: "Não estou disposto a recebê-la", e me levantei para indicar amistosamente que nossa conversa chegara ao fim. Dirigi-me à porta e a abri. Ali trocamos algumas palavras sobre sua vinda a um almoço, num futuro próximo, para discutir com a senhora Churchill algumas questões ligadas ao fundo que ela dirigia para a Rússia, que lhe informei já haver atingido quatro milhões de libras esterlinas. Não dei a M. Gousev nenhuma oportunidade de voltar à questão dos comboios ou de tentar devolver-me o envelope, e me inclinei em sinal de despedida.

O Gabinete de Guerra endossou minha recusa a receber o telegrama de Stalin. Sem dúvida, esse foi um incidente diplomático incomum e, como vim a saber mais tarde, impressionou o governo soviético. Molotov referiu-se a ele várias vezes em conversa. Antes mesmo que o fato pudesse ser relatado a Moscou, houve receios nos círculos soviéticos. Em 19 de outubro, Mr. Eden, que lá chegara para uma conferência havia muito planejada entre os ministros do Exterior dos três principais aliados, telegrafou informando que Molotov o visitara na embaixada e lhe dissera que seu governo valorizava enormemente os comboios e sentia grande falta deles. A rota do norte era a maneira mais curta e mais rápida de levar os suprimentos para o front, onde os russos estavam passando por dificuldades. A linha de defesa alemã tinha que ser rompida no inverno. Molotov prometeu falar com Stalin sobre tudo isso e providenciar uma reunião.

A importante discussão teve lugar no dia 21. Entrementes, para fortalecer a posição de Eden e por sugestão dele, suspendi o envio dos contratorpedeiros ingleses, o que constituiria a primeira providência para o reinício dos comboios. Acabou-se chegando a um acordo de que eles seriam reiniciados. O primeiro zarpou em novembro, seguido por um segundo em dezembro. Juntos, os dois abrangeram 72 navios. Todos chegaram em segurança e, ao mesmo tempo, os comboios de navios vazios que voltavam para casa foram trazidos com êxito.

O comboio de ida em dezembro trouxe a notícia de um combate naval gratificante. A inutilização do *Tirpitz* havia deixado o *Scharnhorst* como o único navio pesado inimigo no norte da Noruega. Ele zarpou do fiorde Alten com cinco contratorpedeiros na noite de Natal de 1943, a fim de atacar o comboio a umas cinquenta milhas ao sul da ilha do Urso. A escolta reforçada do comboio compreendia 14 contratorpedeiros e uma flotilha de apoio de três cruzadores. O comandante em chefe, almirante Fraser, mantinha-se a sudoeste em sua nau capitania, o *Duke of York*, com o cruzador *Jamaica* e quatro contratorpedeiros.

Por duas vezes o *Scharnhorst* tentou atingir o comboio. Foi interceptado em ambas e combatido pelos cruzadores e contratorpedeiros da escolta e, após uma batalha não conclusiva, em que o *Scharnhorst* e o cruzador inglês *Norfolk* foram atingidos, os alemães suspenderam o combate e se retiraram para o sul, acompanhados e vigiados por nossos cruzadores. Os contratorpedeiros alemães nunca foram avistados nem tiveram qualquer participação. Entrementes, o comandante em chefe aproximava-se a toda a velocidade pelo mar encapelado. Às 16h17, quando já de muito desaparecera o último raio de sol do crepúsculo no Ártico, o *Duke of York* detectou o inimigo pelo radar a umas 23 milhas de distância. O *Scharnhorst* continuou sem saber do fim que se aproximava, até que, às 16h50, o *Duke of York* abriu fogo a 12 mil jardas de distância, com a ajuda de projéteis de sinalização. Ao mesmo tempo, o almirante Fraser despachou seus quatro contratorpedeiros para que atacassem quando surgisse a oportunida-

Os comboios do Ártico

de. Um deles, o *Stord,* era tripulado pela Real Marinha Norueguesa. O *Scharnhorst* foi surpreendido e se afastou rumo leste. Na luta para escapar, sofreu diversos impactos, mas, com sua velocidade superior, aos poucos conseguiu tomar distância. Às 18h20, no entanto, ficou claro que sua velocidade começava a cair, e nossos destróieres puderam aproximar-se pelos dois lados. Por volta das 19 horas, todos desferiram seu ataque. Quatro torpedos atingiram o alvo. Apenas um destróier foi atingido.

O *Scharnhorst* manobrou para rechaçar os contratorpedeiros e, com isso, o *Duke of York* pôde aproximar-se rapidamente até umas dez mil jardas e tornar a abrir fogo, com um efeito esmagador. Em meia hora, estava terminada a batalha desigual entre um encouraçado e um cruzador pesado avariado. O *Duke of York* deixou os cruzadores e destróieres completarem o serviço. O *Scharnhorst* afundou rapidamente e, de sua tripulação de 1.970 oficiais e marinheiros, inclusive o contra-almirante Bey, só pudemos salvar 36 homens.

Embora o destino do avariado *Tirpitz* fosse adiado por quase um ano, o afundamento do *Scharnhorst* não apenas eliminou a pior ameaça aos nossos comboios do Ártico, como deu uma nova liberdade à nossa esquadra de casa, a Home Fleet. Já não tínhamos que estar preparados a todo momento contra a irrupção de navios pesados alemães no Atlântico, na hora que bem entendessem. Foi um alívio importante. Quando, em abril de 1944, houve sinais de que o *Tirpitz* fora suficientemente reparado para se deslocar até um porto no Báltico para ser reequipado, aeronaves dos porta-aviões *Victorious* e *Furious* atacaram-no com bombas pesadas e, mais uma vez, ele foi imobilizado. A RAF então se encarregou do ataque, partindo de uma base no norte da Rússia. Conseguiu provocar novas avarias, que levaram à retirada do *Tirpitz* para o fiorde Tromsö, duzentas milhas mais próximo da Inglaterra e dentro do limite de alcance de nossos bombardeiros pesados das bases inglesas. Os alemães, a essa altura, haviam perdido a esperança de levar o navio para reparos em sua terra e o haviam riscado do mapa como unidade naval de combate. Em 12 de novembro, 29 Lancaster especialmente equipados da RAF, incluindo os da Esquadrilha 617, famosa pela façanha da represa do Möhne, desferiram o golpe decisivo, com bombas de 12 mil libras. Eles tiveram que voar mais de duas mil milhas desde suas bases, na Escócia, mas o tempo estava claro e três bombas atingiram o alvo. O *Tirpitz* emborcou no ancoradouro, com a morte de mais da metade de sua tripulação de 1.900 homens, ao preço de um único bombardeiro, cuja tripulação, aliás, sobreviveu.

Todos os navios pesados ingleses ficaram livres para se deslocar para o Extremo Oriente.

Em toda a guerra, 91 navios mercantes foram perdidos na rota do Ártico, totalizando 7,8% dos cargueiros destinados a portos estrangeiros e 3,8% dos que retornavam. Apenas 55 deles estavam em comboios escoltados. Das cerca de quatro milhões de toneladas de carga despachadas dos Estados Unidos e da Inglaterra, um oitavo se perdeu. Nesse trabalho árduo, a marinha mercante perdeu 829 vidas, enquanto a Royal Navy pagou um preço ainda mais alto. Dois cruzadores e 17 outros navios de guerra foram afundados, com a morte de 1.840 oficiais e tripulantes.

Os quarenta comboios enviados à Rússia transportaram o imenso total de 428 milhões de libras esterlinas em equipamentos, inclusive cinco mil tanques e mais de sete mil aviões, apenas da Inglaterra. Assim, cumprimos nossa promessa, a despeito das muitas palavras ásperas dos líderes soviéticos e de sua atitude rigorosa para com nossos marinheiros empenhados em salvá-los.

72
Teerã: a abertura

MAL RETORNEI À INGLATERRA após minhas visitas à Cidadela, à Casa Branca e a Hyde Park, durante a Conferência de Quebec, em agosto e setembro de 1943, voltei-me para o tema de um encontro dos três chefes de governo, que seria uma decorrência lógica das conversações anglo-americanas. Houve consenso de que ele era urgente e imperativo. Mas as pessoas sem experiência nesse assunto não fazem ideia das preocupações e complicações quanto ao acerto da data, local e condições desta que seria a primeira conferência dos então chamados Três Grandes.

Diversos aspectos graves da conferência iminente absorveram meus pensamentos. Era urgente a escolha de um comandante supremo para a operação *Overlord,* nossa invasão da Europa pelo Canal da Mancha em 1944. Isso, é claro, afetava da maneira mais direta a condução militar da guerra e levantava diversas questões pessoais importantes e delicadas. Na Conferência de Quebec, eu havia concordado com o presidente em que a operação *Overlord* fosse comandada por um oficial americano, e transmitira essa informação ao general Brooke, a quem eu antes oferecera a missão. Depreendera da postura de Mr. Roosevelt que ele escolheria o general Marshall, o que nos seria inteiramente satisfatório. Mas, no intervalo entre Quebec e nossa reunião no Cairo, percebi que o presidente ainda não se decidira em termos definitivos a respeito de Marshall. Nenhuma das outras providências, é claro, poderia ser tomada antes que se chegasse à decisão principal. Entrementes, aumentavam os boatos na imprensa americana e havia uma perspectiva de reações parlamentares em Londres.

Eu também julgava muito importante que os chefes de estado-maior ingleses e americanos — e, sobretudo, o presidente e eu — chegassem a um consenso quanto à política da operação *Overlord* e seu impacto no Mediterrâneo. Todo o poderio armado ultramarino de nossos dois países estaria envolvido. As forças inglesas deveriam ser iguais no começo da operação *Overlord,* o dobro das americanas na Itália e três vezes mais numerosas no resto do Mediterrâneo. Sem dúvida, tínhamos de chegar a um entendimento sólido antes de convidar representantes soviéticos, políticos ou militares, a se juntarem a nós. O presidente pareceu favorável à ideia, mas não à ocasião. Estava emergindo nos círculos do governo americano uma intensa corrente de opinião que parecia desejar conquistar a confiança russa até mesmo à custa da coordenação anglo-americana do esforço de guerra. Eu, por outro lado, julgava da máxima importância que fôssemos ao encontro dos russos com uma visão clara e única sobre os problemas fundamentais da operação *Overlord* e a questão dos altos comandos. Desejava que o programa tivesse três etapas: primeiro, um amplo acordo anglo-americano no Cairo; segundo, uma conferência de cúpula entre os chefes de governo das três grandes potências em Teerã; e terceiro, na volta ao Cairo, a discussão do que eram assuntos puramente anglo-americanos sobre a guerra no teatro indiano e no oceano Índico, o que, sem dúvida, era urgente. Eu não queria que o curto prazo de que dispúnhamos fosse absorvido pelo que eram, afinal, temas comparativamente menores, quando a decisão que implicava o curso de toda a guerra exigia pelo menos um acordo provisório. Mr. Roosevelt concordou em ir primeiramente ao Cairo, mas queria que Molotov também comparecesse, bem como os chineses. Nada, no entanto, foi capaz de induzir Stalin a comprometer suas relações com os japoneses através da participação numa conferência de quatro potências em que estariam presentes os três inimigos do Japão. Assim, qualquer hipótese da ida de representantes soviéticos ao Cairo foi rejeitada. Em si, isso foi um grande alívio. Mas veio com sérios inconvenientes e a um custo subsequente.

Na tarde de 12 de novembro, zarpei de Plymouth no *Renown* com minha comitiva pessoal, numa viagem que me manteria fora da Inglaterra por mais de dois meses. Depois de duas paradas, em Argel e Malta, chegamos a Alexandria na manhã do dia 21. Voei imediatamente para o aeródromo do deserto, perto das pirâmides. Ali, Mr. Casey pusera a minha disposição a aprazível residência que vinha usando. Ela se situava numa ampla extensão de bosques de Kasserine, densamente pontilhados pelas luxuosas mansões e jardins dos magnatas cosmopolitas do Cairo. O generalíssimo Chiang Kai-shek e senhora já se haviam acomodado a meia milha dali. O presidente deveria ocupar a espaçosa vila do embaixador americano Kirk, umas três milhas abaixo na estrada para o Cairo. Fui recepcioná-lo no aeroporto do

Teerã: a abertura

deserto em sua chegada no "Sacred Cow", na manhã seguinte, e seguimos juntos para sua residência.

As delegações militares congregaram-se rapidamente. O QG da Conferência e cena de todos os chefes de estado-maior, ingleses e americanos, era o Mena House Hotel, em frente às pirâmides. Eu estava hospedado a apenas meia milha dali. Todo o local fervilhava de soldados e canhões antiaéreos, e os mais rigorosos cordões de isolamento guardavam todos os acessos. Cada um se lançou imediatamente ao trabalho, em seus diferentes níveis, com a imensa massa de assuntos a serem decididos ou revistos.

Minha apreensão quanto à presença de Chiang Kai-shek demonstrou-se correta. As discussões dos estados-maiores inglês e americano foram lamentavelmente desvirtuadas pela questão chinesa, que era extensa, complicada e menor. Além disso, o presidente, que como veremos tinha uma opinião exagerada sobre a importância da esfera Indiano-Chinesa, logo se trancou em longas conferências com o Generalíssimo. Todas as esperanças de persuadir Chiang e sua mulher a visitarem as pirâmides e se divertirem até que voltássemos de Teerã ruíram por terra, daí resultando que os assuntos chineses ocuparam o primeiro e não o último lugar no Cairo. O presidente, apesar de meus argumentos, prometeu aos chineses uma considerável operação anfíbia através da baía de Bengala dentro de poucos meses. Isso, muito mais do que qualquer de meus projetos na Turquia e no Egeu, restringiria a disponibilidade de barcaças de desembarque de tropas e tanques para a operação *Overlord*. Também prejudicaria dolorosamente as imensas operações que estávamos realizando na Itália. Em 29 de novembro, escrevi aos chefes de estado-maior: "O primeiro-ministro deseja deixar registrado o fato de que rejeitou especificamente o pedido do Generalíssimo de empreendermos uma operação anfíbia simultaneamente às operações terrestres na Birmânia." Somente ao voltarmos de Teerã para o Cairo finalmente convenci o presidente a retirar sua promessa. Mesmo assim, surgiram muitas complicações, às quais voltarei daqui a pouco.

Naturalmente, aproveitei a oportunidade para visitar o Generalíssimo em sua *villa*, onde ele e a mulher estavam confortavelmente instalados. Era a primeira vez que eu encontrava Chiang Kais-hek. Fiquei impressionado com sua personalidade calma, reservada e eficiente. Nessa época, ele estava no auge do poder e da fama. Aos olhos dos americanos, era uma das forças dominantes do mundo, paladino da "Nova Ásia", firme defensor da China contra a invasão japonesa e anticomunista ferrenho. A crença aceita nos círculos americanos dizia que, uma vez conquistada a vitória, ele seria o chefe da Quarta Potência mundial. Todas essas opiniões e avaliações foram desde então descartadas por muitos dos que as sustentavam. Eu, que na época não compartilhava das estimativas exageradas sobre o poder de Chiang Kai-shek ou a futura prestância da China, posso registrar que o Generalíssimo continua a servir às mesmas causas que, naquele tempo, lhe haviam granjeado tamanho renome. Desde então, porém, ele foi derrotado pelos comunistas em sua própria pátria, o que é muito ruim. Tive uma conversa muito agradável com a senhora Chiang Kai-shek, que me pareceu uma personalidade notável e encantadora. O presidente mandou que nos fotografassem juntos, a todos nós, numa de nossas reuniões em sua residência, e, embora o Generalíssimo e sua mulher sejam hoje vistos como reacionários nocivos e corruptos por muitos de seus antigos admiradores, alegra-me conservar essa foto como lembrança.

Em 24 de novembro, uma reunião dos Chefes de Estado-Maior Combinados foi convocada pelo presidente, sem a presença da delegação chinesa, para discutir as operações na Europa e no Mediterrâneo. Procurávamos fazer um levantamento da relação entre os dois teatros e trocar opiniões antes de seguir para Teerã. O presidente abriu a reunião falando sobre o efeito que surtiria na operação *Overlord* qualquer possível ação que empreendêssemos nesse meio-tempo no Mediterrâneo, incluído aí o problema da entrada da Turquia na guerra.

Ao assumir a palavra, eu disse que *Overlord* continuava no topo da lista, mas que essa operação não deveria nos tiranizar a ponto de excluir qualquer outra atividade no Mediterrâneo; por exemplo, dever-se-ia conceder um pouco de flexibilidade no emprego das barcaças de desembarque. O general Alexander havia solicitado que a data da partida delas para a operação *Overlord* fosse adiada de meados de dezembro para meados de janeiro. Havia-se encomendado a construção de oitenta novos LSTs na Inglaterra e no Canadá. Deveríamos tentar fazer ainda mais do que isso. Era provável que se constatasse que os pontos de divergência entre os chefes de estado-maior americanos e ingleses não afetavam mais de um décimo de nossos recursos comuns, excetuando-se o Pacífico. Deveria ser possível obter alguma flexibilidade. Não obstante, eu queria afastar qualquer ideia de que

Teerã: a abertura

houvéssemos enfraquecido ou esfriado, ou estivéssemos tentando sair de *Overlord*. Estávamos nela até o punho da espada. Resumindo, afirmei que o programa que eu defendia era o seguinte: tentar tomar Roma em janeiro e Rhodes em fevereiro; renovar o suprimento aos iugoslavos, decidir sobre o comando, libertar o Egeu, dependendo do desfecho da aproximação com a Turquia; e todos os preparativos para a operação *Overlord* deveriam prosseguir a pleno vapor, dentro do contexto dessa política referente ao Mediterrâneo.

Mr. Eden juntou-se então a nós, vindo da Inglaterra, para onde voara depois das discussões em Moscou. Sua chegada me ajudou muito. Na volta da Conferência de Moscou, ele e o general Ismay haviam-se encontrado com o ministro do Exterior da Turquia e outros turcos. Mr. Eden assinalou que tínhamos necessidade urgente de bases aéreas no sudoeste de Anatólia. Explicou que nossa situação militar em Leros e Samos era precária, em virtude da superioridade aérea alemã. Os dois lugares tinham sido perdidos desde então. Mr. Eden também havia mencionado as vantagens que decorreriam da entrada da Turquia na guerra. Em primeiro lugar, ela obrigaria os búlgaros a concentrarem suas forças na fronteira e, desse modo, forçaria os alemães a substituir as tropas búlgaras na Grécia e na Iugoslávia, até o limite de umas dez divisões. Em segundo, seria possível atacar o único alvo que poderia ser decisivo — os campos de petróleo de Ploesti. Em terceiro, o cromo turco ficaria inacessível à Alemanha.

Por fim, haveria a vantagem moral. A entrada da Turquia na guerra bem poderia apressar o processo de desintegração na Alemanha e entre seus satélites. A delegação turca não se comoveu com toda essa argumentação. Na verdade, disse que a concessão de bases em Anatólia equivaleria a uma intervenção na guerra. Se eles fizessem isso, nada impediria uma retaliação alemã contra Constantinopla, Ankara e Smirna. A delegação recusara o consolo da garantia de que lhes daríamos caças suficientes para enfrentar qualquer ataque aéreo que os alemães pudessem lançar, e de que os alemães estavam tão assoberbados por toda parte que não disporiam de divisões para atacar a Turquia. O único resultado das discussões foi que a delegação turca havia prometido relatá-las ao seu governo. Considerando o que havia acontecido diante dos olhos deles no Egeu, dificilmente se poderia censurar os turcos por sua cautela.

Por fim, havia a questão dos altos comandos. Nem o presidente nem qualquer membro de seu círculo imediato fizeram referências ao assunto, fosse de que maneira fosse, nas ocasiões formais e informais, porém sempre amistosas, em que estivemos em contato. Assim, continuei com a impressão de que o general Marshall comandaria a operação *Overlord*, de que o general Eisenhower o substituiria em Washington, e de que caberia a mim, representando o governo de Sua Majestade, escolher o comandante do Mediterrâneo, que, nessa ocasião, eu não tinha dúvida de que seria Alexander, já então travando a guerra na Itália. O assunto ficaria nesse ponto até retornarmos ao Cairo.

Tem havido muitos relatos equivocados sobre a posição que assumi, com a plena concordância dos chefes de estado-maior ingleses, na Tríplice Conferência de Teerã. Tornou-se uma lenda, nos EUA, a ideia de que lutei para impedir a ofensiva pelo Canal, denominada *Overlord*, e de que em vão tentei seduzir os aliados para uma invasão maciça dos Bálcãs, ou para uma campanha em larga escala no Mediterrâneo oriental, que na verdade teriam liquidado *Overlord*. Boa parte desses absurdos já foi exposta e refutada nos capítulos anteriores, mas vale a pena expor o que eu efetivamente buscava e, em larga medida, consegui.

Overlord, agora planejada em detalhe, deveria ser lançada em maio ou junho, ou, no máximo, nos primeiros dias de julho de 1944. Tropas e todos os navios para levá-las continuavam a ter prioridade máxima. Em segundo lugar, o grande exército anglo-americano que estava em combate na Itália precisava ser nutrido para tomar Roma e avançar para garantir os aeródromos ao norte da capital, dos quais se tornaria possível o ataque aéreo ao sul da Alemanha. Isto feito, não haveria avanços na Itália além da linha Pisa-Rimini — *id est*, não deveríamos estender nosso front até a parte mais larga da península italiana. Essas operações, se deparassem com resistência inimiga, atrairiam e reteriam enormes forças alemãs, dariam aos italianos a oportunidade de "pagarem a passagem trabalhando" e manteriam continuamente acesa a chama da guerra na frente hostil.

Eu não me opunha, nessa ocasião, a um desembarque no sul da França, ao longo da Riviera, tendo Marselha e Toulon como objetivos, e a um subsequente avanço anglo-americano em direção ao norte, subindo o vale do Ródano, para ajudar na invasão principal através do Canal. Como alternativa, eu preferia um movimento pela direita, partindo do norte da Itália

Teerã: a abertura

e usando a península da Ístria e o passo de Liubliana em direção a Viena. Fiquei radiante quando o presidente sugeriu essa alternativa e, como veremos, tentei fazê-lo comprometer-se com ela. Se os alemães resistissem, atrairíamos muitas de suas divisões das frentes russa ou do Canal. Se não encontrássemos resistência, libertaríamos por um pequeno custo regiões imensas e de valor inestimável. Eu tinha certeza de que enfrentaríamos resistência e, desse modo, contribuiríamos decisivamente para a operação *Overlord.*

Minha terceira solicitação era que o Mediterrâneo oriental, com todas as recompensas que proporcionaria, não fosse desprezado, desde que não se absorvesse nenhuma força que pudesse ser empregada na travessia do Canal. Em tudo isso, ative-me às proporções que havia mencionado ao general Eisenhower dois meses antes — a saber, 4/5 na Itália, 1/10 na Córsega e no Adriático e 1/10 no Mediterrâneo oriental. Nunca me afastei disso — nem um centímetro em um ano.

Todos estávamos de acordo — ingleses, russos e americanos — quanto às duas primeiras questões, que implicavam 9/10 de nossa força disponível. Tudo o que eu tinha de pleitear era o uso eficaz de 1/10 de nossa força no Mediterrâneo oriental. Os simplórios hão de argumentar: "Mas não seria muito melhor concentrar tudo na operação decisiva e descartar todas as outras oportunidades como desvios perniciosos?" Só que isso desconhece os fatos determinantes. Todos os navios disponíveis no Hemisfério Ocidental já estavam comprometidos até a última tonelada com os preparativos da operação *Overlord* e a manutenção de nossa frente na Itália. Mesmo que se encontrassem mais navios, eles não poderiam ser usados, porque os projetos de desembarque lotavam até o limite máximo todos os portos e acampamentos envolvidos. Quanto ao Mediterrâneo oriental, não haveria necessidade de nada que pudesse ser empregado em outro local. A força aérea concentrada para a defesa do Egito poderia cumprir seu dever igualmente bem, ou até melhor, usada a partir de uma fronteira avançada. Toda a tropa, somando no máximo duas ou três divisões fora dali, já estava nesse teatro, e não havia navios, exceto pelas embarcações locais, para transportá-los para os teatros de operação maiores. Conseguir uma utilização ativa e vigorosa dessas forças, que de outro modo seriam meras espectadoras, poderia infligir graves danos ao inimigo. Se Rhodes fosse tomada, todo o Egeu poderia ser dominado por nossa força aérea. Se, por outro lado, fosse possível convencer a Turquia a entrar na guerra ou a romper sua neutralidade, nos emprestando os aeródromos que havíamos construído para ela, poderíamos igualmente dominar o Egeu, e a captura de Rhodes não seria necessária. A coisa funcionaria de qualquer das duas maneiras.

O prêmio, é claro, seria a Turquia. Se conseguíssemos ganhar a Turquia, seria possível, sem retirar um único homem, navio ou avião das batalhas principais e decisivas, dominar o mar Negro com submarinos e forças navais ligeiras, prestar um auxílio indispensável à Rússia e levar suprimentos para seus exércitos por uma rota muito menos dispendiosa, muito mais rápida e muito mais abundante do que o Ártico ou o golfo Pérsico.

Foi esse o tema tríplice em que insisti junto ao presidente e a Stalin em todas as oportunidades, não hesitando em repetir os argumentos sem nenhum remorso. Eu poderia ter obtido o apoio de Stalin, mas o presidente estava carregado dos preconceitos de seus assessores militares e se deixou levar de um lado para outro na discussão, resultando que todas essas oportunidades secundárias, mas promissoras, foram postas de lado sem ser usadas. Nossos amigos americanos consolaram-se, em sua obstinação, com a ideia de que "pelo menos impedimos Churchill de nos enredar nos Bálcãs". Tal ideia jamais me passou pela cabeça. A direção da guerra errou ao mostrar-se incapaz de usar certas forças — que não eram empregáveis de outro modo — para introduzir a Turquia na guerra e dominar o Egeu. A vitória não invalida essa afirmação. Ela foi obtida apesar desse erro.

A primeira reunião plenária realizou-se na embaixada soviética, no domingo, 28 de novembro, às 16 horas. O salão de conferência era espaçoso e bonito. Sentamo-nos ao redor de uma grande mesa redonda. Eu tinha a meu lado Eden, Dill, os três chefes de estado-maior e Ismay. O presidente levara Harry Hopkins, o almirante Leahy, o almirante King e outros dois oficiais. O general Marshall e o general Arnold não estavam presentes. "Em virtude de um mal-entendido quanto à hora da reunião", disse o autor da biografia de Hopkins, "visitavam pontos turísticos de Teerã."* Eu tinha comigo meu admirável intérprete do ano anterior, o major Birse. Pavlov voltou a desempenhar essa função para os soviéticos, e Mr. Bohlen, uma nova figura, para os Estados Unidos. Apenas Molotov e o marechal Voroshilov

---

* Robert Sherwood, *Roosevelt e Hopkins*, ed. bras. UNB, UniverCidade, Nova Fronteira, p. 783.

Teerã: a abertura

acompanhavam Stalin. Ele e eu nos sentamos quase em frente um ao outro. A discussão, nesse primeiro dia, chegou a um ponto crucial. Diz o registro:

O marechal Stalin dirigiu as seguintes perguntas ao primeiro-ministro:

Pergunta: "Estou certo em entender que a invasão da França deverá ser empreendida por 35 divisões?"

Resposta: "Sim. Divisões particularmente fortes."

Pergunta: "Pretende-se que essa operação seja realizada pelas tropas que estão agora na Itália?"

Resposta: "Não. Sete divisões já foram ou estão sendo retiradas da Itália e da África do Norte para participar de *Overlord*. Essas sete divisões são necessárias para completar as 35 mencionadas de sua primeira pergunta. Depois que elas forem retiradas, restarão cerca de 22 divisões no Mediterrâneo, para a Itália ou outros objetivos. Algumas delas poderiam ser usadas numa operação contra o sul da França ou para se deslocar do norte do Adriático em direção ao Danúbio. Essas duas operações serão programadas de acordo com a operação *Overlord*. Enquanto isso, não deverá ser difícil dispormos de duas ou três divisões para tomar as ilhas do Egeu.

As conferências formais foram entremeadas de conversas ainda mais importantes entre Roosevelt, Stalin e eu, em almoços e jantares. Nelas, houve pouquíssimas coisas que não pudessem ser ditas e recebidas com bom humor. Nessa noite, o presidente foi nosso anfitrião num jantar. Éramos um grupo de dez ou 11, incluindo os intérpretes, e a conversa logo se tornou geral e séria.

Depois do jantar, quando circulávamos pela sala, levei Stalin a um sofá e sugeri que conversássemos um pouco sobre o que aconteceria depois de vencida a guerra. Ele assentiu e nos sentamos. Eden juntou-se a nós. "Primeiro", disse o marechal, "consideremos o pior que pode acontecer." Ele achava que a Alemanha tinha todas as possibilidades de se recuperar dessa guerra e poderia dar início a outra num prazo relativamente curto. Temia o ressurgimento do nacionalismo alemão. Depois de Versalhes, a paz parecia garantida, mas a Alemanha tinha-se recuperado muito depressa. Portanto, deveríamos criar um órgão vigoroso, para impedir que ela desse início a uma nova guerra. Stalin estava convencido de que a Alemanha conseguiria reconstruir-se. Indaguei: "Em que prazo?" Ele respondeu: "Quinze a vinte anos." Eu disse que o mundo deveria ser posto em segurança por um mínimo de cinquenta anos. Se fossem apenas 15 ou vinte, teríamos traído nossos soldados.

Stalin achava que deveríamos considerar impor restrições à capacidade industrial da Alemanha. Os alemães eram um povo capaz, muito trabalhador e engenhoso, e se recuperariam com rapidez. Retruquei que teria de haver algumas medidas de controle. Eu lhes proibiria toda a aviação, civil e militar, e proibiria o sistema do Estado-Maior. "Proibiria também", perguntou Stalin, "a existência de relojoeiros e de fábricas de móveis capazes de fabricar peças de granadas? Os alemães produziram fuzis de brinquedo que foram usados para ensinar centenas de milhares de homens a atirar."

"Nada é definitivo", disse eu. "O mundo continua a girar. Agora aprendemos alguma coisa. É nosso dever tornar o mundo seguro por um mínimo de cinquenta anos, através do desarmamento alemão, impedindo o rearmamento, monitorando as fábricas alemãs, proibindo toda a aviação e fazendo mudanças territoriais de grande alcance. Tudo isso redunda na questão de saber se a Inglaterra, os Estados Unidos e a URSS poderão manter uma amizade estreita e supervisionar a Alemanha em seu interesse comum. Não devemos ter medo de dar ordens, tão logo vejamos algum perigo."

"Houve controle depois da última guerra", disse Stalin, "mas falhou."

"Éramos inexperientes naquela época", respondi. "A última guerra não foi uma guerra nacional nas mesmas proporções, e a Rússia não participou da Conferência de Paz. Será diferente desta vez." Eu tinha o sentimento de que a Prússia deveria ser isolada e reduzida, e de que a Baviera, a Áustria e a Hungria poderiam formar uma grande confederação pacífica e não agressiva. Julgava que a Prússia deveria ser tratada com mais severidade do que as outras partes do Reich, que assim poderiam ser influenciadas a não apostar sua sorte nela. Convém lembrar que esses eram sentimentos dos tempos de guerra.

"Tudo muito bom, mas não basta", foi o comentário de Stalin.

A Rússia, prossegui, teria seu exército, e a Inglaterra e os Estados Unidos, sua marinha e força aérea. Além disso, as três potências teriam outros recursos. Todas seriam fortemente armadas e não deveriam assumir nenhum compromisso de se desarmar. "Somos os depositários da paz mundial. Se falharmos, talvez haja cem anos de caos. Se formos fortes, poderemos levar adiante nossa curadoria. Há mais coisas", continuei, "do que apenas a manutenção da paz. As três potências devem nortear o futuro do mundo. Não quero impor nenhum sistema às outras nações. Pleiteio a liberdade e

Teerã: a abertura

o direito de todas as nações a se desenvolverem como lhes aprouver. Nós três deveremos continuar amigos, para garantir a felicidade dos lares em todos os países."

Stalin tornou a perguntar o que aconteceria com a Alemanha.

Respondi que eu não era contra os esfalfados trabalhadores da Alemanha, apenas contra os líderes e as associações perigosas. Ele disse que havia muitos trabalhadores nas divisões alemãs que lutavam cumprindo ordens. Quando ele perguntava aos prisioneiros alemães que provinham da classe operária (assim diz o registro, mas é provável que ele tenha pretendido dizer "Partido Comunista") por que eles lutavam por Hitler, eles respondiam que estavam cumprindo ordens. Stalin fuzilava esses prisioneiros.

Sugeri então que discutíssemos a questão polonesa. Ele concordou e me convidou a começar. Eu disse que havíamos declarado guerra por causa da Polônia. Portanto, ela era importante para nós. Nada era mais importante do que a segurança da fronteira ocidental russa, e por isso eu não fizera nenhuma promessa no tocante às fronteiras. Queria ter conversas francas com os russos a esse respeito. Quando o marechal Stalin sentisse vontade de nos dizer o que pensava do assunto, ele poderia ser discutido, para que chegássemos a um acordo. O marechal deveria dizer-me o que era necessário para a defesa das fronteiras ocidentais da Rússia. Depois dessa guerra na Europa, que talvez terminasse em 1944, a União Soviética seria esmagadoramente forte e a Rússia assumiria grande responsabilidade em qualquer decisão que tomasse em relação à Polônia. Pessoalmente, eu julgava que a Polônia poderia mover-se para oeste, como soldados dando dois passos de lado "para cobrir". Se a Polônia pisasse em alguns pés alemães, isso seria inevitável, mas era preciso que houvesse uma Polônia forte. A Polônia era um instrumento necessário na orquestra da Europa.

Stalin disse que o povo polonês tinha sua cultura e sua língua, que precisavam existir. Não poderiam ser extirpadas.

"Será que deveremos tentar", perguntei, "traçar linhas de fronteira?"

"Sim."

"Não tenho poderes do Parlamento, nem tampouco os tem o presidente, creio eu, para definir fronteiras. Mas agora, em Teerã, podemos verificar se os três chefes de governo, trabalhando em comum acordo, podem estabelecer algum tipo de política que possamos recomendar aos poloneses e aconselhá-los a aceitar."

Stalin perguntou se isso seria possível sem a participação polonesa. Respondi que sim e que, quando tudo fosse informalmente acertado entre nós, poderíamos nos dirigir aos poloneses, mais tarde. Nesse ponto, Mr. Eden comentou ter-se impressionado muito com a afirmação de Stalin, naquela tarde, de que os poloneses poderiam chegar para oeste até o Oder. Ele via uma esperança nisso e estava muito animado. Stalin perguntou se achávamos que ele iria devorar a Polônia. Eden disse não saber quanto os russos iriam comer e quanto deixariam sem digerir. Stalin respondeu que os russos não queriam nada que pertencesse a outros povos, embora pudessem dar uma mordida na Alemanha. Eden disse que o que a Polônia houvesse perdido no leste, ela poderia ganhar no oeste. Stalin retrucou que sim, possivelmente, mas ele não sabia. Demonstrei então, com a ajuda de três palitos de fósforo, minha ideia do movimento da Polônia para o oeste. Isso agradou a Stalin e, com essa observação, nosso grupo dispersou-se temporariamente.

A manhã de 29 foi ocupada por uma conferência dos comandantes militares ingleses, soviéticos e americanos. Como eu sabia que Stalin e Roosevelt já tinham tido uma conversa particular, aliás, estavam ambos morando na embaixada russa, sugeri que o presidente e eu almoçássemos juntos antes da segunda reunião plenária daquela tarde. Mas Roosevelt declinou do convite e mandou Harriman me explicar que não queria que Stalin soubesse que ele e eu estávamos tendo reuniões privadas. Fiquei surpreso com isso, pois achava que nós três devíamos tratar uns aos outros com igual confiança. Depois do almoço, o presidente teve outra conversa com Stalin e Molotov, na qual se discutiram muitas questões importantes, inclusive, em especial, o plano de Mr. Roosevelt para o governo do mundo após guerra. Ele deveria ser exercido pelos "Quatro Guardas", a saber, a URSS, os Estados Unidos, a Inglaterra e a China. Stalin não teve uma reação favorável a isso. Disse que "os Quatro Guardas" não seriam bem-vindos nas pequenas nações da Europa. Ele não acreditava que a China viesse a ser muito poderosa depois de terminada a guerra e, mesmo que o fosse, os países europeus se ofenderiam em tê-la como autoridade a lhes impor a

Teerã: a abertura

lei. Nesse aspecto, o chefe soviético certamente se mostrou mais presciente e dotado de um senso de valores mais realista do que o presidente. Quando Stalin propôs, como alternativa, que houvesse um comitê para a Europa e outro para o Extremo Oriente — devendo o comitê europeu consistir em Inglaterra, Rússia, Estados Unidos e, possivelmente, outra nação europeia —, o presidente retrucou que isso se assemelhava um pouco à minha ideia de comitês regionais, um para a Europa, um para o Extremo Oriente e um para as Américas. Ele não parece haver deixado claro que eu também contemplava a ideia de um Conselho Supremo das Nações Unidas, que seria composto pelos três comitês regionais. Como só muito depois fui informado do que havia acontecido, não pude corrigir essa exposição errônea.

Antes que começasse nossa segunda reunião plenária, às 16 horas, outorguei, por ordem do rei, a "Espada de Honra" que Sua Majestade mandara desenhar e fundir especialmente para celebrar a gloriosa defesa de Stalingrado. O grande salão externo estava repleto de oficiais e soldados russos. Quando, após algumas frases explicativas, entreguei a esplêndida arma a Stalin, ele a ergueu até os lábios, num gesto muito impressionante, e beijou-lhe a bainha. Em seguida, passou-a a Voroshilov, que a deixou cair. Ela foi levada do salão com grande solenidade, escoltada por uma guarda de honra russa. Quando esse cortejo se afastou, vi o presidente sentado numa lateral do salão, visivelmente comovido com a cerimônia. Passamos então à sala de conferência e novamente nos sentamos em volta da mesa redonda, dessa vez com todos os chefes de estado-maior, que então comunicaram o resultado de seus labores matinais.

Nas discussões que se seguiram, lembrei a Stalin as três condições de que dependia o sucesso da operação *Overlord*. Primeiro, era preciso haver uma redução satisfatória do poderio da aviação de combate alemã no noroeste da Europa, entre aquela data e o momento do ataque. Segundo, as reservas alemãs na França e nos Países Baixos não deveriam superar, no dia do ataque, cerca de 12 divisões móveis completas e de primeira qualidade. Terceiro, os alemães não deveriam ter a possibilidade de transferir de outras frentes mais de 15 divisões de primeira qualidade durante os primeiros sessenta dias da operação. Para atender a essas condições, teríamos de reter tantos alemães quantos fosse possível na Itália e na Iugoslávia. Se a Turquia entrasse na guerra, isso seria uma ajuda extra, mas não era condição essencial. Os alemães então presentes na Itália tinham vindo, em sua maior parte, da França. Se relaxássemos nossa pressão sobre a Itália, poderiam voltar

Memórias da Segunda Guerra Mundial

para lá. Precisávamos continuar a lutar com o inimigo na única frente em que, naquele momento, podíamos combatê-lo. Se o combatêssemos com a máxima ferocidade possível durante os meses de inverno no Mediterrâneo, tal seria a melhor contribuição para se criarem as condições necessárias ao sucesso da operação *Overlord*.

Stalin perguntou o que aconteceria se houvesse 13 ou 14 divisões móveis na França e mais de 15 disponíveis em outras frentes. Iria isso inviabilizar *Overlord*?

"Não, certamente, não", disse eu.

Antes de nos separarmos, Stalin fitou-me do outro lado da mesa e disse: "Quero formular uma pergunta muito diferente ao primeiro-ministro sobre *Overlord*. O primeiro-ministro e o estado-maior inglês realmente confiam na operação *Overlord*?" Respondi-lhe: "Desde que as condições previamente estipuladas para a operação *Overlord* tenham-se estabelecido quando chegar a hora, será nosso rigoroso dever lançarmo-nos contra os alemães, através do Canal, com todo o vigor de nossa força." Com isso nos separamos.

73

Teerã: o ponto crucial e conclusões

PARA MIM, 30 DE NOVEMBRO foi um dia atarefado e memorável. Era meu 69º aniversário e foi quase inteiramente dedicado a algumas das negociações mais importantes em que jamais me envolvi. O fato de o presidente estar em contato particular com o marechal Stalin e hospedado na embaixada soviética, e de ter evitado sistematicamente estar comigo a sós desde nossa partida do Cairo, a despeito de nossas relações até então íntimas e da maneira como nossas questões vitais se entrelaçavam, levou-me a buscar uma entrevista pessoal e direta com Stalin. Eu achava que o líder russo não estava tendo uma impressão correta da atitude inglesa. Formava-se em sua mente a falsa ideia de que, em síntese, "Churchill e os estados-maiores ingleses tencionam impedir a operação *Overlord* se puderem, porque, em vez disso, querem invadir os Bálcãs". Era meu dever eliminar esse duplo equívoco.

A data exata de *Overlord* dependia da movimentação de um número relativamente pequeno de barcaças de desembarque. Essas embarcações não eram necessárias para nenhuma operação nos Bálcãs. O presidente nos havia comprometido com uma operação contra os japoneses na baía de Bengala. Se ela fosse cancelada, haveria barcaças de desembarque suficientes para tudo o que eu queria, ou seja, poder anfíbio para desembarcar, mesmo contra oposição, duas divisões de uma só vez no litoral da Itália ou no sul da França, e também executar a operação *Overlord* em maio, conforme planejado. Eu havia concordado com o presidente em que o mês deveria ser maio; ele, por sua vez, desistira da data específica de 1º de maio. Isso me daria o tempo de que eu precisava. Se eu conseguisse persuadir o presidente a abandonar sua promessa a Chiang Kai-shek e deixar de lado o plano da baía de Bengala, que nunca foi mencionado em nossas conferências em Teerã, haveria barcaças de desembarque suficientes tanto para o Mediterrâneo quanto para garantir pontualidade na operação *Overlord*. Como se verificou, os grandes desembarques tiveram início em 6 de junho, mas essa data foi decidida muito depois, não por qualquer solicitação minha, mas pela lua e pelas condições do tempo. Como veremos, ao voltarmos ao Cairo, também consegui persuadir o presidente a abandonar o empreendimento na baía de Bengala. Mas isso estava longe de ser coisa certa em Teerã, naquela manhã de novembro. Eu estava determinado a dar conhecimento dos fatos principais a Stalin. Não me senti autorizado a lhe dizer que o presidente e eu havíamos concordado quanto ao mês de maio para *Overlord*. Eu sabia que Roosevelt queria dizer-lhe isso pessoalmente, em nosso almoço, que seria depois da minha conversa com o marechal.

O que se segue é baseado nas anotações feitas pelo major Birse, meu intérprete de confiança, sobre minha conversa particular com Stalin.

Comecei por lembrar ao marechal que eu era meio americano e tinha grande afeição pelo povo americano. O que eu iria dizer não deveria ser entendido como um desdouro para os americanos, a quem eu era perfeitamente leal, mas havia coisas que era melhor dizer abertamente entre duas pessoas.

Tínhamos uma preponderância de tropas em relação aos americanos no Mediterrâneo. Havia ali duas ou três vezes mais soldados ingleses do que americanos. Por isso eu estava ansioso de que os exércitos do Mediterrâneo não fossem prejudicados, caso se pudesse evitá-lo. Queria empregá-los o tempo todo. Na Itália, havia 13 ou 14 divisões, das quais nove ou dez eram inglesas. Havia dois exércitos, o V Exército anglo-americano e o VIII Exército, este totalmente inglês. A opção apresentada fora a de nos atermos à data da operação *Overlord* ou prosseguirmos com as operações no Mediterrâneo. Mas essa não era a história toda. Os americanos queriam que eu empreendesse uma operação anfíbia contra os japoneses, na baía de Bengala, em março. Eu não me entusiasmava com isso. Se dispúnhamos, no Mediterrâneo, das barcaças de desembarque necessárias para a baía de Bengala, deveríamos ter o bastante para fazer tudo o que queríamos ali e, ainda assim, manter uma data próxima para a operação *Overlord*. Não se tratava de uma escolha entre o Mediterrâneo e a data de *Overlord*, mas entre a baía de Bengala e a data de *Overlord*. No entanto, os americanos haviam-nos amarrado a uma data para *Overlord*, e as operações no Mediterrâneo haviam sofrido com isso nos dois meses anteriores. Nosso exército na Itália estava um tanto desanimado com a retirada de sete divisões. Havíamos mandado três divisões para casa e os americanos estavam enviando

Teerã: o ponto crucial e conclusões

quatro deles, tudo para preparar a operação *Overlord*. Por isso é que não tínhamos podido tirar pleno proveito do colapso italiano. Mas também provava o empenho de nossos preparativos para *Overlord*. Stalin disse que isso era bom.

Passei então à questão das barcaças de desembarque e tornei a explicar como e por que elas eram o ponto de estrangulamento. Tínhamos bastante tropa no Mediterrâneo, mesmo após a retirada das sete divisões, e haveria um exército invasor anglo-americano adequado na Inglaterra. Tudo girava em torno das barcaças de desembarque. Quando Stalin fizera seu momentoso anúncio, dois dias antes, sobre a entrada da Rússia na guerra contra o Japão depois da rendição de Hitler, eu havia prontamente sugerido aos americanos que eles poderiam conseguir mais barcaças de desembarque para as operações que tínhamos sido solicitados a realizar no oceano Índico, ou poderiam enviar outras do Pacífico para ajudar na primeira leva de *Overlord*. Nesse caso, haveria o bastante para todos. Mas os americanos eram muito susceptíveis no que concernia ao Pacífico. Eu lhes havia assinalado que o Japão seria derrotado muito mais depressa se a Rússia se aliasse na guerra contra ele, e que, desse modo, eles teriam meios de nos fornecer mais ajuda.

A divergência entre mim e os americanos era, a rigor, mínima. Não se tratava de pouco entusiasmo meu em relação a *Overlord*. Eu queria obter o que precisava para o Mediterrâneo e, ao mesmo tempo, ater-me à data de *Overlord*. Os detalhes teriam que ser batidos entre os estados-maiores, e eu tivera esperança de que isso pudesse ser feito no Cairo. Infelizmente, com a presença de Chiang Kai-shek, as questões chinesas haviam tomado quase todo o tempo. Mas eu tinha certeza de que, no fim, seriam encontradas lanchas de desembarque suficientes para todos.

Então, quanto à operação *Overlord*. Os ingleses teriam preparadas, na data fixada para maio ou junho, quase 16 divisões, com tropas de desembarque, tripulações de barcaças, tropas antiaéreas e de serviços, num total de pouco mais de meio milhão de homens. Entre eles estavam muitos de nossos melhores soldados, inclusive homens com experiência de combate, provenientes do Mediterrâneo. Além disso, os ingleses teriam tudo o que era necessário na Royal Navy para lidar com o transporte e proteger o exército, e haveria a força aérea com base na Ilha, com cerca de quatro mil aviões ingleses de primeira classe em combate contínuo. A importação de soldados americanos já estava em curso. Até aquele momento, os EUA haviam mandado principalmente soldados da força aérea e suprimentos para o exército, mas, nos quatro ou cinco meses seguintes, eu acreditava que 150 mil homens ou mais chegassem a cada mês, perfazendo um total de setecentos mil a oitocentos mil homens em maio. A derrota dos submarinos no Atlântico havia possibilitado essa movimentação. Eu era favorável ao lançamento da operação no sul da França, mais ou menos ao mesmo tempo que a operação *Overlord,* ou a qualquer momento que se julgasse correto. Estaríamos retendo tropas inimigas na Itália e, das 22 ou 23 divisões do Mediterrâneo, seriam enviadas tantas quantas fosse possível para a França meridional, permanecendo as restantes na Itália.

Uma grande batalha era iminente na Itália. O general Alexander tinha cerca de meio milhão de homens sob seu comando. Eram 13 ou 14 divisões aliadas contra nove a dez alemãs. As condições do tempo estavam ruins e algumas pontes tinham sido destruídas, mas, em dezembro, tencionávamos seguir adiante, com o general Montgomery comandando o VIII Exército. Um desembarque anfíbio seria feito nas imediações do Tibre. Ao mesmo tempo, o V Exército lutaria ferozmente para reter o inimigo. Talvez isso se transformasse numa Stalingrado em miniatura. Não pretendíamos avançar para a parte larga da Itália, mas defender a região mais estreita.

Stalin disse que o Exército Vermelho dependia do sucesso de nossa invasão no norte da França. Se não houvesse operações em maio de 1944, o Exército Vermelho iria achar que não haveria operação alguma nesse ano. O tempo estaria ruim e haveria dificuldades de transporte. Se a operação não ocorresse, ele não queria que o Exército Vermelho ficasse decepcionado. O desapontamento só faria criar animosidades. Se não houvesse uma grande alteração na guerra europeia em 1944, seria muito difícil os russos continuarem. Estavam cansados da guerra. Stalin temia que pudesse surgir uma sensação de isolamento em seus soldados. Era por isso que havia tentado descobrir se a operação *Overlord* seria realizada pontualmente, como prometido. Caso contrário, ele teria que tomar providências para impedir ressentimentos no Exército Vermelho. Isso era de suma importância.

Afirmei que *Overlord* certamente seria executada, desde que o inimigo não introduzisse na França forças maiores do que os americanos e ingleses eram capazes de concentrar ali. Se os alemães tivessem trinta a quarenta divisões na França, eu não acreditava que a força que pretendíamos transportar pelo Canal fosse capaz de se aferrar ao terreno. Eu não temia o desembarque, mas sim o que aconteceria no trigésimo, quadragésimo ou quinquagésimo dias. Contudo, se o Exército Vermelho combatesse o inimigo e nós o retivéssemos na Itália — e, possivelmente, se os turcos entrassem na guerra — eu julgava que poderíamos vencer.

Stalin disse que os primeiros passos da operação *Overlord* teriam um bom efeito no Exército Vermelho e, se ele soubesse que ela iria ocorrer em maio ou junho, poderia preparar alguns ataques coordenados contra a Alemanha. A primavera seria o melhor momento. Março e abril eram meses de redução das atividades, durante os quais ele poderia concentrar tropas e material para atacar em maio e junho. A Alemanha não teria tropas para a França. A transferência de divisões alemãs para o Leste vinha prosseguindo. Os alemães estavam com medo de sua frente leste, pois ela não tinha nenhum canal a ser cruzado e não havia França a invadir. Os alemães temiam o avanço do Exército Vermelho. E este avançaria, se visse a ajuda chegando dos aliados. Stalin perguntou quando começaria *Overlord*.

Respondi-lhe que não podia revelar a data da operação sem a concordância do presidente, mas disse que a resposta seria dada na hora do almoço e que eu acreditava que ele ficaria satisfeito.

Após um breve intervalo, Stalin e eu nos dirigimos em separado aos aposentos do presidente, para o almoço de "apenas três" (com nossos intérpretes) para o qual ele nos havia convidado. Roosevelt informou-lhe então que ambos havíamos concordado em que a operação *Overlord* fosse lançada durante o mês de maio. Stalin, é claro, ficou imensamente satisfeito e aliviado com esse compromisso solene e direto que ambos assumimos. A conversa girou em torno de assuntos mais leves, e a única parte dela de que tenho registro foi a questão da saída da Rússia para os mares e oceanos. Eu sempre julgara errado e passível de gerar brigas desastrosas que, durante os meses de inverno, fosse negado a uma massa poderosa de terra como era o Império Russo, com sua população de quase duzentos milhões de habitantes, qualquer acesso efetivo às águas oceânicas.

Após outro breve intervalo, iniciou-se a terceira sessão plenária na embaixada russa, como antes, às 16 horas. A frequência foi total e somamos quase trinta pessoas. O general Brooke anunciou que, após se reunirem numa sessão conjunta, os chefes de estado-maior ingleses e americanos haviam recomendado que lançássemos a operação *Overlord* em maio, "em conjunto com uma operação de apoio contra o sul da França, na maior escala permissível pelas barcaças de desembarque disponíveis na ocasião".

Stalin disse compreender a importância da decisão e as dificuldades inerentes à sua execução. O período perigoso para *Overlord* seria a fase de desdobramento das tropas a partir dos desembarques. Nesse momento, os alemães poderiam transferir soldados do leste para criar o máximo de dificuldades para *Overlord*. Para prevenir qualquer deslocamento de forças alemãs consideráveis do leste, ele se propunha organizar uma ofensiva russa em larga escala em maio.* Perguntei se haveria alguma dificuldade em que os três estados-maiores combinassem os planos de dissimulação. Stalin explicou que os russos haviam recorrido muito à simulação, usando tanques, aviões e campos de pouso simulados. A simulação pelo uso do rádio também se revelara eficaz. Ele estava de pleno acordo em que os estados-maiores colaborassem, com o objetivo de conceber esquemas conjuntos de ardil e disfarce. "Na guerra", disse eu, "a verdade é tão preciosa que deve andar sempre com uma escolta de mentiras." Stalin e seus camaradas apreciaram muito essa observação, quando ela foi traduzida, e assim se encerrou alegremente nossa conferência formal.

Até esse momento, havíamo-nos reunido para nossas conferências ou refeições na embaixada soviética. Eu afirmara, no entanto, que deveria ser o anfitrião do terceiro jantar, que se realizaria na sede da representação diplomática inglesa. Realmente, não havia como questionar isso. A Inglaterra e eu vínhamos em primeiro lugar na ordem alfabética e, em termos de senioridade, eu era quatro ou cinco anos mais velho do que Roosevelt ou Stalin. Dos três governos, o nosso era o que se formara há mais tempo, por uma diferença de séculos; eu poderia ter acrescentado, mas não o fiz, que estávamos há mais tempo na guerra; e, por fim, 30 de novembro era meu aniversário. Esses argumentos, particularmente o último, foram conclusivos, e nosso ministro fez todos os preparativos para um jantar de quase quarenta pessoas, incluindo não apenas os chefes políticos e militares, mas também alguns dos membros superiores de suas comitivas. A polícia política soviética, a NKVD, insistiu em vasculhar a missão diplomática inglesa

---

* O ataque principal russo começou em 23 de junho.

Teerã: o ponto crucial e conclusões

de alto a baixo, olhando atrás de cada porta e embaixo de cada almofada, antes que Stalin aparecesse; e cerca de cinquenta policiais russos armados, comandados por seu próprio general, postaram-se junto a todas as portas e janelas. Os homens da segurança americana também estiveram muito em evidência. Mas tudo transcorreu tranquilamente. Stalin, chegando fortemente guardado, estava no melhor humor possível, e o presidente, em sua cadeira de rodas, sorria para todos nós com prazer e boa vontade.

Foi uma ocasião memorável em minha vida. À minha direita sentou-se o presidente dos Estados Unidos e, à esquerda, o grande senhor da Rússia. Juntos, controlávamos a grande maioria das forças navais e três quartos de toda a força aérea do mundo, e podíamos dirigir exércitos de quase vinte milhões de homens, empenhados na mais terrível das guerras já ocorridas na história humana. Não pude deixar de me regozijar pelo longo trajeto que havíamos percorrido a caminho da vitória, desde o verão de 1940, quando estivéramos sozinhos e, a não ser pela marinha e pela força aérea, praticamente desarmados contra o poderio triunfante e inatingido da Alemanha e da Itália, com quase toda a Europa e seus recursos sob suas garras. Mr. Roosevelt deu-me de presente de aniversário um belo vaso de porcelana iraniano, que, embora se esfacelasse na viagem de volta, foi esplendidamente restaurado e é um de meus tesouros.

Durante o jantar, tive uma conversa muito agradável com meus dois augustos convidados. Stalin repetiu-me a pergunta que fizera na Conferência: "Quem vai comandar a operação *Overlord?*" Disse-lhe que o presidente ainda não tomara uma decisão final, mas que eu estava quase certo de que seria o general Marshall, que estava sentado em frente a nós a uma distância próxima, e que as coisas estavam nesse pé até então. Ele ficou visivelmente satisfeito com isso. Referiu-se então ao general Brooke, que, segundo lhe parecia, não gostava dos russos. Fora muito ríspido e rude com eles em nossa primeira reunião em Moscou, em agosto de 1942. Tranquilizei-o, observando que os militares costumavam ser rudes e secos quando tratavam de problemas de guerra com seus colegas de farda. Stalin disse gostar ainda mais deles por isso. E fixou atentamente o olhar em Brooke, do outro lado do salão.

Quando chegou o momento, brindei à saúde de nossos ilustres convidados e o presidente brindou à minha saúde. Foi seguido por Stalin, que falou numa linha semelhante.

Propuseram-se então muitos brindes informais, seguindo o costume russo, que certamente se presta muito a esse tipo de banquetes. Hopkins fez um discurso muito feliz, no qual disse ter feito "um estudo muito longo e minucioso da Constituição inglesa, que não é escrita, e do Gabinete de Guerra, cuja autoridade e composição não são especificamente definidas". Como resultado desse estudo, declarou, "inteirei-me de que as cláusulas da Constituição inglesa e os poderes do Gabinete de Guerra são exatamente o que Winston Churchill quiser que sejam num dado momento". Isso provocou uma gargalhada geral. O leitor desta narrativa há de saber quão pouco fundamento havia nessa afirmativa jocosa. É verdade que recebi do Parlamento e de meus colegas de Gabinete uma dose de apoio leal, na condução da guerra, que bem pode não ter tido precedentes, e que foram muito poucas as grandes questões em que não fui acatado; mas foi com certo orgulho que lembrei a meus dois grandes companheiros, em mais de uma ocasião, que eu era o único em nosso trio que poderia, a qualquer momento, ser destituído do poder pelo voto de uma Câmara dos Comuns livremente eleita, com base no sufrágio universal, ou que podia ser controlado dia a dia pela opinião de um Gabinete de Guerra que representava todos os partidos da nação. O mandato do presidente era fixo, e seus poderes, não apenas como presidente, mas como comandante supremo, eram quase absolutos nos termos da Constituição americana. Stalin parecia ser, e nesse momento certamente era, onipotente na Rússia. Eles podiam dar ordens; eu tinha de convencer e persuadir. Alegrava-me que assim fosse. O processo era trabalhoso, mas eu não tinha motivo de queixa sobre o modo como funcionava.

À medida que prosseguiu o jantar, houve muitos discursos. As principais figuras, inclusive Molotov e o general Marshall, deram sua contribuição. Mas o discurso que se destaca em minha memória veio do general Brooke. Cito o relato que ele teve a gentileza de redigir para mim.

> Em meio ao jantar [escreve Brooke], o presidente teve a grande gentileza de brindar à minha saúde, referindo-se à época em que meu pai visitara o pai dele em Hyde Park. Quando ele estava terminando e eu pensava em como me seria fácil responder a palavras tão gentis, Stalin ergueu-se e disse que terminaria o brinde. Então, passou a insinuar que eu não havia demonstrado um verdadeiro sentimento de amizade para com o Exército Vermelho, que eu não avaliava adequadamente suas esplêndidas qualidades, e que ele esperava que, no futuro, eu pudesse demonstrar maior camaradagem para com os soldados do Exército Vermelho!

> Fiquei muito surpreso com essas acusações, pois não conseguia imaginar qual seria seu fundamento. Entretanto, àquela altura, eu vira o bastante

Teerã: o ponto crucial e conclusões

de Stalin para saber que, se me sentasse diante desses insultos, perderia todo o respeito que ele jamais pudesse ter tido por mim, e ele continuaria com esses ataques no futuro.

Assim, ergui-me para agradecer profusamente ao presidente por suas expressões gentilíssimas, e depois me voltei para Stalin, aproximadamente com as seguintes palavras:

"Agora, marechal, permita-me lidar com seu brinde. Estou surpreso de que o senhor tenha julgado necessário levantar contra mim acusações que são inteiramente infundadas. O senhor há de se lembrar que, esta manhã, quando discutíamos os planos de diversionismo, Mr. Churchill disse que 'na guerra, a verdade deve ter sempre uma escolta de mentiras'. Também há de estar lembrado de que o senhor mesmo nos disse que, em todas as suas grandes ofensivas, suas verdadeiras intenções eram sempre ocultadas do mundo externo. O senhor nos disse que todos os seus tanques falsos e aviões falsos eram sempre concentrados em massa nas frentes que tinham um interesse imediato, enquanto suas verdadeiras intenções eram protegidas por um manto de completo sigilo.

"Bem, marechal, o senhor se deixou enganar por falsos tanques e falsos aviões, e deixou de observar os sentimentos de verdadeira amizade que tenho pelo Exército Vermelho, assim como também não viu os sentimentos de genuína camaradagem que nutro em relação a todos os seus membros."

À medida que Pavlov foi traduzindo isso para Stalin, frase a frase, observei atentamente a expressão deste. Era imperscrutável. Mas, no fim, ele se voltou para mim e disse, com visível prazer: "Gosto deste homem. Soa verdadeiro. Preciso ter uma conversa com ele depois."

Finalmente, passamos para a antessala e, ali, cada um circulou por grupos diferentes. Senti que havia um sentimento maior de solidariedade e camaradagem do que jamais alcançáramos antes na Grande Aliança. Eu não havia convidado Randolph e Sarah para o jantar, embora eles houvessem chegado no momento em que meu brinde de aniversário era proposto; nesse momento, porém, Stalin os avistou e cumprimentou de maneira extremamente calorosa; o presidente, é claro, já os conhecia bem.

Rodando por ali, vi Stalin num pequeno círculo, frente a frente com "Brookie", como eu o chamava. Prossegue o relato do general:

Ao sairmos da sala, o primeiro-ministro disse-me que se sentira meio nervoso quanto ao que eu iria dizer em seguida, depois de me referir à "verdade" e às "mentiras". Mas consolou-me dizendo que minha resposta ao brinde surtira o efeito exato em Stalin. Assim, resolvi voltar ao ataque na antessala. Dirigi-me a Stalin e lhe disse quão surpreso eu ficara, e entristecido, por ele haver julgado necessário levantar aquelas acusações contra mim em seu brinde. Ele retrucou prontamente, através de Pavlov: "As melhores amizades são as que começam em mal-entendidos", e me apertou calorosamente a mão.

Pareceu-me que todas as nuvens tinham-se dissipado e, de fato, a confiança de Stalin em meu amigo erigiu-se sobre uma base de respeito e boa vontade que nunca foi abalada enquanto todos trabalhamos juntos.

Deviam ser mais de duas horas da manhã quando finalmente nos separamos. O marechal resignou-se com sua segurança e partiu, enquanto o presidente foi levado para seus aposentos na embaixada soviética. Fui para a cama cansado, mas contente, certo de que nada se fizera além do bem. Certamente foi um feliz aniversário para mim.

Em 1º de dezembro, nossas longas e árduas discussões em Teerã chegaram ao fim. As conclusões militares regeriam, de modo geral, o futuro da guerra. A invasão através do Canal foi marcada para maio, sujeita, naturalmente, às marés e à lua. E deveria ser auxiliada por uma nova grande ofensiva russa. À primeira vista, gostei do desembarque proposto no litoral sul da França, a ser feito por parte dos exércitos aliados na Itália. O projeto não fora detidamente examinado, mas o fato de os americanos e os russos o favorecerem facilitou a obtenção das barcaças de desembarque necessárias ao sucesso de nossa campanha italiana e à tomada de Roma, sem o que ele seria um fracasso. Naturalmente, eu me sentia mais atraído pela sugestão alternativa do presidente, de um movimento para a direita a partir da Itália, passando por Ístria e Trieste e tendo por objetivo último alcançar Viena pelo Passo de Liubliana. Tudo isso estava a cinco ou seis meses de distância. Haveria bastante tempo para fazer uma escolha definitiva, conforme a guerra geral se configurasse, se a vida de nossos exércitos na Itália não fosse paralisada pelo fato de eles serem privados de suas modestas solicitações em matéria de barcaças de desembarque. Havia muitos esquemas anfíbios ou semianfíbios em aberto. Eu esperava que as operações navais na baía de Bengala fossem abandonadas, e isso, como mostrará o próximo capítulo,

Teerã: o ponto crucial e conclusões

revelou-se correto. Fiquei feliz por ver que várias opções importantes ainda estavam preservadas. Deveríamos renovar nossos esforços para introduzir a Turquia na guerra, com tudo o que poderia acompanhar esse projeto no Egeu e decorrer dele no mar Negro. Nesse aspecto, todos viríamos a nos desapontar. Examinando todo o panorama militar, ao nos separarmos num clima de amizade e união de propósitos imediatos, dei-me pessoalmente por muito satisfeito.

Os aspectos políticos eram, ao mesmo tempo, mais remotos e mais especulativos. Obviamente, dependeriam dos resultados das grandes batalhas ainda por travar e, depois delas, do estado de ânimo de cada um dos aliados, uma vez obtida a vitória. Não seria correto, em Teerã, que as democracias ocidentais baseassem seus planos em suspeitas sobre a atitude russa no momento do triunfo e quando todos os seus perigos fossem afastados. A promessa de Stalin de entrar na guerra contra o Japão, tão logo Hitler fosse derrubado e seus exércitos fossem derrotados, era da máxima importância. A esperança do futuro estava no término muito rápido dessa guerra e na criação de um órgão mundial que impedisse outra, baseado na força conjunta das três grandes potências cujos líderes tinham-se dado as mãos, num clima de amizade, ao redor da mesa.

Havíamos assegurado um alívio para a Finlândia, que de modo geral funciona até hoje. As fronteiras da nova Polônia tinham sido traçadas em linhas gerais, tanto no leste quanto no oeste. A Linha Curzon, sujeita a interpretação no leste, e a linha do Oder, no oeste, pareciam proporcionar um lar verdadeiro e duradouro para a nação polonesa, após todos os seus sofrimentos. Na época, a questão relativa ao Neisse oriental ou ocidental, que confluem para formar o rio Oder, não havia surgido. Quando surgiu, em 1945, de forma violenta e em condições totalmente diversas, na Conferência de Potsdam, declarei de imediato que a Inglaterra concordava apenas com o afluente oriental. E essa ainda é minha posição.

No marco que foi a Conferência, a questão suprema do tratamento a ser concedido à Alemanha pelos vencedores só pôde ser objeto de "levantamento preliminar de um vasto problema político" — como o descreveu Stalin, "certamente muito preliminar". Convém lembrar que estávamos em meio a uma luta pavorosa contra a poderosa nação nazi. Todos os riscos da guerra estavam ao nosso redor, e todas as paixões de camaradagem entre aliados ou retaliação contra o inimigo comum dominavam nossas mentes. Os projetos preliminares do presidente para uma divisão da Alemanha em cinco estados autônomos e dois territórios, de consequência vital, sob as normas das Nações Unidas, eram, é claro, muito mais aceitáveis para Stalin do que a proposta que fiz: o isolamento da Prússia e a formação de uma Confederação do Danúbio, ou de uma Alemanha meridional junto com uma Confederação do Danúbio. Essa era apenas minha visão pessoal. Mas não me arrependo nem um pouco de havê-la exposto nas circunstâncias que nos cercavam em Teerã.

Todos temíamos profundamente o poder de uma Alemanha unida. A Prússia tinha uma grande história individual. Com ela, eu supunha que seria possível fazer um armistício rigoroso, mas honrado, recriando ao mesmo tempo, sob formas modernas, o que fora em linhas gerais o Império Austro-Húngaro, do qual se disse muito bem que "se não existisse, teria de ser inventado". Ali estaria uma grande área em que não somente a paz, mas também a amizade, poderiam reinar em data muito mais próxima. Assim, poder-se-ia formar uma Europa Unida, em que todos os vencedores e vencidos pudessem encontrar uma base sólida para a vida e a liberdade de todos os seus milhões de atormentados.

Não sinto nenhuma quebra de continuidade em meus pensamentos nessa imensa esfera. Mas sobre nós se abateram vastas e desastrosas mudanças. As fronteiras polonesas existem apenas no nome, e a Polônia continua trêmula nas garras da Rússia comunista. A Alemanha realmente foi dividida, mas apenas por uma horrenda divisão em zonas de ocupação militar. No que concerne a essa tragédia, só se pode dizer que ela não pode durar.

74
Cartago e Marrakech

Em 2 de dezembro voltei de Teerã para o Cairo e, mais uma vez, fui instalado na *villa* próxima às pirâmides. O presidente chegou na mesma noite. Retomamos nossas discussões íntimas sobre todo o panorama da guerra e os resultados de nossas conversas com Stalin. No dia seguinte, os Chefes de Estado-Maior Combinados, que se haviam refeito com uma visita a Jerusalém na volta de Teerã, deveriam levar adiante as discussões sobre todas as suas grandes tarefas. O almirante Mountbatten havia retornado à Índia, de onde submetera o plano revisto que fora instruído a preparar para o ataque anfíbio às ilhas Andaman (operação *Buccaneer*). Este absorveria as barcaças de desembarque, vitalmente necessárias, que já lhe tinham sido enviadas do Mediterrâneo. Eu queria fazer uma última tentativa de convencer os americanos da ofensiva alternativa contra Rhodes.

Na noite seguinte, tornei a jantar com o presidente. Eden me acompanhou. Ficamos à mesa até depois da meia-noite, ainda discutindo nossos pontos de divergência. Eu partilhava as opiniões de nossos chefes de estado-maior, que estavam muito preocupados com a promessa que o presidente fizera ao generalíssimo Chiang Kai-shek, antes de Teerã, de lançar um ataque a curto prazo na baía de Bengala. Isso eliminaria minhas esperanças e planos de tomar Rhodes, e eu acreditava que a entrada da Turquia na guerra dependia principalmente disso. Mas Mr. Roosevelt ansiava por realizá-lo. Quando nossos chefes de estado-maior levantaram essa questão nas conferências, os estados-maiores americanos simplesmente se recusaram a discutir o assunto. O presidente, disseram, havia tomado sua decisão, e não lhes restava alternativa senão obedecer.

Na tarde de 4 de dezembro, realizamos nossa primeira reunião plenária desde Teerã, mas fizemos pouco progresso. O presidente começou dizendo que teria de partir em 6 de dezembro e que todos os relatórios deveriam estar prontos para o acordo final dos dois parceiros na noite de domingo, 5 de dezembro. Afora a questão da entrada da Turquia na guerra, o único ponto pendente parecia ser o problema, relativamente pequeno, do uso a ser feito de um punhado de barcaças de desembarque e seu equipamento.

Era impensável que pudéssemos ser derrotados por um item insignificante assim; logo, disse ele, esse detalhe *tinha que* ser solucionado.

Eu disse que não queria deixar nenhuma dúvida perante a Conferência de que a delegação inglesa encarava com grande apreensão nossa dispersão, que estava tão próxima. Ainda havia muitas questões da máxima importância a serem resolvidas. Dois acontecimentos decisivos haviam ocorrido nos dias anteriores. Em primeiro lugar, Stalin proclamara voluntariamente que os soviéticos declarariam guerra ao Japão no momento em que a Alemanha fosse derrotada. Isso nos daria bases melhores do que jamais encontraríamos na China e tornava ainda mais importante que nos concentrássemos em fazer da operação *Overlord* um sucesso. Seria necessário os estados-maiores examinarem de que modo esse fato novo afetaria as operações no Pacífico e no Sudeste Asiático.

O segundo acontecimento de suma importância fora a decisão de atravessar o Canal em maio. Pessoalmente, eu preferiria uma data em julho, mas, ainda assim, estava decidido a fazer tudo o que estivesse a meu alcance para fazer da data de maio um sucesso completo. Era uma tarefa que transcendia todas as demais. Um milhão de americanos entrariam em ação eventualmente, além de quinhentos mil ou seiscentos mil ingleses. Eram de esperar batalhas terríveis, em escala muito maior do que qualquer coisa que houvéssemos experimentado. Para dar a melhor chance a *Overlord*, julgava-se necessário que o ataque à Riviera (operação *Anvil*) fosse o mais forte possível. Parecia-me que, para os exércitos invasores, o momento crítico surgiria por volta do trigésimo dia, e era essencial que se tomassem todas as providências possíveis, mediante combates em outros locais, para impedir que os alemães concentrassem uma força superior contra nossas cabeças de praia no litoral. Tão logo entrassem na mesma zona, as forças de *Overlord* e *Anvil* ficariam sob as ordens de um mesmo comandante.

O presidente, fazendo a síntese da discussão, perguntou se estava certo em julgar que havia consenso em torno dos seguintes pontos:

(a) Nada se deveria fazer que prejudicasse *Overlord*.

(b) Nada se deveria fazer que prejudicasse *Anvil*.

(c) Custasse o que custasse, arranjar lanchas de desembarque suficientes para operar no Mediterrâneo oriental, caso a Turquia entrasse na guerra.

(d) O almirante Mountbatten deveria ser instruído a ir em frente e fazer o melhor possível [na baía de Bengala] com o que já lhe tinha sido alocado.

Cartago e Marrakech

Com respeito ao último ponto, alvitrei que talvez fosse necessário retirar recursos de Mountbatten para reforçar *Overlord* e *Anvil*. O presidente disse não poder concordar. Tínhamos a obrigação moral de fazer algo pela China e ele não se disporia a renunciar à operação anfíbia, a não ser por uma razão muito boa e claramente visível. Retruquei que essa "razão muito boa" poderia ser fornecida por nossa aventura suprema na França. Naquele momento, o assalto da operação *Overlord* baseava-se em apenas três divisões, ao passo que havíamos desembarcado nove divisões na Sicília no primeiro dia. A grande operação, naquele momento, estava com uma margem muito estreita.

Voltando ao ataque à Riviera, externei a opinião de que ele deveria ser planejado com base numa força de assalto de pelo menos duas divisões. Isso proporcionaria barcaças de desembarque suficientes para a operação de flanqueamento na Itália e também, se a Turquia logo entrasse na guerra, para capturar Rhodes. Assinalei então que as operações no Sudeste Asiático deveriam ser avaliadas em sua relação com a importância predominante de *Overlord*. Declarei estar surpreso com as solicitações que me haviam chegado do almirante Mountbatten para tomar as ilhas Andaman. Diante da promessa de Stalin de que a Rússia entraria na guerra, as operações no Comando do Sudeste Asiático haviam perdido muito de seu valor; por outro lado, seu custo fora elevado numa medida proibitiva.

Continuou a discussão em torno de devermos ou não persistir no projeto de Andaman. O presidente resistiu ao desejo inglês de abandoná-lo. Não se chegou a nenhuma conclusão, a não ser que os chefes de estado-maior deveriam examinar os detalhes.

Voltamos a nos reunir em 5 de dezembro. O relatório da Seção Conjunta de Operações no teatro europeu foi lido pelo presidente e aprovado. Tudo convergiu então para a operação no Extremo Oriente. Rhodes havia passado para segundo plano no cenário e eu me concentrei em obter as barcaças de desembarque para *Anvil* e o Mediterrâneo. Um novo fator havia-se apresentado. As estimativas do Comando do Sudeste Asiático sobre a força necessária para invadir as ilhas Andaman tinham sido estarrecedoras. O presidente disse que 14 mil homens seriam suficientes. De qualquer modo, os cinquenta mil propostos certamente punham fim à expedição às ilhas Andaman, no que dizia respeito a essa reunião. Ficou provisoriamente acertado que se deveria perguntar a Mountbatten que operações anfíbias ele poderia empreender em menor escala, presumindo-se que a maioria das barcaças de desembarque e navios de assalto fossem retirados do Sudeste Asiático nas semanas seguintes. E assim nos despedimos, deixando Mr. Roosevelt muito desolado.

Antes que se pudesse fazer qualquer outra coisa, o impasse do Cairo se resolveu. À tarde, em consulta com seus assessores, o presidente decidiu abandonar o projeto das ilhas Andaman. Enviou-me uma lacônica mensagem particular: "*Buccaneer* cancelado." O general Ismay relembrou-me que, quando lhe transmiti por telefone, enigmaticamente, as boas novas de que o presidente mudara de ideia e estaria transmitindo essa informação a Chiang Kai-shek, eu lhe disse: "Melhor é o homem que governa seu espírito do que aquele que toma uma cidade." Todos nos reunimos às sete e meia da noite seguinte para examinar o relatório final da Conferência. A operação de ataque ao sul da França foi formalmente aprovada e o presidente leu sua mensagem ao generalíssimo Chiang Kai-shek, informando-o da decisão de abandonar o projeto das ilhas Andaman.

Uma das principais finalidades de nosso encontro no Cairo fora a retomada das conversações com os líderes turcos. Eu havia telegrafado de Teerã ao presidente Inönü, em 1º de dezembro, sugerindo que ele se juntasse ao presidente e a mim no Cairo. Providenciou-se para que Vyshinsky também estivesse presente. Essas conversações decorreram da reunião entre Mr. Eden e o ministro do Exterior da Turquia, no Cairo, no começo de novembro, quando o primeiro voltava de sua viagem a Moscou. Os turcos retornaram ao Cairo em 4 de dezembro e, na noite seguinte, recepcionei o presidente turco num jantar. Meu convidado exibiu grande cautela e, nas reuniões subsequentes, mostrou a que ponto seus assessores ainda estavam impressionados com a máquina militar alemã. Insisti vivamente em meus argumentos. Com a Itália fora da guerra, as vantagens da entrada da Turquia aumentavam visivelmente, enquanto seus riscos diminuíam.

Os turcos se foram pouco depois, para relatar o assunto ao seu parlamento. Ficou acertado que, enquanto isso, os especialistas ingleses se reuniriam para implementar as primeiras etapas da criação de uma força dos aliados

Cartago e Marrakech

na Turquia. O assunto ficou nesse pé. Quando chegou o Natal, eu já estava me conformando com a neutralidade turca.

Em todas as nossas muitas conversas no Cairo, o presidente nunca se referiu à questão vital e urgente do comando da operação *Overlord*. Tive a impressão de que nosso acordo original estava mantido. Mas, na véspera de sua partida do Cairo, ele me informou sobre sua decisão final. Estávamos em seu carro, indo do Cairo para as pirâmides. Então, quase displicentemente, ele me disse que não podia prescindir do general Marshall, cuja grande influência na chefia dos assuntos militares e na direção da guerra, sob as ordens do presidente, era de valor inestimável, além de indispensável à condução vitoriosa da guerra. Assim, ele propôs nomear Eisenhower para a operação *Overlord* e pediu minha opinião. Eu disse que a decisão era dele, mas que também tínhamos a mais calorosa estima pelo general Eisenhower e confiaríamos nossa sorte a seu comando com toda a boa vontade.

Até esse momento, eu havia achado que Eisenhower iria para Washington como chefe do Estado-Maior do Exército, enquanto Marshall comandaria *Overlord*. Eisenhower também ouvira falar nisso e estava muito insatisfeito com a perspectiva de deixar o Mediterrâneo por Washington. Agora, estava tudo resolvido: Eisenhower para *Overlord,* Marshall para ficar em Washington e um comandante inglês para o Mediterrâneo.

A história completa da longa demora e das hesitações do presidente, bem como de sua decisão final, é mencionada pelo biógrafo de Mr. Hopkins, que diz que Roosevelt tomou essa decisão no domingo, 5 de dezembro, "contrariando as recomendações quase apaixonadas de Hopkins e Stimson, contrariando a sabida preferência de Stalin e Churchill e contrariando sua própria proclamada inclinação". Depois, Mr. Sherwood cita o seguinte trecho de uma nota que recebeu do general Marshall após a guerra: "Se não estou enganado", disse Marshall, "o presidente encerrou nossa conversa com estas palavras: 'Acho que não poderia dormir à noite com você ausente do país.'" Não há dúvida de que o presidente considerou que o comando de *Overlord* apenas não era o bastante para justificar a saída do general Marshall de Washington.*

Finalmente, nossos trabalhos se encerraram. Ofereci um jantar na *villa* aos Chefes de Estado-Maior Combinados, aos senhores Eden e Casey e

---

* Robert Sherwood, *Roosevelt e Hopkins,* ed. bras. UNB, UniverCidade, Nova Fronteira, p. 804. A certa altura tinha havido uma proposta de que o general Marshall comandasse *ambos* os teatros, o Mediterrâneo além da *Overlord*. A ideia foi abandonada (p. 793).

a mais um ou dois outros. Lembro-me de ter-me impressionado com o otimismo que prevalecia nas altas esferas das forças armadas. Veio à baila a ideia de que Hitler não teria força suficiente para enfrentar a campanha da primavera e poderia entrar em colapso antes mesmo do lançamento de *Overlord* no verão. Fiquei tão impressionado com essa corrente de opinião que pedi a todos que se manifestassem sucessivamente, ao redor da mesa. Todas as autoridades militares inclinavam-se a pensar que o colapso alemão era iminente. Os três políticos presentes foram de opinião contrária. Naturalmente, nessas amplas questões, de que dependem tantas vidas, há sempre muita especulação. Muita coisa é desconhecida e imensurável. Quem sabe dizer qual é a fraqueza do inimigo, por trás de sua atitude violenta e sua desfaçatez? Em que momento seu poder ruirá? Em que momento ele será derrotado?

O presidente não tivera tempo para excursões turísticas, mas não pude deixar que partisse sem ver a Esfinge. Um dia, depois do chá, eu lhe disse: "O senhor tem que vir agora." Seguimos para lá na mesma hora e examinamos essa maravilha do mundo por todos os ângulos. Ela nada nos disse e conservou seu sorriso enigmático. Não adiantava esperar mais. Em 7 de dezembro, dei adeus a meu grande amigo, quando ele decolou do aeródromo atrás das pirâmides.

Eu não estivera nada bem durante essa viagem e na conferência, e, à medida que ela foi chegando ao fim, percebi que estava muito cansado. Por exemplo, notei que já não me enxugava depois do banho, mas ficava deitado na cama, enrolado em minha toalha, até secar naturalmente. Pouco depois da meia-noite de 11 de dezembro, eu e minha comitiva pessoal partimos em nosso voo para Túnis. Eu havia planejado passar uma noite lá, na residência do general Eisenhower, e voar no dia seguinte para o QG de Alexander e depois para o de Montgomery, na Itália, onde se dizia que o tempo estava pavoroso e todos os avanços eram espasmódicos.

A manhã nos apanhou sobrevoando os aeródromos de Túnis. Instruídos por um sinal a não aterrissar onde nos haviam indicado, fomos deslocados para outro campo de pouso, a umas quarenta milhas dali. Todos desembarcamos e começamos a descarregar a bagagem. Uma hora se passaria até que os automóveis chegassem e, depois, a corrida seria longa. Quando me

Cartago e Marrakech

sentei num de meus caixotes oficiais, perto dos aparelhos, sem dúvida sentia-me completamente esgotado. Mas chegou então um recado telefônico do general Eisenhower, que estava a nossa espera no primeiro aeródromo, dizendo que tínhamos sido erroneamente transferidos e que o pouso era perfeitamente possível lá. Assim, tornamos a entrar no avião e, passados dez minutos, estávamos com ele, bem perto de sua casa. Ike, sempre o campeão da hospitalidade, havia esperado duas horas com imperturbável bom humor. Entrei em seu carro e, depois de rodarmos um pouco, disse-lhe: "Acho que terei de ficar com você mais tempo do que havia planejado. Estou completamente no limite de minha resistência e não posso seguir para o front enquanto não tiver recuperado as forças." Dormi o dia inteiro e, no dia seguinte, vieram a febre e alguns sintomas na base do pulmão. Era o início de uma pneumonia. Assim, lá estava eu, nesse momento-chave, deitado de costas em meio às ruínas da antiga Cartago.

Quando as radiografias mostraram que havia uma sombra num de meus pulmões, descobri que tudo fora diagnosticado e previsto por Lord Moran. O doutor Bedford e outras altas autoridades médicas do Mediterrâneo, bem como excelentes enfermeiras, chegaram de toda parte, como num passe de mágica. O admirável M&B, que não me causava nenhum inconveniente, foi usado logo no primeiro momento e, após uma semana de febre, os intrusos foram repelidos. Em certo momento, Moran julgou que o desfecho era duvidoso, mas não compartilhei dessa opinião. Não me senti tão mal nesse ataque quanto no fevereiro anterior. O M&B, que eu também chamava de Moran & Bedford, deu conta do recado de maneira muito eficaz. Não há dúvida de que a pneumonia é uma doença bem diferente do que era antes da descoberta desse esplêndido medicamento. Em momento algum renunciei a participar da direção dos assuntos de estado e não houve o menor atraso na tomada das decisões que eram esperadas de mim.

Minha tarefa imediata, como ministro da Defesa inglês, responsável perante o Gabinete de Guerra, era propor um supremo comandante inglês para o Mediterrâneo. Confiamos esse posto ao general Wilson, ficando também acertado que o general Alexander deveria comandar toda a campanha da Itália, como fizera sob a direção do general Eisenhower. Também se providenciou para que o general Devers, do Exército dos EUA, se tornasse o vice do general Wilson no Mediterrâneo, o marechal do ar Tedder, vice do general Eisenhower na operação *Overlord*, e para que Montgomery efetivamente comandasse toda a força de invasão na travessia do Canal, até o momento em que o comandante supremo pudesse transferir seu QG para a França e assumir o controle operacional direto. Tudo isso foi executado com extrema tranquilidade, em perfeito acordo com o presidente e comigo, com a aprovação do Gabinete, e posto em prática com companheirismo e amizade por todos os implicados.

Mas os dias se passavam com grande desconforto. A febre aparecia e desaparecia. Eu vivia de meu tema da guerra, e aquilo era como ser transportado para fora de mim. Os médicos tentavam manter o trabalho longe de minha cama, mas eu os desafiava. Todos repetiam "não trabalhe, não se preocupe", e resolvi ler um romance. Fazia muito tempo que eu lera *Razão e sensibilidade,* de Jane Austen, e então pensei em ler *Orgulho e preconceito*. Sarah o leu para mim, lindamente, aos pés da cama. Eu sempre achara que seria melhor do que seu rival. Que vida calma tinha aquela gente! Nenhuma preocupação com a Revolução Francesa ou com a luta esmagadora das guerras napoleônicas. Apenas a etiqueta, controlando a paixão natural na medida do possível, junto com explicações cultas para qualquer infortúnio. Tudo isso pareceu combinar muito bem com o M&B.

Certa manhã, Sarah estava fora de sua cadeira aos pés de minha cama e eu estava prestes a pedir minha caixa de despachos, nos horários proibidos, quando ela entrou com a mãe. Eu não tinha ideia de que minha mulher estivesse vindo da Inglaterra a meu encontro. Ela correra para o aeroporto para voar num bimotor Dakota. O tempo estava ruim, mas Lord Beaverbrook estivera atento. Chegara ao aeroporto primeiro e impedira o voo dela até que se pudesse conseguir um quadrimotor. (Sempre achei melhor ter quatro motores quando se percorrem longas distâncias sobrevoando o mar.) E agora ela havia chegado, depois de uma viagem muito ruim num avião sem aquecimento, no meio do inverno. Jock Colville, que a havia escoltado, foi bem-vindo à minha sobrecarregada equipe pessoal, através da qual tantos assuntos vinham sendo dirigidos. "Meu carinho a Clemmie", telegrafou o presidente. "Sinto-me aliviado por ela estar com você como seu oficial superior."

Enquanto permanecia prostrado, senti que estávamos num dos pontos culminantes da guerra. A montagem da operação *Overlord* era o maior acontecimento e tarefa mundial. Mas acaso deveríamos sabotar tudo o que

Cartago e Marrakech

poderíamos conseguir na Itália, onde se achava a principal força ultramarina de nosso país? Iríamos deixá-la como um lago estagnado de onde houvéssemos tirado todos os peixes que queríamos? Tal como eu via o problema, a campanha da Itália, onde estavam empenhados um milhão ou mais de soldados ingleses ou comandados pelos ingleses e tropas aliadas, era a companheira fiel e indispensável e também a contrapartida da grande operação através do Canal. Nesse aspecto, era impressionante o estilo de raciocínio americano: claro, lógico, em larga escala e de produção em massa. Na vida, as pessoas precisam ser ensinadas, em primeiro lugar, a se "concentrar no essencial", Esse é, sem dúvida, o primeiro passo para sair da confusão e da estupidez; mas é apenas o primeiro passo. A segunda etapa, numa guerra, é a harmonia geral do esforço bélico, fazendo com que tudo se encaixe, levando cada pequena parcela do poder de combate a cumprir plenamente seu papel, o tempo todo. Eu tinha certeza de que uma campanha vigorosa na Itália, durante o primeiro semestre de 1944, seria a maior contribuição para a operação suprema de travessia do Canal, para a qual todas as mentes estavam voltadas e com a qual se assumiam todos os compromissos. Mas cada item que qualquer oficial de estado-maior considerava "essencial" ou "vital", para usar essas palavras tão batidas, tinha que ser debatido como se trouxesse em si o sucesso ou o fracasso de nosso grande propósito. Tinha-se que lutar por uma dúzia ou duas dezenas de barcaças de desembarque de viaturas como se a questão principal girasse em torno delas.

O caso me parecia de uma simplicidade brutal. Todos os navios disponíveis seriam usados para transportar para a Inglaterra tudo o que os Estados Unidos pudessem produzir em matéria de armas e homens. Sem dúvida, as imensas forças que não teríamos como transportar do teatro italiano por via marítima deveriam desempenhar seu papel. Ou elas conquistariam a Itália com facilidade e investiriam de imediato contra a frente interna alemã, ou retirariam grandes forças alemãs do front que estávamos por atacar atravessando o Canal, nos últimos dias de maio ou nos primeiros de junho, conforme o prescrevessem a lua e as marés.

O impasse a que nossos exércitos na Itália tinham sido levados pela obstinada resistência alemã, na frente de oitenta milhas de costa a costa, já havia feito o general Eisenhower considerar um ataque de flanqueamento anfíbio. Ele planejara desembarcar com uma divisão ao sul do Tibre e arremeter em direção a Roma, juntamente com um ataque por parte dos exércitos principais. A imobilização desses exércitos, bem como a distância entre eles e o ponto de desembarque, levava todos a achar que seria necessário mais de uma divisão. Eu, é claro, sempre fora partidário da "jogada lateral por fora do campo", como diziam os americanos em seu futebol, ou da "mão de gato", que era o meu termo. Nunca havia conseguido fazer com que essa manobra acessível ao poderio naval fosse incluída em qualquer de nossas ofensivas no deserto. Na Sicília, porém, o general Patton usara por duas vezes seu domínio do flanco marítimo ao avançar pelo litoral norte da ilha, com grande efeito.

Houve grande dose de dedicação profissional. Eisenhower já estava comprometido, em princípio, embora sua nova nomeação para o comando de *Overlord* lhe desse, a essa altura, um senso de valores diferente e um novo horizonte. Alexander, subcomandante supremo e comandante dos exércitos na Itália, julgou a operação acertada e necessária; Bedell Smith foi entusiástico e útil em todos os sentidos. O mesmo se aplicou ao almirante John Cunningham, que detinha todas as cartas navais, e ao marechal do ar Tedder. Portanto, eu tinha uma constelação poderosa de autoridades do Mediterrâneo. Ademais, tinha certeza de que os chefes de estado-maior ingleses gostariam do plano e de que, com sua concordância, eu conseguiria obter a aprovação do Gabinete de Guerra. Quando não se pode dar ordens, há que enfrentar um trabalho árduo e demorado.

Iniciei meu esforço em 19 de dezembro, quando o CIGS chegou a Cartago para me visitar, de volta do QG de Montgomery, na Itália, a caminho de casa. Havíamos esperado ir juntos até lá, mas minha doença me impedira. Conversamos longamente e constatei que o general Brooke, por um raciocínio separado, havia chegado à mesma conclusão que eu. Concordamos na política e também em que, enquanto eu lidaria com os comandantes locais, ele faria o máximo para superar todas as dificuldades em casa. Depois disso, ele seguiu de avião para Londres. Visivelmente, os chefes de estado-maior tinham estado raciocinando nos mesmos termos, de modo que, depois de ouvirem o relato de Brooke, telegrafaram no dia 22: "Concordamos plenamente com sua visão de que não é possível permitir que a atual estagnação continue. (...) A solução, como diz o senhor, está claramente em usarmos nosso poder anfíbio para contornar o flanco do inimigo e abrir caminho para um avanço rápido sobre Roma. (...) Julgamos que a meta deve ser o fornecimento de transporte para no mínimo duas divisões. (...)" Depois de

Cartago e Marrakech

explicar que o novo plano implicaria desistir de capturar Rhodes e de realizar uma pequena operação anfíbia na costa da Birmânia, junto ao litoral de Arakan, eles encerraram dizendo: "Se o senhor aprovar a linha de raciocínio acima, propomos discutir o assunto com os Chefes de Estado-Maior Combinados com vistas a tomar providências imediatas nesses termos."

Isso levou a um exame minucioso de nossos recursos. Algumas lanchas de desembarque da operação cancelada contra as ilhas Andaman estavam a caminho do Mediterrâneo, através do oceano Índico. Outras tinham de voltar para casa, tendo em vista a operação *Overlord*. Todas eram extremamente requisitadas.

Durante a manhã inteira do dia de Natal, realizei uma conferência em Cartago. Eisenhower, Alexander, Bedell Smith, o general Wilson, Tedder, o almirante John Cunningham e outros altos oficiais compareceram. O único que não estava presente era o general Mark Clark, do V Exército. Lamento esse lapso, já que a operação acabou sendo confiada a seu exército, de modo que ele deveria ter tido conhecimento dos antecedentes. Todos concordamos em que seria necessário transportar pelo menos duas divisões. Nessa ocasião, eu imaginava um assalto por duas divisões inglesas do VIII Exército, no qual Montgomery estava prestes a ser substituído pelo general Leese. Eu achava que a operação anfíbia implicaria riscos potenciais para as forças desembarcadas e preferia corrê-los com soldados ingleses, já que era perante a Inglaterra que eu era responsável. Além disso, a força de assalto, nesse caso, seria homogênea em vez de meio a meio.

Tudo girava em torno das barcaças de desembarque, que, por algumas semanas, mantiveram nossa estratégia no mais extremo aperto. Com a rígida data prescrita para a operação *Overlord* e a movimentação, reparo e reequipamento de menos de uma centena dessas pequenas embarcações, todos os planos ficaram numa camisa de força. Ainda que prejudicados, escapamos desse apuro. Mas também devo admitir que eu estava tão ocupado em lutar pelo essencial, que não consegui obter — e, a rigor, não me atrevi a exigir — o peso e o volume necessários para a "mão de gato". Na verdade, havia LSTs suficientes para a operação, tal como planejada. Em minha opinião, se as exigências extravagantes da máquina militar tivessem sido reduzidas, poderíamos, sem prejuízo de qualquer outra promessa ou compromisso, ter depositado em terra, ao sul do Tibre, uma força ainda maior e com plena mobilidade. Contudo, a questão foi discutida em termos de requisitos rotineiros de exército e das datas exatas em que as LSTs poderiam estar liberadas para a operação *Overlord,* dando todos os descontos, é claro, para seu retorno nas condições climáticas de inverno na baía de Biscaia, e estipulando as margens de tempo para seu reequipamento pelo limite máximo. Se eu tivesse pleiteado o transporte de três divisões, não teria conseguido nada. Quantas vezes na vida temos de nos contentar com o que podemos obter! Ainda assim, melhor seria fazer as coisas certas.

Finda a discussão, passei o seguinte telegrama ao presidente e outro semelhante para casa. Tive o cuidado de expor francamente o fundamental:

(...) Depois de havermos mantido 56 LSTs no Mediterrâneo por tanto tempo, seria irracional retirá-las justamente na semana em que elas podem prestar serviços decisivos. Além disso, o que poderia ser mais perigoso do que deixarmos a batalha italiana estagnar por mais três meses e supurar? Não podemos dar-nos o luxo de ir em frente e deixar para trás uma vasta tarefa pela metade. Assim, pareceu a todos os presentes que é preciso fazer todos os esforços para bem executar Anzio com base em duas divisões, por volta de 20 de janeiro. O general Alexander recebeu ordens para se preparar nesse sentido. Se não aproveitarmos essa oportunidade, é de esperar que seja inviabilizada a campanha de 1944 no Mediterrâneo. Espero sinceramente, portanto, que o senhor possa concordar com o atraso de três semanas na devolução das 56 barcaças de desembarque, e em que todas as autoridades sejam instruídas a se certificar de que *Overlord,* em maio, não será prejudicada por isso. (...)

Lord Moran julgou viável que eu deixasse Cartago depois do Natal, mas insistiu em que eu tivesse três semanas de convalescença em algum lugar. E onde mais senão na encantadora *villa* em Marrakech, onde o presidente e eu nos hospedáramos depois de Casablanca, um ano antes? Todos os planos tinham sido feitos nos dois dias anteriores. Eu seria convidado do Exército dos Estados Unidos em Marrakech. Também achei que já estava em Cartago tempo suficiente para ser localizado. Pequenos barcos tinham que patrulhar a baía ininterruptamente, em frente à *villa,* para a eventualidade de surgir algum submarino hostil. Também poderia haver um ataque por aviões de longo alcance. Minha segurança era feita por um batalhão dos Guardas Coldstream. Estava doente demais ou ocupado demais para ser consultado a respeito disso tudo, mas via em minha amada Marrakech um oásis onde eu poderia recobrar as forças.

Cartago e Marrakech

Do lado de fora da casa, formaram uma guarda magnífica do batalhão de Coldstream. Eu não havia percebido quanto estava enfraquecido pela doença. Tive bastante dificuldade para percorrer suas fileiras e entrar no carro. O voo a seis mil pés de altitude fora planejado com base na previsão de que o tempo estaria claro. Contudo, à medida que nos afastamos e os planaltos da Tunísia começaram a se elevar a nosso redor, vi acumular-se uma porção de grandes nuvens felpudas, que logo se enegreceram, e, passadas umas duas horas, ficamos mais na neblina do que ao sol. Sempre fiz grande objeção às chamadas "nuvens recheadas" — i.e., nuvens com montanhas dentro. Voar por uma rota intricada pelos diversos vales à nossa frente, para nos mantermos abaixo de seis mil pés, pareceu-me uma proposta injusta para com as outras pessoas do avião. Assim, chamei o piloto e lhe disse que voasse ao menos dois mil pés acima da montanha mais elevada num raio de cem milhas de sua rota. Lord Moran concordou. O oxigênio foi trazido por um instrumentador habilidoso, especialmente providenciado para a viagem. Subimos para o céu azul. Passei bem e fizemos um pouso perfeito, por volta das 16 horas, no aeroporto de Marrakech. Nosso segundo avião, que havia seguido estritamente suas instruções, fez um voo muito ruim e perigoso pelas várias gargantas e desfiladeiros, muitos dos quais foram atravessados apenas com ligeiros vislumbres das imponentes montanhas. O avião chegou em segurança uma hora depois de nós, com uma de suas portas arrancada e quase todos os ocupantes passando muito mal. Lamentei muito que eles tivessem sido submetidos a tamanho desconforto e risco por minha causa. Poderiam ter feito um voo confortável durante todo o tempo, sob o céu azul, a 12 mil ou até 11 mil pés de altitude.

Nada poderia superar o conforto e mesmo o luxo de minha nova residência, ou a bondade de todas as pessoas envolvidas. Mas uma coisa erguia-se em meus pensamentos acima de todas as demais — que resposta daria o presidente a meu telegrama? Pensando na resistência apática e inerte com que eu havia deparado no tocante a todos os projetos do Mediterrâneo, que não levara em conta nem a oportunidade nem a proporção, eu aguardava a resposta com ansiedade. O que pleiteava era uma iniciativa arriscada no litoral italiano e um possível atraso de três semanas, a contar de 1º de maio — ou quatro, se a fase da lua fosse respeitada — na data da travessia do Canal. Obtivera a concordância dos comandantes locais. Os chefes de estado-maior ingleses sempre haviam concordado, em princípio, e agora estavam satisfeitos com os detalhes. Mas que diriam os americanos de um adiamento de quatro semanas na operação *Overlord*? Quando se está inteiramente esgotado, porém, a bênção do sono não costuma ser negada.

Foi com alegria — e não sem uma mescla de surpresa, confesso — que recebi em 28 de dezembro um telegrama de Mr. Roosevelt, concordando em atrasar a partida das 56 LSTs, "desde que *Overlord* permaneça como a operação preponderante e seja realizada na data acertada no Cairo e em Teerã". "Dou graças a Deus", respondi, "por essa bela decisão, que mais uma vez nos engaja, com entusiástica união, numa grande iniciativa. (...)"

De fato, grandes esforços tinham sido envidados pelos estados-maiores na Inglaterra, especialmente pelo almirantado, para realizar a "mão de gato", de modo que me apressei a congratulá-los. O telegrama do presidente foi uma maravilha. Tive certeza de que eu o devera não apenas a sua boa vontade, mas também à sensatez de Marshall, à lealdade de Eisenhower para com o teatro que ele estava prestes a deixar e à diplomacia ativa, esclarecida e realista de Bedell Smith. No mesmo dia, Alexander enviou-nos seu plano. Depois de debater com os generais Mark Clark e Brian Robertson, ele havia decidido usar uma divisão americana e uma inglesa. As unidades blindadas, os paraquedistas e os destacamentos de assalto seriam compostos meio a meio, ficando o conjunto sob as ordens de um comandante americano. O ataque se daria por volta de 20 de janeiro. Dez dias antes, ele lançaria uma grande ofensiva contra Cassino, para atrair as reservas alemãs. A ofensiva dos exércitos principais viria em seguida. Fiquei bastante satisfeito. Até ali, tudo bem.

Resolvi estar em casa antes que ocorresse o choque de Anzio. Assim, em 14 de janeiro, todos voamos em esplêndidas condições de tempo para Gibraltar, onde o *King George V* estava a minha espera. No dia 15, ele rumou da baía de Algeciras para o Atlântico e dali para Plymouth. Após uma viagem repousante, fomos recebidos pelo Gabinete de Guerra e pelos chefes de estado-maior, que pareceram muito felizes por me ver de volta. Eu estivera fora da Inglaterra por mais de dois meses e eles haviam passado por muitas preocupações, tanto em virtude de minha doença quanto de minhas atividades. Foi realmente uma volta ao lar, e eu me senti profundamente grato a todos esses fiéis amigos e companheiros de trabalho.

75
O marechal Tito. O tormento grego

O LEITOR DEVE AGORA VOLTAR a um conto aterrador e sombrio que a narrativa principal deixou para trás. Desde a invasão e conquista por Hitler, em abril de 1941, a Iugoslávia tinha sido palco de acontecimentos assustadores. O intrépido e jovem rei havia-se refugiado na Inglaterra com os ministros do príncipe Paulo e outros membros do governo que haviam desafiado o ataque alemão. Nas montanhas, iniciara-se outra vez a feroz guerrilha com que os sérvios haviam resistido aos turcos por séculos. O general Mihailovic foi seu primeiro e mais destacado líder, havendo-se congregado em torno dele a *elite* sobrevivente da Iugoslávia. No turbilhão dos casos mundiais, sua luta mal se notou. Faz parte da "soma não calculada do sofrimento humano". Como líder guerrilheiro, Mihailovic sofreu com o fato de muitos de seus seguidores ser gente conhecida, com parentes e amigos na Sérvia, com propriedades e ligações reconhecíveis em toda parte. Os alemães adotaram uma política de chantagem homicida. Vingavam as atividades guerrilheiras com o fuzilamento de lotes de quatrocentas ou quinhentas pessoas escolhidas em Belgrado. Diante dessa pressão, Mihailovic entrou gradativamente numa postura em que alguns de seus comandantes faziam acertos com as tropas alemãs e italianas para serem deixados em paz em algumas áreas montanhosas, em troca de pouco ou nada atuarem contra o inimigo. Os que passaram vitoriosamente por essas tensões talvez estigmatizem o nome de Mihailovic, mas a história, com discernimento maior, não deve apagá-lo do rol dos patriotas sérvios. Pelo outono de 1941, a resistência sérvia ao terror alemão era apenas uma sombra. A luta da nação só poderia ser sustentada pelo valor inato da gente comum. E este não faltou.

Uma guerra violenta e furiosa contra os alemães e pela vida eclodiu entre os *partisans*. Dentre eles destacou-se Tito, proeminente e logo dominante. Tito, como ele se denominava, era um comunista formado pelos soviéticos, que, até a invasão da Rússia por Hitler e depois de a Iugoslávia ser atacada, havia fomentado greves políticas no litoral, em consonância com a política geral do Comintern. Entretanto, depois de unir no coração e na mente sua doutrina comunista com sua paixão ardorosa pela pátria, no extremo tormento por que ela passava, Tito tornou-se um líder de gente que pouco tinha a perder além da vida, disposta a morrer e, se tinha de morrer, a matar. Isso apresentou aos alemães um problema que não se podia solucionar pelas execuções em massa de personalidades notáveis ou pessoas de expressão. Viram-se diante de marginais foras da lei, que precisavam ser caçados em suas tocas. Os *partisans* de Tito arrancavam armas das mãos dos alemães. Aumentavam rapidamente em número. Represália contra reféns ou vilarejos, sangrenta como fosse, não conseguia detê-los. Para eles, era morte ou liberdade. Em pouco tempo, eles começaram a causar graves prejuízos aos alemães e se tornaram senhores de vastas regiões.

Era inevitável que o movimento *partisan* de guerrilha também entrasse em lutas selvagens com os compatriotas que faziam uma resistência branda ou barganhavam por imunidade com o inimigo comum. Os *partisans* violavam deliberadamente qualquer acordo feito com o inimigo pelos *cetniks* — como eram chamados os seguidores do general Mihailovic. Os alemães então fuzilavam reféns cetniks e, por vingança, os cetniks lhes davam informações sobre os *partisans*. Tudo isso acontecia de maneira esporádica e incontrolável naquelas regiões montanhosas e ínvias. Era uma tragédia dentro da tragédia.

Eu havia acompanhado esses acontecimentos quanto possível, em meio a outras preocupações. A não ser por alguns minguados suprimentos, lançados de avião, não tínhamos como ajudar. Nosso QG no Oriente Médio era responsável por todas as operações nesse teatro e montou um sistema de agentes secretos e oficiais de ligação trabalhando com os seguidores de Mihailovic. Quando invadimos a Sicília e a Itália no verão de 1943, os Bálcãs e, em especial, a Iugoslávia não me saíam da cabeça. Até aquele momento, nossas missões tinham-se dirigido apenas aos bandos liderados por Mihailovic, a resistência oficial aos alemães, e ao governo iugoslavo no Cairo. Em maio de 1943, tomamos novo rumo. Ficou decidido que enviaríamos pequenos grupos de oficiais e sargentos ingleses para estabelecer contato com os *partisans* iugoslavos, a despeito da existência de uma luta cruel entre eles e os cetniks, e do fato de Tito, na condição de comunista, travar uma guerra não apenas contra os invasores alemães, mas também

O marechal Tito. O tormento grego

contra a monarquia sérvia e Mihailovic. No fim daquele mês, o capitão Deakin, um professor de Oxford que antes da guerra me ajudara em meu trabalho literário por cinco anos, saltou de paraquedas para criar uma missão junto a Tito. Seguiram-se outras missões inglesas e, em junho, muitos dados tinham-se acumulado. Os chefes de estado-maior comunicaram, em 6 de junho: "Pelas informações de que dispõe o Ministério da Guerra, está claro que os cetniks acham-se desoladoramente comprometidos com o Eixo na Herzegovina e no Montenegro. Durante os recentes combates nesta última área, foram os *partisans* organizados, e não os cetniks, que contiveram as forças do Eixo."

Ao se aproximar o fim do mês, minha atenção voltou-se à questão de extrair os melhores resultados possíveis da resistência local ao Eixo na Iugoslávia. Pedi informações completas e presidi uma conferência dos chefes de estado-maior em Downing Street, em 23 de junho. No decorrer da discussão, destaquei o enorme valor de darmos todo o apoio possível ao movimento iugoslavo antieixo, que vinha retendo cerca de 33 divisões inimigas naquela área. Era questão de tamanha importância que determinei que o pequeno número de aviões adicionais necessários ao aumento de nossa ajuda aérea fosse providenciado, se preciso, à custa do bombardeio da Alemanha e da guerra contra os submarinos.

Antes de partir para Quebec, resolvi preparar o terreno para novas ações nos Bálcãs, indicando um oficial superior para chefiar uma missão maior junto aos *partisans* no campo, com autoridade para me fazer recomendações diretas quanto à ação futura em relação a eles. Mr. Fitzroy MacLean era membro do Parlamento, homem de caráter intrépido e com experiência no Foreign Office. Essa missão saltou na Iugoslávia de paraquedas, em setembro de 1943, e encontrou a situação revolucionada. A notícia da rendição italiana só havia chegado à Iugoslávia nos anúncios oficiais pelo rádio. Mas, apesar da ausência de qualquer aviso nosso, Tito tomara a iniciativa de uma ação rápida e frutífera. Em poucas semanas, seis divisões italianas tinham sido desarmadas pelas forças *partisans* e outras duas haviam passado a lutar ao lado delas contra os alemães. Com o equipamento italiano, os iugoslavos puderam então armar mais oitenta mil homens e ocupar temporariamente a maior parte do litoral do Adriático. Havia uma boa probabilidade de reforçarmos nossa posição geral no Adriático em relação à frente italiana. O exército *partisan* iugoslavo de Tito, que somava duzentos mil homens, embora combatesse principalmente como guerrilha, estava empenhado num vasto combate contra os alemães, que prosseguiram em suas represálias violentas com fúria crescente.

Um dos efeitos dessa maior atividade na Iugoslávia foi exacerbar o conflito entre Tito e Mihailovic. O crescente poderio militar de Tito despertou, de maneira cada vez mais aguda, a questão final da monarquia iugoslava e do governo no exílio. Até o fim da guerra, envidaram-se esforços sinceros e prolongados, tanto em Londres quanto na Iugoslávia, para chegar a uma conciliação entre as duas partes. Eu havia esperado que os russos estendessem seus bons ofícios nessa matéria. Quando Mr. Eden foi a Moscou, em outubro de 1943, o assunto foi incluído na agenda da Conferência. Ele fez uma exposição franca e neutra de nossa atitude, na esperança de chegar a uma política aliada comum em relação à Iugoslávia, mas os russos não mostraram a menor vontade de contribuir com informações ou debater um plano de ação.

Mesmo depois de muitas semanas, eu vislumbrava poucas perspectivas de qualquer acordo preparatório entre as facções hostis da Iugoslávia. Telegrafei a Roosevelt: "A luta tem o mais cruel e sangrento caráter, com represálias implacáveis e execuções de reféns pelos hunos. (...) Esperamos ter em breve uma composição nas disputas gregas, mas as divergências entre os partidários de Tito e os sérvios de Mihailovic são profundas e arraigadas."

Minha sombria previsão se confirmou. No fim de novembro, Tito convocou um congresso político de seu movimento em Jajce, na Bósnia, e não apenas estabeleceu um governo provisório, "com autoridade exclusiva para representar a nação iugoslava", como também privou formalmente o governo régio iugoslavo, no Cairo, de todos os seus direitos. O rei foi proibido de voltar ao país até que ocorresse a libertação. Os *partisans* firmaram-se incontestavelmente como os principais elementos da resistência na Iugoslávia, sobretudo depois da rendição italiana. Mas era importante que não se tomasse nenhuma decisão política irrevogável sobre o futuro regime da Iugoslávia naquele clima de ocupação, guerra civil e política de *émigrés*. A trágica figura de Mihailovic havia se transformado no grande obstáculo. Tínhamos que manter um estreito contato militar com os *partisans* e, portanto, convencer o rei a destituir Mihailovic de seu cargo de ministro da Guerra. No começo de dezembro, retiramos nosso apoio oficial a Mihailovic e chamamos de volta as missões inglesas que estavam atuando em seu território.

O marechal Tito. O tormento grego

As questões iugoslavas foram examinadas na Conferência de Teerã contra esse quadro. Embora as três nações aliadas decidissem dar o máximo apoio aos *partisans,* o papel da Iugoslávia na guerra foi descartado por Stalin como sendo de menor importância, e os russos chegaram até a contestar nossas cifras quanto ao número de divisões do Eixo presentes nos Bálcãs. O governo soviético, no entanto, concordou em enviar uma missão russa a Tito, como resultado da iniciativa de Mr. Eden. E também quis manter contato com Mihailovic.

Em minha volta de Teerã para o Cairo, estive com o rei Peter e lhe falei da força e da importância do movimento guerrilheiro, dizendo que talvez lhe fosse necessário demitir Mihailovic de seu ministério. A única esperança de o rei voltar a seu país seria através de nossa intermediação ele chegar sem demora a um acordo provisório com Tito, antes que os *partisans* ampliassem ainda mais seu controle do país. Também os russos declararam sua disposição de trabalhar por algum tipo de acordo. Recebi conselho quase unânime quanto à linha a seguir nessa situação desagradável. Oficiais que haviam servido com Tito e os comandantes de missões junto a Mihailovic apresentaram quadros semelhantes. O embaixador inglês junto ao governo real iugoslavo, Mr. Stevenson, telegrafou ao Foreign Office: "Os *partisans* serão os governantes da Iugoslávia. Militarmente, são de tal valor para nós que devemos apoiá-los integralmente, subordinando as considerações políticas às militares. É muito duvidoso que possamos continuar a encarar a monarquia como um elemento unificador na Iugoslávia."

Em janeiro de 1944, eu estava convencido, pelos argumentos de homens a quem conhecia e em quem confiava, de que Mihailovic era um fardo nos ombros do rei e de que este não teria chance enquanto não se livrasse dele. O ministro do Exterior concordou, e eu escrevi a Tito nesse sentido. Assim mesmo, durante mais dois meses, prosseguiu a disputa política acerca das questões iugoslavas nos círculos *émigrés* em Londres. Cada dia perdido diminuía a possibilidade de um acordo equilibrado. Mihailovic só foi destituído no fim de maio e um político moderado, o dr. Subasic, foi solicitado a formar um novo governo. Também não consegui reunir Tito e Subasic antes de encontrá-los em agosto, em Nápoles, onde, como contarei no devido tempo, fiz o possível para minorar os tormentos tanto da Iugoslávia como de sua vizinha meridional, a Grécia, para cujas questões e vicissitudes devemos voltar-nos agora.

Após a retirada dos aliados em abril de 1941, a Grécia, tal como a Iugoslávia, fora ocupada pelas Potências do Eixo. O colapso do exército e a partida do rei e de seu governo para o exílio reavivaram as acirradas controvérsias da política grega. Tanto na terra natal quanto nos círculos gregos no exterior, houve duras críticas à monarquia, que havia sancionado a ditadura do general Metaxas e, com isso, associara-se diretamente ao regime que fora derrotado. Houve muita fome no primeiro inverno, parcialmente aliviada pelos embarques da Cruz Vermelha. O país estava esgotado com a luta e o exército destruído, mas, no momento da rendição, haviam-se escondido armas nas montanhas e, de maneira esporádica e em pequena escala, planejara-se a resistência ao inimigo. Nas vilas da Grécia central, a fome proporcionou uma profusão de recrutas. Em abril de 1942, o corpo autodenominado Front de Libertação Nacional (conhecido por suas iniciais gregas EAM), surgido no outono anterior, anunciou a formação do Exército Popular de Libertação (ELAS). Pequenos grupos de combate foram recrutados no ano seguinte, enquanto no Épiro e nas montanhas do noroeste alguns remanescentes do exército grego e montanheses da região reuniram-se em torno do coronel Napoleon Zervas. A organização EAM-ELAS era dominada por um núcleo de chefes comunistas. Os adeptos de Zervas, originalmente de simpatia republicana, tornaram-se, com o passar do tempo, exclusivamente anticomunistas. Em torno desses dois centros girou a resistência grega aos alemães. Nenhum deles tinha a menor simpatia ou contato direto com o governo realista em Londres.

Às vésperas de El-Alamein, decidimos atacar as linhas de suprimento alemãs que passavam pela Grécia em direção ao Pireu, porto de Atenas e importante base na rota alemã para a África do Norte. A primeira missão militar inglesa, comandada pelo tenente-coronel Myers, foi lançada de paraquedas e entrou em contato com os guerrilheiros. Um viaduto na ferrovia principal de Atenas foi destruído, e os agentes secretos gregos fizeram brilhantes e ousadas sabotagens contra a navegação do Eixo no Pireu. No verão seguinte, as missões inglesas foram reforçadas e ações especiais empreendidas para convencer o inimigo de que desembarcaríamos na Grécia em larga escala, após nossa vitória em Túnis. Grupos greco-ingleses explodiram outra ponte ferroviária na linha principal de Atenas e outras operações tiveram tamanho êxito que para a Grécia foram deslocadas duas

O marechal Tito. O tormento grego

divisões alemãs que poderiam ter sido empregadas na Sicília. Mas essa foi a última contribuição militar direta feita pelos guerrilheiros gregos para a guerra.

Os três elementos divergentes — o ELAS, que somava vinte mil homens e estava predominantemente sob controle comunista, os bandos de Zervas, conhecidos como EDES, num total de cinco mil, e os políticos monarquistas, reunidos no Cairo ou em Londres em torno do rei George II — passaram todos a achar que os aliados venceriam. Então, começou entre eles a luta acerba pelo poder político, beneficiando o inimigo comum. Quando os italianos capitularam, em setembro de 1943, o ELAS conseguiu obter a maior parte de seu equipamento, inclusive as armas de uma divisão inteira, e assim a supremacia militar. Em outubro, as forças do ELAS atacaram o EDES (de Zervas), e o QG inglês no Cairo suspendeu todo o envio de armas a elas.

Todos os esforços foram feitos por nossas missões locais para limitar e pôr fim à guerra civil que se espalhava pelo país destruído e ocupado e, em fevereiro de 1944, oficiais ingleses conseguiram uma trégua instável entre as duas facções. Mas, a essa altura, os exércitos soviéticos estavam nas fronteiras da Romênia e, à medida que aumentavam as probabilidades de uma retirada alemã dos Bálcãs — e, com elas, a possibilidade de um retorno do governo real, com apoio inglês — os líderes do EAM decidiram por um *coup d'état* comunista.

Foi criado um Comitê Político de Libertação Nacional nas montanhas e a notícia divulgada ao mundo. Era um desafio direto à futura autoridade do governo real e um sinal de problema nas forças armadas gregas no Oriente Médio e nos círculos governamentais gregos no exterior. Em 31 de março, um grupo de oficiais do exército, marinha e força aérea foi ao premier instalado no Cairo, M. Tsouderos, e exigiu sua renúncia. A 1ª Brigada do exército grego, que eu esperava pudesse participar da campanha italiana, amotinou-se contra seus oficiais. Cinco navios da Real Marinha Helênica declararam-se favoráveis a uma república e, em 8 de abril, um contratorpedeiro grego recusou-se a zarpar a menos que se formasse um governo que incluísse representantes do EAM.

Nessa ocasião, eu estava à testa do Foreign Office, em virtude da ausência de Mr. Eden. Tinha, pois, diretamente na mão todos os fios da manobra e, com meu apoio e incentivo pessoal, o general Paget, que comandava as forças inglesas no Egito, cercou a brigada, que tinha 4.500 soldados e mais de cinquenta canhões, em posições defensivas contra nós. Na noite de 23, os navios foram abordados por marinheiros gregos leais e, com cerca de cinquenta baixas, os amotinados foram reunidos e desembarcados. No dia seguinte, a brigada se rendeu e depôs suas armas, sendo enviada para um campo de prisioneiros de guerra, onde os líderes do motim ficaram presos. Não houve baixas gregas, mas um oficial inglês foi morto. Os amotinados navais tinham-se rendido incondicionalmente, 24 horas antes.

Entrementes, o rei havia chegado ao Cairo e, em 12 de abril, proclamou que seria formado um governo representativo, composto largamente de gregos residentes na Grécia. Foram tomadas providências sigilosas para trazer representantes da Grécia metropolitana, inclusive M. Papandreou, líder do partido social-democrata grego, que foi empossado primeiro-ministro no dia 26. Em maio, uma conferência de todas as partes, inclusive chefes vindos das montanhas gregas, reuniu-se numa cidade serrana do Líbano. Ali, após um debate feroz que durou três dias, concordou-se em criar no Cairo um governo em que todos os grupos fossem representados, sob Papandreou como primeiro-ministro, enquanto, nas montanhas da Grécia, uma organização militar unida continuaria o combate contra os alemães. As dificuldades e lutas que nos aguardavam nesse centro nervoso da Europa e do mundo serão narradas no devido lugar. Por ora, podemos trocar esse cenário por outros não menos convulsos, porém maiores.

76
O lance de Anzio

RECAPITULAR É AGORA INEVITÁVEL para compreender o cenário italiano. Após a rendição de setembro de 1943, a organização de resistência aos alemães, na falta de coisa melhor, caiu nas mãos de um Comitê de Libertação clandestino, em Roma, e se ligou à atividade crescente de bandos de *partisans,* que começou a agir em toda a península. Os membros desse comitê eram políticos afastados do poder por Mussolini, no início da década de 1920, ou representantes de grupos hostis à dominação fascista. Pairava sobre todos a ameaça de um recrudescimento do núcleo do fascismo no momento da derrota. Os alemães, sem dúvida, fizeram o máximo para promovê-lo.

Mussolini fora levado para a ilha de Ponza e, mais tarde, para La Maddalena, junto à costa da Sardenha. Temendo um *coup de main* alemão, no fim de agosto, Badoglio mandara transferir seu antigo chefe para um pequeno hotel no alto dos montes Abruzzi, na Itália Central. Na pressa da fuga de Roma, nenhuma instrução exata fora dada aos policiais e *carabinieri* que faziam a segurança do ditador deposto. Na manhã de domingo, 12 de setembro, noventa paraquedistas alemães desceram em planadores perto do hotel onde Mussolini estava confinado. Sem nenhuma baixa, ele foi retirado num avião leve alemão e transportado para mais um encontro com Hitler em Munique.

Nos dias subsequentes, os dois discutiram como dar uma sobrevida ao fascismo italiano nas partes da Itália ainda ocupadas pelas tropas alemãs. No dia 15, o Duce anunciou que havia reassumido a liderança do fascismo e que um novo Partido Fascista Republicano, expurgado dos elementos traiçoeiros e soerguido, reconstituiria um governo fiel no Norte. Por um momento, o antigo sistema, agora revestido de uma roupagem pseudorrevolucionária, pareceu prestes a voltar à vida. Os resultados decepcionaram os alemães, mas não havia meios de voltar atrás. Iniciaram-se os desanimados "Cem Dias" de Mussolini. No fim de setembro, ele instalou seu governo às margens do lago Garda. Esse lastimável governo fantasma é conhecido como "República de Salò". Ali se desenrolou a tragédia sórdida. Aquele que fora o ditador e legislador da Itália por mais de vinte anos

912 Memórias da Segunda Guerra Mundial

ficou vivendo, junto com sua amante, nas mãos de seus senhores alemães, dominado pela vontade deles e isolado do resto do mundo por guardas e médicos alemães cuidadosamente escolhidos.

A rendição italiana apanhou seus exércitos nos Bálcãs completamente desprevenidos, e muitas tropas ficaram em situações desesperadoras, entre as forças guerrilheiras locais e os vingativos alemães. Houve represálias selvagens. A guarnição italiana de Corfu, mais de sete mil homens, foi quase aniquilada por seus ex-aliados. Os soldados italianos da ilha de Cefalônia resistiram até 22 de setembro. Muitos dos sobreviventes foram fuzilados e os demais, deportados. Algumas das guarnições das ilhas do Egeu conseguiram escapar em pequenos grupos para o Egito. Na Albânia, na costa dálmata e dentro da Iugoslávia muitos destacamentos juntaram-se aos *partisans*. Em geral, eram levados para trabalhos forçados e seus oficiais executados. No Montenegro, a maior parte de duas divisões italianas foi reorganizada por Tito nas "Divisões Garibaldi", que sofreram pesadas baixas no fim da guerra. Nos Bálcãs e no Egeu, os exércitos italianos perderam quase quarenta mil homens após o anúncio do armistício, em 8 de setembro, sem contar os que morreram nos acampamentos de deportação.

A Itália em si mergulhou nos horrores da guerra civil. Oficiais e soldados do exército italiano no Norte ocupado pelos alemães, e patriotas das cidades e do campo começaram a formar unidades de *partisans* para agir contra os alemães e contra os compatriotas que ainda eram adeptos do Duce. Fizeram contato com os exércitos aliados ao sul de Roma e com o governo de Badoglio. Nesses meses, criou-se a rede de resistência italiana à ocupação alemã, numa atmosfera cruel de guerra civil, assassinatos e execuções. O movimento insurgente do centro e do norte da Itália, ali como em outros lugares da Europa ocupada, convulsionou todas as classes da população.

Uma de suas grandes realizações foi o socorro e o apoio prestados aos nossos prisioneiros de guerra apanhados pelo armistício em acampamentos do norte da Itália. De cerca de oitenta mil desses homens, ostensivamente trajados em uniformes de combate e, em sua maioria, com pouco conhecimento da língua ou da geografia do país, pelo menos dez mil, predominantemente ajudados pela população local com o fornecimento de trajes civis, foram trazidos em segurança graças aos riscos assumidos por membros da Resistência Italiana e pela gente simples do interior.

O rancor e a confusão acentuaram-se no ano-novo. A república fantasma de Mussolini ficou sob pressão crescente dos alemães. Os círculos governamentais em torno de Badoglio, no sul, foram infestados de intrigas na Itália e desprezados pela opinião pública na Inglaterra e nos Estados Unidos. Mussolini foi o primeiro a reagir. Ao chegar a Munique após a fuga, lá encontrou sua filha Edda e o marido dela, o conde Ciano. Eles haviam fugido de Roma na época da rendição e, embora Ciano houvesse votado contra o sogro na fatídica reunião do Gran Conselho, ele esperava, graças à influência da mulher, uma reconciliação. Durante esses dias em Munique, ela efetivamente ocorreu. Isso despertou a indignação de Hitler, que já pusera a família Ciano em prisão domiciliar quando de sua chegada. A relutância do Duce em punir os traidores do fascismo, e particularmente Ciano, talvez tenha sido a principal razão por que Hitler formou uma opinião tão depreciativa de seu colega nesse momento crítico.

Só depois que o poder decrescente da "República de Salò" sofreu uma grande queda e a impaciência de seus mandantes alemães se aguçou foi que Mussolini concordou em desencadear uma onda de vingança premeditada. Todos os líderes do antigo regime fascista que haviam votado contra ele em julho e que puderam ser apanhados na Itália ocupada pelos alemães foram levados a julgamento no fim de 1943, na fortaleza medieval de Verona. Entre eles, Ciano. Todos, sem exceção, receberam pena de morte. Apesar dos apelos e das ameaças de Edda, o Duce não pôde ceder. Em janeiro de 1944, o grupo, que incluía não apenas Ciano, mas também o marechal de Bono, de 78 anos, companheiro da marcha sobre Roma, teve a morte destinada aos traidores — foram fuzilados pelas costas, amarrados a cadeiras. Todos morreram com bravura.

O fim de Ciano contém todos os elementos de tragédia renascentista. A submissão de Mussolini às exigências vingativas de Hitler só lhe trouxe vergonha, e a lamentável república neofascista continuou a se arrastar junto ao lago Garda — um resto enferrujado do Eixo partido.

Enquanto isso, havíamos passado as primeiras semanas de janeiro em intensos preparativos para a operação *Shingle*, como em nossos códigos era chamada Anzio, e em operações preliminares pelo V Exército para atrair a atenção do inimigo e afastar reservas da cabeça de praia. A luta foi acirrada, pois os alemães claramente pretendiam impedir que rompêssemos a Linha Gustav, a qual, tendo em Cassino seu ponto central, era a posição mais re-

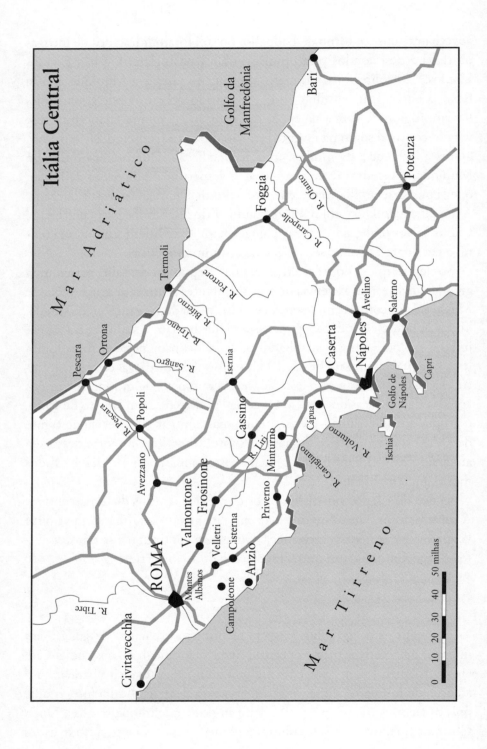

O lance de Anzio

cuada de sua profunda zona de defesa. Nessas montanhas rochosas, haviam criado um grande sistema fortificado, com abundante uso de concreto e aço. De seus postos de observação em pontos elevados, o inimigo podia comandar seus canhões contra qualquer movimentação nos vales abaixo. Nossos soldados fizeram grandes esforços, os quais, apesar de conquistarem pouco terreno, surtiram o efeito desejado no inimigo. Desviaram-lhe a atenção da ameaça que se aproximava de seu vulnerável flanco litorâneo e fizeram-no mandar para lá três boas divisões da reserva, para recompor a situação.

Na tarde de 21, os comboios destinados a Anzio avançavam em mar alto, protegidos por nossos aviões. As condições do tempo serviam a uma aproximação oculta. Nossos fortes ataques aos aeródromos inimigos, especialmente o de Perugia, a base de reconhecimento aéreo alemã, tinha retido muitas de suas aeronaves no chão. Numa excitação tensa, mas creio que contida, aguardei o desfecho desse golpe. Em pouco tempo, soube que o 6º Corpo de Exército, formado da 3ª Divisão americana e da 1ª Divisão inglesa, havia desembarcado nas praias de Anzio às duas horas da madrugada de 22 de janeiro. Houve pouquíssima oposição e praticamente nenhuma baixa. À meia-noite, 36 mil homens e mais de três mil veículos estavam em terra. "Parece", assinalou Alexander, que estava no local, "que conseguimos uma surpresa quase completa. Frisei a importância de mandarmos patrulhas móveis e poderosas avançarem sem medo, para entrar em combate com o inimigo, mas até agora não recebi nenhum relatório de suas atividades." Eu estava de pleno acordo com isso e respondi: "Obrigado por todas as suas mensagens. Muito me alegra que vocês estejam avançando para conquistar terreno em vez de cavar trincheiras nas cabeças de praia."

Sobrevieram, no entanto, o desastre e o malogro da iniciativa em seu objetivo principal. O general Lucas limitou-se a ocupar sua cabeça de praia e a desembarcar equipamentos e veículos. O general Penney, no comando da 1ª Divisão inglesa, estava ansioso por avançar para o interior. Sua brigada de reserva, no entanto, foi retida pelo Corpo. Pequenos ataques de reconhecimento contra Cisterna e Campoleone ocuparam os dias 22 e 23. Não houve empenho global de avanço pelo comandante da expedição. Na noite de 23, a totalidade das duas divisões e as tropas ligadas a elas, inclusive dois Comandos ingleses, os Rangers dos Estados Unidos e paraquedistas haviam desembarcado com uma montanha de equipamentos. As defesas da cabeça de praia aumentaram, mas foi-se a oportunidade com vistas à qual se haviam feito tantos esforços.

Kesselring reagiu prontamente a sua situação crítica. O grosso de suas reservas já estava engajado contra nós no front de Cassino, mas ele reuniu todas as unidades disponíveis e, em 48 horas, havia formado o equivalente a duas divisões para resistir à continuação de nosso avanço. No dia 27, chegaram notícias graves. A Brigada dos Guards havia avançado, mas ainda se achava a cerca de 1,5 milha de Campoleone, e os americanos ainda estavam ao sul de Cisterna. Alexander disse que nem ele nem o general Clark estavam satisfeitos com a velocidade do avanço. Clark iria imediatamente à cabeça de praia. Respondi:

> Fico contente em saber que Clark vai visitar a cabeça de praia. Seria desagradável que nossos soldados ficassem isolados lá e que o exército principal não pudesse avançar do sul.

Mas aconteceria exatamente isso.

Entrementes, nossos ataques às posições em Cassino continuaram. A ameaça a seu flanco não abateu a disposição de Kesselring de resistir aos nossos assaltos. A determinação alemã ficou cristalina numa ordem de Hitler, decodificada no dia 24:

> A Linha Gustav deve ser defendida a qualquer preço, pelas consequências políticas que decorreriam de uma defesa totalmente vitoriosa. O Führer espera o mais acirrado combate por cada palmo de terreno.

E certamente foi obedecido. No princípio, fizemos um bom progresso. Atravessamos o rio Rapido, acima do vilarejo de Cassino, e atacamos do norte para o sul a montanha do mosteiro; mas os alemães, que tinham sido reforçados, resistiram fanaticamente e, no começo de fevereiro, nossa força se esgotou. Um corpo de exército da Nova Zelândia de três divisões foi trazido do Adriático e, no dia 15, começou nosso segundo grande ataque, com o bombardeio do próprio mosteiro. A altitude em que ficava o mosteiro dominava a confluência dos rios Rapido e Liri, sendo o pivô de toda a defesa alemã. Já se revelara um obstáculo impressionante e fortemente defendido. Suas encostas íngremes, varridas pelo fogo, eram coroadas pela famosa construção, que, por várias vezes em guerras anteriores, fora pilhado, destruído e reconstruído. Há controvérsia sobre se deveria ter sido destruído outra vez. O mosteiro não abrigava soldados alemães, mas as fortificações inimigas não se separavam da construção em si. Ele dominava todo o campo de batalha e, naturalmente, o general Freyberg, comandante do corpo que tinha a missão de tomá-lo, quis que fosse duramente bombardeado pelos aviões antes que o ataque da infantaria fosse lançado. O comandante do Exército, general Mark Clark, a contragosto pediu e obteve a permissão do general Alexander, que assumiu a responsabilidade. Assim, em 15 de fevereiro, depois de os monges terem sido plenamente alertados, mais de 450 toneladas de bombas foram despejadas, causando sérios prejuízos. Os grandes muros externos e o portão ainda resistiram. O resultado não foi bom. Os alemães, a partir daí, tiveram todos os pretextos para se servir como bem entendessem das pilhas de destroços, o que lhes deu ainda melhores oportunidades de defesa do que quando o imenso prédio estava intacto.

Coube à 4ª Divisão Indiana, que substituíra os americanos pouco antes nas montanhas ao norte do mosteiro, efetuar o ataque. Em duas noites sucessivas, ela tentou em vão tomar uma colina situada entre sua posição e a montanha do mosteiro. Na noite de 18 de fevereiro, fez-se uma terceira tentativa. O combate foi desesperado, e todos os nossos soldados que chegaram à colina foram mortos. Mais tarde, na mesma noite, uma brigada o contornou e rumou diretamente para o mosteiro, apenas para deparar com uma ravina camuflada, profusamente minada e coberta pelo fogo de metralhadoras inimigas a curtíssima distância. Ali, sofreu baixas pesadas e foi detida. Enquanto esse combate feroz era travado nas alturas, a Divisão da Nova Zelândia conseguiu atravessar o rio Rapido, mas sofreu um contra-ataque de tanques antes de garantir sua cabeça de ponte, sendo novamente empurrada de volta. O ataque direto a Cassino havia fracassado.

Voltemos à cabeça de praia no litoral. Em 30 de janeiro, a 1ª Divisão Blindada dos EUA havia desembarcado em Anzio e a 45ª Divisão dos EUA estava a caminho. Tudo isso tivera de ser feito através das praias impróprias ou do minúsculo porto pesqueiro. "A situação, tal como se apresenta agora", comunicou o almirante John Cunningham, "em nada lembra o ataque fulminante de duas ou três divisões planejado em Marrakech, mas esteja certo de que nenhum esforço será poupado pelas duas marinhas para assegurar a energia necessária à vitória." Essa promessa, como veremos, foi perfeitamente cumprida.

No mesmo dia, o 6º Corpo de Exército fez seu primeiro ataque em força. Conquistou-se algum terreno, mas, em 3 de fevereiro, o inimigo desferiu um contra-ataque que empurrou de volta o bolsão criado pela 1ª Divisão inglesa. Era só o prelúdio das coisas piores que estavam por vir. Nas palavras do relatório do general Wilson, "o perímetro foi selado e nossas forças em seu interior não conseguem avançar". Embora o general Lucas houvesse conseguido a surpresa, não soubera tirar proveito dela. Foi uma grande decepção em casa e nos Estados Unidos. Eu não sabia, é claro, que ordens tinham sido dadas ao general Lucas, mas é um princípio básico avançar e travar combate com o inimigo, e, ao que parece, seu julgamento fora contra isso desde o começo. Como declarei na época, eu contava que atiraríamos um felino selvagem nas praias, mas tudo o que conseguimos foi uma baleia encalhada. Aparentemente, ainda éramos mais fortes do que os alemães em termos de poder de combate. Mas a facilidade com que eles moveram suas peças no tabuleiro e a rapidez com que corrigiram as brechas perigosas que tiveram de abrir em sua frente meridional foram realmente impressionantes. Tudo isso parecia fornecer dados muito inquietantes para a operação *Overlord*.

O esperado grande esforço de nos empurrar de volta para o mar teve início no dia 16, quando o inimigo empregou mais de quatro divisões, apoiadas por 450 canhões, numa investida direta para o sul, partindo de Campoleone. A ordem do dia especial de Hitler foi lida para os soldados antes do ataque. Ele exigiu que o "abscesso" formado por nossa cabeça de praia fosse eliminado em três dias. O ataque veio num momento ruim, pois a 45ª Divisão americana e a 56ª inglesa, transferidas do front de Cassino, estavam apenas substituindo nossa brava 1ª Divisão, que logo se viu novamente em pleno combate. Uma cunha profunda e perigosa foi introduzida em nossa linha, que, nesse ponto, foi empurrada de volta para a cabeça de praia original. Tudo ficou por um fio. Não era possível recuar mais. Até mesmo um pequeno avanço inimigo dar-lhe-ia não só o poder de usar seus canhões de longo alcance no fogo de inquietação contra os pontos de desembarque e os navios, como também de lançar uma barragem de artilharia de campanha propriamente dita contra tudo que entrasse ou saísse na cabeça de praia. Eu não tinha ilusões quanto ao assunto. Era de vida ou morte.

O lance de Anzio

Mas a sorte, até então esquiva, recompensou a bravura desesperada das tropas inglesas e americanas. Antes dos três dias estipulados por Hitler, o ataque alemão foi detido. Depois, sua própria vanguarda foi contra-atacada pelos flancos e cortada pelo fogo de toda a nossa artilharia e pelo bombardeio de todos os aviões que pudemos pôr no ar. A luta foi intensa, as baixas de ambos os lados foram pesadas, mas a batalha mortal foi vencida.

Mais uma tentativa foi feita por Hitler — pois era dele a vontade em ação — no fim de fevereiro. A 3ª Divisão dos EUA, no flanco leste, foi atacada por três divisões alemãs. Estas achavam-se enfraquecidas e abaladas pelo fracasso anterior. Os americanos resistiram obstinadamente e o ataque foi interrompido num só dia, depois de os alemães haverem sofrido mais de 2.500 baixas. Em 1º de março, Kesselring admitiu seu fracasso. Ele havia frustrado a expedição de Anzio, mas não conseguira destruí-la.

No começo de março, as condições meteorológicas levaram a um impasse. O quinto elemento de Napoleão — a lama — atolou ambos os lados. Não conseguimos romper o front principal em Cassino e, do mesmo modo, os alemães não haviam conseguido nos empurrar de volta para o mar em Anzio. Em termos numéricos, havia pouca escolha entre os dois combatentes. A essa altura, tínhamos vinte divisões na Itália, mas os americanos e os franceses haviam sofrido baixas muito pesadas. O inimigo tinha 18 ou 19 divisões ao sul de Roma e mais cinco no norte da Itália, mas também elas estavam mais do que esgotadas.

Não havia esperança, nesse momento, de uma saída da cabeça de praia em Anzio, nem a perspectiva de uma ligação próxima de nossas duas forças separadas, enquanto o front de Cassino não fosse rompido. A necessidade primordial, portanto, era tornar realmente sólida a cabeça de praia, substituir e reforçar os soldados, e armazenar provisões para suportar praticamente um cerco e abastecer um irrompimento mais tarde. O tempo era curto, já que muitas das barcaças de desembarque logo teriam de partir para a operação *Overlord*. Até esse momento, sua partida fora acertadamente adiada, mas nenhum outro atraso seria possível. As duas marinhas empenharam todo o seu vigor nesse esforço, com resultados admiráveis. Anteriormente vinham sendo descarregadas, em média, três mil toneladas por dia; nos primeiros dez dias de março, esse número mais do que duplicou.

☆

Embora Anzio já não constituísse uma fonte de angústia, a campanha na Itália, em seu todo, havia emperrado. Havíamos esperado que, a essa altura, os alemães tivessem sido empurrados para o norte de Roma e uma parcela substancial de nossos exércitos já estivesse liberada para um desembarque potente no litoral da Riviera Francesa, com o fito de auxiliar a invasão principal pelo Canal. Essa operação, *Anvil,* fora aprovada, em princípio, em Teerã. Logo se converteria numa causa de divergência entre nós e nossos aliados americanos. Mas a campanha da Itália ainda teria de ser levada adiante por muito tempo antes que surgisse essa questão, e a necessidade imediata agora era sairmos do impasse no front de Cassino. Os preparativos para a terceira Batalha de Cassino foram iniciados logo após o fracasso de fevereiro, porém o mau tempo a adiou para 15 de março.

Dessa vez, a cidadezinha de Cassino era o objetivo principal. Após um bombardeio maciço, no qual foram jogadas quase mil toneladas de bombas e atiradas 1.200 granadas de artilharia, nossa infantaria avançou. "Parecia-me inconcebível", disse Alexander, "que restasse algum soldado vivo após oito horas daquele martelar aterrorizante." Mas restava. A 1ª Divisão de Paraquedistas alemã, provavelmente o mais renhido grupo de combatentes de todo o seu exército, lutou em meio às pilhas de escombros com os neozelandeses e os indianos. Ao anoitecer, a maior parte da cidade estava em nossas mãos, enquanto a 4ª Divisão Indiana, descendo do norte, avançava num ritmo igualmente bom e, no dia seguinte, fizera dois terços da escalada para o mosteiro. Então, a batalha virou contra nós. Nossos tanques não conseguiram atravessar as grandes crateras feitas pelo bombardeio e acompanhar o ataque da infantaria. Passaram-se quase dois dias antes que pudessem ser empregados. O inimigo infiltrou reforços aos poucos. O tempo desfez-se em chuvas e tempestades. A luta nas ruínas de Cassino prosseguiu até o dia 23, com árduos combates de ataques e contra-ataques. Os neozelandeses e indianos nada mais podiam fazer. Mas havíamos estabelecido uma sólida cabeça de ponte no rio Rapido, que, somada a um bolsão profundo no baixo Garigliano, conseguido em janeiro, foi de grande valia quando chegou a batalha final e vitoriosa. Ali e na cabeça de praia de Anzio, retivemos na Itália central quase vinte boas divisões alemãs. Muitas delas poderiam ter ido para a França.

É essa a história da luta de Anzio, uma história de grandes oportunidades e de esperanças desfeitas, de um hábil começo de nossa parte e uma rápida recuperação do inimigo, e de bravura comum a ambos. Sabemos

O lance de Anzio

agora que, no início de janeiro, o Alto Comando alemão havia pretendido transferir cinco de suas melhores divisões da Itália para o noroeste da Europa. Kesselring protestara que, nesse caso, não mais poderia cumprir suas ordens de lutar ao sul de Roma. Teria de recuar. Justamente quando a discussão estava em seu auge, viera o desembarque em Anzio. O alto comando abandonou então a ideia e, em vez de a frente italiana contribuir com forças para o noroeste da Europa, ocorreu o inverso. Não tivemos nenhum conhecimento de todas essas mudanças de planos na ocasião, mas isso prova que a ação agressiva de nossos exércitos na Itália, e especificamente o ataque a Anzio, deram sua boa contribuição para o sucesso da operação *Overlord*. Veremos, mais adiante, o papel que o lance de Anzio desempenhou na libertação de Roma.

77
Overlord

A REFLEXÃO NASCIDA DA EXPERIÊNCIA factual pode ser um bridão ou uma espora. O leitor há de estar ciente de que, embora eu sempre me houvesse disposto a acompanhar os Estados Unidos num assalto direto pelo Canal à frente marítima alemã na França, não estava convencido de que essa fosse a única maneira de ganhar a guerra e sabia que a aventura seria muito difícil e arriscada. O preço assustador que tivéramos de pagar pelas grandes ofensivas da Primeira Guerra Mundial, em vidas e em sangue humano, estava gravado em minha mente. Ainda me parecia, depois de um quarto de século, que as fortificações de concreto e aço, armadas com um moderno poder de fogo e operadas por homens treinados e decididos, só poderiam ser tomadas de surpresa, no tempo ou no local, pelo contorno de seus flancos ou por algum dispositivo novo e mecânico, como os tanques. Superioridade de bombardeio, aterradora como pudesse ser, não constituía uma resposta definitiva. Os defensores poderiam facilmente dispor outras linhas atrás da primeira, e o espaço intermediário que a artilharia pudesse vencer se transformaria num intransponível campo de crateras. Eram esses os frutos do conhecimento que os franceses e os ingleses haviam adquirido por preço tão alto, entre 1915 e 1917.

Desde então, novos fatores haviam surgido, mas nem todos provavam a mesma coisa. O poder de fogo defensivo fora vastamente aumentado. O desenvolvimento dos campos minados, tanto em terra quanto no mar, fora imenso. Por outro lado, nós, os atacantes, detínhamos a supremacia aérea e podíamos lançar um grande número de paraquedistas atrás do front do inimigo e, acima de tudo, bloquear e paralisar as vias de comunicações pelas quais ele pudesse trazer reforços para um contra-ataque.

Por todos os meses do verão de 1943, o general Morgan e seu estado-maior conjunto aliado trabalharam no plano. Num capítulo anterior, descrevi o modo como ele me fora apresentado durante minha viagem a Quebec para a conferência denominada *Quadrant*. Lá, o esquema recebera aprovação em linhas gerais, mas Eisenhower e Montgomery discordaram de um aspecto importante. Eles queriam um assalto maior em força e numa frente mais ampla, de modo a obter rapidamente uma cabeça de praia de bom tamanho, onde pudessem concentrar efetivos para o irrompimento. Era também importante capturar as docas de Cherbourg antes do planejado. Eles queriam um ataque inicial com cinco divisões, em vez de três. Isso, é claro, estava perfeitamente certo. O próprio general Morgan havia defendido uma ampliação do desembarque inicial, mas não recebera recursos suficientes. De onde viriam as barcaças de desembarque adicionais? O Sudeste Asiático já fora despojado. Havia LSTs suficientes no Mediterrâneo para transportar duas divisões, mas eram necessárias para a *Anvil*, o assalto por mar ao sul da França, que deveria ocorrer em sincronia com a operação *Overlord* e tirar tropas alemãs do norte. Se *Anvil* fosse reduzida, seria fraca demais para isso. Somente em março o general Eisenhower, em conferência com os chefes de estado-maior ingleses, tomou sua decisão final. Os chefes de estado-maior americanos haviam concordado em que o general falasse por eles. Tendo chegado recentemente do Mediterrâneo, ele conhecia tudo acerca de *Anvil* e, agora, como comandante supremo da *Overlord*, podia julgar melhor as necessidades de ambas as operações. Concordou-se em retirar os navios de uma divisão da *Anvil* e usá-los na operação *Overlord*. Os navios para uma segunda divisão poderiam ser obtidos mediante o adiamento de *Overlord* até a fase da lua cheia em junho. A produção de novas barcaças de desembarque durante esse mês preencheria a lacuna.

Uma vez determinado o tamanho da expedição, foi possível avançar no treinamento intensivo. Não foi uma de nossas menores dificuldades encontrar o espaço suficiente. Acertou-se uma partilha global entre as forças inglesas e americanas, mediante a qual os ingleses ocuparam a região sudeste, e os americanos a região sudoeste da Inglaterra. Os habitantes das áreas costeiras aceitaram de bom grado todos os inconvenientes. Uma divisão inglesa, com toda a sua correspondente naval, fez seu treinamento inicial na área do Moray Firth, na Escócia. O inverno os preparou para o engalfinhamento do Dia D.

A teoria e a prática das operações anfíbias tinham sido estabelecidas desde longa data pelo estado-maior das Operações Conjuntas, sob a chefia do almirante Mountbatten, que fora substituído pelo general Laycock. Agora, tinham de ser ensinadas a todos os envolvidos, somando-se ao minucioso

924   Memórias da Segunda Guerra Mundial

treinamento geral exigido pela guerra moderna. Este, é claro, vinha progredindo havia muito tempo na Inglaterra e nos EUA, em exercícios grandes e pequenos com munição real. Muitos oficiais e soldados entraram em combate pela primeira vez, mas todos se portaram como tropas experientes.

As lições tiradas dos exercícios anteriores em larga escala e, é claro, de nossa dura experiência em Dieppe, foram empregadas nos ensaios finais das três forças armadas, que culminaram no início de maio. Toda essa atividade não passou despercebida para o inimigo. Não objetávamos a isso e fizemos um esforço especial para que ela fosse notada pelos que vigiavam o Passo de Calais, onde queríamos que os alemães acreditassem que iríamos desembarcar. O constante reconhecimento aéreo nos manteve informados do que ocorria do outro lado do Canal. E, é claro, havia outras maneiras de descobrir. Muitos *raids* foram feitos por grupos em pequenas embarcações para dirimir algum ponto duvidoso, fazer sondagens em terra, examinar novos obstáculos ou testar a inclinação e a natureza de alguma praia. Tudo isso tinha que ser feito no escuro, com aproximação silenciosa, reconhecimento sorrateiro e retirada em tempo hábil.

Uma decisão complexa foi a escolha do dia D e da hora H, o momento em que a primeira embarcação de assalto deveria atingir a praia. A partir daí, muitos outros horários tinham de ser retroativamente calculados. Concordou-se numa aproximação ao litoral inimigo à luz do luar, pois isso ajudaria nossos navios e nossas tropas aerotransportadas. Um curto período de luz do dia antes da hora H também era necessário para ordenar a disposição das pequenas embarcações e dar precisão ao bombardeio de apoio. Mas se o intervalo entre a primeira luz do dia e a hora H fosse longo demais, o inimigo teria mais tempo para se refazer da surpresa e abrir fogo contra nossos soldados em pleno desembarque.

E havia as marés. Se desembarcássemos na maré alta, os obstáculos submarinos obstruiriam nossa aproximação; se o fizéssemos na maré baixa, os soldados teriam um longo caminho pelas praias expostas. Muitos outros fatores tinham de ser considerados e, por fim, decidiu-se pelo desembarque umas três horas antes da maré alta. Mas isso não era tudo. As marés variavam em quarenta minutos entre as praias de leste e de oeste, e havia um recife submerso num dos setores ingleses. Cada setor teve de ter uma hora H diferente, que chegou a variar 85 minutos de um lugar para outro.

Apenas três dias em cada mês lunar atendiam a todas as condições desejadas. O primeiro período de três dias após 31 de maio, data-alvo do general Eisenhower, caía em 5, 6 e 7 de junho. Escolheu-se o 5. Se as condições do tempo não fossem propícias em nenhum desses três dias, toda a operação teria de ser adiada por pelo menos uma quinzena — a rigor, por um mês inteiro, se esperássemos pela lua.

Naturalmente, não tínhamos que planejar apenas o que iríamos fazer. O inimigo estava fadado a saber que se preparava uma grande invasão; tínhamos de esconder o local e a hora do ataque, fazê-lo pensar que desembarcaríamos noutro lugar, em outro momento. Só isso já implicava um imenso volume de pensamento e ação. As áreas litorâneas foram proibidas a visitantes; a censura foi apertada; as cartas, após uma certa data, tiveram a entrega suspensa; as embaixadas estrangeiras foram proibidas de enviar telegramas em código e até sua mala diplomática foi atrasada. Nossa simulação principal consistiu em fingir que chegaríamos pelo estreito de Dover. Não seria apropriado, nem mesmo agora, descrever todos os métodos empregados para despistar o inimigo, porém os mais óbvios de concentrações simuladas de tropas em Kent e no Sussex, de massas de navios falsos reunidas nos Cinque Ports, de exercícios de desembarque nas praias vizinhas e de aumento da atividade de rádio foram todos usados. Mais reconhecimentos foram feitos sobrevoando os locais para onde *não* iríamos do que aqueles para onde iríamos. O resultado final foi admirável. O Alto Comando alemão acreditou piamente nos indícios que pusemos a sua disposição. Rundstedt, o comandante em chefe da frente ocidental, estava convencido de que o Passo de Calais era o nosso objetivo.

Reunir as forças do assalto — 176 mil homens, vinte mil viaturas e muitos milhares de toneladas de suprimento estocado, todos a serem embarcados nos primeiros dois dias — foi, por si só, uma imensa tarefa. De suas concentrações por toda a Inglaterra, os soldados foram levados para os condados do sul. As três divisões aeroterrestres que lançaríamos sobre a Normandia antes do ataque por mar foram reunidas perto dos aeródromos onde embarcariam. Das áreas de concentração na retaguarda, os soldados foram trazidos para acampamentos em áreas próximas do litoral, já com vistas aos embarques segundo as prioridades decididas. Nos acampamentos, foram divididos em destacamentos, correspondentes aos navios ou barcaças em que fariam a travessia. Ali, cada homem recebeu suas ordens. Uma vez instruído, ninguém teve permissão para deixar os seus locais, que ficavam nas imediações dos pontos de embarque. Estes eram portos ou "*hards*" — *i.e.*, faixas de praia cobertas de concreto para facilitar o embarque em embarcações de menor porte. Ali viriam encontrá-las os navios de guerra.

Parecia improvável que toda essa movimentação naval e terrestre escapasse à atenção do inimigo. Havia muitos alvos tentadores para sua força aérea e foram tomadas precauções cuidadosas. Quase sete mil canhões e foguetes e mais de mil balões protegiam as grandes massas de homens e veículos. Mas não houve sinal da Luftwaffe. Que diferença de quatro anos antes! A Home Guard, guarda interna que esperara tão pacientemente por uma tarefa digna em todos esses anos, pôde então encontrá-la. Não apenas operou setores das defesas antiaéreas e costeiras, como também se encarregou de muitas tarefas rotineiras e de segurança, assim liberando outros soldados para a batalha. Assim, todo o sul da Inglaterra transformou-se num vasto acampamento militar, repleto de homens treinados, instruídos e ansiosos por entrar em combate com os alemães do outro lado do mar.

Na segunda-feira, 15 de maio, três semanas antes do Dia D, realizamos uma última conferência em Londres, no QG de Montgomery, na St. Paul's School. O rei, o marechal Smuts, os chefes de estado-maior ingleses, os comandantes da força invasora e muitos de seus principais oficiais de estado-maior estiveram presentes. No tablado, havia um mapa das praias da Normandia e da *hinterland* imediata, montado num plano inclinado para que a plateia pudesse vê-lo com clareza, e construído de tal modo que os altos oficiais que explicavam o plano de operação pudessem caminhar sobre ele e mostrar os pontos de referência. O general Eisenhower deu início aos trabalhos, e a sessão da manhã encerrou-se com um discurso de Sua Majestade. Montgomery fez um discurso imponente. Seguiram-se vários comandantes de marinha, exército e força aérea, e também o principal oficial administrativo, que discorreu sobre os complexos preparativos feitos para a administração da força quando ela desembarcasse.

Os acontecimentos começaram então a se suceder, com rapidez e tranquilidade, até o clímax. Ainda não havia nenhum indício de que o inimigo houvesse penetrado nossos segredos. Observamos algum reforço naval ligeiro em Cherbourg e no Havre e houve um pequeno aumento da ati-

Overlord

vidade de disposição de minas no Canal. Mas, de modo geral, o inimigo permaneceu quieto, aguardando indício decisivo sobre nossas intenções. Em 28 de maio, os comandantes subordinados foram informados de que o Dia D seria 5 de junho. A partir desse momento, todo o pessoal comprometido com a operação foi "lacrado" em seus navios ou acampamentos e pontos de concentração em terra. Toda a correspondência foi recolhida e proibiu-se qualquer tipo de mensagem particular, exceto em casos de emergência pessoal.

O tempo começou então a causar inquietação. Um período de bom tempo começou a dar lugar à instabilidade e, a partir desse momento, realizou-se uma reunião de comandantes duas vezes por dia para estudar as previsões meteorológicas. Na primeira reunião, previu-se mau tempo para o Dia D, com nuvens baixas. Isso era de suma importância para os esquadrões aéreos, afetando os bombardeios e a descida dos aeroterrestres. Em 2 de junho, os primeiros navios de guerra zarparam do Clyde, além de dois pequenos submarinos de Portsmouth, cuja missão era assinalar as áreas de assalto. O dia 3 de junho trouxe pouco encorajamento. Um vento oeste crescente começou a encapelar um mar moderado; havia nuvens pesadas e um nevoeiro baixo. As previsões para 5 de junho eram sombrias.

Naquela tarde, fui até Portsmouth com Mr. Bevin e o marechal Smuts e vi grande número de soldados embarcando para a Normandia. Visitamos a nau do comando da 50ª Divisão e, em seguida, percorremos o Solent numa lancha, subindo a bordo de um navio após outro. No caminho de volta, paramos no acampamento do general Eisenhower e lhe desejamos boa sorte. Voltamos ao trem a tempo de um jantar muito tardio. Durante o jantar, Ismay foi chamado ao telefone por Bedell Smith, que lhe disse que o tempo estava piorando e a operação provavelmente teria de ser adiada por 24 horas. O general Eisenhower esperaria até as primeiras horas de 4 de junho para tomar uma decisão definitiva. Enquanto isso, as unidades da grande armada continuariam a se fazer ao mar segundo a programação.

Ismay voltou e me transmitiu a notícia ruim. Os que tinham visto a disposição no Solent sabiam que, a essa altura, a movimentação era como uma avalanche impossível de deter. Fomos atormentados pela noção de que, se o mau tempo continuasse e o adiamento tivesse de se prolongar além de 7 de junho, não voltaríamos a ter a combinação necessária de lua e maré em pelo menos mais 15 dias. Entrementes, todos os soldados tinham recebido instruções particulares. Era óbvio que não poderiam ser indefi-

928   Memórias da Segunda Guerra Mundial

nidamente mantidos naqueles barcos minúsculos. Como se poderia evitar um vazamento de informações?

Mas a ansiedade de todos não foi nem um pouco visível à mesa de jantar no trem. O marechal Smuts estava com sua veia de entretenimento no auge. Contou a história da rendição dos boêres em Vereeniging em 1902 — de como havia inculcado em seus colegas a ideia de que não adiantava prosseguir na luta e de que deveriam render-se à mercê dos ingleses. Smuts fora atacado como covarde e derrotista por seus próprios amigos e passara o momento mais difícil de sua vida. No fim, porém, conseguira impor-se, fora para Vereeniging e a paz se fizera. Ele continuou falando de suas experiências na irrupção da Segunda Guerra Mundial, quando tivera de atravessar o plenário da Câmara e enfrentar seu próprio primeiro-ministro, que queria permanecer neutro.

Fomos nos deitar por volta da uma e meia. Ismay me disse que ficaria acordado para saber o resultado da conferência matinal. Como nada havia que eu pudesse fazer a respeito, disse-lhe que eu não deveria ser acordado para saber do resultado. Às 4h15, Eisenhower tornou a se encontrar com seus comandantes e ouviu dos peritos da meteorologia a assustadora previsão: céu nublado, nuvens baixas, forte vento sudoeste, chuva e mar moderado. A previsão para o dia 5 foi ainda pior. Relutantemente, ele ordenou um adiamento do ataque por 24 horas, e todo o vasto complexo foi posto em marcha a ré, segundo um plano cuidadosamente preparado. Todos os comboios no mar manobraram de volta e as pequenas embarcações buscaram abrigo em ancoradouros convenientes. Apenas um grande comboio, composto de 138 pequenas embarcações, deixou de receber a mensagem, mas também ele foi alcançado e fez meia-volta sem despertar as suspeitas do inimigo. Foi um dia difícil para os milhares de homens confinados em barcaças de desembarque ao longo de toda a costa. Os americanos provenientes dos portos de oeste tiveram de percorrer a maior distância e foram os que mais sofreram.

Cerca das cinco horas da manhã, Bedell Smith tornou a ligar para Ismay confirmando o adiamento, e Ismay foi se deitar. Meia hora depois, acordei, mandei chamá-lo e ele me deu a notícia. Diz ele que não fiz comentário.

As horas se arrastaram vagarosamente, até que, às 21h15 de 4 de junho, outra conferência ominosa teve início no QG de batalha de Eisenhower. As condições do tempo eram ruins, mais típicas de dezembro que de junho, mas os peritos da meteorologia deram alguma esperança de uma me-

Overlord

lhora temporária na manhã do dia 6. Para depois, previram o retorno do mau tempo por um período indefinido. Confrontado com as alternativas desesperadoras de aceitar os riscos imediatos ou adiar o ataque por um mínimo de 15 dias, o general Eisenhower, com o apoio de seus comandantes, optou intrepidamente — e sabiamente, como se verificou — por levar a operação adiante, dependendo de uma confirmação final logo no início da manhã seguinte. Às quatro horas de 5 de junho, a sorte foi irremediavelmente lançada: a invasão seria deslanchada em 6 de junho.

Em retrospecto, essa decisão evoca uma admiração de justiça. Foi amplamente corroborada pelos fatos e afinal responsável por nos dar a preciosa vantagem da surpresa. Sabemos agora que os oficiais da meteorologia alemã informaram ao seu alto comando que a invasão não seria possível em 5 ou 6 de junho, em virtude do mau tempo, que poderia durar vários dias.

Durante todo o dia 5 de junho, os comboios da ponta de lança da invasão convergiram para o ponto de encontro ao sul da ilha de Wight. Dali, num fluxo interminável, liderada pelos varredores de minas e protegida por todos os lados pelas forças navais e aéreas dos aliados, a maior esquadra que jamais zarpou de nossas praias partiu em direção à costa da França. O mar agitado foi uma dura provação para nossos soldados na véspera da batalha, sobretudo no terrível desconforto das pequenas embarcações. Ainda assim, a vasta movimentação foi executada quase com a precisão de uma parada e, embora não tenha sido inteiramente isenta de perdas, as baixas e os atrasos efetivamente ocorridos, em sua maioria atingindo as pequenas embarcações rebocadas, não tiveram um efeito apreciável nos acontecimentos.

Ao redor de toda a nossa costa, a rede de defesa foi ajustada para seu mais alto grau de atividade. A Home Fleet ficou em alerta contra qualquer movimento dos navios de superfície alemães, enquanto as patrulhas aéreas vigiavam o litoral inimigo desde a Noruega até o canal da Mancha. Nas águas distantes, nos acessos ocidentais e na baía de Biscaia, grande quantidade de aviões do Comando Costeiro, apoiados por flotilhas de contratorpedeiros, mantiveram a vigilância sobre as reações inimigas. Nosso sistema de inteligência nos informou que mais de cinquenta submarinos estavam concentrados nos portos franceses da baía de Biscaia, prontos para intervir. Quando eu estava em minha cadeira da sala dos mapas do Anexo, chegou a animadora notícia da tomada de Roma.

78
Roma e o Dia D

O IMPASSE EM ANZIO E CASSINO impôs ao avanço aliado na Itália uma interrupção que durou quase dois meses. Nossas tropas tinham de repousar e se reagrupar. A maior parte do VIII Exército teve de ser trazida da costa do Adriático, e os dois exércitos se concentraram para o ataque seguinte. Nesse meio-tempo, o general Wilson usou todo o seu poderio aéreo para confundir e causar danos ao inimigo, que, como nós, aproveitava essa pausa para se reorganizar e se ressuprir para mais combate.

A potente força aérea aliada juntou-se para atacar as comunicações terrestres do inimigo, na esperança de mantê-las cortadas e de que suas tropas fossem obrigadas a recuar por falta de suprimentos. Essa operação, com otimismo chamada *Strangle,* visava bloquear as três grandes ferrovias provenientes do norte da Itália, sendo os alvos principais pontes, viadutos e outros pontos de estrangulamento. Tentou matar os alemães de fome. O trabalho durou mais de seis semanas e causou grandes estragos. O movimento ferroviário foi sistematicamente interrompido bem ao norte de Roma, mas fracassou em conseguir tudo o que esperávamos. Utilizando ao máximo sua navegação costeira, transferindo cargas para transportes rodoviários e servindo-se plenamente das horas de escuridão, o inimigo deu um jeito de se manter. Não conseguiu, no entanto, acumular estoques suficientes para combates prolongados e pesados, e nas tremendas batalhas terrestres do fim de maio ficou muito enfraquecido. A junção de nossos exércitos separados e a queda de Roma ocorreram mais depressa do que havíamos previsto. A força aérea alemã sofreu duras perdas e, no começo de maio, mal conseguia juntar setecentas aeronaves contra nossos mil aviões de combate.

A essa altura, o general Mark Clark, do V Exército, tinha mais de sete divisões, quatro delas francesas, no front que ia do litoral até o rio Liri; dali, o VIII Exército, agora comandado pelo general Leese, continuava a linha pelas montanhas, passando por Cassino, com o equivalente a quase 12 divisões. Ao todo, os aliados juntaram mais de 28 divisões, das quais o equivalente a apenas três permaneceu no setor do Adriático.

Roma e o Dia D

Frente a elas havia 23 divisões alemãs, largamente espalhadas, pois nossas táticas de dissimulação haviam confundido Kesselring. Entre Cassino e o mar, onde seriam desferidos nossos golpes principais, havia apenas quatro, estando as reservas dispersas e a distância. Nosso ataque veio de forma inesperada. Os alemães estavam fazendo substituições diante do front inglês e um de seus comandantes de exército planejara sair de licença.

A grande ofensiva começou às 11 horas de 11 de maio, quando a artilharia de nossos dois exércitos, com dois mil canhões, abriu fogo violentamente, reforçada ao amanhecer por todo o peso da Força Aérea Tática. Depois de muito combate pesado, o inimigo começou a fraquejar. Na manhã de 18 de maio, a vila de Cassino foi finalmente tomada pela 4ª Divisão inglesa, e os poloneses hastearam triunfantes seu pavilhão vermelho e branco sobre as ruínas do mosteiro. Kesselring mandara reforços tão depressa quanto conseguia reuni-los, mas eles estavam chegando aos poucos, lançados na batalha apenas para deter a enxurrada do avanço aliado. No dia 25, os alemães estavam em franca retirada, duramente perseguidos em todo o front do VIII Exército.

Seis divisões comandadas pelo general americano Truscott haviam-se apinhado na cabeça de praia de Anzio e partiram em frente com a investida simultânea do VIII Exército. Após dois dias de combates violentos, fizeram contato com o 2º Corpo de Exército americano. Enfim, nossas forças estavam ligadas, e começamos a colheita de nosso plantio do inverno. O inimigo no sul estava em plena retirada, e a força aérea aliada fez o máximo para impedir seu movimento e desarticular-lhe as concentrações. Mas suas obstinadas ações retardadoras detinham com frequência nossas forças de perseguição, e sua retirada não degenerou em debandada geral. O terreno montanhoso nos impediu de usar nossa grande força de blindados, que de outro modo poderia ter sido empregada com grande vantagem.

Mas, na noite de 2 de junho, a resistência alemã quebrou-se e, no dia seguinte, o Corpo de Exército de Truscott nos montes Albanos, tendo à esquerda a 1ª e a 5ª divisões inglesas, avançou em direção a Roma. O 2º Corpo americano um pouco à frente. Encontraram as pontes em boa parte intactas e, às 19h15 de 4 de junho, a vanguarda da 88ª Divisão entrou na Piazza Venezia, no coração da capital. De várias partes chegaram mensagens de parabéns. Recebi até um afago do Urso.

Às 12h do Dia D, 6 de junho de 1944, pedi à Câmara dos Comuns que "tomasse conhecimento formal da libertação de Roma pelos exércitos aliados, sob o comando do general Alexander", notícia que fora liberada na noite anterior. Havia uma grande agitação acerca dos desembarques na França, que todos sabiam estarem em execução naquele momento. Não obstante, dediquei dez minutos à campanha da Itália e a prestar minhas homenagens aos exércitos aliados que lá combatiam. Depois de assim mantê-los em cócegas por algum tempo, fiz-lhes um relato do que havia acontecido, até onde estávamos informados naquele momento. À tarde, achei que estava justificado em comunicar a Stalin:

> Tudo começou bem. As minas, os obstáculos e as baterias em terra foram em grande parte superados. Os desembarques aéreos correram muito bem e foram feitos em larga escala. Os desembarques da infantaria prosseguem rapidamente e muitos tanques e canhões autopropulsados já estão em terra. Previsão do tempo de moderado a bom.

A resposta dele foi imediata e trouxe boas notícias da mais alta importância. "Recebi", telegrafou Stalin, "sua comunicação sobre o sucesso do início das operações *Overlord*. Isso nos dá alegria a todos, e esperança de novos sucessos. A ofensiva de verão das forças soviéticas, organizada de acordo com a Conferência de Teerã, começará por volta de meados de junho num dos importantes setores do front. (...) No fim de junho e durante julho, as operações de ataque se transformarão numa ofensiva geral das forças soviéticas."

Aliás, eu lhe estava enviando um relato mais completo de nosso progresso quando chegou esse telegrama. "Estou bem satisfeito", respondi, "com a situação até o meio-dia de hoje [7 de junho]. Somente numa praia americana houve dificuldades graves, já agora resolvidas. Vinte mil paraquedistas e planadoristas desceram em segurança atrás dos flancos das linhas inimigas e, na totalidade dos casos, já fizeram contato com as forças americanas e inglesas desembarcadas do mar. Executamos a travessia com pequenas perdas. Esperávamos perder cerca de dez mil homens. (...)"

Stalin voltou a telegrafar alguns dias depois:

> Como se vê, o desembarque, concebido numa escala grandiosa, teve completo êxito. Meus colegas e eu não podemos deixar de admitir que a história da guerra não conhece nenhum outro empreendimento similar, do ponto de vista de sua escala, sua vasta concepção e sua execução magistral. Como bem se sabe, Napoleão, em sua época, fracassou em seu projeto de forçar o Canal. O histérico Hitler, que por dois anos se gabou de que cru-

Roma e o Dia D

zaria o Canal à força, não conseguiu decidir-se nem mesmo a arriscar uma tentativa de cumprir sua ameaça. Somente nossos aliados tiveram êxito em realizar com honra o grandioso plano de forçar o Canal. A história o registrará como um feito da mais alta categoria.

A palavra "grandioso" é a tradução do texto russo que me foi entregue. Penso que "majestoso" foi, provavelmente, o que Stalin quis dizer. De qualquer modo, a harmonia era completa.

Em 10 de junho, o general Montgomery comunicou que estava suficientemente instalado na costa para receber uma visita. Assim, parti em meu trem para Portsmouth, na companhia de Smuts, de Brooke, do general Marshall e do almirante King. Os três chefes de estado-maior das forças armadas americanas tinham voado para a Inglaterra em 8 de junho, para o caso de alguma decisão militar vital ter de ser tomada com rapidez. Um contratorpedeiro inglês e um americano estavam a nossa espera. Smuts, Brooke e eu embarcamos no primeiro, e o general Marshall e o almirante King, com seus oficiais, no segundo. Atravessamos o Canal sem incidentes até nossos respectivos fronts. Montgomery, risonho e confiante, recebeu-me na praia quando pulamos de qualquer jeito de nossa barcaça de desembarque. Seu exército já avançara seis ou sete milhas para o interior. Havia pouquíssimo fogo ou atividade. O tempo estava radioso. Percorremos de carro nosso diminuto, mas fértil, domínio na Normandia. Foi um prazer ver a prosperidade rural. Campos cheios de belas vacas malhadas, banhando-se ao sol ou desfilando por ali. O povo parecia muito animado e bem-nutrido, e acenava com entusiasmo. O QG de Montgomery, umas cinco milhas terra adentro, era um *château* cercado de gramados e lagos. Almoçamos numa tenda de campanha de frente para o inimigo. O general estava de muito bom humor. Perguntei-lhe a que distância ficava o front propriamente dito. A umas três milhas, disse-me. Perguntei-lhe se dispunha de uma linha contínua. Ele disse que não. "Então, que há para impedir que uma incursão de blindados alemães interrompa nosso almoço?" Montgomery disse não achar que eles viessem. Contaram-me que o *château* fora duramente bombardeado na noite anterior, e sem dúvida havia um bom número de crateras ao seu redor. Eu lhe disse que ele correria risco demais se tornasse esses procedimentos um hábito. Pode-se fazer tudo uma vez ou por um breve período, mas costume, repetição e prolongamento devem ser evitados na guerra, sempre que possível. Montgomery efetivamente se mudou daí a dois dias, mas não antes de receber outra dose.

Tudo continuou bem e, salvo alguns alarmes aéreos ocasionais e o fogo antiaéreo, não parecia haver combates. Fizemos uma inspeção considerável de nossa limitada cabeça de praia. Eu estava especialmente interessado em ver os portos locais de Port-en-Bessin, Courseulles e Ouistreham. Não havíamos contado muito com esses pequenos ancoradouros em nenhum dos planos que traçáramos para o grande desembarque. Eles se revelaram conquista sumamente valiosa e, em pouco tempo, estavam descarregando cerca de duas mil toneladas por dia. Ponderei sobre esses fatos agradáveis enquanto percorríamos de carro ou a pé nossa conquista interessante, mas severamente restrita.

Smuts, Brooke e eu voltamos para casa no contratorpedeiro *Kelvin*. O almirante Vian, que então comandava todas as flotilhas e embarcações ligeiras que protegiam o porto de Arromanches, estava a bordo. Propôs que fôssemos assistir ao bombardeio da posição alemã pelos encouraçados e cruzadores que protegiam o flanco esquerdo inglês. Assim, passamos entre dois encouraçados, que estavam disparando a vinte mil jardas, e pela flotilha de cruzadores, que disparava a umas 14 mil jardas, e logo nos vimos a sete mil ou oito mil jardas da costa densamente arborizada. O bombardeio era compassado e contínuo, mas não havia resposta do inimigo. Quando estávamos prestes a manobrar de volta, eu disse a Vian: "Já que estamos tão perto, por que não darmos nós mesmos uns tiros neles, antes de ir para casa?" Ele respondeu "claro" e, em um ou dois minutos, todos os nossos canhões dispararam contra a costa silenciosa. Estávamos, é claro, bem dentro do alcance de sua artilharia e, no instante em que atiramos, Vian mandou o contratorpedeiro fazer meia-volta e partir a toda a velocidade. Logo estávamos fora de perigo e passamos pelas linhas de cruzadores e encouraçados. Foi a única vez que estive a bordo de um navio de guerra quando ele disparou "para valer" — se é que se pode chamar aquilo dessa maneira. Gostei do espírito esportivo do almirante. Smuts também ficou encantado. Dormi um sono profundo na viagem de quatro horas para Portsmouth. No cômputo geral, um dia muito interessante e agradável.

☆

Roma e o Dia D

Logo depois, escrevi ao presidente sobre várias questões, inclusive a visita de de Gaulle à França, que eu havia providenciado sem antes consultar Roosevelt, e acrescentei:

> Passei um dia esplêndido na segunda-feira, nas praias e no interior. Há uma grande massa de navios que se estende por mais de cinquenta milhas ao longo da costa. Ela vem sendo cada vez mais protegida das condições do tempo pelos portos artificiais, dos quais quase todos os componentes têm sido um sucesso, e logo terá um abrigo efetivo contra o mau tempo. O poderio de nossa força aérea e de nossas forças antissubmarinos parece assegurar-lhe uma enorme proteção. Depois de cumprir muitas tarefas trabalhosas, demos uns tiros de nosso contratorpedeiro nos hunos. Embora a distância fosse de seis mil jardas, eles não nos honraram com uma resposta.

> Marshall e King voltaram em meu trem. Tranquilizaram-se muito com tudo o que viram do lado americano e Marshall enviou um telegrama encantador a Mountbatten, falando de quantas das novas embarcações tinham sido produzidas graças à organização dele e de como tinham sido úteis. O senhor usou a palavra "estupendo" num dos primeiros telegramas que me enviou. Devo admitir que o que vi só pode ser descrito por essa palavra, e penso que seus oficiais também concordariam. (...) Como eu gostaria que o senhor estivesse aqui!

79
Da Normandia a Paris

EXAMINEMOS AS DISPOSIÇÕES e os planos do inimigo, tal como os conhecemos agora. O marechal Rundstedt, com sessenta divisões, estava no comando de toda a Muralha do Atlântico, desde os Países Baixos até a baía de Biscaia, e de Marselha, por todo o litoral sul francês. Abaixo dele, Rommel defendia a costa da Holanda até o Loire. Seu XV Exército, com 19 divisões, defendia o setor nas proximidades de Calais e Boulogne, e seu VII Exército tinha à mão nove divisões de infantaria e uma Panzer na Normandia. As dez divisões Panzer de toda a frente ocidental dispunham-se da Bélgica até Bordeaux. Que estranho os alemães, a essa altura na defensiva, cometerem o mesmo erro dos franceses em 1940 e dispersarem sua mais poderosa arma de contra-ataque!

É realmente notável que esse vasto assalto longamente planejado tenha caído sobre o inimigo como uma surpresa no tempo e no espaço. Dia 5 de junho, bem cedo, Rommel deixara seu QG para visitar Hitler em Berchtesgaden, e estava, pois, na Alemanha quando caiu o golpe. Houvera muitas discussões sobre a frente em que os aliados iriam atacar. Rundstedt acreditara o tempo todo que nosso principal assalto seria lançado pelo estreito de Dover, já que essa era a rota marítima mais curta e dava o melhor acesso ao coração da Alemanha. Por muito tempo, Rommel havia concordado com ele. Hitler e seu Estado-Maior, porém, pareciam ter recebido informações indicando que a Normandia seria o principal campo de batalha.* Mesmo depois de termos desembarcado, a incerteza continuou. Hitler perdeu todo um dia crucial para decidir liberar as duas divisões Panzer mais próximas para reforçarem o front. O serviço de inteligência alemão superestimou de muito o número de divisões e a quantidade de embarcações adequadas disponíveis na Inglaterra. Para ele, havia amplos recursos para um segundo grande desembarque, de modo que a Normandia poderia ser apenas um ataque preliminar e subsidiário. Só na terceira semana de julho, seis semanas após o Dia D, foram mandadas reservas do XV Exército do Passo de

---

* Blumentritt, *Von Rundstedt*, p. 218, 219.

Da Normandia a Paris

Calais para o sul, para entrar no combate. Nossas medidas de simulação, antes e depois do Dia D, visavam criar esse raciocínio confuso. Seu sucesso foi admirável e teve resultados de grande importância para a batalha.

Mas o inimigo lutou com teimosia e não foi facilmente ultrapassado. No setor americano, os brejos próximos de Carentan e os pântanos na foz do rio Vire prejudicavam nossos movimentos, e por toda parte o terreno se prestava à defesa de infantaria. O *bocage* que cobre boa parte da Normandia consiste numa grande quantidade de pequenos campos separados por aterros, com barrancos e sebes muito altas. O apoio da artilharia era prejudicado pela falta de bons postos de observação, e era extremamente difícil empregar os tanques. O combate foi o tempo todo de infantaria, sendo cada pequeno prado um ponto forte em potencial. Não obstante, fez-se um bom progresso, exceto pelo fracasso em tomar Caen.

Esta pequena, mas famosa, cidade seria palco de renhidos combates por muitos dias. Para nós, ela era importante por ter a leste uma boa área para a construção de pistas de pouso, além de ser o pivô em torno do qual todo o nosso plano girava. Ali Montgomery queria um grande giro para a esquerda pelas forças americanas. Ela era igualmente importante para os

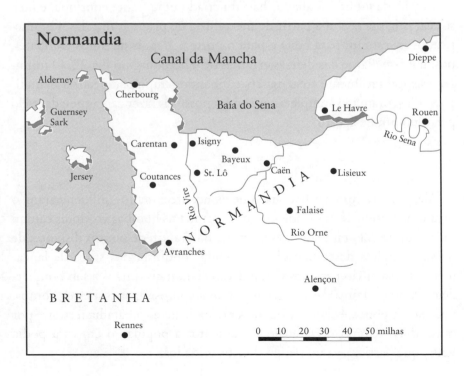

alemães. Se suas linhas fossem cortadas, todo o seu VII Exército seria forçado para o sudeste, em direção ao Loire, abrindo uma brecha entre ele e o XV Exército ao norte. Estaria então aberto o caminho para Paris. Assim, Caen foi palco de ataques incessantes e da mais obstinada defesa, atraindo para si grande parte das divisões alemãs e, em especial, seus blindados. Isso tanto foi uma ajuda quanto um estorvo.

Embora as divisões de reserva do XV Exército alemão ainda estivessem intactas ao norte do Sena, o inimigo obviamente recebera reforços de outras áreas e, em 12 de junho, havia 12 divisões em combate, sendo quatro delas blindadas. Era menos do que esperávamos. Nossa tremenda ofensiva aérea destruíra todas as pontes do Sena abaixo de Paris e as principais pontes que cruzavam o Loire. A maioria das tropas de reforço teve de usar as estradas e ferrovias que cruzavam a brecha entre Paris e Orleans, suportando ataques contínuos e implacáveis de nossas forças aéreas, dia e noite. Suas divisões foram chegando aos poucos, com escassez de equipamentos e cansadas das longas marchas noturnas. À medida que chegavam, iam sendo jogadas na linha. O comando alemão não teve oportunidade de formar uma força de ataque por trás da batalha para uma contraofensiva poderosa e bem-organizada.

Em 11 de junho, os aliados haviam criado uma frente contínua, e nossos caças já operavam a partir de meia dúzia de pistas avançadas. Os americanos investiram para oeste e para o norte e, depois de duros combates, postaram-se diante das defesas externas de Cherbourg no dia 22. O inimigo resistiu bravamente até o dia 26, ganhando tempo para realizar demolições. Elas foram tão completas que só foi possível trazer cargas pesadas pelo porto no fim de agosto.

Além do campo de batalha, outros acontecimentos influenciaram o futuro. Na noite de 12-13 de junho, as primeiras bombas voadoras caíram sobre Londres. Foram lançadas do norte da França, de pontos distantes de nossos exércitos desembarcados. A rápida conquista dos sítios de lançamento traria alívio para nossa população civil, mais uma vez sob bombardeio. Parte da Força Aérea Estratégica renovou os ataques a esses pontos, mas não se podia, é claro, enfraquecer o apoio aéreo à batalha terrestre por causa disso. Como declarei no Parlamento, a população em casa podia sentir que participava do perigo de seus soldados.

Da Normandia a Paris

Em 17 de junho, em Margival, perto de Soissons, Hitler teve uma conferência com Rundstedt e Rommel. Seus dois generais fizeram-no ver, com energia, a loucura que era sangrar o exército alemão até a morte na Normandia. Insistiram em que, antes de ser destruído, o VII Exército deveria fazer uma retirada ordenada em direção ao Sena, onde, juntamente com o XV Exército, poderia travar uma batalha defensiva mas móvel, com pelo menos alguma esperança de êxito. Hitler não concordou. Ali, como na Rússia e na Itália, exigiu que nenhum terreno fosse cedido e que todos combatessem onde estavam. Os generais, é claro, estavam com a razão.

Enquanto isso, íamos consolidando nossa força. Nos primeiros seis dias, 326 mil homens, 54 mil veículos e 104 mil toneladas de armazéns foram desembarcados. Criou-se rapidamente uma imensa organização de suprimento. Em 19 de junho, os dois portos "Mulberry", um em Arromanches e outro dez milhas a oeste, no setor americano, começaram a tomar forma. Os oleodutos submarinos *Pluto* [*Pipe Line Under The Ocean*] entrariam em funcionamento mais tarde, mas, por ora, Port-en-Bessin foi se tornando o principal porto de abastecimento de gasolina.* Mas começou então um vendaval de quatro dias, que impediu quase completamente o desembarque de homens e equipamentos e causou grandes estragos nos quebra-mares recém-depositados no fundo. Muitas estruturas flutuantes, que não tinham sido projetadas para essas condições climáticas, soltaram-se de suas amarras e se chocaram com outros quebra-mares e com os navios ancorados. O porto do setor americano ficou destruído e suas partes aproveitáveis foram usadas para consertar Arromanches. Nada se vira igual num mês de junho por quarenta anos. Foi um terrível infortúnio. Já estávamos atrasados em nossa programação de descarga. A ofensiva também foi retardada e, em 23 de junho, estávamos na linha que havíamos marcado para o dia 11.

Na última semana de junho, os ingleses criaram uma cabeça de ponte ao sul de Caen. Os esforços de estendê-la para sul e leste foram repelidos, e o setor sul foi atacado duas vezes por várias divisões Panzer. Em violentos

---

* O projeto *Pluto* foi, de início, o lançamento de oleodutos na área do desembarque, pelos quais petroleiros ao largo podiam descarregar combustível diretamente na praia. Mais tarde, foram lançados oleodutos submarinos atravessando o Canal, da Ilha de Wight para Cherbourg, e de Dungeness para Boulogne.

combates, os alemães foram duramente derrotados, com elevadas baixas causadas por nossa força aérea e nossa poderosa artilharia.* Então, chegou nossa vez de atacar e, em 8 de julho, um vigoroso ataque foi lançado contra Caen do norte e do noroeste. Os bombardeiros pesados da RAF despejaram mais de duas mil toneladas de explosivos sobre as defesas alemãs e, ao amanhecer, a infantaria inglesa, inevitavelmente prejudicada pelas crateras das bombas e pelos destroços dos prédios desmoronados, fez um bom progresso. No dia 10, toda a cidade de Caen do nosso lado do rio foi conquistada e, em meados de julho, trinta divisões dos aliados estavam do outro lado. Metade delas era americana e a outra metade, inglesa e canadense. Contra elas, os alemães haviam reunido 27 divisões. Mas já tinham sofrido 160 mil baixas. O general Eisenhower calculou que seu real poder de combate não superaria 16 divisões.

Deu-se então um importante evento. Em 17 de julho, Rommel foi gravemente ferido. Seu carro foi metralhado por nossos caças em voo baixo e ele foi levado para o hospital, supostamente agonizante. Teve uma recuperação esplêndida, a tempo de enfrentar a morte, mais tarde, por ordem de Hitler. No início de julho, Rundstedt foi substituído no comando geral da frente ocidental por von Kluge, um general que se distinguira na Rússia, e no dia 20 houve um novo atentado frustrado contra a vida de Hitler. Segundo o relato mais fidedigno, o coronel von Stauffenberg pusera sob a mesa de Hitler, numa reunião do estado-maior, uma maleta contendo uma bomba-relógio. Hitler foi poupado do efeito pleno da explosão pelo tampo pesado da mesa e por suas traves de sustentação, bem como pela estrutura leve do próprio prédio, que permitiu uma dispersão instantânea da pressão. Vários oficiais presentes morreram, mas o Führer, embora muito abalado e ferido, ergueu-se exclamando: "Quem diz que não estou sob proteção especial de Deus?" Toda a fúria de seu temperamento foi despertada por esse complô, e a vingança por ele infligida a todos os suspeitos de participação compõe uma história terrível.

---

* Esses ataques foram resultado das instruções de Hitler na Conferência de Soissons. Em 1º de julho, Keitel telefonou a Rundstedt e perguntou: "Que devemos fazer?" Rundstedt: "Fazer a paz, seus idiotas. Que mais podem fazer?"

Da Normandia a Paris

Chegou então a ofensiva geral de Montgomery, planejada para 18 de julho. O exército inglês atacou com três corpos de exército, precedidos por um bombardeio ainda maior da força aérea aliada. A Luftwaffe foi totalmente impedida de interferir. Fez-se um bom progresso para leste de Caen, até que o céu nublado começou a prejudicar nossos aviões e levou a um atraso de uma semana no lançamento da ofensiva pelo setor americano. Julguei que essa seria uma boa oportunidade de visitar Cherbourg e passar alguns dias no porto "Mulberry". No dia 20, voei diretamente num Dakota do exército americano para a pista de pouso deles na península de Cherbourg e fui levado a percorrer todo o porto pelo comandante dos EUA. Ali vi pela primeira vez uma base de lançamento de bombas voadoras. Era coisa muito bem-feita. Fiquei espantado com os estragos feitos na cidade pelos alemães e partilhei da decepção do comando pelo atraso inevitável em pôr o porto em funcionamento. Os ancoradouros do porto estavam densamente semeados de minas. Um punhado de dedicados mergulhadores ingleses trabalhava dia e noite para desmontá-las, correndo um perigo mortal. Um tributo caloroso lhes foi prestado por seus colegas americanos. Após uma longa e perigosa viagem até a cabeça de praia americana conhecida como praia de Utah, embarquei numa lancha torpedeira inglesa e fiz uma incômoda viagem até Arromanches. À medida que se envelhece, os enjoos no mar diminuem. Não sucumbi e dormi profundamente até chegarmos às águas calmas de nossa lagoa artificial. Subi a bordo do cruzador *Enterprise,* onde permaneci três dias, familiarizando-me por inteiro com todo o funcionamento do porto — do qual, a essa altura, todos os exércitos dependiam quase completamente — e ao mesmo tempo desincumbindo-me de minhas tarefas londrinas.

As noites eram muito barulhentas, com repetidos ataques de aviões isolados e alarmes ainda mais numerosos. Durante o dia, eu estudava todo o processo do desembarque de suprimentos e soldados, tanto nos molhes, pelos quais eu me interessara durante muito tempo, quanto nas praias. Numa ocasião, seis barcaças de desembarque de tanques chegaram sucessivamente à praia. Quando suas proas baixaram, as pontes móveis se projetaram e lá saíram os tanques, três ou quatro de cada embarcação, e atingiram a praia espadanando água. Em menos de oito minutos, segundo meu cronômetro, estavam dispostos em coluna na estrada principal, prontos para entrar em ação. Foi um desempenho impressionante, típico da velocidade de desembarque que se havia conseguido. Fiquei fascinado ao ver os *DUKWs*, caminhões de transporte anfíbios americanos, nadando pelo porto, subindo em terra e seguindo às pressas para os grandes depósitos, onde os caminhões esperavam para levar suprimentos às diversas unidades. Da esplêndida eficiência desse sistema, então produzindo resultados muito superiores aos que havíamos planejado, dependiam as esperanças de uma ação rápida e vitoriosa.

Em meu último dia em Arromanches, visitei o QG de Montgomery, algumas milhas para o interior. O comandante em chefe estava de extremo bom humor às vésperas de sua maior operação, que me explicou com todos os detalhes. Levou-me às ruínas de Caen e ao outro lado do rio, e também visitamos outras partes do front inglês. Depois, pôs a minha disposição seu avião Storch capturado, e o próprio comandante da força aérea levou-me a sobrevoar todas as posições inglesas. Esse avião podia fazer pousos de emergência em quase qualquer lugar e podia-se voar a poucas centenas de pés do chão, obtendo visão e conhecimento do terreno muito melhores do que por qualquer outro método. Também visitei várias das estações controladoras de voo e disse algumas palavras a grupos de oficiais e soldados. Finalmente, fui ao hospital de campanha, onde, embora fosse um dia calmo, um punhado de feridos dava entrada. Um pobre homem ia fazer uma cirurgia grave, já se achando de fato na mesa de operações, prestes a tomar a anestesia. Eu ia saindo quando ele disse que queria me ver. Deu-me um sorriso pálido e beijou minha mão. Fiquei profundamente comovido e me senti muito feliz ao saber, posteriormente, que a operação fora um sucesso.

Nessa ocasião, as ordens que haviam retido o XV Exército alemão do outro lado do Sena foram canceladas e várias novas divisões foram mandadas para reforçar o VII Exército, que estava sob intensa pressão. Sua transferência, por ferrovias ou estradas, ou atravessando o Sena no sistema de balsas que havia substituído as pontes destruídas, foi muito retardada e prejudicada por nossa força aérea. A ajuda, longamente retida, chegou ao campo tarde demais para inverter a balança.

A hora do grande rompimento americano, comandado pelo general Omar Bradley, havia finalmente chegado. Em 25 de julho, o 7º Corpo de Exército atacou para o sul, partindo de St. Lô, e no dia seguinte o 8º Corpo, à direita, entrou na batalha. O bombardeio da força aérea americana fora devastador, e o assalto da infantaria progrediu. Em seguida, os blindados saltaram à frente e dispararam para o ponto-chave de Coutances. O caminho da fuga alemã por essa parte do litoral da Normandia foi cortado. Toda a defesa alemã a oeste do Vire ficou em risco e mergulhada no caos. As estradas abarrotaram-se de soldados em retirada. Os bombardeiros e caças aliados cobraram um tributo destrutivo em termos de homens e viaturas. O avanço prosseguiu. Avranches foi tomada em 31 de julho e, logo depois, o canto de mar que dava acesso à península da Bretanha foi contornado. Os canadenses, comandados pelo general Crerar, fizeram um ataque simultâneo a partir de Caen pela estrada para Falaise. Este movimento encontrou uma oposição eficaz de quatro divisões Panzer. Montgomery, que ainda comandava toda a linha de batalha, transferiu o peso do ataque inglês para a outra frente e ordenou que o II Exército inglês, sob o comando do general Dempsey, fizesse nova investida de Caumont em direção a Vire. Novamente precedida por um maciço bombardeio aéreo, ela começou em 30 de julho. Vire foi alcançada poucos dias depois.

Em 7 de agosto, fui novamente ao QG de Montgomery, dessa vez de avião, e depois de ele me fazer um vívido relato com seus mapas, chegou um coronel americano para me levar ao general Bradley. A rota fora cuidadosamente planejada para me mostrar a assustadora devastação de cidades e vilarejos por onde os soldados americanos haviam lutado em seu percurso. Todos os prédios tinham sido pulverizados pelo bombardeio aéreo. Chegamos ao QG de Bradley por volta das 16 horas. O general recebeu-me cordialmente, mas pude sentir que havia uma grande tensão, pois a batalha estava no auge e chegavam mensagens em intervalos de poucos minutos. Assim, abreviei minha visita e me dirigi ao meu avião, que estava à espera. Estava prestes a embarcar quando, para minha surpresa, chegou Eisenhower. Ele voara de Londres para seu QG avançado e, ao saber de meus movimentos, fora me interceptar. Ainda não havia assumido de Montgomery o comando efetivo do exército em campanha, mas supervisionou tudo com olhar vigilante. Ninguém sabia melhor do que ele como ficar bem perto de um acontecimento extraordinário sem prejudicar a autoridade que houvesse delegado a outros.

Formara-se o III Exército americano, comandado pelo general Patton, e já estava em ação. Ele destacou duas divisões blindadas e três de infantaria para o avanço para oeste e para o sul, a fim de limpar a península da Bretanha. O inimigo, isolado na Bretanha, recuou prontamente para seus portos fortificados. O Movimento da Resistência Francesa, que ali somava trinta mil homens, desempenhou um papel notável e a península foi rapidamente conquistada. No fim da primeira semana de agosto, os alemães, num total de 45 mil soldados das guarnições e remanescentes de quatro divisões, foram empurrados para os perímetros defensivos de St. Malo, Brest, Lorient e St. Nazaire. Ali puderam ser imobilizados e deixados à míngua, poupando-se assim as perdas desnecessárias que assaltos contra eles teriam exigido.

Enquanto a Bretanha era assim limpa ou engaiolada, o restante do exército de Patton guinou para leste, no "gancho longo" que o levaria para a brecha entre o Loire e Paris e pelo Sena em direção a Rouen. A cidade de Laval foi invadida em 6 de agosto, e Le Mans, no dia 9. Poucos alemães foram encontrados em toda essa vasta região, e a principal dificuldade consistiu em suprir o ímpeto dos americanos em seu avanço por distâncias já longas e cada vez maiores. Exceto por um pequeno volume de transporte aéreo, tudo ainda tinha de vir das praias do desembarque original e descer o lado ocidental da Normandia, passando por Avranches, até chegar ao front. Assim, Avranches tornou-se o ponto de estrangulamento e ofereceu uma oportunidade tentadora para um ataque alemão vindo das imediações de Falaise em direção oeste. Essa ideia estimulou a fantasia de Hitler. Ele deu ordens de que a máxima força possível atacasse Mortain, abrisse caminho até Avranches e, desse modo, cortasse as comunicações de Patton. Os comandantes alemães foram unânimes contra o projeto. Reconhecendo que a batalha pela Normandia já estava perdida, queriam empregar as quatro divisões recém-chegadas do XV Exército, ao norte, para efetuar uma retirada em ordem para o Sena. Consideravam que jogar quaisquer tropas novas no sentido oeste era meramente "esticar o pescoço", com a perspectiva certeira de que ele fosse cortado. Hitler insistiu em fazer as coisas ao seu modo e, em 7 de agosto, cinco divisões Panzer e duas de infantaria desfecharam um veemente ataque do leste contra Mortain.

O golpe caiu sobre uma única divisão americana, mas ela aguentou firme e outras foram em seu socorro. Após cinco dias de violentos combates e bombardeios aéreos concentrados, o inimigo foi empurrado de volta em confusão e, como seus generais haviam previsto, toda a vanguarda de Falaise até Mortain ficou à mercê de ataques que convergiam de três lados. As forças aliadas avançaram sobre os alemães acotovelados no longo e estreito bolsão e, com sua artilharia, infligiram uma carnificina pavorosa. Os alemães agarraram-se obstinados às laterais da pinça em Falaise e Argentan e, dando prioridade a seus blindados, tentaram destrinçar tudo o que pudessem. Mas, em 17 de agosto, o comando e controle se desarticulou e a cena inteira transformou-se numa mortandade. A mandíbula fechou-se em 20 de agosto. Embora, a essa altura, uma parcela considerável do inimigo tivesse conseguido fugir de qualquer maneira para o leste, nada menos de oito divisões alemãs estavam aniquiladas. O que fora o bolsão de Falaise transformou-se em sua sepultura. Von Kluge comunicou a Hitler: "A superioridade aérea do inimigo é aterradora e sufoca quase todos os nossos movimentos. Cada lance do inimigo, no entanto, é preparado e protegido por sua força aérea. As perdas em homens e material são extraordinárias. O moral da tropa tem sofrido seriamente sob o constante e mortífero fogo inimigo."

O III Exército americano, além de libertar a península da Bretanha e contribuir, com seu "gancho curto", para a vitória culminante em Falaise, lançou três corpos de exército para o leste e o nordeste a partir de Le Mans. Em 17 de agosto, eles chegaram a Orleans, Chartres e Dreux. Dali, avançaram para noroeste, ao encontro dos ingleses, que progrediam para Rouen. Nosso II Exército havia sofrido um certo atraso. Tivera de se reorganizar após a batalha de Falaise, e o inimigo encontrara meios de improvisar posições de retaguarda. Mesmo assim, a perseguição continuou a pressionar o inimigo e, em pouco tempo, todos os alemães ao sul do Sena tentavam atravessá-lo num recuo desesperado, debaixo de ataques aéreos devastadores. Nenhuma das pontes destruídas pelos bombardeios aéreos anteriores fora reconstruída, mas havia alguns pontões flutuantes e um serviço de balsas bastante satisfatório. Pouquíssimas viaturas puderam ser salvas. Ao sul de Rouen, imensas quantidades de meios de transporte foram abandonadas. As tropas que escaparam não tinham condição de resistir na outra margem do rio.

Eisenhower, já no comando supremo, estava decidido a evitar uma batalha por Paris. Stalingrado e Varsóvia haviam comprovado os horrores dos ataques frontais e dos levantes patrióticos. Ele resolveu cercar a capital e forçar a guarnição a se render ou fugir. Em 20 de agosto, era chegado o momento de agir. Patton havia atravessado o Sena perto de Mantes e seu flanco direito atingira Fontainebleau. O movimento clandestino da Resistência Francesa havia-se rebelado. A polícia estava em greve. A prefeitura estava nas mãos de patriotas. Um oficial da Resistência chegou ao QG de Patton com informações vitais e, na manhã de quarta-feira, elas foram passadas a Eisenhower em Le Mans.

Adida a Patton estava a 2ª Divisão Blindada francesa, sob o comando do general Leclerc, que desembarcara na Normandia em 1º de agosto e cumprira um honroso papel na avançada. De Gaulle chegou no mesmo dia e foi-lhe assegurado pelo supremo comandante aliado que, quando viesse o momento — e como já se havia combinado muito antes —, as tropas de Leclerc seriam as primeiras a entrar em Paris. Naquela noite, notícias sobre combates de rua na capital fizeram Eisenhower decidir-se a agir. Leclerc foi instruído a pôr-se em marcha. As ordens da operação, datadas de 23 de agosto, começavam pelas palavras: *"Mission (1) s'emparer de Paris..."*

Em 24 de agosto, a coluna principal, liderada pelo coronel Billote, filho do comandante do I Grupo de Exércitos francês que fora morto em maio de 1940, partiu de Orleans. Naquela noite, uma vanguarda de tanques chegou à Porte d'Orleans e entrou na praça em frente ao Hôtel de Ville. Nas primeiras horas da manhã seguinte, as colunas blindadas de Billote eram donas das duas margens do Sena em frente à Cité. À tarde, o QG do comandante alemão, general von Choltitz, no Hotel Meurice, foi cercado. Von Choltitz foi levado à presença de Leclerc. Era o fim da estrada de Dunquerque ao lago Chad, e de volta a casa. Em voz baixa, Leclerc deixou escapar seus pensamentos — *"Maintenant, ça y est"* — depois, em alemão, apresentou-se ao vencido. Após uma discussão rápida e brusca, a capitulação da guarnição foi assinada e, um a um, os pontos fortes que restavam foram ocupados pela Resistência e pelas tropas regulares.

A cidade entregou-se a uma manifestação eufórica. Os prisioneiros alemães foram cuspidos, colaboracionistas arrastados pelas ruas e as tropas de libertação, festejadas. A esse cenário de triunfo havia tanto tempo esperado chegou o general de Gaulle. No Hôtel de Ville, em companhia das principais figuras da Resistência e dos generais Leclerc e Juin, ele apareceu pela primeira vez como líder da França Livre diante da população jubilosa. Houve uma explosão espontânea de incontrolável entusiasmo. Na tarde de 26 de agosto, de Gaulle fez sua entrada formal, a pé, descendo os Champs Elysées até a Place de la Concorde e, dali, numa fila de carros até

Notre Dame. Alguns tiros foram disparados de dentro e de fora da catedral por colaboracionistas escondidos. A multidão dispersou-se, mas, após um breve momento de pânico, a consagração solene da libertação de Paris prosseguiu até o fim.

Em 30 de agosto, nossas tropas estavam cruzando o Sena em muitos pontos. As perdas do inimigo tinham sido tremendas: quatrocentos mil homens, metade deles prisioneiros, 1.300 tanques, vinte mil viaturas e 1.500 canhões de campanha. O VII Exército alemão e todas as divisões enviadas para reforçá-lo haviam-se desfeito em frangalhos. A ofensiva aliada a partir da cabeça de praia fora atrasada pelo mau tempo e pela equivocada determinação de Hitler. Mas, uma vez terminada a batalha, tudo fluíra livremente e o Sena fora atingido seis dias antes da data planejada. Tem havido críticas à lentidão da frente inglesa na Normandia, e os esplêndidos avanços americanos nas etapas finais pareceram indicar um maior sucesso deles do que nosso. Portanto, é necessário frisar que todo o plano de campanha consistia em usar o front inglês como pivô e atrair as reservas do inimigo para essa direção, de modo a ajudar o avanço de envolvimento americano. Com determinação e em combates ferozes, isso foi conseguido. "Sem os grandes sacrifícios feitos pelos exércitos anglo-canadenses nas batalhas brutais e arrastadas por Caen e Falaise", escreveu o general Eisenhower em seu relatório oficial, "os avanços espetaculares feitos em outros pontos pelas forças aliadas nunca poderiam ter ocorrido".

80
A Itália e o desembarque na Riviera

A LIBERTAÇÃO DA NORMANDIA foi um acontecimento supremo na campanha europeia de 1944, mas apenas um de vários golpes concêntricos contra a Alemanha nazi. No leste, os russos entravam aos borbotões na Polônia e nos Bálcãs e, no sul, os exércitos de Alexander na Itália investiam em direção ao rio Pó. Era preciso tomar decisões sobre nosso próximo passo no Mediterrâneo, e lastimo ter de contar que elas ocasionaram a primeira divergência estratégica importante entre nós e nossos amigos americanos.

O projeto da vitória final na Europa fora traçado em novembro de 1943, depois de longas discussões, na Conferência de Teerã. Como as decisões então tomadas ainda regiam nossos planos, convém relembrá-las aqui. Em primeiro lugar, e principalmente, havíamos prometido a operação *Overlord*. Essa era a missão dominante e, ninguém discutia, nosso dever primordial. Mas, como ainda tínhamos forças poderosas no Mediterrâneo, persistia a questão — que deveriam fazer? Resolvêramos que deviam tomar Roma, cujos aeródromos próximos eram necessários para bombardearmos o sul da Alemanha, avançar península acima até a linha Pisa-Rimini e, nesse ponto, fixar quantas divisões inimigas fosse possível. Mas isso não era tudo. Também chegáramos a um acordo quanto a uma terceira operação, um desembarque anfíbio no sul da França — e foi em torno desse projeto que logo despontaria a controvérsia. Ele fora concebido originalmente como uma finta ou ameaça, visando a reter tropas alemãs na Riviera e impedi-las de entrar no combate pela Normandia, mas os americanos insistiram num ataque real com dez divisões, e Stalin os apoiou. Aceitei a mudança, mais para impedir desvios inconvenientes para a Birmânia, embora imaginasse outros modos de explorarmos o êxito na Itália, e o plano recebeu o nome-código de *Anvil* [Bigorna].

Havia, no entanto, diversas condições. Muitas das forças teriam que vir da Itália, mas não sem antes cumprir a árdua e importante missão de tomar Roma e os aeródromos. Enquanto não se fizesse isso, Alexander poderia abrir mão de pouca coisa. Roma teria que cair antes que *Anvil* começasse. E *Anvil* também teria que ser lançada mais ou menos junto com *Overlord*.

A Itália e o desembarque na Riviera

As tropas teriam um longo caminho a percorrer antes de alcançar os exércitos de Eisenhower na Normandia e, se não desembarcassem a tempo, chegariam tarde demais para ser de qualquer serventia. A batalha das praias estaria encerrada. Tudo girava em torno da conquista de Roma. Em Teerã, havíamos esperado confiantemente alcançá-la no início da primavera, mas isso se revelara impossível. O ataque a Anzio, a fim de acelerar a tomada da capital, havia afastado oito ou dez divisões alemãs do teatro vital, portanto, mais do que esperáramos que a *Anvil* atraísse para a Riviera. Isso, na verdade, tornou *Anvil* ultrapassada, ao cumprir-lhe a finalidade. No entanto, o projeto da Riviera prosseguiu como se nada houvesse acontecido.

À parte o fato de *Anvil* estar delineada de forma um tanto vaga no futuro, algumas das melhores divisões do exército concentradas na Itália tinham sido acertadamente destinadas à operação maior, a *Overlord*, e por isso haviam zarpado para a Inglaterra no fim de 1943. Assim, Alexander fora enfraquecido e Kesselring se fortalecera. Os alemães haviam mandado reforços para a Itália, detido o avanço através de Anzio e impedido que entrássemos em Roma até pouco antes do Dia D. Os duros combates, é claro, haviam tragado importantes reservas inimigas, que de outro modo poderiam ter ido para a França, e sem dúvida haviam contribuído para as fases iniciais mais críticas da *Overlord*. Apesar disso, nosso avanço pelo Mediterrâneo fora seriamente prejudicado. As barcaças de desembarque eram outro obstáculo. Muitas tinham sido enviadas para a operação *Overlord*. A operação *Anvil* só poderia ser montada quando elas voltassem, o que, por sua vez, dependia dos acontecimentos na Normandia. Esses fatos tinham sido previstos com muita antecedência e, já em 21 de março, o general Maitland Wilson, comandante supremo no Mediterrâneo, avisara que a *Anvil* só poderia ser lançada no fim de julho. Mais tarde, ele a adiara para meados de agosto, declarando que a melhor maneira de ajudar a *Overlord* seria abandonar qualquer ataque à Riviera e concentrar as forças na Itália. Tanto ele quanto Alexander julgavam que sua melhor contribuição para a meta comum seria insistir num avanço com todos os seus recursos para o vale do Pó. Dali, com a ajuda de uma operação anfíbia contra a península da Istria, no extremo norte do Adriático, dominada por Trieste e situada para o sul dessa cidade, haveria perspectivas atraentes de um avanço pelo Passo de Liubliana rumo à Áustria e à Hungria e de um ataque ao coração da Alemanha por outra direção.

Com a queda de Roma, em 4 de junho, o problema teria de ser reexaminado. Deveríamos prosseguir com *Anvil* ou elaborar um novo plano?

Naturalmente, o general Eisenhower queria reforçar seu ataque a noroeste da Europa com todos os meios disponíveis. As possibilidades estratégicas no norte da Itália não o atraíam, mas ele consentiu em devolver as barcaças de desembarque logo que possível, caso isso acelerasse a operação *Anvil*. Os chefes de estado-maior americanos concordaram com Eisenhower, aferrando-se rigidamente à máxima da concentração no ponto decisivo, que, na opinião deles, era apenas o noroeste da Europa. Tiveram o respaldo do presidente Roosevelt, cioso dos acordos feitos com Stalin muitos meses antes, em Teerã. Mas tudo fora alterado pela demora na Itália.

Mr. Roosevelt admitiu que um avanço pelo Passo de Liubliana poderia conter as tropas alemãs, mas não retiraria nenhuma das divisões inimigas da França. Assim, insistiu na realização de *Anvil*, à custa, é claro, dos nossos exércitos na Itália, dizendo: "A meu ver, os recursos da Inglaterra e dos Estados Unidos não nos permitirão manter dois grandes teatros de operações na guerra europeia, cada qual com missões decisivas." Os chefes de estado-maior ingleses foram de opinião inversa. Em vez de desembarcar na Riviera, preferiam enviar, por mar, tropas da Itália diretamente para Eisenhower. Com muita presciência, observaram: "Consideramos que a preparação de *Anvil* numa escala passível de ter êxito incapacitaria a tal ponto as forças restantes do general Alexander, que qualquer nova atividade ficaria limitada a algo muito modesto."

Esse conflito direto de opiniões sustentadas com franqueza e calorosamente defendidas pelos dois lados só teria alguma possibilidade de ser solucionado entre nós dois, o presidente e eu próprio, e teve lugar uma troca de telegramas.

"O impasse", telegrafei em 28 de junho, "entre nossos chefes de estado-maior suscita questões da maior gravidade. Nosso desejo primordial é ajudar o general Eisenhower da maneira mais rápida e eficaz. Mas não cremos que isso implique necessariamente a ruína completa de todos os nossos grandes projetos no Mediterrâneo. É difícil aceitar que isso nos seja exigido. (...) Rogo-lhe com empenho que examine o senhor mesmo e em detalhe essa questão. (...) Lembre-se, por favor, de como o senhor me falou da Istria em Teerã e de como apresentei a ideia na sessão da conferência. Isso me ficou gravado a fundo na memória, embora de modo algum constitua a questão imediata que temos de decidir."

A resposta de Mr. Roosevelt foi imediata e adversa. Ele estava decidido a levar a cabo o que chamava a "grande estratégia" de Teerã, qual fosse, ex-

A Itália e o desembarque na Riviera

plorar ao máximo a operação *Overlord,* "avanços vitoriosos na Itália e um ataque ao sul da França o mais cedo possível". Objetivos políticos podiam ser importantes, mas as operações militares destinadas a alcançá-los deveriam subordinar-se a um golpe contra o coração da Alemanha por uma campanha na Europa. O próprio Stalin preferira *Anvil* e classificara todas as demais operações no Mediterrâneo como de menor importância, e Mr. Roosevelt declarou não poder abandoná-la sem consultá-lo. O presidente prosseguiu:

> Meu interesse e minhas esperanças centram-se em derrotar os alemães situados em frente a Eisenhower e empurrá-los para a Alemanha, *e não em restringir essa ação com o fim de montar uma ofensiva completa na Itália.* Estou convencido de que teremos forças suficientes na Itália, retiradas as que se destinam à operação *Anvil,* para perseguir Kesselring ao norte de Pisa-Rimini e manter uma intensa pressão contra seu exército, no mínimo com a força necessária para conter seu poder atual. Não consigo imaginar os alemães arcando com o preço de mais dez divisões, estimadas como necessárias pelo general Wilson, para nos manter fora do norte da Itália.
>
> Podemos — e Wilson o confirma — retirar imediatamente cinco divisões (três americanas e duas francesas) da Itália para *Anvil. As 21 divisões restantes, mais inúmeras brigadas não enquadradas, certamente darão a Alexander suficiente superioridade terrestre.**

Mas foram as objeções de Mr. Roosevelt a um movimento sobre a península da Istria e a um avanço contra Viena pelo Passo de Liubliana que revelaram a rigidez dos planos militares americanos e a própria desconfiança dele do que chamava de uma campanha "nos Bálcãs". Ele alegou que Alexander e Smuts, que também eram favoráveis à minha opinião, inclinavam-se, "por várias razões naturais e perfeitamente humanas", a desprezar duas considerações vitais. Primeiro, a operação contrariava a "grande estratégia". Segundo, levaria tempo demais, e era provável que não conseguíssemos dispor mais de seis divisões. "Não posso concordar", escreveu o presidente, "com o emprego de tropas dos Estados Unidos contra a Istria *e penetrando nos Bálcãs,* nem me parece que os franceses concordassem com tal utilização de suas tropas. (...) Por motivos puramente políticos daqui, eu jamais sobreviveria ao menor e mais ligeiro contratempo com *Overlord,*

---

* Os destaques gráficos são todos meus e posteriores.

caso se soubesse que forças bastante consideráveis tinham sido desviadas para os Bálcãs".

Nenhuma das pessoas envolvidas nessas discussões jamais sequer pensara em deslocar tropas para os Bálcãs; mas a Istria e Trieste eram posições estratégicas e políticas que, como ele percebia com perfeita clareza, poderiam provocar reações profundas e generalizadas, sobretudo depois dos avanços russos. Resignei-me, porém, momentaneamente, e em 2 de julho o general Wilson recebeu ordens de atacar o sul da França no dia 15 de agosto. Os preparativos tiveram início prontamente, mas o leitor deve observar que a *Anvil* foi então denominada *Dragoon,* para obviar a eventualidade de que o inimigo houvesse descoberto o significado do código original.

No começo de agosto, porém, houve uma mudança acentuada no campo de batalha da Normandia, com a iminência de grandes acontecimentos. No dia 7, visitei Eisenhower em seu QG próximo de Portsmouth e lhe expus minha última esperança de suspender o ataque ao sul da França. Após um almoço agradável, tivemos uma conversa longa e séria. Eisenhower estava acompanhado por Bedell Smith e pelo almirante Ramsay. Eu levara comigo o primeiro Lord do mar, uma vez que a movimentação da marinha era a chave de tudo. Em síntese, o que propus foi que continuássemos a fazer o embarque para a operação *Dragoon,* mas que, quando os soldados estivessem nos navios, nós os mandássemos passar pelo estreito de Gibraltar para entrar na França por Bordeaux. Essa questão fora longamente examinada pelos chefes de estado-maior ingleses e a operação considerada viável. Mostrei a Eisenhower um telegrama que enviara ao presidente, cuja resposta eu ainda não havia recebido, e fiz o melhor que pude para convencê-lo. O primeiro lord do mar deu-me seu sólido apoio. O almirante Ramsay argumentou contra qualquer alteração nos planos. Bedell Smith, ao contrário, declarou-se vivamente a favor desse súbito desvio do ataque, que teria toda a surpresa propiciável pelo poder naval. Eisenhower não se ressentiu nem um pouco das opiniões emitidas por seu chefe de estado--maior. Ele sempre estimulou a livre expressão de opiniões nas discussões do alto comando, embora, é claro, qualquer decisão tomada tivesse de contar, na prática, com a lealdade de todos.

A Itália e o desembarque na Riviera

Entretanto, não consegui convencê-lo, e no dia seguinte recebi a resposta do presidente:

> Feitas todas as ponderações, é minha opinião que *Dragoon* deve ser lançada conforme planejado, na primeira data viável, e tenho toda a confiança em que será um sucesso e de grande ajuda para Eisenhower na expulsão dos hunos da França.

Nada mais havia a fazer. Vale notar que, àquela altura, havíamos ultrapassado o dia do mês de julho em que, pela primeira vez na guerra, a movimentação dos grandes exércitos americanos na Europa e seu crescimento no Extremo Oriente haviam tornado o número de seus soldados em combate maior do que o nosso. Nas operações de aliados, a influência costuma aumentar com os grandes reforços. Convém ainda lembrar que, se as opiniões inglesas sobre essa questão estratégica tivessem sido aceitas, é bem possível que os preparativos táticos causassem um certo atraso, o que também teria influído na discussão geral.

Resolvi então ir pessoalmente à Itália, onde muitas questões poderiam ser resolvidas mais facilmente no campo do que por correspondência. Seria muito proveitoso ver os comandantes e soldados de quem tanto se vinha exigindo, depois de tanto se lhes haver tirado. Alexander, embora severamente enfraquecido, estava preparando seus exércitos para uma nova ofensiva. Eu ansiava por conhecer Tito, que poderia deslocar-se facilmente para a Itália saindo da ilha de Vis, onde lhe estávamos dando proteção. O primeiro-ministro grego, M. Papandreou, e alguns de seus colegas poderiam vir do Cairo, e era possível traçarmos planos para ajudá-los a voltar para Atenas quando os alemães partissem. Cheguei a Nápoles na tarde de 11 de agosto e fui instalado na suntuosa mas meio dilapidada Villa Rivalta, que tinha uma vista gloriosa do Vesúvio e da baía. Ali, o general Wilson explicou-me que se haviam tomado todas as providências para uma conferência na manhã seguinte com Tito e Subasic, o novo primeiro-ministro iugoslavo do governo do rei Peter em Londres. Eles já haviam chegado a Nápoles e jantariam conosco na noite seguinte.

Na manhã de 12 de agosto, o marechal Tito foi ter comigo na *villa*. Trajava um magnífico uniforme dourado e azul, muito apertado no colarinho e singularmente impróprio para o calor escaldante. O uniforme lhe fora dado pelos russos e, como me informaram depois, os galões dourados tinham vindo dos Estados Unidos. Reuni-me a ele no terraço da *villa*, acompanhado pelo general Maclean e por um intérprete. Sugeri que o marechal talvez quisesse primeiramente ver a sala de guerra do general Wilson, de modo que entramos na casa. O marechal estava acompanhado por dois guarda-costas mal-encarados que portavam pistolas automáticas e quis que eles também entrassem para protegê-lo de uma eventual traição de nossa parte. Com certo custo, foi dissuadido, mas propôs, em contrapartida, tê-los ao seu lado no jantar, para que o defendessem.

Conduzi-o a uma sala espaçosa, com as paredes cobertas de mapas das frentes de batalha, e tivemos uma longa conversa. Apontei a península da Istria no mapa. Ele foi totalmente favorável a que a atacássemos e prometeu ajudar. Nessa ocasião e nos dias subsequentes, empenhamo-nos ao máximo em reforçar e intensificar o esforço de guerra iugoslavo e em curar a ferida entre Tito e o rei Peter.

Na tarde de 14 de agosto, voei até a Córsega no Dakota do general Wilson para assistir ao desembarque na Riviera, que eu tanto me empenhara em impedir, mas ao qual augurava todo o sucesso. Do destróier inglês *Kimberley,* vimos as longas fileiras de navios, repletos de tropas de assalto americanas, rumarem continuamente para a baía de St. Tropez. Tanto quanto pude ver ou ouvir, nem um único tiro foi disparado contra as flotilhas que se aproximavam, nem contra as praias. Os encouraçados pararam de atirar, já que não parecia haver ninguém por perto. No dia 16, voltei a Nápoles, onde pernoitei antes de seguir viagem para encontrar Alexander no front. Pelo menos, eu me mostrara respeitoso para com *Anvil-Dragoon,* e achei bom ter estado perto do teatro de operações para demonstrar o interesse que tinha na operação. Podemos agora resumir brevemente o que aconteceu.

O VII Exército, comandado pelo general Patch, fora organizado para executar o ataque. Sete divisões francesas e três americanas, juntamente com uma divisão mista de paraquedistas dos EUA e da Inglaterra, tiveram o apoio de nada menos de seis couraçados, 21 cruzadores e uma centena de contra-torpedeiros. No ar, tínhamos uma superioridade esmagadora, e misturados entre os alemães no sul da França havia mais de 25 mil homens armados da Resistência, prontos para a revolta. O assalto ocorreu no começo do dia 15, entre Cannes e Hyères. As baixas foram relativamente pequenas e os americanos avançaram com rapidez. No dia 28, estavam para lá de Valence e Grenoble. O inimigo não fez nenhuma tentativa real de detê-los, exceto por um combate acirrado com uma divisão Panzer em Montélimar. A Força

A Itália e o desembarque na Riviera

Aérea Tática dos aliados deu-lhe um duro tratamento e destruiu seus transportes. A perseguição de Eisenhower, saindo da Normandia, cortou-lhe a retaguarda, tendo chegado ao Sena na altura de Fontainebleau em 20 de agosto. Cinco dias depois, estava bem além de Troyes. Os sobreviventes do XIX Exército alemão, numa soma nominal de cinco divisões, bateram em retirada, deixando cinquenta mil prisioneiros em nossas mãos. Lyon foi tomada em 3 de setembro, Besançon, no dia 8, e Dijon foi libertada pelo Movimento de Resistência no dia 11. Nessa data, *Dragoon* e *Overlord* deram-se as mãos em Sombernon. No triângulo do sudoeste da França, aprisionados por essas ofensivas concêntricas, ficaram os remanescentes isolados do I Exército alemão, num total de mais de vinte mil homens que se entregaram sem resistir.

Resumindo a história, a proposta original de Teerã em novembro de 1943 fora de um desembarque no sul da França, para ajudar a facilitar as coisas para a operação *Overlord*. O momento escolhido deveria cair na semana anterior ou posterior ao Dia D. Tudo isso foi modificado pelo que ocorreu nesse meio-tempo. Por si só, a ameaça latente do Mediterrâneo bastou para reter dez divisões alemãs na Riviera. Anzio, sozinha, significou a perda do equivalente a quatro divisões inimigas utilizáveis em outras frentes. Quando, com a ajuda de Anzio, toda a nossa linha de combate avançou, tomou Roma e ameaçou a Linha Gótica, os alemães despacharam às pressas mais oito divisões para a Itália. A demora na capitulação de Roma e o envio de barcaças de desembarque do Mediterrâneo para ajudar na operação *Overlord* provocaram o adiamento de *Anvil-Dragoon* para meados de agosto, dois meses depois da data proposta. Portanto, ela em nada afetou a operação *Overlord*. Quando lançada, já tardiamente, não afastou nenhum inimigo do teatro de operações da Normandia. Assim, nenhuma das razões presentes em nosso pensamento em Teerã teve qualquer relação com o que foi feito, e a operação *Dragoon* não acarretou nenhum desvio das forças que se opunham ao general Eisenhower.* Na verdade, em vez de ajudá-lo, foi ele que a ajudou, ao ameaçar a retaguarda dos alemães que recuavam pelo vale do Ródano. Isso não equivale a negar que a operação, tal como realizada, tenha acabado por levar um importante auxílio ao general Eisenhower, com a chegada de outro exército por seu flanco

---

* As primeiras operações de maior vulto em que os exércitos de *Dragoon* tomaram parte, depois de sua junção com as forças de Eisenhower, ocorreram em meados de novembro.

direito e a abertura de outra linha de comunicações até lá. Mas pagou-se um alto preço por isso. O Exército da Itália foi privado de sua oportunidade de desferir um golpe de extremo impacto contra os alemães e, muito possivelmente, de chegar a Viena antes dos russos, com tudo o que poderia ter decorrido disso. Todavia, uma vez tomada a decisão final, é claro que dei todo o meu apoio a *Anvil-Dragoon,* apesar de ter feito o possível para limitá-la ou desviá-la.

Na manhã de 17 de agosto, fui de automóvel ao encontro do general Alexander. Muito me alegrou vê-lo pela primeira vez desde sua vitória e sua entrada em Roma. Ele me levou a percorrer toda a antiga frente de Cassino, mostrando-me como fora a batalha e onde haviam ocorrido os principais combates. Alexander trouxe seus altos oficiais para o jantar e me explicou todas as suas dificuldades e planos. O XV Grupo de Exércitos estava realmente depenado e faminto. Os grandes projetos que havíamos acalentado tinham de ser abandonados. Ainda era nosso dever reter o maior número possível de alemães em nosso front. Para que esse objetivo fosse alcançado, era imperativa uma ofensiva; mas as tropas alemãs, bem homogêneas, eram quase tão fortes quanto as nossas, compostas estas de uma porção de contingentes e raças diferentes. Propôs-se um ataque ao longo de todo o front nas primeiras horas do dia 26. Nossa mão direita estaria pousada no Adriático e nosso objetivo imediato seria Rimini. A oeste, sob o comando de Alexander, achava-se o V Exército dos EUA. Este fora despojado e mutilado para favorecer a operação *Anvil,* mas, ainda assim, avançaria com vigor.

Em 19 de agosto, visitei o general Mark Clark em Leghorn. Almoçamos ao ar livre, à beira-mar. Em nossas conversas amistosas e confidenciais, percebi quão doloroso fora o desmantelamento desse belo exército para os que o comandavam. O general parecia amargurado com o fato de que fora roubada de seu exército o que ele julgava ser — e eu não podia discordar — uma grande oportunidade. Mesmo assim, ele faria o máximo avanço possível pela esquerda inglesa e manteria todo o front em combate. Era tarde e eu estava exausto quando voltei ao *château* em Siena, onde novamente Alexander veio para jantar.

Quando se escrevem coisas no papel para decidir ou explicar as grandes questões que afetam os combates, há um desgaste mental. Mas tudo isso fere muito mais fundo quando é visto e sentido no campo. Lá estava aquele esplêndido exército, equivalente a 25 divisões, um quarto das quais americanas, reduzido a ponto de não ter forças suficientes para produzir resultados decisivos contra o imenso poderio da defensiva. Com um pouquinho mais — metade do que nos fora retirado — poderíamos ter penetrado no vale do Pó, com todas as brilhantes possibilidades e conquistas acessíveis no caminho para Viena. Nas condições vigentes, nossas tropas, com cerca de um milhão de homens, só podiam desempenhar um papel secundário em qualquer plano estratégico de grande impacto. Podiam manter o inimigo ocupado em seu front, ao preço e ao risco de uma ofensiva vigorosa. Podiam, ao menos, cumprir seu dever. Alexander manteve seu ânimo guerreiro, mas foi com abatimento que me deitei. Nessas grandes questões, a impossibilidade de impor a própria vontade não nos livra da responsabilidade por uma solução inferior.

Como a ofensiva de Alexander não poderia começar antes do dia 26, voei para Roma na manhã de 21. Ali me aguardavam outro conjunto de problemas e um portentoso grupo de novos personagens. Primeiramente, eu tinha de lidar com a crise grega iminente, que fora uma das principais razões de minha visita à Itália. Os boatos de uma evacuação alemã da Grécia despertaram intensa agitação e discórdia no ministério de M. Papandreou e revelaram a base frágil e falsa em que se fundamentava a ação comum. Isso tornava ainda mais necessário que eu me encontrasse com Papandreou e seus homens de confiança. Reunimo-nos nessa noite. Nem seu governo nem o próprio estado grego dispunham de armas ou de força policial. Ele nos pediu ajuda para unir a resistência grega contra os alemães. Naquele momento, apenas as pessoas erradas dispunham de armas, e eram minoria. Eu lhe disse que não podíamos fazer nenhuma promessa ou assumir qualquer compromisso de enviar tropas inglesas para a Grécia, e que nem se deveria falar dessa possibilidade em público, mas aconselhei-o a transferir imediatamente seu governo do Cairo, com o clima de intriga que havia por lá, para algum lugar da Itália próximo ao quartel-general do supremo comandante aliado. Ele concordou em fazê-lo. Quanto ao futuro, garanti que não tínhamos intenção de interferir no solene direito do povo grego de escolher entre a monarquia e a república. Mas deveria caber ao povo grego como um todo, e não a um punhado de ideólogos, decidir tão grave questão. Embora, pessoalmente, eu oferecesse minha lealdade à monarquia constitucional que se formara na Inglaterra, o governo de Sua Majestade era indiferente ao modo como o assunto viesse a ser resolvido, desde que houvesse um plebiscito legítimo. Oportunamente, veremos o que aconteceu.

Em Roma, hospedei-me na embaixada, onde nosso embaixador, Sir Noel Charles, e sua esposa dedicaram-se a meus afazeres e meu conforto. Orientado por ele, encontrei-me com a maioria das principais figuras dos escombros da política italiana produzidos por vinte anos de ditadura, uma guerra desastrosa, revoluções, invasão, ocupação, controle aliado e tantas mazelas. Entre outros, conversei com o Signor Bonomi e o general Badoglio, e também com o camarada Togliatti, que voltara à Itália no início do ano, após uma longa estada na Rússia. Os líderes de todos os partidos italianos foram convidados a se encontrar comigo. Nenhum deles tinha mandato eleitoral e os nomes de seus partidos, revividos do passado, tinham sido escolhidos com vistas ao futuro. "Qual é o vosso partido?", perguntei a um grupo. "Somos os Cristãos Comunistas", respondeu seu chefe. Não me sofri de dizer: "Deve ser tão inspirador para vosso partido ter as Catacumbas tão perto." Eles não pareceram compreender e, pensando bem, temo que seus pensamentos tenham-se voltado para as cruéis execuções em massa perpetradas tão pouco tempo antes pelos alemães naqueles antigos sepulcros. Mas é perdoável fazer referências históricas em Roma. Erguendo-se por toda parte, majestosa e aparentemente invulnerável, com seus monumentos e palácios e seu esplendor de ruínas não produzidas por bombardeios, a Cidade Eterna parecia contrastar marcantemente com os seres minúsculos e transitórios que se agitavam dentro de seus limites. Também tive meu primeiro contato com o príncipe herdeiro Umberto, que, como lugar-tenente do domínio, comandava as forças italianas em nosso front. Sua personalidade forte e cativante e sua compreensão de toda a situação militar e política foram reconfortantes, proporcionando um sentimento mais vívido de confiança do que eu havia experimentado em minhas conversas com os políticos. Sem dúvida, tive esperança de que ele cumprisse seu papel na construção de uma monarquia constitucional numa Itália livre, vigorosa e unida. Mas isso não era problema meu.

Logo cedo em 24 de agosto, voltei de avião para o QG de Alexander em Siena, hospedando-me no *château* a algumas milhas dali. Na tarde seguinte,

A Itália e o desembarque na Riviera

partimos para o QG de combate do general Leese, do VIII Exército, no lado do Adriático. Ali ficamos em tendas que descortinavam ao norte um magnífico panorama. O Adriático, apesar de distar apenas vinte milhas, era encoberto pela massa do monte Maggiore. O general Leese nos disse que o fogo cerrado que daria cobertura ao avanço de suas tropas teria início à meia-noite. Estávamos todos bem-posicionados para observar a longa fileira de clarões do canhoneio distante. O troar rápido e incessante dos canhões fez-me lembrar a Primeira Guerra Mundial. Sem dúvida, a artilharia estava sendo usada em grande escala. Depois de uma hora disso, fiquei contente em ir para a cama, pois Alexander havia planejado levantar cedo para um longo dia no front. Ele também prometera levar-me aonde eu quisesse ir.

Alexander e eu saímos por volta das nove horas. Seu ajudante de ordens e Tommy (o comandante Thompson) seguiram num segundo carro. Éramos, portanto, um grupo convenientemente pequeno. Fazia oito horas que a ofensiva estava em andamento, e fomos informados de que ia bem. Até esse momento, porém, era impossível ter uma impressão definitiva. Subimos de carro ao cume de um alto morro de pedra, onde se empoleiravam uma igreja e uma pequena aldeia. Os moradores, homens e mulheres, saíram dos porões onde se haviam abrigado para nos cumprimentar. Era fácil perceber que o lugar acabara de ser bombardeado. Pedaços de alvenaria e outros escombros cobriam a única rua existente. "Quando foi que isso parou?," perguntou Alexander à pequena multidão que nos cercara dando sorrisos forçados. "Há uns 15 minutos", responderam eles. Era magnífica a vista desde as encostas seculares. Toda a frente da ofensiva do VIII Exército era visível. Contudo, afora os rolos de fumaça das bombas que explodiam, dispersas, a sete ou oito milhas de distância, nada havia para ver. Pouco depois, Alexander disse que era melhor não nos demorarmos ali, pois o inimigo, naturalmente, estaria disparando contra postos de observação como aquele e poderia recomeçar. Assim, rumamos umas duas ou três milhas para oeste e nosso almoço foi um piquenique no declive largo de uma das encostas, de onde se descortinava uma vista quase tão boa quanto o cume e não tendia a despertar atenção.

Então recebemos a notícia de que nossas tropas haviam avançado uma ou duas milhas além do rio Metauro. Ali a derrota de Asdrúbal selara o destino de Cartago, então sugeri que também atravessássemos o rio. Entramos em nossos carros e, em meia hora, estávamos na margem oposta, onde a estrada enveredava por olivais ondulantes, luminosamente recortados pelo sol. Guiados por um oficial de um dos batalhões em combate, avançamos pelos atalhos até que o barulho dos fuzis e metralhadoras mostrou que nos estávamos aproximando da linha de frente. Logo depois, mãos erguidas em sinal de advertência fizeram-nos parar. Parecia haver um campo minado e só era seguro prosseguir por onde outros veículos já houvessem passado sem incidentes. Alexander e seu ajudante de ordens desceram do carro para fazer o reconhecimento de um prédio cinzento de pedra, ocupado por nossos soldados, de onde se dizia haver uma boa vista de perto. Era patente que só estavam ocorrendo combates muito esparsos. Em poucos minutos, o ajudante de ordens voltou e levou-me ao general, que havia encontrado um ótimo lugar na construção de pedra — na verdade, um antigo *château* encimando um declive bastante acentuado. Dali, certamente se via tudo o que era possível ver. Os alemães estavam atirando com fuzis e metralhadoras por entre a vegetação espessa do outro lado do vale, a umas quinhentas jardas de distância. Nossa linha de frente ficava abaixo de nós. O fogo era irregular e intermitente. Mas isso foi o mais perto que cheguei do inimigo e a ocasião em que mais ouvi disparos na Segunda Guerra Mundial. Passada cerca de meia hora, voltamos para nossos automóveis e seguimos para o rio, tomando o cuidado de permanecer sobre as trilhas deixadas por nossas próprias rodas ou pelas de outros veículos. No rio, deparamos com as colunas de apoio da infantaria, marchando para reforçar nossa esquálida linha de combate. Às 17 horas estávamos de volta ao QG do general Leese, onde as notícias de toda a frente militar eram pontualmente marcadas nos mapas. Desde o alvorecer, o VIII Exército avançara ao todo umas sete mil jardas, num front de dez ou 12 milhas de largura, e as baixas não tinham sido nada pesadas. Era um começo animador.

Na manhã seguinte houve muito trabalho, chegando tudo por telegrama e por malote. O general Eisenhower parecia preocupado com a aproximação de algumas divisões alemãs retiradas da Itália. Alegrou-me que nossa ofensiva, preparada em condições deprimentes, houvesse começado. Redigi um telegrama ao presidente para explicar a situação, tal como eu fora informado pelos generais em ação e por meu conhecimento próprio. Eu queria transmitir de maneira inequívoca nosso sentimento de frustração e, ao mesmo tempo, indicar minhas esperanças e ideias para o futuro. Se ao menos me fosse possível reavivar o interesse do presidente nesse teatro de operações, ainda poderíamos manter vivo nosso projeto de um avanço final para Viena. Depois de explicar o plano de Alexander, encerrei com estas palavras:

> Nunca me esqueci de suas conversas comigo em Teerã sobre a Istria, e tenho certeza de que a chegada de um exército poderoso a Trieste e à Istria em quatro a cinco semanas teria um efeito muito superior aos valores puramente militares. O pessoal de Tito estará a nossa espera na Istria. Não imagino qual seja o estado de coisas na Hungria nessa ocasião, mas, de qualquer modo, estaremos em condições de tirar pleno proveito de qualquer nova situação favorável.

Só despachei essa mensagem depois de chegar a Nápoles, para onde voei no dia 28, e só recebi a resposta dias depois de chegar em casa. Mr. Roosevelt então retrucou:

> Partilho de sua confiança em que as divisões aliadas que temos na Itália sejam suficientes para cumprir a missão que as aguarda e em que o comandante da batalha insista num combate sem trégua, com o objetivo de destroçar as forças inimigas. (...) Quanto ao emprego exato de nossas forças da Itália no futuro, trata-se de uma questão que [logo] poderemos discutir. (...) Dada a atual situação caótica dos alemães no sul da França, espero que se possa obter uma junção das tropas do norte e do sul muito antes do que foi originalmente previsto.

Veremos que essas duas esperanças se frustraram. O exército que desembarcáramos na Riviera, a um preço tão doloroso para nossas operações na Itália, chegou tarde demais para ajudar na grande luta de Eisenhower ao norte, enquanto a ofensiva de Alexander, por uma margem mínima, deixou de obter o sucesso que merecia e de que tanto precisávamos. A Itália só ficaria inteiramente livre depois de mais oito meses; o avanço pela direita para Viena nos foi negado; e, a não ser na Grécia, desapareceu nosso poder militar de influir na libertação do Sudeste Europeu.

O resto dessa história conta-se em poucas palavras. O ataque do VIII Exército prosperou e correu bem. Surpreendeu os alemães e, em 1º de setembro, havia rompido a Linha Gótica numa frente de vinte milhas. No dia 18, a linha estava contornada na extremidade leste pelo VIII Exército e rompida no centro pelos americanos.

Ainda que a um custo de baixas lamentáveis, obteve-se um grande sucesso, e o futuro parecia promissor. Mas Kesselring recebeu novos reforços e suas divisões alemãs acabaram totalizando 28. Removendo duas divisões de setores tranquilos, ele deu início a ferozes contra-ataques que, acrescidos a nossas dificuldades de suprimento pelos passos das montanhas, detiveram o avanço dos aliados. A defesa era obstinada, o terreno muito difícil, e chovia a cântaros. O clímax ocorreu perto de Bolonha, entre 20 e 24 de outubro, quando o general Mark Clark por pouco não conseguiu cortar a retaguarda do inimigo que enfrentava o VIII Exército. Então, como disse Alexander, "ajudada por chuvas torrenciais e ventos de tempestade, bem como pela exaustão do V Exército, a linha alemã se manteve firme". O tempo estava pavoroso. As chuvas pesadas fizeram subir o nível dos incontáveis rios e canais de irrigação e transformaram em charco as terras preparadas para a lavoura. Fora das estradas, o movimento era amiúde impossível. Foi com extrema dificuldade que a tropa penosamente avançou. Embora as esperanças de uma vitória decisiva se houvessem desfeito, ainda era a missão principal dos exércitos na Itália manter a pressão e impedir que o inimigo mandasse ajuda aos exércitos alemães acossados no Reno. Assim, esforçávamo-nos por abrir caminho sempre que havia intervalos de tempo razoavelmente bom. Mas, a partir de meados de novembro, qualquer grande ofensiva tornou-se impossível. Conseguiram-se pequenos avanços, conforme as oportunidades surgidas, mas só na primavera os exércitos foram recompensados com a vitória que tanto mereciam e que quase chegou no outono.

81
As vitórias russas

O LEITOR DEVE AGORA VOLTAR ATRÁS no farejo da caça, aos combates na frente russa, cuja escala superou em muito as operações sobre as quais versou minha narrativa até aqui e constituiu, é claro, a base sobre a qual os exércitos ingleses e americanos aproximaram-se do auge da guerra. Os russos tinham dado ao inimigo pouco tempo para se recuperar das graves derrotas do início do inverno de 1943. Em meados de janeiro de 1944, atacaram numa frente de 120 milhas, que ia do lago Ilmen a Leningrado, e romperam as linhas em frente à cidade. Mais ao sul, no fim de fevereiro, os alemães foram empurrados de volta para as margens do lago Peipus. Leningrado foi libertada de uma vez por todas e os russos chegaram às fronteiras dos estados bálticos. Novas ofensivas a oeste de Kiev forçaram os alemães a recuar para a antiga fronteira polonesa. Toda a frente meridional explodiu em combates intensos, com a linha alemã sendo profundamente rompida em muitos pontos. Um grande bolsão de alemães sitiados foi deixado para trás em Kersun, do qual poucos escaparam. Durante todo o mês de março, os russos impuseram sua vantagem em toda a linha e no ar. De Gomel até o mar Negro, os invasores bateram em franca retirada, que só terminou depois de eles terem sido enxotados para o outro lado do Dniester, voltando para a Romênia e para a Polônia. Então, o degelo da primavera deu-lhes uma breve trégua. Na Crimeia, porém, as operações continuaram viáveis e, em abril, os russos partiram para destruir o XVII Exército alemão e recuperar Sebastopol.

A magnitude dessas vitórias levantou questões de enorme importância. O Exército Vermelho pairava sobre a Europa central e oriental. Que aconteceria a Polônia, Hungria, Romênia, Bulgária e, acima de tudo, à Grécia, por quem tanto nos empenháramos e tanto havíamos sacrificado? Entraria a Turquia do nosso lado? Seria a Iugoslávia tragada pela enxurrada russa? A Europa de pós-guerra parecia estar tomando forma, o que tornava urgente um acordo político com os soviéticos.

Em 18 de maio, o embaixador soviético em Londres comparecera ao Foreign Office para discutir uma sugestão geral de Mr. Eden de que, temporariamente, a URSS encarasse as questões romenas como sendo temporariamente um problema seu, na situação de guerra, e deixasse a Grécia a nosso cargo. Os russos estavam dispostos a aceitar isso, mas quiseram saber se havíamos consultado os Estados Unidos. Se assim fosse, concordariam. Por conseguinte, no dia 31, enviei um telegrama pessoal a Mr. Roosevelt:

(...) Espero que o senhor se sinta apto a dar sua bênção a essa proposta. Naturalmente, não queremos retalhar os Bálcãs em esferas de influência. Fazendo esse acordo, devemos deixar claro que ele se aplica somente à situação de guerra e não afeta os direitos e responsabilidades que cada uma das três grandes potências terá de exercer quando do tratado de paz e, posteriormente, no tocante a toda a Europa. O acordo não implicaria, é claro, nenhuma mudança na atual colaboração entre vocês e nós na formulação e execução da política dos aliados para com esses países. Cremos, porém, que o acordo ora proposto seria um instrumento útil para impedir qualquer divergência política entre nós e eles nos Bálcãs.

As primeiras reações do Departamento de Estado foram frias. A Mr. Hull inquietava qualquer ideia que "parecesse levar à criação ou aceitação da ideia de esferas de influência". Em 11 de junho, o presidente telegrafou:

(...) Em suma, reconhecemos que o governo militar responsável por qualquer território tomará, inevitavelmente, as decisões exigidas pelos desdobramentos militares, mas estamos convencidos de que a tendência natural de essas decisões se estenderem a outras áreas que não as militares seria fortalecida por um acordo do tipo sugerido. Em nossa opinião, isso decerto resultaria na persistência de divergências entre vocês e os soviéticos e na divisão da região dos Bálcãs em esferas de influência, a despeito da intenção declarada de restringir o acordo a assuntos militares.

Cremos ser preferível envidar esforços para estabelecer um mecanismo de consultas que desfaça mal-entendidos e cerceie a tendência ao desenvolvimento de esferas exclusivas.

Fiquei muito apreensivo com essa mensagem e respondi no mesmo dia:

(...) É uma paralisia se todos têm de consultar todos os demais a respeito de tudo antes de qualquer ação. Os acontecimentos sempre ultrapassarão as situações previstas nessas regiões dos Bálcãs. Alguém tem que ter o poder de planejar e agir. Um Comitê Consultivo seria uma mera obstrução, e sempre seria ultrapassado, em qualquer situação de emergência, pelo intercâmbio direto entre o senhor e eu, ou entre um de nós e Stalin.

As vitórias russas

Veja, agora, o que ocorreu na Páscoa. Pudemos liquidar esse motim das forças gregas, de pleno acordo com vossas próprias opiniões. Isso se deu porque me foi possível dar ordens constantes aos comandantes militares, que, a princípio, defendiam uma conciliação e, acima de tudo, nenhuma utilização ou sequer a ameaça de uso da força. Perderam-se pouquíssimas vidas. A situação grega melhorou imensamente e, mantida a firmeza, será resgatada da confusão e do desastre. Os russos estão dispostos a nos deixar tomar a frente nos assuntos gregos, o que significa que o EAM* e toda a sua malevolência poderão ser controlados pelas forças nacionais da Grécia. (...) Se, em meio a essas dificuldades, tivéssemos tido que consultar outras nações, iniciando-se um conjunto de telegramas triangulares ou quadrangulares, o único resultado teria sido o caos ou a impotência.

Quer me parecer que, considerando que os russos estão prestes a invadir a Romênia em grande força e pretendem ajudá-la a reconquistar da Hungria parte da Transilvânia, desde que os romenos entrem no jogo — e bem pode ser que entrem — considerando tudo isso, seria bom seguir a liderança soviética, já que nem vocês nem nós temos um soldado sequer por lá e que, de qualquer modo, é provável que eles façam o que bem entenderem. (...) Em suma, proponho concordarmos com o acerto que expus em minha mensagem de 31 de maio, a vigorar experimentalmente por três meses, após o quê deverá ser reexaminado pelas três potências.

Em 13 de junho, o presidente concordou com essa proposta, porém acrescentou: "Devemos ter o cuidado de deixar claro que não estamos criando nenhuma esfera de influência para o após guerra." Eu era da mesma opinião e respondi no dia seguinte:

Sou-lhe profundamente grato por seu telegrama. Pedi ao ministro do Exterior que transmita a informação a Molotov e deixe claro que a razão do limite de três meses é não prejulgarmos a questão de esferas de influência no após guerra.

Relatei a situação ao Gabinete de Guerra nessa tarde, ficando acertado que, respeitado o limite temporal de três meses, o ministro do Exterior deveria informar ao governo soviético que aceitávamos essa divisão geral de responsabilidade. Isso foi feito em 19 de junho. O presidente, contudo, não ficou satisfeito com nosso modo de agir, e recebi uma mensagem ressentida que dizia: "Perturbou-nos o fato de vosso pessoal só ter abordado

---

* Front de Libertação Nacional, conhecida por suas iniciais em grego EAM e predominantemente sob controle comunista.

essa questão conosco depois de ela ser submetida aos russos." Assim, em 23 de junho, em resposta a sua reprimenda, descrevi ao presidente a situação, tal como eu a via de Londres:

> Os russos são a única potência capaz de fazer qualquer coisa na Romênia. (...) Por outro lado, o fardo grego descansa quase inteiramente sobre nós, e sobre nós está desde que perdemos quarenta mil homens num esforço inútil para ajudá-los, em 1941. Da mesma forma, vós nos deixastes dar as cartas na Turquia, mas sempre vos consultamos sobre políticas e penso havermos concordado quanto à linha a ser seguida. Seria muito fácil para mim, seguindo o princípio geral de pender para a esquerda, tão popular em política externa, deixar racharem-se as coisas, com o que o rei da Grécia provavelmente seria forçado a abdicar e o EAM instauraria um reinado de terror na Grécia, obrigando os aldeões e muitas outras classes a formarem batalhões de segurança sob os auspícios dos alemães, para evitar a completa anarquia. Minha única maneira de impedir isso é persuadir os russos a pararem de apoiar o EAM e caírem sobre ele com toda a força de que dispõem. Foi assim que lhes propus um acordo prático temporário, em prol da melhor conduta da guerra. Tratou-se apenas de uma proposta, que teria de ser submetida ao senhor para obter seu aval.
>
> Também tomei providências para tentar promover a união das forças de Tito com as da Sérvia e com todos os adeptos do governo real iugoslavo, que ambos reconhecemos. Vosso governo tem sido informado a cada etapa de como estamos carregando esse fardo pesado, que no momento está mais em nossos ombros. Também nesse caso, nada seria mais fácil do que jogar aos lobos o rei e o governo real iugoslavo, e deixar que estourasse uma guerra civil na Iugoslávia, para gáudio dos alemães. Estou lutando para botar a ordem no caos em ambos os casos e para concentrar todos os esforços contra o inimigo comum. Mantenho o senhor constantemente informado e espero contar com sua confiança e ajuda nas esferas de ação em que a iniciativa está afeta a nós.

A resposta de Mr. Roosevelt encerrou essa discussão entre amigos. "Parece", telegrafou ele, "que nós ambos, inadvertidamente, tomamos medidas unilaterais num sentido que, agora, concordamos ter sido expediente neste momento. É essencial que sempre estejamos de acordo em questões que atingem nosso esforço de guerra aliado."

"Esteja certo", respondi, "de que sempre buscarei nossa concordância em todas as questões, antes, durante e depois."

As vitórias russas

Mas continuaram as dificuldades no nível governamental. Stalin, tão logo percebeu que os americanos tinham dúvidas, insistiu em consultá-los diretamente e, no fim, não conseguimos chegar a nenhum acordo final sobre a divisão das responsabilidades na península dos Bálcãs. Logo no início de agosto, os russos despacharam da Itália, mediante um subterfúgio, uma missão para trabalhar junto ao ELAS, braço militar do EAM no norte da Grécia. À luz da relutância oficial americana e desse exemplo de má-fé soviética, abandonamos nossos esforços de chegar a um entendimento global até eu me reunir com Stalin em Moscou, dois meses depois. Já então, muitas coisas tinham acontecido na frente oriental.

Na Finlândia, tropas russas, muito diferentes em qualidade e armamento das que ali haviam combatido em 1940, romperam a Linha Mannerheim, reabriram a ferrovia de Leningrado a Murmansk, o terminal de nossos comboios do Ártico, e obrigaram os finlandeses a pleitearem um armistício no fim de agosto. Seu ataque principal ao front alemão começou em 23 de junho. Muitas cidades e aldeias estavam transformadas em fortalezas defendidas por todos os lados, mas foram sucessivamente cercadas e isoladas, enquanto o Exército Vermelho entrava aos borbotões pelas brechas entre elas. No fim de julho, eles chegaram ao Niemen, na altura de Kovno e Grodno. Ali, após um avanço de 250 milhas em cinco semanas, fizeram uma parada temporária para reabastecer. As baixas alemãs tinham sido esmagadoras. Vinte e cinco divisões haviam deixado de existir e um número idêntico fora isolado na Courland.* Num único dia, 17 de julho, 57 mil prisioneiros alemães marcharam por Moscou — quem sabe para onde?

Ao sul dessas vitórias ficava a Romênia. Até a segunda quinzena de agosto, a linha alemã que ia de Cernauti ao mar Negro havia barrado o acesso aos campos petrolíferos de Ploesti e aos Bálcãs. Ela fora enfraquecida pela retirada de tropas destinadas a defender a linha que vinha cedendo, mais ao norte, e sob os violentos ataques iniciados em 22 de agosto desintegrou-se rapidamente. Auxiliados por desembarques no litoral, os russos logo deram cabo do inimigo. Dezesseis divisões alemãs foram perdidas. Em 23 de agosto, um golpe de estado em Bucareste, organizado pelo jovem rei Michael e seus assessores próximos, levou a uma reviravolta completa de toda a situação militar. Os exércitos romenos seguiram seu rei até o último homem. Em três dias, antes da chegada das tropas soviéticas, os soldados

---

* Heinz Guderian, *Panzer Leader,* p. 352.

alemães tinham sido desarmados ou haviam recuado para as fronteiras do norte. Em 1º de setembro, Bucareste foi evacuada pelos alemães. Os exércitos romenos desintegraram-se e o país foi invadido. O governo romeno capitulou. A Bulgária, após uma tentativa de última hora de declarar guerra à Alemanha, foi dominada. Prosseguindo para oeste, os exércitos russos cruzaram o vale do Danúbio e os Alpes da Transilvânia até a fronteira húngara, enquanto seu flanco esquerdo, ao sul do Danúbio, alinhava-se na fronteira com a Iugoslávia. Ali, eles se prepararam para a grande ofensiva para o oeste que acabaria por levá-los a Viena.

Na Polônia, houve uma tragédia que pede um relato mais detalhado.

No fim de julho, os exércitos russos estavam em frente ao rio Vístula e todas as informações indicavam que, num futuro muito próximo, a Polônia estaria em suas mãos. Os líderes do Exército Polonês de Resistência, que era fiel ao governo de Londres, tiveram que decidir quando iniciar uma insurreição geral contra os alemães, a fim de apressar a libertação de seu país e impedir que eles travassem uma série de violentas batalhas defensivas em território polonês, particularmente na própria Varsóvia. O comandante polonês, general Bor-Komorowski, e seus assessores civis foram autorizados pelo governo polonês em Londres a proclamar um levante geral quando julgassem conveniente. O momento parecia realmente oportuno. Em 20 de julho veio a notícia do complô contra Hitler, prontamente seguido pela ofensiva aliada através da Normandia. Por volta de 22 de julho, os poloneses interceptaram mensagens de rádio do IV Exército Panzer alemão, ordenando uma retirada geral para a margem ocidental do Vístula. Os russos atravessaram o rio nesse mesmo dia e suas patrulhas avançaram em direção a Varsóvia. Não parecia haver muita dúvida de que era iminente um colapso geral.

Assim, o general Bor decidiu ordenar uma rebelião geral e libertar a cidade. Contava com cerca de quarenta mil homens e uma reserva de alimentos e munição para sete a dez dias de combate. O som dos canhões russos cruzando o Vístula já se fazia ouvir. A força aérea soviética começou a bombardear os alemães em Varsóvia, decolando de aeródromos recém-capturados nas proximidades da capital, o mais próximo dos quais ficava a apenas vinte minutos de voo. Ao mesmo tempo, formou-se na Polônia

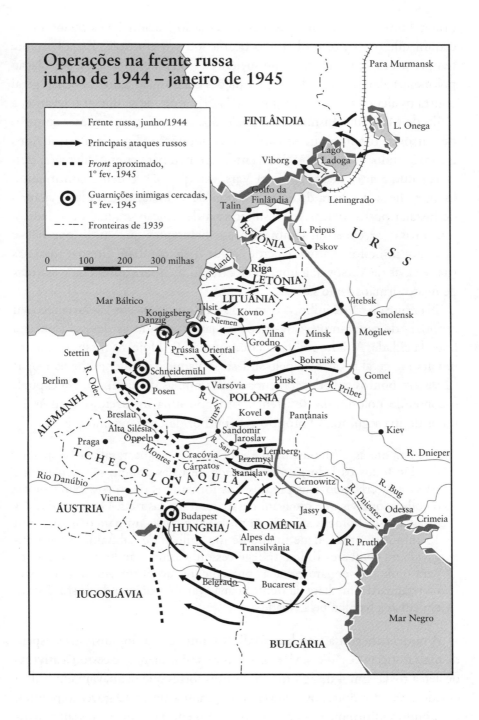

oriental um Comitê Comunista de Libertação Nacional e os russos anunciaram que o território libertado ficaria sob seu controle. Fazia bastante tempo que as emissoras de rádio soviéticas vinham insuflando a população polonesa a abandonar todas as precauções e dar início a uma rebelião geral contra os alemães. Em 29 de julho, três dias antes de se iniciar o levante, a rádio de Moscou transmitiu um apelo dos comunistas poloneses ao povo de Varsóvia, dizendo que os canhões da libertação já podiam ser ouvidos e convocando, como em 1939, a entrar em combate com os alemães, dessa vez numa ação decisiva. "Para Varsóvia, que não cedeu e continuou a lutar, é chegada a hora da ação." Depois de assinalar que o plano alemão de instalar postos defensivos resultaria na destruição gradual da cidade, a transmissão se encerrou lembrando aos habitantes que "tudo que não é salvo por um esforço ativo se perde" e que "pelo combate direto e ativo nas ruas e casas de Varsóvia, a hora da libertação final será apressada e as vidas de nossos irmãos serão salvas".

Na noite de 31 de julho, o comando da Resistência em Varsóvia recebeu a notícia de que tanques soviéticos haviam rompido as defesas alemãs a leste da cidade. A rádio militar alemã anunciou: "Hoje, os russos iniciaram um ataque geral a Varsóvia pelo sudeste." Naquele momento, havia tropas russas em pontos situados a menos de dez milhas de distância. Na capital, o comando polonês da Resistência ordenou uma insurreição geral às 17 horas do dia seguinte. O próprio general Bor descreveu como foi:

Exatamente às 17 horas, milhares de janelas escancararam-se, disparando. De todos os lados, uma saraivada de balas atingiu os alemães que passavam, crivando seus prédios e as formaturas de tropas. Num piscar de olhos, os civis que restavam desapareceram das ruas. Das entradas das casas, nossos homens saíram em profusão e correram para o ataque. Em 15 minutos, uma cidade inteira de um milhão de habitantes estava engajada no combate. Todo o tráfego cessou. Como grande entroncamento para onde convergiam estradas provenientes do norte, sul, leste e oeste, na retaguarda imediata da frente alemã, Varsóvia deixou de existir. Estava em curso a batalha pela cidade.

A notícia chegou a Londres no dia seguinte e ficamos ansiosos à espera de mais notícias. A rádio soviética manteve-se em silêncio e cessou a atividade aérea russa. Em 4 de agosto, dos pontos fortes que ocupavam em toda a cidade e seus arredores, os alemães começaram a atacar. O governo polonês em Londres informou-nos da angustiante urgência de enviarmos suprimen-

As vitórias russas

tos por avião. Os insurgentes passaram a enfrentar a oposição de cinco divisões alemãs concentradas às pressas. A Divisão Hermann Göring também fora trazida da Itália e, logo depois, chegaram mais duas divisões SS.

Em vista disso, telegrafei a Stalin:

> Por solicitação urgente do Exército Polonês de Resistência, estamos lançando, sujeitas às condições do tempo, cerca de sessenta toneladas de equipamentos e munição no setor sudoeste de Varsóvia, onde se diz que está sendo travada uma violenta batalha dos poloneses rebelados contra os alemães. Eles também disseram estar apelando para a ajuda russa, que parece muito próxima. Estão sendo atacados por uma divisão e meia dos alemães. Isto talvez contribua para vossa operação.

A resposta foi rápida e péssima:

> Recebi sua mensagem sobre Varsóvia.
>
> Penso que a informação que lhe foi transmitida pelos poloneses é imensamente exagerada e indigna de confiança. Pode-se chegar a essa conclusão até mesmo pelo fato de que os emigrantes poloneses já alegaram haver praticamente capturado Vilna com algumas unidades dispersas da Resistência, e até o anunciaram pelo rádio. Mas isso, é claro, de modo algum corresponde aos fatos. A resistência polonesa compõe-se de alguns destacamentos que eles chamam incorretamente de divisões. Não tem artilharia, nem aviões, nem tanques. Não consigo imaginar como esses destacamentos possam capturar Varsóvia, em defesa da qual os alemães mobilizaram quatro divisões de tanques, entre elas a Divisão Hermann Göring.

Enquanto isso, a batalha prosseguia rua a rua contra os tanques Tiger alemães. Em 9 de agosto, o inimigo abriu uma brecha em toda a cidade até o Vístula, dividindo os bairros controlados pelos poloneses em setores isolados. As bravas tentativas da RAF de voar em socorro de Varsóvia, com tripulações polonesas, inglesas e dos Domínios decolando de bases italianas, foram desalentadoras e insuficientes. Dois aviões apareceram na noite de 4 de agosto e mais três após quatro noites.

☆

O primeiro-ministro polonês Mikolajczyk estava em Moscou desde 30 de julho, tentando fazer algum tipo de acordo com o governo soviético, que havia reconhecido o Comitê Comunista de Libertação Nacional da

Polônia — o Comitê de Lublin, como o chamávamos — como o futuro governante do país. Essas negociações foram conduzidas durante os primeiros dias do levante de Varsóvia. Mikolajczyk recebia diariamente mensagens do general Bor, implorando por munições e armas antitanque e pela ajuda do Exército Vermelho. Entrementes, os russos faziam pressão por um acordo sobre as fronteiras da Polônia após a guerra e sobre a criação de um governo conjunto. Uma última conversação infrutífera teve lugar com Stalin em 9 de agosto.

Na noite de 16 de agosto, Vyshinsky pediu ao embaixador dos Estados Unidos em Moscou que fosse vê-lo. Explicando que desejava evitar a possibilidade de mal-entendidos, leu a seguinte declaração surpreendente:

> O governo soviético, naturalmente, não pode objetar a que aviões ingleses ou americanos lancem armas na região de Varsóvia, já que essa é uma decisão americana e inglesa. Mas opõe-se decididamente a que esses aviões americanos ou ingleses, depois de lançarem armas na região de Varsóvia, pousem em território soviético, uma vez que o governo soviético não deseja associar-se, direta ou indiretamente, com a aventura de Varsóvia.

No mesmo dia, recebi de Stalin a seguinte mensagem, formulada em termos mais amenos:

> Após a conversa com M. Mikolajczyk, ordenei que o comando do Exército Vermelho lance armas intensamente no setor de Varsóvia. Um oficial de ligação paraquedista também foi lançado, mas, segundo o relatório do comando, não atingiu seu objetivo, tendo sido morto pelos alemães.
>
> Além disso, tendo-me familiarizado mais de perto com a questão de Varsóvia, estou convencido de que a ação varsoviana representa uma aventura irrefletida e terrível, que está custando grandes sacrifícios à população. Isso não teria ocorrido se o comando soviético tivesse sido informado antes do início do combate em Varsóvia e se os poloneses houvessem mantido contato com ele.
>
> Na situação surgida, o comando soviético chegou à conclusão de que deve dissociar-se da aventura varsoviana, porquanto não pode assumir uma responsabilidade direta ou indireta pelo combate em Varsóvia.

Segundo o depoimento de Mikolajczyk, o parágrafo inicial desse telegrama é inteiramente falso. Dois oficiais chegaram em segurança a Varsóvia e foram recebidos pelo comando polonês. Um coronel soviético também

As vitórias russas

estava lá desde alguns dias e enviou mensagens a Moscou, através de Londres, insistindo no apoio aos insurgentes.

Quatro dias depois, Roosevelt e eu enviamos a Stalin o seguinte apelo conjunto, redigido pelo presidente:

> Estamos pensando na opinião pública mundial, caso os antinazistas de Varsóvia sejam realmente abandonados. Cremos que nós três devemos fazer o máximo empenho em salvar tantos patriotas locais quanto possível. Temos esperança de que os senhores lancem imediatamente suprimentos e munições para os patriotas poloneses de Varsóvia, ou digam que concordam em ajudar nossos aviões a fazê-lo com toda a rapidez. Esperamos sua aprovação. O fator tempo é de extrema importância.

Foi esta a resposta que obtivemos:

> Recebi a mensagem sua e de Mr. Roosevelt sobre Varsóvia. Desejo dar minhas opiniões.
>
> Cedo ou tarde, a verdade sobre o grupo de criminosos que embarcaram na aventura de Varsóvia para tomar o poder será de conhecimento geral. Essa gente explorou a boa-fé dos habitantes de Varsóvia, atirando muitas pessoas praticamente desarmadas contra os canhões, tanques e aviões alemães. Surgiu uma situação em que cada novo dia serve não aos poloneses para a libertação de Varsóvia, mas aos hitleristas, que estão fuzilando desumanamente os habitantes da cidade.
>
> Do ponto de vista militar, a situação surgida, ao dirigir cada vez mais a atenção dos alemães para Varsóvia, é tão pouco proveitosa para o Exército Vermelho quanto para os poloneses. Enquanto isso, as tropas soviéticas, que recentemente depararam com novos e notáveis esforços dos alemães de partir para o contra-ataque, têm feito todo o possível para esmagar esses contra-ataques hitleristas e passar a um novo ataque em larga escala na região de Varsóvia. Não há dúvida de que o Exército Vermelho não tem poupado esforços para dobrar os alemães ao redor de Varsóvia e libertá-la para os poloneses. Essa será a melhor e mais eficiente ajuda aos poloneses antinazistas.

Entrementes, a agonia de Varsóvia chegava a seu auge. Uma testemunha ocular telegrafou:

> Os batalhões de tanques alemães, na noite passada [11 de agosto], fizeram esforços decisivos para libertar alguns de seus pontos fortes na cidade.

Mas essa não é uma tarefa simples, já que em cada esquina ergueram-se enormes barricadas, em grande parte construídas de pedaços de concreto arrancados do calçamento das ruas especialmente para esse fim. Na maioria dos casos, as tentativas fracassaram, de modo que as guarnições dos tanques deram vazão a seu desapontamento ateando fogo a diversas casas e bombardeando outras a distância. Em muitos casos, também atearam fogo aos mortos, cujos corpos recobrem as ruas em muitos locais. (...)

Quando os alemães usaram tanques para levar suprimentos a uma de suas posições, obrigaram quinhentas mulheres e crianças a caminhar na sua frente, para impedir que os soldados [poloneses] lhes dessem combate. Muitas delas foram mortas e feridas. Relatos sobre o mesmo tipo de ação vieram de muitas outras partes da cidade.

Os mortos são enterrados nos quintais e nas praças. A situação do abastecimento de víveres deteriora-se sistematicamente, mas ainda não há fome. Hoje [15 de agosto] não há nenhuma água nos encanamentos. Ela está sendo tirada de poços intermitentes e das provisões domésticas. Todos os bairros da cidade estão sob bombardeio e há muitos incêndios. O lançamento de suprimentos por avião levantou o moral. Todos querem lutar e vão lutar, mas a incerteza quanto a uma conclusão rápida é deprimente. (...)

A batalha também era, literalmente, travada nos subterrâneos. O único meio de comunicação entre os diferentes setores defendidos pelos poloneses era a rede de esgotos. Os alemães atiravam granadas de mão e bombas de gás pelos bueiros e postigos de inspeção. Havia batalhas em plena escuridão entre homens mergulhados no excremento até a cintura, às vezes lutando corpo a corpo ou munidos de facas, ou afogando seus oponentes no lodo. Acima, a artilharia e os caças alemães deixavam em chamas grandes áreas da cidade.

Eu tivera esperanças de que os americanos nos apoiassem numa ação drástica, mas Mr. Roosevelt se opôs. Em 1º de setembro, recebi Mikolajczyk, que voltava de Moscou. Pouco pude oferecer-lhe à guisa de consolo. Ele me disse estar disposto a propor um acordo político com o Comitê de Lublin, oferecendo-lhe 14 cadeiras num governo conjunto. Essas propostas foram debatidas sob fogo cerrado pelos representantes da Resistência Polonesa na própria Varsóvia. A sugestão foi aceita por unanimidade. A maioria dos que participaram dessas decisões foi julgada um ano depois, por "traição", num tribunal soviético em Moscou.

As vitórias russas

Quando o Gabinete se reuniu na noite de 4 de setembro, julguei a questão importante que, embora estivesse febril, levantei-me da cama para ir a nossa sala de reuniões no subsolo. Havíamos estado juntos em muitas situações desagradáveis. Não me recordo de nenhuma em que uma raiva tão intensa fosse demonstrada por todos os nossos membros, conservadores, trabalhistas e liberais. Minha vontade era dizer: "Estamos mandando nossos aviões pousarem em seu território, depois de levarem suprimentos a Varsóvia. Se vocês não os tratarem a contento, todos os comboios serão interrompidos por nós a partir deste momento." Mas o leitor destas páginas, passados esses anos, há de reconhecer que todos sempre têm que ter em mente o destino de milhões de homens engajados numa batalha de âmbito mundial, e que, por vezes, é preciso fazer concessões terríveis e até humilhantes em nome do objetivo global. Assim, não propus essa medida drástica. Talvez ela tivesse sido eficaz, porque estávamos lidando com homens no Kremlin que eram regidos pelo calculismo e não pela emoção. Eles não pretendiam deixar que o espírito da Polônia se reerguesse em Varsóvia. Seus planos estavam baseados no Comitê de Lublin. Essa era a única Polônia que lhes importava. A suspensão dos comboios, nesse momento crucial de seu grande avanço, talvez houvesse pesado tanto em suas mentes quanto costumam pesar, para as pessoas comuns, as considerações de honradez, humanidade e honesta e corriqueira boa-fé. O Gabinete de Guerra, em sua capacidade coletiva, enviou a Stalin o seguinte telegrama, que foi o melhor que julgamos sensato enviar:

> O Gabinete de Guerra deseja que o governo soviético saiba que a opinião pública deste país está profundamente abalada com os acontecimentos de Varsóvia e com os terríveis sofrimentos dos poloneses que lá estão. Quaisquer que tenham sido os erros e acertos do início do levante de Varsóvia, a gente de Varsóvia em si não pode ser responsabilizada pela decisão tomada. Nosso povo não consegue compreender por que não se enviou nenhuma ajuda material externa aos poloneses de Varsóvia. O fato de que essa ajuda não pôde ser enviada em virtude da recusa de seu governo a permitir que aviões americanos pousassem nos aeródromos hoje em poder dos russos está chegando ao conhecimento público. Se, além de tudo isso, os poloneses de Varsóvia forem agora esmagados pelos alemães, como nos informam que deverá acontecer em dois ou três dias, será incalculável o choque para a opinião pública daqui. (...)

> Em consideração ao marechal Stalin e aos povos soviéticos, com quem sinceramente ansiamos trabalhar nos anos futuros, o Gabinete de Guerra pediu-me que fizesse mais este apelo ao governo soviético, para que dê

toda a ajuda que estiver ao seu alcance e, acima de tudo, forneça instalações para que as aeronaves americanas possam aterrissar em seus aeródromos com essa finalidade.

Em 10 de setembro, após seis semanas de tormento polonês, o Kremlin pareceu mudar de tática. Nessa tarde, bombas da artilharia soviética começaram a cair nos arredores orientais de Varsóvia e os aviões soviéticos reapareceram sobre a cidade. As forças comunistas polonesas, por ordem dos soviéticos, abriram caminho até as imediações da capital. A partir de 14 de setembro, a força aérea soviética passou a lançar suprimentos; mas poucos dos paraquedas se abriram e muitos dos pacotes se esfacelaram, tornando-se inúteis. No dia seguinte, os russos ocuparam o subúrbio de Praga, em Varsóvia, mas não foram adiante. Queriam ver os poloneses não comunistas destruídos até o fim, mas, ao mesmo tempo, manter viva a ideia de que estavam indo em seu socorro. Entrementes, casa após casa, os alemães prosseguiam em sua aniquilação dos centros de resistência polonesa por toda a cidade. Um destino aterrador abateu-se sobre a população. Muitos foram deportados pelos alemães. Os apelos do general Bor ao comandante soviético, marechal Rokossovsky, ficaram sem resposta. A fome imperou.

Meus esforços de obter ajuda americana levaram a uma operação isolada, mas em larga escala. Em 18 de setembro, 104 bombardeiros pesados sobrevoaram a capital, lançando suprimentos. Mas era tarde demais. Na noite de 2 de outubro, Mikolajczyk veio dizer-me que as forças polonesas em Varsóvia estavam prestes a se render aos alemães. Uma das últimas transmissões radiofônicas da heroica cidade foi captada em Londres:

É esta a verdade nua e crua. Recebemos um tratamento pior do que os satélites de Hitler, pior do que a Itália, a Romênia, a Finlândia. Possa Deus, que é justo, julgar a terrível injustiça sofrida pela nação polonesa, e castigar devidamente todos os culpados.

Os heróis de vocês são os soldados, cujas únicas armas contra os tanques, aviões e canhões foram seus revólveres e suas garrafas cheias de gasolina. Seus heróis são as mulheres, que cuidaram dos feridos e levaram mensagens no tiroteio, que cozinharam em porões bombardeados e destruídos para alimentar crianças e adultos, e que acalmaram e reconfortaram os moribundos. Seus heróis são as crianças, que continuaram a brincar tranquilamente entre as ruínas em brasa. É esse o povo de Varsóvia.

As vitórias russas

Imortal é a nação capaz de arregimentar um heroísmo sem limites. Pois os que morreram foram vencedores, e os que ainda vivem continuarão a lutar, vencerão e serão novamente testemunhas de que a Polônia vive onde vivem os poloneses.

São palavras indeléveis. A luta de Varsóvia durou mais de sessenta dias. Dos quarenta mil homens e mulheres do Exército Polonês de Resistência, cerca de 15 mil pereceram. De uma população de um milhão de habitantes, quase duzentos mil foram atingidos. Sufocar a rebelião custou ao exército alemão dez mil mortos, sete mil desaparecidos e nove mil feridos. Essas proporções atestam o caráter corpo a corpo da luta.

Quando os russos entraram na cidade, três meses depois, encontraram pouco mais do que ruas destroçadas e mortos insepultos. Foi essa a sua libertação da Polônia, onde hoje eles governam. Mas esse não pode ser o fim da história.

82
Birmânia

A CORTINA DEVE AGORA SUBIR numa cena muito diferente, o Sudeste Asiático. Fazia mais de 18 meses que os japoneses eram senhores de um vasto arco defensivo que protegia suas primeiras conquistas. Ele se estendia desde as montanhas cobertas de selvas do norte e do oeste da Birmânia, onde nossas tropas inglesas e indianas enfrentavam de perto o inimigo, pelo mar, até as ilhas Andaman e as grandes possessões holandesas de Sumatra e Java, e dali se curvava para leste pela fileira de ilhas menores até a Nova Guiné.

Os americanos haviam instalado na China uma força de bombardeiros que fazia um bom trabalho contra as comunicações marítimas do inimigo entre o continente e as Filipinas. Queriam ampliar esse esforço, pondo na China aviões de longo alcance para atacar o próprio Japão. A Estrada da Birmânia fora cortada e eles transportavam de avião todos os seus suprimentos e os dos exércitos chineses, sobrevoando as esporas meridionais da cordilheira do Himalaia, por eles denominada "a Corcova". Tarefa estupenda. O desejo americano de socorrer a China, não apenas através de uma ajuda aérea cada vez maior, mas também por terra, levou a exigências pesadas à Inglaterra. Como questão da máxima urgência e importância, eles insistiam na construção de uma rodovia desde a ponta de estrada em Ledo, passando por quinhentas milhas de florestas e montanhas, até o território chinês. Apenas uma ferrovia com bitola de um metro e uma única linha cruzava Assam e chegava a Ledo. Ela já era constantemente usada para muitas outras necessidades, inclusive o suprimento das tropas que defendiam os postos de fronteira. Mas, para construir a estrada até a China, os americanos queriam, primeiro, que reconquistássemos rapidamente o norte da Birmânia.

É claro que éramos favoráveis a manter a China na guerra e operar nossas esquadrilhas aéreas a partir de seu território, mas era preciso um senso de proporção e um estudo das alternativas. Desagradava-me a perspectiva de uma campanha em larga escala no norte da Birmânia. Seria impossível escolher pior lugar para combater os japoneses. Construir uma estrada de Ledo até a China também era uma tarefa imensa e trabalhosa, que prova-

Birmânia

velmente seria concluída depois que sua necessidade desaparecesse. Mesmo que fosse construída a tempo de ressuprir os exércitos chineses enquanto eles ainda permanecessem em combate, pouca diferença faria para sua capacidade de luta. A necessidade de reforçar as bases aéreas americanas na China, a nosso ver, também diminuiria à medida que o avanço dos aliados no Pacífico e a partir da Austrália fossem conquistando aeródromos mais próximos do Japão. Por essas duas razões, portanto, argumentamos que o imenso dispêndio de mão de obra e matéria-prima não valeria a pena. Mas nunca se consegue dissuadir os americanos de seus propósitos. Sua psicologia nacional é tal que, quanto maior a ideia, maiores o empenho e a obstinação com que se atiram a ela para transformá-la em sucesso. É uma característica admirável, desde que a ideia seja boa.

Nós, é claro, queríamos retomar a Birmânia, mas não queríamos ter de fazê-lo mediante avanços terrestres dependentes de comunicações precárias e atravessando o mais assustador terreno de combate que se possa imaginar. O sul da Birmânia, com seu porto de Rangoon, era muito mais valioso do que o norte. Mas tudo isso ficava muito longe do Japão. Eu desejava, ao contrário, deter os japoneses na Birmânia e romper ou cruzar o grande arco de ilhas que compõem a franja externa das Índias Orientais Holandesas. Desse modo, toda a nossa frente imperial anglo-indiana avançaria pela baía de Bengala para um combate direto com o inimigo, usando o poderio anfíbio em todas as etapas. O debate franco não resolveu a divergência de opiniões, mas as decisões foram fielmente executadas. Convém ler a história da campanha tendo por pano de fundo esse contexto permanente de características geográficas, recursos limitados e choque de orientações políticas.

Ela teve início em dezembro de 1943, quando o general Stilwell, com duas divisões chinesas que ele havia organizado e instruído na Índia, cruzou o divisor de águas de Ledo e entrou nas florestas abaixo das grandes cordilheiras. Ele deparou com a oposição da famosa 18ª Divisão japonesa, mas avançou aos poucos e sistematicamente. No começo de janeiro, havia penetrado quarenta milhas, enquanto os encarregados da construção de estradas esfalfavam-se na sua retaguarda. No sul, um batalhão inglês começou a avançar pela costa do Arakan, no litoral da baía de Bengala, e ao mesmo tempo, com a ajuda de Spitfires recém-chegados, conquistamos uma certa superioridade aérea, que logo se revelaria preciosa.

Em fevereiro, fomos subitamente detidos. Os japoneses também tinham um plano. Desde novembro, haviam ampliado seu efetivo na Birmânia de cinco para oito divisões e pretendiam invadir a Índia oriental e agitar a bandeira da rebelião contra os ingleses. Sua primeira ação foi uma contraofensiva no Arakan rumo ao porto de Chittagong, que chamaria nossas reservas e nossa atenção. Detendo frontalmente nossa 5ª Divisão no litoral, eles infiltraram o grosso de uma divisão pela selva para contornar o flanco da 7ª Divisão, que estava mais no interior. Em poucos dias, ela foi cercada e os inimigos ameaçaram cortar a estrada costeira na retaguarda da 5ª Divisão. Eles tinham toda a expectativa de que as duas divisões recuassem, mas haviam desconsiderado um fator em seus cálculos: o suprimento aéreo. A 7ª Divisão reagrupou-se, criou um perímetro de defesa e continuou combatendo. Por 15 dias, mantimentos, água e munição foram-lhe entregues como um maná vindo dos céus. O inimigo não dispunha dessas facilidades; levara consigo suprimentos para apenas dez dias, e a obstinação da 7ª Divisão impediu que outros lhe chegassem. Impossibilitados de derrotar nossas tropas avançadas e pressionados ao norte por uma divisão que retiramos da reserva, os japoneses dividiram-se em pequenos grupos para combater nas florestas enquanto recuavam, deixando para trás cinco mil mortos. Isso pôs fim à lenda da invencibilidade japonesa na selva.

Porém, havia mais por vir. Nesse mesmo fevereiro de 1944, houve sinais certeiros de que nosso front central em Imphal também seria atacado. Por nosso lado, estávamo-nos preparando para avançar até o rio Chindwin, e os hoje famosos *chindits** prepararam-se para uma investida ousada contra as linhas de suprimento e comunicações do inimigo, sobretudo as da divisão japonesa com que Stilwell estava engajado. Embora estivesse claro que os japoneses atacariam primeiro, ficou decidido que as brigadas de Wingate prosseguiriam em sua missão. Uma delas já havia partido em 5 de fevereiro. Os soldados cruzaram 450 milhas de montanhas e selva, supridos apenas por aviões. Em 5 de março, apoiada por um "destacamento aéreo" americano composto de 250 aeronaves, começou a incursão aérea de mais duas brigadas de soldados ingleses e gurkhas. Uma vez reunidas em seu ponto de encontro, seguiram adiante e cortaram a ferrovia ao norte de

---

* *Chindits,* como era chamada a Força de Longa Ação Avançada de Wingate.

Birmânia

Indaw. Wingate não viveu o bastante para desfrutar desse primeiro sucesso ou colher seus frutos. Em 24 de março, para meu grande pesar, foi morto num acidente aéreo. Com ele, extinguiu-se uma brilhante chama.

O principal golpe inimigo, como esperávamos, caiu sobre nosso front central. Em 8 de março, três divisões japonesas atacaram. O general Scoones recuou com suas três divisões para o planalto de Imphal, de modo a combater no terreno de sua escolha. Os japoneses repetiram a tática que haviam usado sem sucesso no Arakan. Contavam capturar nossos suprimentos em Imphal para se alimentar. Também haviam tencionado cortar não só a estrada para Dimapur, como a ferrovia ali existente, com isso interrompendo a rota de suprimento que mantinha as tropas de Stilwell e a ajuda aérea dos EUA à China. Eram grandes as questões em jogo.

A chave, de novo, era o transporte aéreo. Os meios de Mountbatten, embora grandes, nem de longe eram suficientes. Ele queria reter vinte aviões americanos, já retirados do tráfego da "Corcova", e solicitou mais setenta. Era um pedido difícil de fazer ou de atender. Nas semanas angustiantes que se seguiram, dei-lhe meu mais intenso apoio. Suspendemos nossas operações na costa do Arakan, fizemos recuar as divisões hindus vitoriosas e as mandamos de avião em seu socorro. A 5ª foi para Imphal, onde o inimigo pressionava duramente por três lados os limites da planície; a 7ª foi para Dimapur. Dali, de trem, também chegou o QG do 33º Corpo de Exército do general Stopford, juntamente com uma divisão inglesa e outras duas brigadas. A trilha da montanha estava cortada e essa nova tropa teve de lutar serra acima.

Entre elas e Imphal ficava a cidade de Kohima, à beira da estrada, dominando o desfiladeiro para o vale de Assam. Ali, em 4 de abril, os japoneses desferiram outro ataque furioso, utilizando uma divisão inteira. Nossa guarnição compunha-se de um batalhão do Royal West Kent, um batalhão nepalês e um dos Fuzileiros de Assam, incluindo todos os homens e até os convalescentes hospitalizados capazes de pegar em armas. Pouco a pouco, eles foram empurrados de volta para uma área cada vez menor e, por fim, para uma única montanha. Não tinham suprimentos, exceto o que vinha de paraquedas. Atacados por todos os lados, aguentaram, apoiados por bombardeios e pelas armas dos aviões, até serem libertados pelo general Stopford no dia 20. Quatro mil japoneses foram mortos. A valente defesa de Kohima, contra fatores imensamente desfavoráveis, foi um belo episódio.

Memórias da Segunda Guerra Mundial

☆

O clímax veio em maio de 1944. Sessenta mil soldados ingleses e indianos, com todos os seus equipamentos modernos, foram confinados num círculo na planície de Imphal. Eu sentia a tensão em meio a todos os outros problemas. Tudo dependia dos aviões de transporte. Pautado no princípio de que "nada é importante senão a batalha", usei minha autoridade. No dia 4, telegrafei ao almirante Mountbatten: "Não deixe que seja retirado da batalha nada de que você necessite para a vitória. Não aceitarei de nenhuma esfera a recusa disso e lhe darei todo o meu respaldo."

No fim, suas necessidades foram em boa parte atendidas. Porém, durante mais de um mês, a situação foi sumamente tensa. Nossa força aérea predominava, mas a monção estava prejudicando o abastecimento aéreo de que nosso sucesso dependia. Todas as quatro divisões avançaram lentamente rompendo o cerco. Na estrada de Kohima, as tropas de socorro e os sitiados combatiam por abrir caminho e fazer a junção. Era uma corrida contra o tempo. Observávamos seu progresso com agonia. Em 22 de junho, telegrafei a Mountbatten:

> Os chefes de estado-maior expressaram sua ansiedade sobre a situação de Imphal, sobretudo com respeito à reserva de suprimentos e munição. Você está plenamente autorizado a solicitar todos os aviões necessários para manter a situação, venham eles da "Corcova" ou de qualquer outra fonte. A "Corcova" deve ser considerada a reserva atual e você pode recorrer a ela sempre que necessário. (...) Caso não consiga fazer seus pedidos em tempo hábil, invoque a mim, se necessário, para que eu o ajude daqui; de nada adiantará reclamar depois, se a coisa não tiver êxito. Mantenha o controle direto da missão, que me parece séria e crucial. Muito boa sorte.

O desfecho veio quando essa mensagem estava a caminho. Cito o comunicado de Mountbatten:

> Na terceira semana de junho, a situação era crítica. Pareceu possível, após todos os esforços dos dois meses anteriores, que logo no início de julho esgotássemos nossas reservas. Mas, em 22 de junho, faltando ainda uma semana e meia, a 2ª Divisão inglesa e a 5ª indiana encontraram-se num ponto localizado 29 milhas ao norte de Imphal e a estrada para a planície foi liberada. No mesmo dia, os comboios começaram a chegar.

Birmânia

Assim terminou a invasão japonesa da Índia. Suas perdas foram desastrosas. Mais de 13 mil mortos foram contados nos campos de batalha e, considerando os que morreram de ferimentos, doença ou fome, o total correspondeu, segundo uma estimativa japonesa, a 65 mil homens.

A monção, então no auge, havia paralisado as operações ativas em anos anteriores, e o inimigo sem dúvida contava com uma pausa durante a qual pudesse retirar e recompor suas forças esfrangalhadas. Mas essa trégua não lhe foi concedida. Sob o comando competente e vigoroso do general Slim, o XIV Exército anglo-indiano tomou a ofensiva. Ao longo de todas as trilhas nas montanhas, achou indícios do desastre — uma profusão de canhões, transporte e equipamento abandonados, e milhares de mortos ou moribundos. O avanço, medido em milhas por dia, era muito lento. Mas nossos homens combatiam na estação chuvosa tropical, dia e noite encharcados até os ossos. As chamadas estradas — trilhas secas e poeirentas, quando havia bom tempo — estavam nessa ocasião desfeitas numa espessa camada de lama, pela qual, muitas vezes, os canhões e veículos tinham que ser puxados e empurrados a mão. Não era a lentidão do avanço que causava surpresa, mas que houvesse algum avanço.

Enquanto isso, os *chindits* eram reforçados e cinco de suas brigadas rumaram ao norte pela ferrovia de Indaw, impedindo a passagem de reforços e destruindo depósitos à medida que avançavam. Apesar dos estragos, os japoneses nada retiraram do front de Imphal e apenas um batalhão do front de Stilwell. Trouxeram da Tailândia sua 53ª Divisão e, à custa de mais de 5.400 mortos, tentaram sem sucesso consertar as coisas. Stilwell continuou em seu avanço sistemático e tomou Myitkyina em 3 de agosto, com isso proporcionando uma base para a ajuda aérea americana à China. O tráfego da "Corcova" não mais teve que fazer o voo direto e amiúde perigoso desde o norte de Assam até Kunming, sobrevoando as imensas montanhas. Ao longo da estrada proveniente do norte de Assam, prosseguiu o trabalho destinado a ligá-la, posteriormente, à antiga Estrada da Birmânia para a China. A pressão em nossas linhas de suprimento foi aliviada por um novo oleoduto de 750 milhas construído a partir de Calcutá, cobrindo uma extensão maior que a do famoso oleoduto que, pelo deserto, liga o Iraque a Haifa.

☆

Nessa ocasião, eu estava em conferência com o presidente em Quebec e, apesar desses sucessos, continuei a insistir em que era por demais indesejável que a luta na selva prosseguisse indefinidamente. Eu desejava um ataque anfíbio a Rangoon pela baía de Bengala, na base da massa continental birmanesa. Se o XIV Exército descesse da região central da Birmânia, poderíamos abrir caminho para um ataque a Sumatra. Mas todos esses projetos requeriam homens e material, dos quais não havia o suficiente no Sudeste Asiático. O único lugar de onde eles poderiam provir era a Europa. Seria preciso tirar barcaças de desembarque do Mediterrâneo ou da operação *Overlord* e tropas da Itália e de outros locais, e eles teriam que partir depressa. Era setembro. Rangoon fica a quarenta milhas dentro de um estuário sinuoso, complicado por águas represadas e bancos de lodo. A estação chuvosa começa no início de maio. Teríamos de atacar em abril de 1945, no máximo. Já seria seguro começarmos a reduzir nossas forças na Europa? Conquistamos o apoio dos americanos para o plano de Rangoon, mas as grandes esperanças de que a Alemanha capitulasse antes do fim do ano, das quais eu não havia compartilhado, foram desfeitas. Ficou patente que a resistência alemã continuaria por todo o inverno e além dele, e, por conseguinte, Mountbatten foi instruído, não pela primeira vez, a fazer o que lhe fosse possível com o que tinha.

Assim, fomos avançando lentamente no maior embate terrestre com o Japão até aquele momento. Os bons princípios disciplinares de higiene então adotados por todas as nossas unidades, o uso da nova droga conhecida como mepacrine e a desinsetização com DDT mantiveram a taxa de doenças admiravelmente baixa. Os japoneses não eram versados nessas precauções e morriam às centenas. O XIV Exército juntou-se às forças sino-americanas vindas do norte, que a essa altura incluíam uma divisão inglesa e, no início de dezembro, dispondo de duas cabeças de ponte sobre o Chindwin, posicionou-se para o grande avanço contra a planície central da Birmânia.

Desrespeitando a cronologia, podemos aqui levar a história até sua conclusão vitoriosa. Surgiram problemas administrativos aterradores. Longe dali, no sudeste da China, os japoneses haviam iniciado um avanço contra Chungking, a capital do generalíssimo, e contra Kunming, local de entrega dos suprimentos aéreos americanos. Os americanos encaravam essa situação com seriedade. As bases avançadas de sua força aérea estavam sendo tomadas. As tropas de Chiang Kai-shek, pouco promissoras, pleitearam

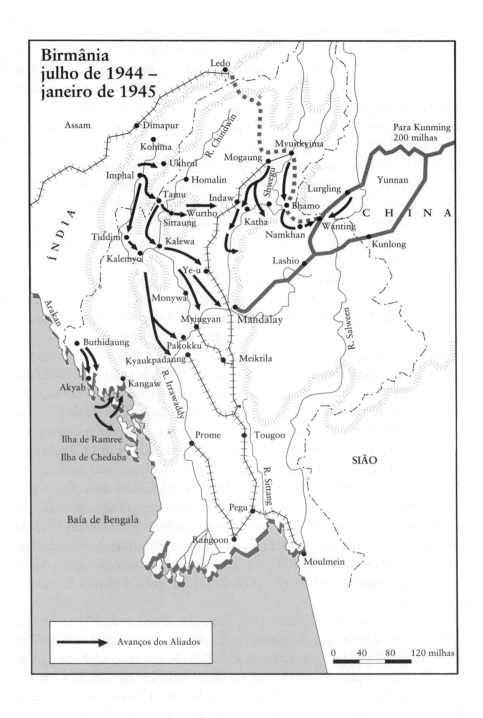

duas das divisões chinesas do norte da Birmânia, além de mais esquadrilhas aéreas americanas, sobretudo três esquadrilhas de aviões de transporte. Eram solicitações pesadas, mas não tivemos alternativa senão concordar. A perda de duas boas divisões chinesas não era um inconveniente tão grave quanto nos separarmos das esquadrilhas de transporte. O XIV Exército estava quatrocentas milhas além do ponto extremo da linha férrea e o general Slim dependia do suprimento aéreo para ajudar a frágil comunicação rodoviária. As esquadrilhas tiveram que partir e, embora fossem posteriormente substituídas, em sua maioria de fontes inglesas, sua ausência impôs um sério atraso à campanha. A despeito de tudo isso, o XIV Exército saiu das montanhas para a planície a noroeste de Mandalay e, no fim de janeiro de 1945, o general Sultan, que substituíra Stilwell, reabriu a rota terrestre para a China.

Decisões estratégicas difíceis apresentaram-se ao almirante Moutbatten quando se iniciou a batalha decisiva na outra margem do Irrawaddy, no mês seguinte. Suas instruções eram libertar a Birmânia, objetivo para o qual ele não deveria esperar maiores recursos do que aqueles que já tinha, e depois ocupar a Malásia e o estreito de Málaca. A condição do tempo era determinante. A primeira tarefa seria ocupar a planície central da Birmânia e capturar Rangoon antes da monção, e a monção chegaria no começo de maio. Ele podia concentrar todo o XIV Exército numa batalha decisiva na planície de Mandalay e avançar rapidamente para o sul, ou usar parte de seus soldados numa operação anfíbia contra Rangoon. Em qualquer dos casos, muito dependia do suprimento aéreo, no qual os aviões americanos desempenhavam um grande papel. A ajuda à China ainda dominava a política americana e era possível que mais aviões fossem retirados, destruindo os planos do almirante. Diante desses riscos, que logo se tornariam agudos, Mountbatten optou por uma única operação com apoio total contra o principal contingente do inimigo, a oeste de Mandalay, e por um avanço subsequente para Rangoon, que poderia ser atingida, segundo estimava, em 15 de abril.

Os acontecimentos se aceleraram. Uma das divisões de Mountbatten já havia tomado cabeças de ponte no Irrawaddy, umas quarenta milhas ao norte de Mandalay, e durante todo o mês de fevereiro rechaçara uma série de contra-ataques ferozes. Em 12 de fevereiro, a 20ª Divisão cruzou o rio mais abaixo e a oeste de Mandalay. Durante 15 dias, teve que lutar muito para manter suas conquistas, mas, passado esse período, a 2ª Divisão

Birmânia

inglesa reuniu-se a ela. Isso convenceu o alto comando japonês de que era iminente uma batalha decisiva, de modo que eles enviaram reforços pesados. Não acreditavam que também fosse possível um ataque vigoroso pelos flancos e chegaram até a despachar para a Tailândia uma divisão de que dificilmente poderiam prescindir. Mas esse era precisamente o golpe que o general Slim havia preparado. Em 13 de fevereiro, a 7ª Divisão cruzou o Irrawaddy ao sul de Pakokku e estabeleceu uma cabeça de ponte. O inimigo achou que isso era mera finta, mas logo se convenceu do contrário. No dia 21, duas brigadas motorizadas da 17ª Divisão e uma brigada de tanques saíram da cabeça de ponte e chegaram a Meiktila no dia 28. Ali ficava o principal centro administrativo do grande front japonês, ponto nodal de suas comunicações e área de vários aeródromos. Era fortemente defendido, e o inimigo enviou duas divisões a toda pressa para reforçar a guarnição, mas elas foram mantidas a distância até a chegada dos nossos reforços. Passada uma semana de combates acirrados, a cidade caiu em nosso poder e todas as tentativas de retomá-la foram repelidas. Os japoneses admitiram haver perdido cinco mil homens e ter ficado com igual número de feridos, numa batalha que seu comandante em chefe descreveu posteriormente como "o golpe magistral da estratégia dos aliados".

Longe dali, no nordeste, o general Sultan também estava em movimento e, em meados de março, chegou à estrada Lashio-Mandalay. Mas Chiang Kai-shek impôs então uma parada. Não permitiu que suas divisões chinesas prosseguissem. Insistiu em retirá-las e sugeriu que o general Slim detivesse seu avanço após a tomada de Mandalay. Isso era precisamente o que Mountbatten havia temido, ao fazer seus planos um mês antes, e o que ocorreu foi que os japoneses conseguiram retirar duas de suas três divisões desse front e empregá-las contra nosso XIV Exército.

As batalhas conjuntas de Mandalay e Meiktila travaram-se durante o mês de março. Mandalay foi invadida no dia 9 e o monte Mandalay, 780 pés acima do terreno circundante, foi tomado em dois dias. Mas os japoneses resistiram com vigor e as muralhas maciças do forte Dufferin mostraram-se impenetráveis por projéteis comuns. Abriu-se uma brecha com bombas de duas mil libras e, no dia 20, o inimigo debandou. Entrementes, o resto da tropa travava combate a caminho de Meiktila. Deparou com uma grande oposição, uma vez que o comandante em chefe japonês, apesar da intervenção da 17ª Divisão atrás de seu front, continuou a não dar sinais de retirada, havendo bastante equilíbrio de poder de combate. No fim do mês, contudo, o inimigo desistiu da luta e começou a recuar pela estrada principal para Toungoo e Rangoon e pelas montanhas a leste.

As batalhas, no entanto, haviam durado muito mais do que esperáramos. O general Sultan ficou detido na estrada para Lashio, não mais havendo perspectivas de que o XIV Exército chegasse a Rangoon em meados de abril. Na verdade, era muito duvidoso que conseguisse chegar lá antes da estação chuvosa. Então, Mountbatten decidiu fazer um ataque anfíbio à cidade, afinal. Teria de ser muito menor do que havíamos esperado e, mesmo assim, não poderia ser lançado antes da primeira semana de maio. A essa altura, talvez fosse tarde demais.

Mas o general Slim estava decidido não somente a chegar a Rangoon, mas a estender uma rede dupla para o sul da Birmânia e nela capturar o inimigo. Assim, os contingentes saídos de Meiktila desceram pela margem do Irrawaddy em avanços consecutivos e chegaram a Prome em 2 de maio. As tropas vitoriosas em Imphal e Mandalay avançaram com rapidez ainda maior pela estrada e pela ferrovia de leste. Uma coluna blindada e as brigadas mecanizadas da 5ª e da 17ª Divisões, como que pulando carniça umas sobre as outras, chegaram a Toungoo em 22 de abril. O salto seguinte levou-as a Pegu, cuja conquista barraria a rota de fuga mais meridional do inimigo na Baixa Birmânia. Nessa tarde, caiu uma chuva torrencial, anunciando a chegada antecipada da monção. Os voos para o front ficaram inviabilizados e os tanques e caminhões não conseguiam movimentar-se fora das estradas. Os japoneses reuniram todas as forças possíveis para defender a cidade e as pontes que cruzavam o rio. Em 2 de maio, a 17ª Divisão finalmente rompeu a defesa e, na esperança de ser a primeira a chegar a Rangoon, preparou-se para cobrir as poucas milhas restantes.

Mas 2 de maio foi também o dia D do assalto anfíbio. Na véspera e na antevéspera, bombardeiros pesados dos aliados haviam atacado as defesas que barravam a entrada do rio Rangoon. Em 1º de maio, um batalhão de paraquedistas saltou sobre os defensores e o canal foi aberto para o lançamento de minas. No dia seguinte, navios da 26ª Divisão, apoiados pelo Grupo 224 da RAF, chegaram à foz do rio. Um avião Mosquito sobrevoou Rangoon e não viu sinal do inimigo. A tripulação desembarcou num aeródromo próximo, entrou a pé na cidade e foi recepcionada por vários dos nossos prisioneiros de guerra. Presumindo que já não havia probabilidade de um ataque anfíbio, a guarnição japonesa partira dias antes para defen-

Birmânia

der Pegu. Naquela tarde, as chuvas desabaram com toda a sua violência e Rangoon capitulou depois de poucas horas.

A força anfíbia logo chegou a Pegu e a Prome. Muitos milhares de japoneses viram-se encurralados e, nos três meses subsequentes, um grande número deles pereceu em tentativas de fuga para o leste. Assim terminou uma longa batalha em que o XIV Exército lutou bravamente, superou todos os obstáculos e conseguiu o que parecia impossível.

83
A batalha do golfo de Leyte

A GUERRA NAVAL CONTRA O JAPÃO também chegara ao clímax. Da baía de Bengala ao Pacífico Central, o poder marítimo dos aliados estava em ascensão. A organização e a produção americana iam de vento em popa, atingindo proporções espantosas. Basta um exemplo para ilustrar a dimensão e o êxito do esforço americano. No outono de 1942, apenas três porta-aviões americanos singravam os mares; um ano depois, eram cinquenta; no fim da guerra, havia mais de cem. Essa realização equiparou-se a um aumento não menos notável da produção aeronáutica. O avanço dessas grandes forças era movido por uma estratégia agressiva e uma tática complexa, inédita e eficaz. A tarefa à sua frente era assombrosa.

Uma cadeia de grupos de ilhas com quase duas mil milhas de comprimento estende-se para o sul pelo Pacífico, desde o Japão até as Marianas e as Carolinas. Muitas dessas ilhas tinham sido fortificadas pelo inimigo e equipadas com bons aeródromos, havendo no extremo sul da cadeia a base naval japonesa de Truk. Por trás desse escudo de arquipélagos situavam-se Formosa, as Filipinas e a China, e detrás de sua proteção estavam as rotas de suprimento das posições mais avançadas do inimigo. Era impossível, portanto, invadir ou bombardear o Japão em si. Primeiro era preciso romper a corrente. Levaria muito tempo vencer e tomar cada ilha fortificada, de modo que os americanos iam avançando em saltos alternados. Tomavam apenas as ilhas mais importantes e deixavam as outras para trás; mas, a essa altura, sua força naval era tão grande e crescia tão depressa que eles conseguiam criar suas próprias linhas de comunicação e romper as do inimigo, deixando imobilizados e impotentes os defensores das ilhas ultrapassadas. Seu método de assalto foi também um sucesso. Primeiro vinham os ataques de amaciamento por aeronaves que decolavam dos porta-aviões, depois um bombardeio marítimo pesado e, às vezes, prolongado, e, por fim, o desembarque anfíbio e combates em terra. Quando a ilha era tomada e guarnecida, chegavam os aviões de base em terra para repelir os contra-ataques. Ao mesmo tempo, ajudavam no avanço seguinte. As esquadras trabalhavam em regime de alternância. Enquanto um grupo travava combate, outro se preparava para um novo salto. Isso requeria imensos recursos, não apenas para as batalhas, mas também para instalar bases ao longo da linha de avanço. Os americanos enfrentaram a situação sem titubear.

Em junho de 1944, a ofensiva americana em pinça pelo Pacífico já ia bem avançada. No sudoeste, o general MacArthur praticamente completara a tomada da Nova Guiné e, no centro, o almirante Nimitz pressionava vigorosamente a cadeia de ilhas fortificadas. Os dois convergiam para as Filipinas. A luta por essa região logo iria acarretar a destruição da esquadra japonesa, já muito enfraquecida e com grande falta de porta-aviões. Mesmo assim, a única esperança de sobrevivência do Japão estava na vitória naval. No intuito de preservar sua força para essa empreitada perigosa, mas vital, o grosso da esquadra fora retirado de Truk e se distribuía, a essa altura, entre as Índias Orientais e as águas de casa. Mas os acontecimentos logo a forçaram a combater. No começo de junho, o almirante Spruance e seus porta-aviões atacaram as Marianas e, no dia 15, ele desembarcou na ilha fortificada de Saipan. Se capturasse Saipan e as ilhas adjacentes de Tinian e Guam, o perímetro defensivo do inimigo estaria rompido. Era uma ameaça aterradora, e a esquadra japonesa resolveu intervir. Nesse dia, cinco de seus encouraçados e nove porta-aviões foram avistados perto das Filipinas, no rumo leste. Spruance teve bastante tempo para seus preparativos. A missão principal era proteger o desembarque em Saipan. Ele o fez. Em seguida, reuniu seus navios, 15 dos quais eram porta-aviões, e ficou à espera do inimigo a oeste da ilha. Em 19 de junho, aeronaves dos porta-aviões japoneses atacaram por todos os lados o grupo de porta-aviões americano e a luta aérea durou o dia inteiro. Os americanos sofreram poucas avarias, mas destroçaram a tal ponto as esquadrilhas japonesas que os porta-aviões inimigos tiveram de bater em retirada.

Nessa noite, Spruance em vão procurou pelo inimigo desaparecido. No fim da tarde do dia 20, localizou-o a umas 250 milhas de distância. Atacando pouco antes do pôr do sol, os aviadores americanos afundaram um porta-aviões e avariaram outros quatro, além de um encouraçado e um cruzador pesado. Na véspera, os submarinos americanos haviam afundado outros dois grandes porta-aviões. Não houve possibilidade de novo ataque, e o remanescente da esquadra inimiga conseguiu escapar, mas sua partida selou o destino de Saipan. Embora a guarnição lutasse arduamente, os desembarques continuaram, a concentração de tropas prosseguiu e, em 9 de julho, toda a resistência organizada chegou ao fim. As ilhas vizinhas de Guam e Tinian foram dominadas e, nos primeiros dias de agosto, o controle americano das Marianas era completo.

A queda de Saipan foi um grande choque para o alto comando japonês e, indiretamente, levou à derrubada do governo do general Tojo. A preocupação do inimigo tinha fundamento. A fortaleza ficava a pouco mais de 1.300 milhas de Tóquio. Tinham-na julgado inexpugnável, e agora ela se fora. Suas regiões defensivas ao sul ficaram isoladas e os bombardeiros pesados americanos conseguiram uma base de grande importância para atacar o próprio Japão metropolitano. Fazia muito tempo que submarinos americanos vinham afundando navios mercantes japoneses no litoral da China e, agora, abria-se o caminho para outros navios de guerra participarem dos ataques. Se os americanos continuassem a avançar, o abastecimento de petróleo e de matérias-primas do Japão seria cortado. A esquadra japonesa ainda era poderosa, mas mal-equilibrada, e tão deficiente em matéria de contratorpedeiros, porta-aviões e tripulações aéreas que já não podia combater com eficiência sem contar com aviões de base em terra. O combustível escasso não apenas prejudicava o treinamento, como tornava impossível manter os navios concentrados num só lugar, de modo que, no fim do verão, a maior parte dos encouraçados e cruzadores estava nas imediações de Cingapura e dos pontos de abastecimento de petróleo das Índias Orientais Holandesas, enquanto os poucos porta-aviões restantes permaneciam em águas territoriais japonesas para que suas novas tripulações aéreas concluíssem o treinamento.

O apuro do exército japonês era quase o mesmo. Embora ainda forte em efetivos, espalhava-se pela China e pelo Sudeste Asiático, ou definhava nas ilhas distantes e fora do alcance de qualquer apoio. Os mais ponderados dentre os chefes inimigos começaram a buscar um meio de pôr fim à guerra; mas sua máquina militar era forte demais para eles. O alto comando trouxe reforços da Manchúria e ordenou que se lutasse até o fim em Formosa e nas Filipinas. Ali e na pátria, os soldados morreriam onde estavam. O almirantado japonês mostrou-se igualmente resoluto. Se perdesse a batalha iminente pelas ilhas, o petróleo das Índias Orientais seria cortado. De nada adiantava, argumentaram, conservar navios sem combustível. Revestidos de coragem para o sacrifício, mas com esperança na vitória, os comandantes navais japoneses resolveram, em agosto, mandar toda a esquadra ao combate.

Em 15 de setembro, os americanos fizeram outro avanço. O general MacArthur tomou a ilha de Morotai, a meio caminho entre a ponta oeste da Nova Guiné e as Filipinas, e o almirante Halsey, que a essa altura assumira o comando das forças navais dos EUA, conquistou uma base avançada para sua esquadra no arquipélago de Palau. Esses lances simultâneos foram de suma importância. Ao mesmo tempo, Halsey testou continuamente as defesas do inimigo com toda a sua força. Esperava com isso provocar uma batalha naval geral que lhe permitisse destruir a esquadra japonesa, sobretudo os porta-aviões que restavam. O salto seguinte seria para as próprias Filipinas. Houve então uma alteração drástica nos planos americanos. Até esse momento, nossos aliados haviam-se proposto invadir o extremo sul das Filipinas — a ilha de Mindanao — e as aeronaves dos porta-aviões de Halsey já haviam atacado os aeródromos japoneses ali e na grande ilha de Luzón, ao norte. Elas destruíram um grande número de aviões inimigos e, em meio ao combate, descobriram que a guarnição japonesa em Leyte era inesperadamente fraca. Essa ilha pequena, mas hoje famosa, situada entre as duas massas terrestres de Mindanao e Luzón — maiores, porém de menor importância estratégica — tornou-se o ponto lógico do desembarque americano. Em 13 de setembro, enquanto os aliados ainda estavam em conferência em Quebec, o almirante Nimitz, por sugestão de Halsey, insistiu em sua invasão imediata. MacArthur concordou e, dois dias depois, os chefes de estado-maior americanos resolveram atacar em 20 de outubro, dois meses antes do planejado. Foi essa a gênese da Batalha do Golfo de Leyte.

Os americanos abriram a campanha em 10 de outubro, atacando aeródromos entre o Japão e as Filipinas. Ataques devastadores e reiterados contra Formosa provocaram a mais violenta resistência e, de 12 a 16 de outubro, seguiu-se uma batalha aérea pesada e contínua entre aviões de terra e dos porta-aviões. Os americanos impuseram perdas terríveis no ar e em terra, eles mesmos pouco sofrendo, e seu grupo de porta-aviões resistiu ao poderoso ataque aéreo de terra. O resultado foi decisivo. A força aérea do inimigo foi batida antes da batalha por Leyte. Muitas aeronaves da marinha japonesa, destinadas aos porta-aviões, foram imprevidentemente enviadas a Formosa, a título de reforço, e ali destruídas. Assim, na suprema batalha naval então iminente, nos porta-aviões japoneses a equipe aérea era pouco mais de uma centena de pilotos parcialmente treinados.

Para compreender os combates que se seguiram, é necessário um estudo dos mapas. As duas grandes ilhas das Filipinas — Luzón, ao norte, e Mindanao, ao sul — são separadas por um grupo de ilhas menores, das quais Leyte é a chave e o centro. Esse grupo central é vazado por dois estreitos navegáveis, ambos fadados a dominar essa famosa batalha. O do norte é o estreito de San Bernardino, e umas duzentas milhas ao sul, levando diretamente a Leyte, está o estreito de Surigao. Os americanos, como vimos, tencionavam capturar Leyte, enquanto os japoneses estavam decididos a detê-los e destruir-lhes a esquadra. Seu plano era simples e desesperado. Quatro divisões comandadas pelo general MacArthur desembarcariam em Leyte, cobertas pelos canhões e aviões da esquadra americana — disso os japoneses sabiam, ou era o que supunham. Afastar essa esquadra, atraí-la mais para o norte e engajá-la numa batalha secundária seria o primeiro passo. Mas apenas uma preliminar. Assim que a esquadra principal fosse atraída para longe, duas grandes colunas de encouraçados atravessariam os estreitos, uma por San Bernardino e outra pelo Surigao, e convergiriam para os desembarques. Todos os olhos visariam a costa de Leyte, todos os canhões bateriam as praias. Os navios pesados e os grandes porta-aviões, os únicos capazes de resistir ao assalto, estariam perseguindo a força chamariz no extremo norte. O plano quase deu certo.

Em 17 de outubro, o comandante em chefe japonês mandou que sua esquadra zarpasse. A força que serviria de isca — sob o comando do almirante Ozawa, comandante supremo — partiu diretamente do Japão em direção a Luzón. Era uma esquadra mista, de porta-aviões, encouraçados, cruzadores e contratorpedeiros. A tarefa de Ozawa era aparecer na costa oriental de Luzón, atrair a esquadra americana e afastá-la dos desembarques no golfo de Leyte. Faltavam aeronaves e pilotos nos porta-aviões, mas isso não tinha importância. Eram apenas a isca, e iscas são feitas para ser comidas. Entrementes, a força principal de ataque japonesa zarpou rumo aos estreitos. A maior delas, ou o que se poderia chamar de força central, saindo de Cingapura e composta de cinco encouraçados, 12 cruzadores e 15 contratorpedeiros, sob o comando do almirante Kurita, rumou para San Bernardino a fim de contornar a ilha de Samar e descer para Leyte; a menor, ou força meridional, dividida em dois grupos independentes e composta, ao todo, de dois encouraçados, quatro cruzadores e oito contratorpedeiros, foi pelo Surigao.

Em 20 de outubro, os americanos desembarcaram em Leyte. De início, tudo correu bem. A resistência em terra foi pequena, logo se formou uma cabeça de praia e as tropas do general MacArthur iniciaram seu avanço. Contavam com o apoio da VII Esquadra dos EUA, comandada pelo almirante Kinkaid, que estava sob o comando de MacArthur e cujos encouraçados mais antigos e porta-aviões de pequeno porte adequavam-se às operações anfíbias. Mais ao longe, no norte, achava-se a esquadra principal do almirante Halsey, protegendo-os de ataques navais.

Mas a crise ainda estava por vir. Em 23 de outubro, os submarinos americanos avistaram a força central japonesa (almirante Kurita) no litoral de Bornéu e afundaram dois de seus cruzadores pesados, um dos quais o capitânia de Kurita, além de avariar um terceiro. No dia seguinte, 24 de outubro, aviões dos navios-aeródromos do almirante Halsey participaram do ataque. O gigantesco encouraçado *Musashi,* com armamento de nove canhões de 18 polegadas, foi a pique, outros navios sofreram avarias, Kurita guinou e inverteu o curso. Os relatórios dos aviadores americanos foram otimistas e talvez enganosos. Halsey concluiu, não sem razão, que a batalha fora vencida, ou pelo menos essa parte dela. Sabia que a segunda força inimiga, ou força meridional, estava-se aproximando do estreito de Surigao, mas julgou acertadamente que poderia ser repelida pela VII Esquadra de Kinkaid.

Algo o perturbava, no entanto. Durante o dia, fora atacado por aviões navais japoneses. Muitos tinham sido derrubados, mas o porta-aviões *Princeton* fora avariado e tivera que ser abandonado. Os aviões, calculou, provavelmente vinham de porta-aviões. Era sumamente improvável que o inimigo houvesse zarpado sem eles, mas nenhum fora encontrado. A esquadra principal japonesa, comandada por Kurita, fora localizada e parecia estar recuando, mas Kurita não tinha porta-aviões nem havia algum na força meridional. Decerto deveria haver uma esquadra de porta-aviões e era imperativo localizá-la. Assim, Halsey ordenou uma busca na direção norte. No fim da tarde de 24 de outubro, seus aviões viram a esquadra-chamariz do almirante Ozawa, muito a nordeste de Luzón e rumando para o sul. Quatro porta-aviões, dois encouraçados equipados com convés para decolagem de aviões, três cruzadores e dez contratorpedeiros! Ali estava, concluiu, a fonte dos problemas e o verdadeiro alvo. Se pudessem destruir esses porta-aviões, consideraram acertadamente ele e seu chefe de

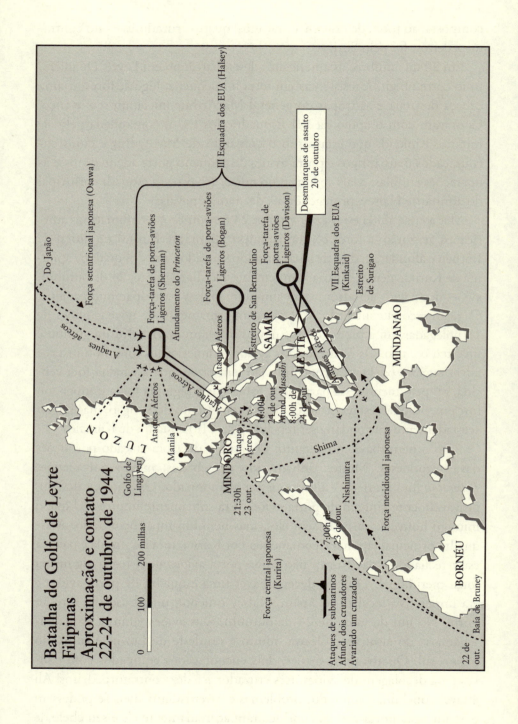

estado-maior, almirante Carney, o poder da esquadra japonesa de intervir em futuras operações estaria irremediavelmente acabado. Esse era um fator preponderante em sua mente e seria especialmente vantajoso quando MacArthur, mais tarde, viesse a atacar Luzón. Halsey não podia saber quão frágil era o poder desses navios, nem que a maioria dos ataques que ele havia suportado tinha vindo não de porta-aviões, mas de aeródromos na própria Luzón. A força central de Kurita estava recuando. Kinkaid poderia lidar com a força meridional e proteger os desembarques em Leyte. Estava aberto o caminho para o golpe final. Halsey ordenou que toda a sua esquadra rumasse para o norte e destruísse o almirante Ozawa no dia seguinte. Foi assim que caiu na armadilha. Nessa mesma tarde de 24 de outubro, Kurita voltou-se novamente para o leste e tornou a rumar para o estreito de San Bernardino. Dessa vez, nada haveria para detê-lo.

Enquanto isso, a força meridional japonesa aproximava-se do estreito de Surigao, entrando nele em dois grupos naquela noite. Seguiu-se uma batalha feroz, da qual participaram diretamente todos os tipos de navios, desde encouraçados até embarcações costeiras.* O primeiro grupo foi aniquilado pela esquadra de Kinkaid, concentrada na saída norte; o segundo tentou atravessar em meio às trevas e à confusão, mas foi empurrado de volta. Tudo parecia estar correndo bem, mas os americanos ainda teriam de se haver com o almirante Kurita. Enquanto Kinkaid combatia no estreito de Surigao e Halsey partia em perseguição à força de despistamento bem ao norte, Kurita atravessou incólume na escuridão o estreito de San Bernardino e, nas primeiras horas da manhã de 25 de outubro, investiu contra um grupo de porta-aviões de escolta que davam apoio aos desembarques do general MacArthur. Apanhados de surpresa e lentos demais para escapar, eles não conseguiram rearmar prontamente seus aviões para repelir o ataque marítimo. Durante cerca de duas horas e meia, os pequenos navios americanos recuaram, lutando valentemente, protegidos por uma cortina de fumaça. Dois de seus porta-aviões, três contratorpedeiros e mais de cem aviões foram perdidos — um dos porta-aviões por um ataque de bombardeiros suicidas —, mas a esquadra conseguiu afundar três cruzadores ini-

---

* Entre eles, duas belonaves australianas, o cruzador *Shropshire* e o contratorpedeiro *Arunta*.

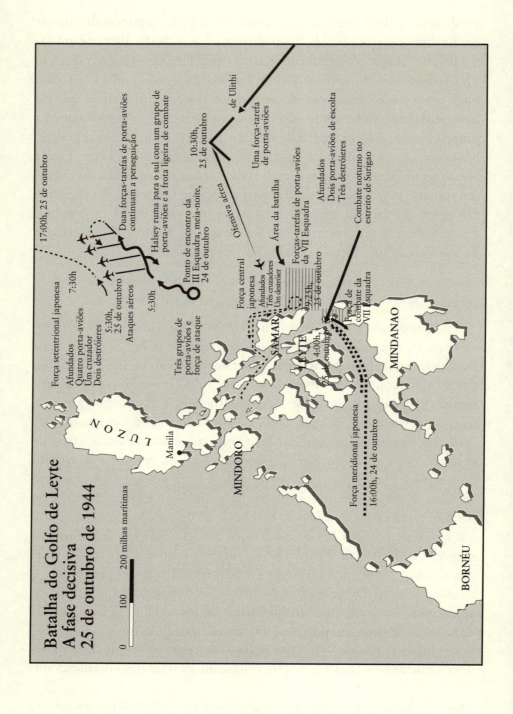

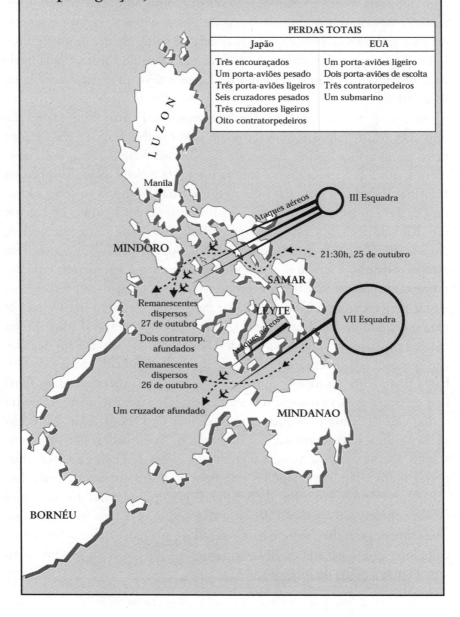

migos e avariar outros.* A ajuda estava muito longe. Os navios de primeira linha de Kinkaid estavam muito ao sul de Leyte. Havendo desbaratado a força meridional, enfrentavam escassez de munição e combustível. Halsey, com dez porta-aviões e todos os seus velozes couraçados, estava mais longe ainda, e embora outra de suas forças de porta-aviões se houvesse separado para reabastecer e fosse então chamada de volta, ela demorou algumas horas para chegar. A vitória parecia estar nas mãos de Kurita. Nada havia para impedi-lo de entrar no golfo de Leyte e destruir a força anfíbia de MacArthur.

Mais uma vez, no entanto, Kurita reverteu seu curso. Suas razões são obscuras. Muitos de seus navios tinham sido bombardeados e dispersados pelos porta-aviões ligeiros da escolta de Kinkaid e ele já sabia, nesse momento, que a força meridional sofrera uma calamidade. Não dispunha de informações sobre a sorte das iscas ao norte e não conhecia ao certo a localização das esquadras americanas. Sinais interceptados levaram-no a achar que Kinkaid e Halsey estavam convergindo com uma força esmagadora em sua direção e que os transportes de MacArthur já haviam conseguido escapar. Sozinho e sem apoio, abandonou a aventura desesperada em cujo nome tanta coisa se sacrificara e que estava prestes a pegar sua presa, e, sem tentar penetrar no golfo de Leyte, fez meia-volta e rumou mais uma vez para o estreito de San Bernardino. Tinha esperança de travar uma última batalha no trajeto com a esquadra de Halsey, mas até isso lhe foi negado. Em resposta aos reiterados pedidos de apoio de Kinkaid, Halsey de fato havia finalmente retornado com seus encouraçados, deixando duas flotilhas de porta-aviões prosseguirem na perseguição rumo ao norte. Durante o dia, elas destruíram os quatro porta-aviões de Ozawa. Mas o próprio Halsey voltou tarde demais a San Bernardino. As esquadras não se encontraram. Kurita escapou. No dia seguinte, os aviões de Halsey e MacArthur perseguiram o almirante japonês e afundaram outro cruzador e mais dois contratorpedeiros. Foi o fim da batalha. É bem possível que Kurita tenha ficado confuso sob a pressão dos acontecimentos. Ele estivera sob ataque constante por três dias, sofrera baixas pesadas e sua nau capitania fora afundada logo após a partida de Bornéu. Cabe aos que passaram por provação semelhante a tarefa de julgá-lo.

---

* Bombardeiros suicidas aparecem pela primeira vez nas operações de Leyte. O cruzador australiano *Australia,* da esquadra de Kinkaid, fora atingido por um, dias antes, e sofreu algumas baixas, mas nenhuma avaria mais séria.

A batalha do golfo de Leyte

A Batalha do Golfo de Leyte, travada entre 22 e 27 de outubro, foi decisiva. A um custo de três porta-aviões, três contratorpedeiros e um submarino, os americanos derrotaram a esquadra japonesa. Três encouraçados, quatro cruzadores e vinte outros navios de guerra inimigos foram afundados e, a partir de então, os bombardeiros suicidas tornaram-se a única arma naval eficaz que restou ao inimigo. Como instrumento do desespero, ela ainda era mortífera. Mas não trazia nenhuma esperança de vitória.

Essa vitória será acalentada por muito tempo na história americana. Afora a bravura, a habilidade e a ousadia, ela lançou sobre o futuro uma luz mais vívida e penetrante do que qualquer um de nós vira até então. Mostrou uma batalha que foi menos travada pelos canhões do que pelo predomínio aéreo. Narrei a íntegra da história desse episódio porque, na época, ela ficou quase desconhecida para o conturbado mundo europeu. Talvez a mais importante conclusão isolada que se pode extrair do estudo desses acontecimentos diga respeito à necessidade vital da unidade de comando nesse tipo de operação conjunta, em vez do conceito de controle pela cooperação, tal como existia entre MacArthur e Halsey nessa época. Os americanos aprenderam essa lição e, nas operações finais planejadas contra o território japonês, tencionavam que o comando supremo fosse exercido pelo almirante Nimitz ou pelo general MacArthur, conforme fosse aconselhável na ocasião.

Nas semanas seguintes, a luta pelas Filipinas alastrou-se e se intensificou. No fim de novembro, quase 250 mil americanos haviam desembarcado em Leyte e, em meados de dezembro, a resistência japonesa cedeu. MacArthur pressionou com seu avanço principal e logo desembarcou sem oposição na ilha de Mindoro, a pouco mais de cem milhas da própria Manila. Em 9 de janeiro de 1945, inaugurou-se uma nova fase, com o desembarque de quatro divisões no golfo de Lingayen, ao norte de Manila, palco da grande invasão japonesa três anos antes. Medidas complexas de despistamento mantiveram o inimigo imaginando onde seria desferido o golpe. Ele veio como uma surpresa e deparou com pequena oposição. À medida que os americanos avançaram para Manila a resistência se intensificou, mas eles fizeram mais dois desembarques no litoral oeste e cercaram a cidade. Uma defesa desesperada resistiu até o início de março, quando os últimos sobreviventes foram mortos. Entre as ruínas, contaram-se 16 mil mortos

Memórias da Segunda Guerra Mundial

japoneses. Os ataques dos aviões suicidas infligiam perdas pesadas a essa altura, com 16 navios atingidos num único dia. O cruzador *Australia* voltou a não ter sorte, atingido cinco vezes em quatro dias, porém continuou em combate. Esse recurso desesperado não causou qualquer paralisação das esquadras. Em meados de janeiro, os porta-aviões do almirante Halsey irromperam sem ser molestados no Mar da China meridional, navegando uma vasta área ao longo da costa e atacando aeródromos e navios mesmo no extremo oeste, em Saigon. Em Hong Kong, em 16 de janeiro, causaram enormes estragos e provocaram grandes incêndios de petróleo em Cantão.

Embora a luta continuasse nas ilhas por vários meses, o domínio dos mares da China meridional já havia passado para o vencedor, trazendo consigo o controle do abastecimento de petróleo e de outros suprimentos de que o Japão dependia.

84
A libertação da Europa ocidental

O GENERAL EISENHOWER, CONFORME ACORDOS anteriormente firmados, assumiu o comando direto das forças terrestres do norte da França em 1º de setembro. Elas compreendiam o XXI Grupo de Exércitos inglês do marechal Montgomery e o XII Grupo de Exércitos americano do general Omar Bradley, cujas operações Montgomery havia controlado até então. Eisenhower manobrava mais de 37 divisões, ou mais de meio milhão de combatentes, e essa imensa força empurrava o remanescente dos exércitos alemães no Ocidente, atormentados dia e noite por nossas forças aéreas dominantes. O inimigo ainda tinha cerca de 17 divisões, mas, até que elas pudessem se reorganizar e receber reforços, pouco restava em poder de combate na maioria delas. O general Speidel, ex-chefe de estado-maior de Rommel, descreveu a aflição que tomava conta dos alemães:

> (...) tornara-se impossível uma retirada em ordem. Os exércitos motoriza- dos aliados cercaram em grupos separados as divisões alemãs de infanta- ria, vagarosas e exaustas, e as destroçaram. (...) Já não havia força terrestre alemã cuja existência fosse digna de menção, para não falar nos meios aéreos.*

Eisenhower planejou avançar para nordeste com toda a força possível e usando o limite máximo de seus suprimentos. O esforço principal deveria ser feito pelo XXI Grupo de Exércitos inglês, cujo avanço pela costa do Canal não apenas dominaria os sítios de lançamento das bombas voadoras, mas também tomaria Antuérpia. Sem o vasto porto dessa cidade, nenhum avanço pelo baixo Reno para as planícies do norte da Alemanha seria pos- sível. O XII Grupo de Exércitos dos EUA também deveria perseguir o inimigo, ficando seu I Exército emparelhado com os ingleses, enquanto o restante, rumando a leste em direção a Verdun e ao Alto Meuse, se prepa- raria para investir contra o Sarre.

* Hans Speidel, *Invasion 1944*, p. 146-147.

Montgomery fez duas contrapropostas. Uma, no fim de agosto, de que seu XXI Grupo de Exércitos e o XII Grupo de Exércitos dos EUA avançassem juntos para o norte, numa massa compacta de quase quarenta divisões; e a segunda em 4 de setembro, de que se fizesse apenas uma ofensiva, em direção ao Ruhr ou ao Sarre. Qualquer que fosse a opção, as tropas deveriam receber todos os recursos e manutenção de que precisassem. Ele insistiu em que o resto do front fosse refreado em benefício da grande ofensiva, que deveria ficar sob as ordens de um só comandante — ele mesmo ou Bradley, conforme o caso. Montgomery acreditava que esse avanço provavelmente chegaria a Berlim e considerava o Ruhr melhor do que o Sarre.

Mas Eisenhower aferrou-se a seu plano: a Alemanha ainda tinha reservas no território nacional e ele acreditava que, se uma força relativamente pequena se lançasse muito adiante, atravessando o Reno, estaria fazendo o jogo do inimigo. O general achou melhor que o XXI Grupo de Exércitos fizesse todo o esforço por uma cabeça de ponte no Reno, enquanto o XII Grupo avançaria o máximo possível contra a Linha Siegfried.

Os estrategistas poderão debater essas questões por muito tempo.

A discussão não acarretou nenhuma interrupção no avanço. Contudo, o número de divisões passíveis de ser mantidas e a velocidade e extensão de seu progresso dependiam inteiramente de portos, meios de transporte e suprimentos. Vinha-se usando relativamente pouca munição, mas os mantimentos e sobretudo a gasolina regiam todos os movimentos. Cherbourg e o "Mulberry" de Arromanches eram os únicos portos de que dispúnhamos e, dia após dia, iam ficando cada vez mais para trás. A linha de frente ainda era sustentada pela Normandia, e cerca de vinte mil toneladas diárias de suprimentos tinham de ser transportadas por distâncias cada vez maiores, junto com muito material para recuperar estradas e pontes e para construir campos de aviação. Os portos da Bretanha, quando ocupados, seriam ainda mais remotos, porém os do Canal, de Le Havre para o norte, especialmente Antuérpia, eram presas de importância vital.

Assim, Antuérpia tornou-se o objetivo imediato do Grupo de Exércitos de Montgomery, que teve então sua primeira chance de mostrar mobilidade. A 11ª Divisão Blindada capturou o comandante do VII Exército alemão em seu café da manhã, em Amiens, em 31 de agosto. Logo foram alcançadas as cidades de fronteira, tão conhecidas da Força Expedicionária Britânica de 1940 e, pelo menos de nome, de seus predecessores de um quarto de século antes: Arras, Douai, Lille e muitas outras. Bruxelas,

A libertação da Europa ocidental

evacuada às pressas pelos alemães, foi invadida pela Divisão Blindada dos Guards em 3 de setembro; como em todos os lugares da Bélgica, nossos soldados tiveram uma esplêndida recepção e foram muito auxiliados pela bem-organizada resistência. Dali, os Guards viraram para leste em direção a Louvain. A 11ª Divisão Blindada entrou em Antuérpia em 4 de setembro, onde, para nossa surpresa e alegria, encontrou o porto quase intacto. O avanço fora tão rápido — mais de duzentas milhas em menos de quatro dias — que o inimigo viu-se obrigado a girar nos calcanhares sem ter tido tempo para a costumeira e minuciosa demolição.

Mas nossos navios só podiam chegar a Antuérpia pelo estuário sinuoso e difícil do Schelde, com suas duas margens defendidas pelos alemães. Seriam necessárias operações árduas e dispendiosas para expulsá-los, cabendo essa missão principalmente ao I Exército canadense do general Crerar.* Muito dependia de seu sucesso. No dia 9, ele havia limpado todo o Passo de Calais, com suas rampas de lançamento de bombas voadoras. Os portos do Canal — Dieppe, Boulogne, Calais e Dunquerque — foram tomados ou atacados. Le Havre, com uma guarnição de mais de 11 mil homens, resistiu ferozmente e, apesar do bombardeio naval com canhões de 15 polegadas e de mais de dez mil toneladas de bombas lançadas pela força aérea, só se rendeu em 12 de setembro. A divisão blindada polonesa capturou Gand, a apenas quarenta milhas da própria Antuérpia. Esse ritmo não podia durar. O salto à frente estava dado e era evidente que teria de parar.

Mas ainda havia a possibilidade de cruzar o baixo Reno. Eisenhower considerava essa presa tão valiosa que lhe deu prioridade sobre a liberação das margens do estuário do Schelde e a abertura do porto de Antuérpia. Para reforçar a investida de Montgomery, deu-lhe mais transporte e suprimento aéreo americano. O I Exército Aeroterrestre, comandado pelo general americano Brereton, preparou-se para atacar, decolando da Inglaterra, e Montgomery resolveu introduzir uma cabeça de ponte em Arnhem. A 82ª Divisão dos EUA deveria tomar as pontes de Nijmegen e Grave, enquanto a 101ª Divisão americana garantiria a estrada de Grave a Eidhoven. O 30º Corpo de Exército, liderado pela Divisão Blindada dos Guards, forçaria a passagem pela estrada para Eindhoven e dali para Arnhem, acompanhando o "tapete" de paraquedistas e esperando encontrar seguramente dominadas as pontes sobre os três principais obstáculos.

---

* Consistia no 1º Corpo inglês e do 2º Corpo canadense. Este incluía a Divisão Blindada polonesa.

Memórias da Segunda Guerra Mundial

Os preparativos para esse golpe ousado, de longe a maior operação de sua natureza empreendida até então, foram complexos e urgentes, pois o inimigo se fortalecia a cada dia. É espantoso que tenham sido concluídos na data prevista, 17 de setembro. Não havia aviões suficientes para transportar simultaneamente toda a força de paraquedistas, de modo que o movimento teve de ser distribuído em três dias. No dia 17, porém, os principais elementos das três divisões haviam chegado sãos e salvos a seus objetivos, graças ao belo trabalho da força aérea aliada. A 101ª Divisão dos EUA cumpriu a maior parte de sua missão, mas uma ponte sobre o canal na estrada para Eindhoven fora explodida e eles só tomaram a cidade no dia 18. A 82ª Divisão dos EUA também se saiu bem, mas não conseguiu tomar a ponte principal em Nijmegen.

As notícias de Arnhem eram escassas, mas parte de nosso regimento de paraquedistas parecia haver-se instalado no extremo norte da ponte. A Divisão Blindada dos Guards começou a avançar pela estrada de Eindhoven à tarde, precedida por uma barragem de artilharia e por aviões lança-foguetes e protegida por um corpo em cada flanco. A estrada foi defendida com obstinação, e os Guards só chegaram aos americanos na tarde de 18. Os ataques alemães contra a estreita saliência começaram no dia seguinte e se intensificaram. A 101ª Divisão teve grande dificuldade para manter a estrada aberta. Em alguns momentos, o tráfego teve de ser interrompido até que o inimigo fosse rechaçado. A essa altura, eram ruins as notícias de Arnhem. Nossos paraquedistas ainda defendiam o extremo norte da ponte, mas o inimigo permanecia na cidade e o resto da 1ª Divisão Aeroterrestre inglesa, que descera a oeste, não conseguiu romper a defesa alemã e chegar para reforçá-los.

O canal foi cruzado no dia 18 e, logo na manhã seguinte, os Guards ficaram com o caminho aberto para Grave, onde se encontraram com a 82ª Divisão dos EUA. Ao anoitecer, aproximaram-se da ponte fortemente defendida de Nijmegen e, no dia 20, houve uma luta tremenda por ela. Os americanos atravessaram o rio a oeste da cidade, viraram à direita e tomaram a extremidade da ponte ferroviária. Os Guards atacaram pela ponte rodoviária. Os defensores foram suplantados e ambas as pontes foram tomadas intactas.

Restava o último trecho até Arnhem, onde o mau tempo havia prejudicado o envio aéreo de reforços, mantimentos e munição, e onde a 1ª Divisão Aeroterrestre estava em grandes apuros. Impossibilitado de alcançar sua ponte, o restante da divisão ficou restrito a um pequeno perímetro na margem norte e enfrentou violentos assaltos. Da margem sul, fizeram-se todos os esforços possíveis para resgatá-lo, mas o inimigo era forte demais. Os Guards, a 43ª Divisão e a Brigada Polonesa Paraquedista, lançados perto da estrada, fracassaram, todos, nas valentes tentativas de resgate. A luta prosseguiu em vão por mais quatro dias. No dia 25, Montgomery ordenou que os sobreviventes da valorosa 1ª Divisão Aerotransportada retornassem. Eles tiveram de cruzar as águas velozes do rio à noite, em pequenas embarcações e sob fogo de curta distância. Ao alvorecer, uns 2.400 dos dez mil soldados originais estavam em segurança em nossa margem.

Correram-se grandes riscos na Batalha de Arnhem, mas eles se justificaram pela grande presa, prestes a cair em nossas mãos. Se tivéssemos tido melhor sorte com as condições do tempo, que se voltaram contra nós em momentos cruciais e cancelaram nosso domínio aéreo, é provável que houvéssemos tido êxito. Nenhum risco intimidava aqueles homens corajosos, inclusive a Resistência Holandesa, que lutou por Arnhem. Só quando retornei do Canadá, onde os relatos gloriosos haviam chegado em profusão, foi que pude compreender tudo o que havia acontecido. O general Smuts estava aborrecido com o que lhe parecia um fracasso, de modo que telegrafei: "Quanto a Arnhem, creio que você está vendo a situação de maneira um pouco distorcida. A batalha foi decididamente uma vitória, mas a divisão de ponta, justificadamente na expectativa de melhor resultado, recebeu um golpe. Não me afligiu qualquer sentimento de decepção por causa disso e prezo que nossos comandantes sejam capazes de correr esse tipo de risco."

A liberação do estuário do Schelde e a abertura do porto de Antuérpia receberam então prioridade máxima. Durante a segunda quinzena de setembro, vários combates preliminares prepararam o terreno. A "ilha" de Breskens, defendida por uma experiente divisão alemã, foi um osso duro de roer, além de ter havido intensos combates para cruzar o canal Leopold. A difícil tarefa de tomar Beveland do Sul foi executada pela 2ª Divisão canadense, que abriu caminho para o oeste através de grandes áreas inundadas, amiúde seus soldados com água até a cintura. Eles receberam a ajuda da maior parte da 52ª Divisão, transportada de balsa pelo Schelde e que desembarcou na margem sul. No fim do mês, após imensos esforços, todo o istmo foi capturado. Em quatro semanas de batalha, durante as quais a 2ª Força Aérea Tática do marechal do ar Coningham deu-lhes mui visível apoio, eles fizeram nada menos de 12.500 prisioneiros alemães, que não tinham a menor disposição de se render. Assim, ficou tudo pronto para o ataque a Walcheren.

A ilha de Walcheren tem o formato de um pires e é orlada por dunas de areia que impedem o mar de inundar a planície central. No extremo oeste, perto de Westkapelle, há uma brecha nas dunas; ali, o mar é contido por um imenso dique de trinta pés de altura e mais de cem jardas de largura na base. A guarnição de quase dez mil homens estava instalada em sólidas defesas artificiais e tinha o apoio de umas trinta baterias de artilharia. Os obstáculos antitanque, minas e cercas de arame farpado eram abundantes, pois o inimigo tivera quatro anos para fortificar o acesso a Antuérpia.

Logo no início de outubro, a RAF desferiu o primeiro golpe. Numa série de ataques brilhantes, ela abriu uma grande brecha de quase quatrocentas jardas, varando a barragem de Westkapelle. Por ela penetrou a água do mar, inundando todo o centro do pires e submergindo as defesas e baterias ali existentes. Mas as posições defensivas e obstáculos mais terríveis ficavam na borda do pires. Num ataque convergente, o golpe principal foi desferido por três Comandos de fuzileiros navais. Enquanto eles se aproximavam, o esquadrão de bombardeio naval abriu fogo. Ali estavam o *HMS Warspite* e as duas canhoneiras de 15 polegadas *Erebus* e *Roberts,* com uma flotilha de barcaças de desembarque armadas. Estas se aproximaram mais da costa e, apesar das terríveis baixas, mantiveram o fogo até os dois comandos principais descerem em terra em segurança. Toda a artilharia canadense, disparando da praia de Breskens por sobre a água, foi usada contra os potentes canhões inimigos encastados em abrigos de concreto, enquanto aviões lança-foguetes atacavam as frestas de tiro. Ao escurecer, o Comando 48 matou ou capturou os defensores. Na manhã seguinte, continuou a avançar e, por volta do meio-dia, o Comando 47 encarregou-se do ataque e, diante de uma defesa debilitada, chegou aos arredores de Flushing. Em 3 de novembro, eles se juntaram ao Comando 4, após sua intensa luta casa a casa na cidade. Em poucos dias, a ilha inteira estava em nosso poder, com oito mil prisioneiros.

Muitos outros feitos notáveis foram executados pelos Comandos durante a guerra. Embora outras tropas e outras forças armadas tenham cumprido plenamente seu papel nessa operação notável, a extrema bravura dos Fuzileiros Navais Reais merece destaque. A ideia do emprego de Comandos tornou a triunfar. A varredura de minas começou assim que Flushing foi tomada e, nas três semanas seguintes, uma centena de embarcações foi usada para varrer e limpar o canal de setenta milhas. Em 28 de novembro entrou o primeiro comboio. Antuérpia ficou acessível aos exércitos ingleses e americanos. Bombas voadoras e foguetes castigaram a cidade por algum tempo e causaram muitas baixas, mas interferiram tão pouco no avanço da guerra quanto em Londres.

Em nosso flanco direito, o avanço do XII Grupo de Exércitos americano para além de Paris fora conduzido com todo o impacto da arremetida de Bradley e seus valorosos oficiais. Charleroi, Mons e Liège caíram em suas mãos. Em 15 dias, eles libertaram todo Luxemburgo e o sul da Bélgica e, em 12 de setembro, investiram contra a fronteira alemã numa frente de sessenta milhas, rompendo a Linha Siegfried perto de Aachen.

No dia 16, conquistaram-se cabeças de ponte no rio Moselle, na altura de Nancy e logo ao sul de Metz. O VI Grupo de Exércitos, comandado pelo general Devers e subindo do sul da França após seu desembarque, encontrara-se cinco dias antes com patrulhas do Exército de Patton a oeste de Dijon e, infletindo para leste, passara a acompanhar o avanço geral. Mas esse também foi o fim da grande perseguição. Por toda parte, a resistência inimiga vinha-se intensificando e nossos suprimentos estavam esticados ao limite. Aachen foi atacada por três lados e rendeu-se em 21 de outubro. No flanco, o III Exército estava vinte milhas a leste do Moselle. O VII Exército e o I Exército francês haviam alcançado os demais e avançavam para os Altos Vosges e o Passo de Belfort. Os americanos haviam praticamente esgotado seus suprimentos em ofensivas-relâmpago. Era essencial uma pausa para estocar provisões e preparar as operações em larga escala de novembro.

As forças aéreas estratégicas desempenharam um grande papel no avanço dos aliados para as fronteiras de França e Bélgica. No outono, voltaram à sua função primordial de bombardear a Alemanha, tendo por alvos específicos as instalações de petróleo e os sistemas de transporte. A tela de radar e o sistema de alerta rápido do inimigo tinham sido empurrados para trás de suas fronteiras, de modo que nossos próprios meios auxiliares de navegação e bombardeio foram igualmente avançados. Reduziu-se o nosso índice de baixas; aumentaram o peso e a precisão de nossos ataques. O ataque furioso, longamente mantido, havia obrigado os alemães a dispersar suas fábricas por áreas muito amplas. Coube-lhes nesse momento pagar um alto preço por isso, já que dependiam cada vez mais de boas comunicações. O carvão urgentemente necessário formava montanhas junto às minas por falta de vagões para transportá-lo. Diariamente, mil ou mais trens paravam por falta de combustível. Indústrias, usinas elétricas e de gás começaram a fechar. A produção e as reservas de petróleo caíram drasticamente, afetando não só a mobilidade das tropas, mas também as ações bélicas e mesmo o treinamento de suas forças aéreas.

Em agosto, Speer advertira Hitler de que toda a indústria química estava sendo paralisada pela falta de subprodutos derivados das refinarias de gasolina sintética, e a situação piorava com o correr do tempo. Em novembro, ele informou que, a continuar o declínio do tráfego ferroviário, resultaria uma "catástrofe de importância decisiva na produção," e em dezembro rendeu homenagens ao nosso "planejamento extenso e inteligente".* Finalmente, e já não era sem tempo, nossa grande ofensiva de bombardeio começava a colher os seus frutos.

---

* Sir A.W. Tedder, *Air Power in War*, pp. 118, 119.

85
Outubro em Moscou

OS ACERTOS QUE EU FIZERA NO VERÃO com o presidente Roosevelt, para dividir nossas responsabilidades no trato com países específicos afetados pela movimentação dos exércitos, haviam-nos trazido pelos três meses de sua vigência. Mas, com a aproximação do outono, tudo se intensificou no Leste Europeu. Senti necessidade de outro encontro pessoal com Stalin, a quem eu não via desde Teerã e com quem, apesar da tragédia de Varsóvia, sentia haver novos laços desde o vitorioso lançamento da operação *Overlord*. Os exércitos russos estavam fazendo intensa pressão no teatro dos Bálcãs; a Romênia e a Bulgária estavam sob seu domínio. Belgrado estava prestes a capitular e Hitler lutava com obstinação desesperada para manter o controle da Hungria. À medida que a vitória da Grande Aliança foi-se tornando questão de tempo, era natural que as ambições russas crescessem. O comunismo ergueu a cabeça por trás da trovejante frente de batalha russa. A Rússia era a Redentora, e o Comunismo o evangelho que ela pregava.

Eu nunca havia considerado que nossas relações passadas com a Romênia e a Bulgária exigissem qualquer sacrifício especial de nossa parte. Mas o destino da Polônia e da Grécia afetava-nos agudamente. Pela Polônia entráramos na guerra; pela Grécia fizéramos dolorosos esforços. Ambos os seus governos haviam encontrado refúgio em Londres e nós nos considerávamos responsáveis por sua restauração em seus respectivos países, se fosse esse o verdadeiro desejo de seus povos. De modo geral, esses sentimentos eram partilhados pelos Estados Unidos, mas os Estados Unidos demoraram muito a se aperceber do surto de influência comunista, que se infiltrara antes, bem como se seguiria depois do avanço dos poderosos exércitos dirigidos pelo Kremlin. Eu tinha esperança de aproveitar o melhor relacionamento com os soviéticos para obter soluções satisfatórias para esses novos problemas que emergiam entre o Leste e o Oeste.

Além desses graves problemas que afetavam toda a Europa central, as questões pertinentes à organização do mundo também se impunham à mente de todos nós. Entre agosto e outubro realizara-se uma longa conferência em Dumbarton Oaks, perto de Washington, na qual os Estados

Unidos, a Inglaterra, a URSS e a China haviam produzido o esquema hoje conhecido para manter a paz mundial. As discussões haviam revelado muitas divergências entre os três grandes aliados, que aparecerão na continuação deste relato. O Kremlin não tinha nenhuma intenção de participar de um organismo internacional em que fosse derrotado pelo voto de uma multidão de pequenas potências, que, embora não pudessem influir nos rumos da guerra, certamente reivindicariam condições de igualdade na vitória. Eu tinha certeza de que só poderíamos chegar a boas decisões com a Rússia enquanto tivéssemos como vínculo a camaradagem trazida por um inimigo comum. Hitler e o hitlerismo estavam condenados. Mas e depois de Hitler?

Aterrissamos em Moscou na tarde de 9 de outubro e fomos mui calorosamente recebidos, com cerimonial completo, por Molotov e muitas altas personalidades russas. Dessa vez, fomos hospedados na própria Moscou, com o máximo cuidado e conforto. Destinaram-me uma pequena casa perfeitamente equipada, e Anthony Eden recebeu outra nas imediações. Foi muito bom jantarmos juntos a sós e descansar. Às 22 horas dessa noite, tivemos nossa primeira reunião importante no Kremlin. Presentes apenas Stalin, Molotov, Eden e eu, com o major Birse e Pavlov de intérpretes. Foi acertado convidar imediatamente a Moscou o primeiro-ministro polonês, M. Romer, o ministro do Exterior e M. Grabski, um idoso acadêmico de barba grisalha, cativante e qualificado. Assim, telegrafei a M. Mikolajczyk dizendo que esperávamos por ele e seus amigos para discussões com o governo soviético e conosco, e com o Comitê Polonês de Lublin. Deixei claro que a recusa a participar das conversações equivaleria a uma rejeição definitiva de nosso conselho e nos desobrigaria de qualquer outra responsabilidade perante o governo polonês em Londres.

O momento foi oportuno para negócios, de modo que eu disse: "Vamos chegar a um acordo quanto a nossos assuntos de estado nos Bálcãs. Vossos exércitos estão na Romênia e na Bulgária. Temos ali interesses, missões e agentes. Não entremos em conflito por ninharias. No que concerne à Inglaterra e à Rússia, que acharíeis de ficar com 90% de predominância na Romênia, nós com 90% da influência na Grécia, e de fazermos uma divisão meio a meio sobre a Iugoslávia?" Enquanto isso era traduzido, escrevi em meia folha de papel:

Outubro em Moscou

Romênia

Rússia	90%
Os outros	10%

Grécia

Inglaterra	90%
(em acordo com os EUA)	
Rússia	10%

Iugoslávia	50% - 50%
Hungria	50% - 50%

Bulgária

Rússia	75%
Os outros	25%

Empurrei sobre a mesa o papel para Stalin, que a essa altura já ouvira a tradução. Houve uma ligeira pausa. Em seguida, ele pegou seu lápis azul e ticou um grande ✓ no papel, devolvendo-o a nós. Tudo se resolveu no tempo que leva a narração do fato.

Fazia muito, é claro, que examinávamos ansiosamente nossa posição, e estávamos apenas tratando de providências imediatas de guerra. Todas as questões maiores tinham sido reservadas por ambos os lados para o que então esperávamos que viesse a ser uma mesa de conferência de paz, vencida a guerra.

Depois disso, houve um longo silêncio. O papel ficou no centro da mesa. Por fim, perguntei: "Será que não vão achar muito cínico se parecer que resolvemos essas questões, tão fatídicas para milhões de pessoas, de maneira tão displicente? Vamos queimar o papel." "Não, guarde-o", disse Stalin.

"É absolutamente necessário", relatei em particular ao presidente, "que tentemos chegar a uma opinião comum sobre os Bálcãs, para podermos impedir que irrompa uma guerra civil em vários países, na qual é provável que o senhor e eu sejamos solidários com um lado e Stalin com o outro. Manterei o senhor informado de tudo isso, e nada será acertado, exceto alguns acordos preliminares entre a Inglaterra e a Rússia, sujeitos a novas discussões e debulhados com o senhor. Com base nisso, estou certo de que não se importará de tentarmos chegar a um consenso com os russos."

Depois dessa reunião, refleti sobre nossas relações com a Rússia em toda a Europa oriental. No intuito de aclarar minhas ideias, rascunhei uma

Memórias da Segunda Guerra Mundial

carta a Stalin sobre o assunto, anexando um memorando que explicitava nossa interpretação das percentagens com que havíamos concordado à mesa. Acabei não mandando essa carta, por considerar mais sensato deixar o assunto como estava. Transcrevo-a apenas como um registro autêntico de meu pensamento.

Moscou
11 de outubro de 1944

Considero profundamente importante que a Inglaterra e a Rússia tenham nos Bálcãs uma política comum que também seja aceitável para os Estados Unidos. O fato de a Inglaterra e a Rússia terem uma aliança de vinte anos torna especialmente importante para nós que cheguemos a um acordo amplo e trabalhemos juntos, com facilidade e confiança e por muito tempo. Compreendo que nada do que possamos fazer aqui pode ser mais do que uma preliminar às decisões finais que teremos de tomar quando nós três nos reunirmos à mesa da vitória. Não obstante, espero que possamos chegar a entendimentos e, em alguns casos, a acordos que nos ajudarão a superar as emergências imediatas e propiciarão sólido alicerce para uma paz mundial duradoura.

Essas percentagens que pus no papel não são mais que um método pelo qual podemos verificar até que ponto nos aproximamos em nossas ideias, e então decidir os passos necessários para chegarmos ao pleno acordo. Como eu disse, elas seriam consideradas cruas e até desumanas, expostas ao exame atento dos ministérios do Exterior e de diplomatas do mundo inteiro. Portanto, não poderiam servir de base para qualquer documento público, decerto não no momento atual. Poderiam, contudo, ser um bom guia na conduta de nossos assuntos. Se administrarmos bem esses assuntos, talvez evitemos várias guerras civis e muito derramamento de sangue nos pequenos países em causa. Nosso princípio geral seria deixar que cada país tenha a forma de governo que seu povo quiser. Certamente não queremos impor a nenhuma nação balcânica instituições monárquicas ou republicanas. Entretanto, criamos certas relações de lealdade para com os reis da Grécia e da Iugoslávia. Eles buscaram nosso abrigo contra o inimigo nazi e cremos que, quando a tranquilidade for restabelecida e o inimigo tiver sido expulso, as gentes desses países devem ter uma chance clara e livre de escolha. Poderia até bem ser que Comissões das três Grandes Potências estejam nesses países na época das eleições, para garantir que o povo tenha uma real liberdade de escolha. Há bons precedentes disso.

Outubro em Moscou

Todavia, além da questão institucional, existe em todos esses países a questão ideológica entre formas totalitárias de governo e aquelas que chamamos de livre iniciativa controlada por sufrágio universal. Muito nos alegra que os senhores se tenham declarado contrários a tentar mudar pela força ou pela propaganda comunista os sistemas estabelecidos nos vários países balcânicos. Que resolvam seu próprio destino durante os anos vindouros. Uma coisa, porém, não podemos permitir — fascismo ou nazismo em qualquer de suas formas, que não dão às massas trabalhadoras nem a segurança oferecida por vosso sistema nem a que é oferecida pelo nosso, antes levam, ao contrário, ao surgimento de tiranias internas e a agressão no exterior. Em princípio, acho que a Inglaterra e a Rússia devem despreocupar-se do governo interno desses países e não se inquietar com eles nem interferir, uma vez que se hajam restabelecido condições de tranquilidade após este terrível banho de sangue por que eles, e a rigor todos nós, temos passado.

Foi a partir deste ponto de vista que procurei delinear os graus de interesse que cada um de nós tem nesses países, com pleno assentimento do outro e sujeitos à aprovação dos Estados Unidos, que poderão distanciar-se muito por um longo tempo e depois retornar, inesperadamente, com força gigantesca.

Escrevendo ao senhor, com toda sua experiência e sabedoria, não preciso bater em muitos argumentos. Hitler tentou explorar o medo de um comunismo agressivo e proselitista que existe em toda a Europa ocidental, e está sendo decisivamente derrotado. Mas, como o senhor bem sabe, esse medo existe em todos os países, porque, sejam quais forem os méritos de nossos diferentes sistemas, nenhum país deseja passar pela revolução sangrenta que por certo será necessária, praticamente na totalidade dos casos, antes que seja possível fazer uma mudança tão drástica na vida, nos hábitos e na visão de sua sociedade. Neste momento, M. Stalin, desejo deixar-lhe claro o grande desejo que há no coração da Inglaterra por uma longa e estável amizade e cooperação entre nossos dois países, e o desejo de que possamos, juntamente com os Estados Unidos, manter nos trilhos a locomotiva mundial.

A meus colegas em casa, mandei dizer o seguinte:

12 Out 1944

O sistema de percentagens não pretende fixar o número de membros participantes de comissões relativas aos diferentes países balcânicos, mas expressar o interesse e o sentimento com que os governos inglês e soviético

Memórias da Segunda Guerra Mundial

abordam os problemas desses países, de forma tal que eles possam revelar um ao outro suas ideias de modo compreensível. Não tenciona ser mais do que um guia e, evidentemente, de modo algum compromete os Estados Unidos, nem tenta criar um sistema rígido de esferas de interesse. Pode, no entanto, ajudar os Estados Unidos a verem como sentem seus dois principais aliados a respeito dessas regiões, quando o panorama geral for apresentado.

2. Assim se percebe que, como é muito natural, a Rússia soviética tem interesses vitais nos países à beira do mar Negro, por um dos quais, a Romênia, foi brutalmente atacada com 26 divisões, e com o outro dos quais, a Bulgária, tem laços antigos. A Inglaterra julga acertado demonstrar um respeito particular pelas opiniões russas sobre esses dois países e pelo desejo soviético de assumir a liderança prática para guiá-los em nome da causa comum.

3. Similarmente, a Inglaterra tem uma longa tradição de amizade com a Grécia e um interesse direto em seu futuro como Potência do Mediterrâneo. (...) Fica entendido aqui que a Inglaterra assumirá a liderança no sentido militar e tentará ajudar o governo monarquista grego ora existente a se estabelecer em Atenas, sobre uma base tão ampla e unida quanto possível. A Rússia soviética estaria pronta a conceder essa posição e essa função à Inglaterra, do mesmo modo que a Inglaterra reconheceria a íntima relação entre a Rússia e a Romênia. Isso impediria, na Grécia, o crescimento de facções hostis que viessem a entrar em guerra civil entre si e envolvessem os governos inglês e russo em discussões inquietantes e em conflito de política.

4. Quanto ao caso da Iugoslávia, o símbolo numérico 50-50 tenciona ser a base de uma ação conjunta e de uma política de acordo entre as duas potências ora estreitamente envolvidas, de modo a favorecer a criação de uma Iugoslávia unificada, depois que todos os elementos nela existentes se houverem unido ao máximo para expulsar os invasores nazis. Tenciona evitar, por exemplo, a luta armada entre os croatas e eslovenos, de um lado, e os poderosos e numerosos elementos da Sérvia, de outro, bem como produzir uma política conjunta e amistosa para com o marechal Tito, ao mesmo tempo garantindo que as armas que lhe foram fornecidas sejam usadas contra o inimigo comum nazi, e não para objetivos internos. Tal política, adotada em conjunto pela Inglaterra e pela Rússia soviética, sem visar a qualquer vantagem especial para elas mesmas, seria de real benefício.

5. Como são os exércitos soviéticos que vêm tomando o controle da Hungria, seria natural que uma parcela maior de influência nesse país ficasse com eles, sujeita, é claro, a um acordo com a Inglaterra e, provavelmente, com os Estados Unidos, os quais, apesar de não estarem efetivamente

operando na Hungria, devem encará-la como um estado da Europa central, não dos Bálcãs.

6. Convém frisar que essa ampla exposição dos sentimentos soviéticos e ingleses com relação aos países acima mencionados é apenas um guia provisório para o futuro imediato de guerra, e será examinada pelas Grandes Potências quando estas se reunirem à mesa do armistício ou da paz para forjar um acerto global da Europa.

Os poloneses de Londres já haviam chegado e, às 17 horas de 13 de outubro, reunimo-nos na Casa da Hospitalidade do governo soviético, conhecida como Spiridonovka, para ouvir a exposição de Mikolajczyk e seus colegas. Essas conversações foram realizadas como preparativo para outra reunião, na qual as delegações inglesa e americana encontrariam os poloneses de Lublin. Insisti vivamente com Mikolajczyk para que considerasse duas coisas, a saber, a aceitação *de facto* da Linha Curzon [mapa p. 719], com troca de população, e um debate amistoso com o Comitê Polonês de Lublin, para que fosse possível criar uma Polônia unida. Haveria mudanças, disse eu, mas seria melhor que a unidade fosse estabelecida nessa ocasião, nesse período de encerramento da guerra, e pedi que os poloneses pensassem bem no assunto aquela noite. Mr. Eden e eu estaríamos à sua disposição. Era essencial que eles entrassem em contato com o Comitê Polonês e aceitassem a Linha Curzon como um acordo prático de trabalho, sujeito a discussão na Conferência de Paz.

Às 22 horas da mesma noite reunimo-nos com o chamado Comitê Nacional Polonês. Logo se evidenciou que os poloneses de Lublin eram meros títeres da Rússia. Haviam aprendido e ensaiado tão cuidadosamente seu papel que até seus dirigentes sentiam, visivelmente, que estavam exagerando. Por exemplo, seu líder, M. Bierut, expressou-se nos seguintes termos: "Estamos aqui para exigir, em nome da Polônia, que Lvov pertença à Rússia. É essa a vontade do povo polonês." Quando isso foi traduzido do polonês para o inglês e para o russo, olhei para Stalin e vi um cintilar esperto em seu olhar expressivo, como se ele dissesse: "Que tal essa como amostra de lição soviética?" A extensa contribuição de outro líder de Lublin, Osobka-Morawski, foi também deprimente. Mr. Eden formou a pior opinião possível dos três poloneses de Lublin.

A conferência inteira durou mais de seis horas, porém o resultado foi pequeno. Com o passar dos dias, houve apenas uma ligeira melhora na ferida supurada das questões soviético-polonesas. Os poloneses de Londres estavam dispostos a aceitar a Linha Curzon "como linha demarcatória entre a Rússia e a Polônia". Os russos insistiam nas palavras "como base para uma fronteira entre a Rússia e a Polônia". Nenhum dos lados cedia. Mikolajczyk declarou que seria repudiado por seu próprio povo, e Stalin, ao cabo de uma conversa de duas horas e 15 minutos que tive com ele a sós, comentou que ele e Molotov eram as duas únicas pessoas, dentre aquelas com quem trabalhava, que eram favoráveis a lidar "brandamente" com Mikolajczyk. Tive certeza de que havia intensas pressões nos bastidores, tanto partidárias quanto militares.

Stalin era contrário à tentativa de formar um governo polonês unificado sem que se chegasse a um acordo sobre a questão da fronteira. Caso ela fosse resolvida, ele estaria perfeitamente disposto a aceitar que Mikolajczyk chefiasse o novo governo. Pessoalmente, eu achava que surgiriam dificuldades não menos renitentes na discussão em torno de uma fusão do governo polonês com os poloneses de Lublin, cujos representantes continuavam a nos causar a pior impressão possível, e que, como eu disse a Stalin, eram "apenas uma expressão da vontade soviética". Sem dúvida eles também tinham a ambição de governar a Polônia e, nesse sentido, eram uma espécie de *quislings,* de colaboracionistas. Como quer que fosse, o melhor era que as duas delegações polonesas voltassem para seus lugares de origem. Senti muito agudamente a responsabilidade que pesava sobre mim e sobre o ministro do Exterior na tentativa de elaborar propostas para um acordo russo-polonês. Até a imposição da Linha Curzon à Polônia suscitaria críticas.

Noutros aspectos, tivemos progressos consideráveis. Era patente a determinação do governo soviético de atacar o Japão após a derrubada de Hitler. Isso seria de extrema valia para abreviar toda a luta. Os acertos feitos sobre os Bálcãs eram, eu tinha certeza, os melhores possíveis. Associados a uma ação militar bem-sucedida, eles deveriam agora ser eficazes na salvação da Grécia. Eu não tinha dúvida de que nosso acordo de adotar uma política conjunta na Iugoslávia, meio a meio, era a melhor solução para nossas dificuldades, em vista do comportamento de Tito — depois de viver sob nossa

Outubro em Moscou

proteção por três ou quatro meses, ele fora secretamente conferenciar em Moscou sem nos dizer aonde ia — e da chegada de forças russas e búlgaras, sob o comando russo, para ajudar seu flanco oriental.

Não há dúvida de que, em nosso círculo restrito, conversamos com uma facilidade, liberdade e cordialidade nunca antes havida entre nossos dois países. Stalin deu várias demonstrações de consideração pessoal que, tenho certeza, foram sinceras. Mas fiquei ainda mais convencido de que de modo algum ele estava sozinho. Como eu disse a meus colegas de volta a casa, "negra aflição cavalga na garupa".*

Na noite de 17 de outubro, tivemos nossa última reunião. Acabara de chegar a notícia de que o almirante Horthy fora preso pelos alemães à guisa de precaução, já que todo o front alemão na Hungria se desintegrava. Comentei esperar que o Passo de Liubliana pudesse ser alcançado o mais depressa possível e acrescentei não achar que a guerra terminasse antes da primavera.

---

* *Horácio, Odes, 3.1.41, post equitem sedet atra Cura.* (N.T.)

86
Paris e as Ardenas

Considerou-se apropriado que minha visita a Paris ocorresse no Dia do Armistício, 11 de novembro de 1944, e isso foi publicamente anunciado. Havia muitas informações de que os colaboracionistas atentariam contra minha vida, de modo que se tomaram precauções extremas. Na tarde de 10 de novembro, pousei no aeroporto de Orly, onde de Gaulle me recebeu com uma guarda de honra, e fomos juntos de carro pelos arredores de Paris até o centro da cidade, chegando ao Quai d'Orsay, onde minha mulher e Mary foram recepcionadas em grande estilo. O prédio estivera ocupado durante muito tempo pelos alemães, e me disseram que eu dormiria na cama e usaria o mesmo banheiro de Göring. Tudo estava magnificamente arrumado e servido, e no interior do palácio era difícil acreditar que meu último encontro ali com o governo de Reynaud e do general Gamelin, em maio de 1940, fosse outra coisa que um pesadelo. Às 11 horas de 11 de novembro, de Gaulle conduziu-me em carro aberto através do Sena e da Place de la Concorde, com uma esplêndida escolta de Gardes Républicains em uniforme de gala, com todos os seus coletes de metal brilhando. Eles eram várias centenas e um espetáculo esplendoroso, sobre o qual o sol reluzia. Toda a famosa avenida des Champs Elysées estava repleta de parisienses e marcada por soldados em linha. Cada janela fervilhava de espectadores decorada com bandeiras. Seguimos em meio a multidões que aplaudiam ardorosamente, até o Arco do Triunfo, onde ambos depositamos coroas de flores no Túmulo do Soldado Desconhecido. Encerrada essa cerimônia, o general e eu caminhamos juntos, acompanhados por um séquito das principais personalidades da vida pública francesa, por meia milha da avenida que eu conhecia tão bem. Depois, tomamos nossos lugares num palanque e assistimos a um belo desfile de tropas francesas e inglesas. Nosso destacamento dos Guards esteve fantástico. Encerrada essa parte, depositei uma guirlanda sob a estátua de Clemenceau, que esteve muito presente em meus pensamentos nessa comovente ocasião.

De Gaulle recepcionou-me num grande almoço no Ministério da Guerra e fez um discurso muito elogioso sobre meus préstimos durante a guerra;

na noite do dia 12, após jantar na embaixada, partimos para Besançon. O general queria muito que eu assistisse ao amplo ataque planejado para o exército francês sob o comando do general de Lattre de Tassigny. Todas as providências para a viagem num luxuoso trem especial tinham sido cuidadosamente tomadas, e chegamos bem antes da batalha. Deveríamos seguir para um posto de observação nas montanhas, mas, em virtude do frio inclemente e de uma espessa camada de neve, as estradas estavam intransponíveis e toda a operação teve de ser retardada. Passei o dia circulando de carro com de Gaulle e tivemos muito que conversar nessa longa e árdua excursão, inspecionando tropas aqui e ali. A programação continuou até muito depois do anoitecer. Os soldados franceses pareciam estar no melhor estado de ânimo possível. Marchavam em grande estilo e cantavam canções famosas com entusiasmo comovente. Meu grupo pessoal — minha filha Mary e meu ajudante de ordens naval, Tommy — temeu que eu tivesse outra recaída da pneumonia, já que ficamos ao ar livre durante pelo menos dez horas num clima terrível. Mas tudo correu bem e, no trem, o jantar foi agradável e interessante. Fiquei impressionado com a reverência e até apreensão com que meia dúzia de generais de alta patente tratavam de Gaulle, a despeito de ele ter apenas uma estrela no uniforme, enquanto eles tinham muitas.

Durante a noite, nosso trem se dividiu. De Gaulle voltou a Paris e nossa metade seguiu viagem para Reims, lá chegando na manhã seguinte, quando fui para o QG de Ike. À tarde, voei de volta para Northolt.

No momento, a situação na frente ocidental não era agradável. Houvera muitos preparativos para o avanço ao Reno, mas a chuva de novembro foi a pior em muitos anos, inundando rios e córregos e criando lodaçais onde a infantaria se esfalfava para avançar. No setor inglês, o II Exército de Dempsey empurrou o inimigo de volta para o outro lado do Meuse. Mais ao sul, justapomo-nos ao IX Exército dos EUA e fomos por um setor saturado em direção ao rio Roer. Teria sido terrível atravessá-lo àquela altura, pois seu nível era controlado por barragens ainda com o inimigo: abrisse ele as comportas, isolaria nossa tropa na margem oposta. Bombardeiros tentaram explodir as barragens e soltar a água, mas, apesar de vários disparos diretos, nenhuma brecha se abriu. Em 13 de dezembro, o I Exército dos EUA teve que recomeçar sua ofensiva para tomá-las.

Memórias da Segunda Guerra Mundial

Ao sul das Ardenas, Patton havia cruzado o Moselle e avançado para leste em direção à fronteira alemã. Ali, defrontou-se com a parte mais sólida das defesas da Linha Siegfried. Contra fortificações portentosas e bem-defendidas, seu exército se deteve. À direita da linha, o VI Grupo de Exércitos do general Devers forçou o caminho pelos Vosges e pelo passo de Belfort. Os franceses, após uma semana da batalha cujo início eu tivera a esperança de ver, conquistaram Belfort em 22 de novembro e chegaram ao Reno, ao norte de Bâle. Dali, desceram o rio, contornaram o flanco alemão nos Vosges e obrigaram o inimigo a recuar. A entrada em Estrasburgo ocorreu no dia 23 e, nas semanas seguintes, o VII Exército dos EUA limpou todo o norte da Alsácia, passou pela direita do III Exército, cruzou a fronteira alemã numa ampla frente e penetrou na Linha Siegfried perto de Wissembourg.

Mas esses sucessos não escondiam o revés estratégico dos aliados. Antes desse grande movimento, registramos nossa opinião de que era um erro atacar a frente inteira e de que uma massa muito maior deveria reunir--se no ponto de penetração desejado. Os comentários e as previsões de Montgomery confirmaram-se sob todos os aspectos. "Você deve lembrar, entretanto", telegrafei a Smuts, "que nossos exércitos têm apenas a metade do tamanho dos americanos e logo corresponderão a pouco mais de um terço. Tudo continua amistoso e leal na esfera militar, apesar da decepção sofrida. (...) Mas já não me é fácil como antes conseguir que as coisas sejam feitas. (...)"

Em 6 de dezembro, também expus minhas apreensões ao presidente:

É chegado o momento de eu lhe expor a grave e decepcionante situação da guerra que se nos apresenta neste fim de ano. Embora muitas belas vitórias táticas tenham sido conquistadas (...) persiste o fato de que não atingimos o objetivo estratégico que fixamos para nossos exércitos há cinco semanas. Ainda não alcançamos o Reno na parte norte e setor mais importante do front, e teremos de continuar na grande batalha por muitas semanas antes de ter esperança de atingir o Reno e abrir nossas cabeças de ponte. Depois disso, ademais, teremos de avançar pela Alemanha.

Na Itália, os alemães ainda mantêm em nosso front 26 divisões — equivalentes a talvez 16 ou mais com pleno poder de combate. (...) A razão por que o XV Grupo de Exércitos não pôde infligir uma derrota decisiva a Kesselring é que, em virtude do atraso causado pela debilitação de nossas forças para favorecer *Dragoon* [o desembarque na Riviera, na França meridional], não atravessamos os Apeninos antes de o vale do Pó ficar inundado. Assim, nem nas montanhas nem nas planícies pudemos usar nossa superioridade em blindados.

Em vista da obstinada resistência alemã em todas as frentes, não retiramos da Europa as cinco divisões inglesas e anglo-indianas para permitir que Mountbatten atacasse Rangoon em março, e também por outras razões, tal operação tornou-se impraticável. Assim, como concordamos em Quebec, Mountbatten iniciou o avanço geral pela Birmânia descendo do norte e do oeste, com progressos satisfatórios. Agora, graças ao avanço dos japoneses na China, com sua ameaça mortal a Kunming e, quem sabe, a Chungking, ao Generalíssimo e a seu regime, duas divisões chinesas, ou possivelmente mais, têm de ser retiradas para defender a China. Não tenho muita dúvida de que isso é inevitável e acertado. As consequências, no entanto, são sérias. (...) Todas as minhas ideias sobre um golpe realmente vigoroso pelo Adriático ou pela baía de Bengala foram desconsideradas.

Ao contrastarmos essas realidades com as róseas expectativas de nossos povos, apesar de nossos esforços conjuntos para reduzi-las, surge claramente a questão: "Que vamos fazer a respeito?" Minha angústia é aumentada pelo fim das esperanças numa reunião em breve entre nós três e pelo adiamento indefinido de outro encontro entre nós dois e nossos estados-maiores. Nossos planos ingleses dependem dos vossos, nossos problemas anglo-americanos devem ao menos ser examinados no todo, e o telégrafo e o telefone, não raro, só fazem obscurecer deliberações. Assim, considero que, se lhe for impossível vir aqui pessoalmente antes de fevereiro, devo lhe perguntar se não poderia enviar seus chefes de estado-maior para cá tão logo seja viável, para que eles estejam perto de nossos principais exércitos e do general Eisenhower, e para que todo o tumultuado panorama possa ser calma e pacientemente estudado, com vistas a uma ação estreitamente concertada como a que marcou nossas campanhas de 1944.

Embora compreensivo, Mr. Roosevelt não pareceu partilhar de minhas ansiedades. Respondeu ele:

Sempre achei que a ocupação da Alemanha até a margem esquerda do Reno seria uma tarefa muito difícil. Por haver, no passado, percorrido de bicicleta a maior parte da região do Reno, nunca fui tão otimista quanto muitos de nossos comandantes sobre a facilidade de cruzar o rio com nossos exércitos reunidos.

Entretanto, a estratégia geral em que concordamos vem-se desenvolvendo conforme o planejado. O senhor e eu estamos agora na posição de comandantes supremos que prepararam seus planos, expediram suas ordens e comprometeram seus recursos com a batalha, de acordo com esses planos e ordens. Por enquanto, mesmo que haja um ligeiro atraso, parece-me que a continuação e o desfecho das batalhas estão nas mãos de nossos comandantes em campanha, nos quais tenho plena confiança. (...)

Um duro golpe era iminente. Seis dias depois do envio desse telegrama, uma crise desabou sobre nós. A decisão aliada de atacar vigorosamente a partir de Aachen, ao norte, e também através da Alsácia, no sul, deixara nosso centro muito enfraquecido. No setor das Ardenas, apenas um Corpo de Exército, o 7º dos EUA, composto de quatro divisões, defendia uma frente de 77 milhas. Esse risco fora previsto e deliberadamente aceito, mas as consequências foram graves e poderiam ter sido ainda piores. Numa façanha notável, o inimigo reuniu cerca de setenta divisões em sua frente ocidental, 15 delas blindadas. Muitas estavam enfraquecidas, precisando de descanso e reequipamento, mas uma força, o VI Exército Panzer, era sabidamente forte e se achava em bom estado. Essa ponta de lança potencial fora cuidadosamente vigiada enquanto esteve em reserva a leste de Aachen. Quando esmoreceu a luta nessa frente, no começo de dezembro, ela desapareceu por algum tempo das vistas de nossa inteligência, e as más condições de voo prejudicaram nossos esforços para localizá-la. Eisenhower suspeitou que alguma coisa se estivesse armando, mas sua amplitude e violência surpreenderam.

Na verdade, os alemães tinham um plano de vulto. Rundstedt reuniu dois exércitos Panzer, o V e o VI, e mais o VII Exército, num total de dez divisões Panzer e 14 de infantaria. Essa grande força, liderada por seus blindados, pretendia cruzar as Ardenas até o rio Meuse, virar para norte e noroeste, dividir a linha aliada em duas, tomar o porto de Antuérpia e cortar o abastecimento vital de nossos exércitos do norte. O ataque fora planejado por Hitler, e ele não admitia nenhuma alteração por parte de seus descrentes generais. Os remanescentes da força aérea alemã foram reunidos para um derradeiro esforço, enquanto paraquedistas, sabotadores e agentes secretos, usando uniformes dos aliados, foram instruídos sobre os papéis que deveriam desempenhar.

O ataque foi em 16 de dezembro, sob barragem de artilharia. No flanco norte, o VI Exército Panzer esbarrou com a direita do I Exército dos EUA no ato de avançar para as represas do Roer. Após uma batalha cheia de altos e baixos, o inimigo foi contido. Mais ao sul, os alemães irromperam numa

Paris e as Ardenas

frente estreita, mas foram detidos por vários dias cruciais. O VI Exército Panzer lançou uma nova investida para oeste e depois para norte, no sentido de Liège, no Meuse. O V Exército Panzer rompeu o centro do 8º Corpo de Exército americano e penetrou fundo a caminho do Meuse.

Embora o momento e a intensidade do ataque surpreendessem o alto comando aliado, sua importância e objetivo foram logo reconhecidos. O alto comando resolveu reforçar os "ombros" da ofensiva, barrar a travessia do Meuse a leste e ao sul de Namur e concentrar tropas móveis em massa para esmagar a ponta de lança pelo norte e pelo sul. Eisenhower agiu com rapidez. Suspendeu todos os ataques aliados em andamento e trouxe da reserva quatro divisões americanas e mais seis do sul. Duas divisões aeroterrestres, uma delas a 6ª Divisão inglesa, vieram da Inglaterra. Ao norte do bolsão, quatro divisões do 30º Corpo de Exército inglês, que haviam acabado de sair da linha do rio Roer, foram concentradas entre Liège e Louvain, atrás do I e IX Exércitos americanos. Estes usaram todas as suas reservas para estender um flanco defensivo de Malmedy para o oeste.

Rompendo o front do XII Grupo de Exércitos do general Bradley, os alemães impediram-no de exercer, do QG de Luxemburgo, um comando efetivo sobre seus dois exércitos ao norte do bolsão. Eisenhower, então, com sabedoria, pôs Montgomery no comando temporário de todas as tropas aliadas ao norte, enquanto Bradley manteve o III Exército dos EUA e foi encarregado de deter o inimigo e contra-atacar do sul. Tomaram-se providências correspondentes no tocante às forças aéreas táticas.

Três de nossas divisões de reforço dispuseram-se na linha do Meuse ao sul de Namur. Bradley concentrou um corpo em Arlon e mandou a 101ª Divisão Aeroterrestre americana segurar os importantes entroncamentos rodoviários de Bastogne. Os blindados alemães viraram para o norte e procuraram abrir caminho para noroeste, deixando a captura da cidade a cargo de sua infantaria. A 101ª Divisão, com algumas unidades blindadas, ficou isolada e, durante uma semana, rechaçou todos os ataques.

O giro do V e VI Exércitos Panzer gerou combates duríssimos em volta de Marche, que perduraram até 26 de dezembro. A essa altura, os alemães estavam exaustos, embora, em dado momento, tivessem ficado a apenas quatro milhas do Meuse, avançando mais de sessenta milhas. O mau tempo e a cerração baixa mantiveram nossa força aérea fora da primeira semana de combate, mas, em 23 de dezembro, as condições de voo melhoraram. Os aviões intervieram com um efeito tremendo. Bombardeiros pesados atacaram ferrovias e centros de movimentação atrás das linhas inimigas, enquanto esquadrilhas aéreas táticas criaram caos nas áreas avançadas do inimigo, privando-o de reforços, combustível, víveres e munição. Os ataques estratégicos às refinarias alemãs ajudaram a privá-lo de gasolina e a retardar seu avanço.

Frustrados no seu principal objetivo, o Meuse, os Panzers voltaram-se furiosos contra Bastogne. A 101ª Divisão, embora reforçada, estava em grande inferioridade numérica. Mas defendeu ferrenhamente a cidade por mais uma semana e, no fim de dezembro, o Alto Comando alemão deve ter reconhecido, por mais que isso o contrariasse, que a batalha estava perdida. A contraofensiva de Patton progredia sistematicamente, mesmo que com lentidão, pelos campos cobertos de neve. O inimigo deu um último lance, dessa vez pelo ar. Em 1º de janeiro de 1945, desferiu um violento ataque-surpresa em baixa altitude contra todos os nossos aeródromos avançados. Nossas perdas, embora pesadas, foram prontamente repostas, mas a Luftwaffe perdeu mais do que podia suportar em seu derradeiro ataque em massa na Segunda Guerra Mundial.

Três dias depois, Montgomery lançou um contragolpe pelo norte para se juntar ao avanço de Patton pelo sul. Dois corpos de exército americanos, tendo os ingleses em seu flanco oeste, investiram contra o inimigo. Avançando em meio às tempestades de neve, as duas alas do ataque aliado aproximaram-se lentamente e se encontraram em Houffalize no dia 26. Os alemães foram continuamente empurrados para leste e ininterruptamente atormentados pelos aviões. No fim do mês, estavam outra vez atrás de suas fronteiras, sem nada que exibir por seu esforço supremo, a não ser perdas desastrosas de material e baixas correspondentes a 120 mil homens.

Essa foi a última ofensiva alemã na guerra. Causou-nos um bocado de ansiedade e retardou nosso próprio avanço, mas acabou por nos beneficiar. Os alemães não puderam repor suas perdas, e nossas batalhas subsequentes no Reno, apesar de árduas, foram sem dúvida facilitadas. O Alto Comando deles e até mesmo Hitler devem ter-se desiludido. Apanhados de surpresa, Eisenhower e seus comandantes haviam agido com rapidez, embora o mérito principal deva ser dado a outros personagens. Nas palavras de Montgomery, "a Batalha das Ardenas foi vencida principalmente pelas sólidas qualidades de combate do soldado americano". De fato, as tropas americanas tinham travado quase todos os combates e sofreram quase todas as baixas.

87
Natal em Atenas

Os GREGOS RIVALIZAM COM OS JUDEUS como raça mais politizada do mundo. Por mais desanimadora que seja sua situação ou mais grave o perigo para seu país, eles estão sempre divididos em muitos partidos, com muitos líderes que lutam entre si com um vigor desesperado. Já se disse com acerto que, onde quer que haja três judeus, haverá dois primeiros-ministros e um líder da oposição. O mesmo se aplica a essa outra famosa raça da Antiguidade, cuja tempestuosa e interminável luta pela vida remonta às origens do pensamento humano. Nenhum outro par de povos imprimiu marca igual no mundo. Apesar dos intermináveis perigos e sofrimentos impostos pelos opressores externos, ambos demonstraram uma capacidade de sobrevivência só equiparável a suas próprias desavenças, brigas e convulsões incessantes. A passagem de vários milhares de anos não demonstra qualquer alteração de suas características ou qualquer diminuição de suas provações ou de sua vitalidade. Esses povos sobreviveram apesar de tudo que o mundo fez para destruí-los e de tudo que fizeram eles contra si mesmos; e ambos, por caminhos muito diferentes, legaram-nos a herança de seu talento e sua sabedoria. Não se tem notícia de duas outras cidades que tenham sido mais importantes para a humanidade do que Atenas e Jerusalém. Suas mensagens, na religião, na filosofia e na arte, foram os principais faróis norteadores da fé e da cultura modernas. Séculos de dominação estrangeira e de uma indescritível e interminável opressão marcam-nos na condição de comunidades e forças ainda vivas e atuantes no mundo moderno, brigando entre si com insaciável vitalidade. Pessoalmente, sempre tomei o partido de ambos e sempre acreditei em sua imbatível capacidade de sobreviver às lutas internas e às convulsões mundiais que os ameaçam de extinção.

Antes de deixar a Itália, no fim de agosto, eu havia pedido ao CIGS que elaborasse os detalhes de uma expedição inglesa à Grécia, na eventualidade de que os alemães lá entrassem em colapso [ver pp. 200-201]. Ela recebeu o código de *Manna* e, em setembro, os preparativos estavam bem-adiantados. M. Papandreou e seus colaboradores foram levados à Itália e instalados numa *villa* perto de Caserta. Ali, ele se pôs ao trabalho com os representantes do EAM e seus rivais nacionalistas, o EDES.* Com a ajuda de Mr. Macmillan, ministro residente no Mediterrâneo, e de Mr. Leeper, nosso embaixador junto ao governo grego, assinou-se um acordo amplo no dia 26. Estipulava o acordo que todas as forças guerrilheiras do país deveriam colocar-se sob as ordens do governo grego, que, por sua vez, as deixaria sob o comando inglês do general Scobie. Os líderes guerrilheiros gregos declararam que nenhum de seus homens tomaria a lei nas mãos. Qualquer ação em Atenas só seria executada sob as ordens diretas do general Scobie. Esse documento, conhecido como Acordo de Caserta, regeu todas as nossas ações subsequentes.

Em outubro, iniciou-se a libertação da Grécia. Unidades de comandos foram mandadas ao sul do país e, nas primeiras horas de 4 de outubro, nossos soldados ocuparam Patras. Foi nosso primeiro tomar pé desde a trágica saída de 1941. No dia 12, o general Wilson soube que os alemães estavam evacuando Atenas e, no dia seguinte, paraquedistas ingleses desceram no aeródromo de Megara, umas oito milhas a oeste da capital. Em 14 de outubro, chegou o restante dos paraquedistas, ocupando a cidade nos calcanhares da retirada alemã. Nossas forças navais entraram no Pireu, levando com elas o general Scobie e a maior parte de sua tropa. O governo grego chegou dois dias depois, em companhia de nosso embaixador.

Era chegada a hora da prova de nossos acertos. Na conferência de Moscou, eu obtivera a abstenção russa a um alto preço. Tínhamos o compromisso de apoiar o governo provisório de Papandreou, no qual o EAM estava plenamente representado. Todas as partes deviam cumprir os termos do Acordo de Caserta, e queríamos, sem perda de tempo, transferir a autoridade a um governo grego estável. Mas a Grécia estava em ruínas. Os alemães haviam destruído estradas e ferrovias em sua retirada para o norte e, embora nossa força aérea os perseguisse, pouco podíamos intervir em terra. Os bandos armados do ELAS preencheram o vazio deixado pelos invasores em debandada e seu comando central pouco se esforçou em cumprir as solenes promessas que fizera. Era escassez e dissensão por toda parte. Finanças em desordem, víveres esgotados. Nossos próprios recursos militares estavam no limite.

---

* EAM, o "Front de Libertação Nacional" grego.

ELAS, o "Exército de Libertação Nacional do Povo" grego. Tanto o EAM quanto o ELAS eram controlados pelos comunistas.

EDES, o "Exército Nacional Democrático" grego.

Natal em Atenas

No fim do mês, Mr. Eden visitou Atenas quando voltava de Moscou para Londres e teve uma recepção tumultuada em memória de sua atuação em favor da Grécia em 1941. Com ele estavam Lord Moyne, ministro residente no Cairo, e Mr. Macmillan. Toda a questão da assistência ao país foi discutida e se fez o que era humanamente possível. Nossos soldados dispuseram-se a reduzir suas rações à metade para aumentar a oferta de víveres, enquanto engenheiros ingleses começaram a montar comunicações de emergência. Por volta de 1º de novembro, os alemães haviam evacuado Salonika e Florina. Dez dias depois, suas últimas tropas haviam cruzado a fronteira norte e, afora algumas guarnições isoladas nas ilhas, a Grécia estava livre.

Mas o governo de Atenas não contava com tropa suficiente para controlar o país e obrigar o ELAS a cumprir o Acordo de Caserta. A desordem aumentou e se alastrou. Um levante do EAM era iminente e, em 15 de novembro, o general Scobie foi instruído a preparar-se para ele. Atenas deveria ser declarada área militar, e deu-se autorização para que todos os soldados do ELAS recebessem ordens de deixá-la. A 4ª Divisão indiana foi enviada da Itália. Também foi enviada a brigada grega, que se tornou o centro da controvérsia entre Papandreou e seus colegas do EAM. Ficou evidente que a única possibilidade de evitar a guerra civil consistia em desarmar os guerrilheiros e outras forças, mediante um acordo mútuo, e criar um novo exército nacional e uma nova força policial sob o controle direto do governo de Atenas.

Um decreto determinando a desmobilização das guerrilhas, redigido a pedido de M. Papandreou pelos próprios ministros do EAM, foi submetido ao atordoado ministério. A Brigada de Montanha grega regular e o "Esquadrão Sagrado" da força aérea deveriam permanecer organizados. Caberia ao ELAS manter uma brigada própria e o EDES deveria receber um pequeno corpo de tropa. No último momento, entretanto, os ministros do EAM voltaram atrás em suas propostas, nas quais tinham gasto uma semana preciosa, e pediram que a Brigada de Montanha fosse extinta. A essa altura, a tática comunista estava em pleno funcionamento. Em 1º de dezembro, os seis ministros ligados ao EAM demitiram-se e foi convocada uma greve geral em Atenas para o dia seguinte. O restante do ministério passou um decreto dissolvendo as guerrilhas, e o Partido Comunista transferiu sua sede para fora da capital. O general Scobie transmitiu mensagem ao povo da Grécia, declarando seu firme apoio ao governo constitucional existente, "até que o estado grego possa estabelecer-se com uma força legalmente armada e se possam realizar eleições livres". De Londres, fiz uma declaração pessoal similar.

No domingo, 3 de dezembro, alguns adeptos do comunismo que participavam de uma manifestação proibida entraram em choque com a polícia, iniciando-se a guerra civil. No dia seguinte, o general Scobie ordenou que o ELAS evacuasse Atenas e o Pireu imediatamente. Em vez disso, soldados do ELAS e civis armados tentaram tomar a capital à força.

Nesse momento, tomei um controle mais direto da questão. Ao saber que os comunistas já haviam se apossado de quase todas as delegacias policiais de Atenas, assassinando a maioria dos ocupantes que ainda não se haviam comprometido com seu ataque, e que estavam a meia milha dos prédios governamentais, ordenei ao general Scobie e aos seus cinco mil soldados ingleses, recebidos dez dias antes pela população em êxtase como seus libertadores, que interviessem e disparassem contra os agressores traiçoeiros. De nada adianta fazer esse tipo de coisa pela metade. A violência anárquica pela qual os comunistas estavam procurando conquistar a cidade e se apresentar ao mundo como o governo exigido pelo povo grego só podia ser enfrentada pelas armas. Não havia tempo para convocar o Gabinete.

Anthony e eu estivemos juntos até cerca das duas horas e concordamos plenamente em que tínhamos que abrir fogo. Vendo quão cansado ele estava, eu lhe disse: "Se você quiser ir-se deitar, deixe comigo." Ele foi e, por volta das três horas, redigi o seguinte telegrama ao general Scobie:

(...) O senhor é responsável por manter a ordem em Atenas e neutralizar ou destruir todos os bandos do EAM-ELAS que se aproximarem da cidade. Pode impor qualquer norma que deseje para obter o rigoroso controle das ruas ou para prender qualquer pessoa truculenta. Naturalmente, o ELAS tentará colocar mulheres e crianças na linha de frente onde possa haver tiroteios. O senhor terá que usar de habilidade e evitar erros. Mas não hesite em disparar contra qualquer homem armado em Atenas que ataque as autoridades inglesas ou as autoridades gregas com quem estamos trabalhando. Seria bom, é claro, que seu comando fosse reforçado pela autorização de algum governante grego, e Papandreou está sendo orientado por Leeper a permanecer aí para ajudar. *Todavia, não hesite em*

Natal em Atenas

agir como se estivesse numa cidade conquistada em que houvesse uma rebelião local em andamento.

Quanto aos bandos do ELAS que se aproximarem vindo de fora, o senhor certamente há de poder, com seus blindados, dar a alguns deles uma lição que faça os outros desistirem da tentativa. Conte com meu apoio em todas as medidas sensatas e razoáveis que forem tomadas segundo esta orientação. *Temos que manter e dominar Atenas. Seria ótimo que o senhor o conseguisse sem derramamento de sangue, se possível, mas também o será com derramamento de sangue, se necessário.**

Esse telegrama foi despachado às 4h50 de 5 de dezembro. Devo admitir que tinha um tom meio exagerado. Eu considerava tão necessário dar uma orientação firme ao comandante militar que o formulei, deliberadamente, nos mais ásperos termos. O fato de Scobie estar de posse de uma ordem dessa natureza não apenas o incentivaria a tomar providências decisivas, como lhe daria a garantia certeira de que eu estaria a seu lado em qualquer ato bem-pensado que ele praticasse, fossem quais fossem as consequências. Eu me sentia seriamente preocupado com toda a situação, mas na certeza de que não poderia haver margem para dúvidas ou evasivas. Tinha em mente o célebre telegrama de Arthur Balfour às autoridades inglesas da Irlanda na década de 1880: "Não hesitem em atirar." Fora enviado pelas agências comuns do telégrafo. Provocara um furioso tumulto na Câmara dos Comuns da época, mas certamente prevenira a perda de vidas humanas. Tinha sido um dos principais degraus da ascensão de Balfour ao poder. Agora, a cena era totalmente outra, mas a frase "não hesitem em atirar" pairava em minha mente como um alerta vindo daqueles dias distantes.

Hoje que o mundo livre sabe muito mais do que se sabia na época sobre o movimento comunista na Grécia e em outros lugares, muitos leitores hão de ficar perplexos ante os ataques veementes a que então ficamos sujeitos o governo de Sua Majestade e, em particular, eu mesmo, como seu líder. A grande maioria da imprensa americana condenou violentamente nosso ato, afirmando que ele desvirtuava a causa pela qual os EUA haviam entrado em guerra. O Departamento de Estado, chefiado por Mr. Stettinius, fez um pronunciamento marcadamente crítico, que em anos posteriores viria a lamentar ou, pelo menos, a tentar reverter. Na Inglaterra, houve grande comoção. O *Times* e o *Manchester Guardian* expressaram sua censura ao

---

* Todos os destaques gráficos são posteriores. WSC.

que consideravam ser nossa política reacionária. Stalin, contudo, aderiu estrita e fielmente ao nosso acordo de outubro e, durante todas as longas semanas de combate aos comunistas nas ruas de Atenas, nem uma só palavra de recriminação veio do *Pravda* ou do *Izvestia*.

Foi grande a agitação na Câmara dos Comuns. Houve uma forte corrente de opiniões vagas e até de manifestações apaixonadas, e qualquer governo que se apoiasse numa base menos sólida do que a coalizão nacional bem poderia ter-se desfeito em pedaços. Mas o Gabinete de Guerra manteve-se firme como uma rocha, contra a qual em vão se chocaram todas as ondas e tempestades. Ao lembrarmos o que aconteceu com a Polônia, a Hungria e a Tchecoslováquia nos últimos anos, podemos agradecer à sorte por nos haver concedido, naquele momento crítico, a força serena e unida dos líderes decididos de todos os partidos. O espaço não me permite citar mais do que alguns trechos de um discurso que proferi em 8 de dezembro.

> A acusação feita contra nós (...) é a de estarmos usando as forças de Sua Majestade para desarmar os amigos da democracia, na Grécia e em outras partes da Europa, e para sufocar os movimentos populares que tão valorosamente auxiliaram na derrota do inimigo. (...)

> Mas surge a questão — e podemos permitir-nos refletir sobre ela por um momento — de saber quem são os amigos da democracia, e como interpretar a palavra "democracia". A ideia que faço dela é que o homem simples, humilde, comum, homem do povo que sustenta mulher e filhos, que sai em luta por seu país quando este se acha em dificuldades, que comparece às urnas nas ocasiões adequadas e coloca seu x na cédula eleitoral, mostrando o candidato que deseja eleger para o Parlamento, minha ideia é que esse homem constitui o fundamento da democracia. E é também essencial para esse fundamento que tal homem ou tal mulher faça isso sem medo e sem forma alguma de intimidação ou coação. O cidadão marca sua cédula em rigoroso sigilo e, depois, os representantes eleitos se reúnem e decidem, juntos, que governo — ou até, em tempos de aflição, que forma de governo — desejam ter em seu país. Se isso é a democracia, eu a saúdo. Defendo-a. Disponho-me a trabalhar por ela. (...) Apoio-me no fundamento das eleições livres, baseadas no voto universal, e é isso que consideramos a base da democracia. Mas tenho um sentimento muito diferente em relação aos simulacros de democracia, às democracias que se denominam democracias por serem de esquerda. Há que haver toda sorte de gente para compor uma democracia, e não apenas esquerdistas, ou mesmo comunistas. Não admito que um partido ou um órgão se denomine democrata por estar enveredando cada vez para

Natal em Atenas

as formas mais extremadas de revolução. Não aceito que um partido seja necessariamente um representante da democracia pelo fato de se tornar tão mais violento quanto menos numeroso é.

Há que se ter respeito pela democracia e não usar essa palavra de maneira leviana. A última coisa que pode se assemelhar à democracia é a lei da turba, com bandos de gângsteres equipados com armas mortíferas a forçarem a entrada nas grandes cidades, tomarem as delegacias policiais e as sedes principais do governo, empenharem-se em introduzir um regime totalitário com mão de ferro e clamarem, como eles costumam fazer hoje em dia, quando conseguem o poder... [*Interrupção*].

A democracia não se baseia na violência nem no terrorismo, mas na razão, no jogo limpo, na liberdade, no respeito aos direitos dos outros. A democracia não é meretriz apanhada na rua por um homem de metralhadora. Confio no povo, na massa da população de quase todos os países, mas gosto de me certificar de que se trata mesmo do povo, e não de uma quadrilha de bandidos que, pela violência, acham que podem derrubar a autoridade constituída — em alguns casos, antigos parlamentos, governos e estados. (...)

Só trinta deputados votaram contra nós. Quase trezentos deram seu voto de confiança. Esse foi, mais uma vez, um momento em que a Câmara dos Comuns mostrou sua força e autoridade duradouras.

Não há dúvida de que a expressão emocional da opinião pública americana e a linha de pensamento então adotada pelo Departamento de Estado afetaram o presidente Roosevelt e seu círculo imediato. Os sentimentos que externei na Câmara dos Comuns tornaram-se, hoje, um lugar-comum na doutrina e na política americanas, e são aprovados pelas Nações Unidas. Naquela época, porém, tinham um ar de novidade estarrecedora para os que eram regidos por impressões do passado e não percebiam o surgimento de uma nova maré adversa nas questões humanas.

Entrementes, os soldados ingleses lutavam bravamente no centro de Atenas, encurralados e em inferioridade numérica. Travávamos um combate casa a casa, com um inimigo que se vestia à paisana em pelo menos quatro quintos dos casos. Ao contrário de muitos correspondentes dos jornais dos aliados em Atenas, nossos soldados não tinham nenhuma dificuldade de entender o que estava em jogo. Papandreou e os ministros que lhe restavam haviam perdido toda a autoridade. As propostas anteriores de instaurar uma regência, chefiada pelo arcebispo Damaskinos, tinham sido rejeitadas pelo rei, embora, em 10 de dezembro, Mr. Leeper houvesse reavivado a ideia. Mas o rei George fora contra e, na época, relutáramos em pressioná-lo.

Em meio a esses tumultos, o marechal Alexander e Mr. Harold Macmillan chegaram a Atenas. Em 12 de dezembro, o Gabinete de Guerra deu carta branca a Alexander para todas as medidas militares. A 4ª Divisão inglesa, de passagem da Itália para o Egito, foi desviada do curso, e sua chegada na segunda quinzena do mês acabou por inverter a balança; enquanto isso, porém, os combates de rua prosseguiram com altos e baixos, em escala cada vez maior. No dia 15, Alexander avisou-me que era importantíssimo chegarmos depressa a um acordo e que a melhor chance de fazê-lo era através do arcebispo. "Caso contrário", telegrafou, "temo que, se a resistência rebelde continuar com a mesma intensidade de hoje, eu tenha que mandar novos e grandes reforços da frente italiana para assegurar a libertação completa do Pireu-Atenas, que corresponde a cinquenta milhas quadradas de casario."

Dias depois, resolvi ir e verificar pessoalmente.

Era 24 de dezembro e havíamos preparado uma festa de Natal com a família e os filhos. Tínhamos uma árvore de Natal — enviada pelo presidente — e estávamos todos na expectativa de uma noite agradável, mais luminosa, talvez, porque cercada de sombras tão escuras. Mas, ao terminar a leitura de meus telegramas, tive certeza de que deveria voar para Atenas, ver a situação *in loco* e, em especial, travar conhecimento com o arcebispo, em torno de quem tantas coisas giravam. Assim, pus o telefone para trabalhar e providenciei para que um avião ficasse a postos naquela noite em Northolt. Também estraguei o Natal de Mr. Eden com a proposta, imediatamente aceita, de que ele me acompanhasse. Depois de ser muito censurado pela família por desertar da festa, fui ao encontro de Eden em Northolt, onde o Skymaster que me fora recentemente enviado pelo general Arnold estava à espera, alerta e eficiente. Dormimos um sono profundo até cerca das oito horas, quando descemos em Nápoles para reabastecer. Havia ali vários generais, e todos tomamos o café da manhã juntos ou em mesas adjacentes. O café da manhã não é minha melhor hora do dia, e a notícia que recebemos do front italiano e de Atenas era péssima. Em uma hora estávamos de novo no ar e, num céu perfeito, sobrevoamos o Pelopo-

Natal em Atenas

neso e o estreito de Corinto. Atenas e o Pireu descortinaram-se abaixo de nós como um mapa em escala gigantesca e nós o fitamos perguntando-nos quem dominava o quê.

Mais ou menos ao meio-dia, aterrissamos no aeródromo de Kalamaki, guardado por cerca de dois mil soldados ingleses da força aérea, todos bem-armados e ativos. Lá estavam o marechal Alexander, Mr. Leeper e Mr. Macmillan. Eles subiram a bordo do avião e passamos quase três horas em intensas discussões sobre toda a situação militar e política. No fim, chegamos a um completo acordo, inclusive quanto às providências imediatas a serem tomadas.

Eu e minha comitiva deveríamos dormir no Pireu, a bordo do *Ajax*, o famoso cruzador ligeiro da batalha do rio da Prata, que, àquela altura, parecia haver ocorrido num passado remoto. Informou-se que a estrada estava livre e, com uma escolta de vários carros blindados, perfizemos as poucas milhas sem nenhum incidente. Abordamos o *Ajax* antes do cair da noite e, pela primeira vez, percebi que era Natal. A tripulação do navio fizera todos os preparativos para uma noite animada, de modo que tratamos de perturbá-los o mínimo possível.

Os marinheiros haviam planejado que uma dúzia deles se fantasiaria com toda sorte de trajes e disfarces — chineses, negros, índios, dândis, palhaços etc. —, indo todos fazer uma serenata para os oficiais e suboficiais e inaugurar, por assim dizer, os festejos apropriados à ocasião. Foi quando chegou o arcebispo com sua comitiva — uma figura altíssima, com a túnica, o manto e a mitra de um dignitário da Igreja Ortodoxa. Os dois grupos se encontraram. Os marinheiros acharam que o arcebispo era uma parte de seu espetáculo, da qual eles não tinham sido informados, e dançaram entusiasticamente ao seu redor. O arcebispo achou que aquele bando heterogêneo era um insulto premeditado, e teria voltado para terra na mesma hora, não fosse a chegada oportuna do comandante, que, após certo constrangimento, explicou satisfatoriamente a situação. Enquanto isso, eu permanecia à espera, imaginando o que teria acontecido. Mas tudo acabou bem.

Damaskinos discorreu com grande amargura sobre as atrocidades do ELAS e a mão sombria e sinistra por trás do EAM. Ouvindo-o falar, era impossível ter alguma dúvida de que ele temia enormemente a intromissão comunista — ou trotskista, como a chamava — nos assuntos de estado gregos. Contou-nos que redigira um documento condenando o ELAS por ter feito oito mil reféns, gente da classe média, muitos deles egípcios, e estar fuzilando algumas dessas pessoas todos os dias. Afirmou ter dito que divulgaria essas informações à imprensa mundial se as mulheres não fossem libertadas. De modo geral, o arcebispo inspirou-me muita confiança. Era uma figura magnífica, e aceitou imediatamente a proposta de presidir a conferência que se realizaria no dia seguinte, à qual o ELAS fora solicitado a enviar representantes.

Na manhã de 26, o "Boxing Day",* dirigi-me à embaixada. Lembro-me que três ou quatro granadas disparadas do combate que era travado à nossa esquerda, a uma milha de distância, levantaram colunas d'água até bem perto do *Ajax* quando estávamos prestes a desembarcar. Em terra, um carro blindado e uma escolta estavam à nossa espera. Percorremos a estrada até a embaixada sem problemas. Tornei a me encontrar com o arcebispo, em quem tanto iríamos apostar. Ele concordou com tudo o que foi proposto. Planejamos a tramitação da conferência a ser realizada à tarde. Eu já estava convencido de que ele era a figura de maior destaque na convulsão grega. Entre outras coisas, ficara sabendo que fora campeão de luta romana antes de ingressar na Igreja Ortodoxa.

Por volta das 18 horas, iniciou-se a conferência no Ministério das Relações Exteriores da Grécia. Tomamos nossos assentos num salão amplo e mal-iluminado depois do anoitecer. O inverno é frio em Atenas. Não havia aquecimento, e alguns lampiões lançavam sobre a cena uma luz pálida. Sentei-me à direita do arcebispo com Mr. Eden, ficando o marechal Alexander à esquerda dele. Mr. MacVeagh, embaixador dos EUA, M. Baelen, ministro francês, e os três representantes militares soviéticos haviam todos aceitado nosso convite. Os três líderes comunistas estavam atrasados. Não era culpa deles. Longas escaramuças haviam ocorrido nos postos avançados. Passada meia hora, iniciamos nossos trabalhos, e eu já estava falando quando eles entraram no salão. Eram figuras apresentáveis, em uniformes de campanha ingleses.

"É melhor", disse-lhes eu, "que se envidem todos os esforços para recompor a Grécia como um fator da vitória, e fazê-lo já. Não pretendemos

---

* Primeiro dia de semana após o Natal. (N.T.)

Natal em Atenas

obstruir suas deliberações. Nós, os ingleses e outros representantes das Potências vitoriosas unidas, vamos deixar vocês, gregos, entregues a suas discussões, sob a presidência deste eminentíssimo e venerável cidadão, e não os perturbaremos, a menos que vocês voltem a nos chamar. (...) Minha esperança, porém, é que a conferência que aqui se inicia esta noite, em Atenas, restitua à Grécia, mais uma vez, sua fama e seu poder entre os aliados e entre os povos pacíficos do mundo, proteja as fronteiras gregas de qualquer perigo proveniente do norte, e permita a cada grego fazer o melhor de si e de seu país perante os olhos do mundo inteiro. (...)"

Alexander acrescentou uma pitada mordaz, dizendo que soldados gregos deveriam estar combatendo na Itália, e não contra as tropas inglesas na Grécia.

Depois de quebrarmos o gelo e conseguirmos dos gregos, que haviam causado danos tão terríveis uns aos outros, reunirem-se ao redor da mesa para conversar sob a presidência do arcebispo, e uma vez feitos os discursos formais, nos retiramos, os membros ingleses da conferência.

Discussões acirradas e animadas entre as facções gregas ocuparam todo o dia seguinte. Às cinco e meia daquela tarde, tive uma conversa final com o arcebispo. Em decorrência de suas conversações com os representantes do ELAS, ficou acertado que eu pediria ao rei da Grécia para fazê-lo regente. Ele formaria um novo governo sem nenhum membro comunista. Comprometemo-nos a prosseguir na luta com todo o vigor até que o ELAS aceitasse uma trégua ou que a área de Atenas ficasse livre deles. Informei ao arcebispo que não poderíamos assumir nenhum compromisso militar fora de Atenas e da Ática, mas disse que tentaríamos manter as forças inglesas no país até que o exército nacional grego fosse criado.

Na manhã seguinte, 28 de dezembro, Mr. Eden e eu partimos de avião. Não tive oportunidade de me despedir de M. Papandreou antes da viagem. Ele estava prestes a renunciar e saíra perdendo gravemente com toda a situação. Pedi ao nosso embaixador que se mantivesse em amistoso contato com ele. Em 29 de dezembro, chegamos novamente a Londres. Mr. Eden e eu conversamos com o rei da Grécia até as quatro e meia da manhã e, ao final das discussões, Sua Majestade concordou em não retornar ao seu país, a menos que fosse convocado por uma expressão livre e legítima da vontade nacional, e em nomear o arcebispo como regente nessa emergência. Enviei prontamente a declaração real a Mr. Leeper e o arcebispo respondeu ao rei aceitando o mandato de regente. Em 3 de janeiro, o general Plastiras, um veemente republicano que liderara a rebelião do exército contra o rei Constantine em 1922, tornou-se primeiro-ministro.

A luta contínua em Atenas, durante dezembro, finalmente expulsou os insurgentes da capital e, em meados de janeiro, as tropas inglesas controlavam toda a Ática. Os comunistas nada podiam fazer contra nossos homens em campo aberto, de modo que uma trégua foi assinada em 11 de janeiro.

Assim terminou a batalha de seis semanas por Atenas e, como afinal se veio a constatar, pela manutenção da liberdade da Grécia frente ao jugo comunista. Num momento em que havia três milhões de homens combatendo em cada lado do Front Ocidental, e em que vastas forças americanas mobilizavam-se no Pacífico contra o Japão, as convulsões da Grécia talvez pareçam insignificantes, mas, ainda assim, elas estavam no centro nervoso do poder, da lei e da liberdade no mundo ocidental. É curioso, ao rememorar esses acontecimentos, agora que alguns anos se passaram, verificar quão totalmente a política pela qual eu e meus companheiros lutamos com tanta obstinação foi corroborada pelos acontecimentos. Por mim, nunca tive nenhuma dúvida quanto a ela, pois eu percebia com muita clareza que o comunismo seria o perigo que a civilização teria de enfrentar após a derrota do nazismo e do fascismo. Não competiu a nós encerrar essa missão na Grécia. Mas, no fim de 1944, mal sabia eu que, em pouco mais de dois anos, apoiado pela esmagadora maioria da opinião pública americana, o Departamento de Estado não apenas adotaria e daria continuidade ao rumo que havíamos iniciado, como empenharia esforços enérgicos e dispendiosos, inclusive de natureza militar, para levá-lo aos resultados. Se a Grécia escapou ao destino da Tchecoslováquia e hoje sobrevive como uma das nações do mundo livre, isso se deveu não só à ação inglesa de 1944, mas aos constantes esforços do que logo se transformaria na força unida do mundo de língua inglesa.

88
Malta e Yalta: planos para paz mundial

No FIM DE JANEIRO DE 1945, os exércitos de Hitler estavam praticamente espremidos em seu próprio território, exceto pelo frágil controle que ainda tinham da Hungria e do norte da Itália. Mas a situação política, pelo menos no Leste Europeu, de modo algum era assim satisfatória. Na verdade, conseguira-se uma tranquilidade precária na Grécia e parecia que um governo democrático livre, baseado no sufrágio universal e no voto secreto, poderia estabelecer-se ali em prazo razoável. Mas a Romênia e a Bulgária haviam passado para o guante da ocupação militar soviética; a Hungria e a Iugoslávia jaziam à sombra do campo de batalha; e a Polônia, apesar de livre dos alemães, havia apenas trocado um conquistador por outro. O acerto informal e temporário que eu fizera com Stalin em minha visita de outubro a Moscou não podia — no que me dizia respeito, nunca havia pretendido — reger ou afetar o futuro dessas vastas regiões, depois que a Alemanha fosse derrotada.

Toda a forma e estrutura da Europa do após guerra clamava por um reexame. Quando os nazis fossem batidos, como se deveria tratar a Alemanha? Que ajuda poderíamos esperar da União Soviética na derrubada final do Japão? E, uma vez atingidos nossos objetivos militares, que medidas e que organização poderiam os três grandes aliados oferecer para a paz e a boa governança do mundo no futuro? As discussões de Dumbarton Oaks haviam terminado em desacordo parcial. O mesmo acontecera, numa esfera menor, mas não menos vital, com as negociações entre os "poloneses de Lublin", patrocinados pelos soviéticos, e seus compatriotas de Londres, que com tanta dificuldade Mr. Eden e eu havíamos promovido durante nossa visita ao Kremlin em outubro de 1944. Uma correspondência árida entre Mr. Roosevelt e Stalin, da qual o presidente me manteve informado, havia acompanhado a cisão entre M. Mikolajczyk e seus colegas de Londres, e, em 5 de janeiro, contrariando os desejos dos Estados Unidos e da Inglaterra, os soviéticos haviam reconhecido o Comitê de Lublin como o governo provisório da Polônia.

O presidente estava plenamente convencido da necessidade de outra reunião "dos Três" e, após alguma insistência de minha parte, também con-

1040 Memórias da Segunda Guerra Mundial

cordou em termos uma conferência preliminar nossa em Malta. O leitor há de estar lembrado das inquietações que eu externei sobre nossas operações no Noroeste Europeu em meu telegrama de 6 de dezembro ao presidente [p. 595]. Elas ainda me oprimiam. Os chefes de estado-maior ingleses e americanos tinham grande necessidade de uma discussão antes de nos encontrarmos com os soviéticos, e em 29 de janeiro de 1945 deixei Northolt no Skymaster que me fora dado pelo general Arnold. Minha filha Sarah e a comitiva oficial, juntamente com Mr. Martin e Mr. Rowan, meus secretários particulares, e com o comandante Thompson, viajaram comigo. O restante de minha equipe pessoal e alguns funcionários ministeriais viajaram em outros dois aviões. Chegamos a Malta pouco antes do amanhecer de 30 de janeiro e ali fui informado de que um desses dois aviões caíra perto de Pantelleria. Apenas três tripulantes e dois passageiros sobreviveram.

Na manhã de 2 de fevereiro, a delegação presidencial, a bordo do *USS Quincy*, penetrou no porto de Valletta. Era um dia quente e, sob um céu límpido, assisti à cena do convés do *HMS Orion*. Quando o cruzador americano passou lentamente por nós em direção a seu ancoradouro no cais, vi a figura do presidente sentado no passadiço e trocamos um aceno. Com a escolta de Spitfires sobre nós, as salvas e as bandas das tripulações dos navios no porto tocando "The stars pangled banner", foi uma cena esplêndida. Almocei a bordo do *Quincy* e, às 18 horas, tivemos nossa primeira reunião formal na cabine do presidente. Ali examinamos o relatório do comitê dos Chefes de Estado-Maior Combinados e as discussões militares que haviam ocorrido em Malta nos três dias anteriores. Nossos estados-maiores haviam feito um trabalho notável. Suas discussões centraram-se principalmente nos planos de Eisenhower de levar suas tropas até o Reno e atravessá-lo. Houve divergências nesse assunto, relatadas noutro capítulo [p. 642]. Naturalmente, aproveitamos a oportunidade para examinar todo o espectro da guerra, inclusive a guerra contra os submarinos, as futuras campanhas no Sudeste Asiático e no Pacífico e a situação no Mediterrâneo. Relutantemente, concordamos em retirar duas divisões da Grécia tão logo elas pudessem ser dispensadas dali, mas deixei claro que não estaríamos obrigados a abrir mão daquelas divisões até que o governo grego houvesse formado suas próprias forças militares. Três divisões também deveriam ser retiradas da Itália para reforçar o noroeste da Europa, mas frisei que seria imprudente qualquer retirada significativa de forças anfíbias. Era muito importante darmos seguimento e consequência a uma rendição alemã na

Malta e Yalta: planos para paz mundial

Itália e eu disse ao presidente que deveríamos ocupar o máximo possível da Áustria, pois era *"indesejável que uma parte maior que o necessário da Europa ocidental fosse ocupada pelos russos."* Chegamos a uma boa parcela de acordo em todas as questões militares, e as discussões tiveram o proveitoso efeito de os Chefes de Estado-Maior Combinados ficarem a par dos pontos de vista de seus membros antes de entrar em conversações com seus correspondentes russos.

Nessa noite iniciou-se o êxodo. Aviões de transporte decolaram a intervalos de dez minutos, para levar as cerca de setecentas pessoas que compunham as delegações inglesa e americana pelas 1.400 milhas que nos separavam do aeroporto de Saki, na Crimeia. Tomei meu avião depois do jantar e fui dormir. Após um voo longo e frio, aterrissamos no aeroporto, coberto por uma espessa camada de neve. Meu avião chegou antes do que trazia Mr. Roosevelt e ficamos algum tempo à espera dele. Ao ser descido do seu avião "Sacred Cow" na plataforma especial, ele parecia fraco e doente. Passamos juntos em revista a guarda de honra, o presidente sentado em um carro aberto, eu caminhando a seu lado.

Pouco depois, partimos em nosso longo trajeto de Saki para Yalta. Lord Moran e Mr. Martin acompanharam-me no carro. A viagem levou quase oito horas, e, em muitos trechos, a estrada estava delineada de soldados russos, alguns deles mulheres, ombro a ombro pelas ruas das aldeias e nas principais pontes e gargantas das montanhas, bem como em outros locais, em destacamentos isolados. Cruzando as montanhas e descendo em direção ao mar Negro, passamos subitamente para um sol quente e brilhante, com uma temperatura muito agradável.

O quartel-general soviético em Yalta era o palácio Yusupov, um centro de onde Stalin, Molotov e seus generais continuaram a exercer o governo da Rússia e o controle de seu imenso front, então em violentos combates. Destinou-se ao presidente Roosevelt o palácio Livadia, ainda mais esplêndido e bem próximo, e foi ali, para poupá-lo de inconveniência física, que se realizaram todas as nossas reuniões plenárias. Isso esgotou as acomodações não danificadas. Eu e os principais membros da delegação inglesa recebemos uma enorme *villa* a umas cinco milhas de distância, construída no começo do século XIX por um arquiteto inglês para um príncipe russo de nome Vorontzov, antigo embaixador imperial à corte de St. James. O restante da nossa delegação foi acomodado em duas hospedarias a uns vinte minutos dali, com cinco ou seis pessoas dormindo num quarto, inclusive oficiais de alta patente, mas ninguém pareceu se importar. Fazia apenas dez meses que os alemães tinham evacuado a região, e os prédios das redondezas tinham sido muito danificados. Fomos avisados de que a área não tivera uma completa varredura para retirada das minas, a não ser o terreno da *villa*, que, como de praxe, era cerradamente patrulhado por guardas russos. Mais de mil homens tinham trabalhado no local antes da nossa chegada. Consertaram janelas e portas e de Moscou vieram móveis e mantimentos.

A localização de nossa morada era imponente. Por trás da *villa*, de estilo meio gótico, meio mourisco, erguiam-se as montanhas cobertas de neve, culminando no pico mais alto da Crimeia. Diante de nós descortinava-se a massa escura do mar Negro, agitado mas ainda agradável e de águas cálidas, mesmo nessa época do ano. Leões brancos esculpidos em pedra guardavam a entrada da casa e, mais além do pátio, havia um belo parque com plantas subtropicais e ciprestes. Na sala de jantar, reconheci os dois quadros pendurados a cada lado da lareira como sendo cópias de retratos de família dos Herberts, de Wilton. Ao que parece, o príncipe Vorontzov havia desposado uma das filhas da família e trouxera esses quadros da Inglaterra. Nossos anfitriões empenharam todos os esforços para garantir nosso conforto, e o menor comentário casual era anotado com atenta gentileza. Em certa ocasião, Portal admirou a beleza de um grande aquário de vidro onde cresciam plantas, mas comentou que não tinha nenhum peixe. Dois dias depois, chegou um lote de peixinhos dourados. Noutra ocasião, alguém disse casualmente que não havia casca de limão nos coquetéis. No dia seguinte havia um limoeiro carregado de frutos, colocado no saguão. Tudo isso devia vir de muito longe, via aérea.

A primeira reunião plenária da Conferência iniciou-se às 16h15 do dia 5 de fevereiro. A discussão começou sobre o futuro da Alemanha. Eu havia ponderado sobre esse problema e assim me dirigira a Mr. Eden um mês antes:

> Tratamento da Alemanha depois da guerra. É cedo demais para decidirmos essas enormes questões. Obviamente, quando a resistência alemã organizada houver cessado, a primeira etapa será de severo controle

Malta e Yalta: planos para paz mundial

militar. Essa pode bem durar muitos meses, ou talvez um ano ou dois, se o movimento alemão de resistência for ativo. (...) Em todos os locais onde sondei opiniões, fiquei impressionado com o intenso ressentimento que seria despertado por uma política de "pôr a pobre Alemanha de pé outra vez". Também estou bem ciente dos argumentos de "não ter uma comunidade envenenada no coração da Europa". Sugiro que, com todo o trabalho que temos nas mãos neste momento, não antecipemos essas penosas discussões e cismas, coisa que elas poderão vir a ser. Temos um novo Parlamento a considerar, cujas opiniões não podemos prever.

De minha parte, prefiro concentrar-me nas questões práticas que irão ocupar os próximos dois ou três anos, em vez de debater o relacionamento a longo prazo da Alemanha com a Europa. (...) É um erro tentar escrever em folhinhas de papel quais serão as vastas emoções de um mundo ultrajado e trêmulo logo depois que terminar a luta, ou quando o inevitável calafrio seguir-se à febre. Essas assombrosas torrentes de sentimentos dominam a mente da maioria e figuras independentes tendem a se tornar não apenas solitárias, mas inúteis. Nessas questões mundanas, a orientação só nos é concedida passo a passo ou, quando muito, com um ou dois passos de antecedência. A sabedoria é, portanto, reservar decisões pessoais tanto quanto possível e até que se revelem todos os fatos e forças que serão potentes quando chegar a ocasião.

Assim, quando Stalin indagou de que modo a Alemanha deveria ser desmembrada, eu disse que isso era por demais complexo para ser resolvido em cinco ou seis dias. Seria necessário um exame muito minucioso dos fatos históricos, etnográficos e econômicos, bem como uma longa revisão por parte de um comitê especial que examinasse as diferentes propostas e fizesse recomendações sobre elas. Havia tanto a considerar. Que fazer com a Prússia? Que território devia ser dado à Polônia e à URSS? Quem controlaria o vale do Reno e as grandes zonas industriais do Ruhr e do Sarre? Convinha criar prontamente um órgão para examinar essas questões, e deveríamos ter seu relatório antes de tomar qualquer decisão final. Mr. Roosevelt sugeriu pedirmos aos nossos ministros do exterior que produzissem um plano de estudo da questão em 24 horas e um plano definido de desmembramento no prazo de um mês. O assunto foi deixado nesse ponto, para o momento.

Combinamos então uma reunião no dia seguinte para examinar dois temas que iriam dominar nossas discussões futuras, a saber, o esquema de Dumbarton Oaks para a segurança mundial e a Polônia.

Memórias da Segunda Guerra Mundial

☆

Como foi registrado num capítulo anterior, a conferência de Dumbarton Oaks havia se encerrado sem chegar a um acordo completo sobre a importantíssima questão do direito de voto no Conselho de Segurança e, neste momento, o espaço impede mais do que uma referência a alguns dos aspectos salientes de nossas discussões. Stalin disse temer que, embora as três Grandes Potências fossem aliadas hoje e nenhuma delas fosse cometer qualquer ato de agressão, em dez anos ou menos os três líderes teriam desaparecido e chegaria ao poder uma nova geração que não teria vivido a guerra e esqueceria tudo que havíamos enfrentado. "Todos nós", declarou ele, "queremos assegurar a paz pelo menos por cinquenta anos. O maior perigo é o conflito entre nós próprios porque, se permanecermos unidos, a ameaça alemã não é muito importante. Portanto, devemos agora pensar em como manter nossa unidade no futuro e como garantir que as três Grandes Potências — e, possivelmente, a China e a França — manterão uma frente unida. Algum sistema é preciso elaborar que impeça o conflito entre as principais Grandes Potências."

Os russos estavam sendo acusados de falar demais sobre votação. E era verdade que a julgavam muito importante, pois tudo seria decidido pelo voto e eles teriam grande interesse nos resultados. Supondo-se, por exemplo, que a China, como membro permanente do Conselho de Segurança, exigisse a restituição de Hong Kong, ou que o Egito exigisse a devolução do canal de Suez, Stalin presumia que eles não estariam sozinhos, mas teriam amigos e talvez protetores na Assembleia ou no Conselho, e temia que essas disputas pudessem quebrar a união das três Grandes Potências.

"Meus companheiros em Moscou não conseguem esquecer o que aconteceu em dezembro de 1939, durante a guerra russo-finlandesa, quando ingleses e franceses usaram a Liga das Nações contra nós, conseguiram isolar e expulsar a União Soviética da Liga, e quando se mobilizaram contra nós e falaram numa cruzada contra a Rússia. Não será possível termos alguma garantia de que esse tipo de coisa não voltará a acontecer?"

Após muitas tentativas e explicações, conseguimos persuadi-lo a aceitar um esquema americano em cujos termos o Conselho de Segurança seria praticamente inerme, a menos que os "Quatro Grandes" fossem unânimes. Se os Estados Unidos, a URSS, a Inglaterra ou a China discordassem quanto a qualquer tópico fundamental, qualquer um deles poderia recusar o

Malta e Yalta: planos para paz mundial

assentimento e impedir o Conselho de fazer o que fosse. Ali estava o Veto. A posteridade pode julgar seus resultados.

De minha parte, sempre sustentei a opinião de que o alicerce de um Instrumento Mundial deve ser buscado em bases regionais. A maioria das principais regiões se insinua naturalmente — Estados Unidos, União Europeia, Commonwealth e Império Britânicos, União Soviética, América do Sul. Outras, no presente, são mais difíceis de definir — como o grupo ou grupos asiáticos ou o grupo africano —, mas poderiam ser desenhados através de estudo. O objetivo, porém, seria desatar muitas questões de grave controvérsia local no Conselho Regional, que então enviaria três ou quatro representantes ao Corpo Supremo, escolhendo homens de extrema eminência. Isso comporia um Grupo Supremo de trinta ou quarenta estadistas mundiais, cada um responsável não apenas pela representação de sua própria região, mas pelo tratamento de causas mundiais e, acima de tudo, pela prevenção da guerra. O que temos hoje não é eficiente para esse magno propósito. Convocar todas as nações, grandes e pequenas, poderosas ou sem força, em termos de igualdade perante o organismo central, é comparável a criar um exército sem qualquer separação entre o alto comando e os comandantes de divisões e brigadas. Todos são convidados ao quartel--general. Uma Babel, temperada por trabalho habilidoso de lobby, é tudo que resultou até o momento. Mas temos que perseverar.

89
Rússia e Polônia: a promessa soviética

A POLÔNIA FOI DISCUTIDA em nada menos que sete das oito reuniões plenárias da Conferência de Yalta, e os registros ingleses contêm sobre esse tema uma troca de quase 18 mil palavras entre Stalin, Roosevelt e eu. Auxiliados por nossos ministros do Exterior e seus funcionários, que também tiveram debates tensos e pormenorizados em reuniões separadas entre si, finalmente produzimos uma declaração* que representava uma promessa ao mundo e um acordo entre nós sobre nossas ações futuras. Essa dolorosa história ainda não terminou e, até o presente, os verdadeiros fatos são imperfeitamente conhecidos, mas o que está escrito aqui talvez contribua para uma apreciação justa de nossos esforços na penúltima das conferências da guerra. As dificuldades e os problemas eram antigos, múltiplos e imperativos. O governo polonês de Lublin, patrocinado pelos soviéticos, ou governo "de Varsóvia" —, logo dessa maneira haviam os russos de preferir chamá-lo! — encarava o governo polonês de Londres com grande animosidade. Desde nossa reunião de outubro em Moscou, os sentimentos que eles nutriam um pelo outro haviam piorado, em vez de melhorar. As tropas soviéticas estavam inundando a Polônia, e o Exército Polonês de Resistência era livremente indiciado pelo assassinato de soldados russos, por sabotagem e ataques contra suas áreas de retaguarda e suas linhas de comunicação. Tanto o acesso quanto as informações eram negados às potências do Ocidente. Na Itália e na Frente Ocidental, mais de 150 mil poloneses lutavam valentemente pela destruição final dos exércitos nazis. Eles e muitos outros, em diferentes áreas da Europa, esperavam ansiosamente pela libertação de seu país e pelo retorno à pátria após um exílio voluntário e honroso. A grande comunidade de poloneses dos Estados Unidos aguardava com ansiedade um acordo entre as três Grandes Potências.

As questões que discutimos podem ser assim resumidas:

Como formar um só governo provisório para a Polônia.

Como e quando realizar eleições livres.

---

* A íntegra dessa declaração e a narrativa completa das discussões ocorridas em Yalta podem ser estudadas no volume de Sir Winston intitulado *Triunfo e Tragédia*, parte 2, capítulo 3.

Rússia e Polônia: a promessa soviética

Como determinar as fronteiras polonesas no leste e no oeste.

Como salvaguardar as áreas de retaguarda e as linhas de comunicação dos exércitos soviéticos que avançavam.

A Polônia fora, na verdade, a razão mais urgente da Conferência de Yalta, e iria revelar-se a primeira das grandes causas que levaram ao rompimento da Grande Aliança. Pessoalmente, eu tinha certeza de que uma Polônia forte, livre e independente era muito mais importante que limites territoriais específicos. Queria que os poloneses pudessem viver livremente e levar a vida à sua maneira. Para isso havíamos entrado em guerra contra a Alemanha, em 1939. Isso quase nos custara a vida, não somente como Império, mas como nação, e ao nos reunirmos em 6 de fevereiro de 1945, formulei a questão da seguinte maneira: Não seria possível criar um governo ou um instrumento governamental para a Polônia até a realização de eleições gerais e livres, que pudesse ser reconhecido por todos? Esse governo poderia preparar uma votação livre do povo polonês sobre sua futura constituição e administração. Se isso pudesse ser feito, daríamos um grande passo em direção à futura paz e prosperidade da Europa central.

No debate que se seguiu, Stalin disse compreender nossa atitude. Para os ingleses, disse ele, a Polônia era uma questão de honra, mas, para os russos, era questão de honra e de segurança; de honra, pois eles tinham tido muitos conflitos com os poloneses e desejavam eliminar as causas desses conflitos; e de segurança, porque a Polônia ficava na fronteira da Rússia e, ao longo da história, fora um corredor pelo qual os inimigos da Rússia haviam passado para atacá-la. Os alemães o tinham feito duas vezes nos trinta anos anteriores, e fizeram porque a Polônia era fraca. A Rússia a queria forte e poderosa, para que ela pudesse fechar esse corredor com sua própria força. A Rússia não podia mantê-lo fechado por fora. Ele só podia ser fechado por dentro, pela própria Polônia. Isso era uma questão de vida ou morte para o estado soviético.

Quanto às fronteiras, Stalin prosseguiu dizendo que o presidente sugerira algumas modificações da Linha Curzon, de modo que Lvov e talvez alguns outros distritos fossem doados à Polônia, e eu dissera que isso seria um gesto de magnanimidade. Mas ele assinalou que a Linha Curzon não fora inventada pelos russos. Fora traçada por Curzon e Clemenceau e por representantes dos Estados Unidos na conferência de 1919, para a qual a Rússia não fora convidada. A Linha Curzon tinha sido aceita contra a vontade da Rússia, com base em dados etnográficos. Lênin não concordara com ela. Os russos já se haviam afastado da postura de Lênin, mas, nesse momento, algumas pessoas queriam que a Rússia recebesse menos do que Curzon e Clemenceau haviam concedido. Isso seria uma vergonha. Quando os ucranianos fossem a Moscou, diriam que Stalin e Molotov eram menos dignos de confiança como defensores da Rússia do que Curzon ou Clemenceau. Melhor seria que a guerra continuasse um pouco mais de tempo, embora isso custasse à Rússia muito sangue, para que a Polônia pudesse ser compensada à custa da Alemanha. Quando Mikolajczyk estivera na Rússia em outubro, havia perguntado que fronteira da Polônia a Rússia se disporia a reconhecer no oeste, e ficara radiante ao saber que a Rússia era de opinião que a fronteira ocidental da Polônia deveria ser puxada para o Neisse. Havia dois rios com esse nome, disse Stalin, um perto de Breslau e outro mais a oeste. Era o Neisse do oeste que ele tinha em mente.

Quando voltamos a nos encontrar em 7 de fevereiro, lembrei aos meus ouvintes que eu sempre condicionara o deslocamento da fronteira polonesa para oeste, dizendo que os poloneses deveriam ter liberdade de tomar territórios ocidentais, porém não mais do que desejassem ou pudessem administrar bem. Seria mesmo uma pena entupir tanto o ganso polonês de comida alemã que ele morresse de indigestão. Uma grande parte da opinião pública na Inglaterra ficava horrorizada com a ideia de mudar milhões de pessoas à força. Tinha havido um grande sucesso na separação das populações gregas e turcas depois da última guerra e, desde então, os dois países haviam gozado de boas relações; mas, naquele caso, menos de dois milhões de pessoas foram transferidas. Se a Polônia tomasse a Prússia oriental e a Silésia até o rio Oder, só isso implicaria a mudança de seis milhões de alemães para o interior da Alemanha. Talvez se conseguisse, dependendo da questão moral, que eu teria de solucionar com meu próprio povo.

Stalin disse que não havia alemães nessas áreas, pois todos haviam fugido. Retruquei que a questão era saber se havia espaço para eles no que restava da Alemanha. Seis ou sete milhões de alemães tinham sido mortos e, provavelmente, mais um milhão (Stalin disse dois) morreria até o fim da guerra. Portanto, deveria haver algum espaço para essas populações migrantes, até um certo ponto. Elas seriam necessárias para preencher os vazios. Eu não temia o problema de transferir populações, desde que ele fosse proporcional ao que os poloneses podiam administrar e ao que fosse possível introduzir na Alemanha. Mas era uma questão que exigia estudo, não como questão de princípio, mas de número de pessoas a remanejar.

Rússia e Polônia: a promessa soviética

Nessas discussões gerais não se utilizaram mapas, e a distinção entre o Neisse oriental e o Neisse ocidental não emergiu tão claramente quanto deveria. Mas isso logo ficaria claro. [Vide mapa da p. 1121.]

No dia 8, Mr. Roosevelt concordou em que a fronteira oriental da Polônia fosse a Linha Curzon, com modificações em favor da Polônia em algumas áreas de cinco a oito quilômetros. Mas foi firme e preciso quanto à fronteira ocidental. A Polônia, por certo, deveria receber compensação à custa da Alemanha, "mas", prosseguiu, "*pouca justificativa pareceria haver para estendê-la até o Neisse ocidental*". Essa sempre fora minha opinião, e eu insistiria vivamente nela ao voltarmos a nos reunir em Potsdam, cinco meses depois.

Assim, em Yalta, todos estávamos unidos, em princípio, quanto à fronteira ocidental, e o único ponto era onde exatamente riscar a linha e quanto deveríamos dizer a respeito. Os poloneses teriam parte da Prússia oriental e liberdade para avançar até a linha do Oder, se assim desejassem, mas tínhamos muita dúvida quanto a irmos mais longe ou dizermos qualquer coisa sobre a questão naquele estágio; e três dias depois, informei à Conferência que havíamos recebido um telegrama do Gabinete de Guerra, desaprovando vivamente qualquer referência a uma fronteira tão a oeste como o Neisse ocidental, pois o problema de mudar a população seria grande demais para administrar.

Decidimos, pois, incluir o seguinte em nossa declaração:

Os três chefes de governo consideram que a fronteira oriental da Polônia deve seguir a Linha Curzon, com digressões de cinco a oito quilômetros dela em algumas regiões, em favor da Polônia. Reconhecem que a Polônia deve receber adições substanciais de território no norte e no oeste. Consideram que convém buscar, oportunamente, a opinião do novo Governo Provisório Polonês de União Nacional quanto à extensão desses acréscimos, e que a delimitação final da fronteira ocidental da Polônia deverá, a partir daí, aguardar a Conferência de Paz.

Restava a questão de formar um governo polonês que todos pudéssemos reconhecer e que a nação polonesa aceitasse. Stalin começou por apontar que não podíamos criar um governo polonês, a menos que os próprios poloneses concordassem. Mikolajczyk e Grabski tinham ido a Moscou durante minha visita lá. Haviam-se reunido com o governo de Lublin, chegado a uma certa parcela de acordo, e Mikolajczyk fora para Londres com a ideia de retornar. Em vez disso, seus colegas o haviam destituído do cargo, simplesmente por ele ter sido favorável a um acordo com o governo de Lublin. O governo polonês em Londres era hostil à própria ideia do governo de Lublin e o descrevia como uma súcia de bandidos e criminosos. O governo de Lublin lhe havia retribuído na mesma moeda e, naquele momento, era muito difícil fazer qualquer coisa a respeito. "Conversem com o governo de Lublin, se quiserem", Stalin chegou a dizer. "Providenciarei para que eles [os representantes de Lublin] encontrem vocês aqui ou em Moscou, mas eles são tão democráticos quanto o é de Gaulle e podem manter a paz na Polônia e deter a guerra civil e os ataques ao Exército Vermelho." O governo de Londres não poderia fazer isso. Os agentes deles haviam assassinado soldados russos e assaltado depósitos de suprimentos para roubar armas. Suas estações de rádio estavam funcionando sem permissão e sem ser registradas. Os agentes do governo de Lublin tinham sido de boa ajuda, enquanto os do governo de Londres haviam causado muito mal. Era vital que o Exército Vermelho tivesse áreas de retaguarda seguras e, como militar, Stalin só daria respaldo ao governo que pudesse garanti-las.

Já era tarde da noite e o presidente sugeriu que adiássemos a discussão para o dia seguinte, mas julguei apropriado declarar que, segundo nossas informações, não mais de um terço do povo polonês apoiaria o governo de Lublin, se tivesse liberdade para expressar sua opinião. Asseverei a Stalin que muito havíamos temido um choque entre o Exército Polonês de Resistência e o governo de Lublin, que poderia levar a ódios, derramamento de sangue, prisões e deportações, e que por isso fôramos tão ansiosos por um acordo conjunto. Ataques ao Exército Vermelho deveriam ser punidos, é claro, mas, pelos fatos de que eu dispunha, não me parecia que o governo de Lublin tivesse o direito de dizer que representava a nação polonesa.

O presidente, a essa altura, estava ansioso por encerrar a discussão. "A Polônia", comentou, "tem sido fonte de distúrbio por mais de quinhentos anos." "Tanto mais razão", respondi, "para fazer o que se pode de modo a acabar com esses distúrbios." Nesse ponto terminamos a sessão.

Nessa noite, o presidente redigiu uma carta a Stalin, após consultas e modificações feitas conosco, insistindo em que dois membros do governo

Rússia e Polônia: a promessa soviética

de Lublin e dois de Londres ou de dentro da Polônia comparecessem à Conferência e tentassem chegar a um acordo, na nossa presença, sobre a formação de um governo provisório que todos pudéssemos reconhecer, a fim de realizar eleições livres assim que possível. Mas isso pareceu impraticável. Molotov enalteceu as virtudes do governo de Lublin-Varsóvia, deplorou os defeitos dos homens de Londres e disse que, se tentássemos criar um novo governo, talvez os próprios poloneses jamais chegassem a um acordo, de modo que era melhor tentar "ampliar" o que existia. Seria apenas uma instituição temporária, pois nosso único objetivo era realizar eleições livres na Polônia tão logo fosse possível. Como ampliá-lo poderia ser mais bem-discutido em Moscou entre os embaixadores americano e inglês e ele mesmo. Molotov desejava muito um acordo e aceitou a proposta do presidente de convidar dois poloneses "não de Lublin". Sempre havia a possibilidade de o governo de Lublin recusar-se a tratar com alguns deles, como Mikolajczyk, mas, se eles enviassem três representantes e dois viessem dentre os sugeridos por Mr. Roosevelt, as conversações poderiam ter início de imediato.

"Este", disse eu, "é o ponto crucial da Conferência. O mundo inteiro está à espera de um acordo e, se nos separarmos continuando a reconhecer diferentes governos poloneses, o mundo inteiro verá que ainda existem divergências fundamentais entre nós. As consequências serão as mais lamentáveis e imprimirão em nosso encontro a marca do fracasso. Se descartarmos o governo existente em Londres e dermos todo o nosso peso ao governo de Lublin, haverá uma grita mundial. Os poloneses de fora da Polônia farão um protesto praticamente em uníssono. Temos sob nosso comando um exército polonês de 150 mil homens, formado dentre todos os que puderam ser reunidos fora de seu país. Ele lutou e continua lutando bravamente. Não creio que se harmonize de modo algum com o governo de Lublin, e, se a Inglaterra transferir seu reconhecimento do governo que tem reconhecido desde o início da guerra, esses homens verão nisso uma traição.

"Como bem sabem o marechal Stalin e M. Molotov", prossegui, "eu mesmo não concordo com a ação do governo de Londres, que foi insensato em cada etapa. Mas o ato formal de transferirmos para esse novo governo o reconhecimento daquele que até hoje reconhecemos daria lugar às mais graves críticas. Diriam que o governo de Sua Majestade se submeteu completamente no tocante à fronteira oriental (o que é verdade) e acatou e defendeu a visão soviética. Diriam também que rompemos de vez com o governo legal da Polônia, que vimos reconhecendo nestes cinco anos de guerra, e que não sabemos o que está efetivamente ocorrendo na Polônia. Não podemos entrar no país. Não podemos ver e ouvir a opinião. Diriam que só nos resta aceitar o que o governo de Lublin proclama sobre a opinião do povo polonês, e seríamos acusados, no Parlamento, de haver abandonado por completo a causa da Polônia. Os debates a seguir seriam extremamente dolorosos e embaraçosos para a união dos aliados, mesmo supondo que pudéssemos concordar com as propostas de meu amigo M. Molotov.

"Não me parece que essas propostas", continuei, "sejam nem de longe suficientes. Se abandonarmos o governo polonês de Londres, será preciso que ambos os lados comecem de novo, em bases mais ou menos iguais. Para que o governo de Sua Majestade deixe de reconhecer o governo de Londres e transfira seu reconhecimento a outro governo, ele terá de estar seguro de que o novo governo realmente representa a nação polonesa. Admito que isto é apenas uma opinião, já que não temos pleno conhecimento dos fatos, e é claro que todas as nossas divergências serão eliminadas se houver na Polônia uma eleição geral livre e limpa, com a votação por sufrágio universal e com candidaturas livres. Uma vez feito isso, o governo de Sua Majestade saudará o governo emergente sem levar em conta o governo polonês em Londres. É o intervalo antes da eleição que nos está causando tanta preocupação."

Molotov disse que as conversações em Moscou talvez tivessem um resultado proveitoso. Os poloneses precisariam se manifestar, e era muito difícil tratar dessa questão sem eles. Concordei, mas disse ser tão importante que a Conferência se encerrasse com uma nota de acordo que todos deveríamos lutar pacientemente para chegar a ele.

Stalin voltou então à minha queixa de que eu não dispunha de informações nem de meios para obtê-las.

"Tenho algumas", respondi.

"Elas não combinam com as minhas", retrucou ele, passando a fazer um discurso em que nos garantiu que o governo de Lublin tinha realmente muita popularidade, particularmente Bierute e outros. Eles não haviam deixado o país durante a ocupação alemã, mas morado o tempo todo em Varsóvia, sendo oriundos do movimento subterrâneo da Resistência. Stalin não achava que eles fossem gênios. Era bem possível que o governo sediado em Londres tivesse gente mais brilhante, mas não eram benquistos na Polônia, por não terem sido vistos por lá enquanto o povo sofria na ocupação

Rússia e Polônia: a promessa soviética

hitlerista. A populaça via nas ruas os membros do governo provisório, mas perguntava onde andavam os poloneses de Londres. Isso havia minado o prestígio deles e essa era a razão por que o governo provisório, embora não se compusesse de grandes homens, gozava de grande popularidade.

Nada disso, disse Stalin, podia ser ignorado, se queríamos compreender os sentimentos do povo polonês. Eu havia temido que a Conferência se encerrasse sem chegarmos a um acordo. Nesse caso, que fazer? Os vários governos tinham informações diferentes e delas tiravam conclusões diferentes. Talvez a primeira coisa a fazer fosse convocar os poloneses dos diferentes campos e ouvir o que tinham a dizer. Estava próximo o dia em que seria possível fazer eleições. Até lá, deveríamos lidar com o governo provisório, tal como havíamos lidado com o governo do general de Gaulle na França, que também não fora eleito. Stalin não sabia quem tinha maior autoridade, se Beirute ou o general de Gaulle, mas tinha sido possível fazer um tratado com o general de Gaulle. Portanto, por que não poderíamos fazer o mesmo com um governo polonês ampliado, que seria não menos democrático? Se abordássemos o assunto sem preconceito, poderíamos encontrar um terreno comum. A situação não era tão trágica quanto eu achava, e a questão poderia ser resolvida se não déssemos importância demais a questões secundárias e nos concentrássemos nos aspectos essenciais.

"Em que prazo", perguntou o presidente, "será possível realizar eleições?"

"Dentro de um mês", respondeu Stalin, "a menos que haja alguma catástrofe no front, o que é improvável."

Concordei em que, naturalmente, isso nos tranquilizaria. Poderíamos dar total apoio a um governo livremente eleito, o que superaria tudo o mais, porém não deveríamos pleitear nada que prejudicasse de algum modo as operações militares. Elas eram o objetivo supremo. Se a vontade do povo polonês, no entanto, pudesse ser afirmada em tão curto prazo, ou mesmo dentro de dois meses, a situação seria inteiramente diferente e ninguém poderia se opor.

☆

Quando voltamos a nos reunir, às 16 horas de 9 de fevereiro, Molotov introduziu uma nova fórmula, a de que o governo de Lublin seria "*reorganizado* [em vez de 'ampliado'] em bases democráticas mais amplas, com a inclusão de líderes democráticos da própria Polônia e também dos que moram no exterior". Ele e os embaixadores inglês e americano conferenciariam em Moscou sobre o modo de fazer isso. Uma vez "reorganizado", o governo de Lublin assumiria o compromisso de realizar eleições livres tão logo possível e, nessa oportunidade, reconheceríamos qualquer governo que emergisse.

Era um avanço considerável. Declarei isso, mas senti que era meu dever fazer um alerta geral. Aquela seria a penúltima de nossas reuniões.* Havia um clima de concordância, mas havia também o desejo de pôr o pé na estrada e partir. Não podíamos, declarei, dar-nos o luxo de permitir que a decisão dessas questões importantes fosse apressada e que os frutos da Conferência se perdessem por falta de mais 24 horas. Havia um grande prêmio à vista, e as decisões não deveriam ser apressadas. Aqueles talvez fossem alguns dos dias mais importantes de nossas vidas.

Mr. Roosevelt declarou que as divergências entre nós e os russos eram, naquele momento, basicamente uma questão de palavras, mas que tanto ele quanto eu ansiávamos por eleições realmente legítimas e livres. Eu disse a Stalin que estávamos em grande desvantagem, pois muito pouco sabíamos do que estava acontecendo dentro da Polônia e, no entanto, tínhamos que tomar decisões de grande responsabilidade. Eu sabia, por exemplo, que havia amargo ressentimento entre os poloneses, e fora informado de que o governo de Lublin dissera abertamente que processaria como traidores todos os membros do Exército Interno Polonês e do movimento da Resistência. Naturalmente, eu colocava a segurança do Exército Vermelho em primeiro lugar, mas rogava a Stalin que considerasse nossa dificuldade. O governo inglês não sabia o que estava acontecendo no interior da Polônia, a não ser pelo lançamento de paraquedistas corajosos e pelo resgate de membros do movimento da Resistência. Não tínhamos outros meios de saber e não gostávamos de obter nossas informações dessa maneira. Haveria possibilidade de remediar isso sem prejudicar a movimentação das tropas soviéticas? Seria possível dar facilidades aos ingleses (e aos Estados Unidos, é claro) para que eles vissem como vinham sendo resolvidas essas disputas polonesas? Tito dissera que, quando houvesse eleições na Iugoslávia, ele não faria objeção à presença de observadores russos, ingleses e americanos para informar ao mundo, com imparcialidade, que elas esta-

---

* Nossa reunião de 11 de fevereiro apenas aprovou a ata da Conferência. As discussões sérias terminaram no dia 10 de fevereiro.

Rússia e Polônia: a promessa soviética

vam sendo realizadas com lisura. No que concernia à Grécia, o governo de Sua Majestade acolheria de bom grado observadores americanos, russos e ingleses, para se certificar de que as eleições eram conduzidas conforme o desejo do povo. O mesmo se aplicava à Itália, onde haveria observadores russos, americanos e ingleses presentes, para garantir ao mundo que tudo fosse feito legitimamente. Era impossível, afirmei, exagerar a importância da realização de eleições legítimas. Por exemplo, poderia Mikolajczyk voltar à Polônia para organizar seu partido para as eleições?

"Isso terá de ser examinado pelos embaixadores e por M. Molotov quando eles se reunirem com os poloneses", disse Stalin.

"Preciso poder dizer à Câmara dos Comuns", respondi, "que as eleições serão livres e que haverá garantias efetivas de que serão realizadas com lisura."

Stalin assinalou que Mikolajczyk pertencia ao Partido Camponês, o qual, não sendo um partido fascista, poderia participar das eleições e apresentar candidatos. Afirmei que isso seria ainda mais garantido se o Partido Camponês já estivesse representado no governo polonês, e Stalin concordou em que um de seus representantes fosse incluído. Acrescentei esperar que nada do que eu tinha dito pudesse ser ofensivo, pois ofender era o que mais distante estava do meu coração.

"Teremos de ouvir", retrucou ele, "o que os poloneses têm a dizer." Expliquei que eu gostaria de poder obter a aprovação do Parlamento para a questão da fronteira oriental e que, a meu ver, isso seria possível se o Parlamento estivesse convencido de que os poloneses tinham podido decidir por si o que queriam.

"Há gente ótima entre eles", respondeu Stalin. "Eles são bons combatentes e tiveram alguns bons cientistas e músicos, mas são muito briguentos."

"Tudo o que quero", respondi, "é que todos os lados se façam ouvir com imparcialidade."

"As eleições", disse o presidente, "devem estar acima de qualquer crítica, como a mulher de César. Quero algum tipo de garantia para dar ao mundo, e não quero que ninguém possa questionar a pureza das eleições. Isso é uma questão de boa política, e não de princípio."

Mr. Stettinius sugeriu que assumíssemos um compromisso por escrito, declarando que os três embaixadores em Varsóvia deveriam observar e confirmar que as eleições eram realmente livres e limpas. "Temo, se fizermos isso", disse Molotov, "que os poloneses sentirão que não há confiança neles. É melhor discutirmos isso com eles."

Não fiquei satisfeito com essa ideia e resolvi abordá-la depois com Stalin. A oportunidade surgiu no dia seguinte, quando Mr. Eden e eu tivemos uma conversa particular com ele e Molotov no palácio Yusupov. Expliquei mais uma vez como nos era difícil não ter na Polônia nenhum representante que pudesse informar o que estava acontecendo. As alternativas seriam um embaixador com uma equipe de embaixada ou correspondentes dos jornais. Esta última seria menos desejável, mas frisei que me seriam feitas perguntas no Parlamento sobre o governo de Lublin e as eleições, e que eu deveria estar em condições de dizer que sabia o que estava acontecendo.

"Depois que o novo governo polonês for reconhecido, ficará a seu critério enviar um embaixador a Varsóvia", respondeu Stalin.

"Ele teria liberdade de se locomover pelo país?"

"No que concerne ao Exército Vermelho, não haverá interferência na movimentação dele. Prometo dar as instruções necessárias para tal. Mas vocês terão de fazer seus próprios acertos com o governo polonês."

Concordamos, pois, em fazer o seguinte acréscimo à nossa declaração:

> Em consequência do acima exposto, o reconhecimento implicaria uma troca de embaixadores, através de cujos relatórios os respectivos governos seriam informados da situação na Polônia.

Foi o máximo que pude conseguir.

Domingo, 11 de fevereiro, foi o último dia de nossa visita à Crimeia. Como sói acontecer nessas reuniões, muitas questões graves ficaram pendentes. A declaração sobre a Polônia estabeleceu em termos gerais uma política que, executada com lealdade e boa-fé, poderia de fato atender a seus propósitos, até o Tratado de Paz geral. O presidente estava ansioso por voltar para casa e, no caminho, fazer uma visita ao Egito, onde poderia discutir as questões do Oriente Médio com vários potentados. Stalin e eu almoçamos com ele no antigo salão de bilhar do czar no palácio Livadia. Durante a refeição, assinamos os últimos documentos e comunicados oficiais. Agora, tudo dependia do espírito com que eles fossem cumpridos.

Eu havia aguardado com grande expectativa a viagem marítima pelo estreito dos Dardanelos até Malta, mas julguei de meu dever fazer uma viagem relâmpago a Atenas para inspecionar a situação grega depois dos

Rússia e Polônia: a promessa soviética

distúrbios recentes. Assim, nas primeiras horas de 14 de fevereiro, seguimos de carro para Saki, onde nosso aeroplano nos aguardava. Voamos para Atenas sem incidentes, fazendo uma volta sobre a ilha de Skyros para sobrevoar o túmulo de Rupert Brooke, e fomos recebidos no aeroporto pelo embaixador inglês, Mr. Leeper, e pelo general Scobie. Apenas sete semanas antes, eu deixara a capital grega tomada pelos combates de rua. Agora, andamos por ela em carro aberto, com apenas uma escassa fileira de soldados gregos uniformizados a conter uma vasta multidão que gritava com entusiasmo, nas mesmas ruas em que centenas de homens haviam morrido no período do Natal, quando eu vira a cidade pela última vez. Naquela noite, uma imensa multidão de umas cinquenta mil pessoas reuniu-se na praça da Constituição. A luz do entardecer era maravilhosa ao se derramar sobre aqueles panoramas clássicos. Não tive tempo de preparar um discurso. Nossos serviços de segurança haviam julgado importante que chegássemos praticamente sem nenhum aviso. Dirigi-me à multidão numa exortação ligeira. Nessa noite, jantei em nossa embaixada perfurada de balas e, nas primeiras horas de 15 de fevereiro, decolamos em meu avião rumo ao Egito.

No fim dessa manhã, o cruzador americano *Quincy* entrou no porto de Alexandria e, pouco antes do meio-dia, subi a bordo para o que seria a minha última conversa com o presidente. Mais tarde, reunimo-nos em sua cabine para um almoço informal em família. Eu estava acompanhado de Sarah e Randolph, e a filha de Mr. Roosevelt, senhora Boettiger, veio juntar-se a nós, com Harry Hopkins e Mr. Winant. O presidente parecia plácido e frágil. Senti que ele tinha um tênue contato com a vida. Não tornaria a vê-lo. Trocamos despedidas afetuosas. Naquela tarde, a comitiva presidencial zarpou para casa. Em 19 de fevereiro, voei de volta para a Inglaterra. Northolt estava envolto em neblina e nosso avião foi desviado para Lyneham. Segui para Londres de carro, fazendo uma parada em Reading para encontrar minha mulher, que fora me receber.

Ao meio-dia de 27 de fevereiro, pedi à Câmara dos Comuns que aprovasse os resultados da Conferência da Crimeia. A reação geral foi de apoio irrestrito à atitude que havíamos tomado. Mas havia um intenso sentimento moral de nossos compromissos para com os poloneses, que tanto haviam sofrido nas mãos dos alemães e em nome de quem, como último recurso, havíamos ido à guerra. Um grupo de uns trinta membros tinha inquietações tão grandes nessa matéria que alguns deles discursaram contra a moção proposta por mim. Havia um senso de angústia de que tivéssemos de assistir à escravização de uma nação heroica. Mr. Eden respaldou minha proposta. Na divisão, no segundo dia, tivemos maioria esmagadora, porém 25 membros, em sua maioria conservadores, votaram contra o governo, e 11 membros do governo se abstiveram.

Aos que estão incumbidos de lidar com os acontecimentos em tempos de guerra ou de crise não é facultado restringir-se puramente à declaração de amplos princípios gerais com que as pessoas de bem concordem. Eles têm de tomar decisões claras, dia após dia. Têm de adotar posturas que devem ser solidamente mantidas, caso contrário, como sustentar qualquer ação combinada? É fácil, agora que os alemães foram derrotados, condenar aqueles que fizeram o melhor possível para estimular o esforço militar russo e manter um contato harmonioso com nosso grande aliado, que passou por sofrimentos tão aterradores. Que teria acontecido se houvéssemos brigado com a Rússia quando os alemães ainda tinham duzentas ou trezentas divisões na frente de combate? Nossas suposições positivas logo seriam desmentidas. Mesmo assim, eram as únicas possíveis na época.

90
A travessia do Reno

APESAR DE SUA DERROTA NAS ARDENAS, os alemães resolveram combater a oeste do Reno, em vez de cruzá-lo em retirada para ter tempo de respirar. Durante todo o mês de fevereiro e a maior parte de março, o marechal Montgomery teve uma longa e árdua batalha no norte. As defesas eram sólidas e se garantiam com obstinação, o terreno estava encharcado e tanto o Reno quanto o Meuse haviam transbordado. Os alemães rebentaram as comportas das grandes represas do Roer e o rio tornou-se intransponível até o fim de fevereiro. Em 10 de março, entretanto, 18 divisões alemãs estavam todas de volta à outra margem do Reno. Mais ao sul, o general Bradley limpou toda a faixa de oitenta milhas entre Düsseldorf e Koblenz, numa campanha curta e veloz. No dia 7, aproveitou-se ousadamente um golpe de sorte. A 9ª Divisão Blindada do I Exército dos EUA encontrara a ponte ferroviária de Remagen parcialmente destruída, mas ainda em condições de uso. Mandara sua vanguarda fazer logo a travessia, rapidamente seguida por outras tropas, e, em pouco tempo, havia mais de quatro divisões na margem oposta, estabelecendo-se uma cabeça de ponte com várias milhas de profundidade. Isso não estava no plano de Eisenhower, mas revelou-se um excelente acréscimo; os alemães tiveram que desviar forças consideráveis de um ponto mais ao norte para deter os americanos. Patton isolou e esmagou a última cunha inimiga nas imediações de Trier. Os defensores da famosa e temida Linha Siegfried foram cercados e, em poucos dias, toda a resistência organizada chegou ao fim. Como subproduto dessa vitória, a 5ª Divisão dos EUA fez uma travessia inopinada do Reno, 15 milhas ao sul de Mainz, que logo se expandiu numa profunda cabeça de ponte apontada para Frankfurt.

Assim terminou a última grande defesa alemã no Ocidente. Seis semanas de batalhas sucessivas, numa frente de mais de 250 milhas, haviam empurrado o inimigo para o outro lado do Reno, com perdas irreparáveis em homens e equipamentos. As forças aéreas aliadas desempenharam um papel de suprema importância. Os ataques constantes das esquadrilhas táticas agravaram a derrota e a desorganização alemã, livrando-nos da definhante Luftwaffe. Controlando o espaço aéreo sobre os aeródromos que guardavam os novos caças a jato do inimigo, patrulhas frequentes minimizaram uma ameaça que nos havia causado preocupação. Os ataques contínuos de nossos bombardeiros pesados reduziram a produção alemã de gasolina a um nível crítico, destruíram muitos de seus aeródromos e a tal ponto danificaram suas fábricas e sistemas de transporte que quase os levaram à paralisação.

Eu queria muito estar com nossos exércitos no momento da travessia, e Montgomery acolheu-me de bom grado. Levando comigo apenas meu secretário Jock Colville, e Tommy*, voei num Dakota, na tarde de 23 de março, de Northolt para o quartel-general inglês perto de Venlo. O comandante em chefe levou-me ao trailer onde morava e se locomovia. Vi-me no vagão confortável que já havia usado antes. Jantamos às 19 horas e, uma hora depois, com rigorosa pontualidade, fomos ao reboque dos mapas. Lá estavam dispostos todos os mapas, atualizados hora a hora por um seleto grupo de oficiais. Era fácil compreender todo o nosso plano de desdobramento de tropas e de ataque. Forçaríamos a passagem pelo rio em dez pontos, numa frente de vinte milhas, de Rheinsberg até Rees. Todos os nossos recursos seriam empregados. Oitenta mil homens — a vanguarda de exércitos com um milhão de soldados — seriam lançados à frente. Estavam prontas as pilhas de botes e pontões. Na margem oposta achavam-se os alemães, entrincheirados e organizados com toda a força do moderno poder de fogo.

Tudo o que eu tinha visto ou estudado na guerra, tudo o que lera, levava-me a duvidar que um rio pudesse ser uma boa barreira defensiva contra uma força superior. *Operations of War,* de Hamley, livro que me fizera pensar desde a época de Sandhurst, sustenta o fato de que um rio paralelo à linha de avanço é elemento muito mais perigoso do que um rio que a corte transversalmente, e ilustra essa teoria com a maravilhosa campanha de Napoleão de 1814. Assim, eu tinha grandes esperanças na batalha, antes mesmo que o marechal me explicasse seus planos. Além disso, tínhamos a essa altura a vantagem incomensurável do domínio aéreo. O episódio que o comandante em chefe queria particularmente que eu visse era o lançamento, na manhã seguinte, de duas divisões paraquedistas, compostas de 14 mil

---

* O comandante C.R. Thompson, da *Royal Navy,* meu ajudante de ordens naval.

A travessia do Reno

homens, artilharia e muitos outros equipamentos ofensivos, atrás das linhas inimigas. Naturalmente, todos fomos para a cama antes das 22 horas.

A honra de liderar o ataque coube às nossas 51ª e 15ª divisões e às 30ª e 79ª americanas. Quatro batalhões da 51ª foram os primeiros a ser mandados à frente e, poucos minutos depois, haviam alcançado a margem oposta. Durante toda a noite, as divisões atacantes atravessaram o rio em grande número, a princípio deparando com pouca resistência, já que a margem em si era pouco defendida. Ao alvorecer, cabeças de ponte ainda pouco profundas se haviam firmado solidamente e os comandos já estavam em combate em Wesel.

Durante a manhã, Montgomery havia providenciado para que eu assistisse, do topo de uma colina em meio ao terreno em declive, ao grande ataque aéreo. Já era dia claro quando aproximou-se de nós o ronco surdo, mas intenso, de verdadeiros enxames de aviões. Depois disso, num intervalo de meia hora, mais de duas mil aeronaves nos sobrevoaram em suas formações. Meu posto de observação fora bem-escolhido. A luz era suficiente para permitir que se visse o local de lançamento sobre o inimigo. Os aviões desapareciam do campo visual e, quase imediatamente, retornavam em nossa direção num plano diferente. Os paraquedistas eram invisíveis até mesmo para os melhores binóculos. Mas houve então um ronco duplo dos reforços que chegavam e dos que retornavam após desferir o ataque. Pouco depois, com uma sensação de tragédia, foi possível ver aviões retornando aos pares ou em trios, inclinados, soltando fumaça ou até em chamas. Nessa hora, fragmentos minúsculos também oscilaram no ar antes de cair no chão. A imaginação, apoiada num bocado de experiência, contava uma história triste e dolorosa. Mas parecia que 19 de cada vinte aviões que haviam decolado estavam retornando em boa ordem, depois de cumprir sua missão. Isso foi confirmado pelo que soubemos uma hora depois, ao voltarmos ao QG.

O ataque estava em andamento em todo o front. De carro, fui levado a fazer o longo circuito de uma ponta a outra e a visitar os diversos QG dos corpos de exército. As coisas correram bem o dia inteiro. As quatro divisões do primeiro escalão chegaram em condições à margem oposta e criaram cabeças de ponte de cinco mil jardas de profundidade. As divisões aeroterrestres estavam fortes e nossas operações aéreas tiveram grande êxito. O ataque da aviação aliada, que perdeu apenas para o do Dia D na Normandia, incluiu não só as forças aéreas estratégicas da Inglaterra, mas também bombardeiros pesados provenientes da Itália, que penetraram fundo na Alemanha.

Às vinte horas, voltamos ao vagão dos mapas e tive então uma excelente oportunidade de ver os métodos de Montgomery na condução de uma batalha nessa escala gigantesca. Durante quase duas horas, uma sucessão de jovens oficiais, mais ou menos do posto de major, compareceu diante dele. Eram os representantes pessoais diretos do comandante em chefe, que podiam ir a qualquer lugar, ver qualquer coisa e fazer a qualquer comandante qualquer pergunta que desejassem. À medida que, por sua vez, eles faziam seus relatórios e eram minuciosamente inquiridos por seu superior, a história completa do dia de batalha ia-se desdobrando. Isso dava a Monty uma exposição integral do que havia acontecido, feita por homens altamente competentes que ele conhecia bem e em cujos olhos confiava. Proporcionava uma contrachecagem de valor inestimável dos relatórios provenientes de todos os vários quartéis-generais e comandantes, relatórios estes que já tinham sido triados e avaliados pelo general de Guingand, chefe de estado-maior de Montgomery, e que eram do conhecimento deste. Mediante esse processo, ele podia formar um quadro vívido, direto e, por vezes, mais exato. Os oficiais corriam grandes riscos e, dos sete ou oito que ouvi nessa noite e nas subsequentes, dois foram mortos em poucas semanas. Considerei esse sistema admirável — a rigor, o único meio de um moderno comandante em chefe poder ver e interpretar o que se passava em todas as partes do front. Encerrado esse processo, Montgomery dava uma série de instruções a de Guingand, que eram imediatamente transformadas em ações pela máquina do estado-maior. Depois disso, cama.

No dia seguinte, 25 de março, fomos ao encontro de Eisenhower. No caminho, eu disse a Montgomery o quanto seu sistema se assemelhava ao de Marlborough e à condução das batalhas no século XVIII, quando o comandante em chefe agia através de seus generais. Depois, o comandante em chefe montava em seu cavalo e comandava de viva voz uma batalha numa frente de cinco ou seis milhas, que terminava num dia e decidia os destinos de grandes nações, às vezes por anos ou por gerações inteiras. Para fazer valer suas ordens, ele contava com quatro ou cinco generais, postados em diferentes pontos do front, que conheciam todo o seu pen-

A travessia do Reno

samento e se empenhavam na execução de seu plano. Esses oficiais não comandavam nenhuma tropa e funcionavam como extensões e expressões do comandante supremo. Nos tempos modernos, o general tem que ficar sentado no escritório do QG, conduzindo batalhas travadas em frentes dez vezes maiores, e que amiúde duram uma semana ou dez dias. Nessa nova situação, o método das testemunhas oculares de Montgomery, que naturalmente eram tratadas com extrema consideração pelos comandantes da linha de frente de todas as patentes, constituía uma revivescência curiosa, se bem que parcial, dos tempos de outrora.

Encontramo-nos com Eisenhower antes do meio-dia. Estavam reunidos diversos generais americanos. Após conversas variadas, tivemos um almoço rápido, durante o qual Eisenhower disse haver uma casa a umas dez milhas dali, em nossa margem do Reno, que os americanos haviam protegido com sacos de areia e de onde era possível ter uma boa visão do rio e da margem oposta. Propôs que fôssemos visitá-la e nos levou até lá pessoalmente. O Reno — com umas quatrocentas jardas de largura nesse ponto — corria a nossos pés. Havia uma área plana e suave de pradarias no lado inimigo. Os oficiais nos disseram que, ao que eles soubessem, a margem oposta estava desocupada. Ficamos por ali a olhá-la, de queixo caído, durante algum tempo. Com as devidas precauções, fomos levados ao interior do prédio. O comandante supremo teve de partir para cuidar de outros assuntos. Montgomery e eu estávamos prestes a seguir seu exemplo, quando vi uma pequena lancha aproximar-se para atracar. Então, perguntei a Montgomery: "Por que não atravessamos para dar uma espiada na outra margem?" Para certa surpresa minha, ele respondeu: "É, por que não?" Depois de ele fazer algumas indagações, começamos a travessia do rio com três ou quatro comandantes americanos e meia dúzia de soldados armados. Desembarcamos sob o sol resplandecente e com perfeita tranquilidade na margem alemã e caminhamos por uma meia hora sem ser molestados.

Ao voltarmos, Montgomery perguntou ao comandante da lancha: "Não podemos descer o rio até Wesel, onde há alguma coisa acontecendo?" O comandante retrucou que a meia milha dali havia uma corrente que cruzava o rio, para impedir que as minas flutuantes interferissem em nossas operações. Várias delas poderiam estar retidas na corrente. Montgomery insistiu muito com ele, mas acabou sendo convencido de que o risco era grande demais. Ao descermos a terra, disse-me: "Vamos até a ponte ferroviária de Wesel, onde podemos ver *in loco* o que está acontecendo."

Entramos em seu carro e, acompanhados pelos americanos, que ficaram radiantes com a ideia, rumamos para a grande ponte ferroviária, com suas vigas de ferro, que estava partida ao meio mas cuja estrutura retorcida oferecia bons pontos de apoio. Os alemães estavam respondendo ao fogo, e suas granadas caíam em salvas de quatro tiros a meia milha daquele ponto. Logo começaram a chegar mais perto. Veio então uma rajada pelo alto, que mergulhou na água do nosso lado da ponte. As granadas pareceram explodir ao bater no fundo, levantando grandes colunas de água a uns cem metros dali. Várias outras caíram entre os carros escondidos não muito atrás de nós, de modo que decidimos ir embora. Desci meio desajeitado e acompanhei meu audacioso anfitrião em nossa viagem de duas horas de volta a seu QG.

Nos dias subsequentes, continuamos a ganhar terreno e, no fim do mês, tínhamos a leste do Reno um trampolim de onde lançar grandes operações pelo norte da Alemanha adentro. No sul, os exércitos americanos, embora não enfrentassem oposição tão intensa, tinham feito um progresso assombroso. As duas cabeças de ponte que haviam recompensado sua intrepidez estavam sendo reforçadas e ampliadas, e houve outras travessias ao sul de Koblenz e em Worms. Em 29 de março, o III Exército americano estava em Frankfurt. O Ruhr e seus 325 mil defensores foram cercados. A frente ocidental alemã havia desmoronado.

Surgiu então a pergunta: para onde vamos agora? Corria toda sorte de boatos sobre os planos futuros de Hitler. Parecia possível que, depois de perder Berlim e a Alemanha Setentrional, ele se retirasse para as regiões montanhosas e cobertas de florestas no sul da Alemanha e ali se empenhasse em prolongar a luta. A estranha resistência que ele fez em Budapeste e a retenção do exército de Kesselring na Itália durante tanto tempo pareciam harmonizar-se com essa intenção. Embora não houvesse nada de positivo, a conclusão geral de nossos chefes de estado-maior foi que era improvável que houvesse uma campanha prolongada ou mesmo uma guerrilha alemã nas montanhas, em qualquer escala considerável. Assim, essa possibilidade foi por nós relegada ao segundo plano, acertadamente, como se constatou. Baseado nisso, indaguei sobre a estratégia de avanço dos exércitos anglo-americanos, tal como prevista no QG dos aliados. O general Eisenhower telegrafou:

A travessia do Reno

Proponho movimento para leste, a fim de nos juntarmos aos russos ou chegarmos à linha geral do Elba. Dependendo das intenções russas, o eixo Kassel-Leipzig será o melhor para o avanço, pois garantirá varrermos essa importante área industrial, para onde se acredita que os ministérios alemães estejam de mudança; cortará as forças alemãs aproximadamente ao meio, sem nos envolver na travessia do Elba. Presta-se a dividir e destruir a maior parte das forças inimigas restantes no oeste.

Essa será minha ofensiva principal. Enquanto não ficar perfeitamente claro que a concentração de todos os nossos esforços apenas nela não será necessária, disponho-me a empenhar todas as minhas forças para garantir seu sucesso. (...)

Uma vez assegurado o sucesso da ofensiva principal, proponho tomarmos providências para liberar os portos do norte, o que, no caso de Kiel, implicará a travessia do Elba. Montgomery será responsável por essas tarefas. Proponho aumentar suas forças, caso isso pareça necessário para tal fim.

Aproximadamente na mesma época, soubemos que Eisenhower havia anunciado sua política num telegrama direto a Stalin em 28 de março, no qual ele dissera que, depois de isolar o Ruhr, propunha fazer sua arremetida principal pelo eixo Erfurt-Leipzig-Dresden, o que, juntando-se aos russos, cortaria as forças alemãs restantes em duas. Um avanço secundário por Regensburg para Linz, onde ele também esperava encontrar-se com os russos, impediria "a consolidação da resistência alemã no reduto na Alemanha meridional". Stalin concordou prontamente. Disse que a proposta "coincide inteiramente com o plano do alto comando soviético". "Berlim", acrescentou, "perdeu sua importância estratégica anterior. Assim, o alto comando soviético planeja dirigir forças secundárias em direção a Berlim." Essa afirmação não foi corroborada pelos acontecimentos.

Isso pareceu tão importante que, em 1º de abril, enviei um telegrama pessoal ao presidente:

(...) Obviamente, deixando de lado todos os obstáculos e evitando todos os desvios, os exércitos aliados do norte e do centro devem agora marchar à mais alta velocidade para o Elba. Até aqui, o eixo vinha sendo Berlim. O general Eisenhower, em sua avaliação da resistência inimiga, à qual atribuo máxima importância, deseja agora deslocar esse eixo um pouco para o sul e atacar por Leipzig, ou talvez até mais ao sul, por Dresden. (...) Digo com toda a franqueza que Berlim continua a ser de suma importância estratégica. Nada exercerá sobre todas as forças alemãs de resistência um efeito psicológico de desespero equiparável ao da queda de Berlim, que será o sinal supremo de derrota para o povo alemão. Por outro lado, se permitirmos que a cidade se mantenha sitiada pelos russos em meio a suas ruínas, ela animará a resistência de todos os alemães em armas, enquanto a bandeira alemã tremular ali.

Ademais, há outro aspecto que convém o senhor e eu considerarmos. Os exércitos russos sem dúvida dominarão toda a Áustria e entrarão em Viena. Se também tomarem Berlim, sua impressão de terem dado a contribuição preponderante para nossa vitória comum não lhes ficará indevidamente gravada na mente, e não poderá isso levá-los a um estado de ânimo capaz de suscitar dificuldades graves e assustadoras no futuro? *Portanto, considero que, do ponto de vista político, devemos avançar o mais possível para o leste Alemanha adentro e, se Berlim ficar a nosso alcance, certamente devemos tomá-la.* Isso também parece sensato em termos militares.

Na verdade, embora eu não me apercebesse disso, a saúde do presidente estava a essa altura tão debilitada que era o general Marshall quem tinha de lidar com essas graves questões, e os chefes de estado-maior americanos responderam, em síntese, que o plano de Eisenhower parecia estar de acordo com a estratégia combinada e com sua diretiva. Ele estava dispondo do outro lado do Reno, ao norte, o máximo de forças que podia usar. O esforço secundário no sul vinha tendo um sucesso estrondoso e sendo tão explorado quanto o permitiam os suprimentos. Eles confiavam em que a ação do comandante supremo conquistaria os portos e tudo o mais mencionado pelos ingleses de maneira muito mais rápida e decisiva do que o plano sugerido por estes.

A Batalha da Alemanha, disseram, estava num ponto em que cabia ao comandante em campanha julgar as medidas a serem tomadas. Abandonar deliberadamente a exploração dos pontos fracos do inimigo não parecia sensato. O único objetivo deveria ser a vitória rápida e completa. Embora eles reconhecessem a existência de fatores que não concerniam diretamente ao comandante supremo, os chefes de estado-maior americanos consideravam que o conceito estratégico do comandante era sólido.

O próprio Eisenhower me assegurou que nunca perdera de vista a grande importância do avanço para a costa mais setentrional, "(...) embora seu telegrama tenha introduzido uma ideia nova com respeito à importância política da rápida consecução de objetivos particulares. Compreendo claramente sua visão nessa matéria. A única diferença entre suas sugestões e meu plano concerne ao momento. (...) Para garantir o sucesso de cada uma das ofensivas que planejei, estou mantendo minha direção primeiramente para o centro, a fim de conquistar a posição de que preciso. Do modo como vejo as coisas, o passo seguinte será que Montgomery atravesse o Elba, reforçado, conforme a necessidade, por tropas americanas, e chegue pelo menos a uma linha que inclua Lübeck, no litoral. Se, a partir de agora, a resistência alemã vier a desmoronar de maneira progressiva e definitiva, o senhor pode ver que haverá pouca ou nenhuma diferença de tempo entre a conquista da posição central e a travessia do Elba. Por outro lado, se a resistência tender a se acirrar, considero ser uma necessidade vital que eu me concentre em cada esforço e não me permita dispersar-me na tentativa de executar todos esses projetos de uma só vez.

"Naturalmente, se de repente houver, a qualquer momento, um colapso generalizado ao longo do front, avançaremos a toda pressa, e Lübeck e Berlim serão incluídas em nossos objetivos importantes."

"Torno a agradecer a gentileza de seu telegrama", respondi, (...) "mas estou ainda mais impressionado pela importância de entrar em Berlim, que possivelmente está aberta a nós, ante a resposta que lhe foi enviada de Moscou dizendo (...) que 'Berlim perdeu sua importância estratégica anterior'. Isso deve ser interpretado à luz do que mencionei sobre os aspectos políticos. Considero altamente importante que apertemos as mãos dos russos o mais a leste possível. (...) Muito pode acontecer no Ocidente antes da data da grande ofensiva de Stalin."

Julguei de meu dever encerrar essa correspondência entre amigos, e as mudanças havidas no plano mestre, como disse a Roosevelt na ocasião, foram muito menores do que as supostas de início, mas tenho de registrar minha convicção de que, especialmente em Washington, deveria ter prevalecido uma visão mais longa e mais larga. Quando uma guerra travada por uma coalizão aproxima-se do fim, cresce a importância dos aspectos políticos. É bem verdade que o pensamento americano é no mínimo desinteressado em matérias que se parecem relacionar com aquisições territoriais, mas, quando os lobos estão por perto, o pastor tem de guardar seu rebanho, mesmo que não goste muito de carne de ovelha. Naquela ocasião, as questões em pauta não pareceram ser de importância capital para os chefes de estado-maior americanos. Naturalmente, passaram despercebidas e permaneceram desconhecidas do público, logo submersas e momentaneamente sumidas na maré enchente da vitória. No entanto, como ninguém há de contestar nos dias atuais, tiveram um papel dominante no destino da Europa e é bem possível que nos tenham negado a todos aquela paz duradoura pela qual havíamos lutado por tanto tempo, e tão arduamente.

Hoje podemos ver o hiato fatal que existiu entre o colapso da saúde do presidente Roosevelt e o crescimento do pleno comando do presidente Truman sobre o vasto problema mundial. Nesse vazio melancólico, um presidente não podia agir e o outro não podia saber. Nem os chefes militares nem o Departamento de Estado receberam a orientação de que precisavam. Os primeiros confinaram-se à sua esfera profissional e o segundo não compreendeu as questões em jogo. Faltou a direção política indispensável, no momento em que ela foi mais necessária. Os Estados Unidos perfilaram-se no palco da vitória, senhores dos destinos do mundo, mas sem um projeto verdadeiro e coerente. A Inglaterra, embora ainda muito poderosa, não pôde agir sozinha de maneira decisiva. Àquela altura, só me coube advertir e pedir. Assim, esse clímax de sucesso aparentemente imenso foi, para mim, tempo de infelicidade. Eu ia por entre multidões ovacionantes, ou sentava em mesas adornadas de parabéns e bênçãos vindas de todos os cantos da Grande Aliança, mas tinha dor no coração e a mente carregada de maus presságios.

A destruição do poder militar alemão trouxera consigo uma mudança fundamental nas relações entre a Rússia comunista e as democracias ocidentais. Haviam perdido o inimigo comum, seu quase único laço de união. Daí em diante, o imperialismo russo e o credo comunista não enxergaram mais, nem criaram, qualquer limite ao seu avanço e dominação final, e mais de dois anos se passariam antes que eles voltassem a se ver diante de um poder de vontade igual.

Eu não deveria narrar esta história hoje, quando tudo é claramente visível e resplandece à luz, se não a houvesse sabido e sentido quando era penumbra e quando o triunfo abundante só fez intensificar o escuro interno dos assuntos humanos. Sobre isso, o leitor há de ser o juiz.

91
A cortina de ferro

COM O PASSAR DAS SEMANAS, depois de Yalta, ficou claro que o governo soviético nada estava fazendo para cumprir nossos acordos sobre a ampliação do governo polonês, a fim de que ele incluísse todos os partidos do país e ambos os lados. Molotov recusava-se firmemente a opinar sobre os poloneses que mencionávamos e nenhum deles teve sequer permissão de participar de discussões preliminares numa mesa-redonda. Ele se oferecera para permitir que enviássemos observadores à Polônia e ficara desconcertado com a disposição e a presteza com que havíamos aceitado a oferta, argumentando, entre outras coisas, que isso poderia afetar o prestígio do governo provisório de Lublin. Não houve nenhum tipo de progresso nas conversações em Moscou. O tempo estava do lado dos russos e de seus adeptos poloneses, que iam firmando seu controle sobre o país com mão de ferro, através de toda sorte de medidas drásticas que eles não desejavam fossem vistas por observadores externos. Cada dia de atraso era lucro para essas forças empedernidas.

Justamente na noite em que eu discursava na Câmara dos Comuns sobre o resultado de nossos labores em Yalta, deu-se na Romênia a primeira violação russa do espírito e da letra dos nossos acordos. Pela Declaração sobre a Europa Livre, tão recentemente assinada, comprometeramo-nos todos a providenciar eleições livres e governos democráticos nos países ocupados por exércitos aliados. Em 27 de fevereiro, Vyshinsky, que aparecera na véspera em Bucareste sem aviso prévio, exigiu uma audiência ao rei Michael e insistiu em que ele demitisse o governo pluripartidário que se formara depois do *coup d'état* monarquista de agosto de 1944 e levara à expulsão dos alemães da Romênia. O jovem monarca, apoiado por seu ministro do Exterior Visoianu, resistiu a essas exigências até o dia seguinte. Vyshinsky tornou a visitá-lo. Descartando a solicitação do rei — que desejava ao menos consultar os partidos políticos — deu um murro na mesa, exigiu aos gritos uma aquiescência imediata e se retirou da sala, batendo a porta. Ao mesmo tempo, tanques e tropas soviéticos ocuparam as ruas da capital e, em 6 de março, foi empossado um governo nomeado pelos soviéticos.

Memórias da Segunda Guerra Mundial

Fiquei profundamente perturbado com essa notícia, que se revelaria o padrão do que estava por vir, mas ficamos impedidos de protestar pelo fato de Eden e eu, em nossa visita de outubro a Moscou, havermos reconhecido que a Rússia deveria ter voz predominante na Romênia e na Bulgária, enquanto nós teríamos a palavra na Grécia. Stalin cumprira muito estritamente esse acordo em nossa luta de seis semanas contra os comunistas e o ELAS na cidade de Atenas, embora tudo isso fosse sumamente desagradável para ele e os que o cercavam. A paz já fora restabelecida e, embora muitas dificuldades nos aguardassem, eu tinha esperança de que, em poucos meses, pudéssemos realizar eleições livres e limpas na Grécia, de preferência sob supervisão inglesa, americana e russa, e de que, a partir daí, fossem criados uma constituição e um governo fundados na inquestionável vontade do povo grego.

Mas, nos dois países balcânicos do mar Negro, Stalin vinha tomando o rumo oposto, um rumo absolutamente contrário a todas as ideias democráticas. Ele se comprometera, no papel, com os princípios de Yalta, que agora eram pisoteados na Romênia. Contudo, se eu o pressionasse demais, ele poderia dizer: "Não interferi com vocês na Grécia; por que não me dão a mesma latitude na Romênia?" Nenhum dos lados conseguiria convencer o outro e, considerando minhas relações pessoais com Stalin, eu tinha certeza de que seria um erro embarcar nesse tipo de discussão. Não obstante, achei que deveria dizer-lhe de nosso incômodo ante a instauração à força de um governo comunista minoritário. Eu temia, em especial, que isso pudesse levar a um expurgo indiscriminado de romenos anticomunistas, que seriam acusados de fascismo, nos mesmos moldes do que vinha acontecendo na Bulgária.

Enquanto isso, o impasse relativo à Polônia prosseguia. Durante todo o mês de março, empenhei-me numa correspondência tensa com Mr. Roosevelt, mas, embora não dispusesse de informações exatas sobre seu estado de saúde, eu tinha a sensação de que, salvo por alguns lampejos ocasionais de coragem e discernimento, os telegramas que ele nos enviava não eram seus. A política soviética tornava-se mais clara dia após dia, como também o uso que os russos estavam fazendo de seu controle irrestrito e não fiscalizado da Polônia. Eles pediram que a Polônia fosse representada apenas pelo governo de Lublin na Conferência das Nações Unidas a se realizar em San Francisco. Quando as potências ocidentais discordaram, os soviéticos se recusaram a enviar o próprio Molotov. Isso ameaçou inviabilizar todo o progresso em

A cortina de ferro

San Francisco, e mesmo a própria conferência. Molotov insistiu em que o *communiqué* de Yalta significava meramente o acréscimo de mais alguns poloneses ao governo existente de fantoches russos, e que essas marionetes fossem antes consultadas. Afirmou seu direito de vetar Mikolajczyk e qualquer outro polonês que sugeríssemos e pretextou ter informações insuficientes sobre nomes que havíamos apresentado muito tempo antes. Ficou claro como água que sua tática consistia em arrastar o assunto, enquanto o governo de Lublin consolidava seu poder. As negociações de nossos embaixadores não traziam promessa de um acordo honesto sobre a Polônia. Significavam apenas que nossas ponderações seriam postas de lado e que era tempo perdido a busca de *formulae* que resolvessem questões vitais.

Tive a certeza de que a única maneira de deter Molotov era enviar a Stalin uma mensagem pessoal. Recorri então ao presidente, na esperança de podermos juntos, no escalão mais alto, dirigir-nos a Stalin. Seguiu-se uma longa correspondência entre nós, mas, nesse momento crítico, a saúde e o vigor de Roosevelt tinham sumido. Em meus longos telegramas, eu pensava estar falando com meu amigo e colega de confiança, como fizera durante todos aqueles anos. Mas já não era inteiramente ouvido por ele. Eu não sabia quão mal ele estava, ou teria achado cruel pressioná-lo. Os dedicados assessores do presidente preocupavam-se em manter o conhecimento de seu estado de saúde restrito ao menor círculo possível, e várias mãos redigiam combinadas as respostas que me vinham em seu nome. A estas, sua vida definhando, Roosevelt só podia dar orientação e aprovação gerais. Foi um esforço heroico. Naturalmente, a tendência do Departamento de Estado era evitar decisões graves, estando o presidente daquela maneira, fisicamente tão fraco, e deixar a carga sobre os embaixadores em Moscou. Harry Hopkins, que poderia ter prestado ajuda pessoal, estava ele próprio seriamente acamado e, muitas vezes, ficava ausente ou não era chamado. Foram semanas que custaram caro a todos nós.

Todo esse tempo, um intercâmbio muito mais áspero e importante vinha ocorrendo entre os governos inglês e americano e os soviéticos, sobre questão muito diferente. O avanço dos exércitos soviéticos, as vitórias de Alexander na Itália, o fracasso da contraofensiva alemã nas Ardenas e a marcha de Eisenhower para o Reno haviam convencido a todos, menos

Memórias da Segunda Guerra Mundial

a Hitler e seus seguidores mais próximos, de que a rendição era iminente e inevitável. A pergunta era: render-se a quem? A Alemanha já não podia guerrear em duas frentes. Paz com os soviéticos era visivelmente impossível. Os governantes da Alemanha estavam por demais familiarizados com a opressão totalitária para pleitear sua importação do leste. Restavam os aliados no oeste. Não seria possível, consideraram eles, fazer uma barganha com a Inglaterra e os Estados Unidos? Se fosse viável uma trégua no Ocidente, eles poderiam concentrar suas tropas contra o avanço soviético. Apenas Hitler mostrou-se obstinado. O Terceiro Reich estava acabado e ele morreria junto. Mas vários de seus seguidores tentaram contatos secretos com os aliados de língua inglesa. Todas essas propostas foram naturalmente rejeitadas. Nossos termos eram rendição incondicional em todas as frentes. Ao mesmo tempo, nossos comandantes em campanha estavam sempre plenamente autorizados a aceitar capitulações puramente militares das forças inimigas em combate com eles, e a tentativa de adotar essa saída enquanto lutávamos no Reno levou a uma correspondência áspera entre os russos e o presidente, a quem apoiei.

Em fevereiro, o general Karl Wolff, comandante da SS na Itália, havia entrado em contato com o serviço de inteligência americano na Suíça, através de intermediários italianos. Tomara-se a decisão de examinar as credenciais das pessoas envolvidas e esse contato recebeu o código de *Crossword*. Em 8 de março, o general Wolff em pessoa apareceu em Zurique e se encontrou com Mr. Allen Dulles, chefe da organização americana. Wolff fora informado sem rodeios de que não havia como pensar em negociações, pois o assunto só poderia ser levado adiante com base numa rendição incondicional. Essa informação foi prontamente transmitida ao QG aliado na Itália e aos governos americano, inglês e soviético. Em 15 de março, os chefes de estado-maior inglês e americano em Caserta chegaram disfarçados à Suíça e, quatro dias depois, em 19 de março, houve uma segunda reunião de sondagem com o general Wolff.

Percebi de imediato que o governo soviético poderia suspeitar de uma rendição militar separada no sul, que permitiria a nossos exércitos avançarem sem muita oposição até Viena ou além dela, ou mesmo rumo ao Elba ou a Berlim. Além disso, como todas as nossas frentes em torno da Alemanha faziam parte da guerra geral dos aliados, é claro que os russos seriam afetados por qualquer coisa que se fizesse em qualquer delas. Se houvesse algum contato, formal ou informal, com o inimigo, eles teriam que ser informados

A cortina de ferro

em tempo. Essa norma fora escrupulosamente seguida. Em 12 de março, o embaixador inglês em Moscou havia informado o governo soviético sobre essa conexão com os emissários alemães e afirmado que nenhum contato seria feito até recebermos a resposta russa. Em momento algum houve a menor ideia de esconder dos russos o que quer que fosse. Os representantes aliados então na Suíça chegaram até a sondar meios de trazer em sigilo um oficial russo para se juntar a eles, caso o governo soviético desejasse mandar alguém. Isso se revelou inviável e, em 13 de março, os russos foram informados de que, se *Crossword* mostrasse ser sério, seus representantes seriam bem-vindos no QG de Alexander. Três dias depois, Molotov informou ao embaixador inglês em Moscou que o governo soviético considerava a atitude do governo britânico "inteiramente inexplicável e incompreensível, ao negar aos russos os meios de enviar um representante a Berna". Comunicação similar foi entregue ao embaixador americano.

No dia 21, nosso embaixador em Moscou foi instruído a informar ao governo soviético, mais uma vez, que o único objetivo dos encontros fora confirmar se os alemães tinham autoridade para negociar uma rendição militar, a fim de convidar uma delegação russa a vir ao QG dos aliados em Caserta. O embaixador fez isso. No dia seguinte, Molotov entregou-lhe uma resposta por escrito, que continha as seguintes expressões:

"Por duas semanas, em Berna, pelas costas da União Soviética, que vem suportando o maior peso da guerra contra a Alemanha, correm negociações entre os representantes do comando militar alemão, de um lado, e representantes dos comandos inglês e americano, de outro."

Naturalmente, Sir Archibald Clark Kerr explicou que os soviéticos haviam interpretado mal o ocorrido e que essas "negociações" não tinham passado de uma checagem das credenciais e da autoridade do general Wolff. O comentário de Molotov foi ríspido e insultuoso. "No caso presente", escreveu ele, "o governo soviético não vê mal-entendido, vê coisa pior." E atacou os americanos com igual rispidez.

Ante acusação tão estarrecedora, pareceu-me que o silêncio era melhor do que uma competição de desaforos, mas, ao mesmo tempo, era preciso advertir nossos comandantes militares no ocidente. Portanto, mostrei a carta afrontosa de Molotov a Montgomery e Eisenhower, junto a quem, nessa época, eu estava assistindo à travessia do Reno.

O general Eisenhower ficou muito irritado e pareceu vivamente sacudido pela raiva diante do que considerou acusações de todo injustas e infundadas à nossa boa-fé. Disse que, como comandante militar, aceitaria a rendição incondicional de qualquer corpo de tropa inimiga em seu front, de uma companhia ao exército inteiro, que encarava isso como assunto puramente militar e tinha plena autoridade para aceitar rendição sem pedir a opinião de ninguém. No entanto, se surgissem questões políticas, consultaria imediatamente os governos. Temia que, se os russos fossem trazidos para discutir uma possível rendição das forças de Kesselring, o assunto que ele mesmo resolveria em uma hora pudesse durar três ou quatro semanas, com pesadas perdas entre nossos soldados. Eisenhower deixou muito claro que insistiria em que toda a tropa comandada pelo oficial que apresentasse a rendição depusesse as armas e não se movesse até receber novas ordens, para não haver possibilidade de ser transferida para o outro lado da Alemanha a fim de enfrentar os russos. Ao mesmo tempo, ele avançaria para leste o mais rápido que pudesse por entre essas tropas capturadas.

De minha parte, eu achava que essas questões deviam ficar a critério dele e que os governos só deveriam intervir se surgisse questão política. Eu não via motivo para nos debulharmos em lágrimas se, graças a uma rendição em massa no ocidente, chegássemos ao Elba ou até mais longe antes de Stalin. Jock Colville lembra-me de eu lhe ter dito nessa noite: "Não gosto nem de pensar em desmembramento da Alemanha, até que minhas dúvidas sobre as intenções da Rússia se dissipem."

Em 5 de abril, recebi do presidente a transcrição estarrecedora de sua correspondência com Stalin:

> O senhor está absolutamente certo [escreveu Stalin] ao dizer que, no caso das negociações do comando anglo-americano com o comando alemão, em algum ponto de Berna ou nalgum outro local, "criou-se um lastimável clima de medo e desconfiança".
>
> O senhor insiste em que ainda não houve negociação. Pode-se presumir que não tenha sido plenamente informado. (...) Meus colegas militares não têm nenhuma dúvida de que negociações houve e de que elas terminaram num acordo com os alemães, pelo qual o comandante alemão da frente ocidental, marechal Kesselring, concordou em abrir o front e permitir que as tropas anglo-americanas avancem para o leste, e que os anglo-americanos prometeram, em troca, amenizar os termos de paz para os alemães.
>
> Resultado disso, no momento atual, os alemães na frente ocidental efetivamente suspenderam a guerra com a Inglaterra e os Estados Unidos. Ao

A cortina de ferro

mesmo tempo, os alemães continuam a guerra com a Rússia, aliada da Inglaterra e dos Estados Unidos. (...)

Essa acusação enraiveceu muito o presidente. Suas forças não lhe permitiram redigir sua própria resposta. O general Marshall a redigiu, com a aprovação de Roosevelt. E por certo não faltou vigor à resposta.

(...) Seguro de sua confiança em minha credibilidade pessoal [retrucou Roosevelt] e em minha determinação de promover juntamente com o senhor a rendição incondicional dos nazis, é estarrecedor que uma crença pareça ter atingido o governo soviético de que eu entrei em acordo com o inimigo sem primeiro obter sua plena aprovação. Por fim, tenho isto a dizer: seria uma das grandes tragédias da história que, no exato momento da vitória que hoje está a nosso alcance, tal desconfiança, tal falta de boa-fé viesse a prejudicar todo o empreendimento, depois das colossais perdas de vidas, de material e de capital.

Francamente, não posso evitar um amargo ressentimento em relação a seus informantes, sejam eles quem forem, pela distorção vil de meus atos ou dos atos de meus subordinados de confiança.

Fiquei muito impressionado com esta última sentença, que aqui reproduzo grifada. Senti que, embora Mr. Roosevelt não houvesse redigido toda a mensagem, era bem possível que tivesse acrescentado pessoalmente esse toque final. Era como que um acréscimo, ou um resumo, e tinha bem o estilo de Roosevelt quando se enfurecia.

Escrevi imediatamente a ele e a Stalin e, dias depois, recebi um simulacro de pedido de desculpas do ditador russo. "Prefiro minimizar tanto quanto possível o problema soviético em geral", telegrafou-me o presidente em 12 de abril, "pois esses problemas, sob esta ou aquela forma, parecem surgir todos os dias e a maioria deles se resolve, como no caso do encontro de Berna. Devemos ser firmes, no entanto, e até aqui nosso rumo está correto."

O presidente morreu subitamente nessa mesma tarde de quinta-feira, 12 de abril de 1945, em Warm Springs, na Georgia. Estava com 63 anos. Enquanto posava para a pintura de seu retrato, ele desabou de repente e morreu poucas horas depois, sem recobrar a consciência. Quando recebi a notícia, logo cedo, na manhã de sexta-feira, 13 de abril, senti como se houvesse recebido um golpe físico. Minhas relações com essa personalidade luminosa haviam desempenhado um imenso papel nos longos e terríveis anos em que trabalháramos juntos. Agora, chegavam ao fim, e fui tomado pelo sentimento de uma perda profunda e irreparável. Fui à Câmara dos Comuns, que se reunia às 11 horas, e em poucas frases propus que rendêssemos uma homenagem à memória de nosso grande amigo, suspendendo imediatamente a sessão. Essa medida sem precedentes, por ocasião da morte de um chefe de estado estrangeiro, foi conforme ao desejo unânime dos membros do parlamento, que lentamente se retiraram da Casa, após uma sessão que durara apenas oito minutos.

Meu primeiro impulso foi voar para o funeral, e já mandara preparar um avião. Lord Halifax telegrafou dizendo que Hopkins e Stettinius comoveram-se muito com minha ideia de possivelmente ir até lá, e ambos concordavam calorosamente com minha avaliação do imenso efeito benéfico que haveria. Mr. Truman lhe pedira para me dizer que, de sua parte, apreciaria enormemente a oportunidade de se encontrar comigo o mais cedo possível. Sua ideia era que, depois do funeral, eu pudesse ter dois ou três dias de conversa com ele.

Mas houve muitas pressões para que eu não deixasse o país naquele momento tão crucial e difícil, e cedi aos desejos de meus amigos. Olhando para trás, lamento não ter aceito a sugestão do novo presidente. Eu não o conhecia e sinto que existiam muitos pontos sobre os quais conversações pessoais seriam de imenso valor, especialmente distribuídas por vários dias e sem um caráter apressado ou formal. Parecia-me extraordinário, sobretudo naqueles últimos meses, que Roosevelt não houvesse familiarizado integralmente seu substituto e eventual sucessor com a história completa, nem lhe houvesse apresentado as decisões que vinham sendo tomadas. Isso foi de um grave inconveniente para nossas questões de estado. Não há termo de comparação entre ler sobre acontecimentos *a posteriori* e sua vivência hora após hora. Eu tinha em Mr. Eden um colega que estava a par de tudo e que, a qualquer momento, poderia assumir toda a direção, embora eu mesmo estivesse com boa saúde e em plena atividade. Mas o vice-presidente dos Estados Unidos salta de uma situação em que dispõe de poucas informações e ainda menos poder para a autoridade suprema. Como poderia Mr. Truman absorver e avaliar as questões em jogo nesse momento de clímax da guerra? Tudo que desde então ficamos sabendo a

A cortina de ferro

seu respeito nos mostra que é um homem resoluto e destemido, capaz de tomar as maiores decisões. Mas, naqueles primeiros meses, sua situação foi de extrema dificuldade, não lhe facultando acionar plenamente suas esplêndidas qualidades.

O primeiro ato político de Mr. Truman que nos disse respeito foi a retomada da questão polonesa, no ponto em que ela estava quando da morte de Roosevelt, apenas 48 horas antes. Ele propôs uma declaração conjunta nossa a Stalin. Naturalmente, o documento em que essa declaração foi exposta já devia ter sido preparado com bastante antecedência pelo Departamento de Estado no momento em que o novo presidente assumiu o governo. Mesmo assim, é notável que, com tamanha presteza, Mr. Truman tenha tido condições de se comprometer com ele, em meio às formalidades da assunção do cargo e do funeral de seu antecessor.

Ele admitiu que a atitude de Stalin não era muito promissora, mas achou que devíamos "fazer outra tentativa". Propôs informarmos a Stalin que nossos embaixadores em Moscou haviam concordado, sem restrições, em que os três líderes do governo de Varsóvia fossem chamados a Moscou para uma consulta e lhe assegurarmos nunca haver negado que eles desempenhariam um papel de destaque na formação do novo governo provisório de união nacional. Nossos embaixadores não estavam pleiteando o direito de convidar um número irrestrito de poloneses do exterior e do interior da Polônia. A verdadeira questão era se o governo de Varsóvia podia vetar candidatos individuais à consulta. Em nossa opinião, o acordo de Yalta não o habilitava a fazê-lo.

Nossa mensagem conjunta foi enviada no dia 15. Entrementes, M. Mikolajczyk confirmou haver aceito a decisão da Crimeia sobre a Polônia, inclusive a fronteira oriental do país na Linha Curzon, e transmiti essa informação a Stalin. Como não recebi resposta, era de presumir que o ditador estivesse momentaneamente satisfeito. Havia outras questões em aberto. Mr. Eden telegrafou de Washington, dizendo que ele e Stettinius concordavam em renovarmos nosso pedido de entrada de observadores na Polônia e pressionarmos novamente o governo soviético a suspender suas negociações de um tratado com os poloneses de Lublin. Logo depois de decidirmos isso, no entanto, chegou a notícia de que o tratado fora assinado.

Em 29 de abril, quando parecia evidente que não estávamos chegando a lugar algum, expus toda minha opinião a Stalin num longo telegrama, do qual os seguintes parágrafos podem ser considerados relevantes:

Memórias da Segunda Guerra Mundial

É de fato verdade que, no tocante à Polônia, chegamos a uma linha de ação definida com os americanos. Isso porque concordamos naturalmente sobre o assunto e achamos, sinceramente, que temos sido destratados (...) desde a Conferência da Crimeia. Não há dúvida de que essas coisas se afiguram diferentes quando olhadas do ponto de vista contrário. Mas estamos absolutamente de acordo em que o compromisso que assumimos em prol de uma Polônia soberana, livre e independente, com um governo que represente plena e adequadamente todos os elementos democráticos entre os poloneses, é para nós questão de honra e dever. Não creio que haja a menor probabilidade de qualquer mudança na atitude de nossas duas Potências e, uma vez que estamos de acordo, sentimo-nos na obrigação de declará-lo. Afinal, alinhamo-nos ao senhor, logo no início de 1944, em boa parte por minha iniciativa original, ao proclamarmos a fronteira russo-polonesa que o senhor desejava, isto é, a Linha Curzon, que incluiu Lvov na Rússia. Consideramos que os senhores devem harmonizar-se conosco no tocante à outra metade da política que, do mesmo modo que nós, também proclamaram, qual seja, a soberania, a independência e a liberdade da Polônia, desde que se trate de uma Polônia amistosa para com a Rússia. (...)

Além disso, surgem dificuldades, neste momento, em virtude de estarem chegando da Polônia relatos de toda sorte, atentamente ouvidos por muitos Membros do Parlamento, que podem a qualquer momento ser violentamente levantados no Parlamento ou na imprensa, e sobre os quais M. Molotov não nos fornece nenhum tipo de informação, apesar de nossos pedidos reiterados. *Fala-se, por exemplo, dos 15 poloneses que teriam tido um encontro com as autoridades russas para discussões há mais de quatro semanas (...) e de muitas outras histórias de deportações etc.** Como posso rebater essas queixas, quando os senhores não me fornecem qualquer informação e quando nem eu nem os americanos temos permissão de enviar alguém à Polônia que descubra por si o verdadeiro estado de coisas? Não há parte alguma dos territórios ocupados ou libertados por nós a que os senhores não tenham a liberdade de enviar delegações, e as pessoas não conseguem entender por que os soviéticos teriam alguma razão para se opor a visitas similares de delegações inglesas a países estrangeiros por vós libertados.

Não é muito animador olhar para um futuro em que os senhores e os países que os senhores dominam, mais os Partidos Comunistas em muitos outros estados, sejam todos arrastados para um lado, enquanto os que cerram fileiras em torno das nações de língua inglesa e de seus associa-

---

* Todos os destaques gráficos são posteriores. WSC.

dos ou domínios estão do outro. É bastante óbvio que uma luta entre eles destroçaria o mundo e que todos nós, os líderes de ambos os lados que tivéssemos alguma coisa a ver com isso, seríamos cobertos de vergonha perante a história. Até mesmo embarcarmos num longo período de suspeitas, de ofensas e contraofensas, e de políticas opostas, seria uma calamidade prejudicial aos grandes avanços da prosperidade mundial das massas, só alcançáveis por nossa trindade. Espero que, neste meu desabafo ao senhor, não haja palavra ou frase que constitua uma ofensa involuntária. Se houver, queira dizer-me. Mas eu lhe rogo, meu amigo Stalin, que não subestime as divergências que vêm surgindo em torno de questões que o senhor talvez considere pequenas para nós, mas que são um símbolo da maneira como as democracias de língua inglesa encaram a vida.

O incidente com os poloneses desaparecidos, mencionado no segundo parágrafo, requer agora um relato, embora nos leve um pouco adiante da narrativa geral. No início de março de 1945, a Resistência subterrânea polonesa foi convidada pela polícia política russa a enviar uma delegação a Moscou para discutir a formação de um governo polonês unificado, nos moldes do acordo de Yalta. O convite foi acompanhado de uma garantia escrita de segurança pessoal, ficando entendido que, mais tarde, se as negociações obtivessem êxito, o grupo viajaria a Londres para manter conversações com o governo polonês no exílio. Em 27 de março, o general Leopold Okulicki, sucessor do general Bor-Komorowski no comando do Exército de Resistência, dois outros líderes e um intérprete tiveram um encontro nos arredores de Varsóvia com um representante soviético. A eles foram juntar-se, no dia seguinte, 11 líderes que representavam os maiores partidos políticos da Polônia. Outro líder polonês já estava em poder dos russos. Ninguém retornou desse encontro. Em 6 de abril, o governo polonês no exílio fez um pronunciamento em Londres, descrevendo em linhas gerais esse sinistro episódio. Os representantes mais valiosos da Resistência Polonesa haviam desaparecido sem deixar vestígios, apesar da oferta formal russa de um salvo-conduto. Surgiram perguntas no parlamento e, a partir daí, espalharam-se histórias de fuzilamento de líderes poloneses locais nas áreas ocupadas pelos exércitos soviéticos, particularmente de um episódio em Siedlce, na Polônia oriental. Somente em 4 de maio, Molotov admitiu, em San Francisco, que esses homens estavam detidos na Rússia. Uma agência oficial de notícias russa declarou, no dia seguinte, que eles estavam aguardando julgamento, acusados de "táticas diversionárias na retaguarda do Exército Vermelho".

Em 18 de maio, Stalin negou de público que os líderes poloneses jamais tivessem sido convidados a ir a Moscou e asseverou que eles eram meros "diversionistas", que seriam tratados de acordo com "uma lei semelhante à Lei Inglesa de Defesa do Reino". O governo soviético recusou-se a sair dessa postura. Nada mais se ouviu sobre as vítimas da armadilha até o início de seu julgamento, em 18 de junho. Este foi conduzido à maneira comunista habitual. Os prisioneiros foram acusados de subversão, terrorismo e espionagem, e todos, com exceção de um, admitiram no todo ou em parte as acusações que pesavam contra eles. Treze foram julgados culpados e sentenciados a penas que iam de quatro meses a dez anos, e três foram absolvidos. Na verdade, isso constituiu a liquidação judicial da liderança da Resistência Polonesa, que tão heroicamente lutara contra Hitler. Os soldados rasos já haviam morrido nas ruínas de Varsóvia.

Entrementes, recebi de Stalin uma resposta desanimadora ao apelo que lhe fizera em 29 de abril. Era datada de 5 de maio e dizia o seguinte:

> Sou obrigado a dizer que não posso concordar com os argumentos que o senhor enuncia para sustentar sua posição. (...) É-me impossível partilhar de suas opiniões (...) no trecho em que o senhor sugere que as três potências supervisionem as eleições. Tal supervisão, em relação ao povo de um estado aliado, não poderia ser encarada senão como um insulto a esse povo e uma flagrante interferência em seus assuntos internos. Essa supervisão é desnecessária em relação aos antigos países-satélites que posteriormente declararam guerra à Alemanha e se juntaram aos aliados, como ficou demonstrado na experiência das eleições ocorridas, por exemplo, na Finlândia; ali se realizaram eleições sem nenhuma intervenção externa, que levaram a resultados construtivos. (...) A situação peculiar da Polônia, como estado vizinho da União Soviética, (...) exige que o futuro governo polonês lute ativamente por amistosas relações entre a Polônia e a União Soviética, o que também é do interesse de todas as outras nações pacíficas. (...) As Nações Unidas têm interesse em que haja uma amizade sólida e duradoura entre a União Soviética e a Polônia. Consequentemente, não podemos ficar satisfeitos com a ideia de que se associem à formação do

A cortina de ferro

futuro governo polonês pessoas que, como diz o senhor, "não são fundamentalmente antissoviéticas", ou de que só sejam excluídas da participação nesse trabalho as pessoas que, em sua opinião, são "extremamente inamistosas para com a Rússia". Nenhum desses critérios pode agradar-nos. *Insistimos e haveremos de insistir em que sejam introduzidas na consulta sobre a formação do futuro governo polonês apenas as pessoas que houverem demonstrado ativamente uma atitude amistosa para com a União Soviética, e estejam honesta e sinceramente dispostas a cooperar com o estado soviético.*

Devo comentar, em especial, outro ponto de sua mensagem, onde o senhor menciona o surgimento de dificuldades em decorrência de boatos sobre a detenção de 15 poloneses, sobre deportações e assim por diante.

Quanto a isso, posso informar-lhe que o grupo de poloneses a que o senhor se refere compõe-se não de 15, mas de 16 pessoas, e é chefiado pelo célebre general polonês Okulicki. Em vista de seu caráter especialmente odioso, o Serviço de Informações inglês toma o cuidado de silenciar quanto à questão desse general polonês, que "desapareceu" com os outros 15 poloneses, que teriam igualmente desaparecido. Mas nós não pretendemos silenciar sobre o assunto. Esse grupo de 16 indivíduos chefiado pelo general Okulicki foi preso pelas autoridades militares no front soviético e está sob investigação em Moscou. O grupo do general Okulicki, e sobretudo o próprio general, são acusados de planejar e executar ações diversionárias na retaguarda do Exército Vermelho, que resultaram na perda de mais de cem combatentes e oficiais desse exército, e são também acusados de manter estações ilegais de rádio na retaguarda de nossas tropas, o que contraria a lei. Todos ou alguns deles, conforme os resultados do inquérito, serão levados a julgamento. É essa a maneira que se faz necessária para que o Exército Vermelho defenda seus soldados e sua retaguarda dos sabotadores e dos perturbadores da ordem.

O Serviço de Informações inglês tem disseminado rumores sobre o assassinato ou o fuzilamento de poloneses em Siedlce. Essas afirmações do Serviço de Informações inglês são completas invencionices e, evidentemente, foram-lhe insinuadas por agentes [antissoviéticos]. (...)

Por sua mensagem, o senhor parece não estar disposto a encarar o Governo Provisório polonês como a base do futuro Governo de União Nacional, nem está disposto a lhe conceder sua posição de direito nesse governo. Devo dizer, francamente, que essa atitude elimina a possibilidade de uma solução consensual da questão polonesa.

Retransmiti essa assustadora mensagem ao presidente Truman, com o seguinte comentário: "Parece-me que dificilmente poderemos levar essas questões adiante por correspondência e que, tão logo seja possível, deve haver uma reunião dos três chefes de governo. *Até lá, devemos manter-nos*

Memórias da Segunda Guerra Mundial

firmes nas posições existentes, já obtidas ou em vias de serem obtidas por nossos exércitos na Iugoslávia, na Áustria, na Tchecoslováquia, no principal front central dos Estados Unidos e no front inglês, chegando até Lübeck e incluindo a Dinamarca. (...)" Em 4 de maio, descrevi o panorama europeu tal como eu o via para Mr. Eden, que estava na Conferência de San Francisco, em contato diário com Stettinius e Molotov, e que logo tornaria a visitar o presidente em Washington:

> Considero que o impasse polonês provavelmente só poderá ser resolvido, agora, numa conferência entre os três chefes de governo, em alguma cidade não arrasada na Alemanha, se for possível encontrá-la. Isso deverá ocorrer, no máximo, no início de julho. Proponho-me a telegrafar ao presidente Truman sugerindo-lhe uma visita aqui e a indispensável reunião adicional das três maiores Potências.
>
> 2. O problema polonês talvez seja mais fácil de resolver se for relacionado com as numerosas questões hoje pendentes, de extrema gravidade, que requerem solução urgente com os russos. Sinto que aconteceram coisas terríveis durante o avanço russo pela Alemanha em direção ao Elba. A proposta retirada do Exército dos Estados Unidos para as linhas de ocupação combinadas com os russos e os americanos em Quebec, e que foram marcadas em amarelo nos mapas ali estudados, significaria a maré de dominação russa fazer mais um avanço de 120 milhas, numa frente de trezentas ou quatrocentas milhas. Ocorrendo, este seria um dos mais melancólicos acontecimentos da história. Uma vez terminado e tendo havido a ocupação do território pelos russos, a Polônia seria completamente tragada e enterrada a fundo em terras ocupadas pelos russos. O que efetivamente seria a fronteira russa iria desde o cabo Norte, na Noruega, passando pela fronteira sueco-finlandesa e através do Báltico, até um ponto ligeiramente a leste de Lübeck, e seguiria pela linha de ocupação atualmente acertada e ao longo da fronteira entre a Baviera e a Tchecoslováquia até as fronteiras da Áustria, que deverá estar nominalmente sob ocupação quádrupla, e a meio caminho por esse território até o rio Isonzo, por trás do qual Tito e a Rússia reivindicariam tudo o que fica situado a leste. Assim, os territórios sob controle russo abrangeriam as províncias bálticas, toda a Alemanha até a linha de ocupação, toda a Tchecoslováquia, uma grande parte da Áustria, o total de Iugoslávia, Hungria, Romênia e Bulgária, até atingir a Grécia, em sua atual situação de incerteza. Abarcaria todas as grandes capitais da Europa central, inclusive Berlim, Viena, Budapeste, Belgrado, Bucareste e Sofia. A posição da Turquia e de Constantinopla certamente entraria logo em discussão.

A cortina de ferro

3. Isso constitui um evento na história da Europa que não tem paralelo e que não foi enxergado pelos aliados em sua longa e arriscada luta. As exigências russas à Alemanha, apenas a título de reparações de guerra, serão de tal monta que lhe permitirão prolongar a ocupação quase indefinidamente, pelo menos por muitos anos, período em que a Polônia, juntamente com muitos outros estados, afundará na vasta zona sob controle russo na Europa, não necessariamente sovietizada em termos econômicos, mas governada por um regime policial.

4. Já é hora de essas importantes questões serem examinadas pelas principais Potências em conjunto. Temos do nosso lado vários elementos de barganha, cuja utilização pode ajudar um acordo pacífico. *Primeiro, os aliados não devem recuar de suas posições atuais para a linha de ocupação até que estejamos satisfeitos com a questão da Polônia, e também com o caráter temporário da ocupação russa da Alemanha, e com as condições a serem estabelecidas nos países russificados ou controlados pela Rússia no vale do Danúbio, sobretudo a Áustria e a Tchecoslováquia, e nos Bálcãs.* Segundo, talvez possamos agradá-los sobre as saídas do mar Negro e do Báltico como parte de uma situação geral. Todas essas questões só podem ser resolvidas antes de os exércitos americanos na Europa estarem enfraquecidos. Se não forem solucionadas antes que os exércitos americanos se retirem da Europa e o mundo ocidental guarde suas máquinas de guerra, não há perspectiva de uma solução satisfatória, e muito pouca perspectiva de impedir uma Terceira Guerra Mundial. É para essa imediata ação de cartas na mesa e para um rápido acordo com a Rússia que devemos agora voltar nossas esperanças. Entrementes, oponho-me a reduzir, seja de que modo for, nosso pleito contra a Rússia em favor da Polônia. Penso que ele deve permanecer tal como foi posto nos telegramas enviados pelo presidente e por mim.

"Nada", acrescentei no dia seguinte, "poderá salvar-nos da grande catástrofe, senão um encontro e uma conversa aberta de cartas na mesa o mais cedo possível, em algum ponto da Alemanha que esteja sob controle americano e inglês e que ofereça acomodações razoáveis."

92
A rendição alemã

Fulgurantes sucessos marcaram o fim de nossas campanhas no Mediterrâneo. Em dezembro, Alexander havia sucedido a Wilson como comandante supremo, e Mark Clark assumiu o comando do XV Grupo de Exércitos. Após os ingentes esforços do outono, nossos exércitos na Itália precisavam de uma pausa para se reorganizar e recuperar o poder ofensivo.

A longa, obstinada e inesperada resistência alemã em todas as frentes nos deixara em grande escassez de munição de artilharia, e a dura experiência de campanha de inverno na Itália forçou-nos a adiar uma ofensiva geral para a primavera. Mas a força aérea aliada, comandada pelo general Eaker e, mais tarde, pelo general Cannon, usou sua superioridade de trinta contra um em ataques implacáveis às linhas de suprimento que alimentavam os exércitos alemães. A mais importante delas, de Verona ao Passo de Brenner, onde Hitler e Mussolini costumavam encontrar-se em seus dias mais felizes, foi bloqueada em muitos pontos durante quase todo o mês de março. Era comum outras passagens ficarem bloqueadas semanas a fio, e duas divisões que estavam sendo transferidas para a frente russa sofreram um atraso de quase um mês.

O inimigo tinha munição e suprimentos suficientes, mas faltava-lhe combustível. Em geral, as unidades estavam completas e seu moral era elevado, apesar dos reveses de Hitler no Reno e no Oder. O Alto Comando alemão poderia ter tido pouco que temer, não fossem o predomínio de nossa força aérea, o fato de termos a iniciativa, podendo atacar onde bem nos aprouvesse, e sua própria posição defensiva mal-escolhida, com o largo rio Pó em sua retaguarda. Melhor seria que tivessem cedido o norte da Itália e retraído para as firmes defesas do rio Adige, onde nos poderiam ter detido com forças muito menores e enviado tropas para ajudar seus exércitos em desvantagem noutros locais, ou criado uma sólida posição face ao sul para o Reduto Nacional, nas montanhas do Tirol, que Hitler talvez tivesse em mente como sua "última trincheira".

Mas a derrota ao sul do Pó prenunciava calamidade. Isso deve ter-se evidenciado a Kesselring, tendo sido, sem dúvida, uma das razões da nego-

A rendição alemã

ciação relatada no capítulo anterior. Hitler, é claro, constituía o obstáculo. Quando Vietinghoff, que sucedera a Kesselring, propôs um recuo tático, foi repreendido com estas palavras: "O Führer espera, hoje como antes, a máxima firmeza no cumprimento de sua atual missão de defender cada palmo da Itália setentrional confiada ao seu comando."

Na noite de 9 de abril, após um dia de ataque aéreo maciço e bombardeio de artilharia, o VIII Exército atacou. No dia 14, havia boas notícias em todo o front. Após uma semana de combates cerrados, o V Exército, apoiado por todo o peso da aviação aliada, saiu das montanhas, cruzou a estrada principal a oeste de Bolonha e investiu para o norte. No dia 20, a despeito das ordens de Hitler, Vietinghoff deu ordem para uma retirada. Era tarde demais. O V Exército avançou rumo ao Pó, com a força aérea tática provocando o caos nas estradas mais adiante. Apanhados aquém delas ficaram muitos milhares de alemães na armadilha, impedidos de recuar, entrando às bateladas nos campos de prisioneiros ou puxados para nossa retaguarda. Atravessamos o Pó numa larga frente, nos calcanhares do inimigo. Todas as pontes permanentes tinham sido destruídas por nossa força aérea, e as balsas e pontões provisórios foram atacados com tamanho efeito que o inimigo se viu lançado na confusão. Os que se esfalfaram na travessia, deixando para trás todo seu equipamento pesado, não puderam reorganizar-se na margem oposta. Os exércitos aliados perseguiram-nos até o Adige. Fazia muito tempo que os *partisans* italianos vinham atormentando o inimigo nas montanhas e em suas áreas de retaguarda. Em 25 de abril, foi dado o sinal para um levante geral e eles desferiram ataques por toda parte, assumindo o controle em muitas cidades e vilas, principalmente em Milão e Veneza. Começou a rendição em massa no noroeste da Itália. A guarnição de Gênova, com quatro mil homens, entregou-se a um oficial de ligação inglês e aos *partisans*.

Houve uma pausa antes que a força dos acontecimentos superasse as hesitações alemãs, mas, em 24 de abril, Wolff reapareceu na Suíça com plenos poderes concedidos por Vietinghoff. Dois plenipotenciários foram levados ao QG de Alexander e, em 29 de abril, assinaram o documento de rendição incondicional, na presença de altos oficiais ingleses, americanos e russos. Em 2 de maio, quase um milhão de alemães entregaram-se como prisioneiros e terminou a guerra na Itália.

Encerrou-se assim nossa campanha de vinte meses. Nossas perdas tinham sido dolorosas, mas as do inimigo, mesmo antes da rendição final, eram muito mais pesadas. A missão principal de nossos exércitos — atrair e reter o maior número possível de alemães — fora admiravelmente cumprida. Salvo por um breve período no verão de 1944, o inimigo sempre esteve numericamente superior a nós. Por ocasião de sua crise de agosto daquele ano, nada menos de 55 divisões alemãs estavam em posição nos fronts do Mediterrâneo. E isso não foi tudo. Nossas forças arredondaram sua tarefa devorando o exército mais numeroso que haviam recebido ordens de reter. Poucas campanhas culminaram de maneira mais refinada.

Também para Mussolini havia chegado o fim. Como Hitler, ele parece ter conservado ilusões até quase o último momento. No fim de março, fizera uma última visita ao seu sócio alemão e retornara ao seu quartel-general no Lago Garda, animado com a ideia das armas secretas que ainda poderiam levar à vitória. Mas o rápido avanço aliado a partir dos Apeninos tornara vãs tais esperanças. Houve um falatório febril sobre uma derradeira resistência nas áreas montanhosas da fronteira ítalo-suíça. Mas não restava a mínima disposição de luta na República Socialista Italiana.

Em 25 de abril, Mussolini resolveu dissolver o que restava de suas forças armadas e pedir ao cardeal-arcebispo de Milão que arranjasse um encontro com o comitê militar clandestino do Movimento de Libertação Nacional italiano. Nessa tarde, houve conversações no palácio do arcebispo, mas, num derradeiro gesto enfurecido de independência, Mussolini saiu porta afora. À noite, seguido por um comboio de trinta veículos que levavam a maioria dos líderes sobreviventes do fascismo italiano, ele se dirigiu para a prefeitura de Como. Não tinha qualquer plano coerente e, como a discussão se tornasse inútil, cada um foi tratar de si. Acompanhado por um punhado de companheiros, Mussolini conseguiu lugar em um pequeno comboio alemão que rumava para a fronteira suíça. O comandante da coluna queria tudo, menos enfrentar problemas com os *partisans* italianos. O Duce foi convencido a enfiar um sobretudo e um capacete alemães. Mas o pequeno grupo foi parado por patrulhas dos *partisans*; Mussolini foi reconhecido e levado em custódia. Outros membros, inclusive sua amante, Signorina Petacci, também foram presos. Por instrução dos comunistas, o Duce e sua amante foram levados num carro no dia seguinte e fuzilados. Seus corpos, junto com outros, foram mandados para Milão e pendurados

A rendição alemã

de cabeça para baixo em ganchos de açougue, num posto de gasolina na Piazzale Loreto, onde, pouco tempo antes, um grupo de *partisans* fora fuzilado em público.

Foi o destino do ditador italiano. Enviaram-me uma fotografia da cena final, que me deixou profundamente abalado. Mas, pelo menos, poupou-se ao mundo uma Nuremberg italiana.

Na Alemanha, os exércitos invasores continuaram a penetrar com toda a força, e o espaço entre eles foi-se estreitando dia a dia. No começo de abril, Eisenhower estava do outro lado do Reno e investia a fundo pela Alemanha e a Europa central, contra um inimigo que, aqui e ali, mostrava uma resistência feroz, mas era totalmente incapaz de deter nosso avanço triunfal. Ainda havia muitos prêmios políticos e militares em disputa. A Polônia estava fora de alcance do nosso socorro. O mesmo com Viena, onde nossa chance de nos antecipamos aos russos mediante um avanço a partir da Itália fora abandonada oito meses antes, quando as forças de Alexander tinham sido despojadas em benefício do desembarque no sul da França. Os russos cerraram sobre a cidade do leste e do sul e, em 13 de abril, dela estavam em plena posse. Mas nada parecia haver capaz de impedir os aliados ocidentais de tomarem Berlim. Os russos estavam a apenas 35 milhas de distância, mas os alemães achavam-se entrincheirados no rio Oder e muitos combates cerrados teriam de ocorrer antes que os soviéticos pudessem forçar a travessia e retomar o avanço. O IX Exército americano, por outro lado, havia-se deslocado com tamanha rapidez que, em 12 de abril, cruzara o Elba nas imediações de Magdeburg e estava a umas sessenta milhas da capital. Ali, no entanto, parou. Quatro dias depois, os russos começaram seu ataque e cercaram Berlim no dia 25. Stalin dissera a Eisenhower que seu golpe principal contra a Alemanha seria desferido "pela segunda metade de maio", mas pôde avançar um mês inteiro antes. Talvez nossa veloz aproximação do Elba tenha tido algo a ver com isso.

Nesse mesmo dia 25 de abril de 1945, vanguardas do I Exército dos EUA, provenientes de Leipzig, encontraram-se com os russos perto de Torgau, no Elba. A Alemanha foi cortada em duas. O exército alemão desintegrava-se ante nossos olhos. Mais de um milhão de prisioneiros foram feitos nas três primeiras semanas de abril, mas Eisenhower acreditava que nazis fanáticos tentariam fortificar-se nas montanhas da Baviera e da Áustria ocidental, e reorientou o III Exército americano para o sul. Sua esquerda penetrou na Tchecoslováquia até Budejovice, Pilsen e Karlsbad. Praga ainda estava a nosso alcance e nenhum acordo o impedia de ocupá-la, se isso fosse militarmente viável. Em 30 de abril, sugeri ao presidente que ele o fizesse, mas Mr. Truman pareceu contrário à ideia. Uma semana depois, também telegrafei pessoalmente a Eisenhower, mas seu plano era deter seu avanço na linha geral da margem ocidental do Elba e da fronteira da Tchecoslováquia de 1937. Se a situação o justificasse, ele cruzaria o rio até a linha geral Karlsbad-Pilsen-Budejovice. Os russos concordaram e esse avanço foi feito. Mas, em 4 de maio, eles reagiram vivamente contra uma nova proposta de o III Exército americano continuar até o rio Vltava [Moldau], que atravessa Praga. Isso não lhes conviria nem um pouco. Assim, os americanos "pararam, enquanto o Exército Vermelho limpou as margens leste e oeste do rio Moldau e ocupou Praga".* A cidade caiu em 9 de maio, dois dias depois de assinada a rendição geral em Reims.

Neste ponto, é necessário um retrospecto. A ocupação da Alemanha pelos principais aliados vinha sendo estudada havia muito tempo. No verão de 1943, um comitê do Gabinete, que eu criara sob a presidência de Mr. Attlee, de comum acordo com os chefes de estado-maior, recomendou que o país inteiro fosse ocupado, caso a Alemanha devesse ser efetivamente desarmada, e que nossas forças se distribuíssem em três zonas principais, de tamanho aproximadamente igual, ficando os ingleses no noroeste, os americanos no sul e no sudoeste e os russos na zona oriental. Berlim deveria ser uma zona conjunta separada, ocupada por cada um dos três grandes aliados. Essas recomendações foram aprovadas e encaminhadas ao Conselho Consultivo Europeu, então composto por M. Gousev, embaixador soviético, Mr. Winant, embaixador americano, e Sir William Strang, do Foreign Office.

Na época, o assunto se afigurara puramente teórico. Ninguém podia prever quando ou como seria o fim da guerra. Os exércitos alemães detinham áreas imensas da Rússia europeia. Um ano ainda passaria antes que tropas

---

* Eisenhower, *Report to Combined Chiefs of Staff*, p. 140.

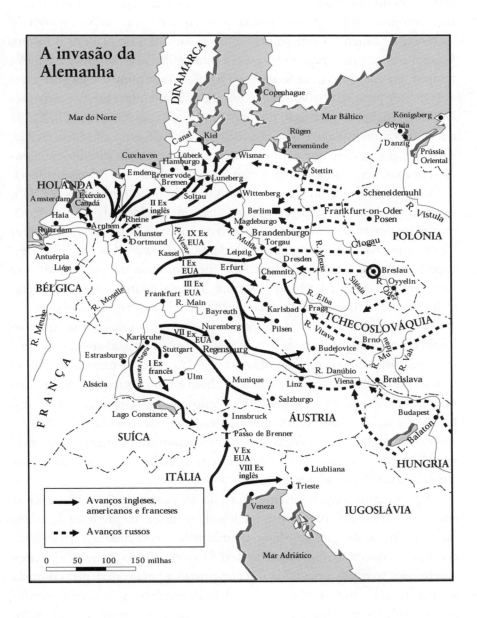

Memórias da Segunda Guerra Mundial

inglesas ou americanas pusessem o pé na Europa ocidental, e quase dois anos antes que entrassem na Alemanha. As propostas do Conselho Consultivo Europeu não foram consideradas prementes ou práticas para o nível do Gabinete de Guerra. Como outros esforços louváveis de planejar o futuro, ficaram nas estantes enquanto a guerra prosseguia com estrondo. Naqueles tempos, era comum a opinião de que a Rússia não continuaria na guerra depois de recuperar suas fronteiras, e que quando essa hora chegasse seria preciso um trabalho de persuasão por parte dos aliados ocidentais para induzi-la a não relaxar no esforço. Assim, a questão da zona de ocupação russa na Alemanha não teve destaque em nossos pensamentos ou nas discussões anglo-americanas, nem tampouco foi levantada por qualquer dos líderes em Teerã.

Ao nos reunirmos no Cairo a caminho de casa, em novembro de 1943, os chefes de estado-maior americanos haviam trazido à baila esse tema, mas não em virtude de qualquer solicitação russa. A zona russa da Alemanha continuava a ser um conceito acadêmico — na melhor das hipóteses, ideia boa demais para ser verdade. Mas fui informado de que o presidente Roosevelt desejava a inversão das zonas inglesa e americana. Ele queria as linhas de comunicação de qualquer força americana na Alemanha em contato direto com o mar, e não passando através da França. Essa questão implicou uma quantidade de argumentos técnicos detalhados e, sob muitos aspectos, influiu nos planos da operação *Overlord*. Nenhuma decisão se tomou no Cairo, mas, posteriormente, houve uma correspondência considerável minha com o presidente. O estado-maior inglês achava melhor o plano original e via muitos inconvenientes e complicações na troca. Minha impressão era que seus colegas americanos pensavam de maneira bastante parecida. Na Conferência de Quebec, em setembro de 1944, havíamos chegado a um firme acordo entre nós.

O presidente, evidentemente convencido pela opinião militar, havia aberto um grande mapa sobre os joelhos. Uma tarde, na presença da maioria dos Chefes de Estado-Maior Combinados, concordara verbalmente comigo em que o acordo existente deveria valer, sujeito a que os exércitos americanos tivessem uma saída direta e próxima para o mar, atravessando a zona inglesa. Bremen e sua subsidiária Bremerhaven pareciam atender às necessidades americanas, e seu controle sobre essa zona fora adotado. Essa solução está ilustrada no mapa ao lado. Todos julgamos que era cedo para planejar uma zona francesa na Alemanha e ninguém chegara sequer a mencionar a Rússia.

Em Yalta, em fevereiro de 1945, o plano de Quebec fora aceito, sem maiores considerações, como base prática para as discussões inconclusivas sobre a futura fronteira oriental da Alemanha. Isso ficara reservado para o Tratado de Paz. Naquele exato momento, os exércitos soviéticos invadiam em massa as fronteiras de antes da guerra e nós lhes augurávamos todo o sucesso. Propusemos um acordo sobre as zonas de ocupação na Áustria. Stalin, após alguma persuasão, concordara com meu vigoroso apelo de que se destinasse parte das zonas americana e inglesa aos franceses e de que eles tivessem um lugar na Comissão de Controle Aliada. Todos entendiam com clareza que as zonas de ocupação acertadas não deveriam prejudicar o movimento operacional dos exércitos. Berlim, Praga e Viena poderiam ser tomadas por quem chegasse primeiro. Na Crimeia, havíamo-nos despedido não apenas como aliados, mas como amigos que enfrentavam um inimigo ainda poderoso, com o qual todos os nossos exércitos estavam num feroz e incessante combate.

Os dois meses decorridos desde então haviam assistido a mudanças tremendas que atingiam até as raízes as ideias anteriores. A Alemanha de Hitler estava condenada, e ele mesmo prestes a morrer. Os russos estavam combatendo em Berlim. Viena e a maior parte da Áustria achavam-se em suas mãos. Toda a relação da Rússia com os aliados ocidentais estava na fluidez da incerteza. Cada questão relativa ao futuro aguardava uma solução entre nós. Os acordos e entendimentos de Yalta, como quer que fossem, já tinham sido rompidos ou descartados pelo Kremlin triunfante. Perigos novos, quem sabe tão terríveis quanto os que havíamos vencido, assomavam no horizonte e fitavam ameaçadores um mundo dilacerado e atormentado.

Minha preocupação com esses acontecimentos agourentos era visível, antes mesmo da morte do presidente. Ele próprio, como vimos, também estava ansioso e perturbado. Sua raiva ante as acusações de Molotov no episódio de Berna já foi registrada. Apesar do avanço vitorioso dos exércitos de Eisenhower, o presidente Truman viu-se confrontado, na segunda quinzena de abril, com uma crise formidável. Havia algum tempo eu vinha tentando impressionar o governo dos Estados Unidos com as vastas mudanças que tinham lugar, tanto na esfera militar quanto na política. Nossos exércitos ocidentais logo seriam levados muito além das fronteiras de nossas zonas de ocupação, e as frentes ocidental e oriental dos aliados aproximavam-se uma da outra, enjaulando entre si os alemães.

A rendição alemã

Telegramas que já publiquei em outros textos mostram que nunca sugeri voltarmos atrás em nossa palavra no tocante às zonas concertadas, desde que os outros acordos também fossem respeitados. Fui-me convencendo, porém, de que antes de pararmos nossas tropas, e muito menos de recuá-las, devíamos buscar um encontro face a face com Stalin e ter certeza de chegar a um acordo sobre todo o front. Seria um verdadeiro desastre nós cumprirmos todos os nossos acordos com rigorosa boa-fé, enquanto os soviéticos punham a mão em tudo que conseguissem pegar, sem a menor consideração para com os compromissos que haviam assumido.

O general Eisenhower havia proposto que, embora os exércitos do oeste e do leste devessem avançar sem considerar as linhas de demarcação, em qualquer área em que fizessem contato, qualquer dos lados devia sentir-se à vontade para sugerir que o outro lado recuasse para trás dos limites de sua zona de ocupação. Solicitar e dar ordens para cumprir esses recuos caberia aos comandantes dos Grupos de Exércitos. Dependendo dos ditames da necessidade operacional, o recuo então ocorreria. Considerei que essa proposta era prematura e ultrapassava em muito a necessidade militar imediata. Assim, tomaram-se as providências apropriadas e, em 18 de abril, dirigi-me ao novo presidente. Mr. Truman, naturalmente, estava apenas recém-informado em segunda mão de todas as complicações que nos confrontavam, e tinha de se apoiar muito em seus assessores. Com isso, a visão puramente militar teve uma ênfase além da proporção adequada. Enviei ao presidente o seguinte telegrama:

(...) Estou inteiramente pronto a aderir às zonas de ocupação, mas não desejo que nossas tropas aliadas ou vossas tropas americanas sejam apressadamente mandadas de volta, num ponto qualquer, pela asserção crua de um general russo local. Isso deve ser evitado mediante um acordo entre os governos, de modo a dar a Eisenhower oportunidade adequada de resolver cada caso com seu admirável estilo pessoal.

(...) As zonas de ocupação foram decididas um pouco às pressas em Quebec, em setembro de 1944, quando não se antevia que os exércitos do general Eisenhower fizessem tão profunda incursão na Alemanha. Elas não podem ser alteradas, exceto mediante acordo com os russos. Mas, no momento em que ocorrer o Dia VE [Dia da Vitória na Europa], devemos tentar instalar o Comitê de Controle Aliado em Berlim e insistir numa distribuição equânime dos alimentos produzidos na Alemanha entre todas as partes do país. Como está no momento, a zona de ocupação russa tem a menor proporção de habitantes e produz, de longe, a maior proporção de alimentos; os americanos têm uma proporção não muito satisfatória de alimento por população conquistada; e nós, pobres ingleses, tomaremos conta de toda a região destroçada do Ruhr e das grandes áreas industriais, que em épocas de normalidade são, como nós, grandes importadoras de alimentos. (...)

Mr. Eden estava em Washington e concordou plenamente com as opiniões que lhe passei por telégrafo, mas a resposta de Mr. Truman não nos levou muito adiante. Ele propôs que as tropas aliadas se retirassem para suas zonas de ocupação combinadas, na Alemanha e na Áustria, tão logo a situação militar permitisse.

Entrementes, Hitler ponderava sobre o local onde fazer sua última defesa. Já em 20 de abril, ele ainda pensava em deixar Berlim e ir para o "Reduto Sul" nos Alpes bávaros. Nesse dia, ele presidiu uma reunião dos principais líderes nazis. Como o duplo front alemão, oriental e ocidental, estivesse em iminente perigo de ser cortado em dois pares pelo avanço em cunha dos aliados, ele concordou em criar dois comandos separados. O almirante Doenitz deveria encarregar-se, ao norte, da autoridade militar e civil, tendo a missão particular de trazer de volta para solo alemão quase dois milhões de refugiados do leste. No sul, o general Kesselring comandaria o que restava dos exércitos alemães. Essas medidas deveriam entrar em vigor caso Berlim capitulasse.

Dois dias depois, em 22 de abril, Hitler tomou sua derradeira e suprema decisão de permanecer em Berlim até o fim. A capital logo foi completamente cercada pelos russos e o Führer perdeu todo o poder de controlar os acontecimentos. Restou-lhe organizar sua própria morte, em meio às ruínas da cidade. Ele anunciou aos líderes nazis que permaneciam a seu lado que morreria em Berlim. Göring e Himmler haviam partido após a conferência do dia 20, alimentando ideias de negociações de paz. Göring, que fora para o sul, presumiu que Hitler houvesse de fato abdicado com sua resolução de permanecer em Berlim, e pediu a confirmação de que deveria agir formalmente como sucessor do Führer. A resposta foi sua demissão instantânea de todos os cargos que ocupava. Numa remota aldeia das montanhas do Tirol, ele e quase uma cente-

A rendição alemã

na dos oficiais mais antigos da Luftwaffe foram feitos prisioneiros pelos americanos. Chegara o castigo.

As cenas finais no quartel-general de Hitler foram descritas com muitos detalhes em outros lugares. Das eminências de seu regime, apenas Goebbels e Bormann ficaram com ele até o fim. As tropas russas já lutavam nas ruas de Berlim. Nas primeiras horas de 29 de abril, Hitler fez seu testamento. O dia começou com a rotina normal de trabalho no abrigo antiaéreo embaixo da Chancelaria. Chegou a notícia da morte de Mussolini. O momento era lugubremente apropriado. No dia 30, Hitler almoçou calmamente com sua gente e, ao final da refeição, trocou apertos de mão com os presentes e se recolheu ao seu quarto. Às 15h30, ouviu-se um tiro e os membros de sua equipe pessoal entraram no quarto, encontrando-o caído no sofá, com um revólver ao lado. Matara-se com um tiro na boca. Eva Braun, com quem se casara secretamente nesses últimos dias, jazia ao seu lado. Tinha tomado veneno. Os corpos foram incinerados no pátio, e a pira fúnebre de Hitler, com o ribombar dos canhões russos soando cada vez mais forte, compôs um fim medonho para o Terceiro Reich.

Os líderes que sobraram reuniram-se em derradeira conferência. Houve tentativas de última hora de negociar com os russos, mas Zhukov exigiu rendição incondicional. Bormann tentou passar pelas linhas russas e desapareceu sem deixar vestígios. Goebbels envenenou seus seis filhos, depois mandou que um guarda SS atirasse em sua mulher e nele. A equipe restante do QG de Hitler caiu em poder dos russos.

Naquela noite, um telegrama chegou ao almirante Doenitz em seu QG no Holstein:

> *Em substituição ao ex-marechal do Reich Göring, o Führer vos nomeia, Herr Grande Almirante, como sucessor. A nomeação escrita está a caminho. Vossa Excelência tomará imediatamente todas as medidas exigidas pela situação.*
> *Bormann*

Fez-se o caos. Doenitz estivera em contato com Himmler, que, presumia ele, seria o sucessor de Hitler na eventualidade da queda de Berlim. A autoridade suprema foi subitamente jogada em seus ombros, sem aviso prévio, cabendo-lhe enfrentar a tarefa de organizar a rendição.

A Himmler ficou reservado um fim menos espetacular. Ele fora para a frente oriental e, durante alguns meses, fora instado a tomar a iniciativa de um contato pessoal com os aliados ocidentais, na esperança de negociar uma rendição em separado. Agora, tentou fazê-lo através do conde Bernadotte, presidente da Cruz Vermelha sueca, mas repelimos suas propostas. Nada mais se ouviu falar dele até 21 de maio, quando foi preso por um posto de controle inglês em Bremervörde. Estava disfarçado e não foi reconhecido, mas seus papéis despertaram suspeita nos sentinelas e ele foi levado para um campo próximo do QG do II Exército. Disse então ao comandante quem era. Foi posto sob guarda armada, despido e examinado por um médico em busca de venenos. No fim do exame, ele quebrou com os dentes uma ampola de cianureto, que aparentemente teve escondida na boca por algumas horas. Teve morte quase instantânea, pouco depois das 23 horas de quarta-feira, 23 de maio.

No noroeste, o drama se encerrou de modo menos sensacional. Em 2 de maio, chegou a notícia da rendição na Itália. No mesmo dia, nossas tropas chegaram a Lübeck, no Báltico, fazendo contato com os russos e isolando todos os alemães que se achavam na Dinamarca e na Noruega. No dia 3, entramos em Hamburgo sem oposição e a guarnição rendeu-se incondicionalmente. Uma delegação alemã veio ao QG de Montgomery na charneca de Luneberg. Era encabeçada pelo almirante Friedeburg, emissário de Doenitz, e buscava um acordo de rendição que incluísse as tropas alemãs que estavam enfrentando os russos no Norte. O acordo foi rejeitado, por ultrapassar a autoridade de um comandante de grupo de exércitos, que só podia lidar com seu próprio front. No dia seguinte, depois de receber novas instruções de seus superiores, Friedeburg assinou a rendição de todas as forças alemãs no noroeste da Alemanha, na Holanda, nas ilhas, no Schleswig-Holstein e na Dinamarca.

Friedeburg seguiu para o QG de Eisenhower em Reims, onde o general Jodl juntou-se a ele em 6 de maio. Os dois tentaram ganhar tempo, para permitir que o maior número possível de soldados e refugiados se livrassem dos russos e passassem para o lado dos aliados ocidentais, tentando uma rendição em separado da frente ocidental. Eisenhower impôs um prazo-limite e insistiu na capitulação geral. Jodl relatou a Doenitz: "O general Eisenhower insiste em que assinemos hoje. Caso contrário, as frentes aliadas serão fechadas a quem tentar render-se individualmente. Não vejo

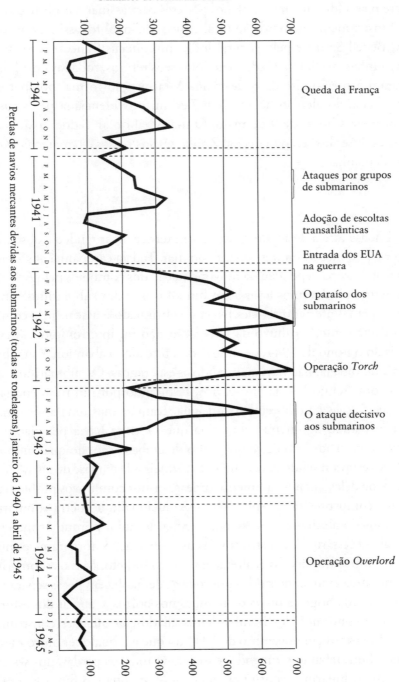

alternativa — é caos ou assinatura. Peço-lhe que me confirme imediatamente pelo rádio que tenho plenos poderes para assinar a capitulação."

O instrumento de rendição total e incondicional foi assinado pelo general Bedell Smith e pelo general Jodl, com oficiais franceses e russos de testemunhas, às 2h41 de 7 de maio. Nos seus termos, todas as hostilidades cessaram à meia-noite de 8 de maio. A ratificação formal por parte do Alto Comando alemão ocorreu em Berlim, providenciada pelos russos, nas primeiras horas de 9 de maio. O marechal do ar Tedder assinou em nome de Eisenhower, o marechal Zhukov pelos russos e o marechal Keitel pela Alemanha.

A imensa escala de acontecimentos em terra e no ar tendeu a obscurecer a vitória não menos impressionante no mar. Toda a campanha anglo-americana na Europa dependeu da movimentação dos comboios pelo Atlântico e, neste ponto, devemos levar até o fim a história dos submarinos. Apesar de suas perdas aterradoras, eles haviam continuado a atacar, mas com sucesso decrescente, e o fluxo da navegação não foi interrompido. Mesmo depois do outono de 1944, quando foram forçados a abandonar suas bases na baía de Biscaia, não haviam perdido as esperanças. Os submarinos equipados com "schnorkel" já em serviço, respirando por um tubo enquanto carregavam suas baterias embaixo d'água, eram apenas uma apresentação ao novo padrão de guerra submarina que Doenitz havia planejado. Ele contava com o advento desse novo tipo de embarcação, do qual inúmeras unidades estavam sendo construídas, as primeiras já em fase de testes. A alta velocidade delas quando submersas ameaçava-nos com novos problemas e, de fato, como previra Doenitz, teria revolucionado a guerra submarina. Os planos do almirante fracassaram, acima de tudo, porque os materiais especiais necessários à construção dessas embarcações tornaram-se muito escassos, forçando sucessivas alterações no seu projeto. Mas os submarinos comuns ainda eram construídos por toda a Alemanha em peças separadas e montados em abrigos à prova de bombas nos portos, e apesar dos esforços intensos e contínuos dos bombardeiros aliados, os alemães construíram mais submarinos em novembro de 1944 do que em qualquer outro mês da guerra. Num trabalho estupendo, e malgrado todas as perdas, uns sessenta ou setenta submarinos continuaram em ação até quase o fim. Os resultados que obtiveram não foram muitos, mas carregaram consigo a esperança permanente de uma paralisação marítima. Os novos e revolucionários submarinos não chegaram a cumprir o papel que lhes estava reservado na Segunda Guerra Mundial. Havia planos de completar 350 deles durante 1945, mas apenas alguns entraram em serviço antes da capitulação. Essa arma, em poder dos soviéticos, figura entre os riscos do futuro.

Os ataques aéreos aliados destruíram muitos submarinos em seus ancoradouros. Mesmo assim, quando Doenitz mandou que eles se rendessem, nada menos de 49 ainda estavam no mar. Mais de cem entregaram-se nos portos e cerca de 220 foram afundados ou destruídos por suas tripulações. Tais a persistência do esforço alemão e o vigor de sua arma submarina.

Em 68 meses de luta, perderam-se 781 submarinos alemães. Durante mais da metade desse tempo, o inimigo deteve a iniciativa. Depois de 1942, invertemos completamente os números; a destruição dos submarinos aumentou e nossas perdas diminuíram. No cômputo final, as forças inglesas ou controladas pelos ingleses destruíram quinhentos dos 632 submarinos que sabemos terem sido afundados nos oceanos pelos aliados.

Na Primeira Guerra Mundial, 11 milhões de toneladas de carga foram afundadas, e na Segunda Guerra, 14,5 milhões de toneladas, apenas pelos submarinos. Se somarmos a isso as perdas por outras causas, os totais passarão a ser de 12,75 milhões e 21,5 milhões de toneladas. Desse total, os ingleses arcaram com mais de 60% na Primeira Guerra e mais da metade na Segunda.

A rendição incondicional de nossos inimigos deu o sinal para a maior explosão de alegria da história da humanidade. A Segunda Guerra Mundial fora realmente travada na Europa até seu amargo fim. Vencidos e vencedores sentiram um alívio inexprimível. Mas para nós, da Inglaterra e do Império Britânico, que fôramos os únicos a participar da batalha do primeiro ao último dia e que havíamos apostado nossa vida em seu desfecho, tudo teve um sentido que ultrapassava até mesmo o que nossos mais poderosos e valentes aliados podiam sentir. Exaustos e abatidos, empobrecidos mas inquebrantáveis, e agora triunfantes, tivemos um momento sublime. Demos graças a Deus pela mais nobre de todas as Suas bênçãos — o sentimento de termos cumprido nosso dever.

Memórias da Segunda Guerra Mundial

Quando, nesses tumultuados dias de júbilo, fui chamado a falar à nação, fazia quase exatamente cinco anos que eu arcava com a responsabilidade suprema em nossa ilha. No entanto, é bem possível que poucos houvesse com o coração mais carregado de preocupação que eu. Depois de passar em revista o conto variado de nossas alegrias e tristezas, toquei uma nota grave que vale registrar aqui:

"Gostaria" disse eu, "de poder dizer-lhes esta noite que toda a nossa labuta e nossos problemas estão terminados. Fora assim, eu realmente poderia encerrar com alegria meus cinco anos de serviço e, se vocês achassem que já me haviam aguentado o bastante e que deviam me mandar para outras pastagens, eu aceitaria isso de extremo bom grado. Mas, ao contrário, devo adverti-los, como fiz ao iniciar esta missão de cinco anos — e ninguém sabia, na época, que ela duraria tanto — de que ainda há muito por fazer, e de que vocês devem estar preparados para novos esforços da mente e do corpo e para novos sacrifícios em nome de causas grandiosas, se não quiserem recair na vala da inércia, da confusão de objetivos e do medo covarde de serem grandes. Vocês não devem relaxar de modo algum o espírito alerta e vigilante. Embora o júbilo das festas seja necessário ao espírito humano, ele deve reforçar a resiliência com que cada homem e cada mulher voltar de novo ao trabalho que têm por fazer, e também para a visão e a vigilância que têm de manter sobre as questões públicas.

"No continente da Europa, ainda temos de nos certificar de que os fins simples e honrados pelos quais entramos na guerra não sejam descartados ou ignorados nos meses seguintes ao nosso sucesso, e de que as palavras 'liberdade', 'democracia' e 'liberação' não sejam deturpadas de seu verdadeiro sentido, tal como as entendemos. De pouco adiantaria punirmos os hitleristas por seus crimes se a lei e a justiça não prevalecessem, e se governos totalitários ou policiais viessem a tomar o lugar dos invasores alemães. Nada buscamos para nós mesmos. Mas devemos certificar-nos de que as causas por que lutamos sejam reconhecidas na mesa da paz, em fatos como em palavras. Acima de tudo, devemos esforçar-nos para que a Organização Mundial que as Nações Unidas estão criando em San Francisco não se torne um nome inútil, não se torne escudo dos fortes e zombaria dos fracos. São os vencedores que têm de sondar seu coração em seu momento de glória e, por sua nobreza, ser dignos das imensas forças que brandem.

A rendição alemã

"Nunca devemos esquecer-nos de que por trás de tudo paira a ameaça do Japão, atormentado e decadente, mas ainda um povo de cem milhões, para cujos guerreiros a morte tem pouco horror. Não sei dizer-lhes, esta noite, quanto tempo ou que esforços serão necessários para obrigar os japoneses a pagar por sua odiosa traição e crueldade. Nós, como a China, por tanto tempo resoluta, também recebemos deles terríveis feridas, e estamos comprometidos com os Estados Unidos, por laços de honra e lealdade fraterna, a travar ao lado deles essa grande guerra no outro extremo do mundo, sem fraquejar ou fracassar. Devemos lembrar-nos de que a Austrália, a Nova Zelândia e o Canadá estiveram e estão ameaçados por essa Potência do mal. Esses Domínios vêm em nosso auxílio em nossas horas negras, e não devemos deixar inacabada tarefa que diga respeito à sua segurança e ao seu futuro. Eu lhes disse coisas duras no começo destes últimos cinco anos; vocês não se encolheram, e eu seria indigno de sua confiança e generosidade se não continuasse a bradar: Avante, firmes, inabaláveis, indômitos, até que toda a missão seja cumprida e que o mundo inteiro esteja seguro e limpo."

93
Abre-se o abismo

APREENSÃO PELO FUTURO e muitas perplexidades enchiam-me a cabeça, enquanto eu andava em meio a multidões entusiásticas de londrinos em sua hora de merecido júbilo, depois de tudo por que haviam passado. O perigo de Hitler, com suas provações e privações, parecia à maioria deles haver-se desfeito num clarão de glória. O inimigo assustador que haviam combatido por mais de cinco anos rendera-se incondicionalmente. Tudo que faltava para as três Potências vitoriosas era fazer uma paz justa e durável, guardada por um Instrumento Mundial, trazer seus soldados de volta para saudosos entes queridos e entrar numa idade áurea de prosperidade e progresso. Nada mais, e com toda certeza, pensavam seus povos, nada menos.

Mas havia o outro lado da cena. O Japão ainda não fora vencido. A bomba atômica ainda não havia nascido. O mundo estava em confusão. O elo principal do perigo comum que unira a Grande Aliança desaparecera da noite para o dia. A ameaça soviética, aos meus olhos, já substituíra o inimigo nazi, mas contra ela não se formara uma camaradagem. Em casa, os fundamentos da unidade nacional sobre os quais o governo da guerra se erguera tão firme, também haviam desaparecido. Nossa força, que tinha superado tantas tempestades, não mais continuaria a brilhar sob o sol. Como, então, haveríamos de chegar ao acordo final, que só ele seria capaz de recompensar a labuta e a luta da guerra? Eu não conseguia livrar meu pensamento do medo de que os exércitos vitoriosos da democracia logo se dispersassem e de que a prova real e mais dura ainda estivesse por vir. Já assistira a tudo aquilo. Lembrava-me daquele outro dia de transe, quase trinta anos antes, quando eu fizera o trajeto com minha mulher, desde o Ministério do Material Bélico, em meio a multidões similares vibrantes de entusiasmo, até Downing Street para cumprimentar o primeiro-ministro. Então, como agora, eu compreendia a situação mundial em seu todo. Mas, naquela época, pelo menos não havia nenhum exército poderoso que precisássemos temer.

☆

Abre-se o abismo

Minha primeira ideia era um encontro das três Grandes Potências, e eu esperava que o presidente Truman, a caminho da reunião, passasse por Londres. Como veremos, ideias muito diferentes vinham sendo inculcadas no novo presidente por setores influentes de Washington. O tipo de ambiente e de vistas notado em Yalta havia-se reforçado. Os Estados Unidos, diziam, precisavam tomar cuidado para não se deixar arrastar para um antagonismo com a Rússia soviética. Isso, segundo pensavam, estimularia a ambição inglesa e produziria uma nova rachadura na Europa. A política correta, por outro lado, seria os Estados Unidos ficarem entre a Inglaterra e a Rússia, como um mediador amistoso ou mesmo um árbitro, procurando reduzir-lhes as divergências sobre a Polônia ou a Áustria e fazer com que as coisas se acomodassem numa paz serena e ditosa que facultasse às forças americanas concentrarem-se contra o Japão. Essas pressões devem ter sido muito fortes sobre Truman. É bem possível que seu instinto natural, como demonstraram seus atos históricos, fosse diferente. Naturalmente, eu não tinha como avaliar as forças atuantes no centro nervoso de nosso aliado mais próximo, embora logo me conscientizasse delas. Podia apenas sentir a vasta manifestação de imperialismo soviético e russo de roldão por sobre terras indefesas.

Obviamente, o primeiro objetivo tinha de ser uma conferência com Stalin. Passados três dias da rendição alemã, telegrafei ao presidente Truman dizendo que deveríamos convidá-lo para uma conferência. *"Até lá, espero sinceramente que a frente americana não recue das linhas táticas acertadas no momento."** Ele respondeu prontamente preferir que Stalin propusesse o encontro e esperava que nossos embaixadores o induzissem a sugeri-lo. Em seguida, Mr. Truman declarou que ele e eu deveríamos seguir para a reunião separadamente, para evitar qualquer suspeita de estarmos *ganging up,* organizando-nos num grupo, "formando uma gangue". Quando terminasse a conferência, ele esperava visitar a Inglaterra, caso seus deveres na América o permitissem. Não me passou despercebida a diferença de vistas que esse telegrama implicava, mas aceitei o procedimento que ele propôs.

Também por esses mesmos dias, passei ao presidente Truman o que se pode chamar o telegrama da "Cortina de Ferro". Dentre todos os documentos públicos que redigi sobre esse assunto, é por este que eu gostaria de ser julgado.

---

* Todos os destaques gráficos são posteriores. WSC.

Estou profundamente preocupado com a situação europeia. Soube que metade da Força Aérea Americana na Europa já começou a se deslocar para o teatro do Pacífico. Os jornais estão repletos de notícias das grandes movimentações dos exércitos americanos saindo da Europa. Também os nossos exércitos, conforme combinações anteriores, tendem a sofrer uma redução acentuada. O exército canadense certamente partirá. Os franceses estão enfraquecidos e é difícil lidar com eles. Qualquer um pode ver que, num curtíssimo período de tempo, nosso poderio armado sobre o Continente terá desaparecido, exceto pelas forças reduzidas que se destinam a controlar a Alemanha.

2. Enquanto isso, que acontecerá no tocante à Rússia? Sempre trabalhei em prol da amizade com a Rússia, mas, tal como o senhor, sinto uma profunda inquietação diante da maneira como eles deturparam as decisões de Yalta, de sua atitude para com a Polônia, de sua influência esmagadora nos Bálcãs, com exceção da Grécia, das dificuldades que eles têm criado em relação a Viena, da combinação do poderio russo com os territórios controlados ou ocupados por eles, aliada à técnica comunista em muitos outros países, e, acima de tudo, de sua capacidade de manterem imensos exércitos no campo por um longo período. Qual será a situação dentro de um ano ou dois, quando os exércitos ingleses e americanos se houverem desfeito e o exército francês ainda não se tiver reorganizado em escala significativa, quando dispusermos, talvez, de um punhado de divisões, em sua maioria francesas, com a Rússia podendo optar por manter duzentas ou trezentas em serviço ativo?

3. Uma cortina de ferro foi baixada sobre o front deles. Não sabemos o que está acontecendo por trás dela. Não parece haver dúvida de que a totalidade das regiões a leste da linha Lübeck-Trieste-Corfu logo estará completamente em mãos dos russos. A isso cabe acrescentar a outra imensa área, conquistada pelos exércitos americanos entre Eisenach e o Elba, que será, suponho eu, em poucas semanas, ocupada pelo poder russo, quando os americanos se retirarem. Providências de toda sorte terão que ser tomadas pelo general Eisenhower para impedir outra imensa fuga da população alemã para o oeste, à medida que ocorrer esse enorme avanço moscovita para o centro da Europa. E então a cortina tornará a descer numa extensão muito maior, se não em toda ela. Assim, uma larga faixa de muitas centenas de milhas de território ocupado pelos russos nos isolará da Polônia.

4. Entrementes, a atenção de nossos povos estará concentrada em infligir castigos à Alemanha, hoje prostrada e em ruínas. Em pouquíssimo tempo estará ao alcance dos russos avançar para as águas do mar do Norte e do Atlântico, se eles assim desejarem.

Abre-se o abismo

5. Sem sombra de dúvida, é vital chegarmos agora a um entendimento com a Rússia, ou ver em que pé estamos com ela, antes de enfraquecermos mortalmente nossos exércitos ou nos retirarmos para as zonas de ocupação. Isso só pode ser feito mediante um encontro pessoal. Eu ficaria muito grato por sua opinião e orientação. Naturalmente, podemos adotar a visão de que a Rússia se portará de maneira impecável, o que sem dúvida oferece a solução mais conveniente. Em suma, essa questão de um acordo com a Rússia antes que nossa força se vá me parece apequenar todas as demais.

Passou-se uma semana antes que eu voltasse a ter notícias de Mr. Truman sobre essas grandes questões. E então, em 22 de maio, ele telegrafou dizendo haver solicitado a Mr. Joseph E. Davies que fosse visitar-me antes da Tríplice Conferência, a propósito de diversos assuntos que ele preferia não abordar por telegrama.

Mr. Davies fora embaixador americano na Rússia antes da guerra e era, sabidamente, um grande simpatizante do regime. Na verdade, escrevera um livro sobre sua missão em Moscou, o qual também fora produzido como filme que, em muitos aspectos, parecia abrandar o sistema soviético. Naturalmente, tomei providências imediatas para recebê-lo e ele passou a noite de 26 em Chequers. Tive uma conversa muito longa com ele. A essência do que ele tinha a propor era que o presidente primeiro se encontrasse com Stalin, em algum lugar da Europa, antes de estar comigo. Caí das nuvens com essa sugestão. Eu não gostara do uso que o presidente havia feito, em sua mensagem anterior, da expressão "formando gangue", para se referir a um encontro entre nós dois. A Inglaterra e os Estados Unidos ligavam-se por laços de princípios e pela concordância sobre muitos aspectos da política, e ambos divergíamos profundamente dos soviéticos quanto a muitas das questões fundamentais. Que o presidente e o primeiro-ministro inglês tivessem uma conversa pautada nesse terreno comum, como tantas vezes fizéramos na época de Roosevelt, não podia agora merecer a aviltante expressão de estarmos "formando gangue". Por outro lado, para o presidente, ultrapassar a Inglaterra e encontrar o chefe do estado soviético a sós não seria, de forma alguma, um caso de "formar gangue" — pois isso seria impossível —, mas a tentativa de chegar a um entendimento isolado com a Rússia sobre as questões principais em que nós e os americanos estávamos unidos. Em hipótese alguma eu concordaria com o que se afigurava uma afronta ao nosso país, por menos intencional que fosse, depois dos fiéis serviços que ele prestara à causa da liberdade desde o primeiro dia da guerra. Objetei à ideia implícita de que as novas disputas então emergentes com os soviéticos fossem entre a Inglaterra e a Rússia. Os Estados Unidos estavam tão integralmente interessados e comprometidos quanto nós. Deixei isso muito claro a Mr. Davies em nossa conversa, que também abordou todo o campo das questões do leste europeu e do sul da Europa. Para que não houvesse mal-entendidos, redigi e lhe entreguei uma minuta formal nesse sentido. O presidente a recebeu com espírito afável e compreensivo. Fiquei muito satisfeito em saber que tudo estava bem e que a justeza de nossa posição não deixara de ser reconhecida por nossos queridos amigos.

Mais ou menos na mesma época em que mandou Mr. Davies me visitar, o presidente pediu a Harry Hopkins que fosse a Moscou como seu enviado especial, para fazer outra tentativa de chegar a um acordo prático sobre a questão polonesa. Embora estivesse longe de se sentir bem, Hopkins partiu valentemente para Moscou. Sua amizade pela Rússia era célebre e ele teve uma recepção sumamente amistosa. Sem dúvida, pela primeira vez conseguiu-se algum progresso. Stalin concordou em convidar Mikolajczyk e dois de seus colegas de Londres a irem a Moscou para conversações, em conformidade com nossa interpretação do acordo de Yalta. Concordou também em estender o convite a alguns poloneses importantes da própria Polônia não participantes do grupo de Lublin.

Num telegrama enviado a mim, o presidente disse considerar que essa era uma etapa muito animadora e positiva das negociações. A maioria dos líderes poloneses detidos parecia estar sendo acusada apenas de operar transmissores de rádio ilegais, e Hopkins estava pressionando Stalin a lhes conceder uma anistia, para que as conversações pudessem ser conduzidas no clima mais favorável possível. Truman pediu-me que exortasse Mikolajczyk a aceitar o convite de Stalin. Persuadi-o a ir a Moscou e, no fim das contas, criou-se um novo governo provisório polonês. A pedido de Truman, este foi reconhecido pela Inglaterra e pelos Estados Unidos em 5 de julho.

É difícil dizer o que mais poderíamos ter feito. Durante cinco meses, os soviéticos haviam lutado por cada palmo do terreno. Haviam conquistado seu objetivo por delonga. Em todo esse tempo, o governo de Lublin, comandado por Beirute e apoiado pelo poderio dos exércitos soviéticos, dera-lhes o controle completo da Polônia, imposto mediante as deportações e liquidações costumeiras. Negaram todo o acesso que tinham prometido a nossos observadores. Todos os partidos poloneses, com exceção de seus próprios títeres comunistas, ficaram em desoladora minoria no novo Governo Provisório polonês reconhecido. Continuávamos longe como sempre de qualquer tentativa real e imparcial de conhecer a vontade da nação polonesa por eleições livres. Restava ainda uma esperança — a única esperança — de que a reunião "dos Três", já então iminente, permitisse a elaboração de um acordo autêntico e honroso. Até hoje, juntamos apenas cinza e poeira, e elas são tudo que nos resta da liberdade nacional polonesa.

Em 1º de junho, o presidente Truman disse-me que o marechal Stalin mostrava-se favorável a uma reunião do que chamava "os Três" em Berlim, por volta de 15 de julho. Respondi prontamente que com todo prazer iria a Berlim com uma delegação britânica, mas considerava 15 de julho, que Truman havia sugerido, tarde demais para as questões urgentes entre nós que exigiam atenção, e estaríamos lesando as esperanças e a união mundiais se permitíssemos que necessidades pessoais ou nacionais criassem obstáculos a um encontro mais cedo. "Embora", telegrafei, "eu esteja em meio a uma eleição ardorosamente disputada, não consideraria minhas tarefas aqui comparáveis a uma reunião entre nós três. Se 15 de junho não for possível, por que não 1, 2 ou 3 de julho?" Mr. Truman respondeu que, feitas todas as considerações, 15 de julho seria a primeira data viável para ele, e que as providências estavam sendo tomadas nesse sentido. Stalin não queria apressar a data. Não pude insistir mais no assunto.

A principal razão de eu haver ansiado por apressar a data do encontro era, é claro, o iminente recuo do exército americano, da linha que havia conquistado em combate para a zona prescrita no acordo de ocupação. A história do acordo sobre as zonas e dos argumentos favoráveis e contrários à alteração delas foi registrada no capítulo anterior. Eu temia que, a qualquer momento, pudessem tomar em Washington a decisão de ceder essa imensa área — quatrocentas milhas de comprimento por 120 em sua parte mais larga. Ela continha muitos milhões de alemães e tchecos. Seu abandono colocaria uma lacuna territorial mais extensa entre nós e a Polônia e praticamente poria fim à nossa capacidade de influir em seu destino. A mudança de comportamento da Rússia para conosco, as constantes quebras dos entendimentos alcançados em Yalta, a corrida para a Dinamarca, felizmente frustrada pela ação oportuna de Montgomery, as intrusões de limites na Áustria, a ameaçadora pressão do marechal Tito em Trieste, tudo isso, a meu ver e na opinião de meus conselheiros, parecia criar uma situação inteiramente diferente daquela em que se haviam prescrito as zonas de ocupação, dois anos antes. Sem dúvida, todas essas questões deveriam ser consideradas em conjunto, e *agora* era o momento. Agora, enquanto os exércitos e forças aéreas ingleses e americanos ainda eram uma poderosa força armada, e antes que eles se desvanecessem sob o efeito da desmobilização e das pesadas exigências da guerra japonesa — agora, o mais tarde, era o momento para um acerto geral.

Um mês antes teria sido melhor. Mas ainda não era tarde demais. Por outro lado, abrir mão de todo o centro e o coração da Alemanha — digo melhor, do centro e pedra angular da Europa — como um ato isolado, parecia-me uma decisão grave e imprevidente. Se isso viesse a ser feito, só poderia ocorrer como parte de um acordo global e duradouro. Iríamos a Potsdam sem nada com que barganhar, e todas as perspectivas da futura paz da Europa poderiam ser ignoradas. Mas a decisão não competia a mim. Nossa própria retirada para a fronteira de ocupação seria insignificante. O exército americano compunha-se de três milhões de homens, comparado ao nosso milhão. Tudo quanto eu podia fazer era pleitear, primeiro, uma antecipação da data do encontro "dos Três", e, segundo, se isso falhasse, um adiamento da retirada, até que pudéssemos enfrentar os nossos problemas todos, juntos, cara a cara e em condições de igualdade.

Como está o panorama depois de passados oito anos? [Escrito em 1953.] A linha da ocupação russa na Europa vai de Lübeck até Linz. A Tchecoslováquia foi engolfada. Os estados bálticos, a Polônia, a Romênia e a Bulgária foram reduzidos a satélites, sob governos comunistas totalitários. A Iugoslávia se soltou. Somente a Grécia está salva. Nossos exércitos foram-se e muito tempo se passará antes que até mesmo simples sessenta divisões possam novamente juntar-se contra as forças russas, que, em matéria de blindados e recursos humanos, têm um poderio arrasador. E isso tampouco leva em conta tudo o que aconteceu no Extremo Oriente. O perigo de uma Terceira Guerra Mundial, em condições iniciais de séria desvantagem, lança sua sombra sinistra sobre as nações livres do mundo. Assim, no momento da vitória, deixou-se tranquilamente escapar nossa melhor (e que talvez se revele nossa última) chance de uma paz mundial duradoura. Em 4 de junho, telegrafei ao presidente as seguintes palavras, que hoje poucos contestariam:

Abre-se o abismo

Tenho certeza de que o senhor compreende a razão por que estou ansioso por uma data mais próxima, digamos, 3 ou 4 [de julho]. Vejo com profunda apreensão o recuo do Exército Americano para nossa linha de ocupação no setor central, assim trazendo o poderio soviético ao coração da Europa ocidental e permitindo que desça uma cortina de ferro entre nós e tudo o que fica a leste. Eu tinha esperança de que essa retirada, tendo de ser feita, fosse acompanhada pela resolução de muitas grandes questões, o que seria o verdadeiro alicerce da paz mundial. Nada de realmente importante foi acertado até agora, e o senhor e eu teremos de arcar com uma enorme responsabilidade pelo futuro. Ainda tenho esperança, portanto, de que a data seja antecipada.

Mr. Truman respondeu em 12 de junho. Disse que o acordo tripartite sobre a ocupação da Alemanha, aprovado pelo presidente Roosevelt após "longa consideração e discussão pormenorizada" comigo, tornava impossível adiar a retirada das tropas americanas da zona soviética para pressionar a resolução de outros problemas. O Conselho de Controle Aliado não poderia começar a funcionar enquanto elas não saíssem, e o governo militar exercido pelo supremo comandante aliado deveria ser encerrado sem demora e dividido entre Eisenhower e Montgomery. Ele fora assessorado, segundo disse, no sentido de que seria prejudicial a nossas relações com os soviéticos adiar essa medida até nossa reunião de julho. Por conseguinte, propunha enviar uma mensagem a Stalin em consonância com esta posição.

Esse documento recomendou que instruíssemos nossos exércitos a ocuparem imediatamente suas respectivas zonas. Ele estava disposto a ordenar que todas as tropas americanas começassem a se retirar da Alemanha em 21 de junho. Os comandantes militares deveriam providenciar a ocupação simultânea de Berlim e o livre acesso até ela por via rodoviária, ferroviária e aérea, partindo de Frankfurt e Bremen, para as forças americanas. Na Áustria, as providências poderiam ser tomadas de maneira mais rápida e satisfatória, responsabilizando-se os comandantes locais pela definição das zonas do país e de Viena, apenas encaminhando a seus governos os assuntos que não pudessem resolver sozinhos.

Isso foi como um sino de luto no meu peito, mas eu não tinha alternativa senão me submeter. Nada mais havia que pudesse fazer. Não se deve esquecer que Mr. Truman não tivera participação nem fora consultado no estabelecimento original das zonas. A questão, tal como lhe foi apresentada, tão pouco tempo depois de sua acessão ao poder, era afastar-se ou não da política dos governos americano e inglês adotada sob seu ilustre predecessor. Não tenho dúvida de que ele foi apoiado em sua ação por seus assessores militares e civis. Sua responsabilidade, nesse ponto, limitou-se a decidir se as circunstâncias se haviam alterado de maneira tão fundamental que conviesse adotar um procedimento totalmente diferente, com a probabilidade de ter que enfrentar acusações de quebra de palavra. Aqueles que só sabem o que fazer depois do fato ocorrido, devem ficar calados.

Em 1º de julho, os exércitos americanos e ingleses começaram a recuar para as zonas que lhes estavam destinadas, seguidos por massas de refugiados. A Rússia soviética estabelecera-se no coração da Europa. Um marco fatídico para a humanidade.

Enquanto tudo isso se passava, mergulhei no turbilhão da campanha eleitoral, que começou de maneira decisiva na primeira semana de junho. Foi, portanto, um mês difícil de atravessar. Meu tempo e minhas forças eram consumidos em cansativas viagens de automóvel às grandes cidades da Inglaterra e da Escócia, fazendo três ou quatro discursos por dia perante multidões imensas e, ao que parecia, entusiásticas. E mais quatro transmissões radiofônicas, também diárias, laboriosamente preparadas. Sentia o tempo todo que muito daquilo por que havíamos lutado em nossa longa batalha na Europa escorregava entre os dedos e que as esperanças de uma paz imediata e duradoura iam ficando mais longínquas. Os dias se passavam em meio ao clamor das multidões. Quando, exausto, eu retornava à noite para o trem que era meu QG, onde me esperavam uma equipe considerável e todos os telegramas recebidos, ainda tinha muitas horas de trabalho pela frente. A incongruência entre o burburinho partidário e o sombrio pano de fundo que me enchia a mente era, por si só, uma afronta à realidade e à proporção. Fiquei realmente feliz quando enfim chegou o dia das eleições e as cédulas foram trancafiadas em suas urnas, em segurança, por três semanas.

Eu estava decidido a me proporcionar uma semana de sol antes da Conferência. Em 7 de julho, dois dias após a eleição, voei para Bordeaux com a senhora Churchill e Mary e me vi confortavelmente instalado na *villa* do general Brutinel em Hendaye, perto da fronteira espanhola, com uma praia encantadora e belos arredores. Passei quase todas as manhãs na cama,

lendo o ótimo relato de um excelente autor francês sobre o armistício de Bordeaux e sua trágica sequela em Oran. Era estranho reviver minhas próprias lembranças de cinco anos antes e tomar conhecimento de muitas coisas que eu não havia sabido na época. Durante as tardes, cheguei até a sair com minha complexa parafernália de pintura e descobri temas atraentes no rio Nive e na baía de St. Jean de Luz. Encontrei uma companhia talentosa no pincel da senhora Nairn, mulher do cônsul inglês em Bordeaux, com quem eu fizera amizade em Marrakech, um ano antes. Mexi apenas em alguns telegramas sobre a conferência iminente e fiz um esforço para tirar da cabeça a política partidária. Mesmo assim, devo confessar que o mistério das urnas e seu conteúdo tinha um jeito ardiloso e feio de bater nas portas e espiar pelas janelas. Quando a *palette* se mostrava e eu tinha um pincel na mão, era fácil expulsar esses intrusos.

A gente basca foi calorosa em sua recepção por toda parte. Eles haviam suportado um longo período de ocupação alemã e estavam felizes por respirar em liberdade outra vez. Não precisei preparar-me para a conferência, pois trazia tanto dela em minha cabeça, e fiquei satisfeito em deixá-la de lado, nem que fosse apenas por esses dias fugazes. O presidente estava no mar, no cruzador americano *Augusta,* o mesmo navio que levara Roosevelt a nossa reunião no Atlântico em 1941. No dia 15, dirigi-me pelas florestas até o aeroporto de Bordeaux e meu Skymaster levou-me para Berlim.

94
A bomba atômica

O PRESIDENTE TRUMAN E EU CHEGAMOS a Berlim no mesmo dia. Eu estava ansioso por conhecer um potentado com quem minhas relações cordiais, apesar de diferenças, já se haviam criado por correspondência. Visitei-o na manhã seguinte a nossa chegada e fiquei impressionado com seu estilo alegre, preciso e ebuliente, e com seu visível poder de decisão.

Em 16 de julho, o presidente e eu percorremos Berlim separadamente. A cidade não passava de um caos feito de ruínas. Não houve anúncio de nossa visita, é claro, e as ruas tinham apenas os transeuntes comuns. Na praça em frente à Chancelaria, no entanto, havia uma multidão considerável. Quando desci do carro e andei por entre os que a compunham, todos começaram a dar vivas, com exceção de um senhor idoso que abanou a cabeça em sinal de desaprovação. Meu ódio se dissipara com a rendição deles. Fiquei muito comovido com suas manifestações, e também tocado com sua aparência abatida e suas roupas surradas. Entramos na Chancelaria, e durante um bom tempo percorremos suas galerias e seus salões em frangalhos. Nossos guias russos levaram-nos, em seguida, ao abrigo antiaéreo de Hitler. Desci ao piso inferior e vi o quarto em que ele e sua mulher haviam cometido suicídio, e, ao subirmos novamente, eles nos mostraram o local em que seu corpo fora incinerado. Ouvimos os melhores relatos em primeira mão disponíveis na época sobre o que acontecera nessas cenas finais.

O desfecho adotado por Hitler foi muito mais conveniente para nós do que o rumo que eu havia temido. A qualquer momento dos últimos meses da guerra ele poderia ter voado para a Inglaterra e se entregado, dizendo: "Façam o que quiserem comigo, mas poupem meu povo desorientado." Não tenho dúvida de que teria tido o mesmo destino dos criminosos de Nuremberg. Os princípios morais da civilização moderna parecem prescrever que os líderes das nações derrotadas na guerra sejam executados pelos vencedores. Isso por certo há de instigá-los a lutar até o fim em qualquer guerra futura, pois, não importa quantas vidas sejam desnecessariamente sacrificadas, isso não lhes custará nada a mais. O preço adicional é pago pelas massas da população, que têm tão pouco a dizer sobre o início ou

Memórias da Segunda Guerra Mundial

o término das guerras. Os romanos adotavam o princípio inverso, e suas conquistas deveram-se quase tanto à sua clemência quanto a suas façanhas.

☆

Em 17 de julho, chegou uma notícia de impacto mundial. À tarde, Stimson foi ter comigo na casa em que eu estava hospedado e pôs à minha frente uma folha de papel com as palavras: "Bebês nascidos satisfatoriamente." Pelo jeito dele, percebi que algo de extraordinário havia acontecido. "Significa", disse ele, "que a experiência no deserto mexicano deu certo. A bomba atômica é uma realidade." Embora houvéssemos acompanhado essa terrível pesquisa com todos os fragmentos de informação que nos eram passados, não tínhamos sido informados de antemão. Eu, pelo menos, não tivera conhecimento da data do teste decisivo. Nenhum cientista responsável dispunha-se a prever o que aconteceria quando fosse testada a primeira explosão atômica completa. Seriam essas bombas inúteis, ou teriam um efeito aniquilador? Agora sabíamos. Os "bebês" haviam "nascido satisfatoriamente". Ninguém ainda era capaz de medir as consequências militares imediatas da descoberta, e ninguém até hoje mediu nada mais sobre ela.

Na manhã seguinte, chegou um avião com a descrição completa desse evento aterrador na história humana. Stimson trouxe-me o relatório. Narro o conto do modo como o recordo. A bomba, ou um seu equivalente, fora detonada no alto de uma torre de cem pés de altura. Todos tinham sido retirados num raio de dez milhas, os cientistas e suas equipes abaixados atrás de paredes e abrigos de concreto maciço, mais ou menos a essa distância. A explosão foi aterradora. Uma imensa coluna de chamas e fumaça projetara-se para a fímbria da atmosfera de nossa pobre Terra. Devastação absoluta num raio de uma milha. Ali estava, portanto, um fim veloz para a Segunda Guerra Mundial, e talvez para muitas outras coisas.

O presidente convidou-me a conversar com ele logo em seguida. Tinha em sua companhia o general Marshall e o almirante Leahy. Até aquele momento, havíamos organizado nossas ideias em torno de um ataque à nação japonesa por meio de um terrível bombardeio aéreo e da invasão por exércitos imensos. Havíamos considerado a resistência desesperada dos japoneses, lutando até a morte com devoção de samurais, não apenas em batalhas acirradas, mas em cada gruta e abrigo. Eu guardava a lembrança

A bomba atômica

do espetáculo da ilha de Okinawa, onde muitos milhares de japoneses, em vez de se renderem, haviam-se disposto em fileiras e se destruído com granadas de mão, depois de seus comandantes haverem solenemente praticado o ritual do hara-kiri. Sufocar a resistência japonesa homem a homem e conquistar o país palmo a palmo bem poderiam exigir a perda de um milhão de vidas americanas e metade desse número em vidas inglesas — ou mais, se conseguíssemos levar os homens até lá, pois estávamos decididos a compartilhar dessa agonia. Agora, todo esse quadro de pesadelo havia desaparecido. Em lugar dele estava a visão — realmente clara e luminosa, ao que parecia — do término de toda a guerra em um ou dois impactos violentos. De minha parte, ocorreu-me imediatamente que o povo japonês, cuja coragem eu sempre admirara, poderia encontrar no surgimento dessa arma quase sobrenatural um pretexto que lhe salvasse a honra e o libertasse da obrigação de ser morto até o último combatente.

Além disso, não precisaríamos dos russos. O fim da guerra japonesa já não dependia da entrada profusa de seus exércitos para a matança final e talvez demorada. Não tínhamos necessidade de lhes pedir favores. Com isso, o conjunto dos problemas europeus poderia ser examinado por seu mérito próprio e segundo os princípios gerais das Nações Unidas. De repente, parecíamos ter ficado de posse de uma abençoada abreviação da carnificina no Oriente e de uma perspectiva muito melhor na Europa. Não tenho dúvida de que essas ideias estavam na mente de meus amigos americanos. Seja como for, nunca se discutiu nem por um momento se a bomba atômica deveria ou não ser usada. Evitar uma vasta e infindável carnificina, levar a guerra ao seu fim, trazer a paz para o mundo e cicatrizar as feridas de seus povos torturados, por meio da manifestação de um poder esmagador, ao preço de umas poucas explosões, pareciam, após todos os nossos esforços e perigos, um milagre de libertação.

O consentimento inglês ao uso da arma fora dado, em princípio, em 4 de julho, antes da realização do teste. A decisão final cabia agora sobretudo ao presidente Truman, que possuía a arma; mas nunca duvidei de qual seria ela, nem duvidei, desde então, de que foi acertada. Resta o fato histórico, a ser julgado pela posteridade, de que a decisão de usar ou não a bomba atômica para forçar a rendição do Japão nunca foi objeto de debate. Houve um acordo unânime, automático e incontestável em torno de nossa mesa; e jamais ouvi, tampouco, a menor insinuação de que devêssemos ter agido de outra maneira.

Uma questão mais intricada era o que dizer a Stalin. O presidente e eu já não achávamos precisar de sua ajuda para conquistar o Japão. Ele dera sua palavra, em Teerã e em Yalta, de que a Rússia soviética atacaria o Japão assim que o exército alemão fosse derrotado e, em consonância com isso, uma movimentação contínua de tropas russas em direção ao Extremo Oriente vinha progredindo pela ferrovia transiberiana desde o começo de maio. Em nossa opinião, era improvável que elas fossem necessárias, e o poder de barganha de Stalin, que ele empregara com eficácia sobre os americanos em Yalta, estava, portanto, acabado. Contudo, ele fora um aliado magnífico na guerra contra Hitler e ambos achamos que devia ser informado do grande Fato Novo que agora dominava a cena, embora não de quaisquer dados específicos. Como lhe darmos a notícia? Conviria fazê-lo por escrito ou verbalmente? Numa reunião formal e especial, ou no curso de nossas conferências diárias, ou após uma delas? O presidente concluiu pela última dessas alternativas. "Penso", disse ele, "que é melhor eu apenas lhe dizer, depois de um de nossos encontros, que temos uma forma inteiramente nova de bomba, uma coisa muito fora do comum, que achamos que terá efeitos decisivos na vontade japonesa de continuar em guerra." Concordei com essa linha.

O ataque devastador ao Japão prosseguia por ar e por mar. No fim de julho, a marinha japonesa praticamente deixara de existir. O país estava mergulhado no caos e à beira do colapso. Os diplomatas profissionais estavam convencidos de que só uma rendição imediata, sob a autoridade do imperador, poderia salvar o Japão da desintegração total, mas o poder ainda estava quase inteiramente nas mãos de um grupo militar decidido antes a comprometer a nação com o suicídio em massa do que a aceitar a derrota. A aterradora destruição que confrontava o país não impressionava nem um pouco essa hierarquia fanática, que continuava a professar a crença em algum milagre que viraria a balança em favor deles.

Em várias discussões prolongadas apenas com o presidente, ou na presença de seus assessores, discuti o que fazer. Discorri sobre o custo tremendo em vidas americanas e, em escala um pouco menor, inglesas, se impuséssemos a "rendição incondicional" aos japoneses. Cabia a ele considerar se isso não poderia ser expresso de outra maneira, de modo a que

A bomba atômica

obtivéssemos todos os pontos essenciais para a paz e a segurança futuras, mas, ainda assim, deixássemos aos japoneses alguma aparência de haverem salvo sua honra militar e alguma garantia de sua sobrevivência nacional, depois que eles houvessem atendido a todas as salvaguardas necessárias ao vencedor. O presidente respondeu em tom abrupto que, depois de Pearl Harbor, não lhe parecia que os japoneses tivessem qualquer honra militar. Contentei-me em dizer que, como quer que fosse, eles tinham algo pelo qual estavam dispostos a enfrentar a morte certa, em números maciços, e que isso talvez não fosse tão importante para nós quanto era para eles. Nesse ponto, o presidente mostrou-se muito compreensivo e, como fizera Mr. Stimson, falou das terríveis responsabilidades que pesavam sobre ele pelo derramamento ilimitado do sangue americano.

Acabou decidido enviarmos um ultimato, exigindo a rendição imediata e incondicional das forças armadas do Japão. Esse documento foi divulgado em 26 de julho. Seus termos foram rejeitados pelos governantes militares do Japão e, por conseguinte, a Força Aérea dos Estados Unidos fez seus planos para lançar uma bomba atômica em Hiroshima e outra em Nagasaki. Concordamos em dar todas as oportunidades aos habitantes. O procedimento foi elaborado em detalhe. Para minimizar a perda de vidas humanas, 11 cidades japonesas foram avisadas, através de panfletos lançados em 27 de julho, de que seriam submetidas a intenso bombardeio aéreo. No dia seguinte, seis delas foram atacadas. Outras 12 foram avisadas em 31 de julho e quatro foram bombardeadas em 1º de agosto. O último aviso foi dado em 5 de agosto. A essa altura, as superfortalezas voadoras informaram haver lançado 1,5 milhão de folhetos todos os dias e três milhões de cópias do ultimato. A primeira bomba atômica só foi lançada em 6 de agosto.

Em 9 de agosto, a bomba de Hiroshima foi seguida por uma segunda, dessa vez lançada sobre a cidade de Nagasaki. No dia seguinte, apesar da insurreição de alguns extremistas militares, o governo japonês concordou em aceitar o ultimato, desde que isso não prejudicasse a prerrogativa do imperador como governante soberano. As esquadras dos aliados entraram na baía de Tóquio e, na manhã de 2 de setembro, o documento formal de rendição foi assinado a bordo do encouraçado americano *Missouri*. A Rússia havia declarado guerra em 8 de agosto, apenas uma semana antes da capitulação do inimigo. Mesmo assim, reivindicou plenos direitos como beligerante.

Seria um erro supor que o destino do Japão foi decidido pela bomba atômica. Sua derrota era certa antes da queda da primeira bomba e fora acarretada pelo poderio marítimo esmagador. Somente este é que havia possibilitado a captura de bases oceânicas de onde lançar o ataque final e forçar o exército japonês metropolitano a capitular, sem desferir um só golpe. Sua esquadra fora destruída. O país havia entrado em guerra com uma tonelagem naval superior a 5,5 milhões de toneladas, depois muito aumentadas pelas capturas e pelas novas construções, mas seu sistema de comboios e escoltas era insuficiente e mal-organizado. Mais de 8,5 milhões de toneladas de navios japoneses foram afundadas, cinco milhões das quais por submarinos. Nós, como nação insular, igualmente dependente dos mares, podemos aprender a lição e compreender qual teria sido nosso destino, se não houvéssemos conseguido dominar os submarinos.

A frustração foi a marca dessa última conferência "dos Três". Não tentarei descrever todas as questões que foram levantadas, mas não resolvidas em nossos vários encontros. Contento-me em contar a história da bomba atômica, tanto quanto eu estava ciente dela na época, e em traçar em linhas gerais a terrível questão das fronteiras germano-polonesas. Esses acontecimentos vivem conosco até hoje.

Em Yalta, havíamos concordado em que a Rússia avançasse sua fronteira ocidental para dentro da Polônia até a Linha Curzon. Sempre havíamos reconhecido que a Polônia, por sua vez, deveria receber acréscimos substanciais de território alemão. A questão era quanto? Até que ponto ela deveria penetrar a Alemanha? Tinha havido muita discordância. Stalin quisera estender a fronteira ocidental da Polônia pelo rio Oder até o ponto em que ele se junta ao Neisse ocidental. Roosevelt, Eden e eu insistíramos em que ela parasse no Neisse oriental. Todos os três chefes de governo haviam-se comprometido publicamente, em Yalta, a consultar o governo polonês e deixar a critério da Conferência de Paz o acerto final. Fora o melhor que pudéramos fazer na ocasião. Mas, em julho de 1945, enfrentávamos uma situação diferente. A Rússia havia avançado sua fronteira até a Linha Curzon. Isso significaria, como Roosevelt e eu nos déramos conta, que os três milhões ou quatro milhões de poloneses que moravam do lado errado da linha teriam que ser deslocados para o oeste. Agora, tínhamos algo muito

pior. O governo polonês de dominação soviética também avançara, não até o Neisse oriental, mas até o ocidental. Grande parte desse território era habitada por alemães e, embora diversos milhões deles tivessem fugido, muitos haviam ficado para trás. Que fazer com eles? Mudar três milhões ou quatro milhões de poloneses já era bastante ruim. Teríamos também de mudar mais de oito milhões de alemães? Ainda que essa transferência pudesse ser admitida, não havia alimentos suficientes para eles no que restara da Alemanha. Grande parte da produção de grãos alemã vinha justamente das terras que os poloneses haviam capturado e, se essa nos fosse recusada, restariam aos aliados ocidentais as zonas industriais destruídas e uma população faminta e aumentada. Para a futura paz da Europa, ali estava um erro perto do qual a Alsácia-Lorena e o Corredor de Danzig eram ninharias. Um dia, os alemães quereriam seu território de volta e os poloneses não conseguiriam detê-los.

Resta-me apenas mencionar alguns dos contatos sociais e pessoais que aliviaram nossos debates sombrios. Cada uma das três grandes delegações recepcionou as outras duas. Primeiro veio o jantar americano. Quando chegou minha vez de brindar, propus o brinde "Ao líder da oposição", acrescentando: "seja ele quem for." Mr. Attlee, que eu convidara para a Conferência, seguindo minha convicção de que todo chefe de governo, em períodos de crise, deve ter um substituto que esteja a par de tudo e que, por conseguinte, possa preservar a continuidade, na eventualidade de sobrevir algum acidente, achou isso muito divertido. O restante do grupo também, aliás. O jantar dos soviéticos foi igualmente agradável. Um belíssimo concerto em que se apresentaram grandes artistas russos estendeu as comemorações até tão tarde que me retirei discretamente.

Coube a mim oferecer o banquete final, na noite de 23 de julho. Eu o havia planejado em escala maior, convidando tanto os comandantes em chefe quanto os membros das delegações. Coloquei o presidente à minha direita e Stalin à minha esquerda. Houve muitos discursos, e Stalin, sem sequer se assegurar de que todos os garçons e ordenanças houvessem saído da sala, propôs que nosso encontro seguinte fosse em Tóquio. Não havia dúvida de que a declaração de guerra russa ao Japão viria a qualquer momento, e seus enormes exércitos já estavam concentrados na fronteira,

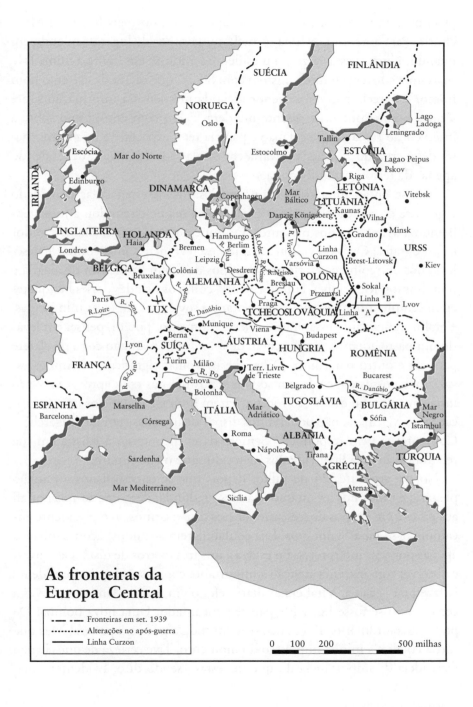

As fronteiras da Europa Central

prontos para investir contra o front japonês, muito mais fraco, na Manchúria. Para amenizar o clima formal, mudávamos de lugar de quando em quando. Numa dessas vezes, o presidente sentou-se em frente a mim. Tive mais uma conversa muito amistosa com Stalin, que estava de extremo bom humor e parecia não ter a menor ideia da momentosa informação sobre a nova bomba que o presidente me dera. Falou com entusiasmo sobre a intervenção russa contra o Japão e parecia ter a expectativa de muitos meses de guerra, que a Rússia travaria em escala cada vez maior, dependendo apenas da ferrovia transiberiana.

Deu-se então uma coisa muito curiosa. Meu espetacular convidado ergueu-se de sua cadeira com o cardápio na mão e circundou a mesa, colhendo a assinatura dos presentes. Eu nunca imaginara ver Stalin caçador de autógrafos! Quando voltou até mim, escrevi meu nome, como ele desejava, nos entreolhamos e rimos. Os olhos de Stalin brilhavam de alegria e bom humor. Mencionei, anteriormente, como os brindes desses banquetes eram sempre tomados pelos representantes soviéticos em taças minúsculas, e Stalin nunca saiu dessa prática. Nesse momento, porém, pensei em levá-lo um passo adiante. Assim, enchi de *brandy* um pequeno copo de clarete para ele e outro para mim. Dirigi-lhe um olhar significativo. Ambos esvaziamos nossos copos de um só gole e nos fitamos com aprovação. Após uma pausa, Stalin disse: "Se vocês acharem impossível dar-nos uma fortificação no Mármara, não poderíamos dispor de uma base em Dedeagatch?"* Contentei-me em responder: "Sempre darei meu apoio à Rússia em sua reivindicação pela liberdade dos mares durante o ano inteiro."

No dia seguinte, 24 de julho, depois que se encerrou nossa reunião plenária e todos nos levantamos da mesa-redonda, demorando-nos por ali aos pares e em grupos de três antes de nos dispersarmos, vi o presidente encaminhar-se para Stalin e os dois confabularem sozinhos, acompanhados apenas por seus intérpretes. Eu estava a uns três metros de distância, talvez, e observei com extrema atenção a importante conversa. O que o presidente ia fazer, eu já sabia. Vital era avaliar o efeito em Stalin. Ainda posso ver a cena, como se fosse hoje. Ele pareceu encantado. Uma nova bomba! De poder extraordinário! Talvez decisiva em toda a guerra japonesa! Mas que sorte! Foi essa a minha impressão do momento. Tive certeza de que ele não fazia ideia da importância do que lhe estava sendo dito. Evidentemente,

---

* *Alexandropoulis.* (N.T.)

A bomba atômica

em seus intensos esforços e tensões, a bomba atômica não havia desempenhado papel algum. Se ele fizesse a mínima ideia da revolução das questões mundiais que estava em curso, suas reações teriam sido óbvias. Nada lhe seria mais fácil do que dizer: "Muito obrigado por me falar de sua nova bomba. Naturalmente, não tenho nenhum conhecimento técnico. Posso mandar meu perito nessas ciências nucleares conversar com seu especialista amanhã de manhã?" Mas seu rosto continuou alegre e amistoso, e a conversa entre os dois potentados logo chegou ao fim. Quando aguardávamos nossos carros, vi-me perto de Truman. "Como foi?", perguntei-lhe. "Não fez nenhuma pergunta", respondeu o presidente.

Na manhã do dia 25, a conferência voltou a se reunir. Foi a última reunião a que compareci. Insisti mais uma vez em que a fronteira ocidental da Polônia não podia ser definida sem levarmos em conta 1,25 milhão de alemães que ainda estavam na região, e o presidente frisou que qualquer tratado de paz só poderia ser ratificado com o conselho e consentimento do senado. Precisávamos, disse, encontrar uma solução que ele pudesse sinceramente recomendar ao povo americano. Eu disse que, se fosse permitido aos poloneses assumirem a posição de quinta Potência ocupante, sem que se tomassem providências para a distribuição equitativa dos alimentos produzidos na Alemanha por toda a população alemã, e sem que chegássemos a um acordo sobre as reparações ou compensações de guerra, a Conferência teria fracassado. Essa rede de problemas estava no cerne de nosso trabalho e, até ali, não havíamos chegado a nenhum acordo. A altercação prosseguiu. Stalin disse que tirar carvão e metal do Ruhr era mais importante que alimentos. Respondi que eles teriam de ser trocados por suprimentos do leste. De que outro modo poderiam os mineiros tirar carvão? "Eles já importaram alimentos do exterior antes, e podem voltar a fazê-lo", foi a resposta. E como poderiam pagar reparações de guerra? "Ainda há um bocado de gordura na Alemanha", foi a sinistra resposta. Recusei-me a aceitar a fome no Ruhr pelo fato de os poloneses ficarem com todas as terras cultivadas no leste. A própria Inglaterra tinha escassez de carvão. "Pois use prisioneiros alemães nas minas; é o que estou fazendo", disse Stalin. "Há quarenta mil soldados alemães ainda retidos na Noruega, e o senhor pode pegá-los de lá." "Estamos exportando nosso próprio carvão", disse eu, "para a França, a Holanda e a Bélgica. Por que deveriam os poloneses vender carvão à Suécia, enquanto a Inglaterra está se privando em favor dos países libertados?" "Mas esse é um carvão russo", retrucou Stalin, completando: "Nossa situação é ainda mais difícil do que a sua. Perdemos mais de cinco milhões de homens na guerra e temos uma desesperadora escassez de mão de obra." Tornei a insistir em meu ponto: "Mandaremos carvão do Ruhr para a Polônia ou qualquer outro lugar, desde que recebamos, em troca, alimentos para os mineiros que o produzem."

Isso pareceu fazer Stalin parar. Ele disse que o problema inteiro precisava ser examinado. Concordei e disse que queria apenas apontar as dificuldades que nos aguardavam. Esse foi, no que me concerne, o fim do assunto.

Não assumo nenhuma responsabilidade, além do que foi aqui relatado, por qualquer das conclusões a que se chegou em Potsdam. Durante a Conferência, deixei que ficassem pendentes as divergências que não puderam ser acertadas ao redor da mesa ou pelos ministros do Exterior em suas reuniões diárias. Uma formidável lista de assuntos sobre os quais não houve acordo foi, em consequência, empilhada nas gavetas. Caso fosse reeleito, como era a expectativa geral, eu pretendia me engalfinhar com o governo soviético sobre esse catálogo de decisões. Por exemplo, nem eu nem Mr. Eden jamais teríamos concordado em que o Neisse ocidental fosse a linha de fronteira. A linha do Oder e do Neisse oriental já fora reconhecida como a compensação polonesa por seu recuo para a Linha Curzon, mas a dominação dos exércitos russos sobre o território que se estendia até o Neisse ocidental, e mesmo além dele, nunca foi e nunca teria sido aprovada por qualquer governo que eu chefiasse. Isso não era apenas questão de princípio, mas uma imensa questão de fato, que afetava cerca de outros três milhões de pessoas deslocadas.

Havia muitas outras questões em que era o certo enfrentar o governo soviético e também os poloneses, que, engolindo imensos bocados de território alemão, obviamente haviam-se transformado em ardorosos títeres seus. Toda essa negociação foi interrompida pela metade e levada a uma conclusão precipitada pelo resultado da eleição geral. Afirmar isto não equivale a culpar os ministros do governo socialista, que foram obrigados a ir para lá sem nenhuma preparação séria e que, naturalmente, não estavam familiarizados com as ideias e projetos que eu tinha em vista, ou seja, eu exigiria uma decisão, mostraria as cartas no fim da Conferência e, se ne-

A bomba atômica

cessário, faria um rompimento público, em vez de permitir que qualquer território além do Oder e do Neisse oriental fosse cedido à Polônia.

Entretanto, o verdadeiro momento de lidar com essas questões, como foi explicado em capítulos anteriores, teria sido quando as linhas de frente dos poderosos aliados estavam uma diante da outra em campanha, e antes que os americanos e, em menor escala, os ingleses fizessem seu enorme recuo numa frente de quatrocentas milhas, em alguns pontos com uma largura de 120 milhas, assim entregando o miolo e grande parte da Alemanha aos russos. Naquela ocasião, eu havia desejado que o assunto fosse decidido antes de fazermos essa retirada tremenda e enquanto os exércitos aliados ainda existiam. A visão americana consistira em que estávamos comprometidos com uma linha de ocupação definida. Eu havia sustentado vigorosamente que essa linha de ocupação só poderia ser adotada quando estivéssemos certos de que toda a frente, de norte a sul, seria decidida de acordo com os desejos e o espírito com que nossos compromissos tinham sido assumidos. Entretanto, fora impossível obter o respaldo americano para isso, e os russos, empurrando os poloneses à sua frente, continuaram depois empurrando os alemães à sua frente e despovoando grandes áreas da Alemanha, cujas reservas de alimentos eles haviam capturado, ao mesmo tempo que espantavam uma multidão de bocas para dentro das zonas inglesa e americana, já superpovoadas. Até mesmo em Potsdam a questão talvez ainda pudesse ter sido resgatada, mas o fim do Governo Nacional Britânico de coalizão e minha retirada de cena, num momento em que eu ainda detinha muita influência e poder, tornaram impossível chegar a soluções satisfatórias.

Voei para casa com minha filha Mary na tarde de 25 de julho. Minha mulher foi encontrar-me em Northolt e jantamos tranquilamente juntos.

O capitão Pim e a equipe da sala de mapas haviam tomado excelentes providências para nos dar um quadro contínuo dos resultados da apuração eleitoral, à medida que eles fossem chegando no dia seguinte. A opinião mais recente do diretório nacional do Partido Conservador era que preservaríamos uma maioria substancial. Eu não me preocupara demais com esse assunto enquanto cuidava das graves questões da Conferência. De modo geral, aceitava a visão dos dirigentes do partido. Fui para a cama confiando em que o povo inglês desejaria que eu continuasse meu trabalho. Era minha esperança que houvesse possibilidade de recompor o governo de coalizão nacional nas proporções da nova Câmara dos Comuns. Assim,

Memórias da Segunda Guerra Mundial

dormi. Pouco antes do amanhecer, no entanto, acordei de repente com uma fisgada aguda, que foi quase uma dor física. A convicção até então subconsciente de que estávamos derrotados veio à tona e dominou meus pensamentos. Cessaria toda a pressão dos grandes acontecimentos com base nos quais e em oposição aos quais, durante tanto tempo, eu mantive-ra mentalmente minha "velocidade de cruzeiro," e eu cairia. O poder de moldar o futuro ser-me-ia negado. O conhecimento e a experiência que eu havia acumulado, a autoridade e a boa vontade que conquistara em tantos países sumiriam. Não gostei dessa perspectiva, de modo que me virei logo na cama e voltei a dormir. Só acordei às nove horas e, quando entrei na sala dos mapas, os primeiros resultados haviam começado a chegar. Eram, como eu agora esperava, desfavoráveis. Ao meio-dia, estava claro que os socialistas teriam maioria. No almoço, minha mulher me disse: "Bem pode ser uma bênção disfarçada." Respondi: "No momento, parece muito bem--disfarçada."

Em circunstâncias normais, eu teria me sentido à vontade para usar alguns dias e encerrar os assuntos de governo da maneira habitual. Cons-titucionalmente, poderia ter aguardado a reunião do Parlamento, dias de-pois, e receber minha demissão formalmente da Câmara dos Comuns. Isso teria permitido que, antes de renunciar, eu anunciasse ao país a rendição incondicional do Japão. Mas a necessidade de que a Inglaterra fosse ime-diatamente representada com a devida autoridade na Conferência, onde todas as grandes questões que havíamos discutido estavam prestes a ser so-lucionadas, tornava qualquer demora contrária ao interesse público. Além disso, o veredicto dos eleitores fora tão esmagadoramente expresso que eu não queria continuar nem por uma hora responsável por suas questões. Assim, às 19 horas, depois de solicitar uma audiência, dirigi-me ao palácio, dei minha demissão ao rei e aconselhei Sua Majestade a chamar Mr. Attlee.

Dirigi à nação a seguinte mensagem, com a qual esta narrativa pode se encerrar:

26 de julho de 1945

A decisão do povo inglês registrou-se nos votos hoje contados. Depus, portanto, o fardo que sobre mim foi posto em tempos mais escuros. Las-timo que se não me tenha permitido concluir o trabalho contra o Japão. Para isso, no entanto, todos os planos e preparativos estão feitos, e os resultados podem vir muito mais depressa do que até hoje poderíamos

A bomba atômica

esperar. Imensas responsabilidades externas e internas recaem sobre o novo governo, tenhamos todos a esperança de que eles tenham sucesso em carregá-las.

Só me resta expressar ao povo inglês, em cujo nome agi nesses anos de perigo, minha profunda gratidão pelo apoio firme e inabalável que me concedeu durante minha tarefa, e pelas muitas expressões de bondade que demonstrou ao seu servo.

FINIS

Epílogo

julho de 1945 – fevereiro de 1957

95
Epílogo

UMA LONGA TAREFA QUE ME IMPUS, ao escrever os seis volumes de *A Segunda Guerra Mundial,* sai agora em forma condensada, para uso daqueles que desejem saber o que aconteceu sem se sentir cumulados de detalhes excessivos, sobretudo pormenores militares.

Isso me dá uma oportunidade de olhar para trás e externar opiniões sobre alguns dos principais acontecimentos dos últimos 12 anos.

Quando deixei Potsdam, no dia 25 de julho de 1945, por certo esperava que os números da eleição me dessem razoável maioria, e foi um sobressalto defrontar-me com a realidade. Tão absorto estivera eu no desenrolar da guerra e no estado de coisas vigente no momento de seu vitorioso desfecho que não compreendi o que tivera lugar nas Ilhas Britânicas. Caso contrário, achei e ainda acho que poderia ter organizado as coisas de outra maneira. Acima de tudo, a opinião da massa do Exército, após tantos sinais de boa vontade, foi uma grande surpresa para mim. Os resultados e os números da eleição foram surpresa ainda maior para a Europa e os Estados Unidos — e, aliás, para a URSS. Naturalmente, eles achavam que a constância dos povos britânicos, tendo sobrevivido às duras provações de 1940 e atravessado triunfalmente os cinco anos de luta, continuaria inabalável, e que não haveria nenhuma mudança de governo.

No decorrer da Conferência de Potsdam, eu até ali ainda não quisera atracar-me com a Rússia. Desde Yalta, ela vinha se portando de modo assombroso. Eu havia esperado seriamente que os americanos não recuassem, antes da nossa reunião, dos vastos territórios da Europa central que haviam conquistado. Essa era a única carta de que disporiam os aliados, quando cessasse a luta, para obter um acordo equilibrado. Embora ela nada buscasse para si, eu tinha certeza de que a Inglaterra veria o vasto avanço que a Rússia vinha fazendo em todas as direções como excedendo em muito os limites do aceitável. Os americanos pareciam não ter nenhuma consciência da situação, e os estados-satélites, como vieram a ser chamados, estavam ocupados pelas tropas russas. Berlim já estava em poder delas, embora Montgomery pudesse tê-la tomado, se tivesse obtido permissão para isso. Viena era controlada pelos russos, e nem mesmo individualmente os representantes aliados tiveram autorização de acesso a essa capital-chave. Quanto aos Bálcãs, a Bulgária e a Romênia já tinham sido conquistadas. A Iugoslávia oscilava sob Tito, seu famoso líder patriótico. Os russos haviam ocupado Praga, aparentemente com a aprovação dos americanos. Controlavam a Polônia, cuja fronteira oeste, segundo se concordou, deveria ser deslocada para o coração da Europa, à custa da Alemanha. Todos esses passos, na verdade, tinham sido dados pelos russos enquanto seus exércitos ainda estavam avançando. No entanto, a visão americana parecia consistir em que tudo isso era parte necessária do processo de subjugar a Alemanha, e que o grande objetivo nacional dos Estados Unidos era não se deixar arrastar para uma proximidade muito estreita com a Inglaterra contra a Rússia.

Quando chegou o inverno, fui aos Estados Unidos e lá permaneci vários meses. Visitei a Casa Branca e o Departamento de Estado. Lá recebi um convite para falar no Westminster College, em Fulton, Missouri, em março de 1946. Mr. Truman dissera que ele mesmo presidiria o encontro. Faltavam vários meses até lá, e procurei manter-me tão informado quanto era possível. Fiz indagações na Casa Branca e no Departamento de Estado, para saber se alguns tópicos causariam constrangimento. Uma vez à vontade de que poderia dizer o que quisesse, dediquei-me à preparação cuidadosa de um discurso. Enquanto isso, a terrível situação com que o apetite insaciável da Rússia e do comunismo internacional nos vinha confrontando começava, finalmente, a causar uma forte impressão nos círculos americanos. Mostrei as notas que havia preparado a Mr. Byrnes, então secretário de Estado, e constatei que ele estava de pleno acordo comigo. O presidente convidou-me a fazer em seu trem, com ele, a longa viagem noturna para Fulton. Jogamos uma divertida partida de pôquer — esse é o único assunto de que me lembro. Entretanto, como eu tinha certeza de que seu secretário de Estado teria transmitido ao presidente as linhas gerais de minha fala, e ele parecera tranquilo com ela, resolvi ir em frente. Convém ter sempre muito cuidado com os discursos que você faz na terra dos outros. Eis umas citações do que eu disse:

"Uma sombra caiu sobre os palcos tão recentemente iluminados pela vitória aliada. Ninguém sabe o que a Rússia soviética e sua organização

Epílogo

comunista internacional pretendem fazer no futuro imediato, ou quais são os limites, se há limite, de suas tendências expansivas e proselitistas. Tenho grande admiração e respeito pelo valoroso povo russo e por meu camarada dos tempos de guerra, o marechal Stalin. Há uma profunda simpatia e boa vontade na Inglaterra — e também aqui, sem dúvida — para com os povos de todas as Rússias, bem como uma decisão de perseverar, em meio às muitas divergências e repulsas, em busca da criação de amizades duradouras. Compreendemos a necessidade russa de garantir suas fronteiras ocidentais pela remoção de qualquer possibilidade de agressão alemã. Damos boas-vindas à Rússia ao seu lugar de direito entre as principais nações do mundo. Damos boas-vindas a sua bandeira nos mares. Acima de tudo, sejam bem-vindos contatos constantes, frequentes e crescentes entre o povo russo e nosso próprio povo, dos dois lados do Atlântico. É meu dever, porém, pois estou certo do vosso desejo de que eu vos exponha os fatos da forma como os vejo, apresentar alguns dados sobre a atual posição da Europa.

"De Stettin, no Báltico, a Trieste, no Adriático, uma cortina de ferro desceu sobre o continente. Atrás dessa linha jazem todas as capitais dos antigos estados da Europa central e oriental. Varsóvia, Berlim, Praga, Viena, Budapeste, Belgrado, Bucareste e Sofia, todas essas famosas cidades e as populações à sua volta acham-se no que devo denominar a esfera soviética, sujeitas todas, de um modo ou de outro, não só à influência soviética, mas a um grau altíssimo, em muitos casos crescente, de controle por parte de Moscou. Somente Atenas — a Grécia, com suas glórias imortais — é livre para decidir seu futuro numa eleição sob observação inglesa, americana e francesa. O governo polonês dominado pelos russos foi incitado a fazer avanços imensos e lesivos na Alemanha, e expulsões em massa de milhões de alemães estão ocorrendo numa escala deplorável com que jamais sequer se sonhou. Os partidos comunistas, que eram muito pequenos em todos esses estados da Europa oriental, foram alçados a uma proeminência e um poder muito além de seu valor em números, e buscam por toda parte o controle totalitário. Governos policiais prevalecem na quase totalidade dos casos e, até hoje, exceto na Tchecoslováquia, não há uma verdadeira democracia.

"A Turquia e a Pérsia estão profundamente alarmadas e tumultuadas com as exigências que lhes vêm sendo feitas e com a pressão exercida pelo governo de Moscou. Em Berlim, os russos estão numa tentativa de criar um partido quase comunista em sua zona de ocupação da Alemanha, com favores especiais a grupos de líderes esquerdistas alemães. Após o fim dos combates, em junho passado, os exércitos americanos e ingleses, cumprindo um acordo anterior, recuaram para oeste até 120 milhas em

Memórias da Segunda Guerra Mundial

alguns pontos, numa frente de quase quatrocentas milhas, a fim de permitir que nossos aliados russos ocupassem essa vasta extensão territorial conquistada pelas democracias ocidentais.

"Se agora o governo soviético tenta, através de uma ação em separado, construir uma Alemanha pró-comunista em suas áreas, isso trará novas e sérias dificuldades às zonas inglesa e americana, e dará aos alemães derrotados o poder de se oferecerem em leilão numa disputa entre os soviéticos e as democracias ocidentais. Sejam quais forem as conclusões a extrair desses fatos — pois fatos é o que eles são —, essa certamente não é a Europa Liberada que lutamos para ter. Tampouco uma Europa que contenha as essências da paz permanente."

A plateia ouviu com grande atenção, e tanto o presidente quanto Mr. Byrnes externaram sua aprovação. Os jornais, porém, teceram comentários muito variados. Quando a notícia chegou à Rússia, foi malrecebida. Stalin e o *Pravda* reagiram como se poderia esperar. O *Pravda* denunciou-me como "belicista antissoviético" e disse que eu estava tentando destruir as Nações Unidas. Numa entrevista a um jornal, Stalin acusou-me de conclamar a uma guerra contra a União Soviética e me comparou a Hitler. Houve perguntas também na Câmara dos Comuns. Mr. Attlee, então primeiro-ministro, respondeu que não cabia ao governo dar opinião sobre um discurso proferido em outro país por um cidadão particular.

Eu tinha mais um discurso a fazer em Nova York alguns dias depois, onde seria convidado do prefeito e de outras autoridades civis. Em volta de todo o Hotel Waldorf Astoria, no jantar em que o discurso foi proferido, houve piquetes e passeatas de comunistas, e fiquei um tanto surpreso ao saber que Mr. Dean Acheson, o subsecretário de Estado, não compareceria. Ao tomar conhecimento dessa mudança de planos em Washington, à tarde, Mr. John Winant tomou um trem para Nova York e chegou em meio ao jantar para me dar apoio, fazendo um discurso sumamente amistoso. Expressei-me da seguinte maneira:

Quando discursei em Fulton, há dez dias, julguei necessário que alguém de posição não oficial discorresse em termos que chamassem atenção para a difícil situação atual do mundo. Não desejo retirar ou mudar uma só palavra. Fui convidado a dar livremente meu parecer neste país livre, e estou certo de que a esperança que expressei, de uma crescente associação entre nossos dois países, irá materializar-se, não por qualquer discurso que possa ser feito, mas em virtude das correntes que fluem nas ques-

Epílogo

tões humanas e no desdobrar do destino do mundo. A única questão em aberto, a meu ver, é se a necessária harmonia de pensamento e ação entre os povos americano e inglês será alcançada de maneira suficientemente explícita e clara em tempo hábil para impedir um novo conflito mundial, ou se ela só virá, como aconteceu antes, no decorrer desse conflito. (...)

(...) Permitam-me declarar, no entanto, que o progresso e a liberdade das gentes no mundo inteiro, sob o reino da lei posta em vigor por uma organização mundial, não se concretizarão, nem tampouco terá início a era de abundância, sem os empenhos persistentes, leais e, sobretudo, destemidos dos sistemas inglês e americano de sociedade.

A agitação nos jornais e o interesse geral, excitação mesmo, continuaram a crescer.

Passei a primeira parte do outono de 1946 pintando numa encantadora casa de campo junto ao lago de Genebra, tendo ao fundo o Mont Blanc sobre suas águas. Quando chegou a hora de partir, fiz uma visita muito aprazível à Universidade de Zurique, onde falei sobre a tragédia da Europa e a difícil situação a que ela fora reduzida, e insisti na fundação de uma espécie de Estados Unidos da Europa, ou do máximo que se pudesse fazer nesse sentido:

"Alegrou-me ler nos jornais de anteontem que meu amigo, o presidente Truman, havia mostrado interesse e simpatia por esse grandioso projeto. Não há qualquer razão por que uma organização regional deva conflitar sob qualquer aspecto com a organização mundial das Nações Unidas. Pelo contrário, creio que a síntese maior só poderá sobreviver se estiver fundamentada em agrupamentos naturais coerentes. Já existe um grupo natural no Hemisfério Ocidental. Nós, ingleses, temos nossa Commonwealth de Nações. Estes não enfraquecem, mas, ao contrário, reforçam a organização mundial. São, na verdade, seu principal esteio. E por que não haveria um grupo europeu, capaz de dar um sentimento de maior patriotismo e cidadania comum aos povos aturdidos deste turbulento e poderoso continente? E por que não deveria ele assumir seu lugar de direito ao lado de outros grandes grupos, na tarefa de moldar os destinos do homem? Para que isso se concretize, é preciso haver um ato de fé, do qual milhões de famílias, falando muitas línguas, possam conscientemente participar.

Memórias da Segunda Guerra Mundial

"Todos sabemos que as duas guerras mundiais por que passamos brotaram da paixão vazia de uma Alemanha recém-unificada por desempenhar o papel principal no mundo. (...) A Alemanha deve ser privada da possibilidade de rearmar-se e deflagrar outra guerra agressiva. Mas, quando tudo isso estiver feito, como será feito, como vem sendo feito agora, há que pôr um fim à vingança. Há que haver o que Mr. Gladstone chamou, muitos anos atrás, de "um abençoado ato de esquecimento". Devemos todos dar nossas costas aos horrores do passado. Devemos olhar para o futuro. Não podemos arrastar em frente, pelos anos vindouros, os ódios e as revanches saídos das feridas do passado. Se a Europa é para ser salva do sofrimento infinito e, a rigor, da destruição final, tem de haver um ato de fé na família europeia e um ato de olvido de todos os crimes e loucuras do passado.

"(...) Agora lhes direi algo que vai estarrecê-los. O primeiro passo na recriação da família europeia tem que ser uma parceria entre a França e a Alemanha. Só desse modo a França poderá recuperar a liderança moral da Europa. Não pode haver renascimento da Europa sem uma França espiritualmente grandiosa e uma Alemanha espiritualmente grandiosa. A estrutura dos Estados Unidos da Europa, se bem-desenhada e construída, será tal que torne menos importante a força material de qualquer nação isolada. Nações pequenas terão tanto peso quanto as grandes e ganharão sua honra pela contribuição que derem à causa comum. Os velhos estados e principados da Alemanha, livremente unidos por conveniência mútua num sistema federal, podem cada um tomar seu lugar entre os Estados Unidos da Europa. Não tentarei detalhar um projeto para centenas de milhões de pessoas que queiram ser felizes e livres, prósperas e seguras, que desejem gozar das quatro liberdades de que falava o grande presidente Roosevelt, e viver de acordo com os princípios corporificados na Carta do Atlântico. Se esse for seu desejo, bastará que o digam, e certamente será possível achar os meios e erigir os mecanismos para levar esse desejo à sua plena fruição.

"Mas devo fazer-lhes uma advertência. Talvez o tempo seja curto. No momento, há uma pausa para respirar. Os canhões cessaram seus disparos, a luta parou. Mas os perigos não terminaram. Se vamos criar os Estados Unidos da Europa, ou que nome tenham ou forma assumam, temos de começar agora."

Assim corriam meus pensamentos em 1946. Para a França torturada, recém-ocupada e humilhada, o espetáculo de uma estreita associação com seu carrasco enfim vencido pareceu, a princípio, impensável. Aos poucos, porém, o fluxo da fraternidade europeia foi restabelecido nas veias francesas, e o natural e flexível bom senso gaulês superou a amargura do passado.

Epílogo

Sempre tive e continuo tendo o valente povo russo em alta estima. Mas sua sombra pairou desastrosamente sobre o cenário de após guerra. Não havia limite visível para os danos que ele podia causar. Absortamente voltados para a vitória sobre as potências do Eixo, a Inglaterra e os Estados Unidos não tinham feito planos suficientes para o destino e o futuro da Europa ocupada. Fomos à guerra em defesa não só da independência dos países menores, mas para proclamar e endossar os direitos e liberdades individuais em que se funda essa moralidade maior. A Rússia soviética tinha outros e menos desinteressados objetivos. Seu punho apertou os territórios que seus exércitos tomaram. Em todos os satélites de trás da Cortina de Ferro haviam-se formado governos de coalizão que incluíam os comunistas. Esperava-se que fosse preservada alguma forma de democracia. Mas, num país após outro, os comunistas tomaram os cargos principais, perseguiram e eliminaram os outros partidos políticos e empurraram seus líderes para o exílio. Houve julgamentos e expurgos. A Romênia, a Hungria e a Bulgária logo foram tragadas. Em Yalta e Potsdam, briguei muito pela Polônia, mas foi em vão. Na Tchecoslováquia, um golpe repentino foi dado pelos ministros comunistas e alertou agudamente a opinião mundial. A liberdade foi esmagada no interior do país e o livre intercâmbio com o Ocidente proibido. Graças em grande parte à Inglaterra, a Grécia manteve sua precária independência. Com ajuda inglesa e, mais tarde, americana, travou uma longa guerra civil contra a insurgência comunista. Tudo feito e tudo dito, e após as longas agonias e lutas da Segunda Guerra Mundial, metade da Europa parecia ter apenas trocado um déspota por outro.

Hoje em dia, esses pontos parecem lugar-comum. A luta prolongada e não inteiramente malsucedida para deter a torrente destrutiva da incursão russa ou de inspiração russa tornou-se parte de nossa vida cotidiana. Na verdade, como sempre acontece com as boas causas, houve momentos em que foi necessário moderar o entusiasmo e desdenhar do oportunismo. Mas não foi fácil, na época, sair da contemplação de uma grande e extenuante vitória sobre uma tirania para olhar o quadro de uma cansativa e dispendiosa campanha contra outra tirania.

A Organização das Nações Unidas era ainda muito jovem, mas já estava claro que seus defeitos poderiam revelar-se graves o bastante para viciar os propósitos com que fora criada. Como quer que fosse, ela não pôde prover com rapidez e eficácia a união e a força armada necessárias à Europa Livre e aos Estados Unidos para sua autopreservação. Em Fulton, eu havia sugerido que a Organização das Nações Unidas fosse prontamente dotada de uma força armada internacional. Mas, tanto no futuro imediato quanto a longo prazo, eu insistira na continuidade de uma ligação anglo-americana especial, que tem sido um dos principais temas de minha vida política.

> Nem a prevenção certa da guerra nem a ascensão contínua da organização mundial serão conquistadas sem o que chamei de associação fraterna dos povos de língua inglesa. Isso significa um relacionamento especial entre a Commonwealth e Império Britânico e os Estados Unidos. (...) Ele deve trazer consigo a manutenção dos atuais recursos destinados à segurança mútua, mediante o uso conjunto de todas as bases navais e aéreas pertencentes a ambos os países no mundo inteiro. (...) Os Estados Unidos já têm um acordo permanente de defesa com o Domínio do Canadá (...) esse princípio deve ser estendido a toda a Commonwealth Britânica, com plena reciprocidade.

Os três anos seguintes assistiriam ao desdobramento de um projeto que se aproximou desse ideal, mas ainda não o atingiu.

Não desejo reivindicar o monopólio do mérito por essas concepções. Uma das vantagens de estar na oposição é que se pode, em pensamento, ultrapassar de longe aqueles cuja fortuna é pôr os planos em prática. O governo inglês, muito inspirado no corajoso e sensato Mr. Ernest Bevin, assumiu a liderança na formação de uma espécie de Concerto da Europa, pelo menos no que restava da Europa. As ideias iniciais voltavam-se predominantemente para os riscos de uma Alemanha ressurrecta. Em 1947, a Inglaterra e a França assinaram o Tratado de Dunquerque, comprometendo-as ambas a irem em socorro uma da outra no caso de outro ataque alemão. Mas as tristes realidades do presente já se sobrepunham aos temores do passado. Após muitos meses de atividade diplomática, assinou-se o Tratado de Bruxelas em 1948. A França, a Inglaterra, a Holanda, a Bélgica e Luxemburgo declararam prestar assistência mútua em caso de agressão, independentemente de onde viesse. A Alemanha não foi mencionada. E mais, surgiram os primórdios de uma organização militar, sob a presidência do marechal Montgomery, para avaliar os recursos disponíveis à defesa e traçar um plano para o pouco que existisse. Ficou conhecida pelo nome de União Ocidental. Endossei essas medidas, mas manifestei minha gran-

Epílogo

de esperança de que os Estados Unidos, sem cuja assistência elas seriam dolorosamente incompletas, logo fossem introduzidos nessa sociedade. Na época, tivemos a sorte de contar, na pessoa do secretário de Estado americano, o lúcido e dedicado general Marshall, com quem havíamos trabalhado na mais estreita camaradagem e confiança nos anos de guerra. Dentro dos limites impostos pela opinião do Congresso e do público americanos, o presidente Truman e ele procuraram dar peso ao que estava sendo feito na Europa. Os esforços de ambos os lados do Atlântico frutificaram e, em abril de 1949, foi assinado o Tratado do Atlântico norte, pelo qual, pela primeira vez na história, os Estados Unidos se comprometeram, sempre sujeitos às prerrogativas constitucionais do Congresso, a ajudar seus aliados em caso de ataque. Os signatários europeus, além das potências do Tratado de Bruxelas, incluíram a Noruega, a Dinamarca, a Islândia, a Itália e Portugal. O Canadá também assinou o Tratado, com isso dando uma confirmação adicional da confiança que nós, na Inglaterra, sempre tivemos em sua amizade e lealdade.

O trabalho subsequente foi complexo. Resultou na criação da Organização do Tratado do Atlântico norte, a otan, representada por um estado-maior de planejamento militar sob o general Eisenhower, em Versalhes. Dos esforços do Quartel-General das Potências Aliadas na Europa, ou SHAPE, como era chamado [*Supreme Headquarters Allied Powers in Europe*], foi aos poucos emergindo a sóbria confiança em que uma invasão proveniente do Leste poderia ser enfrentada por uma resistência eficaz. Certamente, em suas etapas iniciais, o Tratado Atlântico obteve mais resultados por ser do que por fazer. Deu à Europa uma confiança renovada, particularmente aos territórios próximos da Rússia soviética e dos países-satélites. Isso se marcou por uma recessão dos partidos comunistas nos países ameaçados e pelo ressurgimento de um sadio vigor nacional na Alemanha Ocidental.

A associação da Alemanha ao Tratado Atlântico continuou em primeiro plano nos projetos ocidentais. Mas foi muito difícil superar os temores franceses do ressurgimento de um exército alemão, tema fecundo tanto para os mal-orientados quanto para os mal-intencionados. Num intervalo de setenta anos, os franceses tinham sido invadidos três vezes através do Reno. Era duro esquecer Sedan, o banho de sangue de Verdun, a derrocada de 1940 e a longa e opressiva ocupação alemã da Segunda Guerra Mundial, que destroçara tantos laços de fidelidade e na qual franceses haviam lutado contra franceses. Na Inglaterra, reconheci uma ampla hostilidade ao

Memórias da Segunda Guerra Mundial

fornecimento de armas, mesmo com as mais rigorosas salvaguardas, à nova República da Alemanha. Mas era improvável que uma invasão soviética da Europa ocidental pudesse ser repelida sem a ajuda dos alemães. Muitos esquemas foram experimentados e fracassaram. Os franceses haviam tomado a dianteira na integração mais estreita da Europa ocidental nos assuntos civis e defenderam o projeto de um exército europeu, com uniforme comum, no qual as unidades alemãs pudessem fundir-se sem nenhum risco para seus vizinhos. A ideia não me interessou. Um amálgama pastoso de meia dúzia de nacionalidades acharia difícil partilhar lealdades comuns e sentir a confiança essencial entre camaradas em combate. Passaram-se alguns anos antes que se chegasse à simplicidade final da ideia de uma contribuição alemã direta para o poderio do Ocidente, por meio de um exército nacional. Ainda hoje, pouco se fez para pô-la em prática. Pessoalmente, nunca vi desvantagem em fazer amizade com o inimigo depois de terminada a guerra, com tudo o que isso implica de cooperação contra uma ameaça de fora.

Paralelamente a esses avanços, muitos dos quais existiam apenas no papel, os Estados Unidos continuaram a manifestar a determinação de auxiliar a Europa e, pois, a si mesmos. Muito antes da assinatura do Tratado Atlântico, havia um número substancial de aviões americanos baseados na Inglaterra, na East Anglia. Ali estava um elemento de dissuasão sumamente prático. Porém, que pena, por instigação americana, desmantelara-se a esplêndida estrutura dos Chefes de Estado-Maior Combinados anglo--americana, onde se arquitetaram tantos de nossos vitoriosos planos de guerra. Nada conseguiu se igualar a ela, posteriormente, e o melhor da otan não passa de uma pálida sombra da organização fraterna e estreitamente unida que antes existiu.

O teste crucial veio em junho de 1948, quando os russos cortaram Berlim do resto do mundo. Seu objetivo era incorporar Berlim inteira no estado comunista que haviam criado na Alemanha Oriental. Pareceu que a Inglaterra, a França e os EUA teriam ou de abandoná-la, ou de tentar passar à força comboios de abastecimento provenientes da Alemanha Ocidental, como era seu direito legítimo. Felizmente, achou-se uma solução que evitou muitos perigos. Iniciou-se a Ponte Aérea e, em fevereiro de 1949, mais de um milhão de toneladas de suprimentos tinha sido levado para Berlim por aviões americanos e ingleses, nos anteriores oito meses de bloqueio. Com o tempo, os russos tiveram que ceder e foram forçados a abandonar totalmente o bloqueio.

Epílogo

Ajuda econômica aos aliados também era vital. Nós na Inglaterra, havíamos gasto tanto dinheiro na guerra que, mesmo com a mais extrema habilidade e estrita economia, teríamos ficado em grandes apuros. Apesar de um enorme empréstimo americano, nossa posição ficava cada vez mais séria. O restante da Europa também sofria em graus variáveis. O general Marshall deu seu nome a um notável plano de ajuda econômica e cooperação mútua entre 16 países da Europa livre. Seus benefícios foram oferecidos ao bloco soviético, mas recusados. A Organização Europeia de Cooperação Econômica prestou serviços inestimáveis a todos nós. Mas, sem a maciça ajuda em dólares fornecida pelo governo americano, apesar de uma certa hostilidade por parte do Congresso, a Europa bem poderia ter caído na falência e numa penúria em que as sementes do comunismo teriam germinado com velocidade letal. A decisão do general Marshall situou-se no mais alto nível da ação de estado e, para mim, foi uma fonte de grande prazer, embora não de surpresa, que meu velho amigo presidisse, na América, sobre os dois grandes empreendimentos do Plano Marshall e do Tratado Atlântico.

Houve outro aspecto em nossas concepções e esperanças de unificação e fortalecimento da Europa contra a agressão externa e a subversão interna. Em grande medida, as ideias que eu inaugurara em Fulton traduziram-se em realidade através da ação governamental e da cadeia de tratados e organizações oficiais que descrevi sucintamente. Mas as concepções mais abrangentes da ideia final de uma Europa unida precisavam também de um foro em que elas pudessem ser discutidas e examinadas. Muitos eminentes estadistas e líderes do pensamento europeu eram da mesma opinião e, em 1947, lançou-se o Movimento Europeu, para se dedicar à propagação da tese da unificação europeia e ao exame de maneiras pelas quais ela pudesse ser gradativamente efetivada. Gradativamente, digo eu. Havia muitas opiniões diferentes entre os interessados, e alguns queriam ir mais depressa do que outros. Nas grandes iniciativas, é um erro tentar resolver tudo de uma só vez. Nesse tipo de questão, não era possível planejar os movimentos como numa operação militar. Não estávamos agindo no campo da força, mas no âmbito da opinião. Por várias vezes, frisei minhas ideias quanto a esse ponto. Era importante que, quando ocorressem os inevitáveis interregnos, atrasos e obstáculos, não se considerasse que havíamos abandonado nossa meta última. Além disso, eu não desejava competir com os governos na esfera executiva. A missão consistia em construir unidades e afinidades culturais, sentimentais e sociais por toda a Europa.

O Movimento Europeu ganhou muito em vigor e força, desempenhando um papel substancial na reflexão governamental. O general Marshall referiu-se ao conceito como sendo uma das razões que o tinham levado a seu plano de ajuda econômica à Europa. O auge das muitas discussões ocorridas veio com a criação do Conselho da Europa, em 1949, com sede em Strasburgo. Com graus variáveis de sucesso e de divulgação pública, fez-se em Strasburgo muito trabalho proveitoso. Há quem se decepcione com o fato de isso não haver resultado na rápida criação de uma federação de nações europeias, mas há excelentes motivos para uma abordagem lenta e empírica. Questões dessa monta não podem ser impostas ao povo de cima para baixo, por mais brilhante que seja o planejamento. Devem brotar gradualmente de convicções autênticas e muito difundidas. Assim, o Conselho da Europa vem atendendo a sua finalidade e desempenhando papel honroso numa grande iniciativa.

Como violento e intimidante pano de fundo de todas as nossas cogitações sobre a defesa, havia o domínio, enfim conseguido pelo homem, dos meios aperfeiçoados de destruição da humanidade: a bomba atômica e sua monstruosa cria, a bomba de hidrogênio. Nos primeiros dias da guerra, a Inglaterra e os Estados Unidos haviam concordado em unir conhecimentos e experiências na pesquisa nuclear, e os frutos de anos de descobertas dos físicos ingleses pioneiros tinham sido oferecidos como uma contribuição inestimável ao vasto e secretíssimo projeto conjunto criado nos Estados Unidos e no Canadá. Os criadores das armas detiveram por alguns anos o monopólio de um poder que, em mãos menos escrupulosas, poderia ter sido usado para dominar e escravizar o mundo inteiro. Mostraram-se dignos de suas responsabilidades, mas em pouco tempo passaram-se à União Soviética segredos que muito ajudaram os cientistas russos em suas pesquisas. Daí por diante, a maioria das teorias estratégicas aceitas foi considerada obsoleta e se criou um equilíbrio de poder nunca antes imaginado, um equilíbrio fundamentado na posse dos meios de extermínio mútuo.

Epílogo

No fim da guerra, eu tinha bons motivos para achar que havíamos feito o melhor arranjo possível no acordo que eu firmara com o presidente Roosevelt em Quebec, em 1943. Nos termos do acordo, a Inglaterra e os Estados Unidos afirmavam que nunca usariam a bomba um contra o outro, não empregariam a bomba contra terceiros sem a aprovação de ambos, e não transmitiriam a terceiros informações sobre o assunto, a não ser por consentimento mútuo, e que trocariam informações sobre os avanços técnicos. Não me parecia que se pudesse desejar mais do que isso.

Entretanto, em 1946, foi aprovada no congresso americano uma lei que cerceou drasticamente qualquer possibilidade de os Estados Unidos nos fornecerem informações. O senador McMahon, que apresentou o projeto, desconhecia o Acordo de Quebec nessa ocasião e, em 1952, informou-me que, se o tivesse visto, nunca teria havido Lei McMahon. O governo socialista inglês certamente fez uma espécie de protesto, mas não conseguiu fazer-se entender e não insistiu na revelação do Acordo de Quebec, pelo menos ao Comitê McMahon, o que teria corroborado nossa posição e nos poupado, talvez, muitos anos de pesquisa e desenvolvimento demorados e dispendiosos. Assim, privada de nossa parcela de conhecimento, à qual tínhamos o mais legítimo direito, a Inglaterra teve de voltar a apelar para seus próprios recursos. Com isso, o governo socialista dedicou vultosas somas à pesquisa, mas somente em 1952 conseguimos explodir nossa primeira bomba atômica. Os estágios entre os dois países quanto a pesquisa e desenvolvimento continuam desconhecidos, mas as explosões experimentais não constituem o único critério, e, sob alguns aspectos, talvez possamos afirmar que superamos até mesmo os Estados Unidos. Mas pesquisar é uma coisa; produzir e possuir é outra.

Era nisso, portanto — na posse ou na preponderância americana em matéria de armas nucleares — que se apoiava o esteio mais seguro de nossas esperanças de paz. Os exércitos das nações ocidentais eram relativamente insignificantes, se confrontados com as numerosas divisões russas que poderiam entrar em posição desde o Báltico até a fronteira iugoslava. Mas o conhecimento certo de que uma ofensiva terrestre desencadearia a destruição devoradora produzida pelos ataques aéreos estratégicos era e continua a ser o mais seguro fator de dissuasão.

Durante algum tempo, enquanto os Estados Unidos eram a única nação efetivamente dona de armas nucleares, houve possibilidade de um acordo geral e permanente com a União Soviética. Mas não é próprio das democracias usar seus trunfos de maneira ameaçadora ou ditatorial. Sem dúvida, o clima da opinião pública vigente naqueles anos não teria tolerado nada que se assemelhasse a um tratamento ríspido de nosso ex-aliado tão recente, embora isso bem pudesse ter evitado muitos desdobramentos desagradáveis. Em vez disso, os Estados Unidos, com nosso respaldo, optaram por uma atitude mais racional e liberal frente aos problemas do controle do uso das armas nucleares. A oposição soviética aos métodos eficientes de supervisão fez com que isso não resultasse em nada. Antigamente, nenhum país podia ter esperança de construir em segredo forças militares suficientemente vastas para subjugar uma nação vizinha. Agora, os meios de destruição de muitos milhões de pessoas podem ser escondidos no espaço de alguns metros cúbicos.

Todos os aspectos do planejamento militar e político foram alterados por esses avanços. As imensas bases necessárias para manter os exércitos das duas guerras mundiais transformaram-se nos mais vulneráveis dos alvos. Todas as instalações, oficinas e depósitos do canal de Suez, que haviam alimentado o VIII Exército no deserto, poderiam desaparecer numa fração de segundo, sob o ataque de um único avião. Os portos, mesmo guardados por canhões antiaéreos e aviação de caça, poderiam transformar-se no cemitério das esquadras que antes haviam protegido. A evacuação dos não combatentes das cidades foi, um dia, uma proposta exequível, mesmo na época dos métodos de bombardeio altamente desenvolvidos da última guerra. Atualmente, por mais desejáveis que sejam, essas medidas são mero paliativo ao flagelo instantâneo dos ataques nucleares. Toda a estrutura de defesa teve de ser alterada para fazer face à nova situação. As forças convencionais continuaram a ser necessárias para manter a ordem em nossas possessões e para travar o que costumam chamar de pequenas guerras, porém não mais pudemos arcar com um número suficiente delas, porque as armas nucleares e os meios para lançá-las são muito dispendiosos.

A era nuclear transformou as relações entre as Grandes Potências. Por algum tempo, fiquei em dúvida se o Kremlin se apercebia com exatidão do que aconteceria a seu país na eventualidade de uma guerra. Talvez eles não conhecessem nem o pleno efeito dos mísseis nucleares, nem a eficiência dos meios de lançamento. Chegou até a me ocorrer que uma demonstração aérea programada, mas pacífica, sobre as principais cidades russas, combinada com uma exposição em linhas gerais de algumas de nossas invenções mais recentes aos líderes soviéticos, poderia produzir neles uma

Epílogo

atitude mais amistosa e sensata. Naturalmente, tal gesto não poderia ser acompanhado de nenhuma exigência formal, caso contrário, assumiria a aparência de uma ameaça e um ultimato. Mas a produção russa dessas armas e os avanços notáveis de sua força aérea há muito retiraram qualquer sentido dessa ideia. Seus líderes militares e políticos devem, agora, estar perfeitamente cientes do que cada um de nós pode fazer ao outro.

As esperanças de contatos mais amigáveis com a Rússia continuaram muito presentes em meus pensamentos, e a morte de Stalin, em março de 1953, pareceu trazer uma boa oportunidade para isso. Eu era novamente primeiro-ministro. Encarei a morte de Stalin como um marco na história russa. Sua tirania trouxera sofrimentos aterradores para seu próprio país e para muitas outras partes do mundo. Na luta contra Hitler, porém, os povos russos haviam gerado uma imensa boa vontade no Ocidente, inclusive nos Estados Unidos. Tudo isso fora prejudicado. Na política escura do Kremlin, ninguém sabia dizer quem tomaria o lugar de Stalin. Quatorze homens e 180 milhões de pessoas haviam perdido o seu comandante. Não se deve julgar os líderes soviéticos com excessivo rigor. Por três vezes, no intervalo de pouco mais de um século, a Rússia foi invadida pela Europa. Borodino, Tannenberg e Stalingrado não podem ser esquecidas com facilidade. A ofensiva de Napoleão ainda é lembrada. A Alemanha imperial e a Alemanha nazi não foram perdoadas. Stalin não apenas tentou proteger as repúblicas soviéticas por trás de uma cortina de ferro militar, política e cultural, como também procurou construir uma linha avançada de nações-satélites, situadas bem no interior da Europa central, severamente controladas por Moscou, subservientes às necessidades econômicas da União Soviética e impedidas de qualquer contato ou comunhão com o mundo livre, ou mesmo entre si. Ninguém acredita que isso possa durar para sempre. A Hungria pagou um preço terrível. Mas, para todas as cabeças pensantes, alguns aspectos animadores da atual situação por certo hão de estar claros. A doutrina do comunismo vem sendo lentamente separada da máquina militar russa. As nações continuarão a se rebelar contra o império colonial soviético, não por ele ser comunista, mas por ser estrangeiro e opressivo. A corrida armamentista, mesmo conduzida com armas nucleares e mísseis teleguiados, não trará segurança nem paz de espírito às grandes nações que dominam as massas terrestres da Ásia e da América do Norte, ou aos países situados entre elas. Não faço nenhum apelo ao desarmamento. Desarmamento é uma consequência e uma manifestação do livre intercâmbio entre povos livres. É a mente que controla as armas, e é à mente dos povos da Rússia e seus associados que as nações livres devem se dirigir.

Depois da morte de Stalin, porém, pareceu que um clima mais ameno poderia prevalecer. Isso ao menos merecia uma investigação, e foi nesse sentido que me manifestei na Câmara dos Comuns em 11 de maio de 1953. Uma conferência inteiramente informal entre os chefes das principais nações poderia ter êxito onde as reiteradas conversações acerbas dos escalões inferiores haviam fracassado. Deixei claro que isso não poderia ser acompanhado por nenhum relaxamento da camaradagem e dos preparativos nas nações livres, pois um afrouxamento de nossos esforços de defesa paralisaria qualquer tendência benéfica conducente à paz. Isso é verdade ainda hoje. O que busquei nunca foi plenamente realizado. Não obstante, por algum tempo, uma brisa mais suave pareceu soprar sobre nossas negociações. Outras oportunidades decerto surgirão, e não devem ser desprezadas.

Não é meu objetivo tentar atribuir culpa em nenhuma direção pelas muitas coisas desagradáveis que ocorreram desde 1945. Sem dúvida, os responsáveis na Inglaterra pela direção de nossos assuntos de estado, nos anos subsequentes à guerra, foram atormentados pelos mais complexos e terríveis problemas, dentro e fora do país. Muitas vezes, os métodos pelos quais optaram solucioná-los foram-lhes impostos pelas circunstâncias ou por políticas doutrinárias predeterminadas, e seus resultados nem sempre foram felizes para a Inglaterra ou para o mundo livre.

A concessão de independência ao subcontinente indiano estivera por muito tempo no primeiro plano do pensamento político inglês. Eu havia contribuído bastante para o assunto nos anos de entre as duas guerras. Apoiado por setenta parlamentares conservadores, havia combatido a independência com todas as minhas forças em seus estágios iniciais. Mas, ao chefiar o governo de coalizão, eu fora induzido a modificar minha visão anterior. Sem sombra de dúvida, saímos do desesperado conflito mundial comprometidos com o reconhecimento da condição de Domínio para a

Epílogo

Índia, inclusive reconhecendo seu direito de secessão da Commonwealth. Mas eu achava que o método de criação do novo governo deveria dar à grande maioria da população indiana o poder e o direito de escolher livremente por si. Acreditava que uma conferência constitucional, uma constituinte da qual pudessem participar todos os verdadeiros elementos de peso da Índia, nos mostraria a maneira de produzir um país realmente representativo e soberano, que aderiria ao Império Britânico. Os "intocáveis", os rajás e os legalistas, que existiam às centenas de milhões, bem como muitos outros interesses vivos, vitais e diferentes, teriam sua participação no novo projeto. Convém lembrar que, no último ano da guerra, tivéramos uma revolta dos extremistas do Partido do Congresso indiano, debelada sem dificuldade e com pouquíssima perda de vidas humanas. Mas o Partido Socialista Inglês adotou uma postura violentamente sectária. Achou que era vantajoso conceder a autonomia no mais curto prazo possível. E a concedeu sem hesitação — quase por identificação política — às mesmas forças que tínhamos derrotado com tanta facilidade. Decorridos dois anos do fim da guerra, o partido alcançou seu objetivo. Em 18 de agosto de 1947, a independência da Índia foi declarada. Todos os esforços de preservar a unidade da Índia ruíram por terra, e o Paquistão tornou-se uma nação separada. Quatrocentos milhões de habitantes do subcontinente, principalmente divididos entre muçulmanos e hindus, atiraram-se uns contra os outros. Dois séculos de dominação inglesa na Índia foram seguidos por mais derramamento de sangue e perda de vidas humanas do que jamais ocorrera durante nossa gestão construtiva e melhoradora. Apesar dos esforços da Comissão de Fronteiras, as linhas traçadas entre a Índia e o Paquistão foram inevitável e devastadoramente cruéis para as áreas por onde passaram as novas fronteiras. O resultado foi uma série de massacres, nascidos da troca das populações muçulmanas e hindus, que talvez tenham chegado a quatrocentos ou quinhentos mil homens, mulheres e crianças. Em sua vasta maioria, gente inofensiva, cujo único erro era sua religião.

Felizmente, à testa do maior dos dois novos estados erigidos sobre essa fundação sangrenta estava um homem de qualidades singulares. Nehru passara anos na prisão ou em outras formas de confinamento. Emergiu então como líder de uma minúscula minoria de inimigos da dominação inglesa, sendo livre das duas piores falhas da natureza humana, o Ódio e o Medo. Gandhi, que por tanto tempo liderara a causa da independência indiana, foi assassinado por um fanático logo depois que Nehru foi empossado na chefia do governo. Jinnah ficou presidindo o estado muçulmano, o Paquistão. Temos boas relações com as duas repúblicas recém-nascidas. Seus líderes comparecem às reuniões da Commonwealth e seu poder de fazer o bem ou o mal na Ásia e no mundo é inegável. Não tentarei prejulgar o futuro.

No ano da independência indiana, a Birmânia também se desligou da Commonwealth. Ela fora o principal teatro de operações terrestres do Extremo Oriente durante a guerra, e nós envidáramos um grande esforço para resgatá-la dos japoneses, que nos haviam expulsado em 1942. Os elementos nacionalistas — a maioria dos quais, em algum estágio da guerra pela consecução de seus objetivos, havia colaborado com os invasores japoneses contra os aliados — instalaram-se no governo do país. Seu controle ficou longe de ser plenamente assumido e, até hoje, a autoridade do governo birmanês tem um domínio incompleto de seus territórios. Também eles, porém, são uma entidade solidamente estabelecida, com a qual nossas relações são amistosas e onde a longa e honrosa tradição de autoridade inglesa, bem como seus legados de justiça e ordem, puderam frutificar.

Na Índia e na Birmânia, o conflito entre o comunismo e o mundo livre foi relativamente insignificante nos primeiros anos que se seguiram à guerra. A Rússia por certo rejubilou-se a cada sinal de diminuição de nossa influência mundial e buscou, por todos os meios ao seu alcance, acelerar e estragar o nascimento das novas nações. Causou muito mal na Indochina e na Malásia. De modo geral, porém, seu interesse concentrou-se mais na China, onde, em meio à confusão e à matança, um novo padrão estava emergindo. O regime de Chiang Kai-shek, nosso amigo e aliado na guerra, foi aos poucos perdendo o controle. Os Estados Unidos tentaram por todos os meios, com exceção da intervenção armada, deter o avanço do comunismo. Mas o governo chinês trazia em si as sementes de sua própria destruição. Apesar dos muitos anos de resistência aos japoneses, a corrupção e a ineficiência de seu sistema escarrapachado estimularam e deram respaldo ao avanço dos exércitos comunistas. O processo foi lento, mas, no fim de 1949, estava tudo acabado. O "Governo do Povo", como é chamado, passou a mandar em Pequim e assumiu o controle de toda a China continental. Chiang Kai-shek fugiu para Formosa, onde sua independência foi garantida pela marinha e pela aviação americanas. Assim, a nação mais populosa do mundo passou para as mãos dos comunistas e, sem dú-

Epílogo

vida, ostentará uma força efetiva nas questões mundiais. Neste período, a influência da China se exerceu principalmente na Coreia e na Indochina. As disputas em torno de sua admissão nas Nações Unidas mostraram um dos muitos pontos fracos daquela organização, e a tradicional amizade entre a China e os Estados Unidos foi rompida.

No ano seguinte, as tentativas comunistas de hostilizar o Ocidente, explorar o sentimento nacionalista na Ásia e se apossar dos salientes expostos culminaram na península da Coreia. Anteriormente, seus esforços tinham sido menos diretos. Na Indochina, o principal adversário dos franceses, Ho Chi Minh, realmente fora treinado em Moscou, mas o apoio material aos seus guerrilheiros não se dera em larga escala. Na Malásia, um número relativamente pequeno de terroristas, assassinando colonos malaios e chineses leais, havia exigido forças de dimensões desproporcionais para restabelecer a ordem. Mas também eles, em geral, deveram aos estados comunistas apenas seu treinamento, sua ideologia e o apoio moral.

No Cairo, em 1943, o presidente Roosevelt, Chiang Kai-shek e eu havíamos registrado nossa determinação de que a Coreia fosse livre e independente. No fim da guerra, o país fora libertado dos japoneses e ocupado por tropas americanas no sul e russas no norte. Criaram-se dois estados coreanos separados e as relações entre eles foram-se tornando cada vez mais tensas e hostis. O paralelo 38 era uma fronteira incômoda, e os dois países se assemelhavam muito às Alemanhas oriental e ocidental. Os esforços das Nações Unidas para reunificar o país foram frustrados pela oposição soviética. A tensão e os incidentes de fronteira aumentaram. Em 25 de junho de 1950, tropas norte-coreanas invadiram a Coreia do Sul e avançaram com grande rapidez. A ONU pediu aos agressores que se retirassem e solicitou ajuda a todos os países-membros. O fato de, nessa ocasião, o veto soviético no Conselho de Segurança não haver tornado impotentes as intenções das Nações Unidas deveu-se à sorte. As falhas do sistema permaneceram para ser exploradas vez após outra nos anos seguintes. Nessa oportunidade, as Nações Unidas forneceram meramente o arcabouço com que foi montada a ação efetiva dos Estados Unidos.

Esses fatos patentes enformam uma decisão momentosa e histórica do presidente Truman. Num curtíssimo intervalo de tempo após a notícia da invasão, ele concluiu que somente a intervenção imediata das forças armadas americanas poderia enfrentar a situação. Eram as que estavam mais perto do local, além de serem de longe as mais numerosas, mas essa não era a questão. Como disse Truman em suas memórias, "tive certeza de que, se deixássemos a Coreia do Sul cair, os líderes comunistas se sentiriam encorajados a atacar países mais próximos de nossa própria costa. Se isso não fosse barrado, significaria uma terceira guerra mundial". A rapidez, a sensatez e a coragem de Truman nessa crise tornam-no digno, a meu ver, de figurar entre os maiores presidentes americanos. Na Inglaterra, o governo endossou e apoiou os americanos, além de oferecer unidades navais. Em dezembro, havia também forças terrestres inglesas na Coreia. Na Câmara dos Comuns, em 5 de julho, a oposição apoiou Mr. Attlee, então primei-ro-ministro, e, na condição de líder oposicionista, declarei que eu estava "totalmente disposto a me associar à (...) conclusão geral [de Mr. Attlee] de que a medida adotada pelos Estados Unidos [propiciava], *grosso modo*, a melhor probabilidade de manutenção da paz mundial". A ala esquerda do Partido Socialista, fiel a suas tradições, foi a única a desaprovar a coragem e a sensatez do que estava sendo feito.

O curso da guerra foi difícil, sangrento e frustrante. As tropas ameri-canas e aliadas detiveram os invasores do norte e a intervenção das forças aéreas começou a se mostrar eficaz. O general MacArthur agiu com vigor e energia e, em 14 de março de 1951, Seul, a capital da Coreia do Sul, foi reconquistada. Dois meses depois, o paralelo 38 foi cruzado. Mas "volun-tários" chineses começaram a chegar em quantidades maciças. Abundaram os reforços provenientes do outro lado do rio Yalu, onde os vastos recursos humanos chineses começaram a se formar em exércitos mal-equipados, mas numericamente impressionantes. Os generais americanos achavam difícil tolerar a existência do "santuário privilegiado" para lá da fronteira manchu. Ali também ficavam as bases dos jatos soviéticos que intervinham repetidamente nos combates. Aumentou a pressão para que se permitisse um ataque aéreo ao território chinês. O presidente Truman, no entanto, manteve-se firme e, numa série de divergências com o general MacArthur, que receberam grande publicidade, resistiu a esse passo perigosíssimo. "Os vermelhos", disse ele, "estavam à procura de pontos fracos em nossa arma-dura; tínhamos de enfrentar sua ofensiva sem nos enredarmos numa guerra mundial." De minha parte, esposei com certa ansiedade a mesma linha de pensamento. Em 30 de novembro, assinalei à Câmara dos Comuns: "É na Europa que a causa mundial será decidida. É lá que se encontra o perigo mortal." Evitei insistir muito em minhas opiniões, para que não fossem interpretadas como uma crítica aos comandantes americanos e não pre-

Epílogo

judicassem seus esforços, nem enfraquecessem os laços que unem nossos destinos. As forças inglesas e da Commonwealth deram uma contribuição pequena mas robusta, porém a América suportou quase todo o fardo e pagou por isso com quase cem mil baixas.

Não discorrerei sobre o pêndulo dos sucessos e fracassos militares na Coreia. Dificilmente se poderia dizer que o resultado tenha sido satisfatório. Mas a Coreia do Sul continuou independente e livre, o agressor sofreu um rechaço que lhe custou caro e, o que é mais importante, os Estados Unidos mostraram não ter medo de usar as forças armadas em defesa da liberdade, mesmo em locais tão remotos.

Em outras partes do continente asiático, os impérios ocidentais desmoronaram. Nossos aliados holandeses foram expulsos das Índias Orientais, que haviam transformado num modelo de governo eficiente. Os franceses suportaram anos de uma guerra frustrante e debilitadora na Indochina, onde as baixas absorveram mais oficiais a cada ano do que a escola militar de St. Cyr conseguia formar. Os exércitos comunistas, poderosamente reforçados pela China, aos poucos assumiram o controle do norte do país. A despeito de alguns episódios heroicos de resistência, os franceses foram obrigados a sair dessa grande e populosa área. Após uma longa e cansativa negociação, salvou-se alguma coisa dos destroços de suas esperanças. Surgiram três estados — Vietnam, Laos e Cambodja — de independência assegurada e futuro incerto. O Vietnam do Norte, como a Coreia do Norte, manteve um governo comunista separado. Mais uma vez, a divisão foi a resposta ao conflito entre os interesses comunistas e ocidentais. Todos esses novos países eram rachados por facções internas e dominados pela sombra de seu gigantesco vizinho do norte.

As mudanças havidas na Ásia são imensuráveis. Talvez tenham sido inevitáveis. Se há um toque de pesar neste breve relato, não seja ele tomado por hostilidade ao direito de autodeterminação dos povos asiáticos ou por uma censura a sua condição e integridade atuais. Mas os meios pelos quais se chegou à situação de hoje dão o que pensar. Terá sido necessário tanto derramamento de sangue? Sem a pressa gerada pelas pressões externas e pela perda de influência inerente a nossas derrotas iniciais na guerra do Extremo Oriente, não teria sido mais tranquilo o progresso em direção a esse mesmo fim, e não seria o próprio fim mais estável?

☆

Memórias da Segunda Guerra Mundial

Grande parte da Segunda Guerra Mundial desenrolou-se para defender a ponte terrestre em que a África e a Ásia se juntam, para manter nosso abastecimento de petróleo e para proteger o canal de Suez. Nesse processo, os países do Oriente Médio, sobretudo o Egito, gozaram da vantagem da proteção contra a invasão alemã e italiana, sem arcar com nenhum custo. Seguiu-se um novo aumento do número de estados independentes nos antigos domínios do Império Otomano. A saída dos franceses da Síria e do Líbano foi-lhes dolorosa, mas inevitável. Ninguém pode afirmar que, por nosso turno, tenhamos obtido alguma vantagem ali. Em toda essa região, o mundo assistiu a um surto de sentimento nacionalista cujas consequências ainda estão por vir. Da Indonésia ao Marrocos, os povos muçulmanos estão em efervescência, levando as nações ocidentais, sobretudo as que têm responsabilidades ultramarinas, a se confrontar com problemas de singular dificuldade. Em meio aos entusiasmados brados pela soberania e independência, é fácil esquecer os benefícios substanciais que foram concedidos pela dominação ocidental. Também é difícil substituir a administração ordeira, exercida pelas nações colonialistas nessas vastas áreas, por um sistema novo e estável de estados soberanos.

A mais intratável de todas as dificuldades que confrontaram a Inglaterra nessas regiões foi a Palestina. Desde a Declaração de Balfour, em 1917, tenho sido um fiel defensor da causa sionista. Nunca achei que os países árabes tenham recebido de nós nada além de imparcialidade. À Inglaterra, e unicamente à Inglaterra, eles deveram sua própria existência como nações. Nós os criamos; dinheiro inglês e consultores ingleses marcaram o ritmo de seu progresso; armas inglesas os protegeram. Tivemos, e espero que ainda tenhamos, muitos amigos leais e corajosos nessa área. O falecido rei Abdullah foi um governante sumamente judicioso. Seu assassinato eliminou a possibilidade de uma solução pacífica do tumulto palestino. O rei Ibn Saud foi um aliado de extrema solidez. No Iraque, acompanhei com admiração a conduta sagaz e corajosa de Nuri es-Said, que serviu com toda a fidelidade ao seu monarca e liderou seu país na trilha da sabedoria, sem se deixar afetar por ameaças externas ou pelo clamor importado de fora, dentro de sua própria nação. Infelizmente, esses homens foram exceções.

Como potência detentora de mandato, a Inglaterra viu-se frente ao espinhoso problema de combinar a imigração judaica para seu lar com a salvaguarda dos direitos dos habitantes árabes. Poucos de nós poderíamos censurar o povo judeu por suas opiniões violentas sobre o assunto. Não

Epílogo

se pode esperar que uma raça que sofreu praticamente o extermínio de sua existência nacional seja inteiramente ponderada. Mas o ativismo dos terroristas, que tentaram alcançar seus objetivos através do assassinato de funcionários e militares ingleses, foram um odioso ato de ingratidão que deixou impressão profunda. Nenhum país do mundo é menos apto para o conflito com terroristas do que a Inglaterra. Isso não se deve à fraqueza ou covardia, mas à moderação e à virtude, bem como ao estilo de vida que temos adotado em nossa ilha exitosamente defendida. Espicaçado pelos assassinatos na Palestina, insultado pelos países do Oriente Médio e até por nossos aliados, não foi de surpreender que o governo inglês da época viesse enfim a lavar suas mãos desse problema e a deixar que, em 1948, os judeus achassem sua própria salvação. A breve guerra que se seguiu dissipou dramaticamente a confiança nos países árabes, que se juntaram para matar uma presa fácil.

A violência contagiosa ligada ao nascimento do estado de Israel vem desde então agravando as dificuldades do Oriente Médio. Vejo com admiração o trabalho feito ali para construir uma nação, para recuperar o deserto e para receber inúmeros desafortunados, provenientes das comunidades judaicas do mundo inteiro. Mas a perspectiva é sombria. A posição das centenas de milhares de árabes expulsos de suas casas, sobrevivendo precariamente na terra de ninguém criada em torno das fronteiras de Israel, é cruel e perigosa. As fronteiras de Israel fremem no meio de assassinatos e *raids* armados, e os países árabes professam uma hostilidade irreconciliável em relação ao novo estado. Os líderes árabes de maior visão não conseguem dar conselhos de moderação sem ser silenciados aos gritos e ameaçados de morte. É um panorama tenebroso e ameaçador de violência e loucura ilimitadas. Uma coisa é certa. A honra e a sensatez exigem que o estado de Israel seja preservado e que essa raça corajosa, dinâmica e complexa possa viver em paz com seus vizinhos. Eles podem levar àquela área uma contribuição inestimável em conhecimentos científicos, operosidade e produtividade. Devem receber uma oportunidade de fazê-lo, pelo bem de todo o Oriente Médio.

☆

Antes de concluir esta breve resenha das coisas que me impressionaram desde a guerra, demos uma olhadela nas Nações Unidas. A maquinaria de governo internacional pode facilmente fracassar em seu propósito. Minha ideia, ao se aproximar o fim da guerra, era que as melhores mentes e as melhores ideias produzidas pelos homens governassem o mundo. Daí decorria se todos os países, grandes e pequenos, devessem estar representados, a necessidade de uma gradação entre eles. O espetáculo exibido pelas Nações Unidas não passa de uma inútil afirmação de igualdade de influência e poder, sem nenhuma relação com a realidade. O resultado é que um processo engenhoso de *lobby*, de grupos de pressão, tem tentado apossar-se do governo mundial. Digo tentado, porque o voto de um país com um milhão ou dois milhões de habitantes não pode decidir e tampouco abalar os atos de estados poderosos. A Organização das Nações Unidas, em sua forma atual, tem de se curvar a ditaduras e intimidar os fracos. Estados pequenos não têm direito de falar por toda a humanidade. Devem aceitar, e poderiam aceitar, um posto de maior informalidade, porém mais subalterno. O mundo deve ser governado pelos líderes de grupos geográficos de países. O simples processo de deixar esses grupos se formarem, em vez de julgá-los por seu poder ou seu número, falaria por si.

Não pretendo dar a entender que todos os esforços e sacrifícios da Inglaterra e de seus aliados, registrados nos seis volumes de minhas *Memórias de Guerra,* tenham-se reduzido a nada e levado apenas a um estado de coisas mais perigoso e desolador do que no começo. Ao contrário, atenho-me firmemente à crença em que não tentamos em vão. A Rússia vem-se tornando uma grande nação comercial. Seu povo experimenta dia a dia, com crescente vigor, as complicações e os paliativos da vida humana que tornarão os esquemas de Karl Marx mais obsoletos e menores em relação aos problemas mundiais do que eles jamais foram. As forças naturais estão atuando com maior liberdade e maior oportunidade para fertilizar e diversificar as ideias e o poder individual de homens e mulheres. Elas são muito maiores e mais flexíveis, na vasta estrutura de um império poderoso, do que jamais poderia ser concebido por Marx em seu casebre.

E quando a própria guerra é cercada pela ameaça de extermínio mútuo, parece provável que venha a ser cada vez mais adiada. As disputas entre nações ou continentes, ou entre combinações de nações, sem dúvida continuarão a existir. Mas, em sua maioria, a sociedade humana crescerá sob muitas formas que não são compreendidas pelas máquinas partidárias. Assim, enquanto o mundo livre se mantiver unido, sobretudo a Inglaterra e os Estados Unidos, e enquanto preservar sua força, a Rússia descobrirá

Epílogo

que Paz e Produção têm mais a oferecer do que a guerra exterminatória. A ampliação do pensamento é um processo que ganha impulso ao se buscar chance para todos os que a reivindicam. E é bem possível, se praticadas a sabedoria e a paciência, que a Oportunidade para Todos conquiste as mentes e refreie as paixões da humanidade.

WINSTON S. CHURCHILL
Chartwell,
Westerham,
Kent
10 de fevereiro de 1957

Sobre o autor

Nascido em Woodstock, Inglaterra, em 1874, Winston Leonard Spencer Churchill graduou-se no Royal Military College de Sandhurst e trabalhou como observador militar em Cuba, onde também foi correspondente do jornal *Daily Graphic*. Participou de expedições na Índia, no Sudão e na África do Sul, sendo também correspondente do *Morning Post*. Em 1900 retirou-se do exército e iniciou a carreira política como membro do Parlamento. Exerceu várias funções de Estado e foi primeiro-ministro em duas ocasiões — 1940-1945 e 1951-1955. Na primeira passagem pelo governo, liderou com extrema coragem os Aliados na guerra contra o regime nazista. Deixou o cargo por motivos de saúde, mas continuou como parlamentar até 1964, data em que se retirou definitivamente da vida pública. Recebeu muitas honras e distinções, e em 1953 foi premiado com o Nobel de literatura. Foi autor de biografias e livros de história, alguns dos quais de caráter autobiográfico. Morreu em Londres, em 1965.

Índice

A "Espada de Honra", entregue por Churchill a Stalin em Teerã, 875
A "Corcova", o Himalaia, 981
A "Pequena Entente", 60
A "Segunda Frente", 535, 827, 850; em 1942, 664; Maisky pede a WSC, 560; Molotov vai à Inglaterra e aos EUA insistir, 662; nova palavra de ordem dos comunistas ingleses após a invasão da URSS, 553; os comunistas do mundo inteiro bradaram por uma, 339; primeiro, o governo soviético assistiu a sua destruição em 1940, 289; Stalin pede em telegrama, 561; todos os russos pedem, 562-63; *Torch* na África do Norte é a verdadeira, 691; única solicitação soviética na visita de WSC a Moscou, 725; versos de Wavell "nada de Segunda Frente em 1942", 712; WSC aborda logo a impossibilidade em Moscou em 1942, 714
A paz em Paris, verão de 1919, 15
Aachen, 1009, 1024
Abadan, refinarias de petróleo, 523; tomada pelos ingleses, 573
Abdul Ilah (*1913-1958*), emir regente do Iraque, aliado dos ingleses, 522
Abissínia, 75, 86-108, 135-38, 191, 273, 332-3, 453, 473, 476, 532, 577, 820, 824; carta branca inglesa à Itália, 156; italiana, 109
Abrial, almirante Jean Marie Charles (*1879-1962*), 326
Abrigos Anderson, 435, 438
Abrigos Morrison, 438
Abu Qir, 732
Açores, 219, 480, 484, 595, 639, 754
África do Norte Francesa, 600, 690-2, 763; Marrocos, Argélia e Tunísia, 660
África Equatorial Francesa, 780
Afrika Korps, 581, 582, 739-41, 799
Agadir, crise em 1911, 16
Aisne, rio, 368
Aitken, Max. *Vide* Lord Beaverbrook
Ajuda à Rússia, 557, 567, 714, 763; fundo dirigido pela senhora Churchill, 563
Akagi, porta-aviões, 653
Akyab, porto de, 829
Alam Halfa, 739-41
Albânia, 174, 201, 460, 472, 496-503, 912; base italiana de ataque à Grécia, 181; italianos invadem a Grécia, 459
Alcázar de Toledo na Guerra Civil Espanhola, 120
Alemanha, afunda sua esquadra em Scapa Flow, 24; ataca a Polônia, começa a guerra, 198; declara guerra aos EUA, 591; e a crise econômica, 36; e a Europa, 1043; empréstimos americanos e ingleses, 19; estratégia de "primeiro a Alemanha", 669; e a França, 1140; fronteiras em 1945, 1092; ingressa na Liga, 17; ira contra ocupação francesa do Ruhr, 27; ocupação da, 1109; Oriental

comunista, 1139-40; projeto Roosevelt de dividi-la em cinco estados, 888; resultado da eleição de 1925, 16; resultado da eleição de 1932, 34; sai da Liga, 55; seu tratamento discutido em Teerã, 887; tratamento depois da guerra, 1042; ultimato inglês em 1º de setembro de 1939, 198; união com a Áustria, 118; usa o cromo da Turquia, 867
Aleutas, 642, 650-55
Alexander, Albert Victor (*1885-1965*), primeiro lord do Almirantado no Gabinete de Guerra de Churchill, 268
Alexander, marechal Sir Harold (*1891-1969*), 271, 308, 325, 668, 694-709, 732-50, 767-815, 838-41, 866-920, 930-48, 1034-7, 1071-85; comando na Itália, 895; comandou corpo em Dunquerque, 701; deixa *Torch* para comandar o Oriente Médio, 704; informa a libertação de Roma, 931; poderia tomar Viena, 1087; recebe diretriz de WSC, 709; teve uma desanimadora campanha na Birmânia, 701-2
Alexandria, 101, 382, 456-521, 578, 584, 611, 673, 678, 689, 760, 864, 1057
Almirantado, a escapada dos cruzadores de Brest, 634; ataca a esquadra francesa em Oran e Dakar, 385; Chamberlain oferece a WSC, 200; e as minas, 215; expede a toda a esquadra o famoso radiograma *Winston está de volta*, 200; mobiliza sobre a Tchecoslováquia em 1938, 165; na evacuação de Creta, 519
Altmark, 242-44
Ambrosio, general Vittorio (*1879-1958*), 815-818
América do Sul, 445, 695, 1045
Amery, Leo (*1873-1955*), 81, 198; repete contra Chamberlain as palavras de Cromwell: *em nome de Deus, ide!*, 261
Anders, general Wladislaw (*1892-1970*), polonês, 726, 729
Anderson, general Sir Kenneth A.N. (*1891-1959*), 707, 787
Anderson, Sir John (*1882-1958*), 437; ministro do Interior de Chamberlain, 205
Anos que o gafanhoto comeu, 51
Antuérpia, 232, 409, 425, 1003-09; objetivo alemão na Batalha do Bolsão, 1024; objetivo de Montgomery, 1004; objetivo principal, 658
Anzio, desembarque de, 851, 900, 911-921, 931, 949, 955; desastre e malogro, 915; impasse, 930; planejado em Cartago, 902
Arcebispo Damaskinos (*1891-1949*), 1034; encontra WSC em Atenas, 1036; estilo, 1035
Argel, 695, 754-64, 777-80, 794-97, 836, 846, 864
Argentina, 87; acordo de câmbio com a Inglaterra, 445
Arkangel, 556, 561, 699; portos de destino da ajuda à URSS, 552
Armas e o *Covenant*: plano de rearmamento de WSC, 126
Arnhem, 1005-7
Arnim, general Hans Jurgen von (*1889-1962*), 788

Memórias da Segunda Guerra Mundial

Arnold, general Henry H. (*1885-1950*), 285, 870, 1034, 1040

Asdic, 201, 213, 481

Atenas, levante comunista em dezembro de 1944, 1038; violência anárquica comunista, 1030

Attlee, Clement (*1883-1967*), aceita ser parte do Gabinete Churchill, 264; apoia os EUA na Coreia, 1150; defende WSC nos Comuns, 619; diz que não aceita Chamberlain, 264; e as sanções, 103; primeiro-ministro, 1126; vice-primeiro ministro de Churchill, 276

Auchinleck, marechal Sir Claude (*1884-1981*), atitude na Noruega desagradou WSC, 532; confia a batalha ao general Ritchie, 667; decisões estarrecedoras, 575; passa o comando a Alexander, 708; substitui Wavell, 531; substituído por Alexander, 701

Auphan, almirante Gabriel Paul (*1894-1982*), ministro da Marinha de Vichy, 760-1

Austen, Jane (*1775-1817*), autora de *Razão e sensibilidade* e *Orgulho e preconceito*, 896

Áustria, anexada à Alemanha, 150; condições da Alemanha, 146; união com a Alemanha, 118

Badoglio, marechal Pietro (*1871-1956*), 816-843, 911; encontra Churchill, 958; foge para Brindisi, 837; forma novo governo, 820; Itália nos horrores da guerra civil, 912

Baelen, Jean, ministro francês em Atenas, 1036

Bagdá, 522-27, 704-8, 729

Baku, campos de petróleo, 246, 711, 726, 782

Bálcãs, 472, 505, 535-60, 770, 793-822, 844-77, 904-12, 948-67, 1011-1018, 1083, 1104, 1132

Baldwin, Stanley (*1867-1947*), 30, 54-130, 205, 216, 332; demissão em 1929, 20; diverge de WSC, 20; e a abdicação de Eduardo VIII, 127; estilo, 36, 129; ignora política externa, 133

Balfour, Arthur (*1848-1930*), manda abrir fogo na Irlanda em 1880, 1031; Declaração de Balfour de 1917, 1152

Barcelona, 107

Bardia, 454, 463, 507, 582

Barrat, marechal do ar Sir Arthur S. (*1891-1966*), 349

Barré, general George Edmond Lucien (*1886-1970*), 759-60

Barthou, Louis (*1862-1934*), 74-5, 87

Basra, 522-32, 573, 704-8

Bastogne, 1025-6

Batalha da ilha de Midway, 649

Batalha da Inglaterra, 172, 378, 414, 424, 467-81, 618, 639; e o ataque italiano ao Egito, 453; primeira derrota de Hitler, 469

Batalha das Ardenas. *Vide* Batalha do Bolsão

Batalha de Adowa, 95-6

Batalha de El-Alamein, 687-702, 744-50, 763-65, 777, 780, 796; não podia haver desbordamentos, 666

Batalha de Kharkov, 852

Batalha de Kursk, 852

Batalha de Matapan, 521

Batalha de Salerno, 815, 832-41

Batalha de Varsóvia de 1920: entre Polônia e Rússia, 192

Batalha do Atlântico, 467-87, 565, 587, 596, 618, 639, 806

Batalha do Bolsão, 1025-32, 1071

Batalha do Deserto, oscilações, 618

Batalha do Rio da Prata, 225

Baudouin, Paul (*1894-1964*), 326, 363

Beatty, almirante de esquadra, Conde (*1871-1936*), 152, 211

Bedell Smith, tenente-general Walter (*1895-1961*), 796-7, 898-902, 927-28, 952, 1098

Bela Kun (*1886-1939*), ditador comunista da Hungria, 25, 26

Benes, Edvard (*1884-1948*), 158-67; ligações com a URSS, 157; medo da Alemanha, 158; no exílio, 192; prestou serviço a Stalin, 158

Bengala, baía de, 63, 865, 877-90, 979-90, 1023; WSC contra operação anfíbia, 878

Benghazi, 454, 473-6, 505-9, 529-30, 578, 618, 765, 813

Berchtesgaden, 145-7, 162, 493, 936

Bergamini, almirante Carlo (*1888-1943*), 837

Bermudas, 484, 612, 615, 670, 674

Bernadotte, Conde Folke (*1895-1948*), 1096

Bevin, Ernest (*1884-1951*), 99, 102, 267, 772, 927, 1138; ministro do Trabalho de Churchill, 418; no Gabinete de WSC, 277-8

Billotte, general Gaston Henri Gustave (*1875-1940*), 291, 298-312

Birmânia, 597, 618-42, 677, 702-3, 741, 792, 824-44, 865, 899, 948, 978-88, 1023, 1148

Birse, major Arthur Herbert (*1889-1981*), intérprete de Churchill, 726, 870, 878, 1012

Bismarck, encouraçado, 91, 203, 480, 635; afundado em maio de 1941, 484, 522

Bismarck, Príncipe Otto von (*1815-1898*), 18

Blanchard, general George Maurice Jean (*1877-1954*), 312

Blomberg, marechal Werner von (*1878-1946*), 68-9, 143-4, 526

Blücher, cruzador alemão, 253

Blum, Léon (*1872 - 1950*), 85, 155; e a Guerra Civil Espanhola, 120

Bock, general Fedor von (*1880-1945*), 291, 782; grupo de exércitos do Centro na invasão da URSS, 563

Bohlen, Charles E. (*1904-1974*), 870

Boisson, Pierre (*1894-1948*), governador francês em Dakar, obedece a Darlan, 760

Bomba atômica, 178, 1141

Bombardeiros suicidas *kamikaze*, 1001; aparecem na Batalha de Leyte, 1000

Bombas voadoras V-1, 432, 471, 1005; caem as primeiras em Londres, 920; sítios de lançamento, 1003

Bonnet, Georges (*1889-1973*), 162; autor *De Washington au Quai d'Orsay*, 163; pergunta à Inglaterra se luta pela Tchecoslováquia, 162

Bonomi, signor (*1873-1951*), e Churchill, 958

Bormann, Martin (*1900-1945*), morte de, 1095

Bósnia, crise em 1908, 16

Bosnia-Herzegovina, 905

Botnia, golfo de, 236

Bracken, Brendan (*1901-1958*), 468, 829

Bradley, general Omar Nelson (*1893-1981*), 1003

Brasil, na rota de Roosevelt na volta de Casablanca, 775; o *Graf Spee* nas costas de Pernambuco, 219; perda do Oriente Médio grave perigo para o Brasil, 848; possível demanda do Brasil e de outros parceiros das Nações Unidas, 823; Roosevelt estende a zona de segurança americana possivelmente até o Brasil, 483; submarinos alemães aparecem em agosto de 1942, 638-9

Brauchitsch, marechal Walther (*1881-1948*), 309, 556

Braun, Eva (*1912-1945*), 1095

Brereton, general Lewis Hyde (*1890-1967*), 1123

Índice

Brest, 344, 370, 399, 411, 479-80, 488, 595, 615, 634, 659, 691, 826, 830, 944

Brest-Litovsk: encontro de alemães e soviéticos invasores da Polônia, 207

Bridges, Sir Edward (*1892-1969*), 281

Brindisi, 837

Brooke, marechal Sir Alan, Lord Alanbrooke (*1883- 1963*), com WSC em Moscou em 1942, 710; com WSC no Cairo em 1942, 703; comandante das forças internas na Inglaterra, 393; comandou Alexander e Montgomery em Dunquerque, 701; distinguiu-se na retirada de Dunquerque, 317, 369; informado de que não vai comandar *Overlord*, 863; responde brinde de Stalin, 883

Brooke, Rupert (*1887-1915*), 1057

Brüning, Heinrich (*1885-1970*), 48-51, 69; dissolve o Reichstag, 33; pró monarquia, 33

Bukharin, Nikolai (*1888-1938*), 158

Bukovina, 339

Bulgária, 475, 489-99, 535-6, 963-68, 1011-6, 1039, 1070, 1082, 1108, 1132-35

Bullard, Sir Reader W. (*1885-1976*), 710

Burrough, almirante Sir Harold Martin (*1888-1977*), 757

Byrnes, James (*1879-1972*), e o discurso da Cortina de Ferro, 1132

Caças Gladiator, 172, 523

Caças Spitfire, 346

Cadogan, Sir Alexander (*1884-1968*), 138, 150, 710-729, 777-8; com WSC em Moscou em 1942, 710; com WSC no primeiro encontro com Roosevelt, 567; e o estilo de negociação dos russos, 723

Caen, 938-47; fracasso inglês, 937

Calábria, 834, 838

Calais, 301-311, 344, 399-411, 554, 692, 716-9, 825-6, 924, 936; lançamento de bombas voadoras, 1005

Campbell, general John Charles "*Jock*" (*1894-1942*), 581

Campbell, Sir Ronald Hugh (*1883-1953*), 372

Campbell, Sir Ronald Ian (*1890-1983*), 492

Cannon, general John K. (*1892-1955*), 1084

Capuzzo, 454, 529

Carlton Club, 29, 99, 430

Carney, almirante Robert B. (*1895-1990*), 997

Carros de combate Grant, 744, 771

Carros de combate Matildas, 463

Carros de combate Sherman, 674, 733, 744; para o deserto após a rendição de Tobruk, 674

Carros de combate Tiger, 852

Carta do Atlântico. *Vide* Nações Unidas

Cartago, 800, 895, 898-900

Casa Branca, Churchill na, 287, 324, 367, 620, 671-92, 835, 863, 1132; Churchill três semanas, 601

Casey, Richard G. (*1890-1976*), 667, 701, 864, 893

Cassino, 849, 902, 913, 956; impasse, 930

Castellano, general Giuseppe (*1893-1977*), assina a rendição da Itália, 836

Caviglia, marechal Enrico (*1863-1945*), 837

Cetniks, 904-7

Chamberlain, Neville (*1869-1940*), almoço a Ribbentrop, 150; biografia, 209; célebre conversa Chamberlain-Halifax-Churchill, 263; continuou líder dos conservadores, 275; conversa particular no apartamento de Hitler, 167; dá garantia à Polônia, 152; divergências com Eden, 135; doente durante a blitz, 437; dominador,

133; escreve a Mussolini, 135; esforços para manter a paz, 169; estilo, 130; firme apoio a Churchill, 277; forma um gabinete de guerra, 198; muda de tom e censura Hitler, 177; na Conferência de Munique, 166; nas Finanças, 39; o panorama em março de 1940, 246; oferece o Almirantado a Churchill, 200; *Paz em nosso tempo*, 167; preferia Halifax primeiro-ministro, 265; profunda desconfiança da Rússia, 180; quer reconhecer a conquista italiana da Abissínia, 135; recusa bons ofícios de Roosevelt, 138; renuncia mas continua no Gabinete Churchill, 267; repele a influência americana, 139; se oferece para visitar Hitler, 166; seu Gabinete de Guerra, 205; vê a necessidade de um governo de coalizão, 263; visita a Itália em janeiro de 1939, 174

Chamberlain, Sir Austen (*1863-1937*), 106-7, 114, 123-25; ministro do Exterior, 33; prêmio Nobel, 33

Chaney, general James E. (*1885-1967*), 565

Charles, Sir Noel, 958

Charneca de Luneberg, 1096

"Chefes de Estado-Maior Combinados", organismo anglo-americano criado na Conferência Arcadia, 608

Cherbourg, 370, 505, 659-64, 691, 721, 826-30, 923-6, 938-41, 1004

Chiang Kai-shek (*1887-1975*), 865-79, 889-92, 984, 1148; derrotado pelos comunistas, 866; estilo, 865; foge para Formosa, 1148; na Conferência do Cairo, 864; presença no Cairo incomoda Churchill, 865

Chile, 81

China, 62, 388, 607, 659, 686, 703, 742, 792, 831, 866, 874, 890, 978-91, 1002, 1012, 1023, 1044, 1101, 1148; americanos consideram 4ª potência, 866; no Conselho de Segurança, 1044; reforça exércitos comunistas, 1151

Chindits, 980-3

Chipre, 520, 575, 779

Choltitz, general Dietrich von (*1894-1966*), rende-se em Paris, 946

Churchill, Clementine, senhora Winston (*1885-1977*), 197, 429, 781, 829, 896, 1020, 1057, 1102, 1126; dirige o fundo de Ajuda à Rússia, 563

Churchill, Mary (*1922*), 865, 1021, 1125

Churchill, Randolph (*1911-1968*), 116, 160, 533, 767, 885, 1057

Churchill, Sarah (*1914-1982*), 885, 896, 1040, 1057

Churchill, Winston Spencer (*1874-1965*), *a Rússia é um animal terrestre, os ingleses são bichos marinhos*, 727; aceita o convite de encontrar Roosevelt, 567; acusado nos Comuns de ser contra a democracia na Grécia, 1032; Almirantado expede a toda a esquadra o famoso radiograma *Winston está de volta*, 200; ambiente na Casa Branca, 601; amigo de Mussolini em 1927, 333; analisa a Segunda Frente, 716; analisa Baldwin, 129; analisa Chamberlain, 130; anticomunista na Espanha, 120; anuncia a Batalha do Atlântico, 481; apela a Stalin pelo levante de Varsóvia, 973; apoia a resistência de De Gaulle, 451; apoia a URSS imediatamente após a invasão de Hitler, 545; apoia os *partisans* de Tito, 906; apreensivo com a presença de Chiang no Cairo, 865; arranjo nuclear com Roosevelt, 1143; arriscada viagem aérea, 614; as finanças e as divisas em dólar, 444; assiste ao desembarque na Riviera, 954; assume a liderança da Câmara, 276; ataca os esganiçados da imprensa, 620; atravessa o Reno com Montgomery, 1063; atravessa o Reno em agosto de 1939, 189; atropelado em NY, 56;

Memórias da Segunda Guerra Mundial

autor, *Life of Marlborough*, 59; bloqueia todos os ativos japoneses, 571; campanha *"Churchill tem de voltar"*, 182; carta ao embaixador japonês declarando guerra, 588-9; célebre conversa Chamberlain-Halifax-Churchill, 263; chama De Gaulle *l'homme du destin*, 363; chamado pelo rei para formar um governo, 266; cita Horácio, 1019; com Damaskinos em Atenas, 1034; com De Gaulle em Paris, 1020; com Roosevelt em Malta, 1040; comenta as mentiras na guerra, 882; comenta Chamberlain, 190; como avisar Stalin da invasão, 537; comparece ao almoço de Chamberlain a Ribbentrop, 150; conforma-se com a neutralidade turca, 892; conhece De Gaulle durante a crise na França, 346; conhece Giraud em 1937, 229; conhece na Casa Branca Eisenhower e Mark Clark, 675; conhece o general Gott, 702; conheceu Roosevelt na Primeira Guerra, 213; considera *Anvil* inútil, 955; considera exageradas as opiniões sobre a China, 866; conta um caso da blitz em Londres, 437; contra a independência da Índia, 1146; contra operação anfíbia na baía de Bengala, 878; contra *Sledgehammer*, 696; convalesce da pneumonia em Marrakech, 900; convence Roosevelt a abandonar promessa a Chiang Kai-shek, 877; conversa com os turcos, 892; conversa dura com o embaixador Gousev, 859; convida Attlee para Potsdam, 1120; correspondência com Roosevelt, 286; cria seu grupo de estatística, 202; critica Roosevelt, 870; de volta a seu gabinete de 1911, 200; debate crítico nos Comuns, 618; decide enviar o exército do Egito para a Grécia, 489; declara guerra ao Japão, 587; declaração conjunta com Roosevelt, a Carta do Atlântico, 570; defende Chamberlain no debate da Noruega, 262; demora na África adiou a travessia do Canal até 1944, 600; derrotado na eleição de 1945, 1126; descreve reunião em Teerã, 870; descreve Chiang, 865; descreve Hopkins, 468; descreve o ambiente inglês de euforia depois de Munique, 169; desenha o crocodilo para Stalin, 717; desmembramento da Alemanha, 1043; Dia da Vitória em 1918, 1102; diretriz a Alexander no Cairo em 1942, 709; discursa no congresso americano e no parlamento canadense, 602-3; discursa no dia da invasão da URSS, 546; discurso da Cortina de Ferro, 1132-38; discute barcaças de desembarque, 879; discute Polônia em Teerã, 873; discute saída da URSS para os oceanos, 881; do Cairo segue para Moscou em agosto de 1942, 699; e a abdicação de Eduardo VIII, 127; e a ajuda de Hopkins com Roosevelt, 671; e a Alemanha, 16; e a captura do *Altmark*, 242; e a fracassada Batalha da Noruega, 258; e Lord Moran, 594; e o comando de *Overlord*, 863; e o desembarque no sul da França, 868; e o Gabinete de Guerra, 616; e os nazis ingleses, 197; e Paul Reynaud, 245; e Vansittart, 104; em Berlim, 1113; em campanha 1945, 1110; em Moscou para dizer que não há Segunda Frente em 1942, 712; emprega tropa em Atenas contra os comunistas, 1031; empurrava a cadeira de rodas de Roosevelt até o elevador, 601; encontra Stalin pela primeira vez, 713; enfrenta nos Comuns longa sucessão de derrotas na guerra, 677; entrega a Roosevelt suas três estimativas, 599; era mais aplaudido pelos trabalhistas, 276; estilo no Almirantado, 206; estreita concordância com Chamberlain, 250; estuda a possibilidade de invasão da Inglaterra, 398; examina Pearl Harbor, 587; explica a Linha Maginot, 228; explica o Ministério da Defesa, 280; explica *Torch* a Stalin, 717; faz 69 anos em Teerã, 877; faz

a Stalin a famosa proposta das percentagens, 1012; fora da Coalizão, 23; gosta da música do dobrado "United States Marines", 572; gosta do hino "Oh, little town of Bethlehem", 602; Inglaterra foi à guerra por causa da Polônia, 1046; insiste em barcaças para desembarque de tanques, 359; insiste em *Jupiter*, 662; insiste em tomar a Istria, 950; insiste no desembarque na África do Norte, 661; lê *Captain Hornblower, R.N.*, de C.S. Forester na viagem para encontrar Roosevelt, 568; lê *Orgulho e preconceito* de cama com pneumonia, 896; leva Roosevelt a visitar a Esfinge, 894; líder da oposição, 1150; louva a RAF na Batalha da Inglaterra, 425; manter a Itália fora da guerra, 333; deputado por Epping, 15; ministro da Defesa, 268; ministro das Finanças, 18; ministro do Material Bélico na Primeira Guerra, 206; monta seu estado-maior, 251; muda-se para o Anexo, 429; na França no dia 14 de julho de 1939, 188; não aceitou o fechamento do Mediterrâneo, 457; não encarava a invasão da Inglaterra como grande possibilidade, 509; não foi ao enterro de Roosevelt, 1076; no Almirantado e no Gabinete de Guerra, 200; no Cairo no verão de 1942: *Rommel, Rommel, Rommel, Rommel!*, 708; no Gabinete de Guerra de Chamberlain, 205; nomeia Lord Beaverbrook para a produção de aviões, 278; nos alarmes de Londres, 199; ofendido por coisas ditas em Moscou, 725; Oriente Próximo e Oriente Médio, 703; ouve no rádio a notícia do ataque a Pearl Harbor, 586; ouve Stalin sobre Alemanha, 871; passa a coordenar os ministros das forças armadas, 249; passa a noite conversando com Stalin, 729; passa o Natal de 1941 na Casa Branca, 602; passa o Natal de 1944 na Atenas conflagrada, 1034; pede a Darlan que não deixe a esquadra francesa com os alemães, 350; pergunta a Stalin sobre os *kulaks*, 728; pergunta pela massa de reserva, 295; perto do inimigo no front italiano, 960; planos de ilhas artificiais de concreto, 359; pneumonia na Tunísia, 895; posição relativa das esquadras em 1939, 203; primeiro encontro com Tito, 953; primeiro lord do Almirantado de 1911 a 1915, 201; produz três documentos sobre o futuro da guerra para ter o panorama na cabeça, 599; quase encontra Hitler, 59; que seguir pela Istria e pelo Passo de Liubliana rumo a Viena, 868; quer desembarque em Rangoon, 983; quer tomar Rhodes, 867; recebe a notícia do afundamento pelos japoneses do *Prince of Wales* e do *Repulse*, 592; recebe na Casa Branca a notícia da rendição de Tobruk, 673; recebe Roosevelt em Yalta, 1041; relações com o rei na guerra, 441; relata do Cairo ao vice-primeiro-ministro Attlee, 703; repara em Frederick Leathers homem de navegação, 487; respeitava Darlan pela recriação da marinha francesa, 379; reunião com Papandreou, 957; Roosevelt dirige automóvel em Hyde Park, 671; Roosevelt recusa encontro em Teerã, 874; se altera com embaixador russo, 559; segunda conversa com Stalin, 721; segundo encontro com Roosevelt, 594; seu discurso de defesa na moção de desconfiança de 1942, 683; seu estilo de governo, 281-2; seu Gabinete de Guerra, 278; seu ponto mais fraco em toda a guerra, 690; só não conseguiu a *Operação Jupiter*, 697; sobre o comunismo e o nazismo, 547; sobre *Overlord*, 922; sua hospedagem em Moscou, 713; telefona a Roosevelt ao saber de Pearl Harbor, 586; tentou matar no nascedouro o sinistro estado bolchevique, 712; tinha oferecido o comando de *Overlord* a Brooke, 863; última visita à França invadida,

Índice

363; vai ao Cairo e muda todo o comando em agosto de 1942, 698; vai tomar uns drinques com Stalin, 726; vence moção de confiança por 464 a 1, 619; vence por 475 a 25 as moção de desconfiança, 689; viagem aérea das Bermudas à Inglaterra, 615; viaja à França em1940, 326; viaja a Moscou em outubro de 1944, 1011; visita a frente francesa do Reno em 1939, 188; visita Cherbourg e o porto *Mulberry*, 941; visita com Marshall campo de treinamento na Carolina do Sul, 675; recebe visita de Maisky, 160; visita Molotov no Kremlin, 720; visita Montgomery após o Dia-D, 933; visita o front do deserto em 1942, 702; visita Ribbentrop, 131; visita Roma, 957; visita Washington dezembro de 1941, 670; visita Washington junho de 1942, 669; visitas à França invadida, 346; voa do Cairo para Moscou, 710; volta ao Partido Conservador em 1924, 15

Ciano, conde Galeazzo (*1903-1944*), 174-5, 191, 334-6, 391, 818, 913; autor: *Diário do Conde Ciano*, 175; autor: *Diplomatic Papers, Europa verso la catastrofe*, 390; comenta no *Diário* a visita de Chamberlain e os ingleses, 174; conta a Ribbentrop a visita de Chamberlain, 174; conversa com Hitler sobre o ataque à Inglaterra, 390; conversa com Ribbentrop, 395; fuzilado como traidor do fascismo, 913; genro de Mussolini, 67; recebe Göring, 181; sobre a má vontade de Graziani com a invasão do Egito, 457; volta abatido de conversa com Hitler, 192; votou contra Mussolini no Gran Conselho, 913

Cingapura, 616-29, 677-82, 741, 992; rendição, 673

Cirenaica, 473, 505, 511, 575-80, 618, 677, 780, 786, 843; grande estrada italiana, 453

Citrine, Sir Walter (*1887-1983*), 126-7

Clark, general Mark (*1896-1984*), 692, 738, 759, 849, 899-930, 1084; apresentado a WSC em junho de 1942, 674; recebe visita de WSC na Itália, 956

Clarke, coronel Frank W., 833

Clemenceau, George (*1841-1929*), 116, 364, 769, 1020, 1047; *Combaterei à frente de Paris, combaterei dentro de Paris, combaterei atrás de Paris*, 347; promessas de garantia anglo-americana, 19; sua figura, 20

Clyde, rio, 152, 470, 594, 676, 754, 791, 823, 927

Collins, Michael (*1890-1922*), 152

Colville, John "*Jock*" (*1915-1987*), 896, 1060, 1074

Colvin, Ian (*1912*), 58

Comunismo, 25, 44, 131, 260, 338, 545, 778, 785, 1015, 1030, 1038-46; avança na China, 1148; Cortina de Ferro, 1132; cresce e causa o fascismo, 233; ergue a cabeça no leste europeu, 1011; na Guerra Civil Espanhola, 121

Conferência Arcadia: primeiro encontro Churchill-Roosevelt em Washington, 608

Conferência de Casablanca, 273, 608, 754-92, 900

Conferência de Locarno, 19, 29, 110-59; resultados, 31; tratado em 1925, 32

Conferência de Malta, 608

Conferência de Munique: Hitler, Daladier, Mussolini e Chamberlain, 166

Conferência de Nyon, 136

Conferência de Potsdam, 609, 1048, 1108, 1124-35; Churchill na, 1131; WSC insiste no rio Neisse oriental, 886

Conferência de Quebec agosto de 1943, 608, 823-43, 863, 905, 922, 983, 993, 1023, 1082, 1090; energia atômica, 1143

Conferência de San Francisco, 1070

Conferência de Stresa, 86, 96, 107

Conferência de Teerã, 186, 608, 720, 863-92, 948-61, 1011, 1090, 1116; relatos equivocados, 868

Conferência de Washington de 1921: desarmamento naval, 24

Conferência de Yalta, 608, 1039-49, 1069-79, 1090, 1103, 1108, 1116, 1136; chegam Roosevelt e WSC, 1040; assunto mais controverso a Polônia, 1051; Polônia, 1118

Conferência do Cairo, Chiang Kai-shek comparece, 864; continuação após Teerã, 889; impasse sobre o Oriente, 892; russos rejeitam comparecer, 864

Conferência do Desarmamento de Genebra, 34, 125

Conferência Quadrant, 823, 922

Conferência Trident, 791, 830

Congresso de Viena, 17

Coningham, vice-marechal do ar Sir Arthur (*1885- 1947*), 703, 744, 1007

Conselho de Segurança da ONU: direito de voto, 1044, 1149

"Coquetel Molotov", 240

Corfu, 912, 1104

Corredor Polonês, 33

Corregidor, 324, 625, 795; americanos sem esperança, 642

Córsega, 797, 809, 832, 848, 869, 954

Cortina de Ferro, 1069, 1103, 1136

Covenant, o Pacto da Liga das Nações, 98, 102, 126

Crace, almirante Sir John Gregory (*1887-1968*), na Batalha do Mar de Coral, 645-8

Crerar, general Henry (*1888-1965*), 943, 1005

Creta, 460, 501, 511, 517-31, 566, 575, 741, 844; a Royal Navy na evacuação, 516; fim da evacuação, 519; geografia dificulta a defesa, 512; iminente um ataque aeroterrestre alemão, 510; ingleses ocupam o porto de Suda, 460

Crimeia, 853, 963, 1042, 1056, 1077

Cripps, Sir Stafford (*1889-1952*), 182, 338, 538, 724; de extrema esquerda embaixador na URSS, 338; não entrega telegrama de WSC a Stalin, 539

Crise da abdicação, 129, 247

Cunningham, almirante Sir Andrew (*1883-1963*), 385, 461, 510, 578, 789, 814, 837, 840, 898, 917; ataque a Taranto, 461; na evacuação de Creta, 516; riscos no envio de um exército à Grécia, 490

Cunningham, general Sir Alan Gordon (*1887-1983*), 577-83

Daily Herald, 114

Daily Telegraph, pede WSC no ministério, 182

Daladier, Edouard (*1884-1970*), 232, 245, 295-303; na Conferência de Munique, 166; reafirma o compromisso da França com a Tchecoslováquia, 159

Dalton, Hugh (*1887-1962*), 267

d'Acquarone, duque Pietro (*1890-1948*), ministro da corte de Vittorio Emanuele III, 818-8

Dardanelos, 199, 280, 843, 1056; Stalin menciona no banquete em 1942, 725

Darlan, almirante Jean-François (*1881-1942*), 203, 326, 350, 366, 374-84, 523, 755-779; promete a WSC em 1940 não deixar a esquadra francesa com os alemães, 350

Davies, Joseph E.(*1876-1958*), 1105-6

de Bono, marechal Emilio (*1866-1944*), fuzilado como traidor do fascismo, 913

de Gaulle, general Charles (*1890-1970*), causa boa impressão em Churchill, 351; Churchill o chama *l'homme*

Memórias da Segunda Guerra Mundial

du destin, 365; com Churchill em Paris, 1021; conhece Churchill na crise da França em 1940, 346; e o ataque inglês em Oran, 387; embarca de surpresa no avião de Spears e foge para a Inglaterra, 376; entrada formal a pé em Paris, 946; estilo, 1021; livro sobre blindados, 228; precursor de blindados, 683; Stalin pergunta a Churchill a respeito, 718; visita a França após o Dia-D, 935; visita Churchill em Londres, 371

de Guingand, general Freddy (*1900-1977*), 1062

de Laborde, almirante Jean (*1878-1977*), 760-1

de Lattre de Tassigny, general Jean (*1889-1952*), 1021

de Margerie, capitão Roland, secretário de Reynaud, 326-8

De Valera, Eamon (*1882-1975*), 153; assina acordo com a Inglaterra, 152

Deakin, tenente-coronel Frederick William (*1913-2005*), assistente literário de Churchill, 904

Declaração de Balfour de 1917, ref. a Arthur James, Lord Balfour (*1848-1930*), 1152

Declaração de União Anglo-Francesa, 372-3

Delcassé, Théophile, (*1852-1923*), derrubado em 1905, 16

Dempsey, general Sir Miles C. (*1896-1969*), 925, 1021

Deutschland, encouraçado de bolso, 203, 217-20

Devers, general Jacob L. (*1887-1979*), 895, 1009, 1022

Diário do conde Ciano, 175, 334-6, 390-2, 457; é ruborizante ler a opinião sobre a Inglaterra, 174; lances finais antes da guerra, 196

Dieppe, 345, 730, 1005; ensinamentos do raid, 924

Dill, marechal Sir John (*1881-1944*), 294, 301-7, 325-49, 455, 473, 490, 497, 509, 543, 566, 594, 613, 696, 870; excelente posição em Washinton, 692; permanece em Washington como representante pessoal de WSC, 609; suas relações com Marshall, 283

Disraeli, Benjamin (*1804-1881*), política imperial, 36

Dnieper, rio, 556, 853

Doenitz, almirante Karl (*1891-1980*), 485, 631, 636, 808, 1094-1100; a tática da alcateia, 482; muda posição dos submarinos, 639

Dollfuss, Engelbert (*1892-1934*), chanceler austríaco, 65-73, 144; assassinado, 145

Don, rio, 557, 782-5

Doolittle, tenente general James H. (*1896-1993*), 645

Douglas, Lewis (*1894-1974*), 487

Dowding, marechal do ar Hugh C., lord (*1882-1970*), 293, 347, 417; e a Batalha da Inglaterra, 422

Dresden, 1065

Duff Cooper, Sir Alfred (*1890-1954*), 97; demite-se de primeiro lord do Almirantado, 168

Dulles, Allen (*1893-1969*), 1072

Dumbarton Oaks, 1011, 1039, 1043

Dunkerque, 382-5

Dunquerque, 197, 300, 342, 388, 403, 421, 443, 475, 502, 587, 701, 789, 830, 946, 1005; 338 mil soldados resgatados, 330

Dupuy, Pierre (*1896-1969*), diplomata canadense em Vichy, 451

Eaker, tenente general Ira C. (*1896-1987*), 1084

EAM, Front de Libertação Nacional na Grécia, 908, 965-7, 1028-35

Ebert, Friedrich (*1871-1925*), presidente alemão na república de Weimar, sua morte, 31

Eden, Anthony (*1897-1977*), contra a política de Chamberlain na Itália e na Alemanha, 135; demite-se do gabinete Chamberlain, 141; discute Polônia em Teerã, 874; e a Renânia, 113; e Samuel Hoare, 97; em San Francisco, 1082; informa sobre as ambições territoriais soviéticas, 611; ministro da Guerra no Gabinete de Guerra de Churchill, 268; ministro do Exterior, 106; ministro dos Domínios no Gabinete de Guerra de Chamberlain, 204; opinião sobre o comitê de Lublin, 1017; reputação em Genebra, 134; vantagens de ter a Turquia na guerra, 867; visita a Grécia e trata de ajuda, 474; volta ao Foreign Office com Churchill, 450

Eder, rio, represa, 824

EDES, Exército Nacional Democrático, 908, 1028

Eduardo VIII (*1894-1972*), abdicação, 127

Eisenhower, general Dwight D. (*1882-1945*), apresentado a WSC em junho de 1942, 674; autor *Cruzada na Europa*, 809; decisão de desencadear *Overlord*, 927; evita tomar Berlim, 1065; indicado por Roosevelt para *Overlord*, 893; na Batalha do Bolsão, 1026; na OTAN, 1138; perde Alexander depois Montgomery para o Oriente Médio em 1942, 706; rendição alemã, 1094

ELAS, Exército Popular de Libertação na Grécia, 908, 967, 1028-37, 1070

Elba, rio, 1065-74, 1082-88, 1104; encontro de russos e americanos em Torgau, 1087

Eleições gerais inglesas, 21, 129

Elizabeth I, rainha da Inglaterra (*1533-1603*), e a capa de Raleigh, 601

Elliot, Walter (*1888-1958*), 686

Épiro, 908

Eritreia, 453, 473-6

Eslováquia, 180; consegue autonomia na crise da Tchecoslováquia, 170; independência em 1939, 176

Espanha, a Guerra Civil, 119; carta branca inglesa à Itália, 156; crescente intervenção italiana, 135; divisões italianas na guerra civil, 141; e *Torch*, 718; ocupa a zona internacional de Tânger, 388

Estados bálticos, 1108

Esteva, almirante Jean Pierre (*1880-1951*), 759

Estrada da Birmânia, 388, 983; cortada pelos japoneses, 978

Estreito de Messina, 797, 813, 832-38

Etna, 814

Ewe, loch, 210-6

Exército Vermelho, 238, 339, 880-5, 972, 1079-88; paira sobre a Europa Central, 963

Falaise, 943-7; a pinça de, 945

Falkenhorst, general Nikolaus von (*1885-1968*), 243

Fascismo, 23, 85, 99, 233, 822, 911-4, 1038, 1070, 1086; em oposição ao comunismo, 332; filho torto do comunismo, 23; provocado pelo comunismo na França, 233; recrudesce no norte da Itália, 911

Feiling, Keith, autor: *Life of Neville Chamberlain*, 112, 149, 154, 165, 207, 263

Feltre, Rimini: último encontro Hitler-Mussolini, 816, 821

Ferrovia Djibuti–Adis-Abeba, 74

Ferrovia Manchu, 61

Ferrovia Transiberiana, 116, 1122

Ferrovia Trans-Pérsia, suprimentos à Rússia, 559

Filipinas, 571, 589, 642, 978, 989-92, 1001

Finlândia, 178, 182-92, 234-43, 335, 567, 887, 967, 976, 1080; URSS ataca, 236

Fitch, almirante Aubrey W. (*1883-1978*), 645

Índice

Flandin, Pierre Etienne (*1889-1958*), 110-114; autor *Politique Française, 1919-40*, 113; e a Renânia, 111
Fletcher, almirante Frank Jack (*1885-1973*), 645-3; na Batalha do Mar de Coral, 651
Foch, marechal Ferdinand (*1851-1929*), 17, 18, 291, 344; e Versalhes: "*Isso não é Paz. É um Armistício de vinte anos*", 18; quer a fronteira do Reno, 20; sobre os alemães, 17
Focke-Wulf, 475
Foggia, aeródromos, 832
Foguetes V-2, 428
Forbes, almirante Sir Charles (*1880-1960*), 208, 251
Forester, C.S. (*1899-1966*), autor: *Captain Hornblower, R.N.*, 568
Formosa, 990-3; Chiag Kai-shek em, 1148
Fortalezas voadoras, 1117
Fortune, general Sir Victor (*1883-1949*), 342
Franceses Livres, 768, 946; expedição à Síria, 523
Franco, general Francisco (*1892-1975*), Caudillo de Espanha, 149, 7184; levante contra o governo, 117
François-Poncet, André (*1887-1978*), 334
Fraser, almirante Sir Bruce A. (*1888-1981*), Lord North Cape, 860
Freyberg, general Sir Bernard (*1889-1963*), 508, 513, 581, 688, 734, 917; resgatado de Creta, 515
Friedeburg, almirante Hans-Georg (*1895-1945*), 1096
Fritsch, general Werner von (*1880-1939*), 141-8

Gabinete de Guerra, combater ou evacuar Creta, 509; decide destruir a esquadra francesa para não cair em mãos alemãs, 378; e a Batalha do Deserto, 670; lealdade a Churchill, 616
Gabinete de Guerra francês, 324
Gamelin, general Maurice (*1872-1958*), 228, 290-306, 1020; leva WSC a ver o front, 186
Gandhi, Mahatma (*1869-1948*), sai da prisão, 34
Garda, lago: sede da República de Salò, 911, 1086
Garigliano, rio, 849, 920
Genebra, 88-105, 122, 132, 162, 228, 332; Conferência do Desarmamento, 33
Gênova, 325, 837, 1085
Gensoul, almirante Marcel (*1880-1973*), 381
George II, rei dos helenos (*1890-1947*), 909
George V (*1865-1936*), 106
George VI (*1895-1952*), 156; coroação, 127
Georges, general Alfonse (*1875-1851*), 73, 186, 194, 290-301, 344, 366, 377
Gestapo, 72, 251, 329, 539
Ghormley, almirante Robert Lee (*1883-1956*), em Londres, 565
Gibraltar, 98, 208, 271, 380-8, 452, 504-7, 578, 584, 639, 698, 737, 753, 759, 795, 801, 902, 952
Giraud, general Henri (*1879-1949*), 753, 755-74, 796; conhece Churchill em 1937, 227
Gloucester, Sua Alteza Real o Duque de (*1900-1974*), 679
Gneisenau, encouraçado de bolso, 201, 215, 251, 379, 476, 484, 634
Godefroy, almirante René (*1885-1981*), se acerta com Cunningham em Alexandria em 1940, 382; leal a Vichy em Alexandria em 1942, 760
Goebbels, Joseph (*1897-1945*), 52, 69, 231, 244; desfecho, 1095
Golfo do México, 631

Göring, Hermann (*1893-1946*), com Mussolini e Ciano em Roma, 179; e a invasão da Inglaterra, 405; façanha aeroterrestre em Creta, 510; manda cancelar o plebiscito na Áustria, 145; muda os alvos aéreos em 1940, 639; na batalha aérea da Inglaterra, 422
Gort, marechal John, lord (*1886-1946*), 294-329, 366; começa a pensar na solução de Dunquerque, 298
Gott, tenente-general William H.E. (*1897-1942*), 525, 703-8; apresentado a WSC, 702; escolhido para comandar o VIII Exército, seu avião é abatido, 702
Gousev, Fedor Tarasovitch, embaixador soviético em Londres, 859, 1088
Governo de Coalizão Nacional, 36, 62-77, 123, 180, 186, 196, 261-75, 445, 529, 620-6, 677-86, 817, 1032, 1067, 1125, 1147; a composição, 273-276; métodos de governo, 284
Grabski, Stanislaw, acadêmico polonês, 1012, 1049
Graf Spee, encouraçado de bolso, 201, 217-24, 240; destruído, 224; encontrado pelos ingleses, 219
Gran Conselho Fascista, 817-20; reunião fatídica derruba Mussolini, 816, 913
Grandi, conde Dino, (*1895-1988*), 132, 138-9, 817-19; embaixador em Londres, 132; encontro com Chamberlain e Eden, 138
Graziani, marechal Rodolfo (*1882-1955*), dúvidas sobre a invasão italiana do Egito, 453
Grécia, ataque italiano em outubro de 1940, 455; chegam os ingleses do Egito, 485; eleições livres, 1055; guerrilhas, 908; movimento comunista, 1031
Greenwood, Arthur (*1880-1954*), 196, 262-5, 276, 350
Groenlândia, 217, 478-80
Guadalcanal, 271, 643
Guderian, general Heinz (*1888-1954*), autor: *Panzer Leader*, 967; máximo avanço na URSS até Tula, 563
Guernica, 118
Guerra Civil Espanhola: começa em 1936, 117; intervenção do Eixo, 134
Guerre Allemande: Paix Russe, livro, Ullein-Reviczy, 491

Hacha, Emil (*1872-1945*), presidente da Tchecoslováquia, 168
Haia, 290, 540, 589
Halder, general Franz (*1884-1972*), 153, 169, 287, 306, 540, 784; e a invasão da Inglaterra, 407
Halsey, almirante William F. (*1882-1959*), 993-7, 1000-3
Hanfstaengl, Ernst "*Putzi*" (*1887-1975*), 58
Harriman, Averell (*1891-1986*), 559-63, 676, 711, 718-25, 874; armas para Moscou, 558; com Churchill em Chequers quando chega a notícia de Pearl Harbor, 586; com Churchill em Moscou em 1942, 710; Ferrovia Transpérsia passa à responsabilidade americana, 710; presente ao primeiro encontro Stalin-Churchill, 713; vai com Beaverbrook a Moscou, 558
Hart, almirante Thomas C. (*1877-1971*), 590-1
Harwood, almirante Sir Henry (*1888-1950*), 219-23, 701; confirma rendição de Tobruk, 673; na caça ao *Graf Spee*, 217
Herriot, Edouard (*1872-1957*), 362; plano Herriot, 54; sucede Tardieu, 49
Hess, Rudolf (*1894-1987*), 41
Hesse, príncipe Philip de (*1896-1945*), conversa gravada com Hitler, 146
Himmler, Heinrich (*1900-1945*), 68, 72, 388, 1094

Memórias da Segunda Guerra Mundial

Hindenburg, marechal Paul von (*1847-1934*), 20, 28-36, 68, 72; envelhece, 29; fiel ao Kaiser, 29; vence Marx e Thälmann na eleição presidencial de 1925, 28; vence Hitler e Thälmann reeleito na eleição presidencial de 1932, 43

Hiroshima, 28; bomba em 6 de agosto, 1117

Hitler, Adolf, Führer do III Reich, ditador da Alemanha (*1889-1945*), adia a invasão da Inglaterra, 407; admiração por seus dons de comando e sorte, 166; aparece no vazio de Weimar, 20; assume o comando supremo das forças armadas, 142; atentado de 20 de julho, 940; atônito com Pearl Harbor, 591; cancela a invasão da Inglaterra, 421; chega a chanceler, 64; contra Locarno em 1935, 108; conversa com Ciano sobre o ataque à Inglaterra, 386; conversa gravada com o príncipe de Hesse, 146; conversa particular com Chamberlain, 165; decide guerra de extermínio aos soviéticos, 336; depois da Tchecoslováquia, senhor inconteste da Alemanha, 166; desapontado com a recusa inglesa à sua proposta de paz, 389; descarta o Tratado Naval Anglo-Alemão, 181; diálogo com Schuschnigg, 144; *Diretriz n° 1* para a guerra, 194; diretriz para a invasão da Inglaterra, 400; diretriz para *Barbarossa*, 532; diz ao conde Ciano que vai ajustar contas com a Polônia, 189; e Mussolini, 64; e o Pacto Molotov-Ribbentrop, 192; e o *Putsch*, 41; espaço vital na Polônia, na Rússia Branca e na Ucrânia, 141; *Esta* [*a Tchecoslováquia*] *é a última reivindicação territorial que tenho a fazer na Europa*, 163; explica *Barbarossa*, 540; fama pelos golpes bem-sucedidos, 170; forma o Eixo em 1936, 116; Führer do Partido dos Trabalhadores, 40-41; intervem nos Bálcãs, 468; anexa a Áustria, 148; invade a Iugoslávia em abril de 1941, 490-4; invade a URSS, 541; marcou 15 de maio para *Barbarossa*, 536; o desfecho, 1113; operação para libertar Mussolini, 911; perde para Hindenburg a eleição presidencial de 1932, 28; planeja ocupação da Áustria, 141; plenos poderes, 52; preso escreve *Mein Kampf*, 42; pressiona o chanceler austríaco, 143; primeira derrota na Batalha da Inglaterra, 465; primeiro encontro com Mussolini, 66; proclama o protetorado alemão na Tchecoslováquia, 174; quase encontra Churchill, 58; recebe o padre Tiso, 173; recebe três visitas de Chamberlain, 164; recuou de invadir a Inglaterra devido ao Canal, 715; reocupa a Renânia, 109, 115; retira-se da Liga, 54; seu grupo em 1923, 21; subestimou a natureza de Chamberlain, 175; temia guerra com os EUA, 481; tentou explorar o medo do comunismo, 1014; testamento, 1095; toma a Noruega, 235; vacila sobre os Sudetos, 164; volta os olhos para leste, 455

HMS *Cumberland*, 219-23

HMS *Exeter*, 219-23

HMS *Achilles*, 219-23

HMS *Ajax*, 219-23, 1035-6

HMS *Ark Royal*, 380-2, 506, 584

HMS *Aurora*, 579

HMS *Cossack*, 241

HMS *Nelson*, 208-14

HMS *Prince of Wales*, 592

HMS *Queen Elizabeth*, 506, 584, 611, 673

HMS *Ramillies*, 572

HMS *Renown*, 98, 506, 835, 838-40, 864

HMS *Valiant*, 380, 457, 513, 584, 611, 837, 840

HMS *Vernon*, 213

HMS *Warspite*, 513-7, 840-3, 1008

Hoare, Sir Samuel (*1880-1959*), e a agressão italiana na Abissínia, 96; e Anthony Eden, 96; encontra Laval, 103; ministro do Exterior, 88; no Gabinete de Guerra de Chamberlain, 203; passa a Lei do Governo da Índia, 88; Plano Hoare-Laval, 105; tenta reconquistar a amizade da Itália, 330

Hollis, Sir Leslie (*1897-1963*), 282, 598, 613; com WSC no primeiro encontro com Roosevelt, 567

Hopkins, Harry L. (*1890-1946*), ajuda Churchill com Roosevelt, 671; almoços com Roosevelt e Churchill na Casa Branca, 601; apresenta Eisenhower e Mark Clark a WSC na Casa Branca, 674; biografia por Robert Sheerwood: *Roosevelt e Hopkins*, 693; brinca com WSC sobre a constituição inglesa, 884; chega a Londres com Marshall, 657; chega doente de Moscou para embarcar com WSC para o encontro com Roosevelt, 568; convida Churchill para um encontro com Roosevelt, 567; ia sempre à raiz da questão, 465; primeira visita a Londres em janeiro de 1941, 464; saúde fraquejava nas viagens, 658; última ida a Moscou, 1106; vai de Londres para Moscou encontrar Stalin, 567; viaja a Londres na segunda missão de Roosevelt, 565; visita Londres em julho de 1942, 693

Hore Belisha, Leslie (*1893-1957*), ministro da Guerra no Gabinete de Guerra de Chamberlain, 203

Horne, Sir Robert (*1871-1940*), 80

Horrocks, tenente-general Sir Brian Gwyne (*1895- 1985*), 745

Horthy, almirante Miklós (*1868-1957*), regente húngaro, 491, 1019

Howard, Leslie, ator (*1893-1943*), 801

Hughes-Hallett, comandante John (*1901-1972*), 730, 827

Hull, Cordell (*1871-1955*), 137, 446; contra esferas de influência, 964

Hurricane, caças, 83, 168, 289, 505, 555

Hyde Park, residência de Roosevelt, 671, 697, 834, 884; visitas de WSC, 671; visita de WSC agosto de 1943, 863

Ibn Saud (*1880-1053*), 1152

Ilhas Andaman. *Vide Operação Buccaneer*

Império Austro-Húngaro, 888; seu esfacelamento, 21

Imphal, 980-8

Índia, defesa da invasão japonesa missão principal britânica, 659; independente 1947, 1147; invasão japonesa, 983; Lord Halifax na, 132

Indochina, 643, 1148; franceses na, 1151; ocupada pelo Japão, 571

Inönü, Ismet (*1884-1973*), 777, 778; vai ao Cairo encontrar WSC, 892

Inskip, Sir Thomas (*1876-1947*), 50, 121

Invasão pelas Ardenas 1940, 289, 305

Irã. *Vide* Pérsia

Iraque, 271, 468, 516-37, 703, 704-8, 729, 983, 1152; supressão da revolta, 573

Irlanda, não permite pousos ingleses nem uso dos portos, 474; portos do sul negados à Inglaterra, 150; situação em 1938, 150

Ironside, marechal William lord (*1880-1959*), 195, 282, 298-314, 352, 390; relata a WSC o estado do exército polonês, 206

Irrawaddy, rio, 986-88

Islândia, 215, 240, 271, 478-82, 571, 640, 1139

Índice

Ismay, general Sir Hastings (*1887-1965*), 249, 280-304, 323, 343-60, 389, 457, 504, 562, 624, 670-87, 771, 791-7, 867, 892, 927; famoso diálogo com Montgomery, 707

Isonzo, rio, 1082

Ístria, 869, 886

It Might Happen Again, livro, Lord Chatfield, 151

Iugoslávia, 59, 73, 179, 471, 531-6, 607, 867, 875, 903-12, 963-8, 1012-1019, 1039, 1054, 1082, 1108, 1132; capitula a Hitler, 495; *partisans* versus *cetniks*, 904; sob Tito, 906

Jacob, major-general Sir Ian (*1899-1993*), 282, 705; com WSC no primeiro encontro com Roosevelt, 567; informa WSC da morte de Gott, 701; seu diário conta Churchill no Cairo andando de um lado para outro e exclamando *Rommel, Rommel, Rommel, Rommel!*, 708

Japão, 3ª potência naval, 24; aliança inglesa, 23; ataca Hong Kong, 595; ataca os EUA em Pearl Harbor, 586; ocupa a Indochina, 571; perde a posição dominante no Pacífico, 656; rendição, 1126; senhor do Pacífico após Pearl Harbor, 592; Stalin promete atacar, 1018

Jean Bart, encouraçado, em Casablanca, 379, 758

Jeanneney, Jules (*1864-1957*), 362

Jefferis, major-general Sir Millis R. (*1899-1963*), 352

Jellicoe, almirante Sir John (*1859-1935*), 209

Joad, Cyril Edwin M. (*1891-1953*) vergonhosa resolução dos estudantes de Oxford em 1933, 60, 96

Jodl, general Alfred (*1890-1946*), 144, 169, 224, 242, 406, 490, 1096-8; conta Pearl Harbor, 591; e a invasão da Inglaterra, 406

Jösing, fiord: refúgio do *Altmark*, 241

Juin, general Alphonse (*1888-1967*), 755-7, 946

Kaga, porta-aviões, 653

Karelia, istmo, 236, 238

Keitel, marechal Wilhelm (*1882-1946*), 158, 242, 307, 387, 490, 540, 591, 940, 1098; e a invasão da Inglaterra, 406

Kemal Ataturk (*1881-1938*), 838

Kennedy, Joseph Patrick (*1888-1969*), 362-3

Kerr, Sir Archibald Clark (*1882-1951*), 1073

Kesselring, marechal Albert (*1885-1960*), preferia a tomada de Malta antes do avanço no Egito, 687; reage ao desembarque de Anzio, 917

Keyes, almirante Sir Roger (*1872-1945*), 259, 678; secunda moção de desconfiança em Churchill em julho de 1942, 678

King, almirante Ernest J. (*1878-1956*), 933; não queria *Torch*, 692; visita Londres em julho de 1942, 692

King, almirante Edward Leigh Stuart (*1889-1971*): na evacuação de Creta, 511-5

Kinkaid, almirante Thomas (*1888-1972*), 995-1000

Kirk, Alexander C. (*1888-1979*), embaixador americano no Egito, 864

Kleist, marechal Ewald von (*1881-1954*), 289, 782

Kluge, marechal Günther Hans von (*1882-1944*), 308, 940, 945

Kremlin, 183, 191, 337, 539, 556, 713, 975, 1011, 1039, 1092, 1144; WSC no, 720

Kurilas, ilhas, 590

Kurita, almirante (*1889-1977*), 994-1000

La France a sauvé l'Europe, livro, Paul Reynaud, 191

Lady Astor, Nancy Witcher (*1879-1964*), sua visita à URSS, 724

Langsdorff, Hans Wilhelm (*1894-1939*), comandante do *Graf Spee*, 218, 221, 223, 240

Lansbury, George (*1859-1940*), 50, 76, 99

Laval, Pierre (*1883-1945*), 74, 86, 99-110, 448, 760; encontra Hoare, 103; no governo Pétain, 371

Laycock, major-general Sir Robert Edward (*1907- 1968*), 923

Le Havre, 225, 342-7, 409-12, 658, 826, 926, 1004

Leahy, almirante William Daniel (*1875-1959*), 283, 447, 753, 870, 1114; embaixador americano em Vichy, 718

Leclerc, general Philippe E. (*1902-1947*), 780; primeiro a entrar em Paris, 946

Leeper, Sir Reginald W.A. (*1888-1968*), 163, 1028-37, 1057

Leese, tenente-general Sir Oliver (*1894-1978*), 745, 899, 930, 959

Lei do Governo da Índia, 88

Lend-Lease, 272, 439, 565, 597, 758; criado por Roosevelt, 443; livro, Edward R. Stettinius, 440; repercussão da invasão da URSS nos suprimentos, 565

Leopoldo, rei dos belgas (*1901-1983*), 300, 306

Líbano, 736, 910, 1152

Liberty, navios da classe, 272

Líbia, 74, 487, 502, 560, 597, 679, 709, 780, 812; ingleses perdem em junho de 1942, 677

Life of Neville Chamberlain, 149; Keith Feiling, 165

Liga das Nações, conceito de Wilson, 17; entrada da Alemanha, 33; sai Alemanha, 54; senado americano desaprova, 24; socorre a Abissínia, 100

Lindemann, Frederick, Lord Cherwell, "o Prof" (*1886-1957*), consultor de WSC, 56, 106, 200, 352; com WSC no primeiro encontro com Roosevelt, 567; instrui WSC sobre energia atômica, 188

Lindsay, Sir Ronald (*1877-1945*), 136

Lindsell, tenente-general Sir William G. (*1884-1973*), 780

Linha Curzon, ref. a George Nathaniel Curzon (*1859-1925*), 887, 1017, 1047-9, 1077, 1118; poloneses de Londres aceitam, 1017; problema da fronteira Polônia-URSS, 1048

Linha Gótica, 955, 961

Linha Gustav, 913, 916

Linha Internacional de Data, 590

Linha Maginot, 189, 226-31, 302, 341, 753; Churchill explica, 226; que aconteceu com ela, 365

Linha Mannerheim, 236, 238, 967

Linha Mareth, 767, 788

Linha Meuse-Antuérpia, 230

Linha Pisa-Rimini, 868, 948

Linha Siegfried, 143, 155, 157, 176, 187, 225, 985, 1059

Linha Winterstellung, 849

Liri, rio, 916, 930

Lisboa, 801

List, marechal Wilhelm von (*1880-1971*), 782

Littorio, encouraçado italiano, 817; avariado em Taranto, 458

Litvinov, Maxim (*1876-1951*), 73, 159, 606; denuncia na Liga atividade alemã na Tchecoslováquia, 162; e a expressão liberdade religiosa no Pacto das Nações Unidas, 606; e a Thecoslováquia, 159; substituído por Molotov, 183

Memórias da Segunda Guerra Mundial

Lloyd George, David (*1863-1945*), 23, 63, 106, 132, 185, 260, 356, 724; aceita a reocupação da Renânia, 111; cai sobre Chamberlain no debate da Noruega, 260; recusa ser embaixador nos EUA, 445

Loire, rio, 365, 637, 716, 936

Longmore, marechal do aar Sir Arthur M. (*1885- 1970*), 505

Lord Athlone, príncipe Alexander, (*1874-1957*), 603

Lord Beaverbrook, Max Aitken (*1879-1964*), 362, 414, 541, 597, 610, 614, 723, 896; defensor da ajuda à Rússia, 557; impulso na produção, 610; na produção de aviões, 276; resistências à sua nomeação, 277; vai com Harriman a Moscou, 558

Lord Boothby, Robert (*1900-1986*), 80; apoia firmemente Churchill na moção de desconfiança de julho de 1942, 680

Lord Chatfield, Alfred E. (*1873-1967*), 134, 151, 199, 230, 247; autor: *It Might Happen Again*, 151; no Gabinete de Guerra de Chamberlain, 203

Lord D'Abernon, Edgar Vincent (*1857-1941*), 190

Lord Fisher, John Arbuthnot (*1841-1920*), 198-9

Lord Grey, Edward (*1862-1933*), descreve os EUA, 588

Lord Halifax, Edward Wood (*1881-1959*), 111, 121, 165, 230, 262, 362, 446, 670, 1076; aceita a embaixada nos EUA, 445; acompanha Chamberlain na política dos Sudetos, 164; autogoverno indiano, 37; célebre conversa Chamberlain-Halifax-Churchill, 263; diz que o primeiro-ministro deve ser Churchill, 263; foi secretário de WSC em 1922, 132; no Gabinete de Guerra de Chamberlain, 203; no Gabinete de Guerra de Churchill, 266; responde à França sobre a Tchecoslováquia, 160; substitui Eden no Exterior, 139; tenta reconquistar a amizade da Itália, 330

Lord Hankey, Maurice P. (*1877-1963*), no Gabinete de Guerra de Chamberlain, 203

Lord Irwin. *Vide* Lord Halifax

Lord Killearn, Sir Miles Lampson (*1880-1964*), 777

Lord Leathers, Frederick (*1883-1965*), 791; Churchill o faz ministro dos Transportes de Guerra, 483

Lord Lloyd, George Ambrose (*1879-1941*), amigo de Mussolini, 96

Lord Lothian, Philip Kerr (*1882-1940*), 112, 440, 442, 443, 444; e a Renânia, 113

Lord Lytton, Victor Bulwer (*1876-1947*), 62

Lord Moran, Charles Wilson (*1882-1977*), 614, 781, 895, 900; com WSC em Yalta, 1041; com WSC na visita a Roosevelt, 594; com WSC no Cairo em agosto de 1942, 700; desde 1941 médico permanente de Churchill, 594; e a pneumonia de WSC na Tunísia, 895

Lord Mountbatten, vice-almirante Louis (*1900-1979*), 691, 730, 768, 826, 889-92, 923, 981-7, 1023

Lord Moyne, Walter Guinness (*1880-1944*), 1029

Lord Perth, James Drummond (*1876-1951*), 173

Lord Rothermere, Harold Harmsworth (*1868-1940*), 106

Lord Runciman, Walter (*1870-1949*), 164; em Praga negociando uma solução, 158

Lord Salisbury, Robert Arthur Cecil (*1830-1903*), 36

Lord Salisbury, James Edward Cecil (*1861-1947*), 121

Lord Snowden, Philip (*1864-1937*), 111

Lord Willoughby de Broke, John Verney (*1896-1986*), 419

Lord Winterton, Edward Turnour (*1883-1962*), "Father of the House", 681-4

Louisiades, arquipélago, 646, 647

LST, barcaça de desembarque de tanques, 358, 845

Lübeck, 1067, 1082, 1096, 1104-8

Lublin, comitê de, 972-5, 1012-8, 1070-8, 1106; reunião com WSC, 1106; opinião de Eden, 1017

Lucas, tenente-general John P. (*1890-1949*), 918; fracasso no desembarque de Anzio, 915

Ludendorff, general Erich (*1865-1937*), no Putsch de Munique, 41

Luftwaffe, começa a chegar à Sicília, 466; derrotada na Batalha da Inglaterra, 461; e a invasão da Inglaterra, 405; preparada em segredo, 75

Lumsden, major-general Sir Herbert (*1897-1945*), 745

Lützow, cruzador, 251, 854

Luxemburgo, 289, 607, 1009, 1025, 1138

Lyttelton, Oliver (*1893-1972*), 425, 530, 568, 583, 680, 701

MacArthur, general Douglas (*1880-1964*), 590, 991-5, 997, 1150; sua saída das Filipinas, 322; toma a Nova Guiné, 991

Macaulay, Thomas Babington (*1800-1859*), sobre o governo de Pitt, 686

MacDonald, Ramsay (*1866-1937*), 27, 37-65, 76-87, 233; líder socialista, 27

Macedônia, 470, 492-5

Mackenzie King (*1874-1950*), 447, 603, 823, 833

MacLean, Sir Fitzroy (*1874-1950*), aventuras na Iugoslávia, 905

Macmillan, Harold (*1894-1986*), ministro residente no Mediterrâneo, 1028-35

MacVeagh, Lincoln (*1890-1972*), embaixador americano em Atenas, 1036

Madagascar, 218, 718, 753

Madame Chiang Kai-shek (*1897-2003*), 865

Madeira, 865

Madri, 117-9

Maisky, Ivan (*1884-1975*), 190, 559-74, 662, 859; apela por uma Segunda Frente, 560; visita WSC em casa, 158

Malásia, 567, 589, 591, 613, 625, 677, 986, 1148

Malta, 452-8, 504-11, 578-84, 651, 744-53, 786, 813, 837-47, 864, 1056; ameaçada pela Luftwaffe da Sicília, 468; considerada teatro, 271; devia ser tomada antes do Egito em 1942, 687; encontro preliminar Churchill-Roosevelt, 1040

Manchester Guardian, 1031; pede WSC no ministério, 180

Manchukuo, estado fantoche japonês 1932, 61

Manchúria, 62, 992, 1122

Mandalay, 986-8

Mandel, Georges (*1885-1944*), 244, 361, 371

Margesson, capitão Visconde David (*1890-1965*), e o bombardeio do Carlton Club, 426

Marlborough, John Churchill, Duque de (*1650-1722*), 58, 438, 461, 735, 1062; biografia por Winston Churchill, 37

Marne, rio, 365

Marrakech, 106, 155, 774, 889, 900, 917, 1112

Marrocos, 106, 660, 695, 758, 1152

Marshall, general George C. (*1880-1959*), 282, 339, 612, 658, 669, 696, 738, 781, 794-800, 846, 868, 883, 893, 902, 933, 1066, 1139; amizade pessoal e camaradagem com o marechal Sir John Dill, 609; chega a Londres com Hopkins, 657; conta como Roosevelt lhe falou do comando de *Overlord*, 893; deveria comandar *Overlord*, 863; e a bomba, 1114; Hitler o primeiro e grande

Índice

1167

inimigo, 661; manda carros Sherman para o Egito, 674; na doença final de Roosevelt, 1066; não queria *Torch*, 692; Plano Marshall, 1141-2; providencia material bélico para repor perdas inglesas em Dunquerque, 339; secretário de Estado, 1139; tomar Brest ou Cherbourg, 659; visita Londres em julho de 1942, 692

Martin, John (*1904-1991*), secretário particular de Churchill, 420, 1040-1

Martini, general Wolfgang (*1891-1963*), 634

Marx, Karl (*1818-1883*), 1154

Marx, Wilhelm (*1863-1946*), perde para Hindenburg a eleição presidencial de 1925, 29

Maxton, James (*1885-1946*), 620

Medjez, 765, 787

Mein Kampf, 42, 64, 116; incluir todas as raças teutônicas no Reich, 142

Mentone, 335

Menzies, Robert G. (*1894-1978*), 488

Mersa-Matruh, 450-3, 677, 688, 749; ponta da ferrovia do Egito, 450

Messerschmitt, 170

Metaxas, general Ioannis (*1871-1941*), 497, 908; recebe ultimato italiano, 455

Meuse, rio, 227, 501, 1003, 1021-7, 1059

México, 86, 631-3

Michael, rei da Romênia (*1921*), 967, 1069

Mihailovic, general Draga (*1893-1946*), 903-7

Mikolajczyk, Stanislaw (*1901-1966*), 971-5, 1012-8, 1039, 1048-55, 1071, 1077, 1106; em Moscou tentando acordo, 971

Milão, 325, 334, 346, 1085-6

Moçambique, 218

Möhne, rio, represa, 824

Moldau, rio, 1088

Molinié, general Jean Baptiste (*1880-1971*), 316

Moll Flanders, livro, Daniel Defoe, 781

Molotov, Vyacheslav (*1890-1986*), 87, 191, 236-9, 535-9, 712-29, 778, 854-64, 870, 874, 884, 965, 1012-8, 1041, 1048-56, 1069-73, 1078, 1092; carta afrontosa, 1073; chega na casa de Stalin para uns drinques com Churchill, 726; comenta Stalin para WSC, 720; comissário de Assuntos Estrangeiros, 183; comportamento em Chequers, 662; compreende o perigo dos submarinos, 662; cumprimenta o embaixador alemão pela vitória na França, 336; elogia as vitórias alemãs, 335; em San Francisco, 1082; estilo, 184, 663; favorável a um acordo com Hitler, 183; faz pouco dos avisos sobre a invasão da URSS, 538; presente ao primeiro encontro Stalin-Churchill, 713; recebe WSC em Moscou, 712; substitui Litvinov, 183; viagem à Inglaterra e aos EUA, 662; visita de WSC no Kremlin, 720

Monnet, Jean (*1888-1979*), visita WSC em Londres, 368

Montenegro, 905, 912

Montevidéu, 223, 240

Montgomery, marechal Bernard L. (*1887-1976*), comandante direto da tropa no desembarque da *Overlord*, 895; comandou corpo em Dunquerque, 701; história não confirmada sobre seu estilo, 707; impede russos na Dinamarca, 1108; leva WSC à margem de lá do Reno, 1063; na Batalha do Bolsão, 1026; não tomou Berlim, 1131; sistema de comando, 1062; substitui Alexander na *Torch* mas vai logo para o Egito, 704

Moore-Brabazon, barão J.T.C. (*1884-1964*), 425

Morgan, tenente-general Frederick E. (*1894-1967*), 823; em 1943 planeja desembarque na França, 922

Morgenthau Jr., Henry (*1891-1967*), 442

Morrison, Sir Herbert (*1888-1965*), 259, 42135

Morshead, tenente-general Sir Leslie J. (*1889-1959*), 746

Morton, major Sir Desmond (*1891-1971*), consultor de WSC, 57; serviço de informações de WSC, 534

Moscou, primeira visita de WSC, 710; resmunga contra a guerra capitalista-imperialista no início de 1941, 461

Mosul, 522, 694

Mufti de Jerusalém, Muhammed Amin al-Husseini (*1893-1974*), ajuda antibritânica ao Eixo, 518

Mukden, 61

"Mulberry", 358, 1004; WSC visita o Arromanches, 941

Munique, 23, 39, 58, 67, 138, 145, 162-90, 233, 275, 335, 411, 424, 446, 911-3; descrição do ambiente na Inglaterra, 166

Murmansk, 240, 555, 967; portos de destino da ajuda à URSS, 552

Murphy, Robert (*1894-1978*), 755, 756

Mussolini, Benito, Duce e ditador da Itália (*1883-1945*), a Abissínia o afasta da Inglaterra, 330; aplacado com a queda de Eden, 154; aprova discurso mostrado por Chamberlain, 173; Áustria irrelevante, 146; autor: *Memórias*, 816; conquista a Abissínia, 107; cria no norte o Partido Fascista Republicano, 911; cria o fascismo, 25; decide atacar a Grécia, 455; decide invadir o Egito, 449; declara guerra à Inglaterra e à França em 10 de junho de 1940, 334; encontra a filha e o Conde Ciano em Munique, 913; fim pendurado em Milão num gancho de açougue, 1086; forma o Eixo em 1936, 116; levado para os montes Abruzzi, 911; manda fuzilar o genro, 913; marcha sobre Roma, 51; na Conferência de Munique, 164; não entra na guerra quando a Alemanha invade a Polônia, 194; opinião sobre os ingleses na visita de Chamberlain, 172; os 100 dias da República de Salò, 911; prepara-se para entrar com Rommel no Cairo, 677; primeiro encontro com Hitler, 66; recebe Göring, 179; resgatado de sua prisão pelos alemães, 911; ridiculariza a paralisia de Roosevelt, 179; suspeita da Alemanha, 64

Myers, general Eddie C.W. (*1906-1997*), aventuras na Grécia, 908

Nacional-Socialismo. *Vide* Partido Nacional-Socialista

Nações Unidas, 571, 693, 773, 823, 887, 1033, 1070, 1080, 1100, 1115, 1134-8, 1149; discussão em Teerã, 875; lista dos países que assinaram o primeiro documento, 593; opinião de WSC, 1154; Roosevelt cria o termo "Nações Unidas" em lugar de Potências Associadas, 607

Nagasaki, bomba em 9 de agosto, 14, 1117

Nagumo, almirante Chuichi (*1887-1944*), 590, na Batalha do mar de Coral, 650-5

Não-intervenção na Guerra Civil Espanhola, 118

Nápoles, 325, 787, 815, 832, 840-2, 907, 953, 961, 1034

Narvik, 256-71, 681; porto para o minério alemão no inverno, 233

Nazismo, 43, 64, 1015, 1038; criou-se do fascismo, 23

Neisse, rio, 1048, 1120; fronteira do Polônia, 1118; fronteira polonesa no rio oriental ou no ocidental?, 887

Nelson, Donald (*1888-1959*), 208, 214, 610

Neurath, Constantin von (*1873-1956*), 109-10, 141

Newall, marechal do ar Sir Cyril L.N. (*1886-1963*), 315

Memórias da Segunda Guerra Mundial

Nice, 335

Niemen, rio, 967

Nilo, rio, 450

Nimitz, almirante Chester William (*1885-1966*), 645-55, 991-3, 993; na Batalha do mar de Coral, 650

Noble, almirante Sir Percy (*1880-1955*), 481

Noguès, general Charles (*1876-1971*), 758

Noite dos Longos Punhais, 70

Noruega, 86, 234-64, 335, 349, 400-11, 430, 468, 474-83, 498, 537, 555, 567, 607, 634, 660, 665, 680, 727, 860, 929, 1082, 1096, 1123, 1138

Notas do tradutor: Heimwehr, 65; "Pequena Entente", 73; *brigadier*, 565, 581; lista de signatários, 607; "Old Unconditional Surrender," 772; *Teppichfresser*, 784; Boxing Day, 1036; a votação no parlamento inglês, 261, 619; citação de Horácio, 1019; *combined* e *joint*, 283; Dail, 151; Dedeagatch, 1122; Downing Street nos 10 e 11, 425; Halfaya, 454; Home Fleet, 217; *loch*, 208; Lord President, 266; major-general, 565; Master Valiant, 430; Memórias da Primeira Guerra de WSC, 357; *Nazi*, 43; o Schelde, 230; Scapa Flow, 476; *shadow cabinet*, 34; Shylock, 556; *Some chicken...*, 604; *The Father of the House*, 681; *The twilight war*, 207; Tipperary, 150

Nuri es-Said (*1888-1958*), líder do Iraque, 1152

O "Anexo", residência de WSC durante a blitz, 425-32, 781, 929

O Eixo, 116, 176, 491, 518, 535, 581, 693, 745, 756, 786, 808, 830, 905-23, 1137; altera os planos no deserto com a vitória de Tobruk, 687; criação, 330; na Guerra Civil Espanhola, 134

Oder, rio, 1048, 1084, 1118, 1124; acertado como parte da fronteira oeste da Polônia, 887

Okinawa, 1115

Okulicki, general Leopold (*1898-1946*), 1079-81

Operação *Anvil*, 890, 948-52, 951; causa divergência entre ingleses e americanos, 920; WSC considera inútil, 950

Operação *Avalanche*, 832

Operação *Barbarossa*, invasão da URSS, 466, 490, 532;

Operação *Battleaxe*, ofensiva principal no deserto, 526-8, 576;

Operação *Buccaneer*, 889-92, 899, 978; cancelada, 892

Operação *Catapulta*, ataque inglês à esquadra francesa, 379-80

Operação *Crossword*, 1072

Operação *Crusader*: ofensiva no deserto, 577

Operação *Dragoon*, 952, 1022

Operação *Dynamo*, mobilização naval para o resgate de Dunquerque, 299, 318, 328

Operação *Gymnast*, depois *Torch*, 660, 691, 696

Operação *Husky*, 809-12

Operação *Jubilee*, 730

Operação *Jupiter*, libertação do norte da Noruega, 664-9, 691; abandonada em julho de 1942, 696;

Operação *Lightfoot*, 744

Operação *Manna*, 1027

Operação *Otto*, ocupação alemã da Áustria, 141-6

Operação *Overlord*, 390, decidido o comando de Eisenhower, 875; diálogo em Teerã, 893; marcada para maio, 881; será comandada por um oficial americano, 863; seu tamanho em discussão, 891; sua data, 877

Operação *Retribution*, 789

Operação *Round-up*, desembarque na França em 1943, 659, 675, 691, 722; excluída pela *Torch*, 697

Operação *Seelöwe*, invasão alemã da Inglaterra, 396-406, 412, 466; cancelada, 421;

Operação *Shingle*. *Vide* Anzio

Operação *Sledgehammer*, ataque a Brest ou a Cherbourg, 660-5, 691-6, 716-23

Operação *Strangle*, 930

Operação *Supercharge*, 748

Operação *Tiger*, remessa de carros de combate para o Egito, 505, 525-7, 852, 971

Operação *Torch*, desembarque no norte da África, 600, 660-2, 691, 704-6, 717-25, 738, 753, 763, 764, 766; apreciada em Moscou, 718; decidida em Londres em julho de 1942, 696

Operação *Tube Alloys*, energia atômica e a bomba, 669-71

Operação *Wilfred*, 245

Oran, ataque inglês à esquadra francesa, 374-85, 447, 587, 757, 1112

Os "Quatro Guardas": ideia de Roosevelt em Teerã, 874

OTAN, 1139

Ouriço, formação italiana na África, 454

Oxford, 56-60, 96, 407, 440, 905

Ozawa, almirante Jisaburo (*1896-1966*), 994-1000

Pacto das Nações Unidas: assinado em 1º de janeiro de 1942, 606

Pacto de Locarno do leste, 32

Pacto de Munique, 168

Pacto Franco-Soviético de 1935, 86, 108, 149

Pacto Hoare-Laval, 103

Pacto Ribbentrop-Molotov, 162; assinado na noite de 23 de agosto de 1939, seus termos, 192; júbilo e brindes, 193

Pacto Tripartite, 489; inimigo declarado no Pacto das Nações Unidas, 608; Iugoslávia adere mas o governo é derrubado, 489

Padrão-ouro: abandono pela Inglaterra, 38

Page, Sir Earle (*1880-1961*), 625

Paget, general Sir Bernard (*1887-1967*), 909

Palermo, 787

Palestina, 271, 468, 518-22, 575, 704, 778; terrorismo antibritânico, 1153

Papagos, general Alexander (*1883-1955*), 492-7; reage à invasão italiana da Grécia, 456

Papandreou, George (*1888-1968*), 910, 953-7, 1027-37

Papen, chanceler Franz von (*1879-1969*), 70, 142-4; líder nacionalista, 50; sucede Brüning, 50; ultimato os austríacos, 144

Partido Conservador, 27, 60, 78, 87, 107, 121-8, 274, 383, 445, 678; eleição de 1924, 27; minoria em 1945, 1125

Partido dos Trabalhadores Alemães, 40, 43

Partido Liberal, 36, 77, 124, 266, 276, 369, 619; preconceito contra o serviço militar, 179

Partido Nacional-Socialista: abreviado *Na-Zi*, 41

Partido Socialista Inglês. *Vide* Partido Trabalhista; postura sectária na Índia, 1143

Partido Trabalhista, 36, 37, 50, 63, 76-82, 98, 101, 121, 179, 196, 262, 265, 274; preconceito contra o serviço militar, 179

Partido Trabalhista Independente: ironiza a moção de desconfiança contra WSC, 680; pede votação contra WSC, 619

Índice

1169

Partisans, 903; da Iugoslávia, 902
Passo de Brenner, 71, 797; encontros Hitler-Mussolini, 243, 1084
Passo de Halfaya, 454-6
Passo de Kasserine, 787
Passo de Liubliana, 869, 886, 949-51, 1019
Patton, general George S. (*1885-1945*), 812, 946-9, 1009, 1022, 1059
Paul, príncipe regente da Iugoslávia (*1893-1976*), 370; pressionado em Berchtesgaden, assina o Pacto Tripartite e é derrubado, 489; estilo, 488
Pavlov, Vladimir, intérprete de Stalin, 713-6, 870, 885, 1012
Pearl Harbor, 586; Hitler e seus generais atônitos, 589; plano de Yamamoto, 590
Peirse, marechal do ar Sir Richar E.C. (*1892-1970*), 315, 791
Penney, major-general William Ronald C. (*1896- 1964*), 915
Percival, general Arthur Ernest (*1887-1966*), 623; decidiu capitular em Cingapura, 627
Pérsia, 516, 522, 573-6, 689-93, 703, 726, 729, 737, 1133; caminho de suprimento para a Rússia, 573; entrada de tropas inglesas e russas, 573
Perugia, 915
Pescara, 837
Petacci, signorina Clara (*1912-1945*), fim pendurada em Milão num gancho de açougue, 1086; presa pelos partisans, 1086
Pétain, marechal Henri-Philippe (*1856-1951*), 226, 296, 324, 343-8, 367-72, 411, 756, 760, 761; instala seu governo em Vichy, 385; primeiro-ministro, 371; quer um armistício, 346; sentencia de Gaulle à morte, 447
Peter, rei da Iugoslávia (*1923-1970*), 490, 766, 907, 953
Phillips, almirante Sir Tom Spencer (*1888-1941*), 592
Phillips, Sir Frederick Beaumont (*1884-1957*), 443
Phipps, Sir Eric (*1875-1945*), 160
Pile, general Sir Frederick (*1884-1976*), 421-13
Pilsudski, marechal Jozef (*1867-1935*), 87; rechaça a invasão bolchevique da Polônia em 1920, 190
Pim, comandante Richard, 319, 1125; sala de mapas de Churchill, 602
Placentia, Terra Nova: local do primeiro encontro Roosevelt-Churchill, 567
Plano das Quatro Potências, 742
Plano Schlieffen, 264
Plastiras, general Nikolaos (*1883-1953*), 1037
Ploesti, campos de petróleo, 867, 967
Pluto, 939; oleodutos na Normandia, 939
Pó, rio, 798, 948-9, 1023, 1084-5
Poincaré, Raymond (*1860-1934*), 21, 114; estilo, 22
Polônia, alemães querem de volta o Corredor, 173; aliou-se à pilhagem da Tchecoslováquia, 177; invadida a oeste pela Alemanha e a leste pela URSS, 205; atacada, começa a guerra, 196; causa o rompimento da Grande Aliança EUA-Inglaterra-URSS, 1047; como proteger, 177; Danzig e o Corredor, 32; fronteiras traçadas em Teerã, 887; grande assunto controverso em Yalta, 1052; ocupou Teschen na crise da Tchecoslováquia, 168; por ela começou a guerra, 1047; recebe a Prússia Oriental em 1945, 1048; resolução em Yalta, 1056; tragédia do levante de Varsóvia, 968

Ponza, 820, 911
Portal, marechal do ar Sir Charles (*1893-1971*), 282, 505, 594-600, 613, 698, 766, 833, 1042; arriscada viagem aérea de WSC, 615
Portugal, 86, 695, 801, 1139
Potsdam, o Reichstag de Hitler abre em, 52
Pound, almirante Dudley (*1877-1943*), 198, 199-213, 241, 283, 315, 396, 477, 505, 568, 594-8, 613, 767, 833-5, 840
Pravda: WSC belicista antisoviético, 1132
Prússia oriental, 591; passa para a Polônia em 1945, 1048
Punch, 174
Purvis, Arthur (*1890-1941*), 441

Qattara, depressão de, flanco impassável na Batalha de El-Alamein, 687
Quinan, general Sir Edward (*1885-1960*), comandante na Pérsia, 574
Quisling, major Vidkun (*1887-1945*), governante nazi da Noruega, 235, 253

Radar, 199, 354, 417, 457, 471-7, 634-47, 860, 1010; decisivo na Batalha do mar de Coral, 650
Raeder, almirante Erich (*1876-1960*), 90, 224, 235, 399-408, 421, 481, 852; assustado em 1938 com a mobilização inglesa, 164; e a invasão da Inglaterra, 399
RAF, e a invasão da Inglaterra, 410; em El-Alamein, 688; na evacuação de Creta, 514
Ramsay, almirante Sir Bertram H. (*1883-1945*), 299, 318, 323-27, 952
Rangoon, 624-9, 979-87, 1023; ataque anfíbio inglês, 988
Rapido, rio, 849, 916-20
Rashid Ali, Sayad (*1892-1965*), aliado dos alemães no Iraque, 518-22, 537
Rawalpindi, 215
Rawlings, almirante Sir Bernard (*1889-1962*), na evacuação de Creta, 513
Reduto Nacional: ideia de resistência final alemã nas montanhas do sul, 1084
Reggio, 838
Reibel, Charles (*1862-1966*), 371
Reichenau, general Walther von (*1884-1942*), 147
Reichstag, 43-8, 76, 109, 388; abre em Potsdam depois do incêndio, 52
Reichswehr, 44-52, 66-72, 92; e o Partido Nazi, 43
Relatório Lytton, 62
Remagen, 1059
Renânia, 109-14, 142-4, 155-8, 166, 176, 233; evacuação, 46, 110; Hitler reocupa, 109; independente, 21
Rendição incondicional, 266, 770-3, 1072-5, 1072, 1085, 1095, 1116; do Japão, 1116; japoneses exigem em Cingapura, 1116
Reno, rio, Churchill descreve as defesas em 1939, 186; Foch exige como fronteira, 17
República de Salò, último regime de Mussolini, 911
Revolução Russa, 611
Reynaud, Paul (*1878-1966*), autor: *La France a sauvé l'Europe*, 191; diz em 15 de maio a Churchill: "estamos derrotados", 291; e a proposta de União Anglo-Francesa, 370; faz propostas à Itália, 334; muda o governo de Paris para Tours, 343; renuncia e Pétain é o primeiro-ministro, 371

Memórias da Segunda Guerra Mundial

Rhodes, WSC busca convencer os americanos a tomar Rhodes, 889; fortaleza italiana em, 507; objetivo de WSC, 8848, 867

Ribbentrop, Joachim von (*1893-1946*), 128-30, 144, 158, 173, 192, 239, 337, 375, 490, 562; almoço em Londres, 148; Ciano conta-lhe a visita de Chamberlain, 173; conversa com o Conde Ciano, 392; entrega ao embaixador a declaração de guerra à URSS em 22 de junho, 539; recebe visita de WSC, 129; ultimato os austríacos, 144; visita e pressiona a Polônia, 173

Richelieu, encouraçado, 379-82, 760

Rintelen, Anton von (*1876-1946*), 71

Rio da Prata, 1035

Ritchie, general Sir N.M. (*1897-1985*), 583-4, 618, 666-8, 678-83, 682

Roberts, major-general Philip B. (*1906-1997*), 734

Robertson, general Sir Brian H. (*1896-1974*), 780, 9024

Ródano, 334, 868, 955

Roer, rio, barragens, 1021

Rogers, J.C. Kelly: piloto irlandês de Churchill, 612, 670

Röhm, Ernst (*1887-1934*), 41, 66

Rokossovsky, marechal Konstantin (*1896-1968*), 976

Roma, tomada pelos aliados, 929; visita de WSC, 957

Romênia, 60, 161, 180, 183, 339, 481, 501, 535, 909, 963, 958, 1011-6, 1039, 1069, 1082, 1108, 1132, 1137; cede a Bessarábia à URSS, 339

Romer, Tadeusz (*1894-1978*), ministro do exterior polonês, 1012

Rommel, livro, Desmond Young, 505

Rommel, marechal Erwin (*1891-1944*), à beira de tomar Alexandria e o Cairo, 678; autorizado a tomar a estreita passagem entre Qattara e El-Alamein, 687; biografia por Desmond Young, 689; carreira, 505; dispositivo no Dia D, 936; e o comando italiano, 506; entra no Egito, 688; estilo, 506; seus comboios de suprimento afundados no Mediterrâneo, 579; surpreende seus superiores com vitórias, 507; triunfante no Deserto em junho de 1942, 677

Roosevelt e Hopkins, livro, Robert Sherwood, 870, 893

Roosevelt, Eleanor (*1884-1962*), 601

Roosevelt, Elliott (*1910-1990*), 568

Roosevelt, Franklin D. (*1882-1945*), apela a Stalin pelo levante de Varsóvia, 973; apresenta a WSC uma declaração solene de todas as nações em guerra, 606; arranjo nuclear com WSC, 1143; bloqueia todos os ativos japoneses nos EUA, 571; carta pessoal a Churchill inicia a correspondência, 213; chega fraco e doente a Yalta, 1041; com WSC em Malta, 1040; concorda em ir ao Cairo, 864; contra avanço pela Istria para Viena, 950; correspondência com Churchill, 287; decide cancelar *Buccaneer*, 892; decisão de lançar *Torch*, 696; declara emergência nacional ilimitada, 485; declaração conjunta com Churchill, a Carta do Atlântico, 569; desagrado com WSC por empregar tropa contra os comunistas na Grécia, 1033; dirige automóvel com WSC, 671; diz a WSC que Marshall não vai comandar *Overlord*, 893; e Hopkins, 469; e Marshall na *Overlord*, 863; e o projeto da bomba, 673; estende a zona de segurança americana possivelmente até o Brasil, 483; estilo em Hyde Park, 672; evita encontro com Churchill em Teerã, 874; frágil em Yalta, 1059; importante memo de diretrizes a Marshall, King e Hopkins em julho de 1942, 693;

indica Eisenhower para *Overlord*, 893; manda construir base na Groenlândia, 482; manda Hopkins a Londres, 468; manda Hopkins a Londres pela segunda vez, 565; mensagem a Chamberlain, 137; mensagem inútil a Hitler e Mussolini, 181; muda a expressão Potências Associadas para Nações Unidas, 607; planos para o pós-guerra, 874; proclama o *Lend-Lease*, 444; quer fazer algo pela China, 891; recebe WSC pela primeira vez, 568; seus chefes de estado-maior, 285; telefonema de Churchill no dia de Pearl Harbor, 586; visita a Esfinge com Churchill, 894; Churchill não foi ao seu enterro, 1076

Rosenberg, Alfred (*1893-1946*), 42, 237

Rotterdam, 292, 408

Rowan, Sir Leslie (*1908-1972*), 1040

Royal Navy, A Marinha Real Inglesa, 201, 259, 381, 637, 757, 829, 841, 862, 879; na evacuação de Creta, 515

Ruhr, vale do, 21, 176, 232, 824, 1004, 1043, 1064, 1094, 1123; ocupação francesa, 23

Rundstedt, marechal Gerd von, (*1875-1953*), 291, 309-11, 556, 939; achava que Calais era o objetivo, 925; dispositivo no Dia D, 936; e a invasão da Inglaterra, 408; grupo de exércitos do sul na invasão da URSS, 540

SA, *Sturmabteilung* (os camisas pardas), 45

Salonika, 492, 1029

Samuel, Sir Herbert (*1870-1963*), 38, 78, 262

Sangro, rio, 849

Sardenha, 763, 768, 794, 797, 798, 809, 832, 837, 848, 911

Sarraut, Albert (*1872-1962*), 112

Scapa Flow, 210, 480, 511, 561, 567, 572; Alemanha afunda sua esquadra em 1919, 24; verdadeiro ponto estratégico da Marinha, 210

Scharnhorst, encouraçado de bolso, 90, 203, 217, 253, 258, 382, 480, 488, 634, 860

Scheer, encouraçado de bolso, 203, 221, 480

Schelde, rio, 232, 298, 398, 716, 1005

Schleicher, general Kurt von (*1882-1934*), 47-53, 69-71

Schmidt, Guido (*1901-1957*), ministro do Exterior da Áustria, 145, 146

Schulenburg, Friedrich Werner von, embaixador alemão em Moscou; preso e executado em 1944 envolvido no atentado a Hitler, 338

Schuschnigg, Kurt (*1897-1977*), chanceler da Áustria, 72, 140-4; anuncia plebiscito sobre a união com a Alemanha, 147; autor: *Ein Requiem in Rot-Weiss- Rot*, 145; cede a exigências alemãs, 140

Scobie, tenente-general Sir Ronald M. (*1893-1969*), 1028-31, 1057

Scoones, general Sir Geoffrey (*1893-1975*), 981

Scorza, Carlo (*1897-1988*), 818

Sedan, 291-80, 352, 1139

Sena, rio, 227, 368, 390, 505, 938-47, 955, 1020

Sérvia, 74, 493, 499, 903, 966, 1016

Seyss-Inquart (*1892-1946*), 140, 146-8

Shaw, George Bernard (*1856-1950*), 750; sua visita à URSS, 724

Sherwood, Robert E. (*1896-1955*), autor: *Roosevelt e Hopkins*, 693, 772, 870, 893

Shokaku, porta-aviões, 646-8

Sião, 659

Sibéria, 778; aviões americanos através da, 723

Índice

Sicília, 472, 490, 578, 759, 763, 768-97, 812, 832, 849, 891, 898; nove divisões no desembarque, 891

Sidi Barrani, 458, 463; batalha expulsa os italianos do Egito, 454

Sidi Omar, 529

Sidi Rezegh, 580, 581, 617

Siena, 956, 958

Simon, Sir John (*1873-1954*), 51, 85, 89, 205, 445; no Gabinete de Guerra de Chamberlain, 205

Sinclair, Archibald (*1890-1970*), 123, 126, 187, 268, 429; ministro da Aviação no Gabinete de Guerra de Churchill, 268

Síria, 273, 355, 520, 522, 523, 524, 526, 527, 528, 551, 575, 576, 668, 691, 692, 697, 698, 703, 704, 718, 757, 778, 1152; ocupação anglo-francesa, 573

Skoda indústrias, 171, 192; passam para a Alemanha, 171

Slim, marechal Sir William Joseph (*1891-1970*), 983-8

Smart, vice-marechal do ar Harry George (*1891-1963*), 522, 525

Smuts, marechal Jan C. (*1870-1950*), 414, 491, 542, 701-5, 781, 926-34; comparece à visita de WSC ao Cairo, 701; contra arranjos regionais, 31

Sollum, 454-8, 507

Somália, 75, 473-6; italiana contra britânica, 453

Somme, rio, 155, 189, 227, 300, 312, 318, 328, 344, 505, 750

Sommerville, almirante Sir James (*1882-1949*), 578

Soong, T.V. (*1894-1971*), 607

Spaatz, general da força aérea Carl "*Tooey*" (*1891- 1974*), 693

Spears, major-general Sir Edward (*1886-1974*), 188, 325; resgata de Gaulle para a Inglaterra, 374

Speer, Albert (*1905-1981*), 1010

Speidel, general Hans (*1897-1984*), autor: *Invasion 1944*, 1003

Spezia, 787

Spitfire, caças, 84, 170

Spruance, almirante Raymond A. (*1886-1969*), 972; na Batalha do Mar de Coral, 651

SS, *Schutzstaffel* (os camisas pretas), 30, 38, 69, 971, 1072, 1095

St. Nazaire, façanha de destruição do dique, 637

Stalin, Iosef (*1879-1953*), ditador da União Soviética, analisa *Torch*, 718; apoia o desembarque no sul da França, 948; assume o Soviet de Comissários no lugar de Molotov, 540; beija a Espada de Honra em Teerã, 875; caçoa de Molotov implacavelmente, 727; chama Molotov para uns drinques com Churchill, 726; comenta Alemanha, 871; como adverti-lo da invasão iminente, 537; conta a Churchill o caso dos *kulaks*, 728; contra avanço aliado na Istria, 951; convida WSC para jantar, 721; dava a Hitler ajuda material valiosa, 724; defende seu acordo com Hitler, 555; desmembramento da Alemanha, 1042; discute Polônia em Teerã, 873; dívida pessoal com Benes, 159; diz que de Gaulle também não foi eleito, 1053; recebe WSC em Moscou em agosto de 1942, 699; e a resposta de Brooke, 884; e o Japão, 864; e o Pacto Molotov-Ribbentrop, 194; em Potsdam, 1123; encontra Churchill pela primeira vez, 713; estilo da casa, 726; estilo segundo Molotov, 720; insiste no desembarque na França, 880; joga entre ingleses e americanos, 966; júbilo e brindes na assinatura do Pacto

Molotov-Ribbentrop, 195; morte e sucessão, 1145; não gostou da ideia dos Quatro Guardas, 874; "o passado a Deus pertence", 724; observações insultuosas a Brooke, 885; ouve WSC sobre a travessia do Canal, 715; passa a noite conversando com Churchill, 729; "por que não vamos até minha casa tomar uns drinques?", 726; pouco se importou coma derrota da França em 1940, 535; primeira comunicação direta para WSC, 554; promete eleições na Polônia, 1053; promete entrar na guerra contra o Japão, 887; "quem vai comandar a operação *Overlord*?", 883; queria dividir com Hitler o Império Britânico no Oriente, 537; recebe Churchill em outubro de 1944, 1012; recebe mal a notícia de que é impossível Segunda Frente em 1942, 714; responde contra ajudar o levante de Varsóvia, 973; se interessa pela Operação *Torch*, 717; seu expurgo militar, 137; sua filha Svetlana aparece no jantar em casa com Churchill, 726; telegrafa por uma Segunda Frente, 561

Stalingrado, 314, 777-89, 805, 817, 1145

Stark, almirante Harold R. (*1880-1972*), 693

Stauffenberg, Conde Claus von (*1907-1944*), atentado contra Hitler, 940

Stettin, 248, 1133

Stettinius, Edward R., Jr. (*1900-1949*), autor: *Lend- Lease*, 444

Stevenson, Sir Ralph (*1895-1977*), embaixador junto ao governo real iugoslavo, 907

Stilwell, general J.W. "*Joe Vinegar*" (*1883-1946*), entra na Birmânia, 979-86;

Stimson, Henry L. (*1867-1950*), 49, 324, 669, 893; a favor de *Torch*, 693; e a bomba, 1114; vai com WSC ver treinamento na Carolina do Sul, 675

Stopford, general Sir Montagu G. (*1892-1971*), 838, 981

Strakosch, Sir Henry (*1871-1943*), 122

Strang, Sir William (*1893-1978*), 192-3, 1088

Strasbourg, cruzador pesado, 382-5

Strasser, Gregor (*1892-1934*), 67-71

Stresemann, Gustav (*1878-1929*), ministro do Exterior alemão, 33, 45-8

Stumme, general Georg (*1886-1942*), substituto de Rommel, morre de enfarte, 746

Submarinos, atacam no Brasil em agosto de 1942, 638; bloqueio assusta a Grã-Bretanha, 467; Doenitz manobra como um jogo, 639; e a invasão da Inglaterra, 404; e a linha vital de suprimento, 662; flotinha alemã em 1942, 631; franceses, 382; italianos lançam torpedos humanos em Alexandria, 583; na Guerra Civil Espanhola, 136; no Caribe e Golfo do México, 636; operavam de Biscaia, 456; preferiam petroleiros, 617; tática da alcateia, 641

Suda, baía em Creta, 460, 510, 515-9

Sudetos, 162, 173; reivindicações do partido nazi, 156

Suécia, 87, 241-3, 379, 391, 567, 1123; acordo de câmbio com a Inglaterra, 445; minério de ferro para a Alemanha, 236

Suez, 97, 101, 335, 523, 528, 567, 674, 687, 695-6, 808, 1044, 1144, 1152

Suffolk, Charles Howard, Conde de (*1906-1941*), 434

Suíça, 104, 190, 1072-3, 1085; uma via de invasão da França, 231

Sultan, general Daniel (*1885-1947*) substituto de Stilwell, 986-7

Surcouf, grande submarino francês, 382-3

Syfret, almirante Sir Neville (*1889-1972*), 835

Memórias da Segunda Guerra Mundial

Tânger, 107, 388
Taranto, principal base naval italiana, 461-2, 815, 832, 837, 841
Tardieu, André (*1876-1945*), 49
Tchecoslováquia, compromisso de Daladier, 159; grande crise em torno dos Sudetos, 165; Hungria também leva um pedaço em 1939, 175
Tedder, marechal do ar Sir Arthur William (*1890- 1967*), 583, 701, 710, 744, 787, 796, 800, 895, 1010, 1098; com WSC em Moscou em 1942, 710; vice de Eisenhower na *Overlord*, 895
Teerã, missão alemã ativa em, 573; ocupada por ingleses e russos, 574
Teitgen, Pierre Henri (*1908-1997*), 387
Teleki, conde Paul (*1879-1941*), primeiro-ministro húngaro, 495, 501; suicídio, 496
Tennant, almirante Sir William G. (*1890-1963*), 323
Termópilas, 499-502
Terra Nova, 482-4, 640
Teschen, 167, 180; Polônia ocupa, 170
Thälmann, Ernest (*1886-1944*), candidato comunista perde para Hindenburg e Marx a eleição presidencial de 1925, 30; perde para Hindenburg e Hitler a eleição presidencial de 1932, 49
The Role of General Weygand: Jacques Weygand, 384
Thoma, general Wilhelm von (*1891-1948*), 740, 821
Thompson, comandante Charles R. "*Tommy*" (*1895-1966*), da Royal Navy, ajudante de ordens de Churchill, 959, 1040, 1060
Thorez, Maurice (*1900-1964*), 85
Times, 114, 162, 204, 1031
Timoshenko, marechal Semyon (*1895-1970*), 563; grupo de exércitos em frente de Moscou, 556
Tirol, 1084, 1094
Tirpitz, encouraçado alemão, 91, 203, 480, 594, 634-7, 852-4, 860-1
Tirpitz, grande almirante Alfred von (*1849-1930*), persuade Hindenburg a ser candidato em 1925, 30
Tiso, padre Jozef (*1887-1947*), líder eslovaco recebido por Hitler, 175
Titã de Madeira, estátua de Hindenburg, 45
Tito, Jozip Broz (*1892-1980*), primeiro encontro com WSC, 953; quer Trieste, 1108; viaja escondido para Moscou, 1019-20
Tobruk, rendição aos alemães em junho de 1942, 666; rendição causa moção de desconfiança nos Comuns, 675; sua queda em 42 poupou Malta, 674; troca de mãos várias vezes, 666
Togliatti, Palmiro (*1893-1964*), chefe comunista italiano encontra WSC, 958
Tojo, general Hideki (*1884-1948*), primeiro-ministro japonês, queda de seu governo, 992
Tóquio, 589, 992, 1117, 1120; inclui as Aleutas como objetivo, 642; o raid de Doolittle, 645
Torgau: encontro de americanos e russos, 1087
Toulon, 18, 382-8, 718, 760-2, 868
Transilvânia, 965
Tratado de Dunquerque 1947, 1138
Tratado de St Germain, 19
Tratado de Utrecht, 15
Tratado de Versalhes, 18, 24, 78, 87-93, 111, 170, 871; desarmamento, 20, 54; Foch comenta, 20; permitia

à Alemanha três cruzadores, 219; reajustamento das fronteiras do, 170; revisão, 49
Tratado do Trianon, 19
Tree, Ronald (*1897-1976*), 444
Três Grandes, 863, 1039, 1107, 1118; em Potsdam, 1108
Trieste, 740, 886, 949-52, 961, 1108, 1133; pressão de Tito, 1108
Trípoli, 767, 777-80
Tripolitânia, 506, 580, 618, 759, 780; grande estrada italiana, 453
Trondheim, 245-7, 253-61, 634-7
Truk, principal base naval japonesa, 645, 990
Truman, Harry S. (*1884-1972*), 1076, 1081-94, 1103-5, 1132-39, 1149-50; a sucessão pelo vice-presidente, 1076; cresce no comando, 1068; e a bomba, 1114; em Berlim, 1113; evita WSC, 1103; manda Davies a WSC, 1105; memórias, 1150; revela a Stalin a bomba atômica, 1123
Truscott, general Lucian K. (*1895-1965*), 931
Tsouderos, Emmanouil (*1882-1956*), 909
Tukhachevsky, marechal (*1893-1937*), comanda a invasão bolchevique da Polônia em 1920, 192
Tula, máximo avanço alemão na URSS, 563
Túnis, 335, 453, 600, 662, 695, 760-68, 777, 786-96, 813-5, 846, 894, 908
Tunísia, 75, 660, 756-59, 780, 786-89, 901
Turquia, 87, 183, 472, 523, 528, 703, 717, 726, 770, 777, 869, 875, 963, 966, 1082, 1133; fornece cromo à Alemanha, 867; WSC quer que entre na guerra, 865

Ucrânia, 131, 143, 176, 558
Ullein-Reviczy, autor: *Guerre Allemande; Paix Russe*, 495
Ulster, 478
Umberto, príncipe herdeiro (*1904-1983*), 336; encontra Churchill, 958
USS Arizona, 590
USS Augusta, 568, 1112
USS California, 590
USS Enterprise, 645-59, 941
USS Hornet, 645-53
USS Missouri, 1117; rendição japonesa no, 1117
USS Oklahoma, 590
USS Quincy, 1040, 1057
USS West Virginia, 590
USS Yorktown, 645-59

V Exército americano, 841, 842, 878-80, 899, 913, 930, 956, 962, 1025, 1085
Vanderkloot, capitão: piloto americano de Churchill, 698, 710, 737, 777
Vansittart, Sir Robert (*1881-1957*), 97, 104, 136
Veneza, 67, 72, 145, 556, 1085
Venezuela, 631
Verdun, 16, 622, 1103, 1139
Vereeniging, rendição boer em 1902, 928
Verona, 913, 1084
Veto, poder na ONU para os membros do Conselho, 1045
Vichy, governo francês de, 388, 451, 491, 523-7, 604, 692, 698, 753, 756-9; e a esquadra em Toulon, 718
Viena, controlada pelos russos, 1132; entrada triunfal sonho de Hitler, 149; no fim do Império, 19; objetivo de WSC, 869; turismo impedido pela insegurança, 145
Vietinghoff, general Heinrich (*1887-1952*), 1085; rendição alemã na Itália, 1085

Índice

Villa Taylor, 776
Vístula, 968-71
Vittorio Emanuele III da Itália (*1869-1947*), conferência com Mussolini, 819; e a queda de Mussolini, 816; foge para Brindisi, 837
Volga, rio, alemães na armadilha, 711, 7824
Voronov, marechal Nikolai (*1899-1968*), 785
Vorontzov, Príncipe Mikhail (*1782-1856*), 1042
Voroshilov, marechal Kliment (*1881-1969*), 193, 870; deixa cair a Espada de Honra, 875; presente ao primeiro encontro Stalin-Churchill, 713
Vuillemin, general aviador Joseph (*1883-1963*), 346
Vyshinsky, Andrey (*1883-1954*), 158, 339, 539, 892, 972; força a mão na Romênia, 1069

Wake-Walker, almirante Sir William (*1888-1945*), em Dunquerque, 323
Wall Street, crise de 1929, 36
Wardlaw-Milne, Sir John (*1879-1967*), 679, 685; propõe moção de desconfiança contra Churchill em julho de 1942, 678
Wavell, marechal Sir Archibald (*1883-1950*), autoriza a rendição de Cingapura, 629; com WSC em Moscou em 1942, 710; decide atacar os italianos no Egito, 461-2; discursa em russo no Kremlin, 725; perde tudo que ganhara no deserto, 507-8; substituído por Auchinleck, 531
Wehrmacht: novo nome do Reichswehr em 1935, 93
Weimar, 20, 30-332
Weizsächer, Dr von: secretário permanente do Ministério do Exterior, 540
Welles, Sumner (*1892-1961*), 137-9, 569; com Roosevelt no primeiro encontro com Churchill, 567
Werth, general Henrik (*1881-1952*), chefe do estado-maior húngaro, 495
Wesson, general Charles M. (*1878-1956*), material bélico, 344
Westkapelle, 1008
Weygand, general Maxime (*1867-1965*), 192, 300-312, 318, 326, 344-51, 364, 369, 374-8, 384, 415, 756; autor: *The Role of General Weygand*, 384

Wigram, Ralph (*1890-1936*), 58
Wilhelm II, Kaiser da Alemanha (*1859-1941*), 46
Willkie, Wendell (*1892-1944*), candidato a presidente, 443
Wilson, marechal Sir Henry Maitland "*Jumbo*" (*1881-1964*), 211, 461, 496-501, 527, 577, 737, 776, 812, 843-5, 899, 918, 930, 949-957, 1028, 1084; comandante no Mediterrâneo, 895; evacuação da Grécia, 501-2; na Grécia recua para as Termópilas, 499
Wilson, Woodrow (*1856-1924*), 15; inventa a Liga das Nações, 15; tratado de garantia à França, 21
Winant, John G. (*1889-1947*), 586, 1057, 1088; com Churchill quando chega a notícia de Pearl Harbor, 586
Wingate, major-general Orde (*1903-1944*), 820, 976
Wolff, general SS Karl (*1900-1984*), contacta os americanos na Suíça, 1068-9, 1081
Wood, Sir Kingsley (*1891-1943*), 190, 232, 263-4, 445; indenizações na blitz, 431; ministro da Aviação no Gabinete de Guerra de Chamberlain, 205; ministro das Finanças no Gabinete de Churchill, 431

Yamamoto, almirante Isoroku (*1884-1943*), 650-5; na Batalha do Mar de Coral, 651; planejou Pearl Harbor, 590; recua em Midway, 655
Ybarnegaray, Jean (*1883-1956*), 374
Young, Desmond (*1892-1966*), 749; autor: *Rommel*, 508, 689
Ypres, 302, 393
Yser, rio, 302, 317

Zagreb, 499
Zervas, coronel Napoleon (*1891-1957*), 908
Zhdanov, Andrei (*1896-1948*), instala regime comunista na Estônia, 339
Zhukov, marechal Georgi (*1886-1974*), 1095-98
Zinoviev, Grigory (*1883-1936*), 158
Zona francesa na Alemanha ocupada, 1090
Zona russa na Alemanha ocupada, 1090
Zuikaku, porta-aviões, 646
Zuider Zee, 266

PUBLISHER
Kaíke Nanne

EDITORA DE AQUISIÇÃO
Renata Sturm

EDITORA EXECUTIVA
Carolina Chagas

COORDENAÇÃO DE PRODUÇÃO
Thalita Aragão Ramalho

PRODUÇÃO EDITORIAL
Anna Beatriz Seilhe

REVISÃO
Maria Fernanda Barreto
Marina Sant'Ana

DIAGRAMAÇÃO
DTPhoenix Editorial

CAPA
Maquinaria Studio

Este livro foi impresso na Intergraf, em 2017, para a HarperCollins Brasil.
A fonte usada no miolo é AGaramond, corpo 11,5/13,2. O papel do miolo
é pólen soft 70g/m², e o da capa é cartão 250g/m².